Jürgen Petschull
Der letzte Tanz im Paradies

Jürgen Petschull

DER LETZTE TANZ IM PARADIES

Ein historischer Thriller
aus der deutschen Südsee

Osburg Verlag

Erste Auflage 2009

www.osburgverlag.de

Dieses Werk wurde vermittelt durch
die literarische Agentur Thomas Schlück GmbH, Garbsen.
Lektorat: Anne Vonderstein, Berlin
Herstellung: Prill Partners producing, Berlin
Umschlaggestaltung: Toreros, Lüneburg
Satz: Dörlemann Satz, Lemförde
Druck und Bindung: GGP Media GmbH, Pößneck
Printed in Germany
ISBN 978-3-940731-29-6

Für Connie

»Die Erinnerung ist das einzige Paradies,
aus dem wir nicht vertrieben werden können.«

Jean Paul

Prolog

Er möchte sterben, bevor sie ihn finden.

Sein rechter Arm ist bereits taub. Seine angewinkelten Beine zucken ohne Gefühl. An einem Fuß baumelt noch ein Stück des Stricks, mit dem er gefesselt worden war. Er hat keine starken Schmerzen, aber er spürt, wie sich die lähmende Wirkung des Giftpfeils von seinem Bauch aus bis in alle Glieder ausbreitet. Den Schaft hat er noch mit der linken Hand ergriffen, bevor er zu Boden gestürzt ist, aber jetzt reicht seine Kraft nicht mehr, um die Spitze mit dem knöchernen Widerhaken herauszuziehen.

Der Mann im zerrissenen Tropenanzug liegt am Rande des Dschungels, auf einer Lichtung oberhalb des Toriu-Flusses, einem Platz, der den Menschen des Waldes als Kultstätte zur Verehrung ihrer Ahnen heilig ist.

Sein Körper hat sich zusammengekauert wie der eines Ungeborenen im Mutterleib. Das Blut rauscht in seinen Ohren. Noch einmal kommt ihm die Meeresbrandung in den Sinn, die drei Tagesmärsche entfernt gegen den weißen Strand der Blanchebai schwappt. Er sieht die Häuser der deutschen Kolonialherren, die Faktoreien der Handelsfirmen und die Kirche der Missionare vor den ausgedehnten Palmenplantagen, die sich bis zu den Hügeln des endlosen Urwaldes erstrecken. Ein Südseepanorama, wie er es zum ersten Mal vor seiner Abreise aus Hamburg gesehen hat, auf einer handkolorierten Postkarte mit den Vulkanbergen im Hintergrund.

Durch das Rauschen in seinem Kopf dringen jetzt Rufe und Schreie. Sie suchen nach ihm wie Jäger nach einem weidwund geschossenen Wild, und nichts anderes wird er für die Kopfjäger sein. Wenn alles vorbei ist, werden sie seinen Schädel im Qualm einer Räucherhütte präparieren und dann am Eingang des Dorfes auf einen Pfahl spießen, zur Abschreckung ihrer Feinde und zum Schutz gegen die Dämonen des Dschungels.

Schon glaubt er, die zwitschernden Vogellaute zu hören, mit denen sich die Fährtensucher, die Bogenschützen und Speerwerfer untereinander verständigen, wenn sie sich vorsichtig einer Beute nähern.

Oder sind es die Vögel?

Mit großer Anstrengung öffnet er noch einmal seine Augenlider. Der Himmel über ihm ist schwarz. Vor dem heraufziehenden Tropengewitter dringt die Sonne durch ein Loch in der dichten Wolkendecke. Tatsächlich: Der Lichtstrahl erfasst jene fabelhaften Geschöpfe, denen er so lange vergeblich nachgestellt hat, bis er glaubte, sie existierten in Wirklichkeit gar nicht, sie seien nur Ausgeburten menschlicher Fantasie.

Jetzt aber sieht er sie vor sich, ganz nah – die Paradiesvögel!

Sie sind mitten auf der Lichtung gelandet. Ein halbes Dutzend, kaum drei, vier Meter von ihm entfernt. Ihre Federn leuchten im scharfen Sonnenschein wie die Farben des Regenbogens. Gelborange, purpurrot, türkisblau. Kein Vogel gleicht dem anderen. Die Schwanzfedern des einen sind bunt und breit geöffnet wie ein Fächer, die eines anderen schmal und lang wie ein stahlblaues Schwert. Eines der Vogelgesichter ähnelt der Miniatur einer venezianischen Maske. Ein anderes hat schwarz umrandete Augen wie ein Pandabär. Die Vögel schnattern und gluckern, trippeln und tanzen fröhlich durcheinander. Gemeinsam steigen sie wie ein bunter Luftballon bis unter die Kuppel des Urwaldes, bevor sie sich voneinander lösen und wieder einzeln zu Boden schweben wie Seifenblasen.

Dann bilden sie einen Kreis. Ein Vogelweibchen tritt vor. Es schlägt mit seinem Schnabel rhythmisch gegen den Stamm eines vom Sturm gefällten Baumes. Tapp, tapp, tapp …, tipp, tipp, tipp …, topp, topp, topp … Es gurrt und seufzt und kichert, beugt den Oberkörper nach vorn und wackelt herausfordernd mit dem Hinterteil. Ein Hahn mit langer Schwanzfeder lässt sich locken und tritt zum Balztanz an. Die beiden umkreisen einander, schnäbeln und schnuppern und necken sich. Immer wieder bespringt der Hahn das Weibchen. Die Zuschauer trillern und pfeifen dazu – doch urplötzlich stieben die Vögel auseinander, schreien ängstlich, fliegen hoch und verschwinden im grünen Dunkel des Dschungels, aus dem sie gekommen sind.

Aus dem Unterholz schleichen die Jäger hervor, die Handlanger des Todes. Lautlos. Schritt für Schritt. Als sie den am Boden liegenden weißen Mann entdecken, spannen sie ihre Bögen, heben die Speere und die Lanzen.

Doch der Mann im Tropenanzug rührt sich nicht mehr. Sein Blick ist erstarrt. Aber auf seinem Gesicht liegt ein Lächeln, wie eine Erinnerung an den Tanz der Paradiesvögel, den er zuletzt doch noch mit eigenen Augen gesehen hat.

»Das Paradies liegt immer am anderen Ufer.«
Konfuzius

ERSTER TEIL

1

Hamburg, Mittwoch, 18. Januar 1899

An diesem Abend, an dem man den Kopf des jungen Naturforschers Sebastian Kleine unter äußerst merkwürdigen Umständen gefunden hat, sitzt der große Johan Cesar Godeffroy noch spät in seinem halbdunklen Kontor am Hamburger Hafen und ärgert sich sehr.

»Eine Nacktschnecke! Ausgerechnet eine schleimige Nacktschnecke …«, sagt er, und dabei kippt seine sonst so sonore Stimme in eine schrille Tonlage um. Hätte man nicht ein ansehnlicheres Tier aus Ozeanien nach ihm benennen können? Einen hintersinnigen Humor habe der junge Mann ja schon immer gehabt, aber das hier gehe denn doch zu weit. Er werde sich jedenfalls nicht zum Gespött an der Börse machen lassen. Schon gar nicht von seinen eigenen Leuten!

Im matten Schein einer Petroleumlampe streicht Godeffroy mit groben Bewegungen auf einem Fahnenabzug für die neue Ausgabe des *Journals des Museums Godeffroy* herum, bis sein Farbstift einen von roten Blitzeinschlägen zerstörten Artikel hinterlassen hat. Zufrieden blinzelt er schließlich über seine Lesebrille zu seiner Frau hinüber.

Emily Godeffroy hat ihren Mann vom Besuchersessel auf der anderen Seite des schweren Mahagonischreibtisches aus eher uninteressiert beobachtet. Sie zupft an ihrem fein gestreiften Taftkleid, das bei jeder Bewegung raschelt. Eine Perlenkette glänzt im tiefen Ausschnitt. Ihre graublonden Haare sind kunstvoll hochgesteckt. Emily Godeffroy hat sich schon für das

Abendessen bei Bankier Wolfram von Berendonk zurechtgemacht.

Dreimal schlägt Godeffroy auf seine Schreibtischklingel.

»Holen Sie mir Museumskustos Doktor Schmalz!«, ruft er dem Kontordiener zu, der über den spiegelglatten Marmorfußboden herbeischlittert und dabei vergeblich versucht, die Silberknöpfe seiner blauen Livree zu schließen. Der Herr Kustos, so beeilt sich der Diener zu sagen, werde sich mit seinen Gehilfen wohl noch im Museumsspeicher auf der gegenüberliegenden Straßenseite aufhalten. Dort sei am Nachmittag eine große Anzahl von Kisten und Säcken aus Ozeanien eingetroffen, wie er gehört habe.

»Schön, schön, dann holen Sie also den fleißigen Doktor Schmalz!«

Godeffroy wendet sich seiner Frau zu. »Eine schleimige Nacktschneckenart aus dem Urwald von Neuguinea hat unser allseits beliebter Jungforscher Sebastian Kleine also nach mir benannt. Was Besseres hat er wohl nicht gefunden? Oder er will mich auf den Arm nehmen!« Im Übrigen sei Kustos Schmalz ja wohl als Herausgeber des Museumsjournals überfordert, sonst würde er einen derartigen Unsinn nicht in Druck geben.

Emily Godeffroy tritt dicht hinter ihren Mann und drückt ihren weichen Busen gegen seine knochige Schulter.

Ihm fällt auf, dass ihre Haut nach Kölnisch Wasser riecht. Er mag diesen süßsäuerlichen Duft nicht. Wie oft soll er ihr das noch sagen? Seine Frau beugt sich weit vor, um den vom Rotstift entstellten Artikel entziffern zu können. Offenbar handelt er von neu entdeckten exotischen Pflanzen und Tieren, die von den Südseeforschern des Museums Godeffroy nach ihrem Auftraggeber und Mäzen benannt worden sind.

»Die Forscher und Wissenschaftler wollen dir mit solchen Namensgebungen doch eine Freude machen – im Lexikon und in den biologischen Lehrbüchern, überall wird dein Name stehen.«

»Ich will doch sehr hoffen, dass derartige Kriechtiere nicht der Grund sind, wenn ich eines Tages im Lexikon genannt werde.«

»Wie heißt denn diese neue Schneckenart eigentlich? Ich kann den Namen nicht mehr lesen, weil du so viel gestrichen hast.«

Zur Übung murmelt Johan Cesar Godeffroy zwei lateinische Worte ein paarmal tonlos vor sich hin, dann sagt er, jede Silbe betonend:

»Chromodoris Godeffroyana.«

»Das ist aber ein sehr schöner Name für eine Nacktschnecke«, erwidert Emily Godeffroy, »Schnecken sind ausgesprochen fleißige und nützliche Tiere. Solche Eigenschaften passen doch zu dir.« Der junge Herr Kleine habe das sicher nicht bösartig gemeint.

»Das ist doch ein besonders netter und amüsanter junger Mann. Bei unserem Neujahrsempfang in Blankenese sind die Damen jedenfalls ganz hingerissen gewesen von seinem Charme und von der Begeisterung, mit der er von seinen Plänen berichtet hat.«

»Ja, ja, ein Liebling der Damen ist unser Sebastian Kleine ja bekanntermaßen, ein Frauenheld, ein Herzensbrecher.« Godeffroy putzt sich umständlich die Nase.

»Wo hält sich der Herr Kleine denn zurzeit eigentlich auf?«, fragt seine Frau.

»Irgendwo im Urwald von Neupommern, im Bismarckarchipel, in Deutsch-Neuguinea also. Nach den letzten Nachrichten, die wir von ihm haben, ist er von einer Missionsstation aus in das noch unerforschte Landesinnere aufgebrochen.« Dort solle Kleine auch versuchen, für den verehrten Professor Virchow und dessen anthropologische Forschungen Totenschädel eines tropischen Steinzeitstammes zu beschaffen, der erst unlängst entdeckt worden sei.

»Ich hoffe jedenfalls sehr«, sagt Godeffroy, »dass wir bald einen Expeditionsbericht für unser Museumsjournal bekommen. Solche Abenteuergeschichten interessieren die Leute ja ganz außerordentlich.«

Mut habe er und intelligent sei er auch, der Herr Sebastian Kleine, deshalb habe er ihm und seinem Generalbevollmächtigten Theobald Kolber einen für die Firma ungemein bedeutsamen und nicht ungefährlichen Auftrag anvertraut.

»Was für einen Auftrag?« Fragend sieht Emily Godeffroy ihren Mann an. Doch der weicht ihrem Blick aus. Godeffroy blickt angestrengt aus dem großen Sprossenfenster, hinter dem jetzt eine Gaslaterne aufflammt und ihr Licht von der Straße in den Kontorraum wirft. Der Schein fällt auf ein paar Dutzend Ölgemälde, die Rahmen an Rahmen die Wände füllen und allesamt stolze Windjammer auf den Meeren der Welt abbilden: Drei- und Viermaster mit geblähten Segeln und flatternden Flaggen am Heck, die einen goldenen Falken auf rotem Hintergrund zeigen, das Wappentier der Reederei Johan Cesar Godeffroy & Sohn.

»Hier, lies das doch mal, das ist wenigstens ein erfreulicher Beitrag«, sagt Godeffroy schließlich. Er reicht seiner Frau ein Exemplar der *Times of London*, das wie zufällig auf der grünen Lederplatte seines Mahagonischreibtisches gelegen hat.

Auf der dritten Seite ist ein Artikel mit einem Lesezeichen markiert. »Germany's King of the South Seas« lautet die Überschrift. Daneben ist ein kleines Foto des deutschen Südseekönigs abgebildet: ein Mann Mitte bis Ende fünfzig, mit dunklem Jackett, aus dessen unmodischem Revers ein steifer Hemdkragen drängt, der von einer dunklen Fliege zusammengehalten wird. Ein schmaler Mund, eine markante Nase und dunkle Augenbrauen geben dem Gesicht eine kräftige Strenge. Durch dicke Brillengläser blicken zusammengekniffene Augen den Betrachter missmutig an.

»Du hättest ruhig ein bisschen lächeln können.«

»Der Fotograf hat fast eine Stunde für das Bild gebraucht, immerzu ist das Blitzlichtpulver zu früh losgegangen, dabei ist mir das Lächeln gründlich vergangen.«

Emily Godeffroy liest aufmerksam den Bericht der berühmten Londoner Zeitung.

»Johan Cesar Godeffroy«, so heißt es da, »ist einer der reichsten und mächtigsten Männer der Hansestadt Hamburg und des ganzen deutschen Reiches. Ihm gehören Stahl- und Kupferwerke, er besitzt Werften, Bankbeteiligungen und internationale Aktienpakete. Aber anders als die deutschen Industriemagnaten Krupp oder Thyssen ist dieser hanseatische Großunternehmer obendrein noch der größte Handelsreeder Europas: Man nennt Godeffroy auch den ›Deutschen König der Südsee‹, weil er mit einer Flotte von mehr als 40 großen Frachtseglern das Im- und Exportgeschäft mit den Inseln des Pazifik beherrscht.« Wie man höre, wolle Godeffroy nun auch noch groß in das Diamantengeschäft einsteigen.

Mister Godeffroy, so schreibt die *Times* weiter, hätte sich überdies als Mäzen der Wissenschaft großes Ansehen erworben. »Für sein Hamburger Ozeanien-Museum haben von ihm angestellte Naturforscher und Sammler bereits Tausende von exotischen Ausstellungsstücken zusammengetragen, präparierte Pflanzen und Tiere, Masken und Kultgegenstände, ja sogar Skelette und Schädel pazifischer Ureinwohner.« Und als Verleger gebe Godeffroy eine aufwendige populärwissenschaftliche Zeitschrift heraus, das *Journal des Museums Godeffroy.* Eine Publikation, die seinen Ruhm mehren werde.

»Trägt dieser Artikel nicht ein bisschen arg dick auf?«

Emily Godeffroy betrachtet ihren Mann so aufmerksam, als habe sie ihn längere Zeit nicht gesehen. Der wirkt hinter seinem mächtigen Schreibtisch kleiner, als er ist, und er misst gerade mal 1,72 Meter. Sein schüttereres Haar hat er streng gescheitelt und in dünnen Strähnen von links nach rechts über den Schädel gekämmt. »Deutschlands König der Südsee«, so befindet Emily Godeffroy, stellen sich die Leser der *Times* vermutlich eindrucksvoller vor. Aus der Nähe betrachtet wirkt ihr Mann eher wie sein eigener Buchhalter – die Ärmelschoner, die er stets bei der Schreibtischarbeit überstreift, verstärken diesen Eindruck noch.

»Es stimmt doch alles, was in der *Times* steht.«

Godeffroy schnieft, schnäuzt sich lautstark und faltet sein Taschentuch wieder sorgsam zusammen.

»Na ja, fast alles jedenfalls – aber du musst den Artikel ja nicht unbedingt in deiner Gesellschaft herumzeigen, man liebt in Hamburg ja eher das britische Understatement, wie du weißt.«

An der Börse, so habe er gehört, sei die *Times* schon durch die Hände der wichtigen Leute gegangen. Besonders die Sache mit den Diamanten habe eingeschlagen wie ein Blitz. Und auch in England zeitige der Artikel bereits Wirkung, denn die dortige Barings Bank werde nun wohl endlich der Firma Godeffroy & Sohn den schon vor Monaten erbetenen Großkredit gewähren, eine halbe Million Pfund Sterling immerhin.

Ohne anzuklopfen, betritt ein kleiner Herr mit großem Schnauzbart das Kontor des Großunternehmers, selbstbewusst und offenbar bester Laune.

Museumskustos Dr. Hubert Schmalz nimmt sich gern einige kleine Freiheiten heraus, um seine besondere Stellung im Unternehmen zu demonstrieren: In weniger als zwei Jahren hat er das neu gegründete Museum Godeffroy zu einer Attraktion gemacht, sowohl für das gewöhnliche Publikum wie auch für das Bildungsbürgertum. Presse und Fachwelt sind beeindruckt von der Darbietung und Reichhaltigkeit der Ausstellungsstücke, die von bisher unbekannten Insekten und in Spiritus eingelegten Schlangen bis zur originalgetreuen Nachbildung einer Steinzeitmenschen-Siedlung reicht. Ganz besonderes Interesse finden die Skelette und Totenköpfe von Kannibalen aus Neuguinea. Die Leute gruseln sich halt gerne, wie Schmalz zu sagen pflegt.

Ein halbes Dutzend wissenschaftliche Mitarbeiter, ein paar Hilfskräfte und sieben auf den Inseln des Pazifik tätige Forscher und Sammler sind ihm unterstellt. Und vor drei Monaten hat Godeffroy seinem vielseitig begabten Museumsleiter eine weitere Aufgabe übertragen: die Herausgabe einer aufwendigen Zeitschrift, die unter dem schlichten Titel *Journal des Museums Godeffroy* viermal im Jahr erscheinen soll, auf teurem Papier gedruckt, mit Fotografien und farbigen Zeichnungen. Wissenschaftliche Beiträge sollen die Fachwelt aufhorchen lassen und Abenteuergeschichten die gewöhnlichen Leser faszinieren. An diesem Nachmittag hat die Druckerei Probeabzüge der neuen Ausgabe zur Begutachtung angeliefert.

»Halten Sie diesen Beitrag hier für eine gute Idee?« Godeffroy fuchtelt mit der Druckfahne herum.

Kustos Schmalz blickt ihn verständnislos an.

»Welchen Beitrag?«

»Diesen hier, das wird auf keinen Fall gedruckt!«

Schmalz schweigt, wie von selbst ballen sich seine Hände zu Fäusten.

»Nacktschnecken mit meinem Namen ... Sind Ihren Herren Forschern nicht ein paar bedeutsamere oder wenigstens ansehnlichere Tiere über den Weg gelaufen, die sie nach ihrem großzügigen Arbeitgeber benennen könnten?«

Schmalz gewinnt seine Fassung zurück.

»Sie haben da offenbar etwas falsch verstanden«, sagt er beherrscht, »es gilt in Kreisen der Wissenschaft als große Ehre, wenn neu entdeckte Kreaturen gleich welcher Art, Geschöpfe Gottes, wenn Sie so wollen, nach einem Forscher oder nach einem Mäzen der Forschung benannt werden.«

»Nacktschnecken ...« Godeffroy trompetet wieder in sein Taschentuch.

»Wenn Sie eine andere Tierart bevorzugen«, sagt Schmalz nun süffisant, »auf der Insel Mioko vor der Küste von Neuguinea haben unsere Leute bisher unbekannte Wildschweine mit einem ungewöhnlichen Rüssel entdeckt.«

Johan Cesar Godeffroy pumpt seine Backen auf, als wolle er seinen aufmüpfigen Museumskustos mit einem gewaltigen Luftstoß aus dem Raum blasen, doch das Lachen seiner Frau unterbricht ihn. Die Luft entweicht tonlos aus seinem gespitzten Mund.

»Sehr amüsant, Herr Doktor Schmalz, wirklich sehr amüsant. Ihre Frohnatur hat mir schon immer gefallen – aber nun mal im Ernst und damit das klar ist: Dieser Artikel hier wird selbstverständlich nicht das Licht der Öffentlichkeit erblicken!«

Schmalz schließt und öffnet seine Hände.

Ob er diesen Bericht hier in der *Times of London* gelesen habe?

Schmalz nickt zögernd.

»Den könnten wir anstelle dieser Nacktschnecken-Geschichte nachdrucken, auszugsweise wenigstens.« Godeffroys Stimme klingt versöhnlich.

Der Museumskustos baut sich jedoch kerzengerade vor seinem Schreibtisch auf und wippt auf seinen Zehenspitzen. Sein Schnauzbart zittert vor Erregung.

»Unter diesen Umständen werden Sie auf meine weitere Mitarbeit in Ihrem Hause verzichten müssen, Herr Godeffroy. Ich verantworte für Sie keine Wirtschaftszeitung und kein Börsenblatt, sondern ein anspruchsvolles naturwissenschaftliches Journal – oder gar keines ...!«

Godeffroy blickt auf, erst wütend über den unbotmäßigen Auftritt, dann mit erkennbarem Respekt vor der aufrechten Haltung seines Angestellten.

»Ist ja gut, Doktor Schmalz, ist ja gut. Sie wissen doch, wie sehr ich Ihre Arbeit schätze.«

Schmalz sieht Godeffroy unverwandt an. Und der fühlt sich unwohl unter dem bohrenden Blick dieses kleinen, intelligenten Mannes, der ihn zu durchschauen scheint. Und tatsächlich sieht Schmalz in diesem Moment nicht den großen, reichen, mächtigen Unternehmer vor sich, den Konzernherrn und Südseekönig Johan Cesar Godeffroy, sondern den ehrgeizigen Abkömmling französischer Flüchtlinge, den Hugenotten-Sohn, der in der abgeschotteten Gesellschaft hanseatischer Kaufleute noch immer einen besonderen Platz erobern will. Er weiß, dass Godeffroy nach mehr strebt als die gewöhnlichen reichen Pfeffersäcke und Kaffeebarone, deren Lebenswerk gemeinhin darin besteht, ihre Waren möglichst billig einzukaufen und so teuer wie möglich zu verkaufen. Das rein Kaufmännische sei, so hat Godeffroy ihm einmal nach zwei, drei Glas Burgunder anvertraut, ja keine Tätigkeit, die einem kreativen Menschen Erfüllung bieten könne. Ja, geradezu armselig sei das bloße Reichwerden im Vergleich zu dem, was Dichter und Philosophen, was Maler und Baumeister, Ärzte und Wissenschaftler an schöpferischer Arbeit leisteten.

Als Gründer eines Museums, als Mäzen der Wissenschaft und nun auch als Herausgeber und Verleger eines naturwissenschaftlichen Journals will Godeffroy schon zu Lebzeiten den Grundstein für sein künftiges Denkmal in der Hansestadt legen.

»Nehmen Sie doch Platz, mein lieber Doktor Schmalz«, sagt er nun mit einladender Geste. Dabei weist er auf einen der ledernen Besuchersessel und blättert eine Weile wortlos in dem Andruckexemplar des Museumsjournals.

»Sie wissen, wie sehr ich Ihre Arbeit schätze, zum Beispiel diesen Artikel hier über die neuesten Forschungen meines Berliner Freundes Professor Virchow, den haben Sie ganz ausgezeichnet redigiert. Den habe ich vorher nicht verstanden, und nun haben Sie mir und unseren Lesern bereits im Vorwort erklären können, worum es dabei im Grunde eigentlich geht.«

Er wendet sich an seine Frau, sagt: »Hör doch mal Emily, wie klar unser Herr Schmalz das formuliert hat«, und fährt dann wie ein Vortragsredner mit auf- und abschwellender Stimme fort: »Die Hypothese, dass der Vorfahr des Menschen sich von ausgestorbenen Affenarten abzweigt, würde erst dann in der Wissenschaft anerkannt werden können, wenn Zwischenformen beziehungsweise Übergänge von jenem Proanthropos zu den heutigen Menschen irgendwo entdeckt werden würden.«

»Was ist ein ..., ein Pro-anthro-pos?«

Emily Godeffroy dehnt die Silben des fremden Wortes.

»Der Proanthropos ist unser Urahn – der Affenmensch«, sagt Schmalz.

Er lockert seine Hände und knackt vernehmlich mit den Fingergelenken, ein Geräusch, bei dem Emily Godeffroy jedes Mal zusammenzuckt.

»Das heißt also, unser hochverehrter Professor Virchow könnte möglicherweise mit Hilfe dieser Schädel aus der Südsee, die ihm unsere fleißigen Forscher beschaffen, die Theorie seines englischen Kollegen Darwin unterstützen, wonach die Menschheit vom Affen abstammen soll. Hält er die primitiven Eingeborenen in Papua-Neuguinea für eine Art Zwischenstufe der Entwicklung des Affenmenschen zum zivilisierten Menschen? Sehe ich das richtig?«

»Ja, so ungefähr könnte man es vielleicht ausdrücken, gnädige Frau.« Schmalz nickt beflissen. Virchow verfüge inzwischen für seine umfassenden Forschungen über eine der größten Schädelsammlungen der Wissenschaft.

»Du hast dich aber erstaunlich gut mit dieser Materie beschäftigt«, sagt Godeffroy und sieht seine Frau verblüfft an.

»Der junge Herr Kleine hat mir und meinen Freundinnen bei unserem Empfang in Blankenese von Expeditionen und von Schädelforschungen erzählt, bevor er zu seiner Reise nach Ozeanien aufgebrochen ist. Es war für uns Damen faszinierend, weil er mit so großer Begeisterung gesprochen hat.«

»Schön, schön.« Godeffroy blättert wieder in seinem Journal. »Möglicherweise haben unsere Leute da unten auf den Inseln des Pazifik tatsächlich das Missing Link gefunden, wie die Engländer sagen: das bisher noch fehlende Beweisstück, dass wir Menschen tatsächlich von den Affen abstammen. Das wäre eine wirkliche Sensation, von der unser Haus profitieren würde, ganz besonders unser Journal hier.«

Und erst heute, sagt Kustos Schmalz, seien zusammen mit Hunderten von neuen Pflanzen- und Tierpräparaten auch wieder hochinteressante Totenschädel aus Neuguinea eingetroffen. »Dieses Forschungsmaterial wird bereits von einem jungen Wissenschaftler in Augenschein genommen, der zusammen mit Professor Rudolf Virchow …«

Es klopft. Godeffroy dreht seinen Kopf zur Tür und ruft ungehalten: »Herein!«

Ein junger Mann in grauweißem Kittel bittet, vom Laufen noch außer Atem, um Entschuldigung für die Störung, nennt undeutlich seinen Namen und erklärt, er müsse Doktor Schmalz dringend bitten, unverzüglich in das Museum zurückzukommen.

»Es ist … Es ist etwas passiert.«

»Was ist passiert?«, fragt der Museumskustos in barschem Ton.

Unsicher blickt der junge Mann zu Godeffroy hinüber und sagt dann an den Museumskustos gewandt: »Bitte kommen Sie schnell, Doktor Schmalz.«

»Was ist denn los, Sie stören in einer wichtigen Besprechung.«

»Mit einem der Schädel stimmt etwas nicht ... Es ... Es ist etwas damit. Etwas sehr Unheimliches ...«

2

Mit flüchtigem Gruß und quietschenden Schuhsohlen eilen die beiden Männer über den polierten Marmorfußboden aus dem Raum. Draußen, im Windfang des Kontorhauses, fällt die schwere Außentür krachend ins Schloss.

»Merkwürdige Leute, diese Wissenschaftler.« Godeffroy schüttelt den Kopf.

Er schweigt eine Weile und zieht dann einen Brief aus einem Papierstapel hervor. Ein Mitarbeiter der Handelsniederlassung in Apia auf Samoa bittet darin untertänigst um eine Erhöhung seiner Bezüge. Während Godeffroy sich Notizen für eine geharnischte Ablehnung macht, geht seine Frau mit klackenden Schritten die breite, in mattem Taubenblau gehaltene Treppe hinauf, die vom Kontorbereich in das erste und zweite Stockwerk führt, zu den Salons und den Privatgemächern. Auf dem ersten Treppenabsatz schlägt die mannshohe Standuhr der Manufaktur William Jourdain, London, sechsmal. Gleichzeitig sind die Turmuhren der Michaeliskirche, von St. Katharinen und St. Nikolai zu hören, deren Geläut sich zu jeder vollen Stunde in Hamburg zum Klang der Zeit vermischt.

Unkonzentriert wendet sich Godeffroy der Geschäftspost zu. Immer wieder kommt ihm der aufgeregte Gehilfe von Rudolf Virchow in den Sinn. Der berühmte Professor will ja nächste

Woche selbst mit der Eisenbahn von Berlin nach Hamburg kommen und interessante neue Eingeborenenschädel und Skelette für seine Sammlungen und seine Forschungsprojekte in der Charité auswählen.

Was hat der junge Mann gesagt? Mit einem der Schädel stimmt etwas nicht?

Godeffroy zieht sich seinen englischen Gehrock über, ergreift seinen Spazierstock mit dem vergilbten Elfenbeinknauf und löscht die Petroleumlampe auf seinem Schreibtisch. Er wirft einen schnellen Blick in das vor seinem Arbeitszimmer liegende weitläufige Hauptkontor, in dem tagsüber zwei Dutzend Angestellte an hohen Stehpulten arbeiten, Prokuristen, Buchhalter und Commis. Auf den Regalen stapeln sich Warenproben. Es riecht nach Kaffee und Tee, nach Nelken und Gewürzen, nach Leinen und gegerbtem Leder. In einem Glasschrank liegt zwischen Sextanten, Chronometern und Logbüchern auch eine vom Salzwasser zerfressene Kapitäns-Bibel, die von einem in der Biskaya untergegangenen Schiff der Reederei Godeffroy gerettet worden ist. An den Wänden hängen Seekarten aus aller Welt. Nadeln mit bunten Köpfen markieren die letzten bekannten Positionen der Frachtsegler von Godeffroy & Sohn sowie die Handelsniederlassungen des Konzerns auf den Inseln im Pazifik.

Der Herr des Hauses schließt die Eingangstür hinter sich ab. Godeffroy spürt, wie immer im kalten Winter, schmerzhaft seine arthritischen Kniegelenke, als er sich am kalten Messing-Handlauf festhält und Schritt für Schritt den Treppenaufgang zur Straße hinuntergeht.

Das Haus Am Wandrahm No. 26 ist eines der größten und prächtigsten Bauwerke dieser Gegend: fünf Stockwerke hoch mit großen, weißen Sprossenfenstern, einer kunstvoll gemauerten Backsteinfront und einem geschwungenen, barocken Giebel. In der Nachbarschaft gehören ein halbes Dutzend zweihundert Jahre alte Speicher zum Unternehmen.

Ein paar Gehminuten in Richtung Westen beginnt eine neue Zeit: Seit Jahren ist Block für Block die moderne Speicherstadt des Hamburger Freihafens aus dem moorigen Boden gestampft worden. Sieben bis acht Stockwerke hohe Backsteinhäuser mit Aus- und Eingängen zu den Straßen und den Fleeten stehen auf Tausenden von Eichenpfählen. Bald werden auch die letzten, immer noch eindrucksvollen barocken Kontor- und Speicherhäuser am Alten Wandrahm »niedergelegt« werden, wie der Abbruch der alten Geschäfts- und Wohnquartiere von den Bauleuten genannt wird. Insgesamt müssen bei dieser größten Baumaßnahme Europas 20000 Menschen aus dem Hafengebiet in neue Wohngebiete am Stadtrand umgesiedelt werden. Wehmütig denkt Godeffroy an das baldige Ende des altehrwürdigen Stammsitzes.

Vor seinen Füßen glitzert das abgetretene Kopfsteinpflaster eisig im Laternenlicht. Ein halber Mond scheint jetzt durch eine dichter werdende Wolkenschicht. Vom nahen Hafen dröhnt ein Nebelhorn. Aus der offenen Tür einer Kellerkneipe kommen betrunkene Stimmen. Klatschend taucht eine Ratte unter den Bug einer Schute weg, die im schlammigen Fleet an der Rückseite des Museums Godeffroy festgemacht hat.

Im Erdgeschoss brennt noch Licht. Hinter den beschlagenen Fensterscheiben sind die Schatten von drei Männern zu sehen. Godeffroy klopft mit dem Knauf seines Gehstocks gegen die verschlossene Eingangstür. Die Schatten wenden sich gleichzeitig um.

Doktor Schmalz öffnet. Der Kustos des Museums erschrickt, als er Godeffroy im Gegenlicht der Gaslaterne erkennt. Zögernd lässt er ihn ein.

In der saalartigen Diele stapeln sich raumhoch an den Wänden entlang große Holzkisten, aus einigen quillt Verpackungsmaterial hervor, die meisten sind noch ungeöffnet. Der Boden ist zugestellt mit Kanistern, Eimern und mit Gläsern, in denen Fische und Schlangen, Frösche und Schnecken in Spiritus eingelegt sind und allerlei sonstiges Getier. An Fleischerhaken baumeln von der Decke die Karkassen von Affen und Dschungelkatzen. Godeffroys Blick bleibt an zwei Vögeln hängen, die mit ausgebreiteten Flügeln auf einer Art Bettlaken liegen, als wären sie gerade abgestürzt. Ein so farbenprächtiges, in allen Regenbogenfarben schillerndes Gefieder hat er noch nie gesehen. Die Körper sind kaum taubengroß, aber die Schwanzfedern scheinen einen Meter oder mehr zu messen. Auf den Köpfen sitzen gefiederte Kronen. Kreaturen wie aus einer fantastischen, anderen Welt.

»Das hier sind Paradiesvögel, die sind auch heute eingetroffen«, erklärt Schmalz. Solche Vögel seien noch niemals einem größeren Publikum gezeigt worden. »Wir werden sie sorgfältig präparieren und als erstes Museum in ganz Europa präsentieren.«

Seinen Leuten sei es gelungen, sie Eingeborenen abzuhandeln, die diese wunderbaren Vögel mit Giftpfeil und Bogen im Dschungel gejagt hätten. Dennoch, so kommt es Godeffroy vor, ist die Freude des Museumsleiters über diese Attraktion seltsam gedämpft.

Er wendet sich den beiden anderen Männern zu, die schweigend in der Diele des Museums vor einem vier oder fünf Meter langen, mit Zinkblech beschlagenen Tisch stehen, wie ihn auch Metzger oder Pathologen als Arbeitsunterlage benutzen. Als Godeffroy auf die offenbar verlegenen Männer zugeht, erkennt er, was hinter ihnen auf dem Tisch liegt: ein Dutzend Totenschädel. Die leeren Augenhöhlen sind gegen die Decke gerichtet, von der das Licht eines fünfarmigen Leuchters fällt.

Ein ekelerregender Geruch erfüllt den Raum, ein brandiger Gestank. Gegen die aufsteigende Übelkeit presst Godeffroy ein Taschentuch vor Mund und Nase.

Die drei Männer scheinen sich daran gewöhnt zu haben. Außer Schmalz ist noch der junge Assistent von Virchow da, den dritten Mann hat Godeffroy noch nie gesehen. Er ist groß und hager, in teures graues Tuch gekleidet, hält eine dünne, abgewinkelte Zange in der rechten Hand und einen kleinen, runden Spiegel mit langem Stiel in seiner Linken.

»Der junge Mann hat vorhin etwas von einem seltsamen Schädel gesagt, was hat es damit auf sich?«, fragt Godeffroy ohne Umschweife.

Die Männer schweigen.

»Kennen Sie Zahnarzt Dr. Krippenberg?«, fragt Museumskustos Schmalz schließlich. »Ich habe mir erlaubt, ihn noch zu später Stunde holen zu lassen. Wir benötigen dringend seinen fachlichen Rat.«

»Wenn ich es richtig sehe, haben diese Herrschaften hier keine Zahnschmerzen mehr.« Godeffroy betrachtet die Schädel.

»Das ist die neue Lieferung aus Neuguinea, die zum Teil für Professor Virchow bestimmt ist«, sagt Schmalz und deutet auf die Totenköpfe, die offenbar nach Herkunftsangaben und Stammeszugehörigkeit sortiert worden sind.

»Das sind Kannibalen, Angehörige des Baininger-Stammes aus den noch urwaldreichen Berggebieten von Neuguinea, die bringen ihre Feinde um, fressen sie auf und lassen nur die Köpfe übrig, als Trophäen und zur Beschwörung der bösen Geister.« Die Eingeborenen hätten ihre Beutestücke gereinigt und dann wie Schinken in den Rauch gehängt, um sie zu konservieren.

»In diesem Zustand haben unsere Forscher sie erworben, sorgfältig in Kisten verpackt und nach Hamburg verfrachtet.«

Schön, sagt Godeffroy ungeduldig, aber was sei denn nun so Ungewöhnliches passiert?

Virchows junger Mann räuspert sich.

Man könne sehen, dass die Schädel alle die gleiche Form hätten: eine fliehende Stirn, abgeflachte Hinterkopfpartie, stark ausgebildete Augenbrauenbögen und einen besonders kräftigen Kieferbau, beinahe schnauzenartig.

»Alle haben eine ziemliche Ähnlichkeit mit den Schädeln von großen Menschenaffen beziehungsweise von unseren steinzeitlichen Vorfahren.«

»Fast alle – bis auf diesen einen hier ...«

Schmalz deutet mit ausgestrecktem Zeigefinger auf einen Totenkopf, der ohne besondere Kennzeichnung vor der ersten Reihe liegt. Godeffroy bemerkt, dass die Hand des Museumsleiters zittert.

»Dieser Kopf ist uns zunächst aufgefallen, weil er seiner äußeren Form nach nicht zu den übrigen passt. Und bei näherer Untersuchung haben wir etwas bemerkt, was uns veranlasst hat, Doktor Krippenberg zu Rate zu ziehen.«

Godeffroy sieht fragend von einem zum anderen. Die drei Männer weichen seinem Blick aus.

»Wenn Sie noch ein wenig näher kommen würden, Herr Godeffroy«, sagt der Zahnarzt endlich.

Widerstrebend tritt Godeffroy dicht an den Tisch heran und beugt sich tiefer hinunter.

Erst jetzt fällt ihm auf, dass der Kiefer dieses Schädels, anders als die anderen, weit geöffnet ist. Wie zu einem Schrei, wie zu einem langen Todesschrei, denkt er.

»Sehen Sie das hier, Herr Godeffroy?«

Zahnarzt Krippenberg klopft mit seinem kleinen Spiegel gegen die untere Gebissreihe, »hier unten links hinten, diese nebeneinanderliegenden Backenzähne, die sind beide mit größeren Goldfüllungen versehen.«

»Ich sehe kein Gold.«

»Das Gold schimmert auch nur bei sehr genauem Hinsehen an zwei sehr kleinen Stellen durch – es ist nach neuestem Stand der zahnärztlichen Kunst mit einer dünnen Emailleschicht in der Farbe der originalen Zahnsubstanz überzogen.«

»Woher wissen Sie das so genau?« Godeffroy dreht sich zu Krippenberg um.

»Ich erkenne meine eigenen Arbeiten auf den ersten Blick.«

Der Zahnarzt zieht eine rosafarbene, mit blauer Tinte bekritzelte Karteikarte aus seiner linken Jackentasche.

»Dieser Mann ist vor knapp einem Jahr in meiner Praxis gewesen – am 1. März 1898 nachmittags gegen drei Uhr, um genau zu sein.«

Während Museumskustos Schmalz zu einer Erklärung ansetzt, wird Godeffroy plötzlich von einer Erkenntnis wie von einem Schlag getroffen. Er hält seine Hände schützend vors Gesicht. Sein Oberkörper kippt nach vorn. Seine Schultern zucken.

Die anderen schweigen, ein wenig peinlich berührt.

Als Godeffroy sich wieder gefasst hat, sagt Zahnarzt Krippenberg vorsichtig: »Wenn Sie noch einmal schauen würden, Herr Godeffroy. Wir haben kurz vor Ihrem Eintreffen noch etwas sehr Seltsames entdeckt.«

Mit einer Pinzette ergreift er ein Stückchen Zahn oder ein Steinchen, vielleicht ein Kristall, jedenfalls ein kleines, scharfkantiges Teil, kaum mehr als einen Quadratmillimeter groß.

»Das hier habe ich nach genauerer Untersuchung im Gebiss des Toten gefunden.« Es sei offenbar in eine schmale Lücke zwischen zwei Backenzähnen gedrückt worden.

»Zunächst haben wir gedacht, es handele sich um eine Glasscherbe«, sagt Krippenberg zögernd.

»Und nun?« Godeffroy blickt zu dem Zahnarzt auf. »Was denken Sie nun?«

»Es könnte auch ein Mineral sein, vielleicht sogar ein Rohdiamant«, sagt der Zahnarzt. Er habe unlängst bei einem befreundeten Juwelier am Jungfernstieg ähnlich aussehende unbearbeitete Edelsteine gesehen. Er zieht eine Lupe aus seiner Tasche und bietet sie Godeffroy an, aber der winkt ab und sagt: »Es ist ein Rohdiamant!«

Die anderen Männer sehen ihn erstaunt an.

»Nach meinen Unterlagen«, so unterbricht Kustos Schmalz die drückende Stille, »nach meinen Unterlagen ist Sebastian Kleine drei Tage nach seiner Behandlung bei Doktor Krippenberg, am frühen Morgen des 3. März vergangenen Jahres, an Bord der *Emily Godeffroy* aus Hamburg abgereist.«

Gut zehn Wochen später sei der junge Mann in der neuen godeffroyschen Faktorei auf Neuguinea vorstellig geworden, gesund und voller Tatendrang.

Godeffroy schluckt ein paarmal. Er presst seine rechte Hand wieder gegen die aufsteigende Übelkeit vor Nase und Mund.

Als probe er bereits seine Rede für die Trauerfreier seines Mitarbeiters, sagt Museumskustos Doktor Schmalz: »Und nun ist unser geschätzter junger Kollege, der hochtalentierte Naturforscher Sebastian Kleine, also unter äußerst merkwürdigen Umständen in seine geliebte Heimatstadt Hamburg zurückgekehrt …«

»Teilweise jedenfalls«, sagt Zahnarzt Krippenberg mehr zu sich selbst als zu den anderen.

Godeffroy sieht ihn missbilligend an, bevor er sich übergeben muss.

Draußen vor der Tür klammert sich der große Unternehmer an das Geländer am Fleet wie ein Seekranker an die Reling eines Schiffes, und der Boden unter seinen Füßen schwankt wie Deckplanken in schwerer See. Sein Magen entleert sich in krampfhaften Schüben. Die Brille beschlägt vom übelriechenden Atem. Durch die getrübten Gläser sieht er einen Totenkopf, der nach Luft schnappend aus dem brackigen Wasser auftaucht. Dann hört er einen langen Todesschrei. Das Echo wird zwischen den Wänden der auf beiden Seiten des Fleets stehenden Speicherhäuser hin und her geworfen und vervielfältigt sich zu einem schrillen Chor.

Vergeblich hält sich Godeffroy die Ohren zu. Er schüttelt sich, fuchtelt mit beiden Armen und presst seine Stirn gegen das kalte Eisen des Geländers, um die Halluzinationen loszuwerden.

Der Mann, der ihm gefolgt ist, beobachtet ungläubig die wankende Gestalt. In so einer Verfassung hat Doktor Schmalz den Herrn des Hauses Godeffroy noch nie gesehen. Schließlich traut er sich näher und legt beruhigend eine Hand auf Godeffroys Schulter.

»Ist Ihnen nicht gut … Kann ich Ihnen helfen?«

Godeffroy zuckt zusammen. Im Schein einer Laterne erkennt er seinen Museumskustos. Einen flüchtigen Moment lang, den später jeder für sich als Einbildung abtun wird, umarmen sich die beiden Männer wie Hilfesuchende in großer Not.

Endlich beruhigen sich Godeffroys Sinne. Der Nebel zieht sich wieder über dem Wasser des Fleets zusammen. Die Schreie verstummen, nur das Kreischen der Nachtmöwen ist noch zu hören. Es beginnt zu schneien.

»Danke. Es geht wieder. Lassen Sie mich bitte allein.« Godeffroy erscheint die eigene Stimme fremd. »Reden Sie bitte mit niemandem über diesen ... über diesen Vorfall ...«

Museumskustos Schmalz überwindet seine Hemmung. »Müssen wir nicht die Polizei einschalten?«, fragt er schließlich. »Es sieht doch so aus, als ob unser Herr Kleine einem Verbrechen zum Opfer gefallen ist. Wahrscheinlich ist er ermordet worden.«

»Wann haben Sie zuletzt etwas von Herrn Kleine gehört?«

»Vor rund vier Monaten. Da ist er zu einer Expedition ins Hinterland der Gazelle-Halbinsel auf Neupommern in Neuguinea aufgebrochen.«

»Und Sie meinen, für diesen Fall ist die Hamburger Polizei zuständig? Nein, auf gar keinen Fall werden wir die Polizei oder sonst eine hiesige Behörde über diese Angelegenheit informieren. Unter keinen Umständen, verstehen Sie mich, Doktor Schmalz ... Jedenfalls bis auf weiteres nicht! Richten Sie das auch den anderen Herren aus. Wir reden dann morgen in kleinem Kreis darüber.«

Ohne einen Einwand abzuwarten, wendet sich Godeffroy um und geht vornüber gebeugt über das alte Kopfsteinpflaster der Straßen und Gassen am östlichen Teil der Wandrahminsel, die sich in schmierseifige Rutschbahnen verwandelt haben. Unterwegs wird er von einem betrunkenen Seemann angerempelt, der aus einer Kneipentür stolpert. Vor Kohns Zigarrenmacherei erkennt ihn ein spät von der Arbeit heimkehrender Hafenagent, verbeugt sich knietief und lüftet untertänig seine Schirmmütze.

Sein Weg führt vorbei an den hohen Backsteinfassaden der neuen Speicherstadt, hinter denen auch noch zu dieser Stunde Kisten und Säcke, Ballen und Fässer von Quartiersleuten und ihren Handlangern gestapelt werden. Aus den Fenstern fällt neues, elektrisches Licht. Es riecht nach Kaffee, Tabak und Gewürzen.

Wie von einem inneren Antrieb gesteuert, erreicht Godeffroy nach einer Viertelstunde den Platz, der von Kindheit an ein Ort des Nachdenkens, des Innehaltens, der Besinnung, manchmal sogar eine Stätte der Andacht für ihn gewesen ist.

Er steht an der Kehrwiederspitze, am Ende einer schmalen, kilometerlangen, dicht mit Kontor- und Speicherhäusern bebauten Hamburger Hafeninsel, die sich wie ein Schiffsbug in den Elbstrom schiebt. Unter seinen Füßen schwappt und spritzt und gurgelt das Wasser der Elbe und übertönt die anderen Geräusche des Hafens. Im abendlichen Zwielicht sind am vorausliegenden Ufer die Windjammer zu sehen, Drei- und Viermaster, die von allen Meeren der Welt zurückgekehrt sind und nun am Vorsetzen, am Baumwall und an den Landungsbrücken festgemacht haben. Ein dichter Wald von Masten und Takelagen wächst in den Himmel. Hin und wieder scheint der fahle Mond durch die schneebeladenen Wolken.

Tagsüber und bei guter Sicht geht der Blick von hier aus viele Kilometer weit den Elbstrom hinunter. Jetzt sieht man zur Rechten nur noch die Silhouette der Stadt. Hier riecht es bei Ebbe nach schlammigem Binnengewässer und bei Flut schon nach salzigem Meer und weiter Welt.

Als Junge und noch als junger Mann hat Godeffroy hier seine Träume geträumt. Damals wäre er selber gern zur See gefahren, als Kapitän auf einem schnellen Windjammer. Später wollte er als Entdecker und Forscher Abenteuer in fernen Welten erleben. Der Portugiese Ferdinand Magellan, der Spanier Christopher Columbus und die Deutschen Georg Forster und Alexander von Humboldt waren seine Idole. Aber die Traditionspflicht seiner Familie und eine frühe, starke Kurzsichtigkeit haben ihn in der Heimat zurückgehalten. So ist er nur ein reicher Mann geworden – einer, der sich ein exotisches Museum und eine anspruchsvolle Zeitschrift leistet und der auf seine Kosten andere all jene Abenteuer erleben lässt, die ihm selber verwehrt geblieben sind.

Godeffroy wischt seine dicken Brillengläser blank. Durch den grauweißen Schneeschleier hindurch erkennt er schemenhaft den abgetakelten Viermaster, der den Namen seiner Frau trägt. Die *Emily Godeffroy* liegt an den Landungsbrücken unterhalb des Stintfangs, eines Geestrückens am Elbufer.

Dort drüben hatte am frühen Nachmittag der große Frachtsegler festgemacht, mit 2000 Tonnen Kopra und ein paar Dutzend Kisten für das Godeffroy-Museum an Bord. Und mit dem Totenkopf von Sebastian Kleine.

Gewiss, im Laufe der Jahre sind mehr als ein Dutzend Mitarbeiter von Godeffroy & Sohn auf den Inseln des Pazifik umgekommen, durch Tropenkrankheiten die meisten, einige durch Unfälle, zwei oder drei durch mörderische Überfälle von wilden Eingeborenen. Aber so ein Ende wie Sebastian Kleine hat noch keiner genommen.

Wie zum Gebet verschränkt Godeffroy seine kalten Hände vor seinem Gehrock. Unbeweglich starrt er in das Schneetreiben, das stetig dichter wird und sich wie ein Vorhang vor der Kulisse des Hafens und der Stadt zusammenzieht.

»Herr Godeffroy!«

Erschrocken dreht sich Godeffroy um. Im Schneetreiben erkennt er Doktor Schmalz.

»Hatte ich Sie nicht gebeten, mich in Ruhe zu lassen?«

»Entschuldigen Sie, aber ich hatte vorhin keine Gelegenheit, Ihnen das hier zu geben. Es könnte wichtig sein …«

Schmalz reicht Godeffroy ein in braunes Wachspapier eingeschlagenes und verschnürtes Päckchen.

»Was ist das?«

»Das Tagebuch von Sebastian Kleine. In einem Brief an mich hat er darum gebeten, es Ihnen verschlossen zu übergeben.«

»Wo haben Sie das denn her, Doktor Schmalz?« Der Museumskustos zögert. Die Antwort scheint ihm nicht leichtzufallen.

»Das wurde uns bereits vor einigen Wochen von einem Arzt aus Bremen zugestellt, einem Bekannten von Sebastian Kleine, der aus Deutsch-Neuguinea zurückgekommen war. Die Sendung war an das Museum Godeffroy adressiert, und ich wollte das Büchlein bei Gelegenheit einmal lesen, leider habe ich bisher keine Zeit gefunden. Aber nach der Entdeckung von heute Abend habe ich endlich einen Blick hineingeworfen. Es hat ja nun möglicherweise eine besondere Bedeutung erlangt, vor allem weil …« Schmalz stockt.

»Was ist denn noch Besonderes?«

»Besonders weil er es gewissermaßen Ihnen persönlich gewidmet hat, wie ich auf den ersten Seiten gelesen habe.«

Godeffroy sieht Schmalz erstaunt an. Dann nimmt er das kleine Paket entgegen und steckt es in seine Manteltasche.

Schmalz verabschiedet sich eilig.

Während sich sein Museumskustos entfernt, befühlt Godeffroy das Päckchen immer wieder. Es hat die Größe und Stärke eines Buches mit hartem Einband.

Kleine hat ihm also sein Tagebuch gewidmet. Möglicherweise stehen Hinweise auf seinen Tod darin. Offenbar hat sich der junge Mann ihm näher gefühlt, als er geglaubt hat. Godeffroy erinnert sich, dass Kleine einmal ein Zerwürfnis mit seinem Vater erwähnt hatte. Schon auf dem Rückweg spürt er eine nervöse Neugier, das Tagebuch des toten Forschers zu lesen.

Er schließt die Augen und versucht, sich an den jungen Mann zu erinnern. Nach einer Weile sieht er ihn wieder vor sich: Gerade dreißig Jahre alt war er vor knapp einem Jahr geworden, ein rotblonder, norddeutscher Typ, mit energischem Kinn, fleischiger Nase und fröhlichen Sommersprossen um die Augen. Hatte er graublaue Augen wie die Elbe bei gutem Wetter? Oder grünliche wie das weite Bauernland seiner Heimat an der Unterelbe? Daran kann Godeffroy sich nicht mehr erinnern, nur an eine blitzende, dünnrandige Brille, die dem Sohn eines Gutsherrn und Ziegeleibesitzers ein studentenhaftes Aussehen verliehen hat. Und dass in seinen Mundwinkeln zumeist ein kleines ironisches Lächeln lauerte, das schon bei geringen Anlässen zu einem ansteckenden Lachen ausbrechen konnte – das fällt ihm auch wieder ein.

Johan Cesar Godeffroy spürt jetzt scharfen, körnigen Schnee auf seiner brennenden Gesichtshaut – als er Sebastian Kleine vor zehn Monaten zum letzten Mal gesehen hat, war es gerade Frühling geworden.

3

Hamburg, Donnerstag, 3. März 1898

Ein für die Jahreszeit ungewöhnlich kräftiges Hochdruckgebiet hat sich über dem östlichen Atlantik und der Biskaya festgesetzt und führt milde Luft aus Südeuropa in den Norden Deutschlands. Tagsüber ist es schon so warm wie sonst erst Anfang Mai. An diesem Morgen liegen an den Landungsbrücken große Gefühle in der Vorfrühlingsluft – Fernweh und Sehnsucht, Lust auf Abenteuer und Angst vor der Zukunft, Liebe und Trauer, Vorfreude und Abschiedsschmerz.

Mit dem ablaufenden Wasser der Elbe soll die *Emily Godeffroy* aus dem Hamburger Hafen auslaufen. Ein schönes, elegant gezeichnetes Schiff, das jüngste und modernste in der Flotte der größten Hamburger Handelsreederei. Vor zwei Jahren ist es in der konzerneigenen Reiherstiegwerft vom Stapel gelaufen. Hundert Meter lang ist der aus Stahl genietete Schiffskörper. Die holzgeschnitzte Galionsfigur mit ihren kaum verhüllten üppigen Brüsten hat mit einiger Vorstellungskraft eine gewisse Ähnlichkeit mit der Namensgeberin Emily Godeffroy.

Die Reiseziele des Windjammers sind Batavia, Singapur, die Südsee und Australien. Hundert Tage wird der Frachtsegler, in dessen Laderäumen bis zu 3000 Tonnen Güter verstaut werden können, voraussichtlich unterwegs sein. Nur ein paar hundert Tonnen Fracht sind in Hamburg an Bord genommen worden, darunter Handels- und Tauschgüter aller Art für das Geschäft mit den Südseeinsulanern. Eine kleine Gruppe von dreißig Auswanderern, darunter nur ein halbes Dutzend Frauen, wird im ausgebauten, niedrigen Zwischendeck untergebracht. Die meisten von ihnen sind zweit- oder drittgeborene Söhne aus dem Bauernland an der Unterelbe, die sich am anderen Ende der Welt als Farmer eine eigene Existenz aufbauen wollen. Auch ein paar Burschen fallen auf, bärenstark und tätowiert und mit finsterem Gesichtsausdruck, die erst kürzlich aus Gefängnissen des Hamburger Umlandes entlassen worden sind.

Jetzt drängen sich die meisten Passagiere an der Backbordseite. Angehörige und Freunde und Abordnungen ihrer Heimatorte stehen unten auf den Landungsbrücken, rufen und lachen und winken und weinen.

Sebastian Kleine wedelt mit einer zusammengerollten Zeitung ziellos in die Menge, denn niemand ist da, der ihm persönlich Abschied bereitet. Dennoch ist er bester Stimmung. Schließlich hat er sich lange genug auf diesen Moment gefreut, an dem das große Abenteuer seines Lebens beginnen soll.

Neben ihm schiebt ein Mann mittleren Alters einen Pfeifenstil in seinen sorgsam gestutzten Bart und pafft blaugraue Wölkchen, die nach Backpflaumen riechen, in die Hamburger Morgenluft. Beide beobachten den Kapitän der *Emily Godeffroy*, der für die Ausfahrt offenbar seine beste Uniform mit goldglänzenden Schulterstücken angelegt hat und der nun mit wichtigen Gesten und lauten Rufen seine Leute dirigiert.

Der Mann mit der Pfeife grinst zu Sebastian Kleine herüber, zeigt auf den Kapitän und sagt: »Kennen Sie diese Geschichte? Neulich kommt so ein uniformierter Kapitän aus dem Atlantik-Hotel. ›Rufen Sie mir sofort eine Droschke‹, grölt ein betrunkener Hotelgast. – ›Hören Sie mal, ich bin nicht der Portier, ich bin ein Kapitän‹, sagt der Kapitän. – ›Auch gut‹, sagt der Trunkenbold, ›dann holen Sie mir eben ein Schiff …‹ Der Pfeifenraucher und Sebastian Kleine lachen gemeinsam so laut, bis der Kapitän der *Emily Godeffroy* zu ihnen herübersieht.

Eine hübsche junge Dame mit großen Augen und blondem Haar, das unter einer kleinen Kappe hervorquillt, geht mit schwingenden Schritten an ihnen vorbei, rutscht auf den feuchten Deckplanken aus, hält sich gerade noch an der Reling fest und lässt dabei zwei Bücher fallen, die sie unter den Arm geklemmt hatte.

Die beiden Männer bücken sich gleichzeitig. »Sieh an, die Heilige Schrift«, sagt der Pfeifenraucher und reicht ihr das Neue Testament mit schwarzem Einband und goldenem Kreuz zurück. »Es kann nicht schaden, wenn Sie bei dem Herrn da oben ein gutes Wort für uns und unsere Reise einlegen.«

Sebastian Kleine wirft einen Blick auf den Titel des zweiten Buches. »Effi Briest« und »Theodor Fontane« liest er auf dem mit Jugendstil-Ornamenten verzierten Umschlag. »Sie sind aber recht vielseitig interessiert«, sagt er, »ist das nicht dieser tragische Liebesroman über eine unglückliche junge Dame, der in der preußischen Gesellschaft Aufsehen erregt hat?« Die junge Frau errötet, bedankt sich und geht mit ihren Büchern zum Heck des Schiffes, offenbar liegt dort ihre Kabine.

Ein Offizier brüllt Kommandos. Acht Jungmatrosen klettern die Wanten hoch auf die quer an den Masten befestigten Rahen – mehr eine Demonstration ihres Könnens für die Passagiere an Bord und für die Zuschauer an Land, die das Spektakel bestaunen. Tatsächlich werden die Großsegel erst viel später gesetzt, in der Elbmündung bei Cuxhaven, kurz vor Erreichen der offenen Nordsee. Jetzt verbinden noch armdicke Taue den Bug des Seglers mit den Duckdalben im Elbstrom und den Pollern am Ufer. Auf den Landungsbrücken sind eine Feuerwehrkapelle und ein Shantychor angetreten. Musikanten und Sänger versuchen, sich gegenseitig zu übertönen.

Als gehe sie das alles nichts an, laden Elbfischer und Gemüsehändler aus dem Alten Land ihre Waren von Fischkuttern und Hafenbarkassen auf zweirädrige Karren und machen sich auf den Weg zu den Märkten der Hansestadt. Unter einem schwarzen Tuch stellt ein Fotograf dieses geschäftige Postkartenmotiv scharf, das auf der abgedunkelten, handgroßen Mattscheibe auf dem Kopf steht: die prächtige *Emily Godeffroy* und davor die winkenden Menschen, die Musikanten, die Fischer und Händler – die noch tief stehende Sonne taucht die Szene in kontrastreiches Seitenlicht. Der Fotograf stellt eine kleine Blende ein und eine Belichtungszeit von drei Sekunden. Dann drückt er vorsichtig auf den Drahtauslöser seiner auf einem Holzstativ festgeschraubten Plattenkamera. Ausgerechnet während der Belichtungszeit rollt eine zweispännige Kutsche in schneller Fahrt durch das Bild. Das wird einen unscharfen großen Streifen hinterlassen. Laut fluchend, taucht der Fotograf unter seinem Tuch auf und beschimpft den

Kutscher. Ob er denn keine Augen im Kopf habe? Die teure, mit Bromsilber beschichtete Glasplatte könne er nun wegwerfen!

Der Kutscher kümmert sich nicht um den Lichtbildner. Er springt eilfertig von seinem Bock und hält die Tür der vornehmen Kalesche auf. Ein Herr klettert heraus und geht mit schnellen Schritten zur Gangway, die gerade von einigen Matrosen an Bord gezogen wird.

»Zu spät ist zu spät!«, ruft einer der Männer und lacht schadenfroh. Das Lachen vergeht ihm, als der Kapitän erscheint und ihn lauthals zusammenstaucht.

»Wissen Sie nicht, wen Sie vor sich haben, Mann ...? Da kommt Herr Godeffroy! Unser Reeder!«

Eilig wird die Gangway wieder ausgefahren. Der Kapitän geht seinem Arbeitgeber mit ausgestreckter Hand entgegen.

»Wann wollen Sie auslaufen?«, fragt Godeffroy freundlich, aber kurz angebunden.

»In einer Stunde, wenn das Wasser kippt und in die Nordsee abläuft«.

»Bedaure, aber Sie müssen das Auslaufen wohl ein wenig verschieben, Kapitän«, sagt Godeffroy, und erklärt, er benötige die Kapitänssuite für ein dringendes vertrauliches Geschäftsgespräch mit zwei Herren, die bereits an Bord seien. Ein, zwei Stunden könne das schon dauern. Ach ja, und ein kräftiger Morgenkaffee für drei Personen wäre eine sehr gute Idee.

»Es ist Ihr Schiff und Ihr Geld«, sagt der Kapitän, »aber zwei Stunden, das ist zu viel, sonst muss uns ein Schlepper gegen die auflaufende Flut bis nach Cuxhaven ziehen. Das wird teuer.«

»Zeit und Geld sind immer gute Argumente«, sagt Godeffroy. »Wenn Sie nichts dagegen haben, bleibe ich bis Blankenese an Bord. Dort können Sie mich an Land rudern lassen, und dann bin ich ja gleich in meinen Haus am Süllberg.«

»Kein Problem, das lässt sich machen, Herr Godeffroy!«

Der Kapitän knallt die Hacken zusammen. Die herumstehenden Matrosen salutieren stramm, als wären sie auf einem Kriegsschiff. Fehlt nur noch, dass die beiden kleinen Signalkanonen abgefeuert werden, denkt Sebastian Kleine, der nur wenige Meter entfernt inmitten der anderen Passagiere vom etwas erhöhten Achterdeck aus diese Szene beobachtet. Er zuckt zusammen, als er seinen Namen hört. Der Kapitän, so teilt Godeffroy lautstark mit, möge zwei Passagiere, zwei wichtige Mitarbeiter des Hauses Godeffroy, unverzüglich in seine Kajüte bitten lassen, und zwar die Herren Kolber und Kleine.

Tagebuch Sebastian Kleine, Freitag, 4. März 1898
Diese erste Eintragung meines Tagebuches schreibe ich an meinem ersten Abend an Bord der Emily Godeffroy, *nachdem wir die offene Nordsee erreicht haben und die Lichter von Cuxhaven am nachtdunklen Horizont erloschen sind. Ich sitze in meiner kleinen Kabine. Die See ist ruhig. Das Licht einer an die Wand montierten Petroleumlampe fällt auf eine kleine Schreibplatte und auf dieses noch weiße Blatt Papier. Da ich wohl noch lange keinen Schlaf finden kann, will ich die Zeit nutzen und auf die Ereignisse des heutigen Tages und ein wenig weiter zurückblicken.*

Zu Beginn meiner Aufzeichnungen möchte ich späteren Lesern jedoch auch das Folgende mitteilen: Da meine Mutter kürzlich verstorben ist und ich mich mit meinem Vater unheilvoll zerstritten habe, widme ich dieses Tagebuch dem Mann, der mir die Möglichkeit gegeben hat, meinen Traum von einem neuen Leben in der fernen Inselwelt der Südsee zu verwirklichen, Herrn Johan Cesar Godeffroy.

Einerseits kann diese Agenda als Tätigkeitsnachweis für die Firma Godeffroy & Sohn dienen, andererseits gebe ich mich der Hoffnung hin, dass meine kommenden Erlebnisse, Entdeckungen und Abenteuer eines Tages auch einem größeren Publikum zugänglich gemacht werden können. Dieses Tagebuch kann dann als Grundlage für Artikel im Journal des Museums Godeffroy *oder sogar für ein Buch dienen. Auch deshalb erlaube ich mir, einige Anmerkungen über meinen bisherigen Lebenslauf voranzustellen:*

Mein Name ist Sebastian Kleine, ich bin der zweite Sohn von Heinrich Wilhelm Kleine, einem Großbauern und Ziegeleibesitzer aus dem Ort Osten an der Oste, in der Nähe von Cuxhaven an einem Nebenfluss der Unterelbe gelegen.

Möglicherweise wird einiges in meinem Wesen verständlicher, wenn ich zunächst erkläre: Ich habe keine Geschwister – ich habe einen Zwillingsbruder. Das ist etwas anderes, es heißt, dass es mich im Prinzip zweimal gibt. Einen Zwillingsbruder zu haben war in der Kindheit noch sehr schön, doch in der Zeit des Heranwachsens hat sich dies für mich und meine Familie zu einem Problem entwickelt.

Mein Bruder Wilhelm – er wurde nach unserem Kaiser auf diesen Namen getauft – soll zehn oder zwölf Minuten älter sein als ich. Das macht dem ersten Anschein nach nicht viel aus. (Äußerlich gleichen wir uns – bis auf das Haar, denn seins ist dunkelblond, mein Schopf schimmert ein wenig rötlich.) Bei uns auf dem Lande allerdings sind diese Minuten entscheidend für das ganze Leben. Denn der erstgeborene Sohn, ganz gleich, ob er zehn Jahre oder zehn Minuten älter ist, wird nach einem ungeschriebenen Stammesgesetz, das wohl noch aus den Anfangszeiten von Ackerbau und Viehzucht bei den Germanen stammt, der alleinige Erbe des gesamten elterlichen Besitzes. Der Älteste übernimmt Haus und Hof und in unserem Falle auch die Fabrik, wenn man eine größere Ziegelei, wie wir sie hinterm Deich an der Oste betreiben, eine Fabrik nennen will. Weil das so ist, hat mein älterer Zwillingsbruder auch von Geburt an alle Privilegien des Erben und künftigen Oberhauptes des Hauses gehabt. Das wäre für mich kein Problem, wenn es dabei nur um geschäftliche und materielle Dinge gegangen wäre. Mein Bruder Wilhelm bekam jedoch auch die größte Achtsamkeit und Liebe meiner Eltern, besonders die meines Vaters, so dass für mich nur wenig Zeit und Zuneigung übrig blieb.

Wir Söhne wurden schon früh auf die Felder, in die Obstplantagen und in die Ziegelei mitgenommen. Mein Vater stellte meinen Bruder Wilhelm in meiner Gegenwart den Arbeitern und

Geschäftspartnern mit großer Geste als seinen Erben und als den künftigen Chef des Betriebes vor. Das machte mich natürlich eifersüchtig, traurig und auch wütend. Ich wurde so jähzornig, wie es bei meiner rotblonden Haarfarbe zu erwarten war. Und weil ich ein wenig stärker als mein zehn Minuten älterer Bruder gewesen bin, habe ich bei unseren Prügeleien meistens obsiegt. Wilhelm lief dann heulend nach Hause. Dafür hat mein Vater mich dann geschlagen. Es setzte Ohrfeigen und Prügelstrafen mit dem Ledergürtel auf das nackte Hinterteil. Mein Bruder stand als Zeuge und als Opfer daneben. Er hat gelacht, wenn ich vor Schmerzen schrie. Da habe ich ihn gehasst.

Meine Gefühle änderten sich erst, als wir das Gymnasium in Stade besuchten und bei Verwandten in dieser kleinen Fachwerkstadt wohnten. Mit zunehmender Bildung und mit meinem wachsenden Interesse an Menschen, an der Natur, an fremden Völkern und Ländern wurde mir klar: Mir steht die Welt offen – meinem Bruder Wilhelm nicht. Ich würde mir einen Beruf aussuchen können, der meinen Neigungen entsprach – er musste das Erbe antreten und weiter in der begrenzten, wenn auch schönen kleinen Welt an der Oste leben. Fortan beneidete ich meinen Zwillingsbruder nicht mehr, ja, ich fühlte ich mich ihm sogar überlegen.

Da mein Vater Wilhelm zu seinem Alleinerben ernannt hatte, finanzierte er mir ein Jurastudium in Hamburg, damit ich auf eigenen Beinen stehen konnte. Danach beschloss ich, eine Karriere bei der Polizei anzustreben. Ich wurde Kommissar-Anwärter und war zwei Jahre lang bei der neu gegründeten Criminalpolizei im Vorort St. Pauli tätig. Dies war eine doch eher anspruchslose und langweiligere Tätigkeit, als ich mir vorgestellt hatte, denn überwiegend war ich als jüngster Mann der Abteilung mit der Aufklärung von nicht besonders aufregenden Diebstahls- und Betrugsdelikten befasst.

Von Kindheit an haben mich fremde Länder und Völker interessiert. Deshalb habe ich mich seit meiner Schulzeit, neben dem Studium und später auch neben der Polizeiarbeit, stets intensiv mit Geografie und Ethnologie beschäftigt. Besonders die noch weitgehend unerforschten Inseln und Völker im südlichen Pazifik haben mich fasziniert, seitdem ich die Aufzeichnungen des großen deutschen Entdeckers Georg Forster gelesen hatte, der diesen Teil der Welt mit dem berühmten britischen Kapitän James Cook bereist und erforscht hat.

Auf Empfehlung eines in der Hamburger Geschäftswelt tätigen Onkels habe ich mich bei dem bekannten Handelshaus Godeffroy & Sohn beworben, als Mitarbeiter des zu diesem Hause gehörenden Museums. Zu meiner Überraschung hat mich Herr Johan Cesar Godeffroy senior persönlich in seinem Kontorhaus empfangen und mich nach einem anregenden Gedankenaustausch tatsächlich engagiert. Offenbar hatten mein Wissen über die Südsee sowie meine frühere Tätigkeit bei der Polizei einen entsprechend positiven Eindruck hinterlassen. Meinerseits war ich von der Freundlichkeit und Souveränität des berühmten Mannes äußerst beeindruckt. Als Herr Godeffroy mich fragte, ob ich mir vorstellen könnte, nach einer mehrmonatigen Einführung durch Museumskustos Doktor Schmalz für sein Haus als Sammler und Forscher in der Südsee zu arbeiten, hatte ich Mühe, meine Begeisterung zu zügeln.

Am Abend des 2. März, also gestern, sollte ich mich an Bord des Windjammers Emily Godeffroy *an den Hamburger Landungsbrücken einfinden, dessen Abreise für den heutigen Donnerstag vorgesehen war.*

Ich war natürlich zur fraglichen Zeit da und kontrollierte sorgfältig mein Gepäck, das kurz nach mir von einigen starken Männern der Firma Godeffroy an Bord geschleppt wurde. Außer meinen Privatsachen besteht es aus drei Kisten mit zahlreichen Fachbüchern in deutscher und englischer Sprache über Pflanzen- und Tiervorkommen auf den Inseln des Pazifik. Auf meiner Inventarliste, die ich gemeinsam mit Museumskustos Schmalz zusammengestellt habe, stehen unter anderem: Chinintabletten gegen Malaria, zwei Lupen, ein Mikroskop, sechs Insektenkästen, ein Dutzend Blechkanister mit Spiritus zum Konservieren, 20 Pfund Gips, zehn Pfund diverse Pulver, zwei Kistchen Gift,

Glaskäfige für lebendige Schlangen und Echsen, einhundert Gläser für Pflanzen und Getier, drei Fässer Salz und nicht zuletzt eine Fotografieausrüstung mit einer modernen Voigtländer Plattenkamera, deren Handhabung ich bei einem Hamburger Fotografenmeister erlernt hatte. Meine Ausrüstung wurde unter meiner Aufsicht sorgfältig in einem kleinen Lagerraum neben meiner Kajüte verstaut.

Diese Kajüte im Heck, gleich neben den Kabinen der Schiffsoffiziere, ist klein, aber recht komfortabel. Es gibt eine Koje, fest eingebaute Schränke und Regale und eine ausklappbare Schreibplatte unter einem Bullauge, an dem ich nun sitze und diese Niederschrift im Schein einer Messingöllampe anfertige.

Wie die anderen Passagiere auch war ich heute bei Tagesanbruch auf den Beinen, um das Ablegen der Emily Godeffroy *zu erleben. Und ich war außerordentlich überrascht, als ich in die Kapitänssuite zu einem folgenreichen Gespräch mit Herrn Godeffroy und Herrn Theobald Kolber gerufen wurde.*

Von Herrn Kolber und seiner Arbeit hatte ich bereits viel Gutes und auch Abenteuerliches gehört. Ich wusste, dass er der Generalbevollmächtigte des Hauses Godeffroy für den gesamten Südseeraum ist, also einer der wichtigsten Leitenden Mitarbeiter meiner Firma. Einige Tage vor der Abreise hatte Herr Godeffroy mir erklärt, Herr Kolber sei während meiner Tätigkeit in der Südsee mein direkter Vorgesetzter, dem ich regelmäßig über meine Arbeit Rechenschaft abzulegen hätte. Ich würde Herrn Kolber erst an Bord der Emily Godeffroy *kennenlernen, vorher habe er aus geschäftlichen und privaten Gründen leider keine Zeit zu einem Gespräch.*

Nachdem ich nun ein wenig nervös den Niedergang am Heck des Schiffes zur Kapitänssuite hinuntergestiegen war, erkannte ich zu meinem Erstaunen, dass ich Herrn Theobald Kolber bereits begegnet war: Der freundliche Mann mit dem Vollbart und der Pfeife, der neben mir an Deck gewesen war, stand nun neben Herrn Godeffroy, drückte mir kräftig die Hand, zwinkerte mir zu und sagte, wir beide hätten uns ja lange nicht gesehen …

Sebastian Kleine sieht erstaunt, wie der große, breitschultrige Theobald Kolber den schmächtigen Johan Cesar Godeffroy bei der Begrüßung in der Kapitänskajüte herzhaft an sich drückt.

»Das freut mich nun aber wirklich, dass du uns noch persönlich verabschieden willst«, sagt Kolber mit belegter Raucherstimme, offensichtlich gerührt. Ein Gefühl, das nicht recht zu diesem harten Mann passen will. Mit seinem vom Leben und von der Südsee-Sonne zerfurchten Gesicht, mit graubraunem Vollbart und grob gestricktem Norwegerpullover wirkt er wie ein abgewetterter Seemann – ganz im Gegensatz zu Godeffroy, der in seinem grauen Kontoranzug und hinter dicker Brille den blassen Büromenschen verkörpert.

Sebastian Kleine blickt diskret zur Seite und betrachtet die komfortable Kapitänssuite.

Wenn da nicht das sanfte Schaukeln des großen Schiffes am Anleger wäre, könnte man glauben, in einem holzgetäfelten Herrensalon an der Hamburger Alster zu sein, im Überseeclub, in einem der feinen Rudervereine oder in der Vereinigung Ehrbarer Kaufleute. Die im Heck gelegene Unterkunft des Kapitäns hat die Ausmaße und Ausstattung einer kleinen Suite im Hotel Atlantic, in der Kleine einmal mit seinen Eltern bei einem Hamburg-Besuch übernachtet hatte. Die Kapitänskajüte ist etwa dreißig Quadratmeter groß, mit einem ausladenden Ess- und Arbeitstisch für zehn oder zwölf Leute in der Mitte, mit grün gepolsterten Sitzbänken, mit Einbauschränken und Bücherregalen aus Mahagoni und Decken- und Wandlampen aus poliertem Messing. Ein großer Facettenspiegel und goldgerahmte Schiffsbilder sind an die hell getäfelten Wände geschraubt. In einem großen, reich verzierten Gusseisenkamin mit geöffneten Türen qualmen noch vom Vorabend ein paar verkohlte Holzscheite.

»Wir haben so einen ähnlichen Kamin in unser Haus in Övelgönne einbauen lassen, der heizt wunderbar«, erklärt der Kapitän, bevor er sich zurückzieht und mit stampfenden Schritten die steile Treppe zur Brücke hinaufgeht.

Auf der mit grünem Leder ausgelegten Platte des großen Tisches dampft kräftiger schwarzer Kaffee in drei Porzellanpötten mit britischen Hafenmotiven.

»Vorsicht, der ist verdammt heiß«, sagt Theobald Kolber und leckt sich die verbrannte Unterlippe.

Godeffroy erklärt Theobald Kolber, warum er »diesen hoffnungsvollen jungen Mann hier« zu dem Gespräch hinzuziehen wolle. »Ich habe dir ja erzählt, dass Herr Kleine ein ausgebildeter Detektiv ist, ein ausgesprochen begabter und engagierter Mann, wie mir der Polizeipräsident persönlich versichert hat, und so einen Ermittler brauchen wir für den Fall, den ich jetzt erörtern möchte.« Seine Miene und seine Stimme werden ernst, als er fortfährt: »Was ich jetzt sagen werde, ist höchst vertraulich, denn möglicherweise steht dabei eine ganze Menge auf dem Spiel – vielleicht sogar die Existenz des Hauses Godeffroy & Sohn …«

4

Erschrocken über diese dramatische Eröffnung des Gespräches atmet Sebastian Kleine tief ein. Theobald Kolber schlürft lautstark an seiner heißen Kaffeetasse.

»So geheimniskrämerisch kenne ich dich gar nicht, Johan, nun sag schon, was ist denn los?«

Godeffroy zieht einen kleinen Tabaksbeutel hervor, öffnet zwei Knoten der Verschnürung und schüttet den Inhalt auf die grüne Lederplatte. Dann pickt er mit einem Zeigefinger drei nagelkopfgroße, mattgläserne Steinchen aus einem Häufchen feinem Sand heraus und schiebt sie in die Tischmitte.

»Was ist das?« Theobald Kolber reibt ein Steinchen prüfend zwischen den Kuppen von Daumen und Zeigefinger und schnuppert sogar daran.

»Das sind Diamanten, echte Diamanten, ich habe sie von einem befreundeten Juwelier untersuchen lassen.«

Theobald Kolber und Sebastian Kleine blicken hin und her,

von Godeffroy zu den grauen Diamanten und wieder zurück. Kolber hält eines der Steinchen gegen das scharfe Licht, das durch ein Bullauge in die Kapitänskajüte fällt.

»Bei dem Projekt das ich besprechen will, geht es um Steine wie diese hier – möglicherweise um Kilo oder Zentner solcher Rohdiamanten, vielleicht sogar um eine der größeren Diamantenminen der Welt …«

Godeffroy streicht ein gefaltetes, mit verschiedenen, farbigen Bleistiftstrichen bemaltes Blatt Papier glatt und fährt mit dem Fingernagel darauf herum. Dann rollt er eine Landkarte von Deutsch-Neuguinea auf dem Tisch aus und legt die Skizze daneben.

»Das hier ist die Blanchebai mit der Gazelle-Halbinsel auf Neupommern, der größten Insel des Bismarckarchipels. Und hier liegt Herbertshöhe mit unserer Kolonialverwaltung, daneben die katholische Missionsstation Vunapope, und dort ist auch Gunantambu eingezeichnet, das Anwesen von Queen Emma.«

Theobald Kolber kenne die Örtlichkeiten ja sehr genau, besonders Gunantambu, sagt Godeffroy mit einem kleinen Lächeln für Sebastian Kleine.

Er deutet auf ein rotes Oval ziemlich in der Mitte des Skizzenblattes, in das ein Vulkan eingezeichnet ist. Darunter steht der Name »Varzin«.

»Das hier ist ein Gebiet von zirka zehn Kilometern Durchmesser, das sich um den Vulkan herumzieht. Und diese drei kleinen Steinchen hier sollen irgendwo in dieser unwegsamen und urwaldreichen Gegend gefunden worden sein, in der noch immer einige Kannibalen leben.«

Theobald Kolber klopft geräuschvoll seine erkaltete Pfeife in einem an der Tischplatte angeschraubten Kristallaschenbecher aus. »Der Varzin ist ein erkalteter Vulkan, den unsere Leute nach dem Sommerdomizil von Reichskanzler Bismarck in Pommern benannt haben. In der Gegend siedeln einige wilde Stämme der Tolai, die widersetzen sich ziemlich hartnäckig den Bekehrungsversuchen unserer christlichen Missionare.«

Oben an Bord ertönen Kommandos und die Stimme des Kapitäns, der offenbar einen seiner Leute lautstark zusammenstaucht. Hinter einem der drei Bullaugen in der Kapitänssuite ist der Turm der Michaeliskirche zu sehen. Der Michel verschiebt sich Zentimeter für Zentimeter von links nach rechts und verschwindet allmählich aus dem Blickfeld der drei Männer. Die *Emily Godeffroy* hat abgelegt. Am Ufer spielt eine Kapelle »Muss i denn, muss i denn zum Städele hinaus ...« Die Signalhörner der umliegenden Dampfer, Barkassen und Großsegler veranstalten einen gewaltigen Lärm.

»Ja und? Was bedeutet das alles für uns?«, schreit Kolber gegen den Krach an.

Godeffroy wartet mit seiner Antwort, bis der Geräuschpegel wieder sinkt.

»Das Fundgebiet dieser Diamanten und das umliegende Land sind mir über einen englischen Bankier für eine Million Pfund Sterling zum Kauf angeboten worden. Nach einem Gutachten sollen dort ähnliche mineralogische Bedingungen herrschen wie in den Diamantenminen von de Beers in Südafrika. Mit anderen Worten: Wenn dieses Stück Land hier in Neuguinea auch nur zu einem Bruchteil so ertragreich sein sollte wie die südafrikanischen Diamantenfelder, so wäre das ein Geschäft, das meine wirtschaftliche Vorstellungskraft übersteigen würde – und das, obwohl ich in meinem Geschäftsleben schon eine Menge Fantasie entwickelt habe.«

Theobald Kolber klopft seine Pfeife aus.

»Verstehe ich dich richtig, Johan Cesar, das Haus Godeffroy will in großem Stil in das Diamantengeschäft einsteigen – und dein Generalbevollmächtigter und Freund Theobald Kolber hört mal eben so nebenbei etwas davon, beim Auslaufen unseres Schiffes?«

»Wenn gewisse Voraussetzungen erfüllt sind, ja.«

»Warum erfahre ich davon erst jetzt, unter diesen ... diesen etwas merkwürdigen und gehetzten Umständen?« Kolber klopft noch heftiger gegen den Aschenbecher. Sebastian Kleine spürt, wie die Atmosphäre immer gereizter wird. Godeffroy vermeidet es, Theobald Kolber anzusehen.

»Weil ich selber erst seit gestern Abend von diesem Diamanten-Projekt weiß, seit gerade mal zwölf Stunden. Ich habe eine schlaflose Nacht lang darüber nachgedacht – und über die gesamte wirtschaftliche Situation unseres Hauses …«

Kolber unterbricht ihn.

»Aber von Diamanten verstehen wir doch nichts, wir handeln mit Stahl und mit Kupfer, mit Schiffen von unserer Werft und mit Kokosnüssen aus dem Pazifik. Diamanten? Davon haben wir doch keine Ahnung! Schon gar nicht von Diamantenminen und deren Ausbeutung! So ein Geschäft ist für uns ein unkalkulierbares Risiko – haben wir das wirklich nötig? Geht es uns so schlecht? Musst du deinen Ruf und die Existenz der Firma tatsächlich auf so ein Vabanquespiel setzen?«

Kolber schiebt seine kalte Pfeife zwischen die Zähne und kaut mit verkniffenem Gesichtsausdruck auf dem Stiel herum. Dabei blickt er Godeffroy an, als zweifele er an dessen Verstand.

Godeffroy zögert, bevor er sich an Sebastian Kleine wendet. »Darf ich Sie bitten, uns für eine Weile allein zu lassen, Herr Kleine, ich muss offenbar mit meinem alten Freund und Partner ein paar persönliche Dinge besprechen, bevor wir wieder sachlich auf diese Angelegenheit hier zurückkommen können, für die wir Sie dann dringend brauchen werden.« Godeffroy deutet dabei auf die drei Diamanten im Tabakshaufen. »Warten Sie in der Nähe der Brücke. Ich lasse Sie wieder rufen!«

Sebastian Kleine geht an Deck. Nervös lehnt er sich an die Reling und beobachtet das geschäftige Treiben im Hafen und auf dem Elbstrom, während die *Emily Godeffroy* von der Strömung getrieben gerade in Höhe von St. Pauli am Elbufer entlanggleitet. Da oben liegt die Reeperbahn und dort ist die Außenstelle der Hamburger Criminalpolizei, in der er Tatverdächtige verhört, Ermittlungsakten bearbeitet und Berichte geschrieben hat. Wie oft hat er von da oben aus sehnsüchtig den auslaufenden großen Seglern hinterhergesehen? Unter seinen Füßen hört er hin und wieder gedämpft die Stimmen von Godeffroy und Kolber, aber er kann kaum ein Wort verstehen.

Die beiden Männer sitzen sich an der Tischplatte gegenüber, vorgebeugt und angriffslustig wie zwei Kampfhähne, die gleich aufeinander einhacken werden. Der kurzsichtige Godeffroy blickt über seine Brille hinweg und hält den Plan des Diamantenfundortes wie einen Schutzschild in der Hand. Kolber stopft seine Pfeife, zündet den Tabak ein wenig zittrig mit einem langen Streichholz an und stößt dicken Qualm aus, der wie eine Gewitterwolke unter der Holzdecke des niedrigen Raumes hängen bleibt.

»Wie lange kennen wir uns jetzt?«, fragt Godeffroy.

»Lange genug. Vielleicht schon ein paar Jahre *zu* lange«, sagt Kolber wütend.

Godeffroys Gesichtszüge versteinern. Empört sieht er Kolber an. Der versucht schnell eine versöhnliche Geste, seine entschuldigend vorgeschobene Hand bleibt auf halber Strecke auf der Tischplatte liegen. Minutenlang starren sich die beiden Männer wortlos an.

Ihr besonderes Verhältnis hat früher ihre Mitschüler, später die Mitarbeiter von Godeffroy & Sohn und die Hamburger Gesellschaft beschäftigt. Der reiche Erbe Johan Cesar Godeffroy und Theobald Kolber, der Sohn einer aufstrebenden kleinen Kaufmannsfamilie, hatten dieselbe Schule besucht, wenn auch verschiedene Klassen. In dem Lübecker Gymnasium, in das Hamburger Kaufleute und Bildungsbürger ihre Söhne zu schicken pflegten, war der ältere Johan Cesar Godeffroy immer der nachdenklichere, körperlich schwächere von beiden. Nicht selten wurde der Abkömmling einer französischen Hugenottenfamilie von hanseatischen Bürgersöhnen als »Flüchtlingsjunge« gehänselt und sogar verprügelt. Bis der jüngere, aber stärkere Theobald Kolber einmal so kräftig dazwischengehauen hat, dass gleich drei Jungen mit blutenden Nasen und geschwollenen Augen die Flucht ergriffen. Bei der anschließenden Strafverhandlung beim Rektor trat Godeffroy so eloquent für seinen neuen Freund ein, dass der Schüler Theobald Kolber mit einer Ermahnung davonkam.

Seither sind die Jugendfreunde gemeinsam durchs Leben gegangen. Sie saßen auch tatsächlich in einem Boot: im Vierer mit Steuermann des feinen Hanseatischen Ruderclubs an der Alster. Der junge Godeffroy gab als Steuermann die Fahrtrichtung an, und Theobald Kolber bestimmte als Schlagmann das Tempo. So sind sie mit ihrem Boot Hamburger Juniorenmeister geworden. Und so ist es im Prinzip geblieben, auch nachdem sie mit dem Rudern aufgehört hatten: Nachdem Johan Cesar Godeffroy von seinem Vater das Kommando des Familienunternehmens übernommen hatte, stellte er den gelernten Kaufmann Theobald Kolber als Prokuristen ein. Und wie früher gab Godeffroy die Ziele vor, und Theobald Kolber bestimmte die Geschwindigkeit, mit der sie erreicht wurden.

Er trieb vor allem das Südseegeschäft voran. Er lebte selber auf den Inseln des Pazifik, organisierte den gewinnträchtigen Handel mit Kopra, erst auf Samoa, dann auch auf den Inseln des Bismarckarchipels und in Neuguinea. Unter Kolbers Leitung wurde der Südseehandel zum ertragreichsten Geschäftszweig des Godeffroy-Konzerns. Mehr als dreißig Frachtsegler beförderten Jahr für Jahr viele tausend Tonnen von Waren zwischen der Elbe und dem Pazifik hin und her. Knapp fünfzig Handelsniederlassungen, für die Hunderte von einheimischen Arbeitern beschäftigt waren, hat Theobald Kolber für das Haus Godeffroy in der Südsee eingerichtet. Godeffroy ernannte seinen Freund zum Generalbevollmächtigten und machte ihn auch mit 15 Prozent Gewinnbeteiligung zum Partner einer neu gegründeten »Südseehandel AG«. So ist Theobald Kolber ein reicher Mann geworden, der sich von einem renommierten dänischen Architekten eine weiße Villa in bester Hamburger Stadtlage bauen lassen konnte: an der »Schönen Aussicht« an der Außenalster. Und er konnte sich auch eine zum Haus und zu seinem Lebensstil passende hanseatische Frau leisten, die verwöhnte Bankierstochter Helena.

Helena Kolber hatte sich geweigert, ihren Ehemann auf die »von Malariamücken verseuchten und von Menschenfressern bevölkerten Inseln des Pazifik« zu folgen. Damit war die Ehe eigentlich beendet, wurde jedoch zum Schein noch jahrelang aufrechterhalten. Godeffroy hatte es als einer der Ersten erfahren, als Helena Kolber die Scheidung einreichte. Umgekehrt wusste Theobald Kolber von den Problemen, die Godeffroy mit seinen erwachsenen Kindern hatte, die er als Nachfolger und Erben für ungeeignet hielt. Die Freundschaft der beiden Männer hatte im Laufe der Jahrzehnte alle Stürme und Flauten überstanden. Und wenn es wirklich ernst wurde, hat der eine immer die Nähe des anderen gesucht.

»Also noch einmal: Wie lange kennen wir uns jetzt?«, fragt Godeffroy, um das Gespräch wieder in Gang zu bringen.

»Ich habe nachgerechnet: Seit 38 Jahren, sieben Monaten und ein paar Tagen – seit wir uns kurz nach meinem 15. Geburtstag zum ersten Mal auf dem Schulhof in Lübeck begegnet sind«, sagt Kolber in die Stille. Das Elbwasser gluckert hörbar gegen die äußere Bordwand.

»Habe ich dich in dieser Zeit jemals hintergangen? Hast du einen Grund gehabt, an meiner Loyalität, an meinem Vertrauen, an meiner Freundschaft zu zweifeln?«

Theobald Kolber schweigt die Tischplatte an.

»Und jetzt, Theobald, jetzt brauche ich nach langer Zeit wieder einmal deinen Rat und deine Hilfe in einer Angelegenheit, in der es für mich, für unser Unternehmen und vielleicht auch für dich um Sein oder Nichtsein geht.«

Kolber blickt auf.

»So pathetisch?«

Kolber kippt seinen inzwischen kalten Kaffee in einem Zug hinunter und stellt die Tasse hart auf den Tisch.

»Eigentlich könnte ich jetzt einen doppelten Schnaps gebrauchen – also Schluss mit der Präambel: Was hat das zu bedeuten, Johan Cesar? Warum weihst du mich erst jetzt in dieses dubiose Diamantengeschäft ein? Warum hast du bei unserer Geschäftsbesprechung vor zwei Tagen noch kein Wort darüber verloren? Warum dieses überfallartige Gespräch?«

»Aus zwei Gründen, um dir gegenüber wie immer ganz offen zu sein: Erstens, weil es um unser Haus heute dramatisch schlechter bestellt ist, als mir selber noch vor zwei Tagen bekannt war. Seither haben mir unsere Buchhalter und die Bankiers neue Bilanzen und Prognosen vorgelegt. Wir sind bis über die Wasserlinie verschuldet, und wenn wir nicht mit vereinten Kräften alle Lenzpumpen anwerfen, dann wird die ganze Firma Godeffroy & Sohn mitsamt ihrem Generalbevollmächtigen Theobald Kolber absaufen, wie unser leckgeschlagener Frachtsegler vor sieben Monaten auf den Klippen hinter dem Kap der guten Hoffnung.«

Kolbers Wut wandelt sich in Bestürzung.

»Ich hoffe, du machst keine Witze ... Ich dachte, die Barings Bank hat einen neuen Millionenkredit für die Modernisierung der Stahlwerke und Werften zugesagt und auch für die Übernahme der gesamten Kokosnussplantagen von Queen Emma auf der Gazelle-Halbinsel? Das hast du jedenfalls vorgestern noch gesagt!«

»Davon war ich auch bis gestern noch überzeugt. Aber die Barings-Leute machen plötzlich große Probleme, sie fordern immer mehr Sicherheiten. Ich musste ihnen sogar schon das Museum als Sicherheit abtreten. Und trotzdem haben die Engländer gestern unsere Kreditlinien dramatisch gekürzt, angeblich weil einer ihrer Londoner Großkunden Insolvenz angemeldet hat. Sie befürchten weitere Pleiten, und wir sind einer der Kandidaten, die ihnen Sorgen machen. Wie du ja weißt, Theobald: Wir haben seit einem Jahr kein eigenes Kapital mehr für notwendige Neuinvestitionen – die Konkurrenz im In- und Ausland kann billiger produzieren und liefern als wir. Offen gesagt habe ich schon seit ein, zwei Jahren unsere Lage falsch eingeschätzt, um es vorsichtig auszudrücken. Wir haben die technische Entwicklung in der Stahlproduktion und in der Werftindustrie verschlafen ... Und leider fallen die Werte unserer amerikanischen Aktienbeteiligungen dramatisch, und dass die Preise für Kopra auf lange Sicht sinken werden, weißt du ja selber am besten.«

In guten Zeiten, das weiß Kolber natürlich, hat eine Tonne Kopra 500 Mark gebracht, jetzt zahlen die Ölmühlen bereits ein

Viertel weniger, weil inzwischen auch aus anderen Rohstoffen Öle und Fette vergleichbarer Qualität für die Produktion von Haushaltsfetten und Kosmetika gewonnen werden können.

Trotzdem ist er verärgert. Seine Halsschlagader pocht, sein Gesicht läuft rot an, während er redet.

»Als dein leitender Angestellter, dein Geschäftspartner und dein Freund erfahre ich also ganz beiläufig, dass wir möglicherweise kurz vor der Pleite stehen – und du willst für hunderttausend Pfund Sterling, also für immerhin zwei Millionen Goldmark, ein ominöses Stück Dschungel in Neuguinea kaufen, in dem angeblich solche Steinchen hier gefunden werden ... Mit welchem Geld denn bitte schön, Johan Cesar?«

Kolber ballt seine Hand um die englische Kaffeetasse, als wolle er sie gegen die mahagonigetäfelte Wand der Kapitänssuite schleudern.

»Nun halt aber mal die Luft an, Theobald.«

»... und warum wollen die englischen Banker dieses angeblich so vielversprechende Diamantengeschäft nicht selber machen oder mit ihren britischen Landsleuten, sondern ausgerechnet mit Godeffroy & Sohn? Lässt du dich etwa unter Druck setzen – oder sogar erpressen?«

»Ich verbitte mir solche Unterstellungen, Theobald!«

»Würdest du meine Frage beantworten!«

»Weil diese britischen Banker etwas von Geld verstehen, aber keine Erfahrung mit anderen Geschäften haben. Deshalb vermitteln sie uns dieses Diamanten-Geschäft. Barings ist bereit, sich als Geldgeber und stiller Minderheitsgesellschafter an einer von uns gegründete Diamanten-Gesellschaft zu beteiligen, das hat mir mein Gewährsmann glaubhaft versichert. Vorausgesetzt, die professionelle und industrielle Ausbeutung des Diamantenvorkommens an diesem Vulkanberg verspricht tatsächlich, ein großes Geschäft von internationaler Bedeutung zu werden – und genau das sollst du eben herausfinden, Theobald, zusammen mit dem jungen Herrn Kleine.«

Vom Deck ist die barsche Stimme des Kapitäns zu hören, der

offenbar einem seiner Männer die Anweisung gibt, das Tau am Bug der *Emily Godeffroy* richtig festzumachen.

Theobald Kolber deutet auf die Zeichnung des Diamanten-Fundgebietes, die Godeffroy über den Tisch geschoben hat: »Vorausgesetzt, dass hier tatsächlich ein riesiges Vermögen in der Erde liegt. Und – woher kommt eigentlich der Kaufpreis für das Land hier, wenn es uns so schlecht geht, die hunderttausend Pfund Sterling …«

»Die Barings Bank will uns sechzig Prozent der Investitionssumme zinslos leihen und sich selber mit den übrigen vierzig Prozent als stiller Gesellschafter an der neuen Diamantenfirma beteiligen.«

»Und was wird unter diesen neuen Umständen aus meinem Projekt, Johan Cesar?«

»Du meinst die Übernahme von Queen Emmas gesamtem Plantagenbesitz in Neuguinea?«

»Gut, dass du das bei deinem Diamantenfieber noch nicht vergessen hast!«

»Ganz im Gegenteil, Theobald, ich habe das bei den Verhandlungen mit den Engländern zur Sprache gebracht. Die sind sehr angetan von der Idee, auf diese Weise eine Art Handelsmonopol für den europäischen Kopra-Markt zu schaffen. Damit könnten wir die Preise diktieren.«

Überrascht sieht Kolber Godeffroy an. Seit Beginn ihrer Auseinandersetzung lächelt er zum ersten Mal – jahrelang hat er vergeblich versucht, dem Freund sein Lieblingsprojekt schmackhaft zu machen: den größten Plantagenbesitz der Südsee für Godeffroy & Sohn zusammenzukaufen.

Godeffroy unterbricht seine Gedanken. »Leider wird deine Verhandlungsposition bei Queen Emma durch unsere gegenwärtige Situation nicht leichter werden – wir können ihre Besitzungen nicht mit Bargeld bezahlen.«

»Und was soll ich ihr dann bieten, schließlich hat sie schon einmal eine Kaufsumme von mehr als zwei Millionen Goldmark erwähnt?«

»Biete ihr eine Million als Barzahlung und eine Beteiligung von 25 Prozent des Aktienanteils einer neuen Blanchebai AG, die wir dann gründen würden. Oder keine Barzahlung und 49 Prozent der neuen Aktien. Und wenn das Geschäft mit der Diamantenmine richtig anläuft, können wir sie ganz auszahlen.«

»Ja wenn ... Mein Gott, Johan Cesar, Queen Emma ist eine clevere Geschäftsfrau. Ich kann mir kaum vorstellen, dass sie sich mit Aktien und zukünftigen spekulativen Gewinnaussichten abspeisen lässt!«

Theobald Kolber reinigt seine Pfeife. »Also gut, ich habe ziemliche Bauchschmerzen bei der ganzen Sache – aber es ist nicht das erste geschäftliche Abenteuer, auf das ich mich mit dir zusammen eingelassen habe.«

Godeffroy lächelt erleichtert.

Warum er eigentlich diesen Sebastian Kleine dazugeholt habe, will Kolber noch wissen. Der sei doch nur als Naturforscher und Sammler für das Museum engagiert worden?

»Weil ich sicher bin, dass du seine besonderen Fähigkeiten in dieser Diamantensache sehr gut gebrauchen kannst. Da muss recherchiert und ermittelt werden wie bei einem Kriminalfall: Wir wissen immer noch nicht, wer diese ersten Rohdiamanten hier gefunden hat. Wir kennen den genauen Fundort nicht. Welche Leute stecken hinter dem Verkaufsangebot für das Minengebiet? Wie sind die an den Landbesitz gekommen? Haben sie ihn weißen Farmern abgekauft, oder sind irgendwelche Stammeshäuptlinge übers Ohr gehauen worden? Gibt es überhaupt Schürfrechte? Es sind eine Menge Fragen zu klären, bei denen dir ein Fachmann für detektivische Ermittlungen sehr behilflich sein kann.«

»Und das soll dieser junge Herr Kleine sein?«

»Falls du es noch nicht weißt: Kleine ist ein ausgebildeter Rechercheur, ein polizeilicher Ermittler. Bevor er in meine Dienste kam, war er der jüngste Detektiv der neuen Hamburger Criminalpolizei. Und zwar der beste, wie mir mein Freund, der Polizeipräsident, persönlich versichert hat. Auch aufgrund dieser

Empfehlung habe ich Kleine eingestellt – abgesehen von seinem ungewöhnlichen Engagement, das ihn als naturwissenschaftlichen Autodidakten durchaus als Mitarbeiter für unser Museum qualifiziert. Dr. Schmalz mit seinen hohen Ansprüchen ist jedenfalls nach den ersten Probemonaten äußerst angetan von diesem jungen Mann.«

»Und was soll dieses Genie jetzt bei dieser Diamanten-Geschichte machen?«

»Wie schon gesagt: Ihr sollt zusammen die Hintergründe erkunden und die Hintermänner ausfindig machen. Sebastian Kleine wird dir natürlich unterstellt.«

»Na, dann wäre das wenigstens geklärt.«

»Wenn du einverstanden bist, dann bitten wir deinen neuen Mitarbeiter jetzt zu dem Gespräch hinzu, denn wie ich sehe, sind wir bereits auf der Höhe von Övelgönne und kurz vor Teufelsbrück. Wir haben gerade noch eine halbe Stunde Zeit, bis ich in Blankenese von Bord muss.«

»Gut, dann ruf den jungen Mann jetzt zu uns.«

Sebastian Kleine setzt sich an den Mahagonitisch hinter seine inzwischen kalte Tasse Kaffee. Fasziniert hört er zu, als ihn der große Johan Cesar Godeffroy knapp über sein Gespräch mit Theobald Kolber informiert, ohne dabei auf die prekäre wirtschaftliche Lage des Hauses Godeffroy einzugehen.

»Unter Anleitung unseres Generalbevollmächtigten, meines Freundes Theobald Kolber, sollen Sie also in geheimer Mission herausfinden, was und wer hinter diesen Diamantenfunden steckt. Dabei hoffen wir auf ihre detektivischen Fähigkeiten, über die ich Beeindruckendes vernommen habe.«

Sebastian Kleine versucht vergeblich, nicht zu erröten. Er stottert etwas von großem Vertrauen und ehrenvollem Auftrag, um seine Verwirrung zu überspielen.

»Wenn ich es richtig verstanden habe, dann sollen wir herausfinden, ob die Voraussetzungen für ein seriöses Geschäft gegeben sind?«

Godeffroy nickt. »Sehr treffend zusammengefasst.«

»Und dieser skizzierte Plan von dem Fundgebiet und diese drei Rohdiamanten – ist das alles, was wir sozusagen als Ausgangsmaterial für die Ermittlungen haben?«

»Viel mehr haben wir tatsächlich nicht.«

Godeffroy zieht ein dünnes rotes Notizbuch aus der Brusttasche seines Jacketts und klappt eine Seite auf.

»Wie mir die Engländer gesagt haben, sollen die Diamantenfunde ein Zufallsprodukt gewesen sein. Ein oder zwei australische Goldsucher hätten an einem versteckt liegenden Fluss den Ufersand ausgewaschen – sie haben kein Gold in ihren Sieben gehabt, aber ein paar Diamanten.«

»Merkwürdig. Kommen Gold und Diamanten unter denselben mineralogischen Gegebenheiten vor?«

»Das weiß ich nicht. Jedenfalls liegen die großen Fundorte von de Beers in Südafrika wohl auch in der Nähe von Vulkanen.« Godeffroy blättert sein Notizbuch um.

»Es gibt noch etwas. Einen Namen. Ein gewisser Mijnheer Klaas van Oranje wird sich euch nach eurer Ankunft in Herbertshöhe zu erkennen geben. Offenbar ist das ein Deckname. Wahrscheinlich ist der Mann Holländer oder Bure, jedenfalls soll er ein Diamantenexperte aus Südafrika sein, wie mir die Engländer gesagt haben, mehr wissen sie angeblich auch nicht. Dieser Klaas van Oranje soll euch weitere Informationen und schriftliche Untersuchungsergebnisse, Boden- und Gesteinsproben und solche Dinge geben. Vor allem aber soll er euch zum Fundort der Diamanten führen, damit ihr euch selber einen Eindruck verschafft. Wie ich gehört habe, soll es von der Küste aus ein tagelanger, nicht ganz ungefährlicher Fußmarsch durch den Urwald bis zu diesem Vulkan hier sein.«

»Wahrscheinlich brauchen wir dafür eine Woche«, sagt Theobald Kolber.

»Und wenn sich der Herr nicht meldet?«, fragt Kleine.

»Dann müsst ihr ihn finden!« Godeffroy steht auf, umarmt seinen alten Freund und schüttelt seinem jungen Mitarbeiter lange die Hand.

»Ich wünsche euch Glück und Erfolg – und dass ihr mir wohlbehalten und gesund zurückkommt!«

Die drei Männer gehen nacheinander die Treppe von der Kapitänssuite zur Kommandobrücke hinauf. Kapitän Tietjen salutiert, als sie an Deck erscheinen.

Im Hintergrund wartet eine junge Dame, ihr weiter, dunkelblauer Mantel weht im Wind. Sie nimmt ihr unter dem Kinn festgebundenes Käppi ab und fährt sich mit beiden Händen durch ihre flatternden dunkelblonden Haare, die ihr Gesicht im Gegenlicht wie ein Heiligenschein einrahmen.

Sebastian Kleine ist einen Moment lang vom Sonnenschein geblendet. Er hält sich die Hand vor Augen. Durch seine Finger hindurch sieht er zwei große bernsteinfarbene Augen und einen weichen Mund, der lächelt. Auf der dunklen Bluse der jungen Frau blitzen zwei Goldkettchen, eines mit einem roten Herzchen, das andere mit einem Jesuskreuz.

Godeffroy macht eine Handbewegung und sagt: »Meine Güte, fast hätte ich vergessen, euch eine charmante Reisebegleiterin vorzustellen: Schwester Anna Scharnhorst von der Rheinischen Missionsgesellschaft. Sie ist in einer ganz besonderen Mission in die Südsee unterwegs, wie mir mein alter Freund, der verehrte Präses der evangelischen Kirche des Rheinlandes, anvertraut hat – aber es ist wohl besser, wenn sie euch im Laufe eurer gemeinsamen Reise selber davon erzählt. Jedenfalls bin ich dem Wunsch der kirchlichen Würdenträger sehr gerne nachgekommen und habe Missionsschwester Scharnhorst zu dieser Überfahrt in die Südsee eingeladen, gegen Gottes Lohn sozusagen.«

Die junge Frau deutet einen mädchenhaften Knicks an und lächelte Theobald Kolber und Sebastian Kleine dabei selbstbewusst an.

»Ich möchte mich im Namen meiner Missionsgesellschaft und natürlich auch persönlich recht herzlich für Ihre Großmütigkeit bedanken. Ich hoffe, Gott wird Sie und Ihre Werke auch weiterhin beschützen.«

»Danke, das hoffe ich ebenfalls, Gottes Schutz können die

Herren und ich gut gebrauchen«, sagte Godeffroy und verabschiedet sich noch einmal.

Kolber und Kleine lächeln die junge Frau an und verbeugen sich ein wenig geziert.

»Wir hatten ja bereits das Vergnügen«, sagt Theobald Kolber, »wir sind ja sozusagen übereinander gestolpert.«

Die Missionsschwester errötet, bevor sie in ein mitreißendes Lachen ausbricht, das sie hinter vorgehaltener Hand nur mühsam wieder einfängt. Die kleine Geste erinnert Sebastian Kleine an die abenteuerlustige Lehrertochter, die er vor Jahren beim Tanzball in der Schützenhalle seines Heimatortes beinahe geküsst hätte – wenn deren Mutter nicht dazwischengekommen wäre.

Godeffroy blickt auf seine Taschenuhr. Über dem Elbufer kommt jetzt das beliebte Hotel Jacobs mit seiner von prächtigen Linden gesäumten Terrasse in Sichtweite.

»Meine Herren«, sagt Godeffroy betont förmlich, »darf ich Sie bitten, diese junge Dame während der langen Überfahrt und auch noch in Neuguinea ein wenig in Ihre Obhut zu nehmen.« Als das erfreute Lächeln der beiden Männer in ein breites Grinsen mündet, fügt er hinzu: »Fräulein Anna Scharnhorst steht übrigens auch unter besonderem Schutz der Gattin unseres Kapitäns Tietjen, und die ist, wenn ich das offen sagen darf, sogar bei raubeinigen Seebären wegen ihrer Resolutheit gefürchtet.«

Der Kapitän nickt verlegen: »Wir erreichen bald Blankenese, Herr Godeffroy.«

Godeffroy zieht Theobald Kolber zu sich heran. »Wenn du mir aus Neuguinea dringende Nachrichten zukommen lassen willst, kannst du sie verschlüsselt über eine neue, geheime Telegrafenfunkstation unserer kaiserlichen Kriegsmarine übermitteln, die in Neuguinea in der Nähe von Rabaul erprobt werden soll. Auf dem Zettel hier ist der genaue Standort verzeichnet und der Name des verantwortlichen Mannes dort. Richte ihm Grüße von meinem Freund Admiral von Plankwitz aus und gib ihm diesen Brief hier.«

Godeffroy drückt Kolber an sich und schiebt ihm dabei verschwörerisch einen kleinen Umschlag zu.

Eine Stunde und zwanzig Minuten nach dem Ablegen der *Emily Godeffroy* von den Landungsbrücken im Hamburger Hafen klettert Johan Cesar Godeffroy rückwärts, mit dem Gesicht zur Bordwand, Sprosse für Sprosse, ein Fallreep hinunter, ohne in die Tiefe zu sehen, denn seit seiner Kindheit leidet er an Höhenangst. Unter ihm dümpelt ein kleines Beiboot an der Backbordseite des großen Frachtseglers.

Das Signalhorn der *Emily Godeffroy* ertönt zum Abschied des Schiffseigners dreimal hintereinander so kräftig, dass die Fensterscheiben in den Häusern am Blankeneser Süllberg vibrieren. Zwei muskulöse Matrosen legen sich mächtig in die Riemen und rudern Godeffroy zügig an Land. Die Reedereifahne mit dem goldenen Falken flattert im Fahrtwind.

Mit den Schuhen in der Hand und hochgekrempelter Anzughose watet Johan Cesar Godeffroy die letzten Meter durch flaches Wasser an Land. Er bleibt noch eine Weile am sandigen Elbufer stehen und winkt seinem Viermaster nach, ein stetiger kleiner Wind bläht die wenigen gesetzten Segel und treibt mit dem ablaufenden Wasser der Elbe die *Emily Godeffroy* zügig in Richtung Nordsee voran. Godeffroy weiß, dass er das Schicksal seines bald zweihundert Jahre alten Familienunternehmens in die Hände der beiden Männer gelegt hat, deren Silhouetten er schon bald nicht mehr erkennen kann.

An der Uferstraße wartet ein Zweispänner. Die Kutsche bringt Godeffroy zum Süllberg hinauf und weiter zur Familienvilla, deren großer Park zur Elbe hinausgeht. Vor der weißen Fassade weht eine große Fahne mit dem Falkenwappen an einem haushohen Mast, wie immer, wenn ein Schiff der Handelsflotte von Godeffroy & Sohn vorüberfährt.

5

»Nun denn«, sagt Theobald Kolber an Bord der *Emily Godeffroy*, »jetzt sind wir also auf uns allein gestellt, junger Mann.« Er klopft Sebastian Kleine so kräftig auf die Schulter, dass dessen Oberkörper gegen die Reling gedrückt wird. »Auf gute Zusammenarbeit, mein Freund!«

Missionsschwester Anna verabschiedet sich. Sie sagt, es habe sie gefreut. Sie werde die Herren ja bald wiedersehen, wolle sich nun aber um ihr Reisegepäck kümmern und sich in ihrer kleinen Kabine ein wenig einrichten.

Sebastian Kleine sieht ihr lange nach, als sie auf den im sanften Rhythmus des Elbstromes leicht schwankenden Deckplanken mit kleinen Hüftschwüngen und wippendem, wadenlangem Rock zum Vorderdeck geht, vorbei an Gruppen von Passagieren und an geschäftigen Seeleuten, die ihr ebenfalls länger nachblicken, als es ihre Arbeit eigentlich erlaubt.

»Da hat uns der liebe Herrgott aber eine ausgesprochen hübsche Prüfung auferlegt«, sagt Theobald Kolber.

»Warum hat sich so eine junge Frau wohl der Frömmigkeit und der Keuschheit verschrieben – was da wohl in ihrem Leben passiert sein mag?«, fragt Sebastian Kleine.

»Das mit der Keuschheit nimmt man in der evangelisch-lutherischen Kirche nicht so streng wie bei katholischen Betschwestern und Bettelmönchen«, sagt Kolber. Bekanntlich dürften die Pastoren und Missionare der Glaubensrichtung Martin Luthers sogar heiraten.

»Wir können sie ja bei Gelegenheit selber fragen, schließlich sollen wir uns doch um sie kümmern.«

Gemeinsam beobachten die beiden Männer den Steuermann, der das mannsgroße Ruder auf Kurs hält. An Backbord und Steuerbord breiten sich die flachen Ufer von Schleswig-Holstein und Niedersachen unter dem Horizont aus. In Höhe der Mündung des Flusses Oste und kurz vor dem Ort Otterndorf erreiche der Wind bereits eine Stärke von vier bis fünf, in Böen sechs, mit zunehmender Tendenz. In einer Stunde werde man Cuxhaven, die Elbmündung und die offene Nordsee erreichen, erklärt der Rudergänger, dann könne die *Emily Godeffroy* endlich auch die Großsegel setzen. An Helgoland vorbei gehe es zum englischen Kanal. In zwei, drei Tagen werde man im walisischen Hafen Cardiff noch tausend Tonnen Kohle für eine Bunkerstation in der indonesischen Hauptstadt Batavia in den Laderaum füllen, bevor es dann auf den Atlantik hinaus nach Süden gehe.

Die »Emily«, wie die Besatzung den Frachtsegler liebevoll nenne, sei vor vier Jahren in Bremerhaven vom Stapel gelaufen. Sie sei vermutlich einer der letzten Neubauten ihrer Art, denn die Zukunft gehöre den Dampfern. Doch immerhin habe man zwischen dem Kap der Guten Hoffnung und der australischen Küste im letzten Frühjahr bei günstigem Wind ein Etmal von 288 Seemeilen herausgefahren.

Ein Etmal?

Das sei die Strecke, die ein Schiff von 12 Uhr mittags an gerechnet in 24 Stunden zurücklege. Auf dieser Reise wolle man den eigenen Rekord brechen und mehr als 300 Seemeilen schaffen. Bei günstigen Winden könne man Batavia in sieben bis acht Wochen erreichen und zwei Wochen später voraussichtlich am Ziel der Reise Anker werfen: in der Blanchebai vor der Küste von Neupommern.

Er freue sich schon auf das Empfangsfest bei Queen Emma, sagt der Seemann. Dabei zeichnet er mit beiden Händen eine schwungvolle Frauenfigur in die Seeluft: so wohlgeformte, anschmiegsame Weiber würden dort warten, bildhübsche Samoanerinnen, die Queen Emma von ihrer Heimatinsel nach Neuguinea geholt habe. Wie immer werde es üppiges Essen und reichlich zu trinken geben und Musik und Tanz bis zum Anbruch des nächsten Tages. Der Mann lacht breit.

Theobald Kolber klopft dem Erzähler zustimmend auf die Schulter und sagt zu Sebastian Kleine: »Das ist kein Seemannslatein, mein Junge, das kann ich als ehrbarer Hamburger Kaufmann bestätigen …« Und dabei bläst er Tabakswolken, die nach Honig und Trockenpflaumen riechen, in den blanken norddeutschen Himmel.

Tagebuch Sebastian Kleine, Sonnabend, 12. März 1898
Manchmal ist mir, als würden wir unter der Meeresoberfläche in die Südsee reisen. Seit Tagen und Nächten rast und schäumt glasklares, blaues Wasser am Bullauge meiner Kabine vorüber, deren Boden sich gleichzeitig wie bei einem nicht enden wollenden Beben hebt und senkt und dann wieder oft stundenlang in einer zitternden, schrägen Seitenlage verharrt. Ein gleichförmiger Wind bläst in die voll gesetzten Segel und treibt unser Schiff mit einer Geschwindigkeit von zehn bis zwölf Knoten voran.

Kapitän Tietjen ist begeistert. Er meint, bei solcher Reisegeschwindigkeit können wir gut und gerne eine Woche früher als geplant unser Ziel erreichen.

Der britische Kanal und die Bucht von Biskaya liegen bereits hinter uns. Den gewaltigen Orkan dort habe ich gut ertragen. Erst als wir in wärmere Gefilde und in ruhigere Gewässer kamen, bin ich doch noch seekrank geworden. Die Ausläufer des nun Hunderte von Kilometern entfernten Sturmes mit ihren meterhohen, sanften Dünungen haben mir den Magen umgedreht. Zum Amüsement der alten Seeleute hing ich stundenlang über der Reling und würgte meinen Mageninhalt bis zum letzten bitteren Tropfen heraus.

Vorgestern Abend entdeckte ich nur ein paar Meter von mir entfernt an Bord unter dem Großmast stehend die Frau, nach der ich lange Zeit vergebens Ausschau gehalten hatte.

Gern hätte ich Missionsschwester Anna unter angenehmeren Umständen wiedergetroffen, denn ihr ging es ganz offensichtlich noch schlechter als mir: Ihr Gesicht war grünlich blass und ihre fröhlichen Augen hatten jeglichen Glanz verloren. Offenbar war es ihr unangenehm, dass ich sie in diesem Zustand sah. Wir lächelten uns aus einiger Entfernung wie Leidensgenossen zu. Sie winkte mit einer kleinen Handbewegung und ging wieder mit unsicheren Schritten die steile Treppe zu den Kajüten hinunter. Danach war mir, als hätte ich eine Erscheinung gehabt und mir die Begegnung nur eingebildet.

Schiffszwieback und Wasser hielten mich in dieser Phase der Reise mühsam am Leben. Tagelang lag ich in meiner Koje, sah zu, wie das Wasser draußen vor dem Bullauge vorbeirauschte, und sann über mein bisheriges Leben und meine Zukunft nach. Und über meine Gespräche mit Theobald Kolber.

Er ist mir in kurzer Zeit zu einem Vertrauten geworden. Ich weiß nicht, wie ich unser Verhältnis beschreiben soll: Manchmal ist er mir wie der Vater, den ich mir immer gewünscht habe, dann wieder ist unsere Beziehung trotz des Altersunterschiedes eher brüderlich zu nennen. Er hat mir das »Du« angeboten. Jedenfalls hat er mich bisher nicht spüren lassen, dass er mein Vorgesetzter ist, aber das mag sich ändern, wenn wir erst einmal am Ziel unserer Reise eingetroffen sind und an unsere große Aufgabe herangehen müssen: an die Suche nach den Hintermännern des Diamantenfundes und an die Verhandlungen über den Kauf der Diamantenmine. Merkwürdig, bisher haben wir vermieden, darüber zu reden. Jedenfalls reagiert Theobald Kolber abweisend, wenn ich auf dieses Thema zu sprechen komme.

Stattdessen haben wir ganz persönliche Gedanken ausgetauscht. Wir haben uns näher kennengelernt, indem wir uns unsere Lebensgeschichten erzählt haben, mal bei Bier, Rotwein oder Rum in der Offiziersmesse, wo wir oft alleine sitzen, mal in seiner oder in meiner Kabine oder bei unseren gemeinsamen Wanderungen über das Schiffsdeck, das für mich genau 114 Schritte in der Länge und 15 Schritte in der Breite misst.

Kolber hat mir von seiner Kindheit an der Elbe erzählt und von seinem Leben auf Samoa und in Neuguinea. Als Junge war er Anführer einer Bande, die vor Blankenese auf den Elbinseln Schweinesand und Kalbsand Piraten und Schatzsucher gespielt hat. Die Bücher von Robert Louis Stevenson haben seiner Fantasie damals Flügel verliehen, sagt er. Seither habe ihn die Sehnsucht nach der Südsee nicht mehr losgelassen.

Mit seiner gutdotierten Arbeit als Generalbevollmächtigter für Godeffroy & Sohn und durch einen vereinbarten Gewinnanteil ist Theobald über die Jahre zu einem beträchtlichen Vermögen gekommen. Sein Vater sei doch stolz auf ihn gewesen, obwohl der ihn lieber als Mitglied der Vereinigung Ehrbarer Hamburger Kaufleute in Frack und Zylinder an der Börse gesehen hätte. Sogar über seine bevorstehende Scheidung hat Theobald mit mir gesprochen. Er schien geradezu erleichtert darüber zu sein. Die Abfindung für seine Frau werde ihn zwar ein Vermögen kosten, aber als freier Mann werde er endlich wieder ein Leben nach seinem Gusto führen können.

Gegen Ende der ersten Reisewoche berichtete Theobald zum ersten Mal ausführlicher von jener Frau, von der ich schon in Hamburg und an Bord unseres Schiffes des Öfteren gehört hatte. Das heißt, Theobald schwärmte wie ein Jüngling von »Queen Emma«, sobald ihr Name auch nur fiel.

Seine Erzählungen lassen sich in etwa so zusammenfassen: Queen Emma ist die Tochter einer samoanischen Häuptlingsfrau und eines amerikanischen Abenteurers. In ihrer Jugend war sie selbst auf ihrer mit hübschen Frauen gesegneten Heimatinsel eine besonders auffallende Schönheit. Und heute, mit etwa vierzig Jahren, muss sie noch immer eine überaus attraktive Frau sein, der Männer jeglichen Alters und aller gesellschaftlichen Klassen zu Füßen liegen.

Emma Eliza Coe, so hieß diese legendäre Frau bei ihrer Geburt, hat in Australien und Kalifornien studiert und dann das internationale Kaufmannsgeschäft erlernt. Schon mit zwanzig, erzählt Theobald, setzte sie den Grundstein für ihren Aufstieg zur großen Unternehmerin: Weitsichtiger als die meisten europäischen und amerikanischen Geschäftsleute, die im Pazifik kurzfristig viel Geld machen wollten, hat sie damals Kokosnuss-Plantagen anlegen lassen, nicht nur auf ihrer Heimatinsel Samoa, sondern vor allem in Neuguinea, wo Land und Arbeitskräfte noch billiger zu haben sind. Jetzt gehörten ihr mehr als zehntausend Hektar ertragreiches Plantagenland. Queen Emma ist längst zur reichsten Frau des

Pazifik geworden. Sie errichtete in der Nähe der Kolonialverwaltung eine prächtige Residenz, die sie nach einem nahe gelegenen Eingeborenendorf Gunantambu getauft hat. Hier, so berichtet Theobald, pflegt die schöne Samoanerin ausschweifende Feste für Europäer und Amerikaner, für ihre Landsleute aus Samoa und für die großen Häuptlinge des Bismarckarchipels zu geben.

Theobald scheint diese Frau zu verehren. Und als er mir von seinem Vorhaben erzählte, den gesamten Plantagenbesitz von Queen Emma für das Haus Godeffroy zu erwerben, da leuchteten seine Augen, als berichte er von einer geplanten Liebesheirat.

Schließlich weihte mich Theobald bei einem unserer abendlichen Spaziergänge über das Schiffsdeck auch in die bedrohliche wirtschaftliche Lage des Hauses Godeffroy & Sohn ein. Zunächst glaubte ich, er übertreibe mit seiner vom Alkohol gelösten Zunge, denn wir hatten zuvor auf Einladung des Kapitäns schweren Portwein getrunken, aber ihn bedrückte diese Situation offenbar so sehr, dass er unbedingt darüber reden wollte. Nachdem er mir eine Art Schweigegelübde abgenommen hatte, erfuhr ich von der Bedeutung unseres Auftrages für das Bestehen der Firma Godeffroy & Sohn. Es könnte von dem Geschäft mit dem Diamantenvorkommen auf Neuguinea abhängen, ob das in aller Welt angesehene Unternehmen überleben oder zusammenbrechen wird. Theobald machte keinen Hehl daraus, dass ihm diese Geschichte um den Diamantenfund von Neuguinea nicht geheuer vorkommt. Es sei wie bei einem Roulettespiel, bei dem sein alter Freund Johan Cesar in seiner Verzweiflung alles auf eine einzelne Zahl setzen müsse. Das berge Risiken, auch für uns beide.

Möglicherweise stecken irgendwelche skrupellosen Geschäftemacher hinter der Diamantensache. Andererseits, so meinte er, bevor wir an diesem Abend in unsere Kojen gingen, andererseits seien wir nun ja vom Schicksal auserkoren – vielleicht könnten wir das bedrohte Haus Godeffroy mit einem gelungenen Coup vor dem Ruin retten.

In dieser und in den folgenden Nächten fand ich trotz der ruhigen See keinen ausreichenden Schlaf.

Erst seit wir vor einer Woche Madeira passiert haben, geht es mir von Tag zu Tag besser. Die See ist ruhiger geworden. Wir haben am Horizont die Kapverdischen Inseln gesichtet und dann die Westküste Afrikas. Der Ausguck rief uns von seinem Aussichtskorb am Mast zu, dort am Horizont liege unser neues deutsches Vaterland. Er meinte die Kolonie Togo. Tage später kamen wir an Deutsch-Kamerun vorüber. Der Kapitän ließ über die Toppen flaggen. Aber wir konnten bei glasiger Sicht nicht ausmachen, ob unser Gruß irgendwo an Land erwidert wurde.

Als wir den Äquator erreichten, wurde mit großem Trara das traditionelle Bordfest der Seeleute gefeiert – die Äquatortaufe. Drei junge Leichtmatrosen der Emily Godeffroy *haben erstmals diese imaginäre Linie überquert, die unseren Erdball in eine Nord- und eine Südhälfte teilt. Diesen drei Burschen wurde nach altem Brauch ziemlich übel mitgespielt. Ein als Neptun verkleideter älterer Seebär tunkte sie mit Hilfe von einigen Spießgesellen in ein Fass voll stinkenden Wassers, in dem Küchenabfälle und Fischreste schwammen. Eine schwarz bemalte »Menschenfresserbande« tanzte um den Bottich herum, als würde darin aus den Täuflingen eine schmackhafte Suppe zubereitet. Nachher wurden die drei Opfer über die Reling in die Tiefe geworfen, was nach den durchlittenen Torturen bei glasklarem Wasser durchaus eine Wohltat gewesen sein muss. Nun wurde es ein richtiges, lustiges Fest mit Musik und Tanz und Shantygesängen. Bier und Schnaps flossen, bis beinahe alle Besatzungsmitglieder im Vollrausch waren, abgesehen von den Wachhabenden natürlich. Zur Erheiterung aller musste unser Kapitän mit schwerer Schlagseite von seiner tatkräftigen Gattin in sein Schlafgemach bugsiert werden.*

Auch Theobald Kolber und ich gaben uns an diesem Abend dem Alkohol nicht unbeschadet hin. Gegen Ende des Äquatorfestes hielt ich meinen schweren und schmerzenden Kopf über die Reling, in der Hoffnung, der frische Seewind und die salzige Meerwassergischt würden mein Leiden lindern. Was dann geschah, werde ich mein Leben lang nicht vergessen …

In dieser Nacht geht der betrunkene Sebastian Kleine auf der Suche nach seiner Kabine über das schwankende Deck. Ein warmer Regen setzt ein und verdunkelt den tropischen Sternenhimmel. Kleine hangelt sich an der Reling entlang. In der Schiffsmitte, in Höhe der Werkstatt des Segelmachers, wird eine Tür auf- und zugeschlagen. Er hört kehlige Stimmen. Und einen Schrei – eine Frauenstimme, die gurgelnd erstickt.

War das ein Hilferuf?

Kleine wird sogleich nüchterner und läuft oder schlittert vielmehr auf die Werkstatt zu. Warum, kann er sich später nicht erklären, aber unterwegs ergreift er einen der armdicken langen Stöcke, mit denen das Ankerspill gedreht wird, aus der Halterung und quetscht sich in die halboffen stehende Tür. Durch einen Salzwasserschleier in seinen Augen erkennt er einen Mann, der ihm breitbeinig den Rücken zukehrt. In dessen linker Hand flackert eine Sturmlaterne. Mit der Rechten stützt er sich an der Wand ab. Der flackernde Lichtschein fällt auf einen zweiten Mann, der über einer am Boden liegenden Frau kniet. Ihr Körper windet sich.

Im ersten Moment glaubt Kleine, die Männer würden einer verletzten Passagierin erste Hilfe leisten. Er wischt sich mit dem Handrücken über die Augen und erkennt dann im Zwielicht, was tatsächlich geschieht: Die beiden Kerle wollen die Frau vergewaltigen!

Der Mann am Boden hat seine Hose bis in die Kniekehlen heruntergezogen. Sein knochiger weißer Hintern ist mit Schriftzeichen und einem Totenkopf tätowiert. Er hat die Bluse und den Rock der Frau aufgerissen und ihre Beine auseinandergespreizt. Er presst ihre Hände auf den Boden. Sie wehrt sich mit nachlassender Kraft.

»Mach endlich, du Schlappschwanz. Lass mich endlich ran!«, brüllt der Kerl mit der Laterne und lacht.

Ohne nachzudenken, schlägt Sebastian Kleine mit aller Kraft zu. Krachend knallt das Holzstücke auf den Hinterkopf des stehenden Mannes. Der fällt wie ein vom Blitz getroffener Baum.

Die Sturmlaterne flackert am Boden weiter und beleuchtet das fassungslose Gesicht des anderen Mannes, als der sich umdreht, um zu sehen, was hinter ihm geschieht. Kleines zweiter Hieb zertrümmert ihm Zähne und Kiefer. Sein massiger Körper kippt seitlich von der Frau herunter. Die rafft ihren Rock zusammen und versucht aufzustehen. Kleine ergreift ihre Hand und hilft ihr auf die Beine.

»Schnell, kommen Sie!«

Sie lässt sich auf den Gang hinausziehen. Hinter ihnen sind Schmerzenschreie und lautes Fluchen zu hören.

Nach wenigen Schritten erreicht Sebastian Kleine seine Kajüte. Er schiebt die Frau vor sich her und verriegelt die Tür von innen. Schwer atmend stehen sie eng nebeneinander im Dunkel. Er spürt ihre Herzschläge. Polternde Schritte kommen näher. Er drückt die Finger seiner rechten Hand auf ihren Mund. Die beiden Männer torkeln vorüber, kommen noch einmal zurück, flüstern miteinander und entfernen sich schließlich endgültig.

Die Frau klammert sich angstvoll an Sebastian Kleine. In der Dunkelheit ist minutenlang nur ihr Atmen zu hören.

»Danke«, flüstert sie. Erst jetzt kommt ihm die Stimme bekannt vor.

»Schwester Anna?«, fragt er.

»Der Herrgott hat Sie zu meiner Rettung geschickt.«

Missionsschwester Anna Scharnhorst beginnt zu weinen.

6

Tagebuch Sebastian Kleine, Donnerstag, 14. April 1898
Am Tag danach wusste ich nicht, ob ich das alles nur in meinem vom Alkohol verwirrten Kopf geträumt hatte: die versuchte Vergewaltigung, mein schlagkräftiges Eingreifen und die zaghafte Annäherung zwischen Anna und mir.

Erst als Olga Tietjen, die Frau des Kapitäns, mir beim Früh-

stück in der Offiziersmesse für die Tapferkeit dankte, mit der ich Missionsschwester Anna geholfen und ihr möglicherweise das Leben gerettet hätte, ordneten sich meine Gedankensplitter zu einem Bild des Geschehens. Kapitän Tietjen berichtete Theobald und mir, seine Leute hätten die beiden Kerle vor ein paar Stunden geschnappt und in das Schiffsgefängnis neben dem Laderaum gesperrt, das für solch ein Gesindel vorgesehen ist.

»Da unten sind sie in der richtigen Gesellschaft, da gibt es eine Menge Ratten«, hat der Kapitän gesagt.

Schwester Anna stehe nach dem furchtbaren Erlebnis noch unter Schock, erklärte die Frau des Kapitäns auf meine Nachfrage. Sie wage sich noch nicht wieder aus ihrer Kabine. Sie bete viel. Sie lasse mich grüßen und mir danken.

Also versuchte ich, meine Gedanken abzulenken. Zusammen mit Theobald habe ich unser Schiff näher erkundet und jeden Einzelnen der 24 Mann Besatzung kennengelernt, vom Kapitän bis zu dem erst 16 Jahre alten Smutje Gustav, einem Küchenjungen aus Altona, der trotz seiner Jugend bereits seine dritte große Reise um die halbe Welt unternimmt. Theobald Kolber brachte mir die Kunst des Schachspiels bei, dessen Regeln ich aus der Schulzeit nur mühsam beherrsche. So verbrachten wir jeden Tag einige Stunden an dem karierten Brett.

Schon begann ich zu denken, Anna sei überhaupt nur eine Einbildung gewesen, eine Fata Morgana auf hoher See sozusagen, als ich die hübsche Schwester Gottes ganz unerwartet wieder zu Gesicht bekam.

Es war am neunten Abend nach jenem nächtlichen Ereignis, wir müssen uns in Höhe von Swakopmund befunden haben, der Hafenstadt an der kalten und rauen Küste im Norden unserer Kolonie Deutsch-Südwestafrika. Ich glaubte, allein auf dem Achterdeck zu sein, und genoss einen jener unwirklich schönen Sonnenuntergänge, wie es sie wohl nur bei klarer Sicht auf den Weltmeeren gibt. Über mir sirrten die geblähten Segel gleichmäßig wie eine Nähmaschine im Wind, unser Schiffsbug durchschnitt rauschend das Wasser, aus dem ab und zu große Fische sprangen.

Sogar Robben und Pinguine tauchten aus der eiskalten Meeresströmung auf. Ein paar Matrosen sangen an diesem Abend bei der Arbeit das vertraute Lied vom Hamburger Veermaster. Und zum Greifen nahe sank der gewaltige Sonnenball in die stahlblaue See. Plötzlich erschienen wie aus einer anderen Welt große Schatten über den Mastspitzen unseres Schiffes – Albatrosse, die größten Vögel der Meere, die nur auf der südlichen Halbkugel anzutreffen sind und die mit ihren gewaltigen Schwingen von mehr als drei Metern Breite oft monatelang ununterbrochen in der Luft und auf dem Wasser leben. Für jeden Seemann aus dem Norden, so hörte ich später, sei es immer wieder ein magischer Moment, wenn nach langer Reise die ersten Albatrosse am Himmel erscheinen.

Während ich also bequem und ein wenig versteckt in einem der Rettungsboote saß und erschaudernd diese betörenden Eindrücke aufnahm, erschien unser zweiter Offizier Hinnerk Onken, ein dicker, fröhlicher Ostfriese, an Deck. Zu meinem Erstaunen kniete er am Großmast nieder, faltete die Hände und blickte zu den Albatrossen empor. Dabei sprach er offenbar ein Gebet, doch wurden seine Worte vom Winde verweht, so dass ich nichts verstehen konnte. Die zweite, für mich noch größere Überraschung war, dass noch ein anderer Mensch den betenden Seemann beobachtete. Dieser Mensch war schmal und blass, trug ein blaues Kleid und saß nur ein paar Meter von mir entfernt hinter etlichen Kisten und Bergen von dickem Tauwerk. Als sich unsere Blicke trafen, lächelte Anna mir schüchtern zu. Und als ich ihr zuwinkte und etwas sagen wollte, legte sie ihre Finger auf den Mund, zum Zeichen, dass wir den andächtig betenden Seemann nicht stören sollten. Wir versuchten beide vergeblich seine Worte mitzuhören. Später bat ich Hinnerk Onken sein Gebet zu wiederholen. Es hat viele Strophen, die erste geht so:

»Ich bin der Albatros, der am Ende der Welt auf dich wartet.
Ich bin die vergessene Seele der toten Seeleute …
Aber sie sind nicht gestorben im Toben der Wellen.
Denn heute fliegen sie auf meinen Flügeln in die Ewigkeit …«

Dieses Gebet spreche er bei jeder Reise in dieser Gegend – denn hier habe er eines Nachts vor acht Jahren seinen besten Freund, Lüder aus Bremen, verloren. Der hatte bei aufbrisendem Sturm seine Nachtwache angetreten. Danach habe man ihn nie wieder gesehen. Wahrscheinlich hat ihn während der Sturmnacht ein Kavenzmann, wie die Seeleute die riesigen Wellen nennen, über Bord gerissen. Und sosehr man auch bei nachlassendem Sturm die noch immer aufgewühlte See absuchte – es war natürlich hoffnungslos. Lüder tauchte nie wieder auf. Stattdessen seien die ersten Riesenvögel am Himmel erschienen, die Albtrosse, die »vergessenen Seelen der Seeleute«.

Anna war von dieser Geschichte zu Tränen gerührt. Sie sagte, sie werde den toten Seemann und den lebenden Hinnerk in ihr Abendgebet einschließen.

Nach diesem zweiten denkwürdigen Zusammentreffen sahen Anna und ich uns häufiger. Meist waren Theobald oder die Kapitänsfrau Olga Tietjen dabei. Wir vermieden es alle, über das Geschehen in der Nacht nach der Äquatortaufe zu reden. Dennoch spürte ich Annas Dankbarkeit und glaubte Zeichen der Zuneigung in kleinen Gesten und Blicken zu empfangen. Bei mir verstärkte sich ein Gefühl, das ich schwer bestimmen kann. Wahrscheinlich ist es mehr als Freundschaft, vielleicht eine Vorstufe des Verliebtseins. Besonders bei den romantischen Sonnenuntergängen auf hoher See ertappte ich mich dabei, dass ich sie am liebsten an mich gezogen und geküsst hätte. Und mehr als das. Allerdings verbiete ich mir selber derartige Gelüste, denn schließlich ist sie eine Missionsschwester und daher irgendwie unberührbar. Und dennoch geschah es, dass sich unsere Gefühle und unsere Körper so nahe kamen, wie ich es nicht für möglich gehalten hätte.

Bei blankem, blauem Himmel und gutem Wind hatten wir das bei den Seeleuten sonst so gefürchtete Kap der Guten Hoffung umsegelt. Doch ein paar Tage danach fiel das Barometer dramatisch. Der Wind drehte auf Ostnordost. Unaufhaltsam lief unsere Emily Godeffroy *in eine schwarze Wetterfront hinein, die sich vor uns über den ganzen Horizont ausbreitete. Zwei*

Stunden vor der Zeit brach an diesem Abend schlagartig eine von Blitzen durchzuckte Finsternis herein. Der Sturm pfiff und heulte um die Masten und Rahen und wimmerte schrecklich in den Wanten. Sturzbäche ergossen sich in immer kürzeren Abständen über die Reling. Mal hob sich der Bug, mal das Heck steil aus dem tobenden, schäumenden Wasser. An Deck hatten sich die Seeleute angeschnallt, damit sie nicht über Bord gefegt werden konnten.

Ich fand in meiner Kajüte keinen Halt mehr. Wie ein Kautschukball wurde ich zwischen den Wänden, zwischen Boden und Decke hin und her geworfen. Von Panik erfasst, stemmte ich die Tür auf und hangelte mich an Deck. Im selben Moment krachte ein gewaltiger Brecher auf die Mitte des Schiffs. Ein zweiter Kavenzmann folgte, ein dritter und ein vierter. Trillerpfeifen ertönten. Kommandos waren in dem Höllenlärm nicht zu verstehen. Schwere Holzteile trieben an Deck herum und zerfetzten die Persenning, die über die Luken gespannt war. Eines der Rettungsboote riss sich vor meinen Augen aus seinen Befestigungen los, rutschte und raste über das Deck, schlug die Brücke in Stücke und zertrümmerte das Ruderhaus, in dem eben noch zwei Seeleute in ihrem schwarz glänzenden Ölzeug gestanden hatten. Nirgendwo fanden meine Hände einen Halt. Trümmerteile trafen meinen Körper. Dann spürte ich einen Schlag an meinem Kopf. Mein letzter Eindruck war, dass ich über Bord in die tosende See geschleudert wurde.

Drei endlose Stunden lang, so habe ich später erfahren, brodelte die Hölle. Dann war die größte Gewalt des Sturms vorüber. Das Heulen ließ nach. Das Schiff kehrte in eine stabile Lage zurück. Besatzungsmitglieder und die männlichen Auswanderer arbeiteten bis zur Erschöpfung an den Lenzpumpen. Entgegen allen Befürchtungen war der Bootskörper unbeschadet geblieben.

Als ich wieder zu mir kam, hörte ich die asthmatischen Schreie des Esels, der in meiner Kindheit auf unserem Hof an der Unterelbe mit den Pferden zusammengelebt hatte. Es war allerdings das Quietschen der Pumpen.

Es dauerte eine Weile, bis ich meine Lage begriff. Ich hing bereits halb über Bord in einem der Sicherheits-Fangnetze, das die Seeleute »Leichennetz« nennen, weil es verhindern soll, dass Menschen im Sturm über Bord gespült werden. So ein Netz hatte mich gerettet. Nun zappelte ich hilflos darin herum wie ein gefangener Fisch. An meiner Stirn klaffte eine Wunde. Blut drang in meine Augen, so dass ich alles durch einen roten, schlierigen Vorhang sah. Meine Lippen waren aufgeplatzt. Mein Brustkorb schmerzte höllisch, vermutlich waren ein paar Rippen gebrochen. Jedenfalls hörte ich mich um Hilfe rufen, denn selber konnte ich mich nicht aus dem gerissenen und mehrfach um mich geschlungenen Netz befreien. Niemand hörte mich. Niemand bemerkte mich. Alle Mann waren damit beschäftigt, Wasser zu pumpen und die Schäden des Sturms zunächst provisorisch zu reparieren.

Das Nächste, was ich durch den blutroten Vorhang vor meinen Augen ausmachen konnte, war eine Hand, die ein Messer hielt. Ich glaubte, man wolle mich umbringen. Ich schrie noch lauter um Hilfe als zuvor. Doch jemand durchschnitt das Netz mit dem Messer. Zunächst konnte ich meinen Kopf befreien und dann mühsam herauskriechen. Beinahe wäre ich dabei doch noch über Bord gegangen, doch zwei Hände zogen mich zurück, so dass ich wie ein nasser Sack auf das glitschige Schiffsdeck plumpste. Jetzt erkannte ich undeutlich, dass mich ein leibhaftiger Engel gerettet hatte – ein Engel in der Gestalt von Missionsschwester Anna Scharnhorst. Der Engel lächelte und sprach zu mir: »Offenbar hält der liebe Gott seine Hand schützend über uns, erst haben Sie mich gerettet und nun bin ich Ihnen zu Hilfe gekommen. Es scheint, unser Schicksal ist miteinander verknüpft.«

Diese Worte haben sich mir eingeprägt.

7

»Wie geht es Ihnen, Herr Kleine, fühlen Sie sich besser?«

Sebastian Kleine hockt auf dem Bett des kleinen Schiffshospitals, das zwischen der Offiziersmesse und dem Kabinentrakt eingerichtet ist und die Größe von gerade mal zwei kleinen Kajüten hat. Die Wunde an seiner Stirn ist mit Jod desinfiziert und verbunden. Anna Scharnhorst betrachtet zufrieden ihren Patienten, den sie fachgerecht verarztet hat.

Kleine kann sich selber in einem halbmatten Spiegel an der gegenüberliegenden Spindtür sehen. Er trägt eine Art Turban. Seine Stirn und sein Kopf sind mit Verbandszeug umwickelt. Sein nackter Oberkörper ist an der linken Seite von Blutergüssen übersät. Anna reibt seinen Oberkörper vorsichtig mit einer nach Kampfer riechenden Heilsalbe ein. Er spürt ihre zarten Finger und schließt seine Augen, damit sie darin seine Gedanken nicht lesen kann. Ihm fällt ein, dass er sich in schlaflosen Nächten vorgestellt hat, von Missionsschwester Anna verwöhnt zu werden, mit ähnlichen und noch weitergehenden Zärtlichkeiten.

»Ihre Rippen scheinen nicht gebrochen zu sein. Sie sind wohl mit schmerzhaften Prellungen davongekommen.«

»Sie sind offenbar nicht nur Missionsschwester, sondern auch Krankenschwester«, sagt Kleine.

»Ich bin eigentlich Hebamme von Beruf.«

Anna betastet seinen Oberbauch.

»Nach meiner ersten, oberflächlichen Untersuchung sind Sie mit ziemlicher Wahrscheinlichkeit nicht schwanger.«

Kleine verzieht sein Gesicht zu einem gequälten Grinsen.

Anna steht hautnah vor ihm. Sie riecht nach Mandeln und Orangen, nach einem Parfüm mit fruchtigen Ingredienzien. Er spürt ihren Körper und ihre Schenkel. Und ihre kreisenden Finger auf seinem Oberkörper. Vergeblich versucht er, seine aufsteigende Erregung zu unterdrücken.

»Geht es Ihnen schon besser?«, fragt sie mit einer Stimme, die ihm ein wenig belegt erscheint.

Ob sie seine Erregung bemerkt hat?

Kleine setzt sich breitbeinig auf die Eisenkante des Krankenbettes.

Er zieht sie an sich, während seine Hände über ihren Rücken und ihre Hüften gleiten. Anna lässt seine Zärtlichkeiten sekundenlang geschehen. Erst als seine Hände unter ihre Hemdbluse wandern, stößt sie ihn an den Schultern sanft zurück und drückt ihn aufs Bett nieder.

»Es scheint Ihnen ja tatsächlich schon viel besser zu gehen, Herr Kleine, aber Sie brauchen noch dringend ein paar Tage Schonung.«

Mit geschlossenen Augen bleibt Sebastian Kleine liegen.

»In den nächsten drei Tagen sollten Sie sich möglichst ruhig verhalten. Wenn Sie Schwindelgefühle und Kopfschmerzen bekommen, werden Sie sich wohl eine Gehirnerschütterung zugezogen haben.«

»Sie machen mir Kopfschmerzen«, sagt er. »Wir beide wissen sehr wenig voneinander – obwohl wir uns nun schon wochenlang kennen.«

»Vielleicht ist es besser so.«

Anna dreht den Kopf zur Seite, zupft ihre Kleidung zurecht und ordnet Verbandszeug, Scheren und Tinkturen wieder in einen Arzneimittelschrank ein.

Kleine hebt seinen Kopf und beobachtet die Bewegungen ihrer grazilen, aber sehr weiblichen Figur.

»Ich würde gern mehr von Ihnen erfahren. Mich interessiert zum Beispiel sehr, warum Sie Missionsschwester geworden sind.«

»Das ist eine längere Geschichte.«

»Erzählen Sie. Wir haben ja Zeit genug, und da wir uns in Neuguinea vermutlich auch des Öfteren begegnen werden, wäre es schön, wenn wir ein wenig vertraut miteinander würden. Jedenfalls wünsche ich mir das sehr.«

»Nein«, sagt sie leise, und fügt lauter hinzu: »Jedenfalls nicht hier und nicht jetzt!«

»Was halten Sie davon, wenn wir uns in den nächsten Tagen treffen – bei einer Tasse Kaffee oder einem Glas Wein?«

»Sie sind aber sehr hartnäckig, Herr Kleine.«

»Einverstanden?«

»Nun ja, vielleicht, warum nicht? Aber nicht bei Ihnen oder bei mir oder wie Sie sich das vorstellen mögen, nur an einem neutralen Ort und in Gegenwart von Zeugen.« Anna lacht.

»Wie Sie wünschen. Das wird sich arrangieren lassen. Wen bringen Sie als Sekundanten mit?

»Frau Olga Tietjen, die Kapitänsfrau, sie ist hier auf dem Schiff meine mütterliche Freundin geworden.«

»Nun gut, dann komme ich mit Theobald Kolber, den haben Sie ja bereits bei unserem Treffen mit Herrn Godeffroy kennengelernt. Er ist mein Vorgesetzter und mein älterer Freund zugleich.«

»Sie müssen aber wirklich abwarten, ob Sie eine Gehirnerschütterung haben.«

»Zu Befehl, Frau Doktor.« Sebastian Kleine erhebt sich übertrieben ächzend und sagt: »Ich lasse von mir hören.«

Am dritten Tag nach dem Sturm nimmt Sebastian Kleine seinen Kopfverband ab. Die Wunde über dem linken Auge ist verschorft. Er fühlt sich gut: Ein gewisses Glücksgefühl hat seine Genesung beschleunigt.

Theobald Kolber ist angetan von einer Verabredung zum gemütlichen Gesprächsabend zu viert. Kapitänsfrau Olga Tietjen hat sogar in gestochen scharfer Sütterlinschrift eine kleine schriftliche Einladung auf Büttenpapier verfasst: »Hiermit bitte ich anlässlich der Wiedergenesung von Herrn Sebastian Kleine zu einem kleinen Abendessen mit anschließendem Gedankenaustausch, heute, um 19 Uhr Ortszeit. Zu diesem Anlass ist die Offiziersmesse reserviert.«

Sebastian Kleine zieht zum ersten Mal seinen in Hamburg nach Maß gefertigten Tropenanzug an. Theobald Kolber erscheint ohne Absprache in gleicher Aufmachung. Kapitänsfrau Tietjen lächelt ihren Gästen aus einer Seidenbluse mit hochgestelltem Kragen entgegen, und Anna Scharnhorst sieht mit weißen Kniestrümpfen, blauem Faltenrock und farblich passendem, eng anliegendem Jäckchen wie die junge Studienrätin einer Lehranstalt für höhere Töchter aus. Unter den Arm hat sie eine kleine Ledermappe geklemmt.

»Ganz reizend sehen Sie aus, Fräulein Scharnhorst«, sagt Olga Tietjen, und die Herren nicken dazu, wobei Theobald Kolber zum Missfallen der Gastgeberin noch hinzufügt: »Die strenge Kleidung der Missionsschwester gefällt mir sowieso nicht so an Ihnen.«

Der Schiffskoch hat frisch gefangenen Schwertfisch zubereitet und persönlich serviert. Aus dem Weinvorrat ihres Mannes wählt die Kapitänsfrau einige Flaschen Pfälzer Riesling aus, einen »Forster Pechstück Kabinett«. Silberbesteck und Leinenservietten liegen auf der Mahagoniplatte des großen Tisches, an dem nur das obere Ende eingedeckt ist. Der Fisch ist gut gewürzt und genau richtig gebraten, mit brauner Haut und bissfest. Sebastian Kleine ist wieder einmal froh, dass er noch kurz vor der Abreise in Hamburg beim Zahnarzt gewesen ist. In den ersten Tagen hatten die neuen Goldplomben noch ein wenig gedrückt, aber nun spürt er sie schon lange nicht mehr.

Beim Kaffee sagt Theobald Kolber in einer jovialen, väterlichen Tonlage: »Und nun erzählen Sie uns doch mal, verehrtes Fräulein Scharnhorst: Wie kommt eine so hübsche junge Frau wie Sie dazu, ihr Leben in den gestrengen Dienst der Kirche und ihrer Missionsgesellschaft zu stellen?«

Anna, die bisher nur an ihrem Weinglas genippt hat, nimmt einen größeren Schluck.

»Vor ein paar Stunden wollte ich dieses Zusammentreffen noch absagen, aber nun denke ich, dass es mir möglicherweise sogar guttun wird, wenn ich einmal über meine Geschichte sprechen kann.«

Nach diesem Vorwort hören ihr alle aufmerksam zu. Selbst Theobald Kolber, der ein paarmal zu einer Zwischenfrage ansetzt, schließt seinen Mund wortlos wieder und kaut auf dem

Stiel seiner kalten Pfeife herum, denn die Damen haben ihn gebeten, nicht zu rauchen. Anna Scharnhorst erzählt:

»Ich bin in dem kleinen Ort Kalkar am Niederrhein aufgewachsen, am Marktplatz, neben der holländischen Backsteinkirche. Meine Mutter ist Lehrerin für Deutsch und Religion. Einen Vater habe ich nicht – das heißt, ich habe ihn nicht kennengelernt. Er ist wohl schon vor meiner Geburt verschwunden, und meine Mutter hat nie vom ihm erzählt, auch nicht, wenn ich nach ihm gefragt habe.« Erst vor zwei Jahren habe sie gehört, dass er irgendwo in den deutschen Kolonien leben soll. Und erst kürzlich habe sie durch einen Zufall seinen Namen erfahren.

Anna stockt, als sei sie über sich selbst erschrocken, als habe sie bereits zu viel gesagt.

»Meine Mutter«, so fährt sie schnell fort, »meine Mutter hat mich immer spüren lassen, dass ich das ungewollte Kind eines Mannes war, der Schande über sie gebracht hat. Ich war der lebende Beweis für den einen großen Fehltritt in ihrem sonst so frommen und züchtigen Lebenswandel.« Ihre Mutter habe dann einen Apotheker geheiratet und noch einen ehelichen Sohn bekommen.

Anna dreht den dünnen Stiel ihres Weinglases zwischen Daumen und Zeigefinger, als warte sie auf Fragen zu diesem Thema. Doch niemand mag ihre Geschichte unterbrechen.

»Eigentlich wollte ich Ärztin werden, aber das Einkommen der Eltern hat nur für das Theologiestudium meines Halbbruders gereicht. So bin ich Hebamme im Diakonissen-Krankenhaus in Düsseldorf geworden. Und bis zu einem bestimmten Tag habe ich das nicht bereut, ganz im Gegenteil, denn Geburtshelferin ist ja der einzige medizinische Beruf, in dem man nicht Tag für Tag mit Krankheit und Tod zu tun hat, sondern zumeist mit freudigen Ereignissen, mit dem Beginn eines neuen Lebens. Jede schöne Geburt, jedes Neugeborene hat mich für eine Weile beinahe so glücklich gemacht wie die glücklichen Eltern selbst – bis zu jenem schrecklichen Ereignis, das mein Leben verändert hat …«

Anna stockt. Sie trinkt einen kräftigen Schluck Wein, bevor sie mit kleiner, aber fester Stimme fortfährt.

»Nach seiner Ausbildung zum Pastor hat mein Halbbruder zur Freude meiner Mutter eine eigene Pfarrstelle in einem Nachbardorf bei uns am Niederrhein bekommen. Vor drei Jahren hat er geheiratet: Elisabeth, die Tochter eines vermögenden Textil-Großhändlers, ist genauso alt ist wie ich. Irgendwie mochten wir beide uns nicht. Elisabeth wurde noch im Jahr der Hochzeit schwanger, und natürlich habe ich mich, sozusagen als Familienhebamme, schon vor der Entbindung um meine Schwägerin und ihr ungeborenes Kind gekümmert, obwohl sie angeblich immerzu alles besser wusste.

Die Geburt setzte vorzeitig in einer frostklaren Winternacht ein. Viel Fruchtwasser trat aus, und die Wehen wurden schnell stärker. Die Straßen waren von Glatteis überzogen. Mit der Pferdekutsche hätte man es nicht bis ins Krankenhaus geschafft, und so holte mich mein völlig verstörter Bruder notgedrungen zur Hausgeburt. Als ich in seinem Pfarrhaus eintraf, hatte die Austreibungsphase bereits begonnen. Elisabeth schrie vor Schmerzen. Ich erkannte das Problem: Das Ungeborene lag verkehrt herum in ihrem Leib, in einer Steißlage. Und offenbar hatte sich auch noch die Nabelschnur um den kleinen Hals gewickelt. Das Baby drohte zu ersticken. Mir blieb nur eines: Ich musste versuchen, das Kind mit meinen Händen im Mutterleib zu wenden und von der Nabelschnur zu befreien …«

Olga Tietjen, die Kapitänsfrau und dreifache Mutter, seufzt unterdrückt.

»Schließlich habe ich es geschafft – gegen den körperlichen Widerstand der werdenden Mutter. Elisabeth schrie, ich wolle das Kind und sie umbringen! Sie wehrte sich mit Händen und Füßen gegen meine Arbeit. Sie presste nicht. Mein Kampf um das Leben des Kindes hat deshalb unnötig lange gedauert …«

»Und was hat der Vater gemacht?«, fragt Sebastian Kleine.

»Mein Halbbruder Christian ist schon zu Beginn aus dem Zimmer gelaufen – er habe für uns gebetet, hat er nachher gesagt.«

Olga Tietjen bittet Theobald Kolber, eine zweite Flasche Wein zu öffnen.

»Hat das Kind überlebt?«

»Ja«, sagt Anna Scharnhorst. »Aber das Aussehen des Neugeborenen hat mich erschreckt. Der Knabe war am ganzen Körper bläulich angelaufen. Er zitterte unaufhörlich. Eine Mund-zu-Mund-Beatmung und eine Herzmassage halfen zunächst nicht. Es dauerte lange, bis er regelmäßig atmete, doch danach blieb der kleine Körper beinahe regungslos. Das Gesicht war merkwürdig schief. Mir wurde klar, dass etwas Furchtbares passiert war: Der Sohn meines Bruders und meiner Schwägerin hatte durch die Strangulation mit der Nabelschnur einen Sauerstoffmangel erlitten. Die Folge davon sind bleibende körperliche und geistige Schädigungen. Der Junge, der auf den Namen Markus getauft wurde, ist ein Spastiker. Er wird nie ein einigermaßen normales Leben führen können.

Die Kinderärzte haben später versichert, ich hätte keine Fehler gemacht, es sei eine Verkettung unglücklicher Umstände gewesen. Meine Schwägerin verbreitete dennoch bei jeder Gelegenheit, ich sei schuld am Schicksal ihres Kindes. Mein Bruder, der Pastor, und meine fromme, protestantische Mutter standen mir gegen diese schlimme Nachrede nicht bei ...

Seit der Entbindung des kleinen Markus war ich nicht mehr in der Lage, meinen Beruf als Hebamme auszuüben. Ich verfiel in Schwermut und wollte mir das Leben nehmen. Ein Versuch mit Barbiturat schlug fehl, weil ich mich erbrechen musste.

Meine Mutter war seit diesem Ereignis noch eigenartiger geworden. Sie beachtete mich kaum noch. Nur Gott könne mir helfen, sagte sie, doch ich müsse mir seine Gnade verdienen. Vielleicht werde er mir ein Zeichen geben. Ich müsse um dieses Zeichen beten, es erkennen und richtig deuten.

Von nun an betete ich oft alleine in einer halbdunklen Nische unserer Kirche. Eines Abends öffnete sich dabei knarrend die schwere Haupttür. Ein Mann und eine Frau kamen herein. Sie konnten mich nicht sehen, aber ich beobachtete, wie sie ein

Schriftstück an der Innenseite der großen Tür anbrachten. Nach meinem Gebet las ich die Mitteilung, die diese Besucher zurücklassen hatten: Die Rheinische Missionsgesellschaft bat um Geld und um Sachspenden und warb um neue Mitarbeiter für die Arbeit in ihren überseeischen Missionsstationen. Insbesondere wurden junge Männer und Frauen aus medizinischen Berufen gesucht. Für mich war sogleich klar: Dies war eine Botschaft für mich, das Zeichen, um das ich gebetet hatte …

Gleich am nächsten Morgen suchte ich einen der Missionare auf, der im Gästezimmer unseres Pfarrhauses übernachtet hatte. Ich vertraute ihm meine Geschichte an. Und danach erklärte er mir: Die Arbeit für Gott und die Kirche, insbesondere eine Tätigkeit in einer überseeischen Mission, werde ein Ausweg aus meiner Lage sein, ein Weg, der mich zu einem erfüllten, christlichen Leben führen werde. Im Übrigen habe man für eine ausgebildete Hebamme wie mich in der praktischen Missionsarbeit sehr gute Verwendung.

Meine Mutter war glücklich, als ich ihr meinen Entschluss mitteilte, nach einer Ausbildung zur Diakonisse und Missionsschwester in eine der Missionsstationen der evangelischen Kirche des Rheinlandes zu gehen. Zum ersten Mal seit langer Zeit nahm sie mich in den Arm. Die Aussicht auf eine Tätigkeit in einer christlichen Mission irgendwo in einer anderen Welt erschien mir tatsächlich wie eine Erlösung aus meiner Situation. Zugleich, so dachte ich auch, komme ich dadurch weit weg von meiner Familie und von dem behinderten Jungen, dessen Anblick ich nicht ertragen konnte.«

Während sie spricht, blickt Anna Scharnhorst in die Gesichter ihrer Zuhörer, nur an schwierigen Stellen, an denen ihre Gefühle sie beinahe überwältigen, wandert ihr Blick durch das Bullauge hinaus aufs Meer, über dem sich der Himmel während ihrer Erzählung abendrot, dunkelblau und schließlich nachtschwarz färbt.

Er müsse erst mal ein Pfeifchen rauchen, sagt Theobald Kolber nach Annas Geschichte, und weil das hier am Tisch von den

Damen wohl nicht erwünscht sei, werde er sich kurz an Deck begeben.

Nach seiner Rückkehr wendet er sich an Anna Scharnhorst.

»Ihre Geschichte hat mich sehr bewegt. Wann immer mein junger Freund und ich Ihnen helfen können – wir werden für Sie da sein, wenn Sie uns brauchen.«

»Darauf stoßen wir an!« Die Kapitänsfrau schenkt Wein nach. Sebastian Kleine sagt: »Wissen Sie schon, in welcher Missionsstation, an welchem Ort oder in welcher Gegend Sie erwartet werden? Und was wird dort Ihre Aufgabe sein?«

Anna errötet, als sei diese Frage zu intim.

»Ich weiß nicht, ob ich …«

»Nun sagen Sie den netten beiden Herren doch ruhig, was Sie mir erzählt haben!« Olga Tietjen stößt sie aufmunternd an. »Die Herren werden es ja ohnehin erfahren, wenn Sie bald heiraten.«

Theobald Kolber und Sebastian Kleine sehen Anna Scharnhorst und Olga Tietjen verblüfft an.

»Oh, das ist mir jetzt so rausgerutscht. Der Wein … ich rede wohl zu viel«, sagt die Frau des Kapitäns.

Anna steht auf. Einen Moment lang scheint es, als ob sie hinauslaufen will, doch dann hält sie Theobald Kolber ihr leeres Weinglas hin.

»Wenn Sie den zweiten Teil meiner Geschichte auch noch hören wollen …«

»Offenbar ist er ja nicht so traurig wie das, was wir bisher gehört haben.« Theobald Kolber lächelt.

»Ganz und gar nicht, aber sehr ungewöhnlich ist diese Geschichte auch«, sagt Olga Tietjen.

»Nach meiner Ausbildung bin ich zum Leiter unseres Mutterhauses gerufen worden. Er hat mich sehr gelobt und dann gefragt, ob ich vielleicht Interesse an einer Briefpartnerschaft hätte: Ein im Urwald von Neuguinea tätiger Missionar habe den Wunsch, sich mit einer christlichen jungen Frau aus seiner deutschen Heimat zu schreiben. Seine Frau sei vor zwei Jahren an Malaria gestorben. Er würde sich über ein wenig Abwechslung bei seiner aufopferungsvollen, aber einsamen Arbeit freuen. Der fragliche Missionar komme aus Duisburg, und da ich ja auch vom Niederrhein stamme, habe man in der Leitung der Missionsschule an mich gedacht.«

Seither hätten sie ein halbes Dutzend lange Briefe miteinander gewechselt. Sie hätten auch Fotografien ausgetauscht.

»Vor einem halben Jahr hat Heinrich mir dann einen Heiratsantrag gemacht, und einen Verlobungsring hat er gleich mitgeschickt.«

Anna Scharnhorst legt ihre linke Hand auf den Tisch, an der jetzt ein schmaler, mattgoldener Ring mit einem kleinen Kreuz aus rotem Edelstein schimmert.

Sebastian Kleine hat diesen Ring vorher noch nie bemerkt. Er schluckt ein paarmal. Theobald Kolber schüttelt den Kopf.

»Haben Sie sich das auch wirklich gut überlegt, junge Frau? Sie kennen den Mann doch gar nicht. Sie haben ihren Künftigen noch kein einziges Mal gesehen. Vielleicht ist auf beiden Seiten durch die Briefe nur eine Illusion aufgebaut worden, die der Realität nicht standhalten kann.«

Er spürt einen kräftigen Fußtritt unter dem Tisch. Kapitänsfrau Tietjen sieht ihn strafend an.

»Ja, so gut ich es kann, habe ich alles Für und Wider abgewogen!«, sagt Anna.

Theobald Kolber reibt sich sein schmerzendes Schienbein.

»Wie heißt denn der Glückliche, vielleicht ist er mir ja schon mal über den Weg gelaufen?

»Althoff, Heinrich Althoff.«

Anna Scharnhorst holt einen Umschlag aus ihrer Tasche und zieht eine gelbliche Fotografie hervor, kaum doppelt so groß wie eine Briefmarke. Das kleine Bild zeigt einen kräftigen Mann mit hellem Hemd, dunkler Hose und Tropenhelm. Der Mann steht vor einer Eingeborenenhütte. Er hält ein kleines, dunkelhäutiges Kind auf dem Arm. Der weiße Mann lächelt, das braune Kind weint.

Auf seiner Brust hängt ein großes Kreuz an einer Kette. Er hat einen kleinen, gut gestutzten Bart. Seine kräftige Nase wirft auf dem Bild einen schrägen Schatten. Seine Augen sind unter dem Rand des Tropenhelmes nicht zu sehen. Vermutlich ist er Ende dreißig, vielleicht vierzig Jahre alt.

»Das ist mein Zukünftiger.«

Theobald Kolber schüttelt nachdenklich den Kopf und schiebt das Bild zu Sebastian Kleine weiter.

»Heinrich Althoff? Der Name kommt mir irgendwie bekannt vor, aber gesehen habe ich den Mann noch nie. Soviel ich weiß, gibt es kaum ein halbes Dutzend protestantischer Missionare auf der Gazelle-Halbinsel, die Katholiken vom Heiligsten Herzen Jesu aus Hiltrup aus Westfalen sind schon viel länger hier, und die haben überall an der Küste ihre Missionsstationen aufgebaut.«

»Heinrich leitet erst seit zwei Jahren eine kleine Missionsstation bei einem Eingeborenendorf, das Malaguna heißt.«

Theobald Kolber denkt nach.

»Malaguna mitten im Urwald, im Stammesgebiet der Baininger. Dort predigt der künftige Gatte also die christliche Lehre«.

Das sei wahrhaftig eine von der Zivilisation kaum berührte Gegend, dort lebten die Eingeborenen tatsächlich noch wie in der Steinzeit, und unter ihnen gebe es immer noch Menschen…«

Kolber verschluckt das Wort »Menschenfresser« bevor es vollständig über seine Lippen kommt.

8

Sebastian Kleine starrt in sein leeres Weinglas, schon seit Anna Scharnhorst ihre Verlobung bekanntgegeben hat.

»Ist Ihnen nicht gut, junger Mann?«, fragt Olga Tietjen.

»Doch, doch, ich denke nur ein wenig nach«, sagt er wortkarg.

Theobald Kolber hebt sein bereits leeres Weinglas.

»Wenn Sie in Ihrer neuen Heimat sind, Fräulein Scharnhorst, kommen mein junger Freund und ich Sie eines Tages besuchen –

Sie und Ihren künftigen Ehemann, denn wie der Zufall es will, werden wir in dieser Gegend beruflich zu tun haben.«

Als Sebastian Kleine ihn fragend ansieht, beugt er sich vor und sagt halblaut: »Malaguna liegt am Fuße des Varzin-Vulkanberges – das ist die Gegend, von der uns Johan Cesar Godeffroy am Tag unserer Abreise in Hamburg erzählt hat.«

Tagebuch Sebastian Kleine, Montag, 2. Mai 1898
Meine Gedanken und Gefühle waren nach der Offenbarung von Missionsschwester Anna über ihre bevorstehende Eheschließung ein wenig verwirrt. Einerseits wurde mir erst jetzt klar, dass ich im Begriff gewesen war, mich in Anna zu verlieben, andererseits kam ich zu der Einsicht, dass es gut ist, dass sie bereits gebunden ist. Es hätte nur allzu viele Verwirrungen in meinem Leben gegeben.

Erst seit sich meine Gefühle wieder beruhigt haben, kann ich mich wieder auf mein künftiges Leben und Arbeiten in Deutsch-Neuguinea vorbereiten.

Theobald Kolber hatte mich und meine Zuneigung zu Anna durchschaut. Er machte noch ein paar Scherze auf meine Kosten und sagte so etwas wie »Liebe kommt und Liebe geht«, und im Übrigen solle man Missionsschwestern im Allgemeinem und eine Frau mit einer so schwierigen Geschichte wie Anna Scharnhorst im Besonderen in Ruhe lassen. Es gelang ihm, mich von meinem diffusen Kummer abzulenken, indem er tage- und nächtelang von der wechselvollen Geschichte der Handelsreederei Godeffroy erzählte und von seinem eigenen Geschäften und Unternehmungen in der Südsee. So erfuhr ich, dass Theobald Kolber ursprünglich die Idee gehabt hat, ein Südseemuseum in Hamburg zu eröffnen und daraus ein erfolgreiches Nebengeschäft zu machen. Die Zeitschrift Journal des Museums Godeffroy *sei nach Vorschlägen von Museumskustos Dr. Schmalz entstanden. Das Ansehen des Museums und des Journals verdanke man in erster Linie der Feld- und Forschungsarbeit sowie den fachkundigen und unterhaltsamen Artikeln der Naturforscher, die das Haus Godeffroy wohl ausgerüstet und mit guten Verträgen ausgestattet in die Südsee geschickt hat.*

Diese Leute sind alle auf ihre Weise und auf ihrem Gebiet Koryphäen und ungewöhnliche Charaktere. Sie stammen aus verschiedenen Ländern. Der Schweizer Zoologe Eduard Graeffe sammelte zehn Jahre lang Tausende von Tieren, Pflanzen und ethnologischen Gegenständen auf Samoa. Von dem Amerikaner Andrew Garrett hatte ich bereits Berichte gelesen und seine haargenauen farbigen Zeichnungen exotischer Fische und Vögel bestaunt. Der Pole Stanislaus Kubary hatte während des Medizinstudiums seine Heimat aus politischen Gründen verlassen müssen und daraufhin halb Ozeanien bereist. Der Deutsche Eduard Dämel wurde von Godeffroy ins nördliche Australien geschickt. Der Forschungssammler Franz Hübner bearbeitete den Bismarckarchipel. Der deutsche Ornithologe Theodor Kleinschmidt entdeckte zahlreiche noch unbekannte Vogelarten, darunter auch die prächtigsten Paradiesvögel, die je gesehen worden waren. Am bekanntesten ist jedoch die einzige Frau unter Godeffroys Leuten: Amalie Dietrich. Sie hatte in Thüringen als eine Art Kräuterhexe angefangen und Apotheken und Ärzte ihrer Heimat mit seltenen Heilpflanzen aus dem Wald versorgt. Ein Geschäftsmann empfahl sie Johan Cesar Godeffroy, und der schickte sie nach Australien und in den Pazifik. Ihr Fleiß und Wagemut sind legendär. Ihre Arbeitsweise ist allerdings in Verruf geraten. Die ehrgeizige Frau soll ihre einheimischen Helfer beauftragt haben, Eingeborene von besonderem Interesse für die anthropologische Forschung umzubringen. Dann habe sie die Schädel, Knochen und ganze Skelette präpariert und nach Deutschland geschickt. Er könne sich das nicht so recht vorstellen, aber ihm sei diese Geschichte von glaubwürdigen Leuten zugetragen worden, erzählte Theobald Kolber.

Von einigen heftigen tropischen Gewittern abgesehen, durchsegelten wir bei meist ruhiger See und kräftigem Wind den Indischen Ozean und nahmen Kurs auf Australien.

Während des letzten Teils unserer Reise studierte ich intensiv die mitgebrachten wissenschaftlichen Werke sowie einige spannende Erlebnisberichte internationaler Forscher und Entdecker.

Besonders gefesselt hat mich das umfangreiche Tagebuch unseres großen Deutschen Georg Forster, der vor mehr als hundert Jahren mit dem englischen Seehelden Captain James Cook die ganze Welt und speziell den Pazifik bereist hat. Forsters Aufzeichnungen mit dem Titel »Eine Reise um die Welt« sind sogar von Johann Wolfgang Goethe in hohen Tönen gepriesen worden. Manchmal träume ich davon, dass auch mein eigenes Tagebuch einmal zu solchem Ruhm gelangen wird.

In zwei bis drei Tagen, so verkündete Kapitän Tietjen bei einem gemeinsamen Abendessen in der Offiziersmesse, würden wir unser Ziel erreichen. Immerhin mehr als eine Woche früher, als in Hamburg berechnet worden sei. Herr Godeffroy werde sich freuen, wenn er davon höre, denn das englische Geschäftsprinzip »time is money« gelte ganz besonders für die internationale Frachtschifffahrt.

Am nächsten Tag kamen tatsächlich schon die ersten kleineren Inseln des Bismarckarchipels in Sicht.

Bei Sonnenuntergang zeigte Kapitän Tietjen auf ein Palmeneiland, auf das er sein einäugiges Messing-Fernrohr gerichtet hatte. Das sei die Insel Kabokan.

»Wollen Sie mal unseren deutschen Robinson Crusoe sehen?«, fragte er Anna Scharnhorst und mich, dabei lachte er und reichte sein Fernrohr zunächst an Anna. Als sie es mit Hilfe des Kapitäns auf einen bestimmten Punkt am weißen Sandstrand dieser Insel fixiert hatte, rief sie aufgeregt. »Ich sehe eine Hütte. Und an einem Mast davor weht ein großes Tuch. Lebt da wirklich ein Schiffbrüchiger, der uns ein Zeichen geben will?«

»Richten Sie das Okular ein wenig mehr nach links«, sagte der Kapitän.

»Oh Gott, da ist tatsächlich ein Mann. Ein weißer Mann offenbar. Der winkt uns zu!«

»Hat er einen langen Bart?«

»Ja, tatsächlich, einen langen Bart hat er!«

»Was hat er denn an?«

»Das kann ich nicht erkennen«, sagte Anna, dann rief sie plötz-

lich: »Oh Gott, oh Gott. Er hat gar nichts an ... Der Mann ist ja splitternackt!«

Der Kapitän klatschte lachend in die Hände. Anna gab mir das Fernglas.

Ich sah den Nackten auch.

»Das ist ein Landsmann von uns«, erklärte Tietjen, »ein Apotheker aus Nürnberg. August Engelhardt heißt er.«

Inzwischen war Theobald Kolber zu uns gestoßen. Er kannte diesen Engelhardt und ist auch schon auf der Insel gewesen. Engelhardt habe das Südseeidyll günstig von Queen Emma gekauft und zu seinem persönlichen Paradies erklärt. Der Mann ernähre sich nur von Kokosnüssen und habe einen sogenannten »Sonnenorden« gegründet. In esoterischen Zeitschriften in Deutschland habe er ein oder zwei Dutzend Jünger angeworben, die in den nächsten Monaten zu ihm auf seine Insel kommen sollen. Das seien Naturfreunde, Anhänger der Freikörperkultur, Gegner des technischen Fortschritts und der zunehmenden Hetze und Geschwindigkeit unseres Lebens in Europa.

Wenn wir einmal Zeit hätten, so meinte er, könnten wir die Insel und ihre eigenwilligen deutschen Bewohner ja mal besuchen.

Eigentlich sei das nämlich ein interessanter und gebildeter Mensch, dieser seltsame Herr Engelhardt aus Nürnberg, der habe sogar ein Piano auf seine Insel mitgenommen. Vor Sonnenuntergang pflege er am Strand auf recht gefällige Weise Klavierstücke von Mozart und Schubert zu spielen. Die Eingeborenen würden der Musik still und ergriffen lauschen.

Am Morgen danach, am 25. Mai 1898, wurden wir alle von lautem Gelächter und großem Geschrei geweckt, das sich zu einem Chor kräftiger Männerstimmen vereinigte. Ich sah, wie ein Dutzend unserer Matrosen an der Backbordseite standen, ihre Mützen und allerlei Gegenstände in die Luft warfen und dazu immer wieder in den Refrain ausbrachen:

»Hurra! Hurra ...! Ein dreifach kräftiges Hurra ...« Der Männerchor schloss mit: »Es lebe der Kaiser! Es lebe unser deutsches Vaterland!«

Einige Besatzungsmitglieder und eine Gruppe von Passagieren hatten sich andächtig um Missionsschwester Anna geschart, die mit dem Rücken am Großmast in der Schiffsmitte stand und ein Gebet sprach:

»Gelobt sei der Herr, der uns beschützt hat. Gepriesen seien unser Kapitän Tietjen und seine tüchtigen Seeleute, die uns sicher ans andere Ende der Welt gebracht haben.« Und dazwischen ertönte vom Himmel her, vom Aussichtskorb an der Mastspitze, in kurzen Abständen immer wieder der begeisterte Ruf des Mannes im Ausguck: »Land in Sicht! Land in Sicht!«

Theobald Kolber trat an meine Seite, schüttelte meine Hände und umarmte mich.

Wir starrten in den milchigen Frühdunst, der sich allmählich lichtete. Gemeinsam bestaunten wir die Szenerie, die sich unseren Augen bot. Es war wie in einem Theater, wenn sich der Vorhang langsam hebt und das Bühnenbild zum ersten Mal sichtbar wird. Über dem spiegelglatten blauen Wasser tauchten noch verschwommen und allmählich härter und deutlicher werdend die Konturen einer noch etliche Kilometer entfernten Küste auf. Der Kapitän bestätigte, dass wir tatsächlich auf unser Ziel zusteuerten: Deutsch-Neuguinea, Neupommern, die Gazelle-Halbinsel und die halbrunde weiße Bucht, die Blanchebai genannt wird, lagen direkt vor uns.

Der erste Eindruck erinnerte mich an eine Stelle im Reisetagebuch von Georg Forster, an der die Anfahrt seines Schiffes auf die Küste einer Pazifikinsel in diese Worte gefasst wird:

»Ein Morgen war's, schöner hat ihn schwerlich je ein Dichter beschrieben, an welchem wir die Insel vor uns sahen. Der Ostwind, unser bisheriger Begleiter, hatte sich gelegt; ein vom Lande wehendes Lüftchen führte uns die erfrischendsten und herrlichsten Wohlgerüche entgegen und kräuselte die Fläche der See.

Waldgekrönte Berge erhoben ihre stolzen Gipfel in mancherlei majestätischen Gestalten und glühten bereits in den ersten Morgenstrahlen der Sonne. Unterhalb derselben erblickte das

Auge eine Reihe von niedrigen, sanft abhängenden Hügeln, die den Bergen gleich, mit Waldung bedeckt und mit anmutigem Grün schattiert waren. Eine halbe Meile vom Ufer verlief eine Reihe von Klippen parallel zum Lande hin …

Noch erschien alles im tiefsten Schlaf. Allmählich aber konnte man unter den Bäumen eine Menge von Häusern und Kanus sehen, die auf den sandigen Strand gezogen waren. Nunmehr fing die Sonne an, auch die Ebene zu beleuchten. Die Einwohner erwachten und die Aussicht begann zu leben. Kaum bemerkte man das große Schiff an der Küste, so eilte man unverzüglich nach dem Strande herab, stieß die Kanus ins Wasser und ruderte auf uns zu …«

Genauso war es.

Forsters Schilderung hatte ich beinahe wortwörtlich verinnerlicht, und ich habe sie wohl leise vor mich hin gesprochen, als die Emily Godeffroy *die letzte Seemeile mit bereits gerafften Segeln zu unserem Ziel zurücklegte.*

9

Eine schlaflose Nacht spiegelt sich in den müden Gesichtern der Passagiere, die sich bei Tagesanbruch an Deck eingefunden haben. Vorfreude, Tatendrang und Ungewissheit haben die Menschen an Bord der *Emily Godeffroy* wach gehalten.

Theobald Kolber klopft Sebastian Kleine auf die Schulter und sagt zu Anna Scharnhorst, die sich zu den beiden Männern gesellt hat: »Willkommen im Paradies! Willkommen in der deutschen Südsee, gnädiges Fräulein!«

Alle drei sind ein wenig ergriffen. Jeder hängt seinen Gedanken nach, während die Mannschaft mit lauten Zurufen die Vorbereitung zum Ankerwerfen trifft. Als die schwere Kette in die Tiefe rasselt, faltet Anna ihre Hände und bewegt die Lippen zu einem letzten Dankgebet an Bord der *Emily Godeffroy*: »Gott

Vater, Schöpfer und Erhalter von alters her, aus dem Dunkel der Nacht sind wir zum Leben erwacht ..., im ersten Dämmern des Tages drängen wir zu Dir ...«

Wie auf der kolorierten Ansichtskarte, die Sebastian Kleine im Hamburger Museum Godeffroy gesehen hat, breitet sich eine tropische Insellandschaft vor ihnen aus. Die Blanchebai auf der Gazelle-Halbinsel zieht sich flacher als die von Forster beschriebene Südseeinsel quer über den Horizont, allerdings ragen auf der rechten Seite die Silhouetten dreier mächtiger Vulkane in den heller werdenden Morgenhimmel. Aus einem Kegel steigt dünner Rauch und vermischt sich mit einer durchsichtigen Zirruswolke, die am Vulkangipfel hängen geblieben ist. Im Hintergrund erhebt sich der grüne Urwald. Davor liegen, von Palmenplantagen umgeben, die Wohnhäuser der Kolonialherren, die Verwaltungsgebäude der deutschen Südseekolonie und die Faktoreien der Handelsunternehmen. Auf einem Hochplateau ist die Kirche der katholischen Missionsgesellschaft vom Heiligsten Herzen Jesu mit ihren Doppeltürmen zu erkennen.

Missionsschwester Anna Scharnhorst befühlt mit zitternden Fingern das kleine Bündel mit Briefumschlägen in ihrer Hebammentasche. »In Sehnsucht und voller Ungeduld, aber mit großem Gottvertrauen erwarte ich Deiner ...« So endet der letzte Brief, den sie, mit einer Briefmarke der Neuguinea-Compagnie versehen, wenige Tage vor ihrer Abreise aus dem Rheinland von ihrem Zukünftigen erhalten hat. Er werde herausfinden, wann ihr Schiff in Neuguinea eintreffe. Und natürlich werde er sie mit klopfendem Herzen empfangen. Nun sind es nur noch wenige Augenblicke, dann stehen sie sich dort drüben an Land gegenüber und sehen sich zum ersten Mal. Ob er sie gleich in seine Arme schließen wird?

Damit er sie sogleich erkennt, hat sie ihre dunkelblaue Schwesterntracht mit dem roten Kragen angezogen. Sie legt eine Hand zum Schutz gegen die blendende Sonne an die Stirn und versucht vergeblich, auf dem kleinen Anleger, der sich vor dem Ufer abzeichnet, den Missionar Heinrich Althoff auszumachen. Zwei, drei Dutzend Menschen stehen da drüben, doch noch sind die Gestalten viel zu klein. Wie mag er wohl aussehen? Das Lichtbild, das er ihr geschickt hat, sei zwar schon ein paar Jährchen alt, so hat er geschrieben, aber er habe sich recht gut gehalten.

Auch Sebastian Kleine spürt eine nervöse Vorfreude. Endlich beginnt sein neues Leben, ein Leben, von dem er seit seiner Jugend geträumt hat! Als Naturforscher und Völkerkundler wird er die Flora und Fauna dieser großen Insel im Pazifik erkunden, auf der Suche nach Entdeckungen und nach Abenteuern. Am liebsten möchte er zu den wilden Stämmen, zu den Steinzeitmenschen und Kannibalen. Ihre sagenumwobenen und gefürchteten Geheimbünde möchte er als einer der ersten Europäer gründlich erforschen. Viele tausend Menschen, darunter die bedeutendsten Wissenschaftler, werden seine Expeditionsberichte im *Journal des Museums Godeffroy* lesen. Eines Tages wird er Mitglied oder sogar Ehrenmitglied der berühmten Anthropologischen Gesellschaft in Berlin werden. Und natürlich wird er zusammen mit Theobald Kolber die Rätsel um diese Diamantenmine lösen, zur Rettung und zum Ruhm des Hauses Godeffroy & Sohn. Seine früheren Kollegen von der Hamburger Criminalpolizei und seine alten Freunde in seinem Heimatort Osten an der Oste werden ihn bewundern. Sogar sein hartherziger Vater wird eines Tages stolz auf ihn sein!

Theobald Kolber bläst freihändig Qualmwolken in den Morgenhimmel. Seine Pfeife klemmt zwischen seinen Zähnen. Er hat beide Hände in die Außentaschen seiner Tropenjacke versenkt. Breitbeinig steht er mitten auf dem Deck in Höhe des Großmastes, legt seinen Kopf in den Nacken und blickt zur godeffroyschen Reedereiflagge hinauf, die schlapp im nachlassenden Fahrtwind gegen die Rahen schlägt. Während der Überfahrt hat er versucht, die Diamanten-Geschichte zu verdrängen. Doch nun wird ihm wieder klar, dass ihm womöglich der wichtigste Auftrag seines Lebens bevorsteht. Wenn es gelingt, diese Diamantenmine zu erwerben und Queen Emma ihre Plantagenbesitzungen abzukaufen, wird das Haus Godeffroy & Sohn saniert werden können. Wenn nicht … Daran mag er nicht denken. Er bedauert es, dass er den Glauben an die christliche Kirche und ihren allmächtigen Gott verloren hat. Aber er nimmt sich vor, dennoch bei nächster Gelegenheit in der Missionskirche der Brüder vom Heiligsten Herzen Jesu in Vunapope eine große Kerze anzuzünden. Sicher ist sicher.

Sebastian Kleine unterbricht Kolbers Gedankengänge.

»Was meinst du, ob dieser ominöse Klaas van Oranje uns schon am Anleger erwartet?«

»Das glaube ich kaum. An seiner Stelle würde ich uns erst ein bisschen zappeln lassen«, sagt Kolber. »Mein Gefühl sagt mir: Vielleicht gibt es gar keinen Mann, der so heißt, irgendwie klingt dieser Name erfunden. Wenn er sich nicht meldet, werden wir zunächst möglichst unauffällig nach ihm suchen müssen – oder warten. Schließlich wollen er und seine Hintermänner ja offenbar ein Geschäft mit uns machen. Wir müssen uns also in Geduld üben. Wie sagt der Philosoph: In der Ruhe liegt die Kraft!«

Anna Scharnhorst steht ein wenig erhöht hinter einem Rettungsboot auf dem Deck, nur ein paar Meter entfernt von Theobald Kolber und Sebastian Kleine, die sich bei ihrem Gespräch über die Reling gelehnt haben. Der Wind hat einige Worte zu Anna herübergetragen. Sie geht unbemerkt davon. Es wäre ihr sehr peinlich, wenn die Herren denken würden, sie habe das Gespräch absichtlich belauscht.

Am Rande einer kilometerlangen Palmenplantage, zwischen den Orten Herbertshöhe und Vunapope, sitzen zwei Männer versteckt unter den tief herunterhängenden Ästen eines Brotfruchtbaumes.

»Hast du die neue Ausgabe der *Sydney Tribune* gelesen, die gestern mit dem Postschiff gekommen ist?« Der Ältere zieht eine dünne, zusammengerollte Zeitung aus einem Leinenbeutel. »Auf dem Weltmarkt sind die Preise für Rohdiamanten im vergangenen Jahr um mehr als zwanzig Prozent gestiegen.«

»Eine gute Nachricht«, sagt der andere. »Vortrefflich sogar!«

Sie nehmen ihre Ferngläser und starren wieder durch den Frühdunst auf die offene See hinaus.

»Das ist sie! Das muss die *Emily Godeffroy* sein!«

»Das hast du gestern auch schon gesagt, und es war doch nur ein vorbeilaufender Kohledampfer aus Singapur.«

»Diesmal ist es ein Windjammer. Er nimmt Kurs auf unsere Bucht«

»Wo?«

»Nordöstlich. Etwa bei zwei Uhr nachmittags! Da läuft ein Schiff in die Blanchebai ein. Wenn ich es richtig sehe, ist es ein Drei- oder ein Viermaster.«

»Ich sehe vor uns nur Möwen. Es ist noch zu dunstig.«

»Hier, nimm mein neues Glas, das ist stärker und schärfer als deins!«

»Jetzt sehe ich es auch. Es ist ein Viermaster.«

»Kannst du die Flagge erkennen?«

»Nein, noch nicht … doch … warte einen Moment. Jetzt dreht der Windjammer. Ein schönes Schiff. Am Heck weht eine rotgoldene Fahne!«

»Siehst du einen Falken auf der Flagge?«

»Tatsächlich …! Sie haben die Falkenflagge gehisst. Gleich zwei sogar! Eine am Heck und eine am Großmast! Es ist die *Emily Godeffroy*!«

»Lass mich auch mal sehen.«

Die beiden Männer tauschen ihre Ferngläser.

»Jetzt werfen sie Anker. Ich sehe ein, zwei Dutzend Leute an der Reling.«

»Hoffentlich ist unser Mann dabei.«

»Darauf wette ich!«

»Einverstanden. Was setzt du ein?«

»Mein Fernglas. Beste deutsche Wertarbeit, ein neues Voigtländer Binokular. Das kriegst du von mir, wenn er nicht an Bord ist!«

»Okay, ich setzte einen Rohdiamanten dagegen. Ich wette, dass der Herr Generalbevollmächtigte höchstpersönlich mitgekommen ist – dieses Geschäft wird sich Godeffroy & Sohn nicht entgehen lassen wollen.«

Die beiden Männer schütteln sich die Hände, bevor sich an diesem Morgen ihre Wege trennen.

Am westlichen Ende der Blanchebai leuchtet die Sonne nun wie ein Scheinwerfer durch die Gipfel der beiden rund tausend Meter hohen Vulkane hindurch, die von den Eingeborenen »Vater« und »Mutter« genannt werden. In einem Dorf an der Bucht, das auf der hinteren Seite vom Urwald und auf der Vorderseite vom Meer begrenzt ist, schieben Fischer mit langem, vom Salzwasser verfilztem Haar und nackten, tätowierten Oberkörpern ihre Kanus mit den einseitigen Auslegern vom Strand ins flache Wasser. Einige haben kleine Segel gesetzt. Andere paddeln mit weit ausholenden Schlägen in die Bucht hinaus, in die Richtung, in der das große Segelschiff hinter einem parallel zum Ufer verlaufenden Korallenriff geankert hat. Der grelle Sonnenschein blendet die Frauen und Kinder, die bis zu den Knien ins Wasser gelaufen sind und den Booten mit Palmblättern in den Händen nachwinken.

Plötzlich mischt sich eine schrille, fremdartige Musik in das rhythmische Rauschen der Brandung, erst leise, dann immer lauter. Nicht einmal der Komponist Johann Gottfried Piefke selbst hätte aus diesen Tönen seinen berühmten Defiliermarsch »Preußens Gloria« heraushören können. Die bizarren Klänge kommen aus dem Urwald näher, bis sie mit einem gewaltigen Paukenschlag beendet werden.

Eine Kommandostimme brüllt: »Aaaachtung! – Geeweeeehr über! – Voooorwärts marsch, Kameraden …!«

Aus dem schattigen Dschungel taucht ein seltsamer Trupp auf und marschiert in holprigem Gleichschritt über einen Trampelpfad bis ans Ufer der Blanchebai. Die Parade wird von einem Papua-Mann mit wilhelminischer Pickelhaube angeführt. Sein bloßer Oberkörper glänzt schweißgebadet in der feuchten Morgenluft. Eine Art Lendenschurz ist um seine Hüfte geschlungen.

Seine dünnen Beine stecken in viel zu großen Knobelbechern. In seinen waagerecht vorgestreckten Händen trägt er eine Reichskriegsflagge mit Balkenkreuz und Adler. Hinter dem Standartenträger tauchen in Zweierreihen drei Dutzend Polizeisoldaten der Schutztruppe von Deutsch-Neuguinea auf, einige mit Pickelhauben, andere mit Mützen, einige mit Stiefeln, die meisten barfuß. Sie haben Gewehre mit und ohne Bajonett geschultert. Die Musikanten trotten mit einigem Abstand hinter der Truppe her, vier Leute mit Querpfeifen, zwei mit Trommeln, einer mit einer großen Pauke.

Nebenher marschiert ein stattlicher weißer Mann in preußischer Offiziersuniform. Schweiß läuft ihm übers Gesicht in seinen hochgezwirbelten Bart. Als die Kolonne den Strand erreicht, ruft er: »Aaaachtung! – Stillgestaaanden! – Geeweeehr ab! – Die Aaaaugen geeeraaadeausss s!«

Die braunen Soldaten der deutschen Polizeitruppe blicken auf das Meer hinaus, einige mit ernsten Gesichtern, andere mit breitem Grinsen, manche kauen Betelnüsse. Sie beobachten, wie am Heck des in der Bucht ankernden Segelschiffes ein Beiboot zu Wasser gelassen wird. Ein paar Matrosen klettern ein Fallreep herunter und steigen dabei über den Namen des Schiffes, der mit mannshohen Lettern auf die Außenwand gemalt ist:

EMILY GODEFFROY HAMBURG

Vom Ufer aus beobachten die Schutztruppensoldaten, wie sich das Ruderboot auf den auslaufenden Wellen sprungartig dem Ufer nähert. Dann wenden sie ihre Köpfe, alle zur selben Zeit. Hinter ihnen sind Pferdegetrappel und quietschende Räder zu hören. Über den sandigen Urwaldpfad rollt eine überdachte weiße Kutsche heran. Auf dem Bock zieht ein livrierter, dunkelhäutiger Kutscher die Zügel des Pferdes an. Das Gefährt hält.

In der Fensteröffnung der Seitentür sehen die Soldaten und ihr Kommandant den Kopf und den Oberkörper einer Dame mittleren Alters. Ein elegantes weißes Kleid betont ihre bronzefarbene Haut. Sie trägt ein Hütchen mit einem herabhängenden Schleier, der durch eine mit großen Edelsteinen besetzte Brosche wie ein Diadem wirkt. Sie wedelt mit einem Palmenfächer Moskitos weg, die ihren Schleier umschwirren. Ein Diamantring blitzt bei jeder Bewegung.

Ohne einen Befehl bekommen zu haben, nehmen die Soldaten einer nach dem anderen Haltung an. Sie präsentieren ihre Gewehre und führen die Hände militärisch grüßend an die Stirn.

»Willkommen Queen Emma!«, ruft der Kommandant. Er nähert sich devot lächelnd der Kutsche, bleibt davor stehen und knallt die Hacken zusammen.

»Aber warum denn so förmlich, mein lieber Herr Hauptmann«, sagt Queen Emma mit einer dunklen vibrierenden Stimme. Sie fingert in einem weißen Handtäschchen herum, legt eine Pistole mit Perlmuttgriff auf das rote Samtpolster neben sich und reicht schließlich einige Umschläge aus dem Fenster. Dann deutet ihre mit einem funkelnden Diamanten geschmückte linke Hand aufs Meer.

»Wenn Sie bitte diese Einladungen dem Herrn Kapitän der Emily Godeffroy geben wollen: Ich erwarte ihn und seine Herren Schiffsoffiziere morgen, eine Stunde vor Sonnenuntergang, zu einem Empfang auf Gunantambu. Und dies hier ist ein persönlicher Brief für den Generalbevollmächtigten der Firma Godeffroy. Richten Sie Herrn Theobald Kolber und seinen Begleitern meine ganz besonderen Grüße aus!«

Der Kommandant der Schutztruppe nimmt wieder Haltung an und präsentiert seinen Degen.

Queen Emma beugt ihren verschleierten Kopf und ihren Oberkörper weit aus der Seitentür heraus und ruft: »Sie sind mir trotz ihres zweifelhaften Rufes ebenfalls willkommen, Herr Hauptmann Schmeile!«

Der Angesprochene starrt wie gebannt in das üppige, schweißglänzende Dekolleté, das in leichte Schwingungen gerät, als die Kutsche sich wieder in Bewegung setzt.

10

An Bord der *Emily Godeffroy* haben die Passagiere ihr Reisegepäck aus den Kabinen an Deck geholt. Theobald Kolber, Sebastian Kleine und Anna Scharnhorst gehören zur ersten Gruppe, die das Fallreep herunterklettert. Kapitän Tietjen und seine Frau Olga winken ihnen nach. An der Außenwand der *Emily Godeffroy* haben zwei kleine Dampfboote festgemacht, die von Land gekommen sind. Daneben dümpeln die Kanus der Eingeborenen, die den Ankömmlingen geflochtene Blumen und tellergroße Muscheln und Schildkrötenpanzer verkaufen wollen. Während der kurzen Fahrt zum Ufer starren die Ankömmlinge fasziniert in das glasklare Wasser. Über den hellen, sandigen Meeresgrund huschen große und kleine Fische, ganze Schwärme schwimmen durch Korallenbänke und wogende Algenwälder.

An dem kurzen, ins Meer ragenden Anleger von Herbertshöhe sind inzwischen die Musikanten der Polizeitruppe zusammen mit einem kleinen Empfangskomitee der Kolonialverwaltung, der Mission und der Firma Godeffroy angetreten. Ein Papua-Polizist in deutscher Uniformhose und blankem Oberkörper schwingt einen armdicken Dirigentenstab und lässt das beliebte Stück »Muss i denn, muss i denn zum Städele hinaus …« intonieren. Und als die weißen Herrschaften im Boot und auf dem Anleger über diesen musikalischen Fehlgriff herzlich lachen und applaudieren, verbeugt der Dirigent sich zweimal, weil er glaubt, seine Sache besonders gut zu machen. Dabei rutscht ihm seine preußische Pickelhaube vom Kopf ins Gesicht, was noch mehr Heiterkeit zur Folge hat.

Nur Anna bleibt ernst. Ihre Augen suchen die lange Reihe der fröhlichen Leute auf dem Anleger ab. Aber niemand winkt ihr gezielt zu. Und keiner der Männer hat Ähnlichkeit mit dem Mann auf ihrem Bild.

Sie erkundigt sich schließlich bei drei katholischen Ordensbrüdern, die am Ende des Anlegers stehen. Aber auch die haben keinen protestantischen Kollegen gesehen. Sie selber erwarten auch niemanden, nur die große Kiste da drüben, sagt einer, und zeigt auf einen Blechbehälter vom Ausmaß mehrer Schränke, der von einem quietschenden, gefährlich wackelnden Kran an Land gehoben wird. »Da ist ein Harmonium für unsere Missionsstation in St. Paul drin. Die soll dort in einigen Wochen zur Einweihung der neuen Kirche gespielt werden. Wenn Sie Lust haben, sind Sie in Gottes Namen herzlich eingeladen!«

Anna lächelt gequält und verunsichert.

Wo ist ihr Verlobter? Heinrich Althoff hat doch versprochen, sie persönlich abzuholen ...

Theobald Kolber wird von seinem Prokuristen Wigbert Elbertzhagen, dem stellvertretenden Leiter der Godeffroy-Faktorei in Herbertshöhe, in Empfang genommen. »Ein neuer Mitarbeiter des Museums Godeffroy wird wohl für längere Zeit bei uns wohnen«, sagt Kolber und stellt dabei Sebastian Kleine vor. »Herr Kleine wird mit mir zusammen einen besonderen Auftrag für unser Haus durchführen. Sagen Sie das auch den anderen Mitarbeitern und behandeln Sie ihn besonders zuvorkommend.«

Kleine lächelt ein wenig geschmeichelt, als sich der offenbar ältere Prokurist vor ihm verbeugt.

Ein dunkelhäutiger Polizeisoldat hat im Hintergrund gewartet. Er tritt vor und nimmt eine stramme Haltung an.

»Ein Brief für Herrn Theobald Kolber«, sagt er in gutem Deutsch und überreicht die Einladung zum Empfangsfest bei Queen Emma. Auch der Herr Kommandant Schmeile lasse Grüße ausrichten. Kolber dankt gequält, als er diesen Namen hört.

Die *Emily Godeffroy* lässt ihr Signalhorn ertönen, als nach zwei Stunden auch die letzten für Neuguinea bestimmten Passagiere von den Beibooten an Land gesetzt werden. Auf dem Anleger und auf dem kleinen Platz oberhalb der Anlegestelle, auf dem die Waren für den An- und Abtransport zwischengelagert werden, drängen die Ankömmlinge und die Leute, die auf sie gewartet haben, durcheinander. Kaufleute, Kolonialbeamte, Offiziere und Missionare, viele Männer und wenige Frauen sind gekommen. Es wird gelacht und vor Freude geweint. Kolber wird von vielen Leuten begrüßt und angesprochen – ein Mijnher Klaas van Oranje meldet sich nicht. Und doch wird er das Gefühl nicht los, dass dieser Mann in der Menge oder in der Nähe ist. Er fühlt sich beobachtet.

Anna Scharnhorst sitzt indessen verloren am Rande des Geschehens auf ihrer Reisekiste. Die Sonne scheint heiß vom Himmel. Die Luft dampft vor Feuchtigkeit. Ihre Hände zerknüllen das Taschentuch, mit dem sie sich Schweiß und Tränen aus den Augen gewischt hat.

Als sie eine Hand auf ihrer Schulter spürt, zuckt sie erschreckt zusammen.

»Ich bin's nur«, sagt Sebastian Kleine.

»Mein Verlobter ist nicht erschienen.« Ihre geröteten Augen blinzeln gegen das Sonnenlicht zu ihm auf.

»Er wird schon noch kommen. Wenn Sie wollen, bleibe ich so lange bei Ihnen.«

Kurz darauf hastet ein Mann über den staubigen Uferweg zum Anlegeplatz, ein gut aussehender Mann mit gestutztem Bart, Ende dreißig, Anfang vierzig. Er spricht ein paar Leute an und nähert sich dann zögernd Anna Scharnhorst und Sebastian Kleine. Seine helle Hose ist verschmutzt, sein Hemd verschwitzt. An seinem Hals hängt ein silbernes Jesuskreuz. Er sieht erschöpft und verlegen aus.

»Sind Sie Fräulein Anna Scharnhorst, die Verlobte des protestantischen Missionars Heinrich Althoff?«, fragt der Mann.

Anna sieht ihn an. »Sind sie nicht …?«

»Nein«, sagt er, »ich bin nicht Heinrich Althoff. Ich bin ein katholischer Bruder von ihm, meine Station liegt nicht allzu weit von seiner entfernt. Er hat mich gebeten, Ihnen auszurichten, dass er nicht selber kommen kann, weil …«

Enttäuscht blickt Anna den Überbringer der schlechten Nachricht an.

»Was ist …, ist etwas passiert?«

»Er hat Malaria ..., nichts Schlimmes ..., einer der üblichen Fieberschübe. Das dauert nur ein paar Tage, dann wird er wieder auf den Beinen sein und nach Herbertshöhe kommen und Sie abholen.«

Anna setzt sich. Sie sieht aus, als sei ihr schwindelig geworden. Sie verbirgt ihr Gesicht in beiden Hände. Sebastian Kleine weiß nicht, wie er sich verhalten soll.

Was denn los sei? Warum so traurig? Theobald Kolber steht plötzlich neben ihnen. Kleine erklärt die Situation.

»Nun ja, das ist zwar nicht schön für Sie, Fräulein Scharnhorst, aber offen gesagt, auch nicht so dramatisch, wie es vielleicht für Sie klingt. Malaria hat hier beinahe jeder von uns. Das Fieber kommt und geht auch nach ein paar Tagen wieder. Chininpulver und ein paar Glas Gin helfen gewöhnlich schnell. Bis ihr Künftiger höchstpersönlich und quicklebendig erscheint, werden wir ein schönes Quartier für Sie finden. Und es wird Herrn Kleine und mir ein Vergnügen sein, Sie zum Empfangsfest bei Queen Emma mitzunehmen. Das wird Sie hoffentlich auf andere Gedanken bringen.«

Mit der zweispännigen Kutsche, die einen Gepäckwagen hinter sich herzieht, fahren die drei Passagiere der *Emily Godeffroy* über die Hauptstraße von Herbertshöhe, die am Ufer der Blanchebai entlang verläuft. Vor dem Gebäude der deutschen Neuguinea-Compagnie biegt der Kutscher in eine sandige Seitenstraße ein. Die Pferde halten schnaufend vor einem großen, doppelstöckigen Holzgebäude mit einem noch neu glänzenden, zweistufigen Blechdach, mit Erkern und Türmchen an den Ecken. Eine breite Terrasse im Erdgeschoss und eine umlaufenden Veranda in der ersten Etage mit geschnitzten Balustraden verleihen dem Gebäude den Charme einer barocken tropischen Villa. Vor dem breiten Eingang wehen die Flaggen des Deutschen Reiches, der Vereinigten Staaten von Amerika und des Königreiches Samoa. Über dem Portal hängt ein Holzschild mit eingeschnitzten Buchstaben.

»Hotel Fürst Bismarck«, liest Anna.

»Das erste Haus am Platze«, erklärt Theobald Kolber. Das Hotel gehöre Queen Emma. Seit der Eröffnung vor einem Jahr sei es ständig ausgebucht, weil es nur zehn Zimmer habe, aber er werde sehen, was sich machen lässt.

Nach zehn Minuten kommt Kolber zurück. Dem Herrn Hoteldirektor Hellweg sei es eine Ehre, sie begrüßen zu dürfen, sagt er. Der Kutscher hebt ihr Reisegepäck, eine schwere Holzkiste mit Vorhängeschloss, ächzend vom Wagen und schleppt sie ins Hotel. Anna folgt ihm.

Die Missionsschwester bezieht ein geräumiges, hell möbliertes Zimmer, dessen bodentiefes Fenster auf die Veranda hinausgeht. Von hier aus hat man einen schönen Blick in den tropischen Park. In einer Voliere, so groß wie ein Gartenpavillon, flattern Dutzende von kleinen Vögeln herum. Und zwei große Papageien, der eine grün, der andere rot, hocken auf ihren Stangen. Die beiden könnten sprechen, erklärt der Hoteldirektor. Das werde sie bald selber vernehmen.

Als der Kutscher ihr Gepäck abgestellt hat, erfrischt Anna sich an der mit einem Spiegel versehenen Waschkommode. Sie legt ihre Luther-Bibel und ihr Gebetbuch auf den Nachttisch. Als sie auf die Veranda hinaustritt, beginnen die Papageien zu kreischen. Der Rote ruft immer wieder »Deutschland! Deutschland!« Der Grüne antwortet jedes Mal: »Über alles!« Anna Scharnhorst lacht. Zum ersten Mal seit ihrer Ankunft.

Auch Sebastian Kleine ist mit seinem Quartier zufrieden. Sein Zimmer ist spartanisch, aber zweckmäßig eingerichtet. Bett, Schrank und Stuhl, eine Schreibtischplatte unterm Fenster. Durch das kleine Fenster ist zwischen der Seitenwand der Faktorei und einem Lagerschuppen das Meer zu sehen. In der flirrenden Hitze taucht der Einbaum eines einheimischen Fischers auf, der unbeweglich mit erhobenem Speer in dem wackligen Gefährt steht und auf Beute lauert. Über dem Bett hängt ein blasses Aquarell vom winterlichen Hamburger Hafen mit dem schneebedeckten Michel im Hintergrund. Gemeinschaftsdusche und Plumpsklo sind nur ein paar Schritte entfernt in einem Nebengebäude auf dem Hof. Und hinter einem hohen, aber durchsichtigen Bambuszaun liegt in einem Garten mit großer Rasenfläche das Wohnhaus von Theobald Kolber. Es sieht aus wie eine verkleinerte Ausführung des Hotels Fürst Bismarck. Mitten auf dem Rasen steht eine mannshohe Figur aus Holz mit Palmenblättern und Federn, halb Mensch, halb Riesenvogel. Eine Kultfigur des Tolai-Stammes von der Küste, wie Kleine später erfährt. Schon gegen sechs Uhr abends wird es dunkel. Der Südost-Passat, der tagsüber die warmfeuchte Luft vor sich hergetrieben hatte, schläft ein.

Bei Tagesanbruch donnern drei Kanonenschüsse über die Bucht. Ein Kreuzer des großen deutschen Kaisers signalisiert weithin hörbar seine Einsatzbereitschaft. Die Eingeborenen sollen eingeschüchtert werden, nachdem es unlängst zu einigen Überfällen auf weiße Pflanzer gekommen ist. Einer von Sebastian Kleines Mitbewohnern im Gästehaus schreit »Scheißmarine! Ruhe da draußen, verdammt noch mal!«

Vom Kanonendonner aufgeschreckt, kreischen und schnattern die beiden großen Papageien und die bunten, kleinen Vögel vor Anna Scharnhorsts Hotelzimmer durcheinander. Anna wacht schweißgebadet auf. Sie versucht, ihren Traum in Erinnerung zu behalten, und hat zugleich Angst davor: Als Missionsschwester ist sie in einem Urwalddorf gewesen, bei einem gefürchteten Kannibalenstamm. Die Menschenfresser waren mit Bögen und Speeren bewaffnet. Sie hatten schulterlanges, verfilztes Haar, in dem die Knochen ihrer getöteten Feinde steckten. Auch der Häuptling trug solchen Kriegsschmuck – doch er hatte eine helle Haut. Seine Augen waren blau. Sein Haar war blond. Als Anna ihn nach seinem Namen fragte, antwortete er auf Deutsch: »Ich bin Gustav Wilhelm Fischer.«

Als Anna diesen Namen hörte, hat sie laut geschrien.

Gustav Wilhelm Fischer – so hieß doch ihr leiblicher Vater. Sie hat den Namen ein Jahr vor ihrer Abreise zum ersten Mal heimlich in den alten Briefen gelesen, die ihre Mutter ganz unten in einem Wäscheschrank versteckt hatte.

11

Theodor Kolber sitzt missgelaunt im ersten Stockwerk des langgestreckten Faktoreigebäudes von Johan Cesar Godeffroy & Sohn hinter einem ausladenden, aus Mangrovenholz grob geschreinerten Schreibtisch. Akten und Papiere stapeln sich zu kleineren und größeren Haufen. Drei große Rollschränke stehen an der Wand. Das Arbeitszimmer ist, von einer verblassten Weltkarte abgesehen, schmucklos eingerichtet. Der ehrgeizige Prokurist Elbertzhagen und Kolbers persönlicher Sekretär, der im Dienst der Firma Godeffroy schon im Alter von 45 ergraute Heinrich Pellworm, schieben ihrem Chef mit knappen Erläuterungen Schriftstücke, Rechnungen, Zahlungsanweisungen zu. Schon seit zwei Stunden.

Vieles hätten sie ja bereits auf eigene Faust erledigt, aber für die größeren Dinge sei Kolbers Unterschrift nötig, sagt der Prokurist. Es gehe um die Verlängerung von Pachtverträgen, um neue Lieferverträge mit deutschen und australischen Pflanzern, um Provisionen für die Vermittlung von Arbeitskräften von den Fidschi- und Tongainseln. Die Anschaffung einer neuen Dampfmaschine für ein Sägewerk muss genehmigt werden. Kolber soll Bestechungsgelder und sogenannte nützliche Geschenke für Eingeborenen-Häuptlinge bewilligen, die ihr Land günstig verkaufen oder ihre Leute als Plantagenarbeiter abstellen wollen. Und immer wieder unterzeichnet er vier- und fünfstellige Zahlungsanweisungen für Kopralieferungen der Firma »Emma Eliza Coe & Partner«.

Als Sebastian Kleine hereinkommt, blickt der Generalbevollmächtigte nur kurz auf.

»Gut gefrühstückt?«

»Wunderbar, es gab dünnen Kaffee und altes Brot mit klebriger Marmelade.«

»Das ist schon der gehobene Standard in unserem Gästehaus, du bist wohl vom Smutje der *Emily Godeffroy* Besseres gewohnt?«

Während der Prokurist und der Sekretär nach einer Abrechnung suchen, sagt Kolber leise zu Kleine, er solle die Diamantengeschichte noch nicht erwähnen. Laut fordert er ihn dann auf: »Setz dich hin, dann kannst du miterleben, wie aufregend es bei uns Im- und Exportkaufleuten zugeht.«

Queen Emma, sagt Elbertzhagen, und wedelt mit einem Schriftstück, habe vor einem Monat ohne Vorankündigung und ohne erkennbaren Anlass die Koprapreise von 13 auf 18 Mark pro Tonne erhöht. Sie hätten ihr diese Quote zusagen müssen – denn ansonsten wollte sie an ein holländisches Konsortium verkaufen, das neuerdings verstärkt im Bismarckarchipel tätig werde.

»Sie nutzt ihre Vormachtstellung bei der Kokosnussproduktion ohne Rücksicht aus. Ihre Methoden grenzen immer mehr an Erpressung.«

»Keineswegs, das ist der freie, internationale Handel – oder würden Sie als Kaufmann anders handeln, wenn sich die Gelegenheit bietet?« Das mache man im Hause Godeffroy bekanntlich genauso, einer werde gegen den anderen ausgespielt. »Trotzdem will ich wohl mit ihr darüber reden, wie langjährige Geschäftspartner miteinander umgehen sollten und wie nicht.«

Kolber unterschreibt die vorgelegten Rechnungen, ohne zu zögern. Er überlegt einen Moment und sieht Kleine an, bevor er sich wieder an den Prokuristen wendet.

»Da Sie dieses holländische Konsortium erwähnt haben – ist Ihnen in letzter Zeit ein Mann namens Oranje begegnet? Oder haben Sie den Namen Klaas van Oranje schon einmal gehört? Es könnte sich auch um einen Buren aus Südafrika handeln.«

Elbertzhagen denkt nach und schüttelt den Kopf. Wenn es wichtig sei, könne er sich ja mal umhören, er kenne einen Händler aus Rotterdam, der müsste es eigentlich wissen, wenn einer seiner Landsleute in Deutsch-Neuguinea aufgetaucht sei.

»Gut, dann hören Sie sich nach einem Mijnher Oranje um, aber sehr diskret, Elbertzhagen, unser Interesse sollte keineswegs Aufmerksamkeit in der Kolonie erregen. Im Moment kann ich Ihnen leider noch nicht mehr dazu sagen.«

Ob es denn sonst etwas Neues gebe, fragt Kolber seinen Prokuristen im Plauderton.

»Der neue Gouverneur Dr. Hahl hat sich gut eingearbeitet. Als Jurist und ehemaliger Richter geht er endlich auch gegen die kriminellen Elemente unter den Weißen vor, die Eingeborene nach Strich und Faden um ihr Land betrügen, ihnen Kunst- und Kultgegenstände abschwatzen und die ihre Arbeiter misshandeln.«

»Gut. Sehr gut, das wurde wirklich Zeit, dass da hart durchgegriffen wird«, sagt Kolber.

»Und sonst? Was redet man so? Gibt es interessante Geschichten und Gerüchte?«

Elbertzhagen grinst. »An der Nordküste bei den Tolai-Stämmen ist neulich ein katholischer Missionar von einem Häuptling und dessen Leuten verprügelt und aus dem Dorf getrieben worden …«

»Und was ist daran so lustig?«

»Nun ja, der fromme Mann soll es mit zwei oder drei Dorfschönen getrieben haben, und dabei ist er wohl in einem Fall in flagranti erwischt worden. Der Herr Bischof war wohl nicht sehr amüsiert.«

Leider gebe es aber auch noch ein weniger komisches Ereignis: Die Frau des Farmers Fuchs sei am helllichten Tag in ihrem Haus am Fuß des Varzinberges von Eingeborenen mit Äxten erschlagen und von Speeren durchbohrt worden, während ihr Mann weit entfernt auf seinen Pflanzungen gearbeitet habe.

»Ein Raubüberfall?«

»Offenbar ein Racheakt. Fuchs soll absichtlich oder unwissentlich ein großes Stück Land gerodet haben, das an seinen Besitz grenzt. Dort hat sich offenbar ein Kultplatz des Iniet-Geheimbundes befunden …«

»Oh Gott, da kennen diese Geheimbündler kein Pardon«, sagt Kolber. Was danach unternommen worden sei?

»Das Übliche. Eine Strafexpedition unter Leitung von Polizeikommandant Schmeile hat die Bewohner der nächstliegenden Dörfer vertrieben und sämtlich Hütten in Brand gesteckt. Einige

Männer sind auf der Flucht erschossen worden. Zwei Mordverdächtige hat man festgenommen. Sie sollen demnächst hier in Herbertshöhe hingerichtet werden.«

»Das Übliche ...« Kolber schiebt ein paar Papiere hin und her.

»Und geschäftlich, was redet man da so?«

»Nichts Aufregendes«, sagt Elbertzhagen. »Allerdings sollen vor einigen Monaten ein paar Australier im Landesinneren gesehen worden sein. Es gibt ein Gerücht, dass sie nach Gold suchen.«

»Und? Haben sie was gefunden? Gold und Edelsteine – hier bei uns in Deutsch-Neuguinea, das wäre ja wirklich mal eine Neuigkeit.«

Elbertzhagen deutet mit einer Kopfbewegung zu Sebastian Kleine. Ob er in dessen Gegenwart weiterreden solle, heißt diese Geste.

»Nur zu«, sagt Kolber »wir haben keine Geheimnisse, er gehört schließlich zum Haus Godeffroy & Sohn!«

Der Prokurist räuspert sich. Er habe von einem Beamten der Kolonialverwaltung gehört, dass die Australier kein Gold, sondern Diamanten gefunden haben sollen.

»Diamanten in Deutsch-Neuguinea?« Kolber tut erstaunt. »Wo hat man Diamanten gefunden?«

»Keine Ahnung. Mein Gesprächspartner wusste das auch nicht.«

»Da wird wohl nichts dran sein«, sagt Kolber, »diese angeblichen Goldfunde am Taori-Fluss haben sich vor Jahren ja auch als Falschmeldung herausgestellt.«

Aber wenn er in dieser Sache irgendetwas Neues höre, möge er ihn sogleich informieren. Das könne für die Firma möglicherweise interessant sein.

Kolber und Elbertzhagen setzen ihre Schreibtischarbeit fort. Zwischendurch wendet sich Kolber an Kleine und reicht ihm eine dünne Mappe, als sei ihm gerade etwas eingefallen.

»Hier, lies dies mal, damit du dich nicht langweilst. Hier bekommst du einen kleinen Einblick in das, was hier vor sich geht und womit man in unserer Reichshauptstadt lieber nicht belästigt werden möchte. Als früheren Criminalinspektor wird dich das vielleicht besonders interessieren.«

Kleine nimmt ein eng beschriebenes Schriftstück mit mehreren Anhängen aus dem Ordner. Auf der ersten Seite prangt ein Stempelaufdruck mit zwei Ausrufezeichen, der ihm von seiner Polizeiarbeit in Hamburg bekannt ist: »Vertraulich! Nur für den Dienstgebrauch!« Offenbar handelt es sich um die amtliche Abschrift eines Dokumentes, das vom Kolonialamt nach Berlin geschickt worden ist. Es geht um die zunehmende »Kette von Morden an Europäern in Deutsch-Neuguinea«, wie es in der Überschrift heißt. Insgesamt 34 Fälle werden aufgeführt. Bei den meisten Opfern handelt es sich um Händler und Pflanzer in abgelegenen Gegenden, aber auch Missionare, Beamte und ganze Familien wurden umgebracht. In fast allen Fällen, so liest Kleine, hätten die Ermordeten durch eigenes Verschulden den Zorn und die Rache der Eingeborenen auf sich gezogen. So habe der deutsche Farmer Wolf, ungeachtet der Warnungen und eindringlichen Ermahnungen der Kolonialverwaltung seine Pflanzungen auf das Gebiet einer alten Kultstätte des Tolai-Stammes ausgedehnt. Danach sind in seiner Abwesenheit seine Frau und sein Baby regelrecht zerstückelt worden.

Bei der darauffolgenden Strafexpedition kam der kommissarische Landeshauptmann Curt von Hagen ums Leben. In dem angehängten Schriftstück liest Sebastian Kleine den Augenzeugenbericht eines Expeditionsteilnehmers:

»Herr von Hagen beschleunigte den Marsch ganz erheblich. Im Laufschritt fassten wir einen Tamul, den Angehörigen eines Dschungelstammes, der durch laute Rufe seine Genossen warnte. Der aalglatte Bursche ließ sich nur mit Mühe fesseln. Seinem Schreien machte ein wuchtiger Schlag meines Gewehrkolbens ein Ende. Herr von Hagen rief mir noch zu: ›Na, endlich fertig?‹, und dann ging es immer weiter vorwärts, ringsum dröhnte der Urwald von den dumpfen Tönen der Kriegstrommeln … Wir hatten eben einen Wasserlauf durchschritten, als ein feindlicher Schuss

fiel. Aufblickend sah ich Herrn von Hagen drei oder vier Schritte rücklings stürzen. Ich konnte den Verwundeten noch mit den Armen auffangen, lehnte ihn an einen Baum und riss ihm die Kleider auf. Die Wunde saß mitten in der Brust, mein nochmaliges Rufen ›Herr von Hagen! Herr von Hagen‹ blieb ohne Echo …«

Der stellvertretende Landeshauptmann, so habe sich später herausgestellt, sei mit einem gestohlenen deutschen Mausergewehr erschossen worden – von einem desertierten Eingeborenen-Soldaten namens Ranga.

Sebastian Kleine legt das Papier zur Seite. »Mein Gott, hier geht es ja ein bisschen brutaler zu als in meinem früheren Revier in St. Pauli«, sagt er, als Kolber ihn über seine Geschäftspapiere hinweg ansieht. »Lies nur weiter, es kommt noch besser«, sagt Kolber, »ich brauche noch eine Weile, bis ich dich in der Faktorei herumführen kann.«

Nach dem Tod des von Hagen, so heißt es im nächsten amtlichen Bericht, hätten die deutschen Strafverfolger mit Hilfe befreundeter Eingeborener den Täter im Dschungel gestellt. Der sei von zahlreichen Pfeilen und Speeren getroffen worden. *»Ranga sprang noch in den nahen Fluss, um sich durch Tauchen und Schwimmen zu retten. Aber der Gegner waren zu viele und er schließlich zu sehr erschöpft. Sobald er aus dem Wasser herauskam, erlitt er eine weitere schwere Wunde am Kopf. Noch lebend wurde er an Land gezogen. 23 Pfeile und Speere sollen in seinem Körper gesteckt haben …«*

Rangas Leichnam und der eines Mittäters wurden vor dem nächsten Gefängnis aufgehängt. *»Allen Plantagenarbeitern und allen aufrührerischen Eingeborenen als warnendes Beispiel, und um allen zu zeigen, dass von Hagens Tod angemessen gesühnt worden sei.«*

Kleine schüttelt den Kopf. »Dass es hier so schlimm zugeht, habe ich nicht gewusst.«

»Wir sind in einem wilden Land und es sind wilde Zeiten – zugleich kann es aber auch das Paradies sein«, sagt Theobald Kolber. »Himmel und Hölle liegen hier nah beieinander.« Einen

Blick auf die paradiesische Seite werde man morgen Abend bekommen, beim Empfangsfest von Queen Emma.

Er müsse deshalb noch einen Brief formulieren. Kleine bleibt im Büro, als Kolber seinen Sekretär Pellworm zum Diktat ruft. Dazu setzt sich der Generalbevollmächtigte des Hauses Godeffroy wie immer ans Fenster in einen mit braunem Kuhfell ausgelegten Schaukelstuhl. Er blickt über den großen Platz vor den Lagerschuppen, auf dem sich quietschend ein kleiner, rostiger Kran dreht, der Kisten und Säcke vom Boden aufnimmt und ächzend auf ein Pferdefuhrwerk hebt. Dahinter ist ein breiter Ausschnitt der Blanchebai zu sehen. Hinter den Kanus der eingeborenen Fischer und der auf Reede liegenden *Emily Godeffroy* schiebt sich der Schattenriss eines großen Schiffes ins Bild. Die Segel des Dreimasters sind gerefft. In der Schiffsmitte stößt ein Schornstein schwarze Wolken aus. »Das müsste der Kreuzer *SMS Cormoran* sein«, sagt Sekretär Pellworm. »Das Kriegschiff Seiner Majestät soll ein paar Tage hier bleiben und dann zusammen mit der Polizeitruppe wieder einmal zu einer Strafexpedition auslaufen, es geht diesmal gegen einen Stamm an der Nordwest-Küste, der einen deutschen Pflanzer und einen australischen Händler umgebracht hat.«

»Kehrt denn hier nie Ruhe und Frieden ein, verdammt noch mal! Morde, Blutrache, Strafexpeditionen, Auge um Auge, Zahn um Zahn.« Kolber wendet seinen Blick von der Bucht ab und dreht den Schaukelstuhl ins Zimmer.

»Haben Sie Papier und Bleistift, Pellworm? – Gut, dann schreiben Sie jetzt mal etwas Angenehmeres.«

»Sehr verehrte, gnädige Frau Emma Eliza Coe!«, beginnt Kolber sein Diktat. »Mit großer Freude habe ich nach meiner heutigen Ankunft noch auf der Reede von Herbertshöhe Ihre persönliche Einladung zu Ihrem Abendempfang am morgigen Dienstag auf Gunantambu in Empfang nehmen dürfen. Ihr geschätztes Einverständnis wie stets vorausgesetzt, werde ich mir erlauben, zwei äußerst sympathische, aufgeschlossene junge Menschen in meine Begleitung zu nehmen, deren Gesellschaft ich während der langen Überfahrt von Deutschland nach Neuguinea überaus schätzen gelernt habe …«

Kolber stopft seine Pfeife und bläst eine Rauchwolke gezielt in Richtung eines mottenartigen Insekts, das immer wieder von innen gegen die Fensterscheibe anfliegt. Er schlägt mit einer zusammengefalteten alten Zeitung nach dem Flugobjekt und beobachtet, wie es zu Boden taumelt.

»Und weiter geht's im Text, lieber Pellworm: ›Bei meinen jungen Freunden handelt es sich um Herrn Sebastian Kleine, einen aufstrebenden Mitarbeiter des renommierten Museums Godeffroy, und um Fräulein Anna Scharnhorst, Schwester der Rheinischen Missionsgesellschaft, die, wenn Sie mir den doppelsinnigen Ausdruck gestatten, sozusagen in besonderer Mission nach Neuguinea gekommen ist. Vielleicht wird sie Ihnen, gnädige Frau, bei passender Gelegenheit selbst ihre ebenso bewegende wie anrührende Geschichte berichten. Den beiden jungen Menschen stehen verantwortungsvolle und entbehrungsreiche Aufgaben in Deutsch-Neuguinea bevor. Jedenfalls bin ich überzeugt, dass Sie die beiden jungen Leute mögen und dass diese von Ihnen und Ihrem glanzvollen Feste überaus beeindruckt sein werden.

Mit vorzüglicher Hochachtung verbleibe ich, wie stets

Ihr sehr ergebener …‹«

Pellworm zieht einen Schlussstrich quer über die Seite seines Schreibblockes.

»War es das, Herr Kolber?«

»Nicht ganz, jetzt kommt erst die eigentlich wichtige Mitteilung. Bitte schreiben Sie Folgendes unter Postskriptum:

»Bitte gestatten Sie mir, sehr verehrte, gnädige Frau, bei dieser Gelegenheit auch im Auftrag und im Namen von Herrn Johan Cesar Godeffroy um einen baldigen geschäftlichen Gesprächstermin nachzusuchen. Dabei handelt es um eine äußerst bedeutsame Angelegenheit, die zukünftigen geschäftlichen Beziehungen unserer Firmen betreffend.«

Mit spitzen Fingern hebt Kolber das tote Insekt vom Boden auf und schnippt es aus dem Fenster.

»Was für eine Kurzschrift schreiben Sie eigentlich?«, fragt er und blickt auf das vollgekritzelte Blatt Papier.

»Ich arbeite nach der Methode Stolze«, sagt der Sekretär, »das ist der Schöpfer der modernsten Art der Stenografie.«

»Sehr schön machen Sie das, Pellworm. Würden Sie mir einen Gefallen tun und diesen Brief gleich noch persönlich im Kontor von Queen Emma abgeben, sobald ich die Reinschrift unterzeichnet habe.«

Schon am nächsten Vormittag bringt der Bürodiener die kurze und präzise Antwort. Queen Emma teilt auf weißem Seidenpapier mit:

»Verehrter Theobald Kolber. Selbstverständlich sind Ihre neuen Freunde gern gesehene Gäste auf meinem Fest. Was die geschäftliche Angelegenheit anbetrifft, muss ich Sie wegen einer Reise zu meinen Plantagen auf Mioko leider vertrösten: Ich erwarte Sie diesbezüglich in der kommenden Woche, am Freitag, den 10. Juni um 11 Uhr vormittags in meinem Kontor.

Es grüßt Sie recht herzlich

Ihre

Emma Eliza Coe

PS. Falls wir nach unserer geschäftlichen Unterredung noch weiterhin freundschaftlich verbunden sein sollten, könnten wir gemeinsam das Mittagessen einnehmen.«

12

In den Faktoreien der Handelsfirmen und in der Kolonialverwaltung, in den besseren Wohnhäusern der Gazelle-Halbinsel, auf den Schiffen, die in der Blanchebai ankern, auch in der zentralen Missionsstation im Nachbarort Vunapope – überall bereiten sich die geladenen Gäste auf das Fest in Gunantambu vor, dem palastartigen Anwesen von Queen Emma in Ralum, einem Nachbarort von Herbertshöhe. Die Damen holen ihre schönsten, selten getragenen Kleider aus den Schränken. Die Herren lassen die Tropenanzüge aufbügeln. Sebastian Kleine und Anna Scharnhorst können ihre Vorfreude kaum verhehlen, während sie in den Tagen nach ihrer Ankunft den kleinen Ort Herbertshöhe und die nähere Umgebung erkunden. Theodor Kolber hat versprochen, sie mit seiner Kutsche abzuholen.

Anna Scharnhorst steht wartend im Eingang des Hotel Fürst Bismarck. Gebannt blickt sie die Straße hinunter auf die abendliche Blanchebai hinaus.

So einen Sonnenuntergang hat sie zuletzt als Schulkind vor Augen gehabt: Der Sonnenball hängt rot und riesig groß vor einem tiefblauen Himmel. Im Vordergrund plätschert dunkles Wasser, links und rechts ragen scherenschnittartige Weidenzweige in die Szenerie. Das Bild »Abendstimmung am Niederrhein« hatte sie mit farbigen Wachsstiften selbst gemalt, und Frau Töpfer, die Klassenlehrerin, hatte ihr die beste Note dafür gegeben. Sie war sehr stolz, denn das war die erste Eins in ihrer Schulzeit gewesen.

Nun bestaunt sie ehrfürchtig eine ähnliche Idylle. Diesmal ragen Palmenzweige in die gewaltige Sonne, die mit atemberaubendem Tempo im schwarzblauen Pazifik eintaucht, als wäre es für immer.

Der Widerschein färbt die Fassaden der Gebäude an der Hauptstraße von Herbertshöhe glutrot. Anna kennt bereits die Polizeistation, das Postamt, die Kolonialverwaltung, die Faktoreigebäude der Hamburger Handelshäuser Hernsheim und Godeffroy sowie kleinere Niederlassungen australischer Firmen. Über den deutschen Häusern hängen die schwarz-weiß-roten Fahnen schlaff an ihren Masten. Ein paar Menschen spazieren am Strand entlang. Fröhliches Kindergeschrei ist zu hören.

Zu ihrer Linken sind im Hintergrund die Silhouetten der drei Vulkane zu sehen. Bei völliger Windstille steigt aus dem größeren Kegel eine dünne Rauchfahne senkrecht in den dunkelblauen Himmel.

Anna sucht nach einem passenden Gebet, mit dem sie dem Schöpfer für den unvergesslichen Eindruck, für diesen Moment des Glücks danken könnte. Spontan fällt ihr stattdessen nur ein Lied ein »Wem Gott will rechte Gunst erweisen, den schickt er in die weite Welt …« Gott hat ihr diese Gunst erwiesen. Ihre Enttäuschung, weil sie vergeblich auf ihren Verlobten gewartet hat, verblasst in diesen Momenten gegen das Glücksgefühl, das sie in sich aufsteigen fühlt.

Anna hat ihre Haare hochgesteckt. Eine schlichte Perlenkette betont ihren schlanken Hals. Sie trägt ein cremefarbenes, tailliertes Seidenkostüm mit kleinem Stehkragen, das ein wenig zu groß für sie ist, denn die bald geschiedene Frau von Theobald Kolber, aus deren Bestand das maßgeschneiderte gute Stück ausgeliehen ist, hat wohl eine vollschlankere Figur. Einige Herren in den Ausgehuniformen der kaiserlichen Marine sehen von der Hotelterrasse aus bewundernd zu ihr herüber.

Endlich kommt die Kutsche. Theobald Kolber steigt aus und hilft ihr galant in den Wagen. Sebastian Kleine starrt Anna an, als sehe er sie zum ersten Mal. Er will etwas Charmantes sagen.

»Sie sehen ja wie eine richtige Dame aus, Fräulein Anna, man mag gar nicht glauben, dass Sie nur eine Missionsschwester sind.«

»In dem weißen Tropenanzug hätte ich sie auch kaum wiedererkannt«, sagt Anna schnippisch zu Kleine, der neben Kolber in der Kutsche sitzt.

»Sehr liebenswürdige Komplimente machen sich die jungen Herrschaften«, sagt Theodor Kolber und lacht.

Eine halbe Stunde dauert die Fahrt über die sandige Küstenstraße. Die letzten Häuser liegen bald hinter ihnen. Die brütende Hitze bleibt zurück. Ein angenehmer Wind weht vom Meer. Im Schritttempo passieren sie das Nachbardorf Kokopo. Auf dem großen Platz sitzen die Eingeborenen um ein offenes Feuer herum. Es riecht nach versengten Federn und nach angebranntem Fleisch. Flammen flackern über dunkle Gesichter, in denen das Weiß der Augäpfel aufleuchtet.

Nach einer halben Stunde erreichen sie den Plantagenort Ralum und kurz darauf die breite Einfahrt von Gunantambu. Hier sind bereits zwei Dutzend Kutschen abgestellt. Nach ihnen treffen immer noch neue Gäste ein.

Die Herren grüßen Kolber stets zuerst, die meisten mit kaum getarnter Unterwürfigkeit, andere so jovial, dass ihre Selbstsicherheit aufgesetzt erscheint. Kein Zweifel, so fällt Sebastian Kleine auf, der Repräsentant des Hauses Godeffroy für die Südsee ist eine Autorität, eine Respektsperson. Der Eindruck verstärkt sich noch, als ein Mann aus dem Halbdunkel hervortritt und eilig auf sie zukommt. Genauer gesagt: Ein gewaltiger, hochgezwirbelter Schnauzbart erscheint, gefolgt von einem eher unscheinbar wirkenden Herrn, der allerdings eine auffallende Tropenuniform trägt, mit Schulterklappen und einem Dutzend Orden am Jackett.

»Mein lieber, verehrter Herr Kolber, schön, Sie endlich zu sehen. Ich habe schon von Ihrer Rückkehr gehört und leider vergeblich auf Ihren Besuch in unserem neuen Verwaltungsgebäude gehofft«, sagt er und streckt seine Hand weit aus.

»Sie hätten ja auch in mein Kontor kommen können, Herr Gouverneur«, antwortet Kolber trocken, »wo Sie mich allerdings über einen Haufen Arbeit gebeugt angetroffen hätten.« Auch er freue sich, den Vertreter des großen deutschen Kaisers bei guter Gesundheit und in bester Laune vorzufinden. Er suche hiermit schon einmal um eine Audienz für einen der nächsten Tage nach. Er müsse ihn in einer dringenden und vertraulichen Angelegenheit sprechen.

»Darf ich Ihnen meine beiden Begleiter vorstellen«, sagt Kolber und wendet sich an Sebastian Kleine und Anna Scharnhorst: »Dies ist Dr. Albert Hahl, der Gouverneur von Deutsch-Neuguinea, der beste, den wir bisher hatten – und das zu sagen fällt mir eingedenk seiner beiden unfähigen Amtsvorgänger nicht sehr schwer.«

Hahl lächelt geschmeichelt über die undiplomatische Anzüglichkeit hinweg. Mit wichtiger Miene berichtet er von den jüngsten politischen Nachrichten, die er gerade aus Berlin erfahren habe: Aus den Reichstagswahlen seien die Sozialdemokraten mit großem Abstand als die stärkste Fraktion hervorgegangen. Mit mehr als 27 Prozent hätten sie fast so viele Stimmen erhalten wie die konservativen Nationalliberalen und die Zentrumspartei zusammen.

»Bismarcks Sozialistengesetze haben der SPD immer mehr Sympathisanten und Wähler zugetrieben, vor allem natürlich unter der Arbeiterschaft, das war eine völlig falsche politische Entscheidung, und die Aufhebung dieser Gesetze hat die Wogen bis heute nicht glätten können«, sagt Kolber.

»Die Sozialdemokraten haben ja mit Bebel und Liebknecht leider hervorragende Redner und zugleich üble Demagogen, die wettern im Reichstag gegen jedwede deutsche Kolonialbestrebung, die sägen an dem Ast, auf dem wir in den Kolonien sitzen«, sagt Hahl und schüttelt den Kopf. Seit die Regierung Anfang März mit den Chinesen einen über 99 Jahre laufenden Pachtvertrag für die Marinestation Kiautschou abgeschlossen habe, würden die Mittel für die anderen Kolonien noch mehr gekürzt.

»Und was gibt es Neues in unserer deutschen Südsee? Habe ich während meiner Abwesenheit etwas Wesentliches verpasst?« Kolber beugt sich vertraulich zu Hahl vor, als erwarte er besondere Informationen.

»Das wissen Sie doch besser als ich, lieber Kolber, die Geschäfte in den Faktoreien laufen zufriedenstellend, und die Geschäftsleute sind wie immer unzufrieden.«

Ob es denn stimme, dass einige australische Goldsucher in Deutsch-Neuguinea Land von Eingeborenen gekauft hätten?

»Diese Glücksritter haben ja kein Gold gefunden, wie man hört. Und im Übrigen sollen sie ihr von Stammeshäuptlingen erworbenes oder erschwindeltes Land inzwischen an deutsche Bürger verkauft haben.« Genaues wisse er noch nicht.

»Würden Sie mir freundlicherweise sagen, wie diese Sache steht, aus grundsätzlichem Interesse?«

Der Gouverneur ist offensichtlich froh, als Sebastian Kleine das Thema wechselt und das Gespräch von der Politik auf die Gastgeberin des Abends lenkt.

»Unsere Queen Emma ist wahrhaftig eine ganz außergewöhnliche Person.«

Wie er sich ihren Aufstieg erkläre, fragt Kleine.

»Nun ja, abgesehen von ihrer hervorragenden kaufmännischen Ausbildung in den Vereinigten Staaten ist sie in der hiesigen Geschäftswelt wahrhaftig eine einmalige Erscheinung«, sagt Hahl. Sie verbinde deutsche Tüchtigkeit und Disziplin mit südländischer List und Leichtigkeit und kombiniere diese Gaben auch noch mit dem Charme und der weiblichen Schönheit ihrer Heimat Samoa.

»Das haben Sie aber sehr charmant und ziemlich zutreffend ausgedrückt«, sagt Kolber und klopft dem Vertreter des Kaisers und der Reichsregierung jovial auf die Schulter.

Theobald Kolber hat sich verändert, seit wir an Land gegangen sind, denkt Sebastian Kleine. Obwohl Godeffroys Mann für die deutsche Südsee nicht sonderlich groß ist, scheint er jetzt auf andere herabzublicken. Auf Leute, die seinen auch zur Selbstironie neigenden Humor nicht kennen, wird er kühl und hochmütig wirken. Offenbar will er diesen Eindruck auch erwecken, als er über den Kiesweg zur höher gelegenen Residenz von Queen Emma vorangeht. Nein, Kolber geht nicht, er schreitet.

Der Weg führt durch einen parkartigen Palmengarten. Blütenbüsche, Blumen und Orchideen stehen Spalier und verströmen schwere, tropische Wohlgerüche, gegen die das teure Parfüm der Damen in ihren festlichen Kleidern beinahe geruchlos erscheint. Unter den mehr als hundert Gästen, die vor und nach ihnen den Weg hinaufschreiten, sind die Herren in der Überzahl. Nur wenige mutige Ehefrauen haben ihre Männer in die Südsee-Kolonie begleitet.

Die weißen Tropenanzüge der Herren scheinen plötzlich in Flammen zu stehen. Auf den letzten hundert Metern werden am Wegesrand bengalische Fackeln entzündet, die auf mannshohen Bambusstangen stecken. Der glutrote Schein fällt auch gegen die Fassade des hellen Haupthauses. Es erscheint jetzt noch aufwendiger und prächtiger. Der drei Stufen hoch gelegene Haupteingang

gang ist mit Blumenkränzen und Palmblättern dekoriert. Gedämpfte Musik dringt aus dem Halbdunkel der Tropennacht. Die Musik kommt näher. Die Melodie scheint abwechselnd zu schweben, wie eine sanfte Brandung zu rauschen oder wie ein Chor von Zikaden zu zirpen.

»Musik aus Samoa«, sagt Kolber.

Aus dem Gegenlicht der bengalischen Fackeln erscheint plötzlich ein gertenschlankes Mädchen und verbeugt sich.

»Afio Mai!«

»Das ist samoanisch. Es heißt ›Herzlich Willkommen‹.«

Kolber lächelt und lässt sich von der Südseeschönheit einen bunten Blumenkranz umhängen. Auch Anna und Sebastian Kleine werden so geschmückt. Kleine erschauert, als das lange Haar des Mädchens seine Wange streift. Ihre Haut riecht nach frischen Blüten und nach Kokosmilch.

Er weiß nicht, ob er das schon erklärt habe, sagt Kolber, aber heute Abend sei man sozusagen zu Gast in der Botschaft Samoas in Deutsch-Neuguinea. Queen Emma habe als Tochter einer Häuptlingsfamilie aus Samoa im Laufe der Jahre nicht nur ihre Geschwister und andere Familienangehörige, sondern einen ganzen Clan von mehr als achtzig Leuten aus ihrer alten in ihre neue Heimat geholt.

»Darunter sind die hübschesten Mädchen in tausend Kilometer Umkreis.«

Neben dem großen Anwesen von Gunantambu sei am Meer eine Siedlung für die Einwanderer entstanden, mit den typischen Hütten, einem Langhaus und einem Tanzplatz in der Mitte. Auch die Natur scheine sich angepasst zu haben. Die kleine Halbinsel mit Felsen, Palmen und Strand – alles sehe aus wie in der Heimat ihrer Gastgeberin Queen Emma.

»Ein Schiffbrüchiger könnte glauben, er sei auf Upolu oder Savai gestrandet. Ich kann das beurteilen, ich habe schließlich ein Jahrzehnt meines Lebens auf Samoa verbracht.«

Sebastian Kleine starrt in das rote Zwielicht der Fackeln, in dem das grazile Mädchen wieder verschwunden ist. Kolber folgt seinem Blick, zupft ihn am Ärmel und beugt sich zu ihm vor, damit Anna Scharnhorst nicht hört, was er sagt.

»Wenn ich so jung und abenteuerlustig wäre wie du, dann würde ich nach Mitternacht in das Dorf der Samoaner gehen.«

13

Vom Meer weht ein milder Wind durch die weit geöffneten Fenster und Türen des großen Salons. Mädchen mit türkisfarbenen Seidentüchern um Hüften und Brüste verteilen Gläser mit Cocktails, in denen Ananas und Mangostückchen schwimmen. Die geladenen Gäste stehen in kleinen Gruppen zusammen. Wenn Kolber erscheint, drehen die meisten ihre Köpfe und grüßen.

»Schön, dass Sie wieder bei uns sind, man fühlt sich gleich wohler in Ihrer Nähe«, sagt eine Dame mit verblichenem Charme, nachdem Kolber einen Handkuss angedeutet hat.

Wenn es ihm wichtig erscheint, stellt er seine jungen Begleiter vor. Und wie ein stolzer Gastgeber macht er für Anna Scharnhorst und Sebastian Kleine eine kleine Hausbesichtigung.

»Der Schreibsekretär hier«, sagt er und streicht beinahe liebevoll über ein Mahagoni-Möbel mit eingelegten Schildpattverzierungen, »der stammt aus dem Besitz von Robert Louis Stevenson.« An diesem Sekretär habe der Schriftsteller in seinem Haus auf Samoa einige Kapitel seines berühmten Werkes »Die Schatzinsel« und viele Artikel und Essays für englische Publikationen geschrieben. »Nach dem Tod des großen Mannes hat Queen Emma das gute Stück gekauft und nach Neuguinea bringen lassen.«

Kolber bleibt vor einer mit Flaschen aller Farben und Größen reich bestückten Hausbar stehen, an der sich einige mit den Gebräuchen vertraute Gäste bereits selbst bedienen. Schottischer Whisky, polnischer Wodka, amerikanischer Gin stehen neben deutschem Doppelkorn. Das antike Möbelstück ist aus Eichenholz kunstvoll gedrechselt und geschnitzt.

»Früher wurde hier Messwein ausgeschenkt«, erklärt Kolber. »Das ist ein geweihter Altar aus einer oberitalienischen Dorfkirche nördlich von Mailand.«

Das sakrale Möbelstück sei eigentlich für eine Missionskirche in Australien bestimmt gewesen. Queen Emma habe den Altar zusammen mit anderen Fundsachen von einem Frachtschiff, das vor der Insel Mioko in einem Taifun gestrandet war, bergen und herschaffen lassen. Nun diene das geweihte Stück zum Missfallen der hiesigen Kirchenoberen als Getränkeausschank.

Kolber geht auf eine zwei Stufen hohe Empore voran zu einem schwarz gelackten Flügel. »Steinway & Sons« steht auf der Frontseite. Das exklusive Stück sei ein Geschenk hanseatischer Geschäftsfreunde für Queen Emma, die eine nicht sehr begabte, aber begeisterte Pianistin sei. »Der Steinway ist als kleine Geste der Handelsreederei Johan Cesar Godeffroy & Sohn frachtkostenfrei nach Neuguinea verschifft und bis nach Gunantambu transportiert worden.«

Von dem kleinen Podest aus kann man den großen Salon gut überblicken. Auf dem schwarz-weißen, schachbrettartigen Steinfußboden drängen sich inzwischen über hundert Menschen. Mehr als die Hälfte der Anwesenden kennt Kolber. Die anderen gehören meist zu den Schiffsbesatzungen. Auch ein paar neue Händler und Pflanzer sind eingeladen, darunter der von Elbertzhagen erwähnte Holländer Mijnher van de Straaten aus Rotterdam. Einen Mijnher Klaas van Oranje gebe es unter den Anwesenden nicht, hat der Prokurist inzwischen herausgefunden.

Es gibt ihn schon, denkt Kolber, aber der ominöse Kontaktmann zu den Diamantenleuten hat sich möglicherweise hinter einem falschen Namen verborgen. Es muss auch kein Holländer oder Südafrikaner sein. Mit einiger Sicherheit ist er heute Abend hier. Vielleicht kennt er ihn bereits, und der Mann spielt mit ihm Verstecken. Kolber ärgert sich. Aufmerksam lässt er seinen Blick umherschweifen und flüstert Sebastian Kleine zu, er solle sich ein wenig umhören, ob über den Fund von Diamanten bereits geredet werde. »Wenn du etwas erfährst, sag mir gleich Bescheid!«

Die Gesichter der geladenen Gäste leuchten im Schein der Kerzen. Ein zentnerschwerer Kristalllüster hängt von einem dicken Deckenbalken. Große Facettenspiegel an gegenüberliegenden Wänden vervielfachen die Lichter, die Menschen und das Abbild des Raumes ins Unendliche. Wände und Tische und das Geländer der breiten Holztreppe, die aus der ersten Etage in den Salon herabführt, sind mit Blumengirlanden dekoriert. Hibiskusblüten und blaue Orchideen, groß wie Seerosenblätter, schmücken einen langgestreckten Tisch, auf dem sich die Früchte des Landes türmen wie bei einem exotischen Erntedankfest: Kokosnüsse, Ananas, Mangos, Melonen, Bananenstauden. Livrierte Diener balancieren Tabletts mit Champagner, Cocktails und Bier über die Köpfe. Draußen im Garten werden Grillfeuer entzündet.

Im Hintergrund klingt Musik aus Samoa, wird lauter und bricht, wie auf das Zeichen eines unsichtbaren Dirigenten, plötzlich ab. Die Damen applaudieren vornehm, die Herren klatschen Beifall. Sebastian Kleine glaubt, beides gelte den Musikanten und Tänzern, die sich nun mit ihren Instrumenten in ihren farbenfrohen Seidenkleidern vor dem offenen Eingang formieren, doch dann drehen sich die Köpfe zur Treppe des Salons. Auf der Empore der ersten Etage steht nun eine Frau: Das Licht der großen Wandkerzen fällt auf ihre hellbraune, reife Figur, die hautnah in ein weiß glänzendes Seidenkleid eingenäht ist. Im dunklen Haar funkelt ein mit Edelsteinen und Perlen besetztes Diadem. Die Herrin des Hauses Gunantambu kommt langsam die Treppe herab. Es sieht aus, als schwebe sie mit der Melodie. Jedes Mal, wenn sie ihre Füße auf die nächste, niedrigere Treppenstufe setzt, treten ihre schlanken Beine bis zu den Schenkeln aus einem langen Schlitz hervor, und ihre Brüste beben im Rhythmus ihrer Schritte. Es gibt bei diesem Auftritt wohl keinen fantasiebegabten männlichen Beobachter, der sich die Frau auf der Treppe nicht bei allerlei Ausschweifungen in ihrem Schlafgemach vorstellt, das dem Hörensagen nach von einem runden Bambusbett beherrscht werden soll. Einer der Spanier kann nicht mehr an sich halten. »Viva Queen Emma!«, ruft er empathisch. Es klingt wie ein Brunftschrei.

Auf der vorletzten Stufe verharrt Queen Emma, so dass sie von allen gesehen werden kann. Sie hebt die Hand mit dem Fächer. Sie ist keine große Rednerin, schon gar nicht vor großem Publikum. Die Herrin des Hauses begrüßt ihre Gäste mit einer rauchigen Stimme, zuerst in der Sprache ihrer Heimat Samoa, dann auf Englisch und schließlich mit einem weichen, französisch klingenden Akzent auf Deutsch: »Willkommen meine Damen und Herren. Ich freue mich, dass Sie meiner Einladung gefolgt sind. Ich wünsche allen einen unterhaltsamen und vergnüglichen Abend ...« Sie lässt sich ein Champagnerglas reichen und leert es in einem Zug. Die Gäste erheben ihre Gläser auf das Wohl der Hausherrin.

Gouverneur von Hahl geht als Erster auf die Gastgeberin zu. Sie hält ihm ihre ausgestreckte rechte Hand entgegen, die in einem bis zum Ellenbogen reichenden weißen Seidenhandschuh steckt. Der Vertreter des Deutschen Reiches beugt sich vor, um einen Handkuss anzubringen. Als sein Kopf dem tiefen Ausschnitt von Queen Emmas Robe unziemlich nahe kommt, bricht er seine Vorwärtsbewegung ab. Mit rotem Gesicht erzählt er hastig von den neuesten Errungenschaften, mit denen sich Deutsch-Neuguinea demnächst schmücken könne. An der Einfahrt zur Bucht von Rabaul werde ein Leuchtturm gebaut, und auf den Bergen solle ein Funkmast für die Telegraphie errichtet werden, mit deren Hilfe die Nachrichtenverbindung nach Europa auf wenige Tage verkürzt werden könne. Queen Emma gibt sich den Anschein, als interessiere sie das ganz außerordentlich, während sie aus den Augenwinkeln jede Bewegung im Salon beobachtet.

Hinter der Gastgeberin und dem Gouverneur formiert sich eine lange Schlange, in der die weißen Uniformen der Schiffsoffiziere besonders hervorstechen. Am Ende hat sich Bischof Couppè eingereiht, ein Mann mit wallendem Silberhaar und einem Bart, der lang und breit wie eine Serviette vor seiner Brust hängt. Queen Emma begrüßt jeden einzelnen ihrer Gäste. Sie erkundigt sich bei den Händlern nach dem Gang der Geschäfte, wünscht den Pflanzern eine bessere Ernte als im Vorjahr, erkundigt sich bei den Kapitänen nach der Auslastung ihrer Frachträume und plaudert mit den Damen über die Erziehung ihrer Kinder in teuren britischen und Schweizer Internaten. Argwöhnisch beobachtet Theodor Kolber, wie angeregt die Gastgeberin mit dem Vertreter des Hamburger Handelshauses Eduard Hernsheim plaudert. Endlich ist er selber an der Reihe.

»Ich freue mich auf unser vereinbartes Gespräch und bin sehr gespannt, was Sie mir berichten wollen«, sagt Queen Emma zunächst förmlich. Einen Moment lang überlegt Kolber, ob er sie jetzt schon nach einem Mijnher Klaas van Oranje unter ihren Gästen fragen solle. Doch er unterdrückte seine Neugier, als sie in eine warmherzige Stimmlage wechselt und sich mitfühlend nach dem Stand seiner privaten Angelegenheiten erkundigt. Kolber plaudert offenherzig über die endgültige Trennung von seiner Frau in Hamburg. Die Anwälte würden jetzt die finanzielle Regelung und die sonstigen Formalitäten der Scheidung vorbereiten. Vielleicht könne er die Scheidungsangelegenheit sogar mit Hilfe eines deutschen Konsuls und mit amtlich beglaubigten schriftlichen Dokumenten von Neuguinea aus erledigen. Queen Emmas Gesicht spiegelt Genugtuung über das, was sie hört.

14

Sebastian Kleine wartet hinter dem Generalbevollmächtigten des Hauses Godeffroy. Er registriert, wie Queen Emma ihre Hand mit einer zärtlichen kleinen Geste auf Kolbers Arm legt und ihm einen zufriedenen und zugleich vielversprechenden Blick zuwirft. Sie lächelt noch immer, als sie sich den nächsten Gästen zuwendet.

Tagebuch von Sebastian Kleine, Mittwoch, 1. Juni 1898
Das Defilee dauerte beinahe zwei Stunden lang. Ganz am Ende warteten die katholischen Würdenträger, angeführt von Bischof Couppè, auf ihre Audienz bei Queen Emma. Der Bischof redete eindringlich auf die Gastgeberin ein.

»Vermutlich will der Stellvertreter Gottes in Deutsch-Neuguinea Queen Emma wieder einmal den zur Hausbar herabgewürdigten, geheiligten Altar abschwatzen«, erklärte Theobald Kolber mit einigem Sarkasmus. Dieses Vorhaben schien jedoch zu misslingen. Und nachher erfuhren wir, dass sich der Bischof ausgerechnet an diesem Festabend über die Verwahrlosung der Sitten, über die zunehmenden Fälle von Unzucht und Ehebruch in der deutschen Kolonie beschweren wollte, als sei Queen Emma dafür die Hauptverantwortliche. Sie habe den obersten Katholiken jedoch mit einem schlagkräftigen Argument des lebenskundigen Reformators Martin Luther zum Schweigen gebracht, das da lautet: »Wer nicht liebt Wein, Weib und Gesang, der bleibt ein Tor sein Leben lang …«

Daraufhin beendete der Bischof seine Moralpredigt. Und nachher beobachteten wir erstaunt, wie er hinter dem Rücken von Queen Emma mit einer schnellen Bewegung ein Kreuzzeichen machte. Schwer zu sagen, ob er seine Gesprächspartnerin segnen wollte oder ob er das Kreuz wie bei einer Teufelsaustreibung geschlagen hat, um einen vom bösen Geist besessenen Menschen zur Hölle zu wünschen. Sein verbissener Gesichtsausdruck sprach eher für das Letztere.

Nach dieser Episode prostete Theobald Kolber der Gastgeberin von weitem mit seinem Flensburger Bier zu. Queen Emma lächelte über die Köpfe der Kirchenmänner hinweg zurück und führte ein Champagnerglas an ihre vollen, geschminkten Lippen. Dabei schloss sie die mandelförmigen Augen einen Moment lang verführerisch.

Offenbar war ich nicht der Einzige, der diese kleine, intime Geste beobachtet hatte.

»Die Dame ist wieder mal läufig wie eine Hündin!«

Dieser gemeine Satz drang nicht laut, aber doch für mich vernehmlich durch das Gemurmel ringsherum. Kehliges Männerlachen folgte darauf. Aber es war nicht auszumachen, wer diese anzügliche Bemerkung gemacht hatte, weil das Stimmengewirr der verschiedenen Gesprächsgruppen zwischen den Wänden hin- und hergeworfen wurde. Kolber hatte die Bösartigkeit scheinbar gar nicht gehört.

Obwohl ich nicht sicher war, vermutete ich, dass die Worte aus einer Gruppe von Männern stammte, deren Anführer von seinen Heldentaten bei einer Strafexpedition berichtete: Man habe keine Gefangenen gemacht. Nach einem räuberischen Überfall auf eine Pflanzung seien alle verdächtigen Eingeborenen eines Dorfes erschossen und sämtliche Hütten in Brand gesetzt worden. Das werde allen Kanakern in dieser Gegend hoffentlich für lange Zeit eine Warnung sein. Der Erzähler sah sich beifallheischend im Kreise seiner Zuhörer um. Er trug eine ordensgeschmückte preußische Offiziersuniform, deren Jackett am Bauch und an den breiten Schultern spannte. Sein Gesicht war von der Sonne gegerbt wie altes Leder, auf seiner roten Nase pellte sich die Haut. Seine Glatze leuchtete dagegen weiß, offenbar pflegte er einen Tropenhelm zu tragen. Es sah aus, als hätten die ausgefallenen Kopfhaare an den dicht gewachsenen Koteletten und an einem kräftigen Kinnbart neuen Nährboden gefunden.

Bei diesem Mann, so habe ich noch im Laufe dieses Abends erfahren, handelt es sich um den ehrgeizigen und gefürchteten stellvertretenden Bezirkshauptmann der Gazelle-Halbinsel Gustav Schmeile, der zugleich als Chef der Schutzpolizeitruppe ein strenges Regiment führt, wie man mir erzählte. Offenbar wird seine Arbeit von der deutschen Bevölkerung respektiert, aber die Leute mögen die laute, auftrumpfende Art dieses Mannes nicht. Er sei ein eingebildeter, eitler Fatzke, ein Schürzenjäger schlimmster Sorte, sagte die junge deutsche Frau eines Farmers unverblümt, als ich die Rede unverfänglich auf den Polizeichef brachte. Ihr Ehemann und die anderen Zuhörer schienen diese Meinung zu teilen.

Und noch eines wurde bald deutlich: Zwischen Theobald Kolber und diesem Gustav Schmeile herrschte eine offenbar tiefverwurzelte, gegenseitige Abneigung – eine Rivalität wie bei zwei Platzhirschen, die um die Vorherrschaft in demselben Revier kämpfen. Kolber ist unbestritten der einflussreichste Mann, wenn es um die Wirtschaft in der Kolonie ging, und Schmeile tritt wie der militärische Machthaber auf. Und da das eine des Öfteren nicht vom anderen zu trennen ist, gibt es häufiger Probleme und Kompetenzgerangel zwischen den beiden Männern. Gouverneur Hahl, so erfuhr ich später, musste die beiden Streithähne oft beschwichtigen.

Ganz offensichtlich geht die Rivalität auch ins Private. Sowohl mein Freund Theobald Kolber als auch Schmeile hatten es offensichtlich auf die Gunst von Queen Emma abgesehen. Nachdem ich von den Auseinandersetzungen der beiden gehört hatte, beobachtete ich Schmeile häufiger an diesem Abend. Und es war ganz offenkundig, dass er mit Argusaugen eifersüchtig verfolgte , wie unverblümt Queen Emma mit Theobald Kolber schäkerte, je weiter das Fest voranschritt und je mehr Champagner sie getrunken hatte – und sie trank erstaunliche Mengen für eine Lady.

Als sie den Flügel des Steinway-Flügels hochklappte, wirkte sie dennoch bemerkenswert konzentriert, in sich selbst versunken und ganz der Musik hingegeben. Sie gab, soweit ich das beurteilen kann, Klavierstücke von Schubert und Mozart zum Besten, wobei sie meist ohne einen Blick auf die Noten spielte. In den Spielpausen warf sie von dem Podest, auf dem der Flügel stand, immer wieder lange Blicke in Richtung Kolber, der sich in ihrer Sichtweite postiert hatte. Besonders bei Mozarts »Kleiner Nachtmusik« schien sie Kolber geradezu mit Blicken zu umgarnen. Und Schmeile wiederum beobachtete dieses musikalisch untermalte Vorspiel einer Liebesaffäre mit zornigen Blicken aus seinen von Tabaksqualm und Alkohol geröteten Augen.

Meine Reisegefährtin Anna Scharnhorst unterhielt sich übrigens an diesem Abend mit Hilfe von Kapitänsfrau Olga Tietjen trotz ihres Kummers über ihren erkrankten Missionar doch recht gut. Ihre Augen leuchteten und ihre Wangen waren vor Aufregung gerötet, als sie zu mir kam und sagte, welch ein wunderschönes Fest dies sei, wie zauberhaft unsere Gastgeberin aussehe und überhaupt, dass die Menschen alle sehr nett zu ihr wären. Zum Beispiel sei vorhin ausgerechnet ein katholischer Missionar zu ihr gekommen, weil er gehört habe, dass sie als Schwester der Rheinischen Missionsgesellschaft mit Missionar Heinrich Althoff zusammenarbeiten werde. Ihre geplante Eheschließung hatte sich offenbar noch nicht herumgesprochen, und darüber sei sie ganz froh, weil es ansonsten ein für sie unangenehmes Getuschel gegeben hätte. Kurzum, der katholische Gottesmann habe gesagt, er kenne Althoff. Das sei ein guter Mann. Missionar Althoff habe ihm vielleicht sogar einmal das Leben gerettet. Jedenfalls habe der ihn mit Medikamenten versorgt und gepflegt, als er bei einem gemeinsamen Marsch durch den Dschungel zusammengebrochen sei. Anna deutete auf einen hochgewachsenen, langbärtigen Mann, der in die übliche bodenlange Soutane der Brüder vom Heiligsten Herzen Jesu gekleidet war. Er unterhielt sich angeregt mit seinem Chef, mit Bischof Couppè.

Der bärtige Mann dort sei der Bekannte ihres Zukünftigen, sagte Anna. Sein Name sei Pater Matthäus Rascher, er habe in den abgelegenen Bergen des oft noch kannibalistischen Baininger-Volkes die katholische Missionsstation St. Paul gegründet. Er sei jetzt nach Herbertshöhe gekommen, um ein Harmonium entgegenzunehmen, welches mit der Emily Godeffroy *geliefert worden sei. Schon morgen werde er mit diesem guten Stück und mit einer Trägerkolonne nach St. Paul aufbrechen. Man habe dort noch viel zu tun, denn die Einweihung der neu errichteten Kirche stehe bevor, deshalb habe er Unterstützung von drei weiteren Brüdern und von einem halben Dutzend tüchtiger Missionsschwestern erhalten. Das Harmonium solle beim ersten Gottesdienst in der neuen Kirche zum ersten Mal offiziell ertönen, ebenso wie eine schöne Glocke, die übrigens von Queen Emma gestiftet und die aus einem italienischen Schiffswrack geborgen worden sei.*

Pater Rascher, so erzählte Anna Scharnhorst, habe ihr schließlich seine Hilfe angeboten, wann immer sie die brauchen würde. Das fände sie sehr bemerkenswert, denn anders als in Deutschland gebe es fern der Heimat offenbar viel weniger Ressentiments zwischen katholischen Gläubigen und Geistlichen auf der einen und Protestanten auf der anderen Seite. Ich erlaubte mir zu sagen, dass ich im Falle eines solchen hoffentlich nie eintretenden Notfalles keine Nebenbuhler dulden und ihr meine Hilfe als Erster zuteil lassen würde. Anna errötete. Es sah aus, als habe sie ein wenig Rouge auf die Wangen gelegt, und das passte sehr gut zu ihrer damenhaften Frisur und dem aus dem Hause Kolber geliehenen cremefarbenen Kleid.

Mir selber ist später an diesem Abend vor Mitternacht etwas Seltsames widerfahren: Ich ging in einem etwas weiter vom Haupthaus gelegenen und von hohen Büschen umgebenen Toilettenhäuschen für die Gäste gerade einem dringenden Bedürfnis nach, als ich draußen Stimmen vernahm. Zwei oder drei Männer unterhielten sich über einen größeren Grundstückskauf. Es ging wohl darum, ob ein Vertrag mit einigen Eingeborenen-Häuptlingen von der zuständigen Kolonialbehörde anerkannt werden würde oder nicht. Ich wurde jedoch erst richtig hellhörig, als ich die Worte »Varzin« und »Diamanten« vernahm. Ich gab kein Geräusch von mir und hielt sogar die Luft an, um mich nicht zu verraten und dem Gespräch weiter folgen zu können. Es war die Rede von Millionen deutscher Mark oder britischer Pfund. Es fiel der unverständliche Name einer australischen oder englischen Firma, und dann wurde auch deutlich das Hamburger Haus Godeffroy erwähnt. Danach trat Stille ein. Dann rüttelte plötzlich jemand an meiner von innen verriegelten hölzernen Toilettentür. Offenbar waren die Männer auf die Idee gekommen, dass jemand ihrem Gespräch gelauscht haben könnte. Ich hörte einige Flüche, als sich ihr Verdacht bestätigte. Jedenfalls entfernten sich eilige, knirschende Schritten über den Kiesweg. Ich versuchte, ihnen noch, so schnell es eben ging, zu folgen. Aber da ich sie nicht erkannt hatte, waren sie für mich bereits unsichtbar irgendwo in der Menge untergetaucht, die sich auf der Terrasse vor dem Eingang des Haupthauses zusammendrängte.

Ich drückte mich mit einem Glas in der Hand in eine Ecke des Salons hinter einen chinesischen Paravent und dachte nach. Obwohl der Name nicht gefallen war, war ich schließlich sicher, dass ich die Stimme des geheimnisvollen Mijnher Klaas van Oranje gehört haben musste. Ich konnte sie nicht sogleich zuordnen, aber sie kam mir bekannt vor. Jedenfalls hatte der Unbekannte eine ähnlich raue und durchdringende Stimme wie der Kommandant der Polizeischutztruppe Gustav Schmeile.

15

Eine Stunde vor Mitternacht werden die Eingeborenen in den Dschungeldörfern oberhalb der Blanchebai von gewaltigem Krachen und Donner aus dem Schlaf gerissen. Über der Küstenebene leuchtet heller Feuerschein. Von Panik erfasst, glauben die Urwaldmenschen, die Vulkane der Gegend seien gleichzeitig ausgebrochen. Oder die weißen Männer würden von ihren gewaltigen eisernen Kriegskanus aus Tod und Vernichtung bringende Feuerkugeln verschießen.

Auf dem Anwesen von Queen Emma bestaunen die Festgäste mit lauten »Aaaaahhs« und »Ohhhhhs« das erste Feuerwerk in der Geschichte von Deutsch-Neuguinea. Die Gastgeberin hat für diesen Abend zwei chinesische Pyrotechniker engagiert. In sicherer Entfernung vom Haupthaus fackeln die Fachleute aus dem Land, in dem das Schwarzpulver erfunden wurde, eine halbe Stunde lang ein wahres Kunstwerk ab. Rote, gelbe, grüne Blitze, weißblaue Wolken, überschäumende Kaskaden, farbenprächtige Wasserfälle explodieren und erlöschen nacheinander vor dem sternenübersäten tropischen Nachthimmel. Die Zuschauer staunen begeistert, andächtig und ängstlich zugleich wie Kinder bei einem Kasperletheater.

Am Ende des Feuerwerks wird laut applaudiert. Die beiden Chinesen verneigen sich ungesehen inmitten ihrer ausgebrannten Abschussrampen irgendwo im Halbdunkel der Sternennacht.

Doch dann geht ein Raunen durch die Zuschauer. Am anderen Ende der Bucht leuchtet es anhaltend glutrot. Am Himmel bildet sich ein Widerschein wie ein großer Pilz. Die Erde zittert spürbar. Ein fernes Grummeln ist zu vernehmen, als wenn mehrere Ochsenkarren über eine steinige Straße holpern.

»Der große Vulkan!« Beinahe gleichzeitig rufen und schreien Männer und Frauen durcheinander.

»Keine Panik, bitte, meine sehr verehrten Damen und Herren«, sagt der Gouverneur mit ruhiger Stimme und breitet beschwichtigend wie ein Prediger seine Arme aus. »Das erleben wir alle paar Monate einmal. Der Vulkan glüht und rumort einige Tage und Nächte lang, und dann schläft er wieder friedlich ein. Das macht er schon seit Hunderten von Jahren so.«

Die Anspannung löst sich, als der rote Widerschein am Horizont tatsächlich schwächer und schwächer wird. Und als gehöre auch das zur Dramaturgie dieses Abends, ertönen nun aus der Himmelsrichtung, in der das Dorf der Samoaner liegt, dumpfe Trommelklänge und die Lockrufe der großen Muschelhörner, die sich wie gestopfte Posaunen anhören. Es ist Mitternacht. Während Würdenträger, Honoratioren und Geschäftsleute vom Platz des Feuerwerkes zurück ins Haupthaus strömen, beginnt im Samoa-Dorf das Fest der jungen Leute.

Er würde dorthin gehen, wenn er jung und abenteuerlustig wäre, hatte Theobald Kolber gesagt …

Sebastian Kleine macht sich auf den Weg. Der wird von wenigen Fackeln spärlich beleuchtet und führt etwa einen Kilometer weit durch die Palmenplantage. Kleine geht unsicher. Die Cocktails und das deutsche Bier haben den Alkoholpegel in seinem Blut erhöht. Endlich ist er da. Auf einem Tanzplatz lodern Feuer, groß wie Scheiterhaufen. Davor tanzen zwanzig, dreißig nur mit Hüfttüchern bekleidete Mädchen. Mit weichen Bewegungen lassen sie Hüften und Oberkörper kreisen, biegen ihre schlanken

Körper nach vorne und hinten und zu den Seiten. Arme, Hände und Finger vollführen dabei einen eigenen Tanz, der mit dem Rhythmus der Körper vollkommen harmoniert. Junge Samoaner hocken mit gekreuzten Beinen im Kreis um die Tanzenden herum und trommeln und klatschen und bewegen sich mit geschlossenen Augen wie in Trance zu einem gleichförmigen Singsang. Zwei Dutzend deutsche Matrosen haben es sich in der zweiten Reihe auf dem Boden bequem gemacht. Einige halten braune Mädchen in den Armen, die sich bereitwillig an sie schmiegen.

Sebastian Kleine lehnt sich an einen Baumstamm. Er kneift die Augen zusammen, um besser gegen den hellen Feuerschein sehen zu können. Aus einem Schatten neben ihm löst sich eine grazile Gestalt, ein Mädchen aus dem Familienclan von Queen Emma, eine ihrer zahlreichen Cousinen, wie er später erfährt.

»Ich heiße Satulia«, sagt das Mädchen in gutem Deutsch und lächelt ihn an.

Satulia fordert Kleine auf, sich auf eine Matte neben sie zu setzen, dann reicht sie ihm eine halbe Kokosnussschale mit einem Getränk.

»Was ist das?«

»Kawa.«

»Was ist Kawa?«

»Das Getränk des Volkes von Samoa. Trink! Du siehst traurig aus. Kawa macht glücklich.«

Es schmeckt halbbitter und ein wenig pfefferig. Es entspannt. Sebastian Kleine fühlt sich wohl.

Aber er wird auch schnell müde. Er fällt in einen kleinen Schlaf.

Als er zu sich kommt, ist der Tanz vorbei und die Feuer sind erloschen. Satulia liegt neben ihm, dicht an seinen Körper gekuschelt. Sie hat ihm ein aus Palmenblättern geflochtenes Kissen unter den schweren Kopf geschoben. Kleine spürt ihre kleine Hand auf seinem Gesicht.

Er schüttelt sich. Er braucht eine Weile, bis sein Kopf klar wird. Die Zeiger seiner Uhr stehen auf halb zwei, als ein markerschütternder Schrei die Stille der Nacht zerreißt. Es klingt, als werde ganz in der Nähe jemand erstochen.

Kleine fährt hoch, und ohne nachzudenken stolpert er in die Richtung, aus der der Schrei gekommen ist.

Im Licht des Halbmondes spielt sich vor ihm eine unvergessliche Szene ab: Ein deutscher Matrose steht mit heruntergelassener Hose auf einer Matte unter einer Palme und zittert und schüttelt sich. Eine ebenfalls halb entblößte Samoanerin versucht vergeblich, ihn zu beruhigen. Auch unter anderen Palmen sind Liebespaare aufgeschreckt.

Ein Mann in der Uniform eines Bootsmannes und mit einer Mütze, die ihn als Besatzungsmitglied der *SMS Cormoran* ausweist, baut sich vor dem Pärchen auf und brüllt: »Was ist denn hier los, Kamerad?!«

»Melde gehorsamst: Wir sind von einem Affen überfallen worden«, antwortet der Matrose.

»Von einem Affen?«

»Jawohl. Der Affe ist von ganz oben aus der Palme auf meinen nackten Hintern gesprungen, als ich gerade gefechtsbereit war!«

»Ein Affe? Es gibt hier keine Affen, in ganz Deutsch-Neuguinea gibt es keine!«

Aus dem Wipfel der am nächsten stehenden Palmen ertönt lautes Miauen und ein Fauchen.

»Da oben sitzt Ihr Affe, Sie Hornochse!«

Die Zuhörer lachen.

»Ihr Affe ist eine Katze«, ruft der Bootsmann, »genauer gesagt, ist das vermutlich ein genauso geiler Kater wie Sie!

»Weitermachen Kameraden«, ruft der Bootsmann, »und nicht vergessen: Um vier Uhr Sammeln am Bootsanleger Herbertshöhe!«

Auch Sebastian Kleine lacht, aber die Lust ist ihm vergangen. Er will sich von Satulia verabschieden, doch die nimmt seine Hand und führt ihn durch die Plantage zurück bis nach Gunantambu. Nach zehn Minuten taucht vor ihnen Queen Emmas

Haus auf, vor dem jetzt nur noch wenige Fackeln brennen. Satulia küsst ihn flüchtig auf die Wange und läuft barfuß zurück, bevor er noch etwas sagen kann.

Das Fest hat seinen Höhepunkt überschritten. Nur noch zwei Dutzend hartnäckige Trinker sitzen an den Tischen im großen Salon. Gleich am Eingang entdeckt Sebastian Kleine den verschwitzten Polizeichef Schmeile, der mit schwerer Zunge auf seinen Tischnachbarn einredet und ihn dabei aus glasigen Augen anstarrt.

Nachdem er sich in einem der Sanitärräume ein wenig frisch gemacht hat, sucht Kleine nach Kolber. Wenn die Gelegenheit günstig ist, will er ihn doch noch über das belauschte Gespräch und über seinen Verdacht gegen Schmeile informieren. Doch die Gelegenheit ist nicht günstig. Er entdeckt Kolber in einem Erker des Salons, in einer Art Séparée, das von einem Paravent gegen neugierige Blicke geschützt wird. Kolber ist mit Queen Emma allein. Sie sitzen eng nebeneinander auf einer kleinen Chaiselongue. Sie zieht seinen Kopf zu sich heran. Er streift ihr Kleid von ihrem Oberarm und küsst ihre nackte Schulter.

Irritiert dreht Kleine ab. Er will nicht stören.

Wenig später kommen die beiden mit erhitzten Gesichtern hinter dem Paravent hervor. Sie durchqueren den Salon und gehen, von den Blicken der letzten Gäste verfolgt, die große Treppe hinauf. Queen Emma hat Kolber an die Hand genommen. Es sieht so aus, als ob sie ihn hinter sich herzöge. Beide lachen verhalten. Sie bemerken nicht, was sich hinter ihrem Rücken abspielt.

Sebastian Kleine sieht, wie sich Gustav Schmeile an der Tischkante aufstützt und sich schwankend von seinem Stuhl hochstemmt. Er ruft, er lallt etwas. Kleine ist sich nicht sicher, aber er glaubt das Wort »Hure« verstanden zu haben. Sicher aber hat er gehört, wie der betrunkene Chef der Polizeitruppe von Deutsch-Neuguinea »Kolber, du Schwein« gesagt hat, während er an seiner Pistolentasche herumfummelt. Zwei ebenfalls nicht mehr nüchterne Tischnachbarn drückten Schmeile auf seinen Stuhl zurück. Nachdem sie minutenlang auf ihn eingeredet haben, schlingern die drei Männer Arm in Arm über den von zertretenen Blütenblättern bedeckten Steinfußboden dem Ausgang entgegen.

Kleine wartet noch einige Zeit vergeblich auf Kolber, dann lässt er sich von der draußen wartenden Kutsche der Faktorei Godeffroy ins Gästehaus zurückfahren. Fräulein Scharnhorst habe er gleich nach dem Feuerwerk in das Hotel Fürst Bismarck gebracht, erzählt der Kutscher. Und den Chef, Herrn Kolber, solle er erst nach dem Frühstück in Gunantambu abholen.

16

Die Hitze. Die Moskitos. Und die Albträume. Missionsschwester Anna Scharnhorst findet in dieser Nacht keinen Schlaf. Ihre Gedanken wandern zu dem Fest bei Queen Emma zurück. Das chinesische Feuerwerk und das Glühen des Vulkans hat sie noch miterlebt, bevor sie der Kutscher ins Hotel zurückgefahren hat. Jetzt liegt sie schweißnass auf ihrem Bett. Im Zimmer staut sich die Hitze des Tages. Zwei Moskitos haben es durch den engmaschigen Schutzvorhang geschafft, der wie ein Zelt um ihr Hotelbett gespannt ist. Sie fliegen einen Angriff nach dem anderen auf ihre nackte Haut. Erst gegen Morgen hat sie die Quälgeister mit einer auf dem Nachttisch bereitliegenden Klatsche erschlagen.

Als sie vor Erschöpfung in einen unruhigen Schlaf fällt, kehrt der Albtraum zurück: Sie wird von zwei Gestalten verfolgt, die in schwarze Gewänder und Kapuzen gehüllt sind. Ihre Gesichter sind weiß wie Kreide. Mit knochigen Armen greifen die Kapuzenmänner nach ihr. Sie flüchtet in panischer Angst aus ihrem Heimatort Kalkar, läuft auf eigenen Füßen über den breiten Strom des Niederrheins durch Westfalen und über die Weser bis nach Hamburg an der Elbe. Doch ihr Schiff hat den Hafen schon verlassen. Sie läuft über das Wasser der Elbe, überquert auf eigenen Füßen die Nordsee, den Atlantik und den Indischen Ozean.

Im Pazifik springt sie auf eine Insel. Doch sie kann ihre Verfolger nicht abschütteln. »Bleib stehen, Anna«, ruft der eine. »Ich bin's, Heinrich, dein Verlobter!« Und der zweite übertönt den ersten: »Warte auf mich, Anna, ich bin's, dein Vater!« Endlich erreicht sie das rettende Hotel. Sie schlägt ihre Zimmertür hinter sich zu, verriegelt das Schloss und legt den Sicherheitsriegel vor.

Das Geschnatter der Papageien vor ihrem Fenster reißt sie aus ihrem Albtraum. In Streifen geschnittenes Sonnenlicht fällt durch die Jalousie auf ihr Bett. Hinter den Wipfeln der Palmen ist der Himmel schon blassblau. Die dressierten Papageien werden immer lauter. »Deutschland, Deutschland«, ruft der eine. »Über alles«, antwortet, wie immer, der andere.

Mit schweren Gliedern steht Anna auf und schüttet aus einem bereitstehenden Krug Wasser in die Emailleschüssel auf der Waschkommode. Als sie gerade ihre Zähne putzt, klopft es.

Einen Moment lang denkt sie, jemand poche gegen die Tür des Nachbarzimmers, doch dann hört sie ihren Namen.

»Fräulein Scharnhorst! Sind Sie wach? Hallo, Fräulein Scharnhorst, hören Sie mich? Hier ist Hoteldirektor Hellweg!«

Anna öffnet ihre Zimmertür einen Spaltbreit. Sie erkennt den Hoteldirektor.

»Entschuldigen Sie die Störung, aber an der Rezeption wartet ein Besucher auf Sie, ein etwas seltsamer Herr, wenn Sie mir die Bemerkung gestatten. Er behauptet, Sie würden ihn erwarten, auch schon zu dieser frühen Stunde.«

»Herr Kleine von der Firma Godeffroy?«, fragt Anna.

»Nein, er sagt sein Name sei Althoff, Heinrich Althoff.«

»Oh Gott, ich denke, er ist schwer erkrankt?«

»Der Herr sieht tatsächlich kränklich aus.«

»Sagen Sie ihm, ich bin in wenigen Minuten unten.«

Annas Gedanken verwirren sich, vor Freude und Verwunderung. Sie hat noch nicht mit ihm gerechnet, er hat doch Malaria, aber nun ist er doch schon gekommen. Ihr Verlobter! Ihr zukünftiger Ehemann!

Hastig beendet sie ihre Morgentoilette. Im Schrank schiebt sie das geliehene, cremefarbene Kostüm zur Seite und zieht das lange, dunkelblaue Kleid mit dem roten Kragen an. Dazu setzt sie das gleichfarbige Käppi der Rheinischen Missionsgesellschaft auf ihre Haare, die sie noch schnell zu einem Knoten gebunden hat. Anna wirft einen Blick in den Spiegel. Sie sieht blass und übernächtigt aus. Sie spürt ihren pochenden Puls. Erst unsicher, dann mit entschlossenen Schritten geht sie zur Rezeption des Hotels Fürst Bismarck hinunter.

Als sie am Speiseraum vorbeikommt, drehen sich einige Frühaufsteher nach ihr um. Auf dem Flur eilt sie über den Kokosläufer an einem älteren, bärtigen Mann mit hohlwangigem Gesicht und abgerissener Kleidung vorüber. Ihre Augen suchen nach Heinrich Althoff: Nach dem etwa vierzigjährigen, stattlichen Missionar, von dem sie nur dieses eine Lichtbild hat und dessen Erscheinung in ihrer Vorstellung immer imposanter geworden ist. Im Frühstücksraum ist er nicht, in der kleinen Empfangshalle auch nicht, an der Rezeption wartet niemand. Draußen vor dem Eingang des Hotels Fürst Bismarck steht nur ein Ochsenkarren mit zwei mageren Zugtieren davor.

»Wo ist denn Herr Althoff?«, fragt sie Hoteldirektor Hellweg, der hinter dem Empfangstresen mit seiner Buchhalterin Zimmerrechnungen überprüft.

»Herr Althoff? Sie müssten ihm doch begegnet sein.« Hellweg blickt erstaunt auf.

»Da ist er ja, der Herr dort hinten auf dem Flur!«

Anna dreht sich um.

Der alte Mann kommt langsam auf sie zu. Er nimmt einen staubigen Hut ab, unter dem sich eine Halbglatze mit dünnem, rötlichem Haarkranz verborgen hat. Über seiner rechten Augenbraue verläuft eine schmale, wulstige Narbe. Als er zu lächeln versucht, kommt eine Zahnlücke zum Vorschein.

»Anna.«

Anna Scharnhorst zuckt zusammen. Sie starrt den Mann im Flur mit großen Augen an, als sei sie von einer der Gestalten aus ihrem Traum eingeholt worden.

»Heinrich? Sind Sie Herr Heinrich … der Missionar Heinrich Althoff?«

Der Alte dreht seinen Hut in den Händen und nickt.

Queen Emma schnarcht. Nicht laut und nicht unangenehm, es klingt wie das zufriedene Gurren einer Taube, das von gelegentlichen kleinen Pfeiftönen unterbrochen wird. Das Pfeifen ist es auch, das Theobald Kolber aufgeweckt hat. Er findet sich in einer überraschenden, durchaus angenehmen Position wieder. Sein linker Arm umfasst ihre nackten Oberschenkel. Sein schlaffes Glied drückt gegen ihr straffes Hinterteil. Sein Bauch füllt die nach innen gewölbte Rundung ihres Rückens aus. Er drückt sich noch enger an sie. Wie Löffel passen ihre Körper ineinander.

Kolber reibt seine Nase an Queen Emmas Nacken und schnuppert in ihrem aufgelösten Haar, das noch nach der vergangenen Nacht duftet, nach einer Melange aus schwerem Parfüm und leichtem Champagner, aus Tabakrauch und gegrillten Meerestieren. Kolber hatte schon immer einen ausgeprägten Geruchssinn. Und der sagt ihm jetzt auch, dass sie offenbar nicht mehr geduscht haben, bevor sie auf dem großen Rundbett übereinander hergefallen sind. Seine Haut riecht nach getrocknetem Schweiß.

Allmählich kommen die Erinnerungen wieder: Sie hatten beide ein bisschen zu viel getrunken. Er wollte nicht vor den letzten Gästen mit ihr die Treppe zu ihrem Schlafzimmer hochgehen. Ihr war das egal. Gleich hinter der Tür hatte sie ihn zuerst ausgezogen, noch im Stehen. Er hatte Probleme mit den kleinen Schildpattknöpfen am tiefen Rückausschnitt ihrer Seidenrobe, die ihre Zofe vor dem Fest zugeknöpft hatte. Seine Hände zitterten zu sehr.

»Heb das ganze Kleid von unten hoch und zieh es mir über den Kopf«, hatte sie ungeduldig gesagt. Darunter trug sie nur einen hauchdünnen Schlüpfer in der Farbe ihrer hellbraunen Haut, den schleuderte sie mit einer Fußbewegung auf das riesige Rundbett und schubste ihn hinterher. Es muss sehr stürmisch zugegangen sein und lange gedauert haben. Sie sind nicht eingeschlafen, sie haben wohl schließlich das Bewusstsein verloren.

Kolber lächelt selbstzufrieden in seinen Vollbart. Als er sich vorsichtig ein wenig streckt, meldet sich sein Rücken mit einem stechenden Schmerz. Er stöhnt – man ist halt doch nicht mehr der Jüngste.

Queen Emma ist von seinem Schmerzenslaut wach geworden.

»Wem gehört diese fremde Hand in meinem Schoß?«

»Mir.«

»Und die Hand auf meinem Busen?«

»Gehört auch mir.«

»Wer ist ›mir‹?«

»Ich heiße Theobald Kolber und bin Generalbevollmächtigter des Hamburger Handelshauses Johan Cesar Godeffroy & Sohn, zuständig für das gesamte Gebiet der deutschen Südsee zwischen Samoa und Neuguinea.«

»Freut mich.«

»Und mit wem hatte ich das Vergnügen?«

»Mein Name ist Emma Eliza Coe, geborene Tui Malietoa, Tochter einer Häuptlingsfamilie aus Samoa, man nennt mich im ganzen Pazifik Queen Emma.«

»Soso.«

Beide kichern.

»Findest du nicht, dass wir ein bisschen zu albern sind – zwei so bedeutende Persönlichkeiten in fortgeschrittenem Alter?«

Theobald Kolber kitzelt sie an ihrer Taille.

Kreischend springt Queen Emma aus dem Bett, stolpert durch das lichtdurchflutete Schlafgemach und verschwindet im Badezimmer.

Kolber steht auf und macht ein paar vorsichtige Dehnübungen zur Lockerung der verklemmten Wirbelsäule. Auf dem Marmorsims einer Kaminattrappe im englischen Kolonialstil entdeckt er dabei eine Galerie von Fotografien. Sechs Gesichter blicken ihn aus Gold- und Silberrahmen an, sechs ältere und jüngere, ernste und lächelnde Männer, mit und ohne Kopfbedeckung, einer mit Kapitänsuniform, die anderen mit Jackett, Schlips und Kragen. Interessiert betrachtet er die Porträts der Herren, denen Queen Emma in ihrem bewegten Leben Bedeutung beigemessen hat: Drei Ehegatten und drei Langzeit-Liebhaber, soviel er weiß.

In ein Baumwollhandtuch gewickelt, mit hochgesteckten nassen Haaren, tritt Queen Emma hinter ihn. Sie zeigt auf das erste Bild links.

»Das hier war mein erster Mann, James Forsaythe. Ich war gerade von meiner Ausbildung in San Francisco und in Sydney zurückgekommen und noch nicht mal 18, als wir geheiratet haben. Wir haben zusammen eine Handelsfirma gegründet. Er ist zwei Jahre später bei einem Schiffsunglück im Chinesischen Meer umgekommen.«

Ihr Finger wandert weiter, von einem Bild zum anderen.

»Der hier, Colonel Albert Barnes Steinberger, amerikanischer Konsul auf Samoa, war in Wahrheit ein Gauner und Hochstapler, aber sehr charmant. Er ist irgendwo in den USA verschwunden. – Mit meinem zweiten Ehemann Thomas Farrel aus Australien bin ich von Samoa nach Mioko und nach Neupommern gegangen. Wir haben hier Plantagenland gekauft und Kokosnüsse gepflanzt. Tom ist bei einer Strafexpedition von Eingeborenen umgebracht worden. – Die beiden nächsten jüngeren Herren hier kommen aus Frankreich und aus Venezuela. Mit beiden hatte ich eine schöne Zeit, aber zu mehr hat es nicht gereicht, und mehr ist zu ihnen auch nicht zu sagen. – Meinen dritten Ehemann hast du, glaube ich, noch kurz vor seinem Tod kennengelernt. Agostino Stalio, der italienische Kapitän, ist im Sturm auf ein Korallenriff gelaufen. Sein Schiff brach in der Mitte auseinander. Von der Besatzung wurde kein einziger Mann je wieder gefunden.«

»Eine eindrucksvolle Palette bemerkenswerter Männer«, sagt Kolber, der die meisten Geschichten schon kannte, und zieht ein Bettlaken fester um seine Hüfte. »So viele Erfahrungen hast du schon gemacht – und dabei siehst du immer noch aus, als wärst du gerade Ende zwanzig.«

»Das hast du aber sehr schön gesagt«, sagt sie und schmiegt

sich an seine behaarte Brust. »Wenn du so weitermachst, könnte dein Bild auch eines Tages hier stehen.«

»Ich weiß nicht, ob das so erstrebenswert wäre, nach dem, was du gerade erzählst hast.«

Queen Emma lacht.

»Immerhin wärst du der erste Deutsche in meiner Sammlung.«

17

Theobald Kolber duscht im gefliesten Bad mit angenehm kühlem Wasser, das aus einem großen Tank läuft, der auf hohen Stelzen neben dem Wohnhaus steht und mit Palmblättern gegen die Sonnenglut isoliert ist. Der leichte Druck in seinem Kopf löst sich auf. Die Rückenschmerzen verschwinden. Beim Frühstück auf der Veranda überlegt er, wie er sich nach dem Geschehen der vergangen Nacht verhalten soll.

Sie scheint seine Gedanken zu lesen.

»Wir sollten Geschäftliches und Privates voneinander trennen und in der Öffentlichkeit Distanz wahren«, sagt sie.

Kolber stimmt ihr zu.

»Das Gerede werden wir über uns ergehen lassen müssen. Uns haben einige Leute gestern Abend beobachtet.«

»Das musst du aushalten. Für mich ist das nichts Neues«, sagt sie, »ich gelte ja schon von Geburt an als *femme fatale*, wie die Franzosen sagen.«

Queen Emmas alter Hausdiener versucht vergeblich, ein Grinsen zu unterdrücken, als er für Theobald Kolber eine extra große Portion Rührei mit Schinken und Würstchen nach englischer Art serviert.

Sie sitzen an einem mit weißem Leinentuch und hellblauem Porzellangeschirr gedeckten Tisch auf der Veranda. Von hier aus kann man die Blanchebai, den Strand und die Küstenstraße überblicken, die hinter dem Dorf Kokopo rechtwinklig ins Landesinnere abbiegt. Drei Kanonenschüsse dröhnen von der See herüber. Die SMS Cormoran lichtet den Anker und dreht aufs offene Meer ab. Das Kriegsschiff ist zu einer Strafexpedition an der Nordwestküste von Neupommern unterwegs, dort soll von See aus ein Dorf von Aufrührern beschossen werden. Die *Emily Godeffroy* bleibt abgetakelt in der Bucht liegen. Jetzt hängt die Reedereiflagge mit dem goldenen Falken schlaff an der Spitze des Großmastes.

Sie wird erst morgen Fahrt nach Australien aufnehmen, dem Ziel der Auswanderer, die dort von Bord gehen. In zwei, drei Wochen wird das Schiff wieder nach Herbertshöhe zurückkommen und Fracht für die Rückreise nach Hamburg laden. Der große Frachtraum soll dann mit mindestens 800 Tonnen Kopra befüllt werden, die aus den Pflanzungen von Queen Emma kommen. »Schafft ihr diesen Termin? Könnt ihr wirklich so viel liefern?«, fragt Kolber.

»Wir wollen doch Geschäftliches und Privates trennen, und du bist hoffentlich privat hier?« Queen Emma rückt ihren Rattanstuhl in den Schatten und winkt dem Diener. Sie möchte noch einen Tee.

»Es bleibt also bei unserem Gesprächstermin am Freitag.«

»Selbstverständlich, um elf Uhr in meinem Kontor.«

Kolber zögert, bevor er betont beiläufig fragt, ob sie etwas von Diamantenfunden in Deutsch-Neuguinea gehört habe.

»Nein, so etwas wüsste ich«, sagt sie bestimmt.

»Kannst du mir einen Gefallen tun und dich trotzdem bis zu unserem Wiedersehen bei deinen zahlreichen Informanten ein wenig umhören? Und ist dir jemals etwas über einen Mijnher Klaas van Oranje zu Ohren gekommen, einen Holländer oder Buren, der in Neupommern aufgetaucht sein soll?«

Sie schüttelt den Kopf ein wenig zu schnell, jedenfalls hat Kolber diesen flüchtigen Eindruck.

Sie werde sich erkundigen, sagt sie, um das Thema zu beenden.

Beide schweigen und genießen den Ausblick auf das Panorama der Blanchebai.

Auf der gut hundert Meter entfernten Küstenstraße rumpelt ein Gefährt vorüber. Zwei Ochsen ziehen einen Leiterwagen. Auf der Ladefläche ist eine große Holzkiste festgezurrt. Queen Emma holt ihr perlmuttbesetztes Opernglas, das sie aus Sydney mitgebracht hatte. Auf dem Kutschbock sitzt ein älterer Mann. Und eine junge Frau im dunklen Kleid einer Missionsschwester, die ihr bekannt vorkommt. Sie reicht Kolber das Glas.

»Ist das nicht diese nette Anna, die du mir gestern Abend zusammen mit dem jungen Forscher vorgestellt hast?«

»Wahrhaftig, das ist ja unser Fräulein Anna Scharnhorst«, sagt Theobald Kolber, nachdem sie ihm das Glas gegeben hat. »Und auf dem Karren liegt ihre große Reisekiste.«

»Der ältere Mann neben ihr, wer ist das?«, fragt Queen Emma.

»Ich fürchte ..., ich nehme an, das wird ihr zukünftiger Ehemann sein. Ein Missionar namens Althoff«, sagt Kolber, »den hatte ich mir allerdings anders vorgestellt. Sie hat uns während der Seereise ein Bild von ihrem zukünftigen Ehemann gezeigt, darauf war er wesentlich jünger!«

»Was? Den will sie heiraten, diesen Althoff ...?« Queen Emma sieht Kolber beinahe vorwurfsvoll an. »Wie ist denn so etwas möglich?«

Theobald Kolber erzählt kurz die Lebens- und Leidensgeschichte von Anna Scharnhorst aus Kalkar am Niederrhein. Queen Emma seufzt beim Zuhören und schüttelt immer wieder den Kopf, so dass ihre Haare über den Frühstückstisch flattern.

»Einem Mann die Ehe zu versprechen, den man nur aus Briefen kennt – so etwas gibt es wirklich noch im deutschen Kaiserreich, das ihr immer als so modern und fortschrittlich beschreibt?«

Bei der protestantischen Kirche sei so etwa durchaus noch gang und gäbe, vor allem bei den Missionaren in den deutschen Kolonien, erklärt Kolber. Da würde per Post und mit Gottes Segen Eheanbahnung betrieben. Wie er gehört habe, funktionierten diese Zweckbündnisse sogar meistens recht gut.

»Johan Cesar Godeffroy hat mir übrigens aufgetragen, ein wenig auf diese junge Dame aufzupassen«, sagt er, nimmt wieder das Opernglas und blickt dem Ochsenkarren hinterher, der jetzt an einer Wegbiegung angekommen ist.

»Du machst so ein komisches Gesicht. Erzähl schon. Was weißt du über diesen Missionar da hinten, du willst doch irgendetwas loswerden?«

»Ein seltsamer Gottesmann ist das. Ich habe ihn nur zwei-, dreimal kurz gesehen, aber was ich gehört habe, ist wirklich nicht sehr erfreulich«, sagt Queen Emma.

»Nun mach es nicht so spannend.« Kolber stopft seine Pfeife, um seine Neugierde zu verbergen.

»Seine erste Frau ist unter seltsamen Umständen gestorben.«

»Unter seltsamen Umständen? Was soll das heißen?«

»Man sagt, die erste Frau Althoff, sie war wesentlich jünger als er und recht lebensfroh, habe ein Verhältnis mit einem deutschen Pflanzer aus der Nachbarschaft gehabt. Angeblich ist sie nachts in ihrem Haus von Eingeborenen überfallen und erschlagen worden, während er weit weg an der Küste war. Aber merkwürdigerweise wurde nichts gestohlen. Und einige Eingeborene aus dem Missionsdorf von Althoff haben eine schlimme Geschichte erzählt …«

Queen Emma macht eine Pause, als überlege sie, ob sie weitererzählen solle. Kolber nickt ungeduldig.

»Der Missionar Althoff hatte von der Untreue seiner Frau Wind bekommen. Daraufhin soll er sie am helllichten Tag vor der Missionshütte und in Gegenwart von Dorfbewohnern mit einem Lederriemen verprügelt haben. Mehrere Eingeborene haben das einheimischen Polizisten der Schutzpolizei erzählt.«

»Ein deutscher Missionar verprügelt seine Ehefrau vor den Augen seiner eingeborenen Schützlinge? Das kann man kaum glauben.«

»Es kommt leider noch schlimmer«, sagt Queen Emma. »Zwei Dorfbewohner haben später ausgesagt, dass sie in der fraglichen Nacht Althoffs wütende Stimme in seiner Wohnhütte gehört hätten – und dann Gepolter und schließlich Hilferufe und Todesschreie seiner Frau.«

Dann habe Totenstille geherrscht. Althoff sei betrunken aus der Hütte getorkelt. Er habe seine Ochsen angespannt und sei mit seinem Karren fluchtartig davongefahren. Die Dorfleute hätten die Missionarsfrau sterbend auf ihrem blutbefleckten Bett gefunden.

Kolber verschluckt sich am Pfeifenrauch und hustet.

»Und was hat unsere Polizei ermittelt?«

»Ich würde nicht behaupten, dass überhaupt ermittelt worden ist. Die beiden Eingeborenen, die diese Aussage gemacht haben, wurden erst als üble Verleumder eines ehrbaren Christenmenschen hingestellt, und als sie vor Angst in den Dschungel liefen, wurden sie des Mordes an der Missionarsfrau verdächtigt. Eine Polizeitruppe hat die beiden gejagt und angeblich auf der Flucht erschossen. Kommandant Schmeile hatte übrigens selber den Schießbefehl gegeben.«

»Was glaubst du?«, fragt Kolber. »Hat dieser Althoff seine Frau umgebracht?«

Queen Emma antwortet darauf nicht, aber sie erzählt weiter.

»Nach diesen Ereignissen habe ich gehört, dass sich Schmeile und Althoff schon lange kennen. Sehr lange schon. Sie sollen beide zur selben Zeit in Deutsch-Südwestafrika gewesen sein. Schmeile hat dort für eine deutsche Diamantengesellschaft gearbeitet, und Althoff ist als Wanderprediger herumgezogen, um den schwarzen Heiden das Christentum zu verkünden.«

»Was ...? Schmeile hatte in Afrika mit Diamanten zu tun?« Kolber setzt die Porzellankanne hart auf den Frühstückstisch. »Und das sagst du mir erst jetzt?«

»Warum hätte ich es dir früher sagen sollen? Ich wusste nicht, dass es dich interessiert, und außerdem haben wir uns ja lange nicht unterhalten.«

»Du solltest endlich deine Rühreier essen, die sind schon kalt geworden.«

In der Ferne biegt der Ochsenkarren an der Weggabelung von der Küstenstraße ab und rumpelt über einen sandigen Pfad weiter, der schnurgerade auf die Urwaldberge zuführt, in denen irgendwo auf mehr als 600 Meter Höhe das Missionsdorf von Heinrich Althoff liegt: Malaguna.

Noch lange ist über der Ebene die Staubfahne zu sehen, die das immer kleiner werdende Gefährt hinter sich herzieht.

»Das arme Fräulein Anna«, sagt Queen Emma.

18

Ein feiner Sprühregen hat sich wie ein feuchtes Tuch über die Küstenregion von Neupommern gelegt. Sebastian Kleine fühlt sich an das Nieselwetter in Norddeutschland erinnert. Nur dass in diesen Breitengraden ein warmer Regen fällt, den sich Bauern und Pflanzer überall sonst auf der Welt für das Wachstum auf ihren Feldern und Plantagen wünschen. Kleine nutzt dieses Wetter, um endlich in einem Lagerschuppen der Godeffroy-Faktorei seine Transportkisten auszupacken. Sein Arbeitsgerät hat die Reise um die halbe Welt gut überstanden. Nur ein paar Glasbehälter sind zu Bruch gegangen. Die sorgsam verpackte neue Kameraausrüstung von Voigtländer hat keine Schramme abbekommen. Die biologischen, zoologischen und ethnologischen Fachbücher sind klamm geworden. Wenn die Sonne wieder scheint, müssen die zusammengepappten Seiten an der Luft getrocknet werden.

Während der Regen auf das Blechdach prasselt, ordnet Kleine Chemikalien, Kanister, Glasbehälter, Bücher, Kleidung und Fotoausrüstung in einem abschließbaren Verschlag in große Holzregale ein. An der Brettertür hängt ein Schild mit seinem Namen. Auf dem Lagerraum nebenan steht: Stanislaus Gornik.

Schon in Hamburg hat er viel über seinen polnischen Kollegen gelesen, denn das *Journal des Museums Godeffroy* hatte über die Arbeit und die Abenteuer des Forschungs-Sammlers aus Krakau berichtet. Der ehemalige Buchhalter und Seemann hat sich als Autodidakt zu einem herausragenden Ornithologen und Malokologen, zu einem Vogelkundler und Schneckenforscher, entwickelt. Neuerdings soll er sogar ein großes ethnologisches Forschungsprojekt in Angriff genommen haben. So erfolgreich und so anerkannt wie der Kollege Stanislaus Gornik möchte Sebastian Kleine auch einmal werden.

Der Pole ist erst gestern Abend von der kleinen Insel Mioko zurückgekehrt, die zwischen Neupommern und Neu-Lauenburg in der Bismarcksee liegt. Theobald Kolber wollte sie heute noch miteinander bekannt machen, aber nun stolpern die beiden bereits in der Frühe in dem halbdunklen Lagerschuppen der Godeffroy-Faktorei übereinander. Gornik schleppt ächzend eine schwere Kiste zu seinem Abteil im Lagerschuppen.

Sebastian Kleine mag den Kollegen vom ersten Augenblick an. Gornik ist ein überraschend jungenhaft aussehender Wissenschaftler. Er hat ein rundes Clownsgesicht mit großen, braunen Knopfaugen hinter einer randlosen kleinen Brille und einer dicken, roten Nase, die wie angeklebt aussieht. Ein dünner Bartstreifen zieht sich von den Koteletten aus um das Kinn herum. Sein Lachen klingt so kieksend wie das eines Jungen in der Pubertät, und mit seinem lustigen polnischen Deutsch bastelt er Sätze, die ohne Umschweife zu Sache kommen.

»Ich höre, wir Kollegen. Besser, wir gleich werden auch Freunde. Ich bin Stani.«

»Ich bin Sebastian«, sagt Kleine.

Der Pole besiegelt die Freundschaft mit einem erstaunlich kräftigen Händedruck. Er zieht Sebastian Kleine dabei zu einer Umarmung an seine Brust und klopft ihm auf die Schulter. Sie sind beide gleich groß. Gornik wirkt zehn Jahre jünger, als er ist. Mit seinen 36 Jahren zählt er jedoch schon zu den erfahrenen Godeffroy-Forschern in der Südsee. Er war acht Jahre lang zwischen Samoa und Tonga unterwegs, bevor er von Schmalz auf einige Inseln des Bismarckarchipels geschickt worden ist. Hier hat sich der Pole in der Fachwelt als Entdecker unbekannter Schnecken und Schlangen, Insekten und Schmetterlinge einen Namen gemacht. Hunderte von Präparaten dieser Spezies hatte er, getrocknet oder in Spiritus eingelegt, nach Hamburg geschickt und dazu für wissenschaftliche Publikationen mit farbigen Nadelstiften detailgenaue, maßstabsgetreue Zeichnungen angefertigt.

Doch nun, so erfährt Sebastian Kleine bei der gemeinsamen Arbeit im halbdunklen Lagerschuppen, hat sein neuer Freund im Auftrag von Museumskustos Schmalz einen spektakulären Auftrag erhalten: Auf der Insel Mioko und im Hinterland der Gazelle-Halbinsel soll er den geheimnisvollen Duck-Duck-Kult erforschen, einen naturreligiösen Männerbund, der auf versteckten Kultplätzen mit fantastischen Masken und Verkleidungen rituelle Feste zur Verehrung der Ahnen und der Totengeister feiert. Für Kinder, Frauen und besonders für Fremde ist der Duck-Duck-Kult tabu. Zwei übereifrige australische Missionare hatten ihre Neugierde ein Jahr zuvor mit dem Leben bezahlt.

Dem fröhlichen Polen ist es bereits gelungen, über mehrere Monate hinweg Vertrauen zu einem ebenso argwöhnischen wie gefürchteten Häuptling der Tolai aufzubauen, der einer der größten Zeremonienmeister des Duck-Duck-Geheimbundes auf der Gazelle-Halbinsel sein soll. Diesen Kontakt will er in nächster Zeit pflegen und ausbauen, um möglicherweise als einer der ersten Weißen an einem Kultfest teilnehmen zu können. Nach Möglichkeit will Gornik auch Kultgegenstände wie Kostüme und Tanzmasken für das Museum Godeffroy besorgen. Ein nicht ungefährlicher Auftrag.

Sebastian Kleine beneidet seinen neuen Forscherfreund um diese Arbeit, die bei einem Erfolg sicherlich weltweit für Aufsehen sorgen wird.

»Arbeit an Duck-Duck-Projekt dauert lange, braucht viel Geduld und Zeit«, sagt der Pole. »Kann sein ein Jahr, kann sein zwei Jahr.«

Es sei eben viel Warterei dabei. Zwischendurch wolle er sich nützlich machen und im Urwald wieder unbekannte Schnecken, Schlangen und Insekten suchen und wissenschaftlich bestimmen. Und dann habe er noch von seinem eingeborenen Dolmetscher gehört, dass neuerdings in den Hügeln im Hinterland, in 500 bis

700 Metern Höhe, die sagenumwobenen Paradiesvögel gesehen worden sein sollen. Australische Vogeljäger seien bereits dorthin aufgebrochen, denn für Paradiesvogelfedern würden von den Modemachern zwischen Sydney, Paris und London enorme Summen gezahlt. Bei dem berühmten Pferderennen von Ascot seien Damenhüte mit Paradiesvogelfedern der letzte Schrei.

»Wenn du hast Zeit und Lust, kannst du mitkommen auf kleine Expedition«, sagt Stanislaus Gornik.

Theobald Kolber hat nichts dagegen. Im Gegenteil, meint er, ein Ausflug mit dem erfahrenen Stanislaus Gornik in das Hinterland der Gazelle-Halbinsel sei für Kleine eine gute Übung. Kolber, so bemerkt Sebastian Kleine, vermeidet es, in Gegenwart von Gornik über das Diamantenprojekt zu reden.

Deshalb nimmt Kolber Kleine nachher zur Seite und erklärt, bis man zu dem Diamantenfundort aufbrechen könne, würden sicher noch zwei, drei Wochen vergehen. Erst einmal müsse er ja diesen Mijnher Klaas van Oranje ausfindig machen. Und außerdem stünden ihm ja auch noch schwierige Gespräche und längere Verhandlungen mit Queen Emma bevor, der er ja das Übernahmeangebot für ihre Plantagen unterbreiten soll. Kleine will fragen, ob Kolbers Verhandlungsposition nicht nach dem Fest bei Queen Emma und dem weiteren Verlauf der Nacht wesentlich aussichtsreicher geworden sei. Aber er beißt sich rechtzeitig auf die Zunge.

Am Abend, bevor sie mit einem Dutzend Trägern aufbrechen wollen, lädt Theobald Kolber die beiden jungen Forscher zum Essen in sein Wohnhaus ein. Dabei erzählt er auch von Anna Scharnhorst und von deren plötzlicher Abfahrt ins Landesinnere mit ihrem eigentümlichen Verlobten.

»Erinnerst du dich an das Bild, das sie uns gezeigt hat – darauf sieht der Mann bestimmt zwanzig Jahre jünger aus als in Wirklichkeit.«

»Und nicht nur deshalb mache ich mir einige Sorgen um unsere Missionsschwester Anna«, sagt Kolber. Er erzählt, was er über Heinrich Althoff und den mysteriösen Tod von dessen erster Frau gehört habe. Schließlich fragt er Gornik, ob der für die kleine Expedition ein bestimmtes Ziel geplant habe. Ja, einen Süßwassersee in gut 500 Meter Höhe, an diesem Gewässer sollen auch Brutplätze der Paradiesvögel sein. Und bisher unbekannte Schnecken- und Insektenarten könne man noch überall in dem unerforschten Dschungel im Hinterland der Gazelle-Halbinsel finden. Es gäbe dafür keine speziellen Orte.

»Wenn das so ist: Wie wäre es, wenn ihr das eine mit dem anderen verbindet?«, sagt Kolber. »Ihr könntet auch das Missionsdorf Malaguna des Missionars Heinrich Althoff aufsuchen, das liegt auf einer Hochebene, offenbar nur ein paar Kilometer von diesem Paradiesvogel-See entfernt. Es müsste in zwei, drei Tagen zu erreichen sein.«

»Und was machen wir da?«, fragt Gornik, während Kleine bereits die Antwort ahnt.

»Das ist zufällig das Dorf, in dem unsere gemeinsame Reisegefährtin, Missionsschwester Anna Scharnhorst, mit ihrem Verlobten lebt. Seht doch mal nach, wie es ihr so geht. Schließlich haben wir unserem vererhrten Chef Johan Cesar Godeffroy versprochen, uns um sie zu kümmern.«

19

Sebastian Kleine ist begeistert von der Idee. Stanislaus Gornik hat keine Einwände. Theobald Kolber wünscht den beiden Naturforschern Glück und Erfolg bei ihrer ersten gemeinsamen Expedition. Sie sollen, so betont er, jedoch in spätestens zwei Wochen zurück sein. Danach habe er für Sebastian Kleine vermutlich einen besonderen Auftrag, über den man an Bord der *Emily Godeffroy* ja ausführlich gesprochen habe. Stanislaus Gornik sieht Kolber und Kleine fragend an. »Vielleicht können wir dich später einweihen«, sagt der Generalbevollmächtigte des Hauses Godeffroy.

Tagebuch Sebastian Kleine, Montag, 6. Juni 1898
Vor Sonnenaufgang des übernächsten Tages sind wir in Herberthöhe aufgebrochen. Stanislaus Gornik hatte eine Trägerkolonne zusammengestellt, die meisten der zehn Eingeborenen hatten sich bereits bei seinen früheren Expeditionen bewährt. Es waren Angehörige des Tolai-Stammes aus einem Dorf in den Bergen, die auch schon als Plantagenarbeiter für deutsche Pflanzer gearbeitet hatten, kräftige, sehnige Männer mit fast schwarzer Haut, dichtem Kraushaar, breiten Nasen und wulstigen Lippen. Ihre nackten Fußsohlen waren vom vielen Laufen dick wie Ledersohlen geworden. Einige der Leute trugen Bogen und Speere. Zur Jagd, wie Stani erklärte, falls wir unterwegs Appetit auf Vogelfleisch oder auf kleineres Wild haben sollten. Der Anführer To Langar, ein Häuptlingssohn, sprach einige Brocken Deutsch. Er hatte ebenso wie ein weiterer Mann ein deutsches Mausergewehr geschultert, zur Abschreckung oder zum Gebrauch gegen Räuber. Stani und ich trugen aus demselben Grund Pistolen am Hosenbund.

Die erste Wegstrecke von der Küste über den Sandweg ins Landesinnere bis zum Anfang des Dschungels legten wir bequem auf zwei Ochsenkarren sitzend an einem Tag zurück. Als wir mit unseren Gefährten durch den Küstenort Kokopo kamen, standen mehrere junge Mädchen aus dem Samoa-Dorf des Clans von Queen Emma an der Straße. Sie winkten uns zu. Eine von ihnen war zu meiner Überraschung Satulia. Sie kam an meinen Karren und streifte mir einen Armreif aus Schildpatt über das linke Handgelenk und sagte, der werde mich beschützen. Ich war sehr gerührt, auch weil sie uns so lange nachwinkte, bis sie nicht mehr zu sehen war.

Stani fragte, ob das meine Freundin sei? Ich sagte, ich könne das selber noch nicht sagen.

Wir durchquerten eine Ebene mit ausgedehntem Grasland, passierten eine größere Eingeborenensiedlung und erreichten um fünf Uhr nachmittags den Rand des Dschungels, an dem der Weg endet. Von hier aus folgte ein allmählicher Anstieg. In der Ferne sahen wir den Varzinberg, der bei den Eingeborenen Vunakokor heißt. Wir ließen diesen Vulkan hinter uns und fuhren weiter nach Süden.

Als es zu unwegsam wurde, kehrten die Kutscher mit den beiden Ochsenkarren um. Unsere Träger schulterten ihre Lasten von jeweils mehr als 30 Kilogramm Gewicht und wir marschierten weiter. Stani übernahm die Spitze. Ich lief am Ende unserer Kolonne. Von nun an mussten wir uns auf unserem Weg nach dem Missionsdorf Malaguna auf unsere Träger und auf unseren Kompass verlassen, dessen Magnetnadel allerdings des Öfteren nicht mehr zum Nordpol zeigte, sondern irritierend in unterschiedliche Richtungen ausschlug, was nach Meinung von Stani auf unterirdische magnetische Eisenvorkommen in diesem vulkanreichen Land hindeutet.

Vom Rande des Urwaldes aus führte ein ausgetretener, nur selten von Pflanzen überwucherter Pfad ins Innere des Regenwaldes. Der Weg stieg allmählich, aber stetig an, so dass die Beine nach wenigen Stunden arg schwer wurden, doch je länger wir unterwegs waren, desto mehr gewöhnten sich unsere Glieder an den Trott. Über uns bildeten die Baumkronen zumeist ein geschlossenes Dach, so dass wir die Sonne fortan nur noch selten zu Gesicht bekamen. Nach dem Regen war es so feuchtheiß, dass Stani ständig seine beschlagene Brille putzen musste. Die nackten Oberkörper unserer Träger glänzten wie schwarzbrauner Lack, und der dünne Stoff meiner Tropenkleidung war bald so nass wie ein Aufwischlappen unserer Putzfrau zu Hause hinter dem Deich der Oste.

Auf einer kleinen Lichtung an einem Bachlauf, der kaum mehr als ein fußbreites Rinnsaal war, schlugen wir unser Lager auf. Stani und ich schliefen in einem Zelt. Die Träger machten es sich auf dem weichen Boden im Freien bequem. Zwei von ihnen hielten jeweils Wache. Die Nacht war von tierischem Geräusch erfüllt. Das Pfeifen und Schnattern von Vögeln, Schreie von Urwaldkäuzchen, laut schmatzende Wildschweine, Beuteltiere und Wildkatzen lärmten ganz in der Nähe. Vor allem aber hielt mich das durchdringende Sirren der Moskitos vor dem aufgespannten Schutznetz so lange wach, bis ich vor Erschöpfung endlich einschlief. In den nächsten Nächten hatte ich mich besser an die Umwelt gewöhnt.

An einem Tag legten wir etwa zwanzig Kilometer zurück. Und jeder Kilometer in dieser Dschungelwelt sah aus wie der andere. Ein paarmal starrten uns plötzlich menschliche Gesichter aus dem dunklen Grün an. Aber die Eingeborenen waren friedlich. Eines Abends brachten sie uns sogar recht schmackhafte, erfrischende Früchte, offenbar eine Kürbisart, ins Lager.

Der Anführer unser Träger, To Langar, hatte sich bei vorherigen Expeditionen nicht nur als Wegsucher bewährt. Er war auch von Stani gut geschult worden, so dass er während unserer Expedition immer wieder mal auf bestimmte sumpfige Gebiete aufmerksam machte, in denen sich am Boden und an den Pflanzen zahlreiche Arten von kleinen und großen Schnecken tummelten. To Langar und seine Leute brachten uns gegen kleine Belohnungen oft Exemplare, die sie selber noch nie zuvor gesehen hatten. Meistens kannte Stani sie jedoch. Seltene Exemplare präparierte er dennoch fachmännisch mit allerlei mitgebrachten Essenzen und Geräten. Dabei stieg mir besonders der stechende Geruch von Isopropanol-Alkohol und Formalin unangenehm in die Nase. Stani schien sich daran gewöhnt zu haben. Jedenfalls hatten wir bald eine stattliche Ausbeute von mehreren Dutzend in kleinen Einmachgläsern schwimmenden Schnecken beisammen. Auf den Etiketten standen lateinische Bezeichnungen wie »Orodors miamirana«, »Doriopsis affinis« oder »Chromodoris pallesceus«.

Am dritten Tag erging es mir am Rande eines kleinen Süßwassersees in mehr als 400 Metern Höhe wie dem blinden Huhn, das auch mal ein Korn findet. Stani und ich hatten bereits wieder einmal vergeblich nach Paradiesvögeln Ausschau gehalten, und unsere Träger suchten die ganze Gegend nach diesen gefiederten Wundertieren ab. Stattdessen machte ich zufällig eine Beobachtung: Auf einem riesigen Seerosenblatt sah ich eine besonders dicke, etwa fünfzehn Zentimeter lange rotbraune Nacktschnecke mit grünen Flecken, die sich Zentimeter für Zentimeter über das Blatt schob, indem sie ihren Körper wie eine Ziehharmonika zusammenschob und wieder ausdehnte. Was mir besonders auffiel, waren der hutförmige Kopf und die beiden schräg abstehenden grünen Fühler, die wie die Hörner eines Teufelchens aussahen. Ich wäre beinahe ins Wasser gefallen, als ich das Tierchen vorsichtig mit meinem Taschentuch aufnahm und in dasselbe einhüllte. Stani war ganz aufgeregt, als ich ihm meinen Fang zeigte. So ein Exemplar habe er noch nie gesehen! Und auch in seiner Liste aller bisher bekannten tropischen Schneckenarten fand sich keine vergleichbare Abbildung.

Schließlich gratulierte mein Freund mir überschwänglich. Stani meinte, ich hätte wahrhaftig eine bisher in der Malakologie unbekannte Schneckenart entdeckt. Ich hätte in dieser Wissenschaft soeben Geschichte geschrieben. Er überredete mich, alles ganz genau zu notieren, wann, wo und wie ich dieses Prachtexemplar gefunden habe. Darüber, so meinte er, solle ich unbedingt meinen ersten Artikel für das Journal des Museums Godeffroy schreiben und mit dem nächsten Schiff nach Deutschland schicken.

Er werde dafür eine detailgetreue Farbzeichnung anfertigen. Genauso haben wir es noch während unserer Marschpausen auf dem Hinweg nach Malaguna gemacht. Und Stani hatte noch einen großartigen Vorschlag: Es sei üblich, dass ein neuer Naturforscher des Museums Godeffroy sein erstes neu entdecktes Forschungsobjekt unserem Mäzen Herrn Johan Cesar Godeffroy widme, dem großzügigen Förderer der Biologie, der Zoologie und Ethnologie in der Südsee. Er schlage also vor, sagte Stani mit feierlicher Stimme, dass wir unsere prächtige Nacktschnecke den folgenden Namen gäben: »Chromodoris Godeffroyana«.

Ich war natürlich sofort einverstanden. Mein Bericht über die Entdeckung der »Chromodoris Godeffroyana« und einer neuen Ameisensorte, die wir sozusagen als Zugabe ebenfalls nach Herrn Godeffroy benannt haben, fand Gorniks Zustimmung. Er fügte nur noch einige wissenschaftliche Erläuterungen ein. Und er freute sich, dass ich ihn in meinem Bericht mehrfach erwähnt hatte.

Offen gesagt, wanderten meine Gedanken jedoch schnell wieder von diesem Thema ab. Ich dachte lieber an Menschen statt an wirbellose Kriechtiere. Insbesondere musste ich an die Frauen denken, die in meinem Leben eine Rolle spielten. War die schöne junge Samoanerin Satulia in mich verliebt – oder erhoffte sie sich nur großzügige Geschenke von mir? Geschenke wollten die Frauen der Südsee schließlich alle von uns weißen Männern, meinte mein Freund Stani, als wir über seine Erfahrungen sprachen.

Je weiter wir in den Urwald vordrangen, je höher wir die Berge hinaufmarschierten und je näher wir dem Dorf Malaguna kamen, desto häufiger musste ich auch daran denken, was Theobald Kolber über den seltsamen Missionar Heinrich Althoff erzählt hatte.

Ob unsere Reisegefährtin Anna Scharnhorst von Althoffs Vergangenheit gewusst hat? Ob sie inzwischen ahnte, auf welche Weise dessen erste Frau ums Leben gekommen ist? Und war Anna selber in Gefahr, wie Theobald Kolber angedeutet hatte? Wie mochte es ihr ergehen? Je länger ich darüber nachdachte, desto größer wurden meine Befürchtungen. Deshalb drängte ich Stanislaus Gornik, mit unserer Trägerkolonne möglichst bald zu dem Ort aufzubrechen, an dem meine Reisegefährtin der Emily Godeffroy *sich jetzt aufhielt: nach Malaguna.*

»Die Erde ist das Paradies, und wo du
deinen Fuß hinsetzt, ist heiliges Land.«

Indianische Volksweisheit

ZWEITER TEIL

20

Der Mann, der Gottes Wort verbreiten soll, redet nicht. Als habe er ein Schweigegelübde abgelegt, hockt Missionar Heinrich Althoff neben Anna Scharnhorst auf dem Kutschbock des Ochsenkarrens. Die Malaria hat Spuren hinterlassen. Seine Gesichtshaut ist fahl und rissig. Die tiefliegenden Augen sind gerötet. Seit mehr als drei Stunden starrt er wortlos zwischen den Köpfen der beiden Zugtiere hindurch auf den sandigen Weg, der von der Küste über eine ausgedehnte Ebene direkt auf den Dschungel zuläuft. Am Horizont flimmern Urwaldberge in der Hitze. Ein paarmal kommt das Gefährt an verlassenen Hütten vorbei, deren Bewohner offenbar geflüchtet sind. Unter der Aufsicht von einigen wild gestikulierenden Weißen wird vor ihnen ein großes Areal von Gras- und Buschland in Brand gesetzt. Haushohe Flammen fressen sich schnell voran. Die Zugochsen bocken in ihrem Geschirr. Mit heftigen Peitschenschlägen treibt Althoff die verängstigten Tiere vorwärts.

Der Qualm beißt in Annas Augen. Sie nutzt das als Vorwand, um ihre Tränen aus dem Gesicht zu wischen. Inzwischen ist ihr das Schweigen ganz recht. So hat sie Zeit, Ordnung in ihre Gedanken und Gefühle zu bringen.

Wie hatte sie sich auf diesen Tag gefreut! Wie sehr hatte sie der ersten Begegnung mit ihrem Verlobten entgegengefiebert! Immer wieder hatte sie sich das ausgemalt: Ein stattlicher Gottesmann in den besten Jahren, nicht mehr jung, aber tatkräftig in der Mitte seines Lebens stehend, würde sie nach ihrer großen Reise in seine Arme schließen – der Mann, dem sie die Ehe versprochen hatte,

Heinrich Althoff, Bergmannsohn aus Duisburg, der es zum christlichen Missionar in der deutschen Südsee gebracht hat. Mit jedem seiner Briefe waren ihr Vertrauen und ihre Zuneigung gewachsen. Freudig hatte sie seinen schriftlichen Heiratsantrag angenommen, dem er ein Gedicht mit der Widmung »Meiner sehnsüchtig erwarteten Anna« beigelegt hatte. Die Verse konnte sie auswendig: *»Oh warme, dunkle Tropennacht, oh Welt voll finstrer Heiden, was hast du nur aus mir gemacht, wie einsam musst' ich leiden ...; Oh Herr, schick meine Liebste mir, sie wird mein Leben teilen, in guter und in schlechter Zeit an meiner Seite weilen ...«*

Ein Dichter schien er also auch noch zu sein, ihr zukünftiger Gemahl – auch wenn seine poetischen Bemühungen so holprig waren wie der Weg, der sich endlos vor ihrem quietschenden Ochsenkarren hinzog.

Wo war seine Sehnsucht geblieben? Kein einziges zärtliches Wort hat er nun für sie gehabt. Alles ist ganz anders, als sie es sich erträumt, gewünscht, gedacht hat. Schon ihre erste Begegnung war ein Schock gewesen. Der alte, knorrige, unbeholfene Mann, der auf dem Flur des Hotels Fürst Bismarck in ihr Leben getreten war, soll derselbe sein, dem sie all ihre Wunschvorstellungen gewidmet hatte? Statt sie in die Arme zu nehmen, hat er ihr flüchtig die Hand geschüttelt, als begrüße er seine neue Haushaltshilfe.

»Mein Name ist Heinrich Althoff.«

»Anna Scharnhorst«, hat sie gemurmelt.

Ein karges: »Freut mich« hat er noch über seine schmalen Lippen gebracht, bevor er erklärte, sie möge ihre Sachen aus ihrem Hotelzimmer holen, draußen stünde der Wagen schon abfahrtbereit.

Ihre Illusionen waren zerplatzt wie die Feuerwerkskörper über dem nächtlichen Anwesen von Queen Emma.

Mit dem wortkargen Mann neben ihr, der den Zugochsen hin und wieder mit grimmigem Gesicht ein paar scharfe Peitschenhiebe versetzt, soll sie von nun an ihr Leben teilen?

Anna bemüht sich, Fassung zu bewahren. Er soll nicht bemerken, dass sie lautlos weint.

»Hinter uns wird das Land für künftige Plantagen abgebrannt und gerodet«, sagt er, ohne Anna anzusehen. »Queen Emma hat die ganze Gegend aufgekauft. Sie will hier Kokospalmen und Baumwolle anbauen.«

Es sind Althoffs erste Worte seit ihrer Abfahrt aus Herbertshöhe.

»Bist du enttäuscht?«, fragt er nach einer Weile mit rostiger Stimme, als habe er während der Fahrt ihre Gedanken mitgelesen.

Anna geht auf seinen vertraulichen Ton ein. Sie will ihn nicht kränken.

»Nein, nicht enttäuscht ... Nun ja, ein wenig überrascht vielleicht«, sagt sie schließlich. »Auf dem Bild hast du ein wenig jünger ausgesehen.«

»Das Bild ist vor 16 Jahre gemacht worden, ich hatte kein neueres. Vielleicht hätte ich dir das schreiben sollen.«

Beide schweigen.

»Wie geht es dir eigentlich?«, fragt Anna, um das Gespräch in Gang zu halten.

»In meinem Alter? Oder wie meinst du das?« Seine Stimme klingt scharf.

»Nein, nein. Ich meine mit deiner Malaria, hast du das Fieber gut überstanden?«

»Fürs Erste jedenfalls. Das Fieber kommt und geht in Schüben, aber bis zur nächsten Attacke wird es jetzt einige Monate, vielleicht sogar ein Jahr oder länger dauern. Die meisten Weißen hier haben Malaria, das ist nicht schlimmer als eine heftige Grippe in Deutschland. Man gewöhnt sich daran, man kann recht gut damit leben, aber die Malaria macht einen eben nicht jünger.«

Heinrich Althoff knallt mit der Peitsche und verfällt wieder in seine schweigende Starre. Nach sieben Stunden erreichen sie den Rand des Urwaldes. Der Ochsenkarren kommt nicht weiter. Eine Trägerkolonne wartet bereits.

Althoff gibt den Männern knappe, scharfe Befehle auf Deutsch und in ihrer Eingeborenensprache. Althoff setzt sich an die Spitze,

Anna läuft in der Mitte des Zuges. Nach drei Stunden bricht die Dunkelheit herein. Sie übernachten in einem halbverfallenen Dorf in getrennten Hütten. Die Einwohner seien kürzlich bei einer Strafexpedition vertrieben worden, erklärt Althoff knapp.

Am Abend des nächsten Tages erreichen sie nach einem Marsch, bei dem es stetig bergan geht, das Missionsdorf Malaguna. Anna ist erschöpft. Ihre Füße sind wund. Alle Glieder schmerzen.

Im Dorf sind nur ein paar Kinder und zwei alte Frauen zu sehen. Es scheint, als hätten sich die Bewohner vor ihrer Ankunft versteckt, statt sie zu begrüßen, wie das sonst üblich bei den Eingeborenen ist. Heinrich Althoff führt Anna ohne Umschweife zu einer engen Hütte mit Blechdach neben der kleinen Missionskirche. Er spricht jetzt mit ihr in demselben herrischen Ton wie mit den Eingeborenen. »Hier wohnen wir. – Da ist die Kochstelle! – Hier ist dein Schlafplatz. Meiner ist da drüben hinter der halbhohen Trennwand. – Wir haben nicht viel Platz, breite dich mit deinen Sachen nicht so aus. – Frag mich, bevor du etwas von den Lebensmitteln nimmst. Sei sparsam mit den Konserven! – Der Abort ist in einem Verschlag am Waldrand. – Trinkwasser musst du selber aus dem Bachlauf unterhalb des Dorfes holen, bei den Frauen der Kanaker weiß man nie, ob sie sauberes Wasser bringen. – Überhaupt, halte Abstand zu den Eingeborenen, die sind unberechenbar!«

Anna denkt: Er behandelt mich, als sei ich unmündig, als habe er mich gekauft, als sei ich seine Leibeigene.

Während er mit einigen Männern des Dorfes den Anbau von Gemüse und Mais auf den Feldern der Missionskirche bespricht, wandert sie alleine durch das Dorf und durch die nahe Umgebung. Aus dem Dunkel der Hütten folgen ihr die Augen der Dorfbewohner. Gegen Abend entdeckt sie ihren künftigen Lieblingsplatz. Als die Sonne über der Tiefebene untergeht, setzt sich Anna oberhalb von Malaguna auf einen von Buschwerk umgebenen Baumstumpf. Durch eine Lücke im Blattwerk blickt sie auf den Schauplatz ihres neuen Lebens hinunter, der auf einer gerodeten Waldfläche in mehr als sechshundert Meter Höhe liegt. Ein gleichmäßiger Abendwind weht aus Nordwest. An klaren Tagen, nach dem Monsun oder nach einem Tropengewitter, kann man von hier aus den ganzen nördlichen Teil von Neupommern überblicken. Dies ist so ein Tag. In etwa sechzig Kilometern sieht Anna das Meer, die Blanchebai und die Bucht von Rabaul, die Küste bei Kokopo und sogar die Häuser von Herbertshöhe, die sich im Gegenlicht wie dunkle Streichholschachteln gegen das silbrig blau glitzernde Wasser abheben.

Sie denkt an die schönsten Tage ihres Lebens, die sie dort erlebt hat: an ihre Ankunft an Bord der *Emily Godeffroy*, an den Aufenthalt im komfortablen Hotel Fürst Bismarck, an das unvergessliche Fest auf dem Anwesen von Queen Emma mit dem Feuerwerk und dem glühenden Vulkan. Sie denkt an ihre Reisegefährten Theobald Kolber und an Sebastian Kleine. Sie hat sich nicht einmal mehr von ihnen verabschieden können. Es kommt ihr vor, als sei das alles schon Jahre her.

In dem Dorf unter ihrem Versteck quillt jetzt dunkler Rauch aus den Grasdächern der Rundhütten. Es riecht nach gebratenem Fleisch und geschmortem Gemüse, das in den Hütten auf heißen Steinen zubereitet wird. Zwei Frauen mit Lendentüchern und hängenden Brüsten schleppen Brennholz in langen Tragesäcken herbei, die vor ihre Stirn gespannt sind und hinten schwer über ihre Hüften hängen. Vier Männer hocken auf Matten aus Palmblättern. Ihre Oberkörper und Gesichter sind mit farbigen Ornamenten bemalt. Ketten aus Muscheln und Schweinezähnen hängen an den sehnigen Hälsen. Rotbraunes Kraushaar türmt sich auf den Köpfen. Sie gestikulieren und palavern und kauen dabei schmatzend auf Betelnüssen herum, deren roter Saft aus ihren Mundwinkeln quillt. Es sieht aus, als bluteten sie aus ihren Mündern.

Auf dem sandigen Dorfplatz rennen Kinder, Hunde und Schweine durcheinander. Es ist schwer auszumachen, wer mit wem spielt. Hühner flüchten laut gackernd vor einem kläffenden, jungen Köter. Plötzlich ertönt ein dünnes Glöcklein. Das

Lachen erstirbt. Die meisten Kinder bleiben wie angewurzelt da stehen, wo sie gerade sind. Sie senken die Köpfe und falten schnell die Hände, denn sie wissen offenbar: Wer jetzt nicht betet, wird seine Strafe erhalten. Fünf Stockschläge sind die Regel. So hat es ihnen der weiße Gottesmann eingebläut. Das Geläut des Turmglöckchens auf der Blechkirche des Dorfes durchdringt die Stille.

Anna steht von dem Baumstumpf auf. Sie bewegt ihre Lippen und spricht leise: *»Unser Vater in dem Himmel ..., Dein Name werde geheiligt, Dein Reich komme, Dein Wille geschehe auf Erden wie im Himmel ... Unser täglich Brot gib uns heute, und vergib uns unsere Schuld, wie wir unseren Schuldigern vergeben. Und führe uns nicht in Versuchung, sondern erlöse uns von dem Übel ...«*

Das Geläut verstummt. Anna sieht Heinrich Althoff in hundert Metern Entfernung. Er steht jetzt vor der offenen Kirchentür, über der ein schlichtes Holzkreuz an der Lehmwand angebracht ist. Er beobachtet mit strengem Blick, wer in seiner Gemeinde gottgefällig ist und wer nicht. Nur wenige Erwachsene, meist Frauen, erscheinen zu einer kurzen schweigsamen Andacht vor ihren Hütten. Als die Glocke verstummt, eilen sie schnell in das Halbdunkel zurück, in dem die Männer auf ihr Essen warten. Auch die Kinder verschwinden. Niemand geht zum Abendgottesdienst in die Missionskirche.

Mit mürrischem Gesicht bleibt Heinrich Althoff alleine auf dem Dorfplatz zurück. Und mit müden Bewegungen schlägt er in alle Himmelsrichtungen das Kreuz. Dann geht er in das Gotteshaus, in dem acht schmale, wacklige Holzbänke auf gestampftem Erdboden stehen. An der Stirnseite hängt ein meterhohes, mit groben Holzkohlestrichen auf ein Bettlaken gemaltes Bild, das, mit einigem Wohlwollen betrachtet, Jesus am Kreuz darstellt. Eine mit schwarzem Tuch ummantelte Kiste dient als Altar. Obenauf liegt eine abgegriffene Luther-Bibel. Althoff blättert ziellos darin herum. Beim Markus-Evangelium bleibt er hängen. Er liest Kapitel 10, Vers 14: *»Als es aber Jesu sah,* *ward er unwillig und sprach zu ihnen: Lasset die Kindlein zu mir kommen und wehret ihnen nicht; denn solcher ist das Reich Gottes!«*

Als habe er eine längere Predigt beendet, klappt Althoff die Bibel zu. Es knallt wie ein trockener Schuss. Er wirft einen Blick in die leere Kirche, dann greift er in ein tiefes Fach in dem primitiven Altar und zieht eine flache Flasche hervor.

Wieder einmal sind die Kindlein nicht zu ihm gekommen. Und ihre Eltern auch nicht. Wie so oft überwältigt ihn der quälende Gedanke von der Sinnlosigkeit seines Tuns, denn offenbar sind diese menschlichen Geschöpfe, die er zum Christentum bekehren soll, nicht für die Einkehr in das Himmelreich geschaffen. Das Wort Gottes kann sie nicht erreichen, auch nicht durch den Übersetzer, den er monatelang mühevoll ausgebildet hat. Bestenfalls machen sich seine Zöglinge ein paar christliche Rituale zu eigen, und auch das nur, weil sie seine Strenge fürchten und die Macht der Deutschen Kolonialherren, die hinter ihm und der Kirche steht. In Wahrheit jedoch hängen sie weiter ihren Gebräuchen an, sie glauben an die Macht der Ahnen und an die Geister des Waldes. Jesus ist für sie ein unbegreiflicher Mensch, schon die Geschichte seiner Geburt durch die Jungfrau Maria löst bei ihnen ungläubiges Gelächter aus.

Heinrich Althoff nimmt einen Schluck aus der Flasche. Und noch einen. Und einen dritten. Er schüttelt sich wohlig, wenn der scharfe Schnaps seine Kehle hinunterrinnt. Schließlich schiebt er den Flachmann mit dem westfälischen Doppelkorn wieder in den Altar zurück. In einem Schuppen hinter seiner Wohnhütte hat er sich nach seinem Besuch in Herbertshöhe in einem gut getarnten Erdloch einen Schnapsvorrat angelegt.

Mit seiner abendlichen Trinkgewohnheit hat es angefangen, als er von der Untreue seiner ersten Frau Martha erfahren hatte. Eigentlich wollte er vor der Ankunft der Missionsschwester Anna vom Niederrhein damit aufhören. Es ist ihm durchaus unangenehm gewesen, als seine zukünftige Ehefrau seinen nach Alkohol riechenden Atem bemerkt hat. Anna hatte ihr Gesicht verzogen und sich von ihm abgewendet. Seine Erklärung, das sei ein bewährtes Mittel gegen seine Malaria-Fieberschübe, kam ihm selbst nicht sonderlich glaubwürdig vor.

Am Nachmittag des zweiten Tages fragt Anna ungeduldig, welche Aufgabe er denn für sie habe? Sie wolle etwas tun und sich nützlich machen. Man habe ihr in der Rheinischen Mission gesagt, er brauche Hilfe bei seiner schweren Arbeit.

»Du kannst dich um die Schule kümmern«, sagt Althoff unwirsch, »wir haben einundzwanzig Kinder im Dorf, zwischen fünf und fünfzehn Jahre alt. Bring ihnen Deutsch bei, Lesen und Schreiben, damit sie die Heilige Schrift und meine Predigten verstehen können.«

»Wo ist die Schule?«

»Bisher habe ich im Freien unterrichtet, aber am Ende des Dorfes, zum Berg hin, steht eine leere Hütte, die kannst du dir einrichten. Eine Tafel haben wir schon. Ein paar Bänke lasse ich in den nächsten Tagen bauen.«

Das ist die erste gute Nachricht für Anna. Als Lehrerin mit den Kindern der Eingeborenen arbeiten – darauf freut sie sich. Umso mehr, als sie miterlebt, wie Althoff selber mit seinen kleinen Schützlingen umgeht. Offenbar hat der Missionar nicht die geringste Begabung zum Erzieher. Ungeduldig und unbeherrscht schimpft und flucht er, wenn die Kinder die deutschen Worte nicht nachplappern, die er ihnen vorsagt. Den Sinn der Worte erklärt er nicht. Und wenn die Kinder nicht sofort tun, was er verlangt, dann schlägt er sie, mit der Hand oder mit einem kleinen Stock, der immer griffbereit in seinem Hosenbund steckt, wie der Säbel bei einem Offizier.

Kinder, die einen deutschen Bibelvers nicht fließend auswendig lernen, bekommen zwei Stockschläge auf das Hinterteil. Wer sein Gesangbuch vergisst, wird dreimal geschlagen, wer in seinen Heften herumschmiert, erhält Schläge auf die Finger und in die offene Handfläche. In der Bibelstunde, beim Schulunterricht, bei der Arbeit auf den kleinen Feldern am Rande des Kirchplatzes – bei jeder Gelegenheit rutscht dem Prediger christlicher Nächstenliebe die Hand aus. Das beobachtet Anna in den kommenden Tagen immer wieder mit Entsetzen.

Althoffs Erziehungsmethode ist einfach: Er gibt Befehle und verlangt Gehorsam.

Die erwachsenen Dorfbewohner reagieren darauf mit stillschweigendem Widerstand. Im vergangenen Jahr, so erfährt Anna, konnte der Missionar seinen Kirchenoberen nur drei Taufen melden, drei todkranke Frauen hatten sich auf Althoffs Drängen kurz vor ihrem Ableben noch schnell zum Christentum bekannt.

»Die Kanaker müssen Respekt vor uns Weißen haben«, sagt er, »sonst werden sie aufsässig und lernen nie etwas, und wenn sie nichts lernen und nicht richtig arbeiten, dann finden sie auch niemals zu Gott.«

Derselbe Heinrich Althoff, der ihr so einfühlsame, so vielversprechende Briefe geschrieben hat, entpuppt sich als unduldsamer, hartherziger, jähzorniger Gottesmann. Obwohl es auch in der Höhe, in der das Dorf liegt, tagsüber sehr warm ist, fröstelt es Anna oft neben ihrem Verlobten. Zwischen ihnen gibt es eine unsichtbare Barriere. Nur am Ende des Tages zeigt sich ein kleines Anzeichen von Vertrautheit. Bevor sie sich zum Schlafengehen in ihre Hütte zurückziehen, jeder in seine Ecke, liest er ihr einige Verse aus der Bibel vor. Am dritten Abend legt Heinrich Althoff die Heilige Schrift zur Seite, geht zu Anna und greift hastig nach ihrer Hand. Er streichelt sie unbeholfen. Es ist ihr unangenehm. Er zieht ihren Oberkörper ruckartig an sich. Als er sie küssen will, wendet sie ihren Kopf zur Seite und stößt ihn von sich.

Gekränkt läuft er nach draußen und verschwindet in der Kirche.

In der fünften Nacht wird Anna von einem Geräusch wach. Althoff erhebt sich offenbar von seiner Schlafstätte in der gegenüberliegenden Ecke. Schritte tapsen durch den Raum. Sie spürt seinen nach Schnaps riechenden Atem, als er sich neben sie auf ihre schmale Pritsche quetscht. Mit Gewalt dreht er ihren Kopf zu sich. Er presst seine nassen Lippen auf ihren Mund. Entsetzt bemerkt sie, dass er an seiner Hose nestelt. Dann zerrt er an ihrem langen Baumwollnachthemd herum. Sie wehrt sich. Er lallt lüstern.

»Stell dich nicht so an ... Du bist schließlich meine Braut ... Ich habe ein Recht darauf ...«

Sie stößt ihn zurück.

»Hör auf! Bitte hör damit auf! Wir sind noch nicht verheiratet!«

Anna strampelt verzweifelt mit Beinen und Füßen. Als er sich auf sie werfen will, stößt sie ihm ihr Knie mit aller Kraft in den Unterleib. Er schreit und krümmt sich. »Du verdammtes Weib des Teufels!«

Heinrich Althoff torkelt mit beiden Händen zwischen seinen Schenkeln aus der Wohnhütte. Er flucht. Dann ist es still. Sie hört Schritte, die gehen, und Schritte, die wiederkommen, dann das Geräusch eines Korkens, der aus einem Flaschenhals gezogen wird. Offenbar betrinkt sich ihr künftiger Ehemann draußen vor der Hütte. Er rülpst zweimal laut.

21

Nach ein oder zwei Stunden kommt Althoff zurück. Anna zittert vor Angst, doch bald darauf kommt aus seiner Ecke ein betrunkenes Schnarchen. Sie macht in dieser Nacht kein Auge mehr zu. Kurz vor Tagesanbruch hört sie aus seiner Richtung zwei Stimmen, eine dunkle, kratzende und eine mit hellerem Klang. Es dauert eine Weile, bis sie erkennt, dass Heinrich Althoff laut träumt und dabei in unterschiedlichen Tonlagen spricht. Er verschluckt Worte und Satzteile.

»Gib mir die Flasche, ich will meinen Anteil aus der Flasche ... – Die Diamanten, die Diamanten ... – Der Herr hat es gegeben, der Herr hat es genommen ... – Mijnher Oranje, das ich nicht lache, Mijnher Oranje ... – Der Sandsturm, wir ersticken ... – Wir müssen nach Windhuk ... – Alle Weiber sind Hexen ... Godeffroy ... Diamanten ... Die Vulkanhöhle ... Nein, nein, ich will nicht mehr ... Nicht schießen, bitte nicht schiiiießen ...!«

Anna steht auf und geht zu der Trennwand vor seiner Schlafecke. Althoff schreit Unverständliches. Im ersten Dämmerlicht bäumt sich sein Oberkörper auf. »Nein, nein. Nicht schießen!«, ruft er noch einmal.

Vorsichtig fühlt Anna seinen Puls. Der schlägt schnell, beruhigt sich aber nach und nach. Anna legt sich wieder hin. Nach einer Weile hört sie sein gleichmäßiges Schnarchen. Als es draußen hell wird, fällt ihr ein, wo sie einiges von dem, was Althoff im Schlaf fantasiert hat, schon einmal gehört hat: Auf der *Emily Godeffroy.* Bei der Einfahrt in die Blanchebai. Theobald Kolber und Sebastian Kleine haben über Diamanten geredet ... Daran erinnert sie sich jetzt. Und auch der Name Mijnher Oranje kommt ihr bekannt vor.

Heinrich Althoff erwacht erst gegen Mittag des nächsten Tages aus seinem Alkoholrausch. Er tut, als sei nichts geschehen. Oder kann er sich wirklich an nichts erinnern? Tagelang geht er Anna aus dem Weg. Abends liest er ihr auch nicht mehr aus der Bibel vor.

Aus Annas Enttäuschung wird Selbstmitleid und Verbitterung. Und Zorn. Sie fühlt sich wie eine Frau, die auf einen Heiratsschwindler hereingefallen ist. Und manchmal fragt sie sich auch, ob ihre Vorgesetzten in der Missionsgesellschaft ihr absichtlich verschwiegen haben, was für ein Mensch der Mann ist, den man für sie ausgewählt hat.

Am späten Nachmittag des siebenten Tages holt Heinrich Althoff Anna in die Missionskirche. Er verkündet ihr eine »frohe Botschaft«, wie er sagt:

»Am übernächsten Mittwoch wird unsere Hochzeit stattfinden. Hier in meiner Kirche. Ein Bruder von der nächstgelegenen lutherischen Missionsstation wird nach Malaguna kommen und die Trauung vollziehen. Der Häuptling des Stammes von Malaguna und der Dorfälteste werden unsere Trauzeugen sein. Dann sind wir vor Gott dem Allmächtigen Mann und Frau, mit allen Rechten und Pflichten.«

Es kann sein, dass sie sich das einbildet, aber als er das sagt, glaubt Anna ein flüchtiges Grinsen in seinem Gesicht gesehen zu haben. Die standesamtliche Hochzeit, so erklärt Althoff beiläufig, würden sie dann bei Gelegenheit vor einem Beamten in der Kolonialverwaltung von Herbertshöhe nachholen, damit habe es keine Eile.

»Freust du dich nicht?«, fragt er. Annas Gesicht ist versteinert.

Sie nickt und wendet sich ab, als Tränen in ihre Augen treten. Die bevorstehende Hochzeit kommt ihr jetzt wie ein unausweichliches Schicksal vor, wie eine Prüfung Gottes.

Am Nachmittag flüchtet Anna Scharnhorst wieder in ihr Versteck oberhalb von Malaguna. Sie blickt über das Dorf bis zum Horizont, hinter dem die Küste und Herbertshöhe von einem Dunstschleier verborgen sind.

Anna betet.

»Lieber Gott, geheiligt werde Dein Name, Dein Wille geschehe … Vergib mir, wenn ich Dir mit meinen Sorgen zur Last falle. Aber ich bitte Dich von ganzem Herzen, bei meinem Leben und bei meinem Glauben, um Deine Hilfe, denn ohne Dich werde ich verloren sein.

Lieber Gott, ich kann den Mann nicht lieben und ehren, der mich heiraten will. Ich weiß, dass ich ihm die Ehe versprochen habe, das ist jedoch in Unkenntnis seines wahren Charakters geschehen. Ich werde ihn nicht glücklich machen können und er mich nicht. Du weißt, welches Unglück schon geschehen ist, und ich fürchte, es wird mit jedem Tag schlimmer werden, an dem wir aneinander gebunden sind. Ich bitte Dich, Herr, zeige mir einen Ausweg und führe mich aus meiner verzweifelten Lage – oder nimm mich zu Dir, wenn Du es für richtig hältst! Dein Wille geschehe …«

Anna wendet ihr Gesicht zum Himmel.

»Ich flehe Dich an, lieber Gott, bitte gib mir ein Zeichen …«

Eine graue Wolke hat sich am steilen Berghang hoch über ihr

gefangen, ein letzter, verlorener Ausläufer der Monsunzeit, die eigentlich schon zu Ende ist. Ein paar warme Regentropfen fallen auf die Erde.

Anna bekreuzigt sich.

Als sie von dem Gebet in ihrem Versteck ins Dorf zurückkehrt, empfängt Althoff sie mit wütenden Vorwürfen.

»Wo bist du so lange gewesen? Jetzt brauche ich dich wirklich einmal, und dann verschwindest du!«

Ob etwas passiert sei?, fragt Anna.

Im Dorf sei die Malaria ausgebrochen. Wieder einmal. Zwei junge Frauen hätten sich in einem Sumpfgebiet infiziert, das einen halben Kilometer entfernt an einem kleinen See liege.

»Wie oft soll ich diesen primitiven Kreaturen noch sagen, dass sie diese Gegend meiden sollen wie die Hölle. Besonders jetzt nach dem Monsun!«

Denn in dieser sumpfigen Gegend würden sich die Malariamücken nach der Regenzeit milliardenfach vermehren und jeden stechen und infizieren, der auch nur in die Nähe ihres Brutgebietes komme.

»Kümmer dich endlich um die kranken Frauen, du hast versprochen, mir zu Diensten zu sein!« Althoff gibt ihr ein Glas mit Pulver von der Chinarinde, das gegen Malaria helfen soll.

Während Anna den fiebernden Eingeborenenfrauen feuchte Umschläge macht und ihnen das in Wasser gelöste Chinin-Präparat einflößt, glaubt sie plötzlich das Zeichen erkannt zu haben, um das sie gebetet hat – Malaria! Das könnte ihre Rettung sein.

In der Nacht fasst sie einen Entschluss. Am nächsten Vormittag liest sie lange in einem Buch über Tropenkrankheiten, das sie bei Althoff entdeckt hat. Als sie das dicke Buch zurücklegt, fällt eine Fotografie heraus. Sie zeigt Althoff im Anzug mit einer dunkelhaarigen, lächelnden Frau. Die Frau ist etwa Anfang dreißig und recht hübsch, wie Anna findet. Sie trägt ein schmuckloses helles Kleid, hält einen kleinen Blumenstrauß in der Hand. »Hochzeit mit Martha« steht auf der Rückseite. Das ist also die erste Frau Althoff.

»Meine erste Frau ist nach einem unglücklichen Sturz ihrer schweren Kopfverletzung erlegen«, hatte ihr der Witwer in einem seiner letzten Briefe nach Deutschland geschrieben. Seitdem der betrunkene Althoff versucht hat, sie zu vergewaltigen, hat Anna Zweifel an dieser Geschichte ... Am späten Nachmittag stiehlt sie sich heimlich aus dem Dorf, während der Missionar von Malaguna in der kleinen Kirche vor immerhin fünf Besuchern einen Gottesdienst abhält.

Von einer Eingeborenen hat sie sich den Weg zum Sumpfgebiet erklären lassen. Anna schleicht durch den Urwald in die angegebene Richtung. Es geht bergab. Sie folgt einem schmalen Pfad, überquert mehrere kleine Rinnsale und watet mit erhobenem Rock durch einen breiteren Bach. Sie geht auf der anderen Seite an dem Bachlauf entlang, der in die Ebene strömt. Der Kompass, den sie aus Althoffs Kommmode genommen hat, zeigt ihr, dass sie in die richtige Richtung geht, nach Nordwesten. Und tatsächlich: Nach einer knappen Stunde erreicht sie eine Ebene, kaum größer als ein Sportplatz, mit einem kleinen See in der Mitte und einem Feuchtgebiet ringsherum. Der Malariasumpf!

Schmetterlinge und große, metallisch schimmernde Libellen fliegen ihr entgegen. Vogelgezwitscher erfüllt die Luft. Frösche quaken am nassen Boden. Abgestorbene Baumstämme ragen mit totem Geäst wie Skelette aus dem modrigen Wasser, und Spinnennetze spannen sich von Ast zu Ast. Einer der Äste bewegt sich plötzlich, direkt vor Annas Gesicht – eine gefleckte Schlange stürzt sich auf einen fetten Frosch und würgt ihn schubweise herunter.

Erschrocken ist Anna zurückgewichen. Sie entdeckt einen kleinen natürlichen Damm, der durch den Sumpf zum offenen Wasser des Sees führt. Nach hundert Metern sieht sie die Moskitos. Im Gegenlicht der tiefstehenden Sonne schweben graue Wolken von Malariamücken hin und her wie Vogelschwärme.

Eine Gänsehaut läuft ihr in der schwülen Hitze über den Körper. Anna schiebt die Ärmel ihrer Bluse bis zu den Achselhöhlen hoch und geht mit bloßen Armen auf die Insektenschwärme zu.

Doch nichts geschieht. Die fliegenden Blutsauger scheinen ihre Beute gar nicht wahrzunehmen. Entschlossen zieht Anna ihre Bluse über den Kopf. Mit nacktem Oberkörper und ausgebreiteten Armen bietet sie sich als Angriffsziel an.

Endlich scheinen die ersten Anophelesmücken das menschliche Blut zu riechen. Ein halbes Dutzend der Malariaüberträger löst sich aus dem Schwarm. Mit sirrendem Ton kommen sie auf Anna zu. Sie umkreisen ihren Oberkörper und fliegen ein paar Scheinangriffe auf die nackte, weiße Haut. Dann hat die erste Malariamücke ihr Ziel ausgemacht. Sie landet an Annas Halsschlagader. Von hier aus krabbelt sie auf einer bläulichen Ader abwärts, die zur linken Brust führt.

Aus den Augenwinkeln, mit vorgeneigtem Kopf, beobachtet Anna, was geschieht. Wie durch ein Vergrößerungsglas. Kurz vor ihrer Brustwarze macht die Malariamücke Halt. Sie ist vielleicht einen halben Zentimeter groß, hat fadendünne lange Beine, einen eiförmigen Körper und gefleckte, fächerförmige Flügel. Es muss, so hat Anna in dem Buch über Tropenkrankheiten gelesen, ein weibliches Tier sein. Männliche Mücken interessieren sich nicht für Blut. Das Insekt zittert sekundenlang vor Erregung. Der Körper verharrt in einem Winkel von 45 Grad. Dann fährt aus dem Kopf ein langer Rüssel hervor und bohrt sich blitzartig durch die menschliche Haut hindurch.

Anna spürt einen Stich, wie von einer Injektionsnadel. Sie zuckt zusammen. Doch die Mücke lässt sich nicht stören. Sie saugt sich gierig mit Menschenblut voll und pumpt dabei gleichzeitig Malariaparasiten in Annas Blutkreislauf. Anna könnte das Insekt erschlagen oder zerquetschen. Aber sie sieht weiter zu, wie die Anophelesmücke ihre Arbeit verrichtet. Endlich hat sich das Insekt mit ihrem Blut vollgetankt. Torkelnd, schwerfälliger als zuvor, fliegt es davon.

In den nächsten Sekunden fallen ein Dutzend Mücken über Annas nackten Oberkörper her. Wie Einschläge bei einem Gewitter spürt sie jetzt in schneller Folge einen Stich nach dem anderen. Sie schließt die Augen und lässt alles zitternd über sich ergehen. Nach paar Minuten zieht sie ihre Bluse wieder an und stolpert über den Damm aus dem Malariasumpf auf das trockene Land zurück.

Auf dem Rückweg kommt sie von dem Pfad ab. Sie verliert die Orientierung und kämpft sich durch immer dichter werdendes Unterholz, bis sie das Gefühl hat, im Kreis herumzuirren. Zweige und Dornen zerkratzen ihr Gesicht. Wie Feuer fällt der orangerote Schein des Abendhimmels durch die ansonsten dichte Decke des Urwaldes. Einmal sieht sie, schon weit in der Ferne, den sumpfigen Moskito-See, von dem sie ihren Rückzug angetreten hatte.

Hinter einem Vorhang aus armdicken Lianen tritt Anna auf eine kleine Lichtung, in deren Mitte eine einzelne Hütte steht. Durch das Grasdach kringelt sich dünner, bläulicher Rauch. Die Szene wirkt idyllisch und bedrohlich zugleich. Ein paarmal ruft sie auf Deutsch: »Hallo!« und: »Hallo! Ist da jemand?« Aber alles bleibt still. Unheimlich still. Kein Mensch ist zu sehen. In der Ferne bellt ein Hund. Anna überwindet ihre Angst. Vorsichtig geht sie auf den Eingang zu. Es stinkt bestialisch. Wieder ruft sie. Immer noch bleibt es ruhig. Gebückt betritt Anna die niedrige, dunkle Hütte. In der Mitte qualmt es aus einem Haufen von Ästen und Holzscheiten, der mehr als einen Meter hoch aufgeschichtet ist.

Anna beschleicht das beklemmende Gefühl, sie werde angestarrt. Vor Angst zitternd, bleibt sie stehen. Dieser Gestank! Übelkeit steigt in ihr auf. Ihre Augen versuchen, das Halbdunkel zu durchdringen. Nur ein schmaler, gebrochener Lichtstreifen fällt durch eine Öffnung an der höchsten Stelle des Daches, durch die sich der Rauch seinen Weg ins Freie sucht. Anna hebt den Kopf. Und plötzlich erkennt sie, warum sie sich beobachtet gefühlt hat …!

Anna schreit und schreit. Der schrille Ton der eigenen Stimme versetzt sie noch mehr in Panik. Sie stürzt ins Freie, rennt über die Lichtung und kämpft sich durch das Unterholz. Über ihr flattern schwarze Raben aus dem Geäst. Kurzbeinige Wildschweine kreuzen ihren Weg. Unter ihren Füßen wird der Boden morastig. Sie stolpert über Baumwurzeln und hastet weiter, immer weiter. Nur weg von diesem grauenvollen Ort! Nur weg. Ihr Herz rast. Anna rennt und rennt.

Endlich lässt ihre von der Angst gespeiste Energie nach. Erschöpft hält sie inne. Niemand scheint ihr gefolgt zu sein. Nur die Geräusche des Urwaldes sind jetzt wieder deutlich zu hören. Vögel krächzen und flöten. Insekten summen ihr vor dem Gesicht herum. Zikaden zirpen friedlich. Allmählich beruhigt sich ihr Puls. Nach einer Pause sucht sie wieder nach dem richtigen Weg zurück nach Malaguna. Und wie durch eine glückliche Fügung erreicht sie nach einer halben Stunde den Bach und den Pfad, über den sie gekommen ist. Anna sinkt zu Boden und schlägt die Hände vors Gesicht. Erst jetzt wird ihr klar, was sie entdeckt hat: eine Räucherhütte, in der Kannibalen die Schädel ihrer getöteten Feinde konservieren. Drei Totenköpfe haben mit ihren schwarzen Augenhöhlen von der Decke auf sie heruntergestarrt ...

Im Schutz der Dämmerung erreicht Anna das Missionsdorf Malaguna. Sie beschließt, Heinrich Althoff nichts von ihrer Entdeckung zu erzählen. Sie hat Angst, er könnte dahinterkommen, dass sie gegen seine Anweisung in der Nähe des Malaria-Sumpfes gewesen ist.

Vier Tage später, drei Tage vor dem geplanten Hochzeitstermin, spürt Anna, dass ihr Ausflug den erwünschten Erfolg gehabt hat: Die Quecksilbersäule eines kleinen Thermometers an der Außenwand ihrer Blechdachhütte zeigt an diesem Nachmittag 31 Grad im Schatten an – und sie beginnt ganz plötzlich zu frieren.

Ihre Finger zittern zuerst vor Kälte, dann die Arme und die Beine. Eine Gänsehaut bildet sich am ganzen Körper. Kalter Schweiß tritt ihr auf die Stirn. Ihr Kopf wackelt haltlos hin und her. Ihre Zähne klappern aufeinander. Anna wankt über den kurzen Weg von der Wohnhütte zur Missionskirche. Sie erreicht ihr Ziel nicht ganz. Die Hütten von Malaguna drehen sich vor ihren Augen im Kreis, bevor sie vor der Kirchentür mit dem aufgenagelten Holzkreuz zu Boden sinkt. Der Schüttelfrost lässt ihre ausgestreckten Arme und Beine zucken und flattern wie die Flügel eines abgestürzten Vogels.

Das Letzte, was Anna Scharnhorst wahrnimmt, ist das Gesicht von Heinrich Althoff, der sich über sie beugt. Sein Mund öffnet sich und schreit etwas, das nicht mehr zu ihr durchdringt.

Und dann erscheint plötzlich wie aus dem Nichts Sebastian Kleine, ihr Reisegefährte von der *Emily Godeffroy.* Noch ein zweiter unbekannter Mann taucht auf. Die beiden Männer heben sie vom staubigen Boden hoch und legen sie vorsichtig auf eine Trage. Und nun beginnt Anna zu schweben, immer höher, immer weiter …, sie fliegt in einem großen Bogen über die Grasdächer von Malaguna, über den Malaria-Sumpf und über die Räucherhütte mit den Totenköpfen, sie überquert im Flug die große Ebene mit dem brennenden Buschland und erreicht die Küste der Blanchebai, und dann tauchen unter ihr die Häuser von Herbertshöhe auf …

22

Theobald Kolber bemüht sich um Gelassenheit. Und doch ärgert er sich, weil Queen Emma offenbar merkt, wie er sich ärgert. »Vielleicht hätte ich Ihnen das vor unserem heutigen Geschäftstermin mitteilen sollen«, sagt sie mit hintergründigem Lächeln, »aber ich bin gestern erst sehr spät von meiner Reise zurückgekommen.«

Der Generalbevollmächtigte des Hamburger Handelshauses Johan Cesar Godeffroy & Sohn fühlt sich überrumpelt. Er ist davon ausgegangen, dass er vertraulich unter vier Augen mit Queen Emma reden würde. Auf eine entspannte, persönliche Gesprächsatmosphäre hatte er sich gefreut, nach allem, was in der Nacht des großen Festes zwischen ihr und ihm passiert ist.

Nun wirkt sein Blumenstrauß ziemlich deplatziert. Unschlüssig dreht er die kleinen Orchideen in seinen Händen, während er in der halbgeöffneten Doppeltür zwischen dem Kontor und dem Chefzimmer des Handels- und Plantagenunternehmens »Emma Eliza Coe & Partner Ltd.« steht.

»Wie schön, dass wir uns nach mehr als zwei Wochen endlich wiedersehen, verehrter Herr Kolber«, hat Queen Emma ihn sehr herzlich begrüßt und ein wenig über ihre Kurzreise nach Sydney geplaudert, wo sie Geschäftsfreunde und Verwandte aus Samoa besucht habe. Bis sie geschäftlich und kühl hinzufügt: »Ich hoffe, es stört Sie nicht, wenn mein neuer wirtschaftlicher Berater an unserem Gespräch teilnimmt?«

Sie deutet mit ihrer geöffneten linken Hand auf einen mittelgroßen, graumelierten Herrn hinter ihr, der so unverkennbar die Attribute eines Gentlemans zur Schau trägt, dass man ihm seine Herkunft auch ohne weitere Erläuterung ansieht. Die hochnäsige Kopfhaltung, die dichten Augenbrauen über der grobporigen Portweinnase, die ständig im gezwirbelten Schnauzbart zu schnuppern scheint; Maßanzug, Bügelfalten, Weste mit Uhrenkette – der Mann sieht aus, als habe er einen Termin in der Bond Street zugunsten dieses Treffens an der Küstenstraße von Herbertshöhe abgesagt. Fehlt nur noch ein Bowler, denkt Kolber. Gegen diesen geschniegelten Engländer kommt er sich in seinem von der Haushälterin schlecht gebügelten Tropenanzug ziemlich kümmerlich vor.

»Darf ich vorstellen? Mister Dennis Henderson aus London«, sagt Queen Emma. »Ich habe Mister Henderson bei meinem jüngsten Besuch in Sydney von der dortigen Filiale der Bank of Kensington abwerben können.«

Queen Emma schenkt den beiden Männern ihr professionelles Lächeln. Sie streicht über ihren langen Rock, zu dem sie ein Leinensakko und eine weiße Bluse mit hohem Kragen trägt.

Kolber bemüht sich, seine Gesichtszüge wieder in die richtigen Bahnen zu lenken, und bringt mühsam ein neutrales Grinsen zustande. »Sehr erfreut, Mister Henderson.« Er will dem Engländer die Hand reichen, doch der Blumenstrauß stört dabei.

»Das ist aber sehr nett von Ihnen, lieber Herr Kolber.«

Queen Emma nimmt ihm die Blumen ab und ruft ihrem chinesischen Sekretär Wu Lei zu, er möge eine kleinere Vase bringen. Zwischen den großen Blumenbuketts auf ihrem Schreibtisch und den eingetopften Orchideen vor der mit einer Seidentapete bespannten Wand nimmt sich Kolbers Sträußchen verloren aus. Immerhin lässt sie es gut sichtbar vor dem breiten Sprossenfenster auf einer Kommode arrangieren.

Die Chefin des Hauses führt die Männer zu einer Gruppe mit dick gepolsterten Chesterfield-Sesseln. Kolber kann von seinem Platz aus durch das große Fenster auf den Lagerplatz blicken. Hunderte von Säcken mit Baumwolle stapeln sich meterhoch auf der ausgedehnten Fläche, und noch mehr Paletten und Kisten mit Kopra, dem getrockneten Kokosnussfleisch, warten dort unten auf ihre Verladung. Fässer mit Kokosnussöl werden über den gestampften Erdboden gerollt. Weiße Aufseher dirigieren dunkelhäutige Arbeiter von den Fidschi-Inseln, die mit gebeugten Rücken immer neue Waren herbeischleppen. Ein Dutzend vollgepackter Ochsenkarren wartet noch am Straßenrand.

»Was Sie dort draußen sehen – das ist alles Ihre Ware. Wenn die *Emily Godeffroy* übernächste Woche aus Australien zurückkommt, werden wir, wie vereinbart, 800 Tonnen für den Transport nach Hamburg ausliefern können«, sagt Queen Emma, an Kolber gewandt.

»Einen außerordentlich guten Profit haben Sie dafür in meiner Abwesenheit herausgeholt. Wie ich nach meiner Rückkehr aus Deutschland von meinen Leuten erfahren habe, sind Ihre Lieferpreise unerwartet um rund 20 Prozent erhöht worden. Eine erstaunliche Steigerungsrate, wenn ich das mit aller Zurückhaltung sagen darf.« Kolber macht ein gequältes Gesicht.

»Wir haben die Marktlage eingehend geprüft und diesmal einen realistischeren Preis als bei den vorhergegangenen Lieferungen erzielt.« Der neue Berater Henderson blickt ihn herausfordernd an.

»Ach, Sie waren das also«, sagt Kolber und löst seinen angestauten Ärger. »Ich höre von meinen Leuten, dass bei der Preisbildung einiger Druck ausgeübt und mit anderen Interessenten gedroht wurde. Außerdem wurde auf die monopolartige Stellung der Firma Coe & Partner auf dem hiesigen Kopra-Markt verwiesen. Ist das etwa die berühmte feine englische Art im Umgang mit alten Geschäftsfreunden?«

»Das ist im Kapitalismus nun mal so üblich, wie Sie vermutlich im Laufe Ihrer äußerst erfolgreichen Karriere als Im- und Exportkaufmann selbst erfahren haben. Die Preisbildung wird nun einmal durch Angebot und Nachfrage bestimmt, und zurzeit herrscht eine große Nachfrage bei eher verringertem Marktangebot.« Henderson guckt noch hochnäsiger als zuvor. Kolber muss daran denken, dass er erst unlängst dasselbe zu seinem jungen Prokuristen Elbertzhagen gesagt hat, dennoch widerstrebt es ihm, sich von dem Engländer so abkanzeln zu lassen.

»Sie sollten aber bei Ihrer Beratung der hochverehrten Frau Emma Eliza Coe in Zukunft nicht vergessen, Mister Henderson, dass die Handelshäuser Godeffroy und Coe langjährige, erfolgreiche, ja beinahe freundschaftliche Geschäftsbeziehungen unterhalten, von der beide Seiten bisher auf Schönste profitiert haben. So etwas setzt man nicht leichtfertig aufs Spiel!«

Henderson rutscht angriffslustig auf seinem Lehnstuhl nach vorn und will etwas sagen, doch Queen Emma kommt ihm zuvor.

»Meine Herren, ich darf doch bitten.« Sie sieht einen nach dem anderen an. »Wir werden uns selbstverständlich auch künftig an unseren bewährten Gepflogenheiten orientieren, dabei aber nicht die härter gewordenen Geschäftsbedingungen auf dem lokalen wie auf dem internationalen Markt außer Acht lassen, nicht wahr, Mister Henderson. Und im Übrigen, zu Ihrer Beruhigung, lieber Herr Kolber: In meinem Unternehmen habe ich bei allen Entscheidungen selbstverständlich noch immer das letzte Wort, damit daran keinerlei Zweifel aufkommen. Für die Preiserhöhung bin also letzten Endes ich verantwortlich.«

»Das ist gut zu wissen«, sagt Kolber mit einem abschätzigen Seitenblick auf Henderson. Nach einer Pause fragt er, ob er seine

Pfeife rauchen dürfe. »Dann kann ich ein bisschen Dampf ablassen.«

»Ich gehe davon aus, dass Sie nur feinsten Tabak verwenden«, sagt Queen Emma.

»Allerbesten Virginia«, sagt Kolber und schnuppert genüsslich an einer Prise Tabak, bevor er ihn in seine Pfeife stopft und mit einem überlangen Streichholz anzündet. Noch immer schweigend, bläst er den bläulichen Rauch mit zurückgeneigtem Kopf unter die Zimmerdecke. Dann beugt er sich zu Queen Emma vor.

»Bevor ich zu meinen eigentlichen Anliegen komme, gestatten Sie mir eine offene Frage, Misses Coe: Welche Rolle wird Mister Henderson eigentlich bei unseren zukünftigen Geschäftsziehungen spielen?«

»Habe ich das nicht bereits gesagt? Mister Henderson berät mich in allen wirtschaftlichen und finanziellen Angelegenheiten.«

»Und das bedeutet konkret …?«

»… dass ich mir seinen Rat anhöre und dann meine eigenen Entscheidungen treffe. Mister Hendersons Rat ist mir lieb und teuer – ich bezahle ihn also recht ordentlich, falls Sie das auch noch interessiert, Herr Generalbevollmächtigter Kolber!«

»Bei Ihren erhöhten Preisen können Sie sich seine Gage zweifellos leisten.« Kolber grinst.

»Ich wüsste beim besten Willen nicht, was meine Vergütung Herrn Kolber anginge«, sagt Henderson barsch. Er hat mit Unbehagen verfolgt, wie über seinen Kopf hinweg geredet wurde.

»Das ist ein guter Rat, Mister Henderson«, sagt Queen Emma, und an Kolber gewandt: »Sehen Sie, der Mann ist sein Geld wert.«

Alle drei lachen. Die Atmosphäre entspannt sich. »Kaffee oder Tee?«, fragt die Gastgeberin. Der Engländer nimmt Tee. Der Deutsche Kaffee. Queen Emma trinkt Mangosaft.

»Also, Herr Kolber, Sie haben um ein dringendes geschäftliches Gespräch gebeten?«

Kolber räuspert sich und blickt zögernd durch den Tabakrauch zu Henderson hinüber.

Er überlegt noch einmal, ob er das brisante Gespräch unter einem Vorwand vertagen soll, aber ihm fällt kein glaubwürdiger Grund dafür ein.

»Sie können davon ausgehen, dass Mister Henderson absolut vertrauenswürdig ist. Er wird, wenn nötig, über alles schweigen, was wir jetzt bereden.«

Henderson nickt Kolber aufmunternd zu.

Queen Emma zeigt auf ihren Terminkalender. »Wir beide, lieber Herr Kolber, haben ja anschließend noch eine Verabredung zum Mittagessen. Ich habe den besten Tisch im Erker des Hotelrestaurants Fürst Bismarck reservieren lassen, da können wir über die Dinge reden, die Sie sonst noch auf dem Herzen haben, auch über die kleine Anfrage, die Sie bei unserem letzten Treffen an mich gerichtet haben …« Ohne dass Henderson es sehen kann, tippt sie mit ihrem rechten Zeigefinger zweimal diskret auf den Diamantring an ihrer linken Hand.

»Hier in meinem Arbeitszimmer und in Gegenwart des geschätzten Mister Henderson sollten wir ›strictly business‹ reden, wie die Engländer sagen, hier geht es allein um die Geschäftsverbindung zwischen den Unternehmen Godeffroy & Sohn und Coe & Partner.«

»Wie Sie meinen«, sagt Kolber erleichtert. Seine Befürchtung, Queen Emma habe mit ihrem neuen Berater auch über den Diamantenfund und über den geheimnisvollen Mijnher Klaas van Oranje gesprochen, ist offenbar unbegründet gewesen.

23

Theobald Kolber holt einen Umschlag aus seiner Brieftasche, nestelt ein Blatt Papier hervor, entfaltet es sorgfältig und reicht es Queen Emma.

»Wenn Sie das zuvor freundlicherweise zur Kenntnis nehmen wollen.«

Er sieht ihr erwartungsvoll zu, wie sie den knappen Text liest. Erstaunt blickt sie ihn an.

»Sie werden mir sicher gleich erklären, was dieses Papier zu bedeuten hat?« Queen Emma scheint irritiert. »Sie haben doch nichts dagegen, wenn ich es Mister Henderson zeige?«

»Nach allem, was Sie mir über seine Funktion mitgeteilt haben, dürfte sich das wohl kaum vermeiden lassen.«

Henderson liest auf Deutsch laut vor, bei langen und komplizierten Begriffen zerlegt er die Worte und betont die einzelnen Silben.

Erteilung einer außerordentlichen Prokura

Mit diesem Dokument erteilen wir, Johan Cesar Godeffroy, Inhaber der Handelsfirma Godeffroy & Sohn, dem Generalbevollmächtigten unseres Hauses für den Südseehandel, Herrn Theobald Kolber, eine besondere Prokura, die Folgendes umfasst:

Herr Theobald Kolber wird beauftragt, mit Frau Emma Eliza Coe, Inhaberin des Handels- und Plantagenunternehmens Emma Eliza Coe & Partner, Verhandlungen über eine Fusion beider Unternehmen zu führen. Es wird angestrebt, den gesamten Südseehandel des Hauses Godeffroy mit derzeit 41 Frachtschiffen, 55 Handelsniederlassungen, allen Aktiva und Passiva sowie allen geschäftlichen Aktivitäten mit dem Plantagenbesitz des Hauses Emma Eliza Coe & Partner in Deutsch-Neuguinea unter einer neu zu gründenden Dachgesellschaft zu vereinen.

Was Einzelheiten eines möglichen Zusammenschlusses, die gegenseitige Wertberechnung und einen möglichen Wertausgleich angeht, so haben wir unseren Handlungsbevollmächtigten umfassend instruiert. Herr Theobald Kolber genießt mein volles Vertrauen, das bedeutet, er wird bei den Gesprächen mit Frau Emma Eliza Coe grundsätzlich in meinem Namen handeln.

Eine endgültige Vertragsfassung über eine Vereinigung bzw. die Neugründung einer gemeinsamen Gesellschaft muss selbstverständlich von mir als allein zeichnungsberechtigtem Inhaber des Hauses Godeffroy & Sohn persönlich in schriftlicher Form endgültig gebilligt werden.

Gegeben zu Hamburg, am 2. März 1898
Johan Cesar Godeffroy

Henderson schiebt das Papier über die Tischplatte zurück. Es bleibt auf halber Strecke zwischen ihm und Kolber liegen.

»Was soll das? Ein ziemlich kryptisches Dokument, oder um es mit einem deutschen Gedicht zu sagen: ›Ich weiß nicht, was soll es bedeuten ...?‹ Wissen Sie das, Misses Coe?«

Queen Emma schüttelt den Kopf, sagt dann jedoch: »Ich vermute, das ist das Vorwort zu einem neuen Versuch des Hauses Godeffroy, mein Unternehmen zu übernehmen. Zwei Kaufofferten habe ich in den vergangenen Jahren bereits abgelehnt, wie Herr Kolber sich zweifellos erinnern wird.«

»Diesmal ist es etwas anders«, sagt Kolber entschlossen, »wir wollen die Firma Coe & Partner nicht übernehmen, sondern zum gegenseitigen Nutzen mit ihr fusionieren, das heißt ...«

»Das heißt, Herr Godeffroy und Sie haben sich einen neuen Namen für dasselbe Baby ausgedacht.« Henderson sieht Kolber an, als sei der soeben des versuchten Diebstahls überführt worden.

Kolber lässt sich nicht provozieren. »Wenn Sie mir zehn bis fünfzehn Minuten Aufmerksamkeit schenken, dann würde ich Ihnen gerne erläutern, was es tatsächlich mit unserem Vorschlag auf sich hat. Ich bin überzeugt, er wäre von Nutzen für unsere beiden Unternehmen.«

»Nun gut, aber nur, weil wir uns so gut kennen, Herr Generalbevollmächtigter«, sagt Queen Emma.

Kolber zieht einen zerknitterten Zettel aus seiner Westentasche und setzt eine neuartige Lesebrille mit zwei halbmondförmigen Gläsern auf die Nase, damit er die handgeschriebenen Stichworte und Zahlen besser entziffern kann.

»Das Haus Godeffroy ist bekanntlich ein auf vielen Geschäftsfeldern tätiges deutsches Großunternehmen von internationaler Bedeutung. Wir, wenn ich das so sagen darf, wir besitzen und betreiben Eisen-, Stahl- und Kupferwerke sowie eine Großwerft in Norddeutschland und in Hamburg. Godeffroy ist darüber hinaus an Brauereien, Zuckerfabriken, an Banken und Druckereien beteiligt …«

»… vermutlich drucken Sie auch Ihr Geld selber.« Henderson kann sich diese Bemerkung nicht verkneifen.

»Mister Henderson, ich darf doch bitten.« Queen Emma weist ihren Berater wie eine Lehrerin zurecht.

Kolber fährt fort: »Einer der bedeutendsten Geschäftszweige unseres Hauses ist, wie die von Mister Henderson sicherlich geschätzte *Times of London* unlängst ganz richtig geschrieben hat, der Im- und Exporthandel mit den Inseln des Pazifik, der Johan Cesar Godeffroy den Namen ›Der deutsche König der Südsee‹ eingetragen hat. Da würde es nicht nur in der *Times*, sondern auch in anderen Publikationen sicherlich einiges Aufsehen erregen, wenn ›der König der Südsee‹ und die in der Geschäftswelt ebenso bekannte Südseekönigin ›Queen Emma‹ sich, lassen Sie es mich einmal so sagen, geschäftlich vermählen würden …«

Queen Emma lacht. »Schöner kann man es nicht sagen, Herr Kolber – aber kommen Sie bitte zur Sache!«

Kolber spürt, wie ihm die Röte ins Gesicht steigt.

»Gut, wie Sie möchten, gnädige Frau«, sagt er und blinzelt zu Queen Emma hinüber.

»Ich habe im Auftrag und in Vollmacht des Inhabers von Godeffroy & Sohn folgenden Fusionsvorschlag zu unterbreiten:

Das Haus Godeffroy bringt die gesamte Südseehandelssparte mit einem Jahresumsatz von derzeit 9,3 Millionen Mark und einem Gewinn von derzeit zwölf Prozent inklusive der 43 Fracht-Großsegler und der zurzeit 55 Handelsniederlassungen auf den Inseln des Pazifik in eine neu zu gründende Dachgesellschaft ein. Diese Gesellschaft könnte beispielsweise den Namen Blanchebai AG oder Südseehandel- und Plantagengesellschaft AG tragen. Queen Emma beteiligt sich mit ihrem Plantagenbesitz von derzeit 15 000 Hektar Land und ihren sämtlichen Faktoreien auf Samoa und in Deutsch-Neuguinea an dieser Gesellschaft. Nachdem neutrale, von beiden Seiten ausgewählte Wirtschaftsprüfer den Wert dieser beiderseitigen Anteile in Mark oder in britischen Pfund bestimmt haben, werden die Besitzverhältnisse durch Ausgleichszahlungen so austariert, dass das Haus Johan Cesar Godeffroy & Sohn 51 Prozent und die Firma Emma Eliza Coe & Partner 49 Prozent an der neuen Aktiengesellschaft halten.«

Henderson springt von seinem Sessel auf und beginnt, im Raum auf und ab zu laufen. Queen Emma sieht Kolber an, als habe er ihr einen unsittlichen Antrag gemacht.

Kolber fährt unbeeindruckt fort. »Ein derartiger Konzern wäre unangefochten das größte Unternehmen seiner Art im gesamten Pazifik. Es würde die Produktion und den Vertrieb von Kokosnussprodukten, von Baumwolle, Tee und Trepang beherrschen und hätte für diese Produkte quasi ein Liefermonopol für den gesamten europäischen Markt. Eine solche Gesellschaft würde also ganz im Sinne von Mister Henderson das Warenangebot und damit die Preise bestimmen können …«

»Danke für die Belehrung«, sagt Henderson knapp. »Verstehe ich richtig, dass bei einer solchen Konstruktion die Firma Godeffroy das alleinige Sagen haben würde?«

»Im Prinzip ist das richtig«, sagt Kolber, »Frau Emma Eliza Coe bekäme für eine Zeit von fünf Jahren ein Vetorecht bei allen größeren geschäftlichen Angelegenheit eingeräumt. Von den Mühen des täglichen Geschäftes würde sie durch das Haus Godeffroy entlastet. Frau Coe erhält den Vorsitz des Aufsichtsrates der neuen Gesellschaft, während wir den Vorstandsvorsitzenden stellen.«

»Und der würde vermutlich Theobald Kolber heißen?« Henderson schnäuzt sich abfällig die Nase.

»Darüber ist nicht entschieden. Ich weiß nicht einmal, ob ich zur Verfügung stehen würde, wenn man mir ein solches Angebot machte.«

»Und wir haben ebenfalls recht verstanden, dass Godeffroy für den Anteil von Frau Coe keine einzige Mark Bargeld zahlen, sondern ihr nur Aktienanteil geben will?«

»Auch das ist korrekt. 49 Prozent, wie gesagt. Mit anderen Worten, sie wird natürlich auch knapp die Hälfte des Gewinnes erhalten. In bar! Der dürfte sich nach den Ergebnissen der letzten fünf Jahre im Durchschnitt auf etwa 350000 Mark pro Geschäftsjahr belaufen, eine beträchtliche Summe also.«

»Und bei Verlusten?«

»Trägt sie naturgemäß denselben Anteil – aber Sie wissen genau, dass Verluste nicht zu erwarten sind, Mister Henderson.«

»Nein, woher? Ich bin Wirtschaftsberater und kein Prophet.«

Queen Emma steht auf, geht an das Fenster und beobachtet eine Weile das geschäftige Treiben auf dem großen Lagerplatz. Nach einer Weile dreht sie sich um.

Kolber rechnet mit ihrer barschen Abfuhr, doch zu seiner Überraschung sagt sie: »Im Gegensatz zu Mister Henderson finde ich auf längere Sicht gesehen die Idee, meine Firma zu veräußern, nicht ganz und gar abwegig. Das würde in meiner Lebensplanung durchaus einigen Sinn ergeben. Allerdings kaum zu den von Ihnen in Vollmacht von Herrn Godeffroy gemachten Bedingungen, verehrter Herr Kolber. Wenn ich mich eines Tages aus dem Geschäft zurückziehe, dann werde ich mein Unternehmen zum bestmöglichen Marktpreis verkaufen. Und zwar nicht gegen irgendwelche mehr oder weniger vielversprechende Beteiligungen, sondern nur gegen eine harte Währung, gegen Bargeld, zahlbar auf meine Konten in Australien und in der Schweiz. Nach den aktuellen Berechnungen von Mister Hendersons früherem Arbeitgeber, der Bank of Kensington in Sydney, dürfte der Gesamtwert meines Unternehmens gegenwärtig übrigens bei etwa 2,7 Millionen Mark liegen. Richten Sie das Herrn Godeffroy mit den besten Grüßen von mir aus! Und sagen Sie ihm auch, dass sich von meiner Seite aus nichts an unseren bisherigen guten Geschäftsbeziehungen ändern wird.«

Henderson will noch etwas sagen, aber sie bringt ihn mit einer abwehrenden Handbewegung zum Schweigen.

Kolber klopft seine Pfeife umständlich in eine große Muschelschale aus, die als Aschenbecher dient.

»Offen gesagt, habe ich nichts anderes erwartet«, sagt Kolber schließlich. »Deswegen haben wir als Alternative zu dem eben genannten Modell eine Variante vorgesehen: das Haus Godeffroy zahlt Ihnen eine Million Mark in bar, und für den Rest erhalten Sie Anteile an der neuen Blanchebai AG, um die neue Gesellschaft schon einmal so zu nennen. Nach unseren Schätzungen dürfte es sich dabei um eine 25-prozentige Beteiligung handeln.«

Queen Emma schiebt ihren Sessel nach hinten. »Das klingt schon interessanter, aber immer noch nicht interessant genug. Richten Sie Herrn Johan Cesar Godeffroy meine Wertschätzung und meine Grüße aus – aber zum jetzigen Zeitpunkt und unter den gegenwärtigen wirtschaftlichen Umständen denke ich nicht an einen Verkauf meines Unternehmens.« Sie macht eine bedeutungsvolle Pause. »Allerdings will ich nicht ausschließen, dass sich diese Entscheidung ändern könnte, falls sich neue wirtschaftliche Umstände oder besondere private Aspekte ergeben sollten.«

Queen Emma lächelt Kolber an, steht auf und streicht ihren Rock glatt.

»Falls Ihnen nicht der Appetit vergangen ist, Herr Generalbevollmächtigter, würde ich mich freuen, wenn Sie mich nun wie verabredet zum Essen begleiten würden.«

»Nein, ganz und gar nicht«, sagt Theobald Kolber schnell und steht hastig auf, als sei er aus einer vorübergehenden Starre erwacht.

»Gut, dann lassen Sie uns also gehen, zum Hotel Fürst Bismarck sind es ja nur ein paar Schritte.«

Henderson verabschiedet sich steif. Offenbar hat er vergeblich darauf gewartet, doch noch zum Essen hinzugebeten zu werden. Am Ausgang des Gebäudes hält der immer lächelnde Sekretär Wu Lei einen weißen Sonnenschirm für seine Herrin bereit. Sie spannt ihn gleich auf. Die Sonne steht hoch am wolkenlosen Himmel. Zu Kolbers Überraschung hakt sich Queen Emma bei ihm ein, nachdem sie das Firmengelände von »Emma Eliza Coe & Partner Ltd.« verlassen haben.

24

»Hast du mich vermisst?« Queen Emma sieht Kolber fragend an.

»Ja, sehr! Ich habe sogar von dir geträumt.«

»Etwas Schönes?«

»Etwas sehr Schönes.«

»Dann sollten wir heute Abend auch wieder etwas sehr Schönes machen. Kommst du zu mir?«

»Ist das eine private Einladung?«

»Sehr privat.«

»Ich nehme die Einladung an.« Kolber lacht zum ersten Mal wieder.

Er legt seinen Arm um ihre Taille, gerade als sie das Postamt von Herbertshöhe erreichen. Davor hat sich eine kleine Schlange von Leuten gebildet, die Briefe und Pakete für die nächste Schiffspost aufgeben wollen. Die Wartenden starren dem eng nebeneinander gehenden Paar nach, als könnten sie ihren Augen nicht trauen.

»Jetzt hat sie sich auch noch den Kolber geangelt«, sagt eine dicke Farmersfrau zu ihrer knochendürren Freundin, deren struppiger Hund an der Leine zieht und den beiden hinterherkläfft. »Was sie wohl ausgerechnet an dem Kolber findet? Der ist doch nicht der Richtige für unsere flotte Queen Emma, das ist doch so ein steifer Typ.«

»Steifer Typ ist gut«, kichert die Dünne, »vielleicht ist der Kolber ja im Bett eine Kanone.«

In Windeseile verbreitet sich an der Küstenstraße, welch ein

Paar da spazieren geht. Vor dem Eingang des erst kürzlich durch einen Anbau erweiterten Hospitals hat sich ein kleiner Mann in einem zu großen Arztkittel aufgebaut.

»Oh nein«, sagt Queen Emma, »da lauert uns der neue Chefarzt auf, ein guter Operateur, wie man hört, aber leider ein Ausbund an Geschwätzigkeit.«

»Ich hoffe, Ihr Weg führt zu uns«, ruft ihnen der Chefarzt schon von weitem entgegen. »Es wäre mir eine große Ehre, Ihnen unseren neuen Operationsraum präsentieren zu dürfen.« Nach einem angedeuteten Handkuss und einer tiefen Verbeugung vor Queen Emma wendet er sich an Kolber. »Ich habe schon viel von Ihnen gehört, Herr Generalbevollmächtigter. Wenn Sie gestatten? Doktor Malte von Wunsiedel mein Name.«

»Mein lieber Doktor Wunsiedel, wir sind leider in Eile und zum Essen verabredet.« Queen Emma zaubert zu ihrer Absage ein Bedauern in ihr Gesicht.

»Ihr Besuch wäre mir, meinen ärztlichen Kollegen und dem übrigen Personal wirklich eine außerordentliche Ehre, nicht nur weil wir Ihren Firmen unendlich dankbar sind für die großzügigen finanziellen Unterstützungen, die Sie unserer Einrichtung haben zuteil werden lassen.«

»Schon gut Doktor Wunsiedel, schon gut«, sagt Queen Emma, »vielleicht haben wir nachher, auf dem Rückweg, noch ein wenig Zeit.«

»Es wäre mir wirklich eine große Ehre.« Der Mann verbeugt sich erneut knietief und richtet sich erst wieder auf, als Queen Emma und Kolber schon beinahe das Hotel Fürst Bismarck erreicht haben, das nur hundert Meter von dem Hospital entfernt auf der Meeresseite der Küstenstraße liegt.

Direktor Hellweg führt sie durch den gut besuchten kleinen Speiseraum zum Erker im Hintergrund, an einen mit Leinentuch, feinem Porzellan und Silberbesteck gedeckten Tisch.

Das Fenster zum Garten ist halb geöffnet und mit einem Moskitonetz geschützt. In einem großen Vogelkäfig krächzen der rote und der grüne Papagei wie immer, wenn neue Gäste im

Erker erscheinen, ihr »Deutschland, Deutschland!« und »Über alles!« herüber.

»Die hören gleich damit auf«, sagt Hellweg, während er beiläufig das Besteck gerade rückt.

»Sie sollten vielleicht aus Deutsch-Ostafrika noch einen Elefanten kommen lassen, der unsere Nationalhymne blasen kann, Herr Direktor«, sagt Kolber.

»Eine fabelhafte Vorstellung – ein dressierter Elefant, der die deutsche Nationalhymne bläst!« Queen Emma lacht, bis ihr die Tränen kommen. Sie tupft sich mit ihrer Leinenserviette die Augen aus.

»Ich liebe deinen Humor«, sagt sie und tätschelt Kolbers Hand. »Manchmal bist du so wunderbar undeutsch.«

Der Oberkellner erscheint und liest von einem Zettel die von Queen Emma bereits bestellte Menüfolge ab, eine gewagte Mischung europäischer und asiatischer Speisen: Mulligatawny Soup, Spaghetti mit Trüffeln, Entenscheiben nach Peking-Art auf Reis mit Orangenscheiben, Fruchtsalat oder Schokoladenmousse in Kokosmilch.

»Hoffentlich überleben wir das alles«, sagt Kolber.

»Am Schluss kommt dann ja noch ein Schnaps, der wird dich retten«, sagt Queen Emma.

Als sie Suppe serviert wird, fragt Kolber, was die Bauarbeiten im hinteren Teil des Parks zu bedeuten hätten. Dort heben Arbeiter eine größere rechteckige Fläche aus.

»Das wird unser neuer Tennisplatz«, sagt Queen Emma, »du hast übrigens gerade das Vergnügen, mit der ersten Präsidentin des ersten Tennisclubs von Deutsch-Neuguinea zu speisen. Wahrscheinlich sind wir sogar der einzige Tennisclub zwischen Sydney und Singapur. Wir freuen uns über jedes respektable Mitglied.«

Sie nimmt wieder seine Hand.

»Du verstehst doch was von Geld. Du könntest unser Schatzmeister im Club werden? Es stimmt doch, dass ihr in Deutschland die Finanzverwalter in euren Vereinen so nennt …?«

Kolber bestätigt das.

»... aber ein Schatz ist in der deutschen Sprache doch auch eine Geliebte oder ein Geliebter?« Kolber nickt wieder.

»Das passt gut«, sagt Queen Emma und hebt ihr Mineralwasserglas. »Dann bist du also mein Schatzmeister.«

Queen Emma steckt ihn mit ihrem Lachen an. Nicht zu glauben, denkt Kolber, dass dies dieselbe Person ist, die ihm eben noch als souveräne, kühle Unternehmerin gegenübergesessen hat. Sie ist wirklich eine Frau mit vielen Talenten, übermütiges Mädchen und elegante Dame, heißblütige Geliebte und eiskalte Geschäftsfrau. Und dazu noch ihr Aussehen, diese pazifisch-amerikanische Mischung, die milchkaffeefarbene Haut, die dunklen Mandelaugen und die reife, aber wohlgeformte Figur. Er kann sie nicht oft genug ansehen. Kolber fragt sich, was diese Frau wohl an ihm finden mag?

Beim Essen erzählt Queen Emma vom Klatsch und Tratsch in der feinen Gesellschaft an der Blanchebai, wer geheiratet hat und wer sich scheiden lassen will. Ein reicher Farmer habe sich als Erster ein Automobil der Firma Ford aus den USA bestellt. Sie selber habe gerade in ihrem Hotel die unzuverlässige australische Hausdame entlassen müssen.

Kolber tut so, als ob ihn das alles interessiere.

Nach dem Spaghetti-Gang tupft sich Queen Emma den Mund ab und zieht ihre Lippen mit einem neuartigen, in Seidenpapier gewickelten karminroten Stift nach.

»Also gut, ich merke, wie sehr dich meine Geschichten faszinieren – dann lass uns also über das reden, was dich vermutlich mehr interessiert: Ich sollte herausfinden, was es mit einem gewissen Mijnher Klaas van Oranje auf sich hat und ob irgendwo in Deutsch-Neuguinea Diamanten gefunden worden sind, richtig?«

Gespannt beugt sich Kolber vor, damit sie nicht so laut sprechen muss.

»Es gibt möglicherweise gar keinen Mijnher Klaas van Oranje«, sagt Queen Emma. Kolber sieht sie enttäuscht an.

»Allerdings habe ich, nach allem, was ich gehört und zusammengetragen habe, einen Verdacht, wer vermutlich mehr über diesen Mijnher Oranje und über diese ganze Diamantensache wissen könnte …«

Kolber legt eine der Entenscheiben auf den Teller zurück, die er schon auf seine Gabel geschoben hatte.

»Du kennst einen, der ihn kennt? Bitte, spann mich nicht so auf die Folter.«

»Schmeile!«, sagt Queen Emma.

»Schmeile?« Kolber guckt ungläubig, als habe er sich verhört. »Mein spezieller Freund Schmeile?«

»Ja, unser allseits beliebter Kommandant der Schutzpolizei!«

»Der weiß mehr? Ermittelt der etwa schon in dieser Angelegenheit?«

»Nein, als Polizeichef hat der damit wohl nichts zu tun, aber: Schmeile ist vor fünfeinhalb Jahren nach Neuguinea gekommen, und vorher war er fast zehn Jahre lang in Deutsch-Südwestafrika.«

»Ja und …?«

»… und da hat er bei der Deutschen Diamantengesellschaft gearbeitet, die, wie du sicher weißt, in der Namibwüste von der deutschen Reichsregierung das alleinige Recht zur Ausbeutung des dort entdeckten Diamantenvorkommens erhalten hat.« Queen Emma sieht Kolber triumphierend an.

»Sehr interessant, aber ich verstehe nicht so recht, worauf du hinauswillst?«

»Die Hauptverwaltung der Deutschen Diamantengesellschaft liegt ganz im Süden von Deutsch-Südwestafrika, an der Grenze zur Burenrepublik Südafrika an, einem bestimmten Fluss …«

Kolber fasst sich an die Stirn.

»Am Oranje …!«

»Richtig! Sehr gut!«, sagt Queen Emma, als lobe sie einen Schüler, der endlich etwas begriffen hat.

»Das ist gut, wirklich gut.« Kolber sagt, jedes Wort betonend: »Schmeile …, Diamanten …, Oranje …«

»Du hast doch sicher von diesen ominösen australischen Goldsuchern gehört, die am Vutaka-Vulkan Land gekauft haben …?«

»… und die kein Gold gefunden haben.«

»Richtig. Und weißt du, wer ihnen das Land für ein paar Mark abgekauft haben soll?«

Queen Emma sieht Kolber erwartungsvoll an.

»Nun?«

»Schmeile!«

»Schmeile?« Kolber lässt seinen Löffel sinken.

»Ich habe den Eindruck, ich sollte unserem Polizeichef ganz dringend mal einen Besuch abstatten.«

»Das solltest du wirklich tun. Er hat jetzt ein Büro in der neuen Polizeikaserne, gleich hinter dem Gebäude der deutschen Kolonialverwaltung. Wie ich gehört habe, wird er übermorgen mit dem Schiff nach Neu-Mecklenburg fahren, es gibt dort wohl einige aufsässige Eingeborene. Du solltest dich wirklich beeilen, aber tu mir einen Gefallen: Sei vorsichtig, wenn du bei Schmeile bist – er hat etwas gegen dich, seit er gemerkt hat, dass wir ein Verhältnis haben.«

Kolber nimmt ihre Hand.

»Danke. Ich bin dir wirklich sehr dankbar.«

»Deine kross gebratene Ente ist kalt geworden«, sagt Queen Emma.

Sie nippt bereits an einem Jasmintee.

Kolber verzichtet auf das Dessert und bestellt stattdessen einen Grappa. Er schüttelt sich wohlig, als er den Traubenschnaps in zwei kleinen Schlucken trinkt.

»Magst du mir nicht sagen, woher du deine Informationen über Schmeile hast?«

»Aus seiner Personalakte«, antwortet Queen Emma trocken.

Kolber sieht sie verblüfft an.

»Und die hast du so einfach aus der Kolonialveraltung …?«

»Nicht aus der Verwaltung …«

»Vom Gouverneur selbst?«

Queen Emma lächelt und stößt mit ihrem Teeglas gegen das leere Schnapsglas, das Kolber noch immer in Händen hält.

»Wir sollten in unsere Büros zurückkehren. Es gibt noch einiges zu tun, bevor wir uns dann heute Abend bei mir sehen.«

Sie drückt seinen Arm, ruft nach Hoteldirektor Hellweg und unterzeichnet die Rechnung, die dieser diskret in einer Ledermappe präsentiert.

25

Am Hoteleingang nimmt Queen Emma ihren Sonnenschirm und hakt sich wieder bei Kolber unter.

»Ich nehme an, du bringst mich dahin zurück, wo du mich hergeholt hast.«

Sie blicken auf die Blanchebai, die im heißen Mittagsdunst vor ihnen liegt. Die Fischer von Kokopo haben ihre Kanus mit den einseitigen Auslegern ans Ufer gezogen.

»Schade, dass wir keine Zeit haben, ich hätte große Lust, barfuß am Wasser entlangzugehen, das müssen wir bald einmal nachholen.«

Vor ihnen, auf der fünfzig Meter entfernten Küstenstraße, fährt ein Ochsenwagen vorüber, gefolgt von einer schwer bepackten Trägerkolonne. Die verschwitzten Körper der dunkelhäutigen Eingeborenen sind mit einer Staubschicht bedeckt. Vorn auf dem Kutschbock sitzen zwei ebenfalls eingestaubte weiße Männer. Sie drehen sich immer wieder zur Ladefläche um, über die eine Plane gespannt ist.

»Ich glaube, das könnten meine Leute sein«, sagt Kolber zu Queen Emma. »Tatsächlich, der eine ist Sebastian Kleine, der mit mir aus Hamburg gekommen ist, ich habe ihn dir auf deinem Fest vorgestellt, und der andere ist Stanislaus Gornick, ein Pole, einer der besten Naturforscher, die für das Godeffroy-Museum arbeiten. Die beiden waren zu einer Forschungsexpedition im

Dschungel unterwegs. Ich bin gespannt, was sie nachher in der Faktorei zu berichten haben.«

Sie warten noch am Hotel, bis sich die von dem Gefährt aufgewirbelten Staubwolken von der Straße verzogen haben, dann machen sie sich auf den Rückweg.

Als sie das Hospital erreichen, zeigt Queen Emma in die Hofeinfahrt, zum Nebeneingang.

»Guck mal, ist das dort nicht der Ochsenkarren von deinen Leuten?« Neben dem Gefährt hocken die Träger am Boden. Sie trinken in großen Zügen nacheinander aus einem Eimer mit Wasser, den ihnen gerade eine ältere Krankenschwester gebracht hat. Auch den erschöpften Zugtieren stellt sie Wasser hin.

Mit schnellen Schritten gehen Kolber und Queen Emma zum Hospital hinüber. Sebastian Kleine und Stanislaus Gornik sind nicht zu sehen.

»Hoffentlich ist nichts passiert«, sagt Queen Emma.

Zwei junge Männer seien gerade mit diesem Wagen angekommen, sagt die Schwester, sie hätten eine bewusstlose junge Frau auf einer Trage ins Krankenhaus gebracht, vermutlich eine Malaria-Patientin.

Tagebuch Sebastian Kleine, Sonnabend, 11. Juni 1898
Endlich hatten wir das am Ortsrand von Herbertshöhe gelegene Hospital erreicht. Unsere Träger waren von dem Gewaltmarsch völlig erschöpft, ebenso die beiden Zugtiere. Stanislaus Gornik und ich hoben die Trage, auf der wir Anna Scharnhorst sicher festgebunden hatten, vorsichtig von der Ladefläche des Ochsenkarrens herunter und bugsierten sie durch den schmalen Nebeneingang des Krankenhauses. Ein älterer und ein jüngerer Arzt kamen uns auf dem Flur entgegen, offenbar hatten sie gerade operiert, denn ihre Kittel waren blutverschmiert.

Ich erklärte ihnen, dass Anna Scharnhorst seit etwa sechs oder sieben Stunden das Bewusstsein nicht wiedererlangt hätte. Sie habe auch aufgehört, im Fieberwahn zu reden. Ihr Pulschlag sei mal schneller und mal unregelmäßiger als normal, dann wieder sehr langsam. Offensichtlich habe sie Malaria.

»Das zu beurteilen, überlassen Sie lieber uns«, sagte der ältere Arzt barsch, bei dem es sich, wie ich später erfuhr, um den Chefarzt des Hospitals von Herbertshöhe, Doktor Malte von Wunsiedel, handelte. Er wurde erst freundlicher, als wir uns als Forscher des Museums Godeffroy und Mitarbeiter von Theobald Kolber zu erkennen gaben. Zu unser aller Überraschung betrat beinahe im selben Moment Theobald Kolber persönlich den Eingangsflur des Hospitals, gefolgt von Queen Emma. Kolber, offenbar erleichtert, uns gesund wiederzusehen, drückte Stanislaus Gornik und mich an sich und fragte, was denn passiert sei. Wir erzählten, dass wir am Ende unserer Expedition auch verabredungsgemäß das Dorf Malaguna aufgesucht hätten, um zu sehen, wie es unserer gemeinsamen Reisegefährtin ergangen sei …

Chefarzt Dr. von Wunsiedel und der junge Arzt, Dr. Werner Jungblut aus Bremen, ein Spezialist für Tropenkrankheiten und Mitarbeiter des berühmten Professor Robert Koch, behandelte Anna von nun an wie eine hochgestellte, wichtige Persönlichkeit. Der eben noch so herablassende Chefarzt katzbuckelte fortwährend vor Kolber und Queen Emma und jetzt sogar auch vor Stanislaus Gornik und mir.

»Da hat die junge Dame aber außerordentliches Glück, dass gerade so ein exzellenter Fachmann für Malaria in unserem Hause weilt«, sagte Dr. von Wunsiedel mit sichtbarem Stolz.

Dr. Jungblut ließ Anna von zwei Helfern in ein abgedunkeltes Krankenzimmer bringen.

Währenddessen geleitete uns der Leiter des Hospitals in einen karg möblierten Besprechungsraum. Wir setzten uns um einen kleinen Konferenztisch herum. Theobald Kolber bat mich um einen kurzen Bericht darüber, was wir mit Anna Scharnhorst in Malaguna erlebt hatten. Ich habe ihm daraufhin etwa das Folgende mitgeteilt:

Ein bis zwei Stunden vor Sonnenuntergang hatten Stanislaus Gornik und ich mit unserer Trägerkarawane nach einem be-

schwerlichen Aufstieg durch den Dschungel das Dorf Malaguna erreicht. Zur selben Zeit gab es dort vor der kleinen Missionskirche einen Menschenauflauf. Aufgeregt schnatternd, standen die halbnackten, bunt bemalten Eingeborenen des Tolai-Stammes zusammen. Mittendrin entdeckten wir den Missionar Heinrich Althoff. Er beugte sich gerade über eine am Boden liegende weiße Frau, die ich erst auf den zweiten Blick als unsere Anna Scharnhorst erkannte.

Anna zitterte und bebte am ganzen Körper. Ihr Kopf war hochrot. Sie schnappte nach Luft und schwitzte und zitterte. »Mir ist so kalt«, sagte sie, bevor sie das Bewusstsein verlor. Zu unserem Entsetzen schrie Althoff noch auf ziemlich rohe Art auf sie ein: »Reiß dich zusammen! Steh wieder auf!«, etwas in dieser Art. Stanislaus Gornik und ich drängten ihn zurück. Den Umständen nach zu urteilen, vermuteten wir gleich, dass Anna eine Malaria-Attacke erlitten habe.

»Was? Malaria?«, schrie Althoff, er habe ihr doch ausdrücklich verboten, in die Nähe des verseuchten Sumpfgebietes zu gehen. Der Mann zeigte mehr Wut als Mitleid. Wir trugen Anna in die Hütte und legten sie dort auf ihre Bettstatt. Abwechselnd bereiteten Stanislaus und ich ihr kühle Umschläge, mit Tüchern und mit Wasser, das Eingeborene aus einem nahen Bach holten.

Althoff redete und schimpfte ständig dazwischen, bis wir ihn praktisch mit Gewalt entfernten. Als er einige Stunden nach Einbruch der Dunkelheit zurückkam, roch er stark nach Alkohol. Ohne sich um Anna zu kümmern, sagte er, er werde in der kommenden Nacht in der Kirche schlafen. Stanislaus und ich nächtigten auf dem Boden in Annas Hütte.

Mitten in der Nacht wurden wir wach, weil Anna plötzlich aufgestanden war und eine Petroleumlampe anzündete. Die erste Fieberattacke war wohl vorüber.

Als sie mich im Lichtschein erkannte, war sie erst fassungslos, dann ungemein erfreut, und schließlich begann sie zu weinen. Nachdem sie auf dem Boden kniend ein Dankgebet verrichtet hatte und wir ihr berichteten, dass der Missionar Althoff offenbar betrunken in der Kirche schlafe, erzählte sie erst stockend und dann immer schneller ihre Geschichte, denn sie war sich im Klaren darüber, dass sie jederzeit von einem neuerlichen Fieberschub heimgesucht werden könnte.

Anna schilderte uns, wie Althoff sie in kürzester Zeit enttäuscht und gedemütigt habe. Sie deutete vorsichtig an, dass er ihr sogar Gewalt antun wollte, nachdem sie sich ihm verweigert hatte. Sie schilderte ihre Verzweiflung und ihre Angst, diesem Mann durch eine in wenigen Tagen bevorstehende Hochzeit für immer ausgeliefert zu sein. Deshalb habe sie sich absichtlich von Malariamücken infizieren lassen, damit sie durch die Krankheit erst einmal vor der drohenden Eheschließung bewahrt werde. Sie habe zu Gott gebetet, er möge sie aus ihrer verzweifelten Lage erretten – und nun habe er uns zu ihr geschickt …

Anna flehte uns an, wir sollten sie mit nach Herbertshöhe nehmen, auch gegen Althoffs Willen. Nach etwa einer Stunde wurde sie wieder von einer Fieberattacke heimgesucht und sank erneut in Bewusstlosigkeit.

Stanislaus hatte eine Idee, wie wir Anna aus Malaguna herausbringen und Heinrich Althoff ausschalten könnten, einfach, aber äußerst wirkungsvoll: Er ging zu dem schlafenden Missionar in die Kirche, weckte ihn aus seinem Alkoholrausch und flößte dem trunkenen Mann ein in Wasser aufgelöstes starkes Schlafpulver ein. Kurz darauf begann Althoff, gleichmäßig zu schnarchen.

Bald nach Tagesanbruch luden wir Anna auf eine Trage und brachten sie mit unserer Trägerkolonne in zügigem Marsch von Malaguna durch den Dschungel zu einer Farm am Beginn der großen Grasebene. Von dort aus fuhren wir mit dem Ochsenkarren bis ins Hospital nach Herbertshöhe.

Theobald Kolber und Queen Emma haben Sebastian Kleine im Hospital von Herbertshöhe gebannt zugehört.

»Das ist ja furchtbar, das arme Kind«, sagt Queen Emma mitfühlend.

Kleine berichtet den beiden auch, was Anna ihm während der

Fahrt nach Herbertshöhe in einer ihrer Wachphasen erzählt hat: Sie habe noch an Bord der Emily Godeffroy zufällig ein Gespräch zwischen ihm und Kolber mitgehört, bei dem es offenbar auch um Diamanten und um einen Mijnher Oranje gegangen sei – und Heinrich Althoff habe im Schlaf und im Alkoholrausch ebenfalls von Diamanten geredet und einen holländischen Männernamen genannt …

»Erst Schmeile und jetzt auch noch der Althoff, was haben die beiden mit dieser Diamantensache zu tun?« Kolber schüttelt den Kopf, während er seine Pfeife pafft. Daraufhin fällt Queen Emma wieder ein: »Missionar Althoff soll doch zur gleichen Zeit wie Schmeile in Deutsch-Südwestafrika gewesen sein …«

»Was könnte das bedeuten?«, fragt Kolber.

»Zumindest, dass die beiden sich schon sehr lange kennen. Vielleicht haben sie einige gemeinsame Interessen? Wer weiß?«

Nachdem Tropenarzt Jungblut seine Patientin buchstäblich auf Herz und Nieren untersucht hat, dürfen Queen Emma, Theobald Kolber, Stanislaus Gornik und Sebastian Kleine in Annas Zimmer.

»Sie hat sich nach meinen ersten Untersuchungen tatsächlich eine Malaria tropica zugezogen«, sagt der Spezialist für Tropenkrankheiten. Diese Variante der Malaria könne durchaus lebensgefährlich sein, sei aber mit Hilfe der modernen Medizin bei ansonsten gesunden Patienten meistens beherrschbar. Fräulein Scharnhorst habe offenbar eine gute Konstitution.

Anna ist noch immer ohne Bewusstsein. Aber wie sie da in ihrem Bett liegt, wirkt sie nicht mehr so leblos wie während der langen Fahrt auf dem Ochsenkarren.

Queen Emma nimmt Annas fieberheiße Hand und sagt: »Ich verspreche dir, ich werde mich um dich kümmern.«

Als die Tür ihres Zimmers geschlossen wird, hören die Besucher noch, wie Tropenarzt Dr. Werner Jungblut leise hinzufügt: »Ich auch.«

26

Am Morgen des folgenden Tages, nach seinem zweiten Frühstück auf der Terrasse von Queen Emmas Residenz Gunantambu, lässt Theobald Kolber sich gemeinsam mit seiner Geliebten in deren Kutsche nach Herbertshöhe fahren. In seiner Faktorei erledigt er am Vormittag zusammen mit dem Prokuristen Elbertzhagen die wichtigsten Angelegenheiten des Tages. Zwischendurch schickt er einen verlässlichen Laufburschen der Faktorei mit einem verschlossenen Umschlag zu einem leitenden Beamten der Kolonialverwaltung. Außerdem soll sich der Junge dort auch nach der Anwesenheit des Polizeichefs erkundigen. Der kommt mit der Nachricht zurück, Herr Kommandant Gustav Schmeile werde am frühen Nachmittag in seinem Büro in der Polizeikaserne zurückerwartet, sobald er eine Schießübung der Eingeborenen-Polizisten überwacht habe.

Noch vor dem Mittagessen trifft sich Kolber an einem neutralen Ort mit seinem Informanten aus dem engeren Kreis des Gouverneurs, dem er zuvor schriftlich ein paar Fragen gestellt hat. Die Antworten überraschen ihn nicht mehr. Gegen drei Uhr nachmittags macht sich Theobald Kolber zu Fuß auf den Weg. Mit einem Spazierstock, dessen schwerer Knauf notfalls auch als Schlagwaffe zu gebrauchen wäre, geht er zu dem etwa einen Kilometer entfernten Grundstückskomplex, auf dem sich die Verwaltung der Kolonie Deutsch-Neuguinea, der Sitz des Gouverneurs, die Polizeikaserne und andere amtliche Einrichtungen befinden. Auf den Gebäuden wehen schwarz-weiß-roten Fahnen mit dem deutschen Reichsadler.

Die Polizeikaserne, eine langgestreckte Baracke aus groben Steinen und dicken Holzstämmen, ist von einem hohen Stacheldrahtzaun umgeben. Hinter dem Zaun eilen uniformierte Polizeisoldaten eifrig hin und her. In einem sandigen Gatter fressen zwei Dutzend Reitpferde frisch gemähtes Heu. Auf einem Wachtturm, neben dem Haupttor des Zaunes, haben zwei diensthabende Scharfschützen ihre Mauser-Gewehre griffbereit auf die

Holzbrüstung gelegt. Aus dem hinteren, von Bäumen und Büschen verdeckten Teil des Geländes dröhnt plötzlich eine Gewehrsalve herüber. Und noch eine. Jeweils ein halbes Dutzend Schüsse glaubt Kolber gehört zu haben.

Ein Wachtposten fragt ihn mit schwäbischem Zungenschlag nach seinem Begehr. Kolber nennt seinen Namen und erklärt, er wolle den Kommandanten Schmeile persönlich sprechen.

»Sind der Herr Generalbevollmächtigte avisiert?«, fragt der Posten.

Kolber verneint und sagt, es sei dennoch dringend. Der Wachhabende schickt einen Boten los. Und der kommt nach kurzer Zeit mit der für Kolber erstaunlichen Nachricht zurück: »Herr Hauptmann Schmeile erwartet Ihren Besuch bereits.«

Schmeile blättert in einer schon vergilbten deutsche Zeitung, als Kolber sein Büro betritt. Der Raum ist mit alten Schränken und Aktenregalen voll gestellt, die offenbar aus deutschen Amtsstuben ausgemustert sind. Schmeile sitzt neben einem alten Schreibtisch in einem amerikanischen Schaukelstuhl am Fenster und hat die erdverkrusteten Hacken seiner Reitstiefel auf die abgenutzte Schreibtischplatte gelegt. Seine ehemals weiße Offiziersuniform müsste dringend gereinigt werden. Erst als Kolber auf ihn zukommt, bequemt er sich aufzustehen.

»Willkommen in meiner bescheidenen Hütte, Herr Generalbevollmächtigter Theobald Kolber«, sagt er und weist auf einen von drei ungeordnet herumstehenden Stühlen mit zerrissenem Korbgeflecht.

»Ich hoffe, Sie hatten eine angenehme Seereise von Hamburg nach Herbertshöhe. Was kann ich für Sie tun, Verehrtester?« Schmeile nimmt wieder seine provozierende Ausgangsstellung ein.

»Sie könnten mir auch so einen Schaukelstuhl besorgen«, sagt Kolber, »der scheint bequemer zu sein als diese Folterstühle hier.«

»Bedaure. Deutsche Kolonialbehörden können sich nicht solch komfortable Büroausstattungen wie die großen Handelsfaktoreien leisten. Was führt Sie also zu mir?«

»Ich höre, Sie haben meinen Besuch erwartet?«

»In der Tat.«

»Was glauben Sie denn, was ich von Ihnen will?« Kolber sucht vergeblich auf dem harten Stuhl nach einer erträglichen Sitzhaltung.

»Ich glaube, Sie glauben, ich könnte Ihnen helfen, einen Mann mit holländischem Namen ausfindig zu machen.«

»Schön, dass wir direkt zur Sache kommen, Herr Kommandant. Können Sie mir also sagen, wo ich einen gewissen Klaas van Oranje finde?«

»In welcher Angelegenheit?«

»Das geht leider nur mich und Mijnher van Oranje etwas an.«

»Lassen Sie mich raten, Herr Generalbevollmächtigter des Hauses Godeffroy & Sohn – ich glaube, es handelt sich um ein Geschäft mit den härtesten Steinen der Welt …«

Kolber schweigt. Ohne um Erlaubnis zu bitten, steckt er seine Pfeife an und bläst die erste Tabakwolke in die Richtung, in der der glatzköpfige Polizeichef sitzt und selbstzufrieden grinst.

»Es geht tatsächlich um Diamanten. In Deutsch-Neuguinea sollen in einer bestimmten Region Rohdiamanten gefunden worden sein.«

Schmeile scheint nicht im Geringsten überrascht. Er pfeift dennoch durch einen Spalt zwischen seinen oberen Vorderzähnen.

»Von diesem Mijnher van Oranje?«

»Vermutlich nicht von ihm selbst«, sagt Kolber. »Nach meinen bisherigen Informationen soll er der Mann sein, der einen Kontakt zu den Entdeckern der angeblichen Diamantenmine herstellen kann.«

»Interessant.« Schmeile schwenkt seine gestiefelten Füße von der Tischkante auf den Steinboden.

»Und welche Interessen haben Sie beziehungsweise hat das Haus Godeffroy & Sohn in dieser Sache, wenn ich fragen darf?«

»Können wir das Versteckspielen lassen, Mijnher Klaas van Oranje, wir sind doch beide dem Kindergarten schon eine Weile entwachsen!«

»Wie haben Sie mich genannt?«, fragt Schmeile, als habe er nicht recht gehört.

»Klaas van Oranje«, sagt Kolber, »ein schönes Pseudonym haben Sie sich da ausgedacht, klingt jedenfalls viel besser als Gustav Schmeile.«

Der Polizeichef sieht Kolber wütend an, zögert etwas und sagt endlich: »Nun gut, wie sind Sie auf mich gekommen?«

»Beziehungen und Kombinationsgabe«, sagt Kolber genüsslich. Er behält Schmeile im Blick, der im Zimmer auf und ab läuft, bevor er sich wieder in den Schaukelstuhl fallen lässt.

»Sie sind Sicherheitsbeauftragter der Deutschen Diamanten-Gesellschaft in Deutsch-Südwest gewesen, zuletzt waren Sie in Oranjemund stationiert, im Hauptquartier dieses bedeutenden Unternehmens an der Mündung des Oranje-Flusses. Warum haben Sie diesen schönen Posten eigentlich aufgegeben, Mijnher van Oranje?«

Schmeile macht mit der rechten Hand eine wegwerfende Geste, die seine Unsicherheit überspielen soll.

»Schön, dass Sie endlich darauf gekommen sind, hat ja ziemlich lange gedauert.«

Es klopft. Ein Polizeisoldat tritt ein, nimmt Haltung an und ruft: »Melde gehorsamst, wir wären dann wieder bereit, Herr Kommandant.«

»Danke, Unteroffizier!«

Schmeile ist offenbar erleichtert über die Unterbrechung. Der Kommandant der Polizeitruppe steht auf und schnallt sich schwungvoll den breiten Gürtel mit seiner Dienstpistole um, der auf dem Schreibtisch gelegen hat. Dann schließt er einen Aktenschrank sorgfältig ab und steckt den Schlüssel in seine Hosentasche.

»Entschuldigen Sie mich für ein paar Minuten, ich bin gleich wieder zurück«, sagt er an Kolber gewandt und setzt seinen Tropenhelm auf. »Sie können so lange in meinem Schaukelstuhl Platz nehmen, wenn Sie möchten.«

»Sehr großzügig«, sagt Kolber. »Ich warte.«

Kurz darauf hört er, wie schon bei seiner Ankunft, kurz nacheinander zwei Gewehrsalven. Ein paar Minuten später kommt Schmeile, noch ein wenig außer Atem, zurück.

»Was war das für eine Schießerei?«, fragt Kolber.

»Das war keine Schießerei, das war ein Erschießungskommando.« Der Polizeichef grinst, als er Kolbers verblüfftes Gesicht sieht.

»Ich denke, Hinrichtungen finden immer im Morgengrauen statt?«

»Diese Tradition werden wir auch weiterhin pflegen. Morgen, bei Tagesanbruch, werden die zwei Mörder der Farmersfrau Johanna Fuchs hingerichtet. Sie werden sicherlich nach Ihrer Rückkehr von dem Verbrechen dieser gottlosen Kanaker gehört haben … Das war eben eine letzte Übung meines neu zusammengestellten Erschießungskommandos. Sehr erfolgreich übrigens. Von insgesamt vierzehn Schüssen aus zehn Metern Entfernung auf einen Sandsack wären im Ernstfall immerhin neun sofort tödlich gewesen.«

»Glückwunsch«, sagt Kolber mit ausdrucksloser Miene.

Schmeile öffnet einen Kleiderschrank und nimmt eine ordenbehängte Uniformjacke heraus. »Leider müssen wir die Fortsetzung unseres interessanten Gespräches vertagen. Ich bin gerade zu einem Gespräch zum Gouverneur gerufen worden. Ich vermute, es geht um eine letzte Absprache für den Termin morgen früh.«

»Wann sprechen wir uns wieder?« Kolber steht auf.

»Vor mir aus gleich nach der Hinrichtung. Sagen wir also morgen um acht Uhr, wieder hier bei mir im Büro.«

Kolber nickt kurz, greift zu seinem Spazierstock und geht gemessenen Schrittes zur Tür.

»Mein Gefühl sagt mit übrigens, dass Sie dabei sind, einen großen Fehler zu machen, Herr Generalbevollmächtigter des Hauses Godeffroy & Sohn«, sagt Schmeile mit einem verrutschten Lächeln. »Ich fürchte, Sie halten sich für schlauer, als Sie sind. Dabei würden Sie bei ihrem Diamantengeschäft ohne mich und meine Hilfe nicht weiterkommen. Es gibt im Übrigen auch noch andere Interessenten – denken Sie mal darüber nach, was das für Sie und für ihr Unternehmen bedeuten könnte …«

Kolber verlässt grußlos die Polizeibaracke.

»Bis morgen!«, ruft ihm Schmeile durch das halboffene Bürofenster hinterher. »Und grüßen Sie Queen Emma recht herzlich von mir!«

Drei Gewehrsalven wecken die Bewohner der Blanchebai am Sonntag, den 12. Juni des Jahres 1898, eine Stunde nach Tagesanbruch und drei Stunden vor Beginn der Gottesdienste in den Kirchen von Herbertshöhe und Vunapope. Nach einer stürmischen Nacht ist es windstill, und so war sogar das Kommando »Feuer frei!« noch weithin zu hören, das den Schüssen vorausgegangen ist.

Die Fischer von Kokopo, die gerade ihre Boote mit den Auslegern den Strand hinunter ins Meer schieben wollen, halten erschrocken inne. Möwen flüchten aufs Meer hinaus. Am Rande des Urwaldes, gleich hinter der Palmenplantage von Queen Emma in Ralum, verschwindet ein Schwarm von Paradiesvögeln mit spitzem Geschrei in das Dunkel des Waldes und wird danach trotz tagelanger Suche nicht mehr gesehen. Zum ersten Mal seit mehr als acht Jahren waren die seltenen Vögel überraschenderweise in dieser bewohnten Gegend aufgetaucht.

Auf dem Hinrichtungsplatz, einer erhöht liegenden Ebene zwischen Herbertshöhe und Vunapope, dem Stammsitz der katholischen Missionare vom Heiligsten Herzen Jesu in Neuguinea, lehnen die beiden Delinquenten, von einem Dutzend Kugeln durchsiebt, zusammengesackt an den beiden Baumstämmen, an die man sie gefesselt hatte. Ein Polizeiarzt hört keine Herztöne mehr. Er wischt sein blutverschmiertes Stethoskop an einem nassen Tuch ab, bevor er den Mördern der Farmersfrau Fuchs die Augenbinden abnimmt. Die Pupillen sind erstarrt. Auf ein Handzeichen des Arztes knallt der deutsche Anführer des dunkelhäutigen Erschießungskommandos die Stiefel zusammen, legt seine Hand an die Mütze und ruft: »Melde gehorsamst, Herr

Polizeikommandant, das Todesurteil gegen die Verbrecher To Malar und Uleveo ist vollstreckt!«

Gustav Schmeile winkt jovial. Wie ein Feldherr hat er sich auf einer kleinen Anhöhe postiert. Nun steckt er das klobige Fernglas, mit dem er die leblosen Körper noch einmal betrachtet hat, in die Schutztasche an seinem Gürtel, schwingt sich auf den Rappen, der von seinem Pferdeburschen am Zügel gehalten wird, und begibt sich in gemächlichem Trab zur tiefer gelegenen Polizeikaserne. Er weiß, dass in seinem Büro ein früher Besucher auf ihn wartet.

Aufgeschreckt von den Gewehrsalven hat Theobald Kolber aus dem Fenster gesehen, vor dem eine Gruppe von einheimischen Polizeisoldaten in kurzen Hosen und mit blanken Oberkörpern zusammensteht. Kolber zündet seine Pfeife an. Sein Blick fällt dabei auf das *Amtsblatt für das Schutzgebiet Neuguinea*, das auf dem Schreibtisch des Polizeikommandanten liegt. Das Titelbild zeigt eine Zeichnung von Kaiser Wilhelm in pompöser Uniform mit Pickelhaube und Lorbeerkranz und energisch vorgerecktem Kinn, wie er von dunkelhäutigen Menschen aus allen deutschen Kolonien angehimmelt wird, die eine Reichskriegsfahne schwenken. Darunter steht ein Gedicht zum Geburtstag des Monarchen. Überschrift: »Dem Kaiser!«

»Dein Tag wird nicht nur in Berlin
und nur im Reich begangen!
Wo immer Deine Schiffe zieh'n,
soll heut Dein Name prangen …
… von vielen Stämmen in mancherlei Tracht,
in vielen Farben und Zungen
wird heut' für Dich ein Hoch gebracht
und Dein Kaiserlied gesungen …«

Kolber schiebt das Blatt auf den Schreibtisch zurück, als er Schritte vor der Tür hört.

»Hat alles bestens geklappt«, sagt der kaiserliche Polizeikommandant von Deutsch-Neuguinea nach einer knappen Begrüßung. »Zwölf Treffer bei 18 Schuss. Gutes Ergebnis. Die neuen Mausergewehre Modell 88 sind äußerst präzise.«

Gustav Schmeile legt seinen Tropenhelm mit der schwarzweißroten Kordel und dem goldglänzenden Reichsadler auf den Schreibtisch. Er schnallt seinen Säbel ab und hängt seine Uniformjacke an einen Wandnagel. Dann schenkt er sich aus einer Kanne dampfenden Kaffee ein, bevor er Theobald Kolber fragt, ob auch er eine Tasse wolle. »Falls es Sie interessiert: Wir haben jetzt beinahe 200 einheimische Polizeisoldaten ausgebildet und bewaffnet. Eine schlagkräftige Truppe. Für Strafexpeditionen bestens geeignet, dabei müssen wir aufpassen, dass sie nicht über die Stränge schlagen. Meine Leute neigen dazu, keine Gefangenen zu machen …«

Kolber unterbricht Schmeiles Redefluss. »Sie wollten mir gestern erzählen, warum Sie Ihren schönen Posten als Sicherheitsbeauftragter der Deutschen Diamantengesellschaft in Oranjemund aufgegeben haben, Herr Polizeikommandant?« Kolber verbrennt sich an der heißen Kaffeetasse die Finger. Er flucht. Schmeile grinst.

»Ich wollte nicht erzählen, Sie wollten das unbedingt wissen, Herr Generalbevollmächtigter.«

»Richtig, das interessiert mich tatsächlich.«

»Die Antwort wird Sie verblüffen …« Schmeile wirft ein Stück Zucker in seine Tasse.

»… weil es dort in diesem riesigen Sandhaufen Namibwüste nach ein paar Jahren stinklangweilig geworden war. Ich brauchte etwas Neues. Und als ich von meinen beruflichen Möglichkeiten hier in Deutsch-Neuguina hörte, bin ich ohne Zögern zu neuen Ufern aufgebrochen.«

Schmeile schreitet zu der Weltkarte, die er offenbar für dieses Gespräch an der Holzwand hinter seinem Schreibtisch angenagelt hat. Jedenfalls kann sich Kolber nicht erinnern, sie schon gesehen zu haben. Mit einem Lineal deutet Schmeile auf das südliche Afrika, sucht und findet den Hafenort Swakopmund und fährt von dort aus mit dem Lineal um das Kap der guten Hoffnung, durch den Indischen Ozean an Australien entlang bis nach Neuguinea.

»Die verantwortungsvolle Aufgabe, als Kommandant der Polizei-Schutztruppe für Sicherheit und Ordnung in dieser kleinen, aber aufstrebenden Kolonie des deutschen Kaiserreiches zu sorgen und als Leiter der Strafexpeditionen Land und Leute näher kennenzulernen, ist für einen Mann, der Herausforderungen und Abenteuer schätzt, doch wohl nicht auszuschlagen – das muss doch selbst jemand wie Sie verstehen, der das bequeme und gut dotierte Leben als Handelsagent einer bedeutenden deutschen Firma bevorzugt.«

»Man hört so Gerüchte, dass Sie im Unfrieden aus den Diensten der deutschen Diamantengesellschaft geschieden sind?«

»Gerüchte? Wie das mit Gerüchten so ist – meist ist nicht viel dran. Es gab mit einigen leitenden Herren Differenzen über die erforderlichen Sicherheitsmaßnahmen. Ich habe immer wieder die Einstellung einer größeren Zahl deutscher Aufseher gefordert, und das ist immer wieder abgelehnt worden …«

Kolber blickt Schmeile durchdringend an, der sich mit einem Handtuch den Schweiß von seiner Glatze wischt, die von einem dunklen Haarkranz eingerahmt wird.

»Sie sollen auch in einige handgreifliche Auseinandersetzungen verwickelt gewesen sein, sogar in eine Schießerei mit tödlichem Ausgang.«

»Man hat mich beleidigt und meine Ehre beschmutzt – ich habe vor Zeugen bei einem ordnungsgemäßen Pistolenduell gesiegt, falls Sie das meinen, Verehrtester.«

Schmeile blickt Kolber wütend an. »Ich wäre Ihnen nun aber wirklich verbunden, wenn wir endlich zu unserem Thema zurückkehren würden.«

»Vielleicht besteht ja irgendein Zusammenhang zwischen Ihrer Tätigkeit für die Diamantengesellschaft in Deutsch-Südwestafrika und den geheimnisvollen Diamantenfunden hier in Deutsch-Neuguinea …«

»Schön, dass Sie darauf zu sprechen kommen. Dieser Schluss liegt selbstverständlich nahe. Meine frühere Aufgabe ist hier allgemein bekannt, unter den einflussreichen Leuten jedenfalls. Und deshalb hat man sich vertrauensvoll an mich gewandt, als hier einige Mineralien entdeckt wurden, die ich aufgrund meiner Erfahrung unschwer als Rohdiamanten von Industriequalität identifizieren konnte. Und da in der Folge einige Steine noch besserer Qualität gefunden wurden, habe ich mich natürlich in dieser Angelegenheit sehr intensiv engagiert ...«

»Als deutscher Polizeibeamter?«

»Als privater Geschäftsmann, wenn Sie so wollen. Ich bin kein Beamter. Ich gehöre zur Zivilverwaltung – anders als Polizeichefs in den anderen deutschen Kolonien. Und mir sind in gewissem Rahmen private Nebentätigkeiten durchaus gestattet – wenn sie die dienstliche Aufgabe nicht über Gebühr behindern. Und falls dies der Fall werden sollte, werde ich mich von meiner Tätigkeit als Kommandant der Polizeitruppe zurückziehen. Das habe ich Gouverneur Hahl bereits mitgeteilt.«

»Sie meinen, falls Sie durch die Diamantenfunde beziehungsweise durch gewisse Vermittlungsgeschäfte in dieser Diamantensache ein reicher Mann werden sollten, würden Sie auf ihr vergleichsweise spärliches Monatssalär verzichten.«

»Wenn Sie es so auszudrücken belieben.«

»Das heißt, ich spreche jetzt nicht mit dem Polizeikommandanten, sondern mit dem Geschäftsmann Gustav Schmeile?«

»Wie Sie meinen.«

»Gut, dass wir die Karten auf den Tisch gelegt haben.« Kolber nippt an seiner bereits leeren Kaffeetasse, bevor er weiterredet:

»Sie sind also, wenn ich das recht verstehe, eine Art Mittelsmann, ein Makler für die Leute, die hier in Neupommern Diamanten gefunden haben und das Fundgebiet nun für hunderttausend britische Pfund verkaufen wollen – vielleicht an die Firma Godeffroy & Sohn ...«

»... oder an andere Interessenten, aus Australien und Südafrika zum Beispiel.« Schmeile lächelt selbstgefällig.

»Sie wollen also pokern, einen gegen den anderen ausspielen?«

»Machen Sie und das Haus Godeffroy das nicht auch bei Ihren Geschäften?«

»Nun gut, dann spielen Sie mal ihre Trümpfe aus, Herr Schmeile alias Mijnher Klaas van Oranje. Wer sind Ihre Hintermänner, wer steckt denn nun hinter diesen Diamantenfunden?«

»Erwarten Sie darauf im jetzigem Stadium unserer Gespräche allen Ernstes eine Antwort?«

»Ich erwarte, dass Sie das Versteckspiel nicht allzu lange ausdehnen. Ich erwarte, dass Sie mir sagen, was Sie mir heute erzählen können, um mich von der Seriosität dieser Angelegenheit zu überzeugen. Zum Beispiel, wer wo und wann diese Steine gefunden hat, die den weiten Weg bis zu Johan Cesar Godeffroy nach Hamburg gefunden haben?«

Kolber nestelt an seinem Tabaksbeutel herum und schüttet vorsichtig den Inhalt auf die Untertasse seiner Kaffeetasse. Mit spitzen Fingern holt er zwei Steinchen aus dem Tabak hervor.

»Mich interessiert natürlich auch, wie viel Karat von dieser Sorte inzwischen gefunden worden sind. Oder ob dieser Fund hier nur ein außergewöhnlicher Glücksfall gewesen ist.«

»Sie können dabei sein, wenn Diamanten gesucht und vermutlich auch gefunden werden, Herr Generalbevollmächtigter. Wir möchten nämlich, dass sich die Kaufinteressenten direkt in der Mine von deren Ertragsmöglichkeiten und Wert überzeugen können, schließlich wollen wir ja hunderttausend Pfund Sterling dafür haben.«

»Sehr gute Idee. Was schlagen Sie also vor?«

»Wir sollten uns gemeinsam an den Fundort begeben. Dann können Sie sich alles Weitere dort mit eigenen Augen ansehen.«

»Einverstanden.«

»Wir werden etwa zwei bis drei Tage unterwegs sein, und ich brauche einige Zeit zur Vorbereitung einer kleinen Expedition. Der Marsch ins Diamantengebiet wird nicht ganz unbeschwerlich.«

»Nach allem, was ich inzwischen so weiß, werden Diamanten oft in der Nähe von erloschenen Vulkanen gefunden.«

»Lassen Sie sich überraschen.«

»Ich werde meinen neuen Assistenten zu unserer Expedition mitbringen, wenn nichts dagegen spricht? Sebastian Kleine ist ein absolut vertrauenswürdiger Mann.«

»Ich habe keine Einwände. Sofern Sie und dieser Herr Kleine sich, wie das in diesem Stadium für die beteiligten Partner und auch für die Kolonie und das Deutsche Reich üblich ist, zur Geheimhaltung verpflichten. Sie werden mit niemandem über unser Projekt reden und niemanden informieren, weder über unsere Gespräche und Verhandlungen noch darüber, was Sie am Fundort der Diamanten sehen und erleben werden ...«

Kolber zögert einen Moment und sagt dann mit unterdrücktem Pathos in der Stimme: »Gut, ich gebe Ihnen mein Wort als ehrbarer hanseatischer Kaufmann.«

Schmeile entrollt eine offenbar handgefertigte Karte mit vielen Pfeilen, Linien und Randnotizen auf der Platte seines Schreibtisches. Kolber erkennt die Küstenlinie der Blanchebai und das Hinterland von Neupommern. Die Gegend rings um den Vatuka-Vulkan, etwa hundertzwanzig Kilometer nordwestlich von Herbertshöhe gelegen, ist mit einer grob gestrichelten Linie weiträumig und eiförmig eingekreist. Wenn er den Maßstab richtig einschätzt, müsste diese Fläche etwa dreißig Kilometer lang und zwanzig Kilometer breit sei. Soviel er weiß, ist dort Urwald, der von einigen Flussläufen durchzogen wird. Das Quellgebiet der Flüsse liegt an den Ausläufern des Vulkans.

»Ist das hier das Diamantengebiet?« Kolber deutet mit seinem Pfeifenstiel auf die Skizze.

»Im weitesten Sinne schon. Aber glauben Sie mir, Verehrtester: Ohne mich und ohne Führung wird niemand die Mine finden können, selbst wenn er diese Karte hätte.«

»Wann brechen wir auf?«

»Ich schlage vor, gegen Ende der Woche. Sie sollten ein Dutzend bewaffneter Träger und Proviant für mindestens eine Woche mitnehmen. Wir werden durch die Stammesgebiete von kriegerischen Eingeborenen kommen und sollten uns gegen etwaige Angriffe verteidigen können.«

Kolber blättert angelegentlich in seinem Notizkalender.

»Mir wäre es sehr recht, wenn wir in fünf Tagen, also am Freitag, den 17. Juni losmarschierten!«

Schmeile ist einverstanden.

»Ich schlage vor, wir brechen in zwei verschiedenen Gruppen zu unterschiedlichen Zeiten in Herbertshöhe auf und treffen uns am zweiten Tag auf etwa halber Strecke an diesem kleinen See hier.« Er deutet auf einen blau gestrichelten Kreis in seinem Plan.

»Es sind einige Australier im Innern von Neupommern unterwegs, angeblich als Naturforscher oder Paradiesvogeljäger, aber ich habe gewisse Hinweise, wonach einige dieser Leute mehr an Gold oder Diamanten als an bunten Federn interessiert sind. Ich will vermeiden, dass man uns beobachtet oder gar verfolgt.«

Schmeile kommt hinter seinem Schreibtisch hervor. Kolber erhebt sich.

Die beiden Männer stehen sich zögernd gegenüber. Dann streckt Schmeile ruckartig seine Rechte vor, als ziehe er eine Pistole. Kolber schlägt ein. Zum ersten Mal schütteln sich die beiden Rivalen die Hände. Dabei registriert Theobald Kolber mit Genugtuung, dass er auf den einige Zentimeter kleineren Kommandanten der Schutzpolizei von Deutsch-Neuguinea herabblickt. Und als Schmeile sich laut räuspert, sagt er, bereits in der Tür stehend: »Ich weiß, ich weiß – ich soll Queen Emma ihre allerschönsten Grüße ausrichten ...«

26

Dieser Nebel. Überall wabern Nebelschwaden auf den herbstlichen Wiesen am Ufer des Niederrheins. Kuhaugen glotzen daraus hervor. Körper und Beine der Tiere sind im Nebel versunken. Von den alten Weiden sind nur die kugeligen Wipfel zu sehen. Es ist nass und kalt. Mit Armen und Händen versucht Anna Scharnhorst, den Nebel fortzuwedeln, bis sie wahrnimmt, dass ihr Gesicht von einem Tüllschleier gestreift wird, der sich im sanften Luftzug bewegt.

Anna öffnet vorsichtig ihre vom Fieber geröteten Augen. Sie erkennt eine hellblaue Zimmerdecke, eine weiße Tür, ein engmaschiges Moskitonetz, einen buntgeblümten Vorhang vor einem halboffenen Fenster. Von draußen dringt ein gleichförmiges Rauschen herein – eine sanfte Meeresbrandung läuft in zweihundert Metern Entfernung den Sandstrand hinauf und wieder hinunter. Ab und zu sind die spitzen Schreie der großen Seemöwen zu hören.

Sie ist allein in einer kleinen Krankenstube. Auf dem Flur schlurft offenbar ein Gehbehinderter mit langsamen Schritten vorüber. Anna liegt unter einem leichten Betttuch auf einem eisernen Krankenbett. In dem länglichen schmalen Raum stehen zwei weitere Betten. Beide sind leer. Es riecht nach Medizin und nach einem scharfen Desinfektionsmittel.

Wo bin ich? Wie bin ich hierher gekommen? Was hat man mit mir gemacht?

Das Letzte, woran sie sich mit großer Anstrengung erinnern kann, sind die Moskitos im Malariasumpf, die Totenköpfe in der Räucherhütte der Kannibalen und das wutverzerrte Gesicht von Heinrich Althoff vor der Kirche von Malaguna.

Anna hört ein leises Geräusch. Sie schrickt zusammen und beginnt zu zittern wie bei einem neuerlichen Malariaanfall, als sie bemerkt, dass die Klinke der Zimmertür langsam heruntergedrückt wird. Anna schließt schnell die Augen und dreht ihren Kopf zur Seite. Schritte kommen an ihr Bett. Männliche Schritte.

Ist Heinrich Althoff wieder da?

Sie spürt eine kühle Hand auf ihrer heißen Stirn. Die Hand streicht über ihre Wangen. Ein Finger drückt leicht gegen die Schlagader an ihrem Hals. Erschrocken reißt Anna die Augen auf.

»Gaaanz ruhig, bleiben Sie gaaanz ruhig, bitte.«

Gott sei Dank – es ist nicht Heinrich Althoff. Die Stimme klingt anders, beruhigend und vertrauenerweckend.

»Schön, dass Sie wieder in unsere Welt zurückgekehrt sind. Ich hoffe, Sie haben etwas Erfreuliches geträumt, Fräulein Scharnhorst.«

Mit einem feuchten Tuch werden ihre Augen vorsichtig ausgewischt. Anna erkennt einen Handrücken, der aus einem weißen Kittelärmel kommt. Dahinter erscheint der Kopf eines Mannes mit dunkelblondem Haar und hoher Stirn. Kleine, freundliche Fältchen betonen graublaue Augen, die zunächst melancholisch wirken, sie dann aber durch die schmale Brille freundlich anlächeln. Der Mann beugt sich zu ihr herunter. Er ist offenbar frisch rasiert. Seine Haut riecht angenehm nach einem Rasierwasser, nach Oliven oder Lavendel. Anna schätzt ihn auf Ende zwanzig, Anfang dreißig. Er trägt einen frisch gestärkten weißen Arztkittel.

»Gestatten, Doktor Werner Jungblut«, sagt er, während sein rechter Zeigefinger weiterhin auf ihrer Halsschlagader liegt und er in der linken Hand eine Taschenuhr mit großem Sekundenzeiger betrachtet. Offenbar misst er ihren Puls, dabei hat Anna ein Gefühl, als streichele er sie. Anna spürt, wie eine Hitzewelle durch ihren Körper läuft und ihr Gesicht erreicht.

»Wir sind hier im neuen Hospital von Herbertshöhe. Und wenn ich das so behaupten darf: Bei mir befinden Sie sich in guten Händen. Ich bin Facharzt für Tropenkrankheiten und als Spezialist für die Erforschung und die Behandlung der Malaria im Stab von Professor Robert Koch tätig. Und im Augenblick bin ich verantwortlich dafür, dass Sie bald wieder gesund werden. Zusammen werden wir das schaffen!« Der junge Arzt lächelt ihr aufmunternd zu.

Anna versucht zu sprechen, aber ihre Zunge fühlt sich geschwollen an. Sie bringt nur einige unverständliche Laute zustande.

Dr. Jungblut nimmt seinen Zeigefinger von ihrem Hals, notiert ein paar Zahlen auf eine Karteikarte. Er scheint nicht sehr zufrieden. Er wiederholt die Prozedur und notiert ihre Pulsfrequenz erneut.

»Möchten Sie etwas essen?« Anna schüttelt den Kopf.

»Haben Sie Durst?« Anna nickt heftig.

Jungblut füllt aus einer Karaffe kühles Wasser in ein Glas, nimmt ihren Kopf in seine linke Armbeuge und setzt das Wasserglas an ihre Lippen. Anna trinkt in großen, hastigen Zügen wie eine Verdurstende. Das Fieber hat viel Körperflüssigkeit verbraucht.

»Schön langsam trinken. Sie haben nur noch eine erhöhte Temperatur. Genau 38,1 Grad. Gestern waren es beinahe 41 Grad. Ich werde Ihnen jetzt eine Blutprobe entnehmen und dann ermitteln, mit welcher Form der Malaria Sie infiziert worden sind. Dann gebe ich Ihnen eine Lösung mit Chinarindenpulver, das beste Mittel gegen die Malaria in allen Erscheinungsformen. Außerdem sollten Sie eine Tinktur gegen Übelkeit und Erbrechen zu sich nehmen. Und schließlich erhalten Sie zwei Tabletten, damit Sie wieder schlafen und träumen und sich erholen können. Ihr Körper braucht Ruhe, das ist jetzt das Wichtigste.«

Anna nickt. Sie schließt ihre Augen, als der Arzt ihre Armbeuge abtastet. Sie spürt einen kleinen Stich, dann noch einen. Sie lächelt, bevor sie wieder in den Nebel eintaucht, der im Frühherbst auf den Wiesen am Niederrhein steht. Ein freundliches Mondgesicht scheint jetzt auf die Nebelbänke.

27

Die Vögel haben sich in das Halbdunkel der Baumwipfel geflüchtet. Es ist brütend heiß. Zwei Hunde liegen hechelnd im Schatten einer Palme und schnappen träge nach einem Schmetterling, der um ihre Köpfe flattert. Die Eingeborenen von Kokopo hocken unter den schattenspendenden Dächern der von einer leichten Meeresbrise durchwehten Versammlungshütte des Dorfes. Auf dem deutschen Kriegsschiff, das in der Blanchbai ankert, stellt der Koch eine gusseiserne Pfanne auf das glühend heiße Eisendach über dem Maschinenraum, um Spiegeleier für die an Bord Wache haltende Mannschaft zu braten.

Die grelle Sonne scheint durch das geöffnete kleine Fenster in den Raum, in dem Sebastian Kleine an einem mit Papieren überladenen Tisch sitzt. Immer wieder wischt er sich den Schweiß aus den Augen. Seit Tagesanbruch hat er in einem kleinen Nebenraum des Kontors von Theobald Kolber an seinem Bericht über die Entdeckung der tropischen Nacktschnecke »Chromodoris Godeffroyana« für das *Journal des Museums Godeffroy* geschrieben. Nun bringt er die Reinschrift auf das Papier, doch schon nach wenigen Worten trocknet die Tinte an seinem Federhalter wieder ein. Kleine hat sich auf die spannende Schilderung der Expedition konzentriert und die Rolle seines Partners Stanislaus Gornik bei der wissenschaftlichen Bestimmung der Schnecke hervorgehoben.

Der polnische Schneckenforscher hat dazu bereits einen kleinen Beitrag über die Besonderheiten und die Einmaligkeit dieser bisher unbekannten Spezies geliefert. Und in einer Karte der Gazelle-Halbinsel haben sie den genauen Fundort am Fuße des vulkanischen Varzinberges eingetragen. Auf einem Extrablatt setzt Sebastian Kleine groß und schwungvoll die Überschrift »Die Entdeckung einer ungewöhnlichen Schneckenart im Urwald in Neupommern« über den Artikel und darunter, in kleineren Buchstaben »Ein Erlebnisbericht von Sebastian Kleine mit einem wissenschaftlichen Beitrag von Stanislaus Gornik aus Deutsch-Neuguinea«.

»Ich finde, das habt ihr gut gemacht«, sagt Theobald Kolber, als sie ihm ihre fertige Arbeit zeigen. »Das liest sich selbst für einen Menschen wie mich, der sich überhaupt nicht für solche Kriechtiere interessiert, sehr spannend – aber ob sich Johan Cesar Godeffroy darüber freuen wird, dass ihr eine Nacktschnecke nach ihm benannt habt?«

Kleine und Gornik adressieren schließlich einen großen Umschlag mit ihren Unterlagen an Museumskustos Dr. Schmalz. Sie legen ihn in ein großes Postfach, dessen Inhalt mit der aus Australien zurückkehrenden *Emily Godeffroy* nach Hamburg geliefert werden wird.

»Nach getaner Arbeit könntest du dich bitte um unsere gemeinsame Freundin kümmern«, sagt Theobald Kolber zu Sebastian Kleine. »Sieh doch mal im Hospital nach, wie es Anna Scharnhorst heute geht. Und nimm ein paar Blumen mit. Wenn ich Zeit habe, komme ich später mit Queen Emma auch noch vorbei, wir sind ohnehin mit dem Chefarzt verabredet.«

Im Hospital von Herbertshöhe fragt Sebastian Kleine eine Schwester in blitzsauberer Tracht nach dem Zimmer von Anna Scharnhorst. Sie schickt ihn zum Krankenzimmer No. 6. An der Tür hängt ein handgeschriebener Zettel: »Patientenbesuch nur nach Rücksprache mit Dr. Jungblut!« Darunter steht: »Bin gerade im Labor im Gebäude auf dem Hof!« Kleine drückt trotzdem die Klinke herunter und öffnet die Tür einen Spaltbreit. Drei Betten stehen hintereinander. Zwei sind leer. Im letzten Bett am Fenster erkennt er hinter einem ausladenden Blumenstrauß, auf ein hohes Kissen gebettet, erst den Haarschopf und dann das fiebrig gerötete Gesicht von Anna Scharnhorst. Sie schläft.

Auf dem Hof kommt er an einer langgestreckten Wellblechbaracke mit kleinen, meist offen stehenden Fenstern vorüber, die einem Stall gleicht. Kleine klopft an eine Tür mit der Aufschrift: »Klinisches Laboratorium. Unbefugten ist der Zutritt verboten!«

»Moment!«, ruft eine energische Stimme. Der Moment dauert lange. Kleine klopft erneut. Schließlich erscheint der Tropenarzt Dr. Jungblut, den er bei der Einlieferung von Anna Scharnhorst kurz gesehen hatte.

»Mein Name ist Sebastian Kleine, ich habe neulich Fräulein Scharnhorst zu Ihnen gebracht!«

»Sie kommen zur Unzeit. Ich bin gerade bei einer mikroskopischen Untersuchung«, sagt der junge Arzt knapp und macht dennoch eine einladende Handbewegung. Der Raum hinter ihm ist kaum vier Quadratmeter groß. Auf einem schmalen Tisch stehen Ampullen, Reagenzgläser, Glaskolben und Bunsenbrenner. Jungblut deutet auf einige der verschieden großen braunen Fläschchen mit lateinisch beschrifteten Etiketten.

»Da sind Abstriche von allen möglichen Körperöffnungen drin, von Schleim und Geschwüren, von Urin- und Blutproben von Patienten mit zumeist unbekannten Krankheiten. In einigen dieser Ampullen steckt die Hölle. Ich rate Ihnen, hier nichts anzufassen!«

»Und woran arbeiten Sie gerade?«

»Im Moment untersuche ich das Blut von Fräulein Anna Scharnhorst, von dem ich vor drei Tagen eine Kultur angelegt habe …«

»Und? Was sehen Sie?«

»Wenn Sie mich vor ein paar Stunden gefragt hätten, hätte ich gesagt: Es geht ihr sehr schlecht. Sie schien nach äußerlichen Eindrücken und nach ersten Untersuchungen eine Malaria der schlimmsten Art zu haben: der Malaria tropica. Aber nach dem, was ich da gerade unter dem Mikroskop gesehen habe, kann ich jetzt mit einiger Sicherheit Entwarnung geben. Es besteht keine Lebensgefahr, und sie wird keine lebenslangen Folgen zu tragen haben.«

»Was haben Sie denn unter dem Mikroskop entdeckt?«

»Ich kann Ihnen sagen, was ich nicht entdeckt habe, nämlich Malariaerreger vom gefürchteten Typus Plasmodium falciparum … Das Blut ihrer Freundin scheint dagegen von der wesentlich harmloseren Variante Plasmodium vivax befallen zu sein. Dieser Erreger löst die Malaria tertiana aus. Die wird so genannt, weil sie in einem Dreitagesrhythmus verläuft. Zwischen zwei Fiebertagen liegt gewöhnlich ein fieberfreier Tag. Und es sieht so aus, als ob sich unsere Patientin heute gerade ihren fieberfreien Tag nimmt.«

»Das kommt hin«, sagt Sebastian Kleine. »Ihre erste Malariaattacke hatte Anna Scharnhorst in Malaguna, gerade als wir mit unserer Expedition im Dorf eingetroffen sind.«

Der junge Arzt sieht ihn an, zögert und fragt dann doch: »Es geht mich zwar nichts an, aber ist Fräulein Scharnhorst Ihre Verlobte oder Ihre Freundin?«

»Es geht Sie tatsächlich nichts an – aber nein, wir sind nur befreundet, falls Sie das so sehr interessiert, wir sind zusammen mit Herrn Theobald Kolber, dem Repräsentanten der Firma Godeffroy & Sohn, von Hamburg aus nach Neuguinea gereist.«

»Können Sie mir etwas über Fräulein Scharnhorst erzählen?«, fragt Dr. Jungblut und errötet ein wenig, als Kleine fragt, warum.

»Aus medizinischen Gründen.«

Kleine grinst. Er setzt sich rittlings auf einen wackligen Stuhl, wedelt sich mit einem Blatt Papier Kühlung zu und erzählt in knappen Sätzen die Lebensgeschichte der Missionsschwester Anna Scharnhorst vom Niederrhein, die geglaubt hat, in der deutschen Südseekolonie den Mann ihres Lebens zu finden, und die offensichtlich dabei an den Falschen geraten ist.

Tropenarzt Jungblut scheint geradezu erleichtert zu sein, als er das hört.

»Wir haben Anna praktisch aus Malaguna entführt und sie vor diesem Missionar Althoff in Sicherheit gebracht«, sagt Sebastian Kleine weiter. »Der Mann ist offenbar ein Choleriker, ein Pyschopath und Alkoholiker. Und eifersüchtig obendrein. Es ist zu befürchten, dass er bald hier auftaucht, um seine Braut abzuholen. Der Mann ist unberechenbar, nach allem, was wir über ihn gehört haben.«

Jungblut verspricht, eine Wache aufzustellen oder sogar Polizeischutz für das Krankenhaus anzufordern.

28

Als Sebastian Kleine gegangen ist, schließt Dr. Werner Jungblut die Tür seines Labors sorgfältig ab und geht zur Krankenstation hinüber. Er bleibt lange am Bett seiner Patientin sitzen. Immer wieder tupft er ihr den Schweiß mit einem feuchten Tuch vom Gesicht. Er kann seine Augen nicht von ihrem hübschen, blassen Gesicht mit den langen, dunklen Augenwimpern wenden. Wie Dornröschen erscheint ihm die Schlafende.

Ein paarmal spürt Jungblut die Versuchung, sie wachzuküssen wie der Prinz aus dem Märchen. Sicherheitshalber rückt er den Stuhl, auf dem er sitzt, vom Bett der Patientin Scharnhorst ab, gerade noch rechtzeitig, um nicht in eine verfängliche Situation zu geraten, als die resolute Oberschwester Helene ohne anzuklopfen in den Raum stürmt.

»Eine hübsche junge Dame, nicht wahr, Dr. Jungblut?«

Jungblut nickt, als sei er durchschaut worden.

»Glücklicherweise scheint unser Fräulein Scharnhorst mit Ihrer Hilfe ja schnell zu genesen. Sie hat kein richtiges Fieber mehr, und ihr Puls ist auch schon wieder normal. 84 Schläge habe ich bei der Morgenvisite gemessen.«

»Bei mir waren es allerdings gerade 116«, sagt Jungblut und blickt auf seine Aufzeichnungen.

»Wollen Sie mir damit ein falsches Messergebnis unterstellen?«

»Nein, nein, keineswegs«, sagt Jungblut eilig. »Vielleicht hat sich ihr Zustand ja wieder verschlechtert.«

»Vielleicht hat dieser eklatante Unterschied unserer Messungen andere Gründe, und zwar eher gefühlsmäßiger Art«, sagt Oberschwester Helene. Als Jungblut sie fragend ansieht, fügt sie mit anzüglichem Lächeln hinzu: »Vielleicht pocht das Herz der jungen Dame ja schneller, wenn Sie in der Nähe sind, Doktor …«

In den folgenden Tagen und Nächten versucht Jungblut seine Emotionen zu analysieren, als handele es sich um einen psychotherapeutischen Selbstversuch, wie er am Rande seines Medizinstudiums in Berlin angeboten worden war. Er kommt zu der Diagnose: Seine Gefühle zu der hübschen, schlafenden Patienten haben seit ihrer Ankunft verschiedene Stadien durchlaufen – wie manche seiner bakteriologischen Untersuchungen in dem kleinen Labor. Aus anfänglichem Mitleid wurde Mitgefühl, aus Anteilnahme entwickelt sich Zuneigung, aus Zuneigung ist Zärtlichkeit geworden. Hat er sich verliebt?

Je länger Tropenarzt Dr. Jungblut darüber nachsinnt, desto mehr fühlt er sich an seine erste und bisher einzige Liebe erinnert, an Gudrun, die umschwärmte Tochter eines Schiffsbauers, die auf Drängen ihres Vaters schon mit 18 Jahren den Erben eines Bremer Getreidehändlers geheiratet hat.

Am Vormittag des fünften Tages erwacht die Malariapatientin Anna Scharnhorst in ihrem Zimmer in dem kleinen Hospital an der Küstenstraße von Herbertshöhe aus ihrem langen Fieberschlaf. Dr. Jungblut beugt sich tief zu seiner Patientin hinab, um ihr in die Pupillen zu blicken. Und als habe sie während ihres langen Schlafes seine Gedanken erraten und seine Gefühle gespürt, greift Anna fest nach der Hand, die ihr Gesicht berührt. Und als er sie plötzlich küsst, erst auf die Stirn und dann auf den Mund, da hält sie seinen Kopf fest, als wolle sie ihn nie mehr loslassen.

Später wird Anna Scharnhorst erzählen, sie habe sich wohl in ihren fiebrigen Träumen in Dr. Werner Jungblut verliebt. Und überhaupt sei ihr in der Zeit nach ihrer ersten heftigen Malariaattacke, nach wiederkehrender Ohnmacht und nach dem langen, von wirren Szenen belebten Schlaf, alles sehr unwirklich vorgekommen. Wie in einem anderen Leben und in einer anderen Zeit. Sie konnte nicht glauben, wie gründlich sich ihr Schicksal in kurzer Zeit geändert hatte: ihr früheres Leben am Niederrhein, ihre ungeliebte Mutter, das behinderte Kind ihres Bruders, ihr Eheversprechen an einen ihr unbekannten Missionar, der Albtraum von Malaguna, ihr Aufenthalt im Malariasumpf, die Räucherhütte der Kannibalen mit den Totenköpfen – alles erschien ihr so unwirklich, als habe sie das alles nicht selbst durchgemacht, sondern eine schlimme Geschichte erzählt bekommen. Und es dauert zwei, drei Tage und Nächte, bis sie begreift: Der Mann an ihrem Bett, der sie liebevoll umsorgt, der vertraut und zärtlich mit ihr spricht, als würden sie sich schon sehr, sehr lange kennen, ist kein Traumprinz, sondern ein Mensch aus Fleisch und Blut. Ein

Mann Anfang dreißig, schlank, dunkelblond, mit blauen Augen, ein Arzt, ausgerechnet ein Spezialist für Malaria, der sich offenbar so in sie verliebt hat wie sie sich in ihn.

Ein Wunder ist geschehen, denkt Anna Scharnhorst. Meine Gebete sind erhört worden. Schweigend, als wollten sie ihr Glück nicht durch Worte stören, halten sich Anna Scharnhorst und Tropenarzt Werner Jungblut an den Händen, als die Türklinke des Krankenzimmers vorsichtig heruntergedrückt wird. Drei Besucher schleichen auf Zehenspitzen herein.

Tagebuch Sebastian Kleine, Dienstag, 14. Juni 1898
»Stören wir sehr?«, hat Queen Emma gefragt. Sie lächelte durch einen üppigen Blumenstrauß hindurch, den ihr Gärtner für unseren Krankenbesuch zusammengestellt hatte. Theobald Kolber konnte es sich nicht verkneifen, in seiner ironischen Art zu sagen: »Geht Ihre persönliche Fürsorge gegenüber dieser hübschen jungen Dame nicht ein wenig weit, Herr Doktor? Oder würden Sie sich auch so liebevoll um einen alten, männlichen Patienten wie mich kümmern?« Erst als Kolber ihm lachend auf die Schulter klopfte, lächelte Jungblut auch.

Meine eigenen Gefühle waren beim Anblick dieser beiden so offensichtlich Verliebten, offen gestanden, ein wenig verwirrt. Wahrscheinlich war ich im ersten Moment ein bisschen eifersüchtig, weil Werner Jungblut sichtlich Annas Herz gewonnen hatte, was mir ja während unserer gemeinsamen Schiffsreise nicht gelungen war, andererseits freute ich mich doch für die beiden und sagte wohl auch etwas in dieser Richtung. Anna stand zum ersten Mal auf. Sie ging mit unsicheren Schritten in einen kleinen Waschraum nebenan. Dann saßen wir zu fünft um einen kleinen Tisch herum, Anna Scharnhorst und Dr. Werner Jungblut, Queen Emma, Theobald Kolber und ich. Wir parlierten zunächst über Annas erfreuliche Genesungsfortschritte. Dann lenkte Queen Emma das Gespräch in ihrer praktischen Art auf die nähere Zukunft. Anna meinte, sie habe noch keine Vorstellung, was sie nun tun wolle, nur eines wisse sie genau: Sie werde um keinen Preis der Welt zu Heinrich Althoff nach Malaguna zurückgehen und am liebsten gänzlich aus den Diensten ihrer Missionsgesellschaft ausscheiden, durch die sie ja in diese verzweifelte Situation geraten sei und von der sie sich nach gründlichem Nachdenken sogar verraten und verkauft fühle. Sie hoffe sehr, dass Gott diese Entscheidung verstehen werde.

Anna fragte, ob es in Deutsch-Neuguinea ein Entbindungsheim oder ein Geburtshaus gebe. Vielleicht könne sie wieder als Hebamme arbeiten? In Duisburg habe sie nach ihrer Ausbildung und vor ihrer Reise in die Südsee in einer Bergarbeitersiedlung einige Monate lang ein kleines Entbindungsheim der dortigen Diakonissenanstalt geleitet. Nein, so eine Einrichtung gebe es hier nicht, erklärte Theobald Kolber, aber vielleicht könne man so ein nützliches Institut für die weißen Frauen gründen. Die Eingeborenenfrauen würden das wohl kaum brauchen, für die sei eine Geburt eine unkomplizierte Angelegenheit, die sie oft sogar während der Feldarbeit erledigen würden.

Nachdem wir noch über allerlei andere Dinge geredet hatten, machte Queen Emma zu unserer Überraschung Anna ein Angebot: Als frühere Leiterin eines Entbindungsheimes habe sie ja sicherlich Erfahrung mit Hygiene und Sauberkeit und mit der Anleitung und Führung von weiblichen Mitarbeitern. Ob sie sich nicht vorstellen könne, nach ihrer Genesung im Hotel Fürst Bismarck zu arbeiten? Als Hausdame! In dieser Position wäre sie für das Reinigungspersonal und für die Sauberkeit des gesamten Hotels verantwortlich, die übrigens sehr zu ihrer Verärgerung in letzter Zeit zu wünschen übrig lasse. Sie wäre dem Hoteldirektor, Herrn Hellweg, direkt unterstellt. Und, so fügte Queen Emma noch hinzu, wenn Hellweg in ein oder zwei Jahren nach Deutschland zurückkehre, habe sie gute Aussicht, dessen Nachfolgerin zu werden. Anna war geradezu begeistert von diesem Angebot. Sie sagte so hastig zu, als würde sie durch ein winziges Zögern die Chance ihres neuen Lebens verpassen.

Queen Emma schloss sie daraufhin in ihre Arme und drückte sie lange an sich. Wie eine kleine Schwester, so erschien es mir.

Nachher sagte sie, wieder ganz Geschäftsfrau, man werde natürlich diese Abmachung noch schriftlich fixieren, dabei werde auch ihr Lohn festgeschrieben, für den sie sich eine Steigerungsrate vorstellen könne, je nachdem, wie gut die neue Hausdame ihre Arbeit bewältige.

Anna nickte und wischte sich einige Freudentränen aus den Augen. Auch wir Männer waren gerührt. Es stellte sich später heraus, dass wir den Beginn einer ganz ungewöhnlichen Freundschaft zwischen diesen beiden ihrer Herkunft, ihrer Erziehung und ihrem Wesen nach so unterschiedlichen Frauen miterlebt hatten.

Es dämmerte bereits, als wir uns nach zwei Stunden von Anna und von ihrem Tropenarzt verabschiedeten. Wir waren gerade im Begriff, den Raum zu verlassen, als vom Flur her ein lautes Getöse drang. Ein Poltern und Scheppern, als ob ein Möbelstück oder ein größerer Gegenstand umgeworfen wurde. Eine Frau rief schrill: »Bitte, verlassen Sie sofort das Krankenhaus! Verlassen Sie sofort das Krankenhaus!« Eine offenbar betrunkene Männerstimme antwortete: »Wo ist meine Braut? Man hat sie entführt. Ich werde dieses Haus nicht ohne sie verlassen!« Daraufhin war die aufgeregte Stimme von Direktor Wunsiedel zu vernehmen, der zu Ruhe und Vernunft mahnte. Offenbar vergeblich. Denn das Gepolter und das Stimmengewirr kamen näher. Die Tür zu Annas Krankenzimmer wurde aufgerissen. Verfolgt vom Leiter des Hospitals und von einer Oberschwester stand ein Mann in verschmutzter Kleidung, mit zerzaustem Haar und wirrem Blick im Türrahmen – Heinrich Althoff!

Theobald Kolber, Queen Emma und ich standen vor Anna Scharnhorst, so dass der wild gewordene Gottesmann sie nicht sogleich sehen konnte.

»Wo ist meine Verlobte?«, schrie Althoff. Er war wie von Sinnen. Und als er sich auf mich stürzte, weil ich ihm am nächsten stand, konnte ich seinen nach Alkohol stinkenden Atem riechen. Ich versuchte, den Mann festzuhalten. Er riss sich jedoch los.

»Da ist ja mein treuloses Weib!«, brüllte er, als er Anna entdeckte. »Du kommst sofort zu mir zurück!«

Zu unser aller Entsetzen hatte Althoff plötzlich eine Pistole in der Hand und fuchtelte damit herum.

»Zur Seite mit euch! Sofort zur Seite«, schrie er und wollte sich auf Anna werfen.

Theobald Kolber stellte ihm ein Bein, und während Althoff noch strauchelte und wankte, schlug Kolber ihn mit einem gut gezielten Kinnhaken nieder. Althoff stürzte hin. Seine Schusswaffe schrammte über den Steinfußboden. Althoff lag minutenlang regungslos da. Dann rappelte er sich stöhnend hoch, wischte sich Blut vom Mund, spuckte aus und stolperte durch die Tür hinaus, durch die er gekommen war. Er kam jedoch wieder zurück und bückte sich erstaunlich schnell nach seiner Pistole, die noch immer am Boden lag.

»Das werdet ihr mir büßen! So wahr mir Gott helfe, das werdet ihr mir noch büßen!«, schrie er, bevor er sich davonmachte. Vom Flur her hörten wir seine derben Flüche und Verwünschungen. Und Gepolter. Und dann einen Schuss. Und noch einen. Glas Splitterte. Frauenstimmen schrien ängstlich durcheinander.

Ich rannte zur Tür, doch Theobald Kolber hielt mich zurück. »Vorsicht, der Kerl könnte dich erschießen!«

Wir hörten, wie die Eingangstür des Krankenhauses aufgerissen und wieder zugeschlagen wurde. Werner Jungblut und ich waren als Erste draußen. Wir sahen noch, wie Althoff mit wehenden Rockschößen und torkelnden Schritten davonlief und mit der Pistole in der erhobenen Hand hinter Büschen und Bäumen auf der gegenüberliegenden Straßenseite verschwand.

»Ihr seid des Teufels! Aber wartet nur, Gottes Rache wird euch treffen! Und ich bin das Werkzeug Gottes!« Mit diesen Verwünschungen verschwand der offenbar von allen guten Geistern verlassene Gottesmann aus unseren Augen.

29

Durch das halb geöffnete Fenster hört Anna Scharnhorst das Gebimmel der katholischen Missionskirche von Vunapope, die einen Kilometer entfernt auf einer ausgedehnten Anhöhe über der Blanchebai liegt. Die Missionare der Brüder vom Heiligsten Herzen Jesu bereiten sich auf den Gottesdienst vor. Der dünne Singsang einer Kinderprozession wird vom Wind über die Küste getragen. Die Sonne steht an diesem Sonntagmorgen schon über den drei Vulkangipfeln in der östlich gelegenen Bucht von Rabaul. Über dem höchsten Kegel, dem Tavurvur, steigt eine Rauchsäule kerzengerade in den wolkenlosen Himmel. Es muss schon acht Uhr morgens sein.

Ihre Albträume sind nicht wiedergekehrt. Seit drei Tagen ist die Patientin fieberfrei. Sie hat ihre erste Malaria offenbar gut überstanden. Heute kann sie das Krankenhaus von Herbertshöhe verlassen. Und nach allem, was passiert ist, freut sie sich auf ihr neues Leben.

Noch ein wenig unsicher steht Anna auf den Beinen. Sie erfrischt sich in einer kleinen Duschecke am Ende des Flures mit frischem Brunnenwasser aus einer großen Kanne. Nach dem Abtrocknen bindet sie ihr dunkelblondes Haar zu einem Pferdeschwanz zusammen, wie sie ihn früher als junges Mädchen getragen hat, legt ein wenig Rouge auf und tuscht die Augenwimpern, denn ihr Gesicht erschien ihr blass und kränklich, als sie sich im Wandspiegel betrachtete. Das Ergebnis gefällt ihr. Schade, dass Werner sie nicht sehen kann. Dr. Werner Jungblut, ihr Tropenarzt, musste gestern mit einem Dampfboot zur Behandlung einer erkrankten Pflanzerfamilie auf die Insel Mioko übersetzen. Er will im Laufe des Tages zurückkommen. Spätestens morgen.

Draußen in der Hofeinfahrt des Hospitals klappern Pferdehufe über die steinige Anfahrt. Ein Wagen hält. Die Pferde schnauben. Kurz darauf klopft es an ihre Tür. Eine Männerstimme ruft: »Guten Morgen, Fräulein Scharnhorst. Wilfried

Vosswinkel mein Name. Ich bin der Kutscher, der sie im Auftrag von Frau Emma Eliza Coe abholen soll.«

Bevor sie die Tür öffnet, streicht sie ihr Kleid glatt und schlüpft in die Schuhe, die ihr Queen Emma bringen ließ. Ein breitschultriger Mann in khakifarbenem Hemd und kurzer Hose verbeugt sich vor ihr und fragt, während er sich wieder aufrichtet, nach ihrem Gepäck.

Anna versucht ihre Verblüffung zu verbergen: Die Hautfarbe des Kutschers gleicht der eines sonnengebräunten Weißen, aber seine Nase ist breit und seine Lippen sind wulstig wie die der Eingeborenen. Auf seinem Kopf türmt sich üppiges, rotblondes Haar, in das er eine viel zu kleine Schirmmütze gedrückt hat.

»Sehr erfreut, Sie wohlauf zu sehen«, sagt er in geziertem Deutsch. »Darf ich Sie um Ihr Gepäck bitten?«

Er scheint es gewohnt zu sein, dass man ihn so anstarrt. »Wie gesagt, ich bin Wilfried Vosswinkel, Sohn von Johannes Vosswinkel aus Wuppertal-Elberfeld. Mein Vater war Landvermesser der Neuguinea-Compagnie, bevor er nach Deutschland zurückgekehrt ist. Meine Mutter Elea ist die achte Tochter des Häuptlings von Kokopo.« Er sei der Kutscher vom Hotel Fürst Bismarck und solle sie und ihr Gepäck im Auftrag seiner Chefin abholen.

»Sie können gerne Willi zu mir sagen«, sagt er, und strahlt sie an, als wäre nun alles zwischen ihnen geklärt.

»Ich habe kein Gepäck, nur diese Hebammentasche hier«, sagt Anna, die könne sie schon selber tragen, und sie denkt: Der junge Mann weiß im Gegensatz zu mir wenigstens, wer sein leiblicher Vater ist …

Am Ausgang warten die Oberschwester des Hospitals und Chefarzt Dr. von Wunsiedel. Anna fällt ein, dass sie sich den Leiter des kleinen Krankenhauses vor einigen Tagen als ihren möglichen Vater vorgestellt hatte: Die Augen, die Nase, das dunkle Haar – er hätte auf den ersten Blick der zwanzig Jahre älter gewordene Mann auf dem Lichtbild im doppelten Boden ihrer Hebammentasche sein können. Aber bei genauem Hinsehen stimmt doch einiges nicht überein, die Form der Ohren zum Beispiel. Und Dr. von Wunsiedel hatte ihr, ein wenig geschmeichelt über ihr Interesse an seiner Karriere, bei seiner letzten Chefarztvisite auf ihr vorsichtiges Fragen hin aus seinem Leben erzählt. Er stammte aus Darmstadt und in der fraglichen Zeit vor ihrer Geburt war er nicht am Niederrhein, sondern weit davon entfernt an der Universität in München gewesen. Fünf Jahre lang habe er dort studiert. Schade, denkt Anna, er wäre als Vater keine schlechte Wahl.

Der Chefarzt und die Oberschwester wünschen ihr vor der Abfahrt weiterhin gute Genesung, Glück und Gottes Segen. Sie solle Theobald Kolber und Queen Emma recht herzlich grüßen. Willi hält ihr die Tür seiner Kutsche auf, aber das wäre ihr ein wenig peinlich, so hochherrschaftlich durch die Gegend gefahren zu werden. Sie möchte lieber vorne neben ihm auf der Kutschbank sitzen, sagte sie, da habe sie auch eine bessere Aussicht.

Willi ist ein guter Kutscher. Die lange Peitsche benutzt er wie einen Dirigentenstab, manchmal auch als Zeigestock, wenn er Anna auf etwas aufmerksam machen will. Seine beiden Pferde schlägt er damit offenbar nicht. Er spricht deutsch mit ihnen, und sie parieren aufs Wort. Er ruft: »Vorwärts hüh!«, wenn sie gehen, und: »Hoppla hopp«, wenn sie traben sollen, sie gehorchen auf »rechtsrum« und »linksrum«, und sie bleiben stehen, wenn Willi »Halt! Stehen bleiben!« ruft. Dieses Kommando gibt er zu ihrer Verwunderung nicht, als sie nach einer Viertelstunde Fahrt über die Küstenstraße von Herbertshöhe das Hotel Fürst Bismarck erreichen, Annas neuen Arbeitsplatz. Stattdessen winkt Willi zwei Hotelangestellten zu, die auf der Terrasse die Tische zurechtrücken, und als auch noch Hoteldirektor Hellweg in der großen Eingangstür auftaucht, zieht Willi seine staubbedeckte Kutschermütze, schnalzt mit der Zunge und ruft: »Hoppla hopp!« Die Pferde fallen in einen flotten Trab.

»Wo fahren wir denn hin?«, fragt Anna und hält im Fahrtwind ihr Käppi fest.

»Es geht zu einer Überraschung – Überraschung von Queen Emma.« Willi kichert und lacht über sein breites Gesicht.

Die Kutsche verlässt die sandige Hauptstraße, die landeinwärts schnurgerade nach Rabaul führt, und biegt rechts auf eine schmalere Piste ab, die sich direkt an der Abbruchkante zum steil abfallenden Strand entlangzieht. Sie passieren das Eingeborenendorf Kokopo. Dahinter beginnen die ausgedehnten Pflanzungen der Plantagen-Gesellschaft Emma Eliza Coe & Partner.

»Wir sind in Ralum«, sagt Willi, »das ist hier der größte Besitz von Queen Emma in ganz Neupommern.«

Auf der linken Seite, zum Landesinneren hin, stehen Tausende von schlanken Kokospalmen in Reih und Glied, wie preußische Gardesoldaten bei einer Militärparade. Kilometerweit ziehen sich die Reihen in Richtung Urwald dahin. Unter den Blätterwipfeln reifen üppige Früchte. Ab und zu tauchen Lagerplätze auf, auf denen Kokosnussfleisch unter Bretterdächern zu Kopra trocknet. Die harten Schalen sind zu haushohen Haufen aufgeschichtet. Daraus werde Holzkohle gebrannt, erklärt Willi. Nach einer halben Stunde lichtet sich der Palmenwald.

»Da ist Gunantambu.« Der Kutscher deutet mit seiner Peitsche in die Richtung, in der das prächtige, zweistöckige Gebäude auf einer riesigen, von kurz gemähtem Rasen, blühenden Büschen und Blumenstauden bedeckten Hochfläche liegt, etwa zweihundert Meter vom Strand und vom Meer entfernt.

Bei Tageslicht sieht alles anders aus. Noch größer und prächtiger. Anna erinnert sich nur noch schemenhaft an die Nacht des großen Festes, als sie zusammen mit Theobald Kolber und Sebastian Kleine in Gunantambu gewesen ist. Nicht einmal drei Wochen ist das jetzt her. Und doch scheint es ihr, als wäre es in einem früheren Leben gewesen.

Das war es ja auch – in so weiter Ferne scheint der Albtraum in Malaguna mit Heinrich Althoff für sie nun zu liegen. Auch wenn Theobald Kolber und Queen Emma sie nach dem dramatischen Zwischenfall im Hospital noch einmal gewarnt haben: Der Mann sei offenbar ein unzurechnungsfähiger Alkoholiker. Es sei tatsächlich zu befürchten, dass er seine Drohungen wahr macht und sich an ihr und Jungblut rächen wolle. Man werde sie deshalb für die nächste Zeit an einen sicheren Ort bringen, hatte Queen Emma gesagt. Ist das dieser Ort?

Ob Werner Jungblut eigentlich weiß, wohin sie nun kutschiert wird? Vermutlich wird man ihn informieren, wenn er nach Herbertshöhe zurückkehrt. Und dann wird er nachkommen. Jedenfalls hofft Anna das von ganzem Herzen. Vielleicht, so denkt sie ein paar Minuten lang, wird Queen Emma sie ja in einem der kleinen Gästehäuser auf Gunantambu unterbringen? Aber Willi, der Kutscher, fährt an dem von zwei Eingeborenen in Khakikleidung bewachten Einfahrtstor des Anwesens vorüber.

Anna glaubt noch auf der Veranda zwei Menschen zu erkennen, die der Kutsche nachwinken. Sie ist sich bei der großen Entfernung nicht sicher, aber es könnten Queen Emma und Theobald Kolber sein.

Nach weiteren zehn Minuten stößt der immer sandiger werdende, von Baumwurzeln untergrabene Weg auf ein Gelände, das mit hohen Palmen, mit Blütenbäumen und bunten Büschen bewachsen ist und das von weitem wie ein tropischer Park aussieht. Es gibt ein Einfahrtstor, dessen Schlagbaum geschlossen ist.

»Halt! Stehen bleiben!«, ruft der Kutscher. Die Pferde schnauben in ihren Zügeln und gehorchen aufs Wort. Lautes Gezwitscher ist zu hören. Ein Eingeborener in kurzer Hose, bloßem Oberkörper und einer Mütze mit Kordel auf dem Kopf kommt im Laufschritt aus einer Wachhütte und hebt den Schlagbaum an. Die Kutsche setzt sich wieder in Bewegung. Zwischen Bäumen und Büschen ist das Meer zu sehen. Direkt am Strand steht eine auf Stelzen gebaute große Hütte mit dichtem Grasdach und Wänden aus kunstvoll geflochtenen Palmenblättern, in die Öffnungen für Fenster und Türen eingelassen sind. Zum Meer hin ist über die ganze Breite eine Terrasse angebaut. Von dort aus hat man einen Blick über die Blanchebai, rechts bis nach Herbertshöhe und Vunapope, links erheben sich in einigen Kilometern die Vulkane von Rabaul.

Als könne sie ihren Augen nicht trauen, betrachtet Anna von

ihrem erhöhten Platz auf der haltenden Kutsche minutenlang dieses unwirklich erscheinende Südseeepanorama.

»Willkommen in Ihrem Quartier, gnädiges Fräulein«, sagt Willi.

»Das ist ..., das ist ja paradiesisch schön hier«, sagt Anna nach langem, ungläubigem Schweigen, als ihr der Kutscher die Hand entgegenstreckt und beim Absteigen hilft.

»In diesem Haus hat Queen Emma gelebt, als sie aus Samoa nach Deutsch-Neuguinea gekommen ist«, erklärt Willi wie ein Fremdenführer. »Sie hat es damals nach ihrer Heimatinsel Upolu genannt, und so heißt es auch noch heute, weil die Landschaft und die vorgelagerten Inseln sie an Samoa erinnern.«

Hier solle Anna eine Zeit lang bleiben. Ein oder zwei Wochen, habe Queen Emma gemeint, bis sie völlig genesen sei und keine Gefahr mehr von diesem Verrückten drohe, der sie ja schon einmal bis ins Krankenhaus verfolgt habe. Das Haus und der verwilderte Park würden bewacht. Der Kutscher führt sie um das Haus herum, als sei er selbst der stolze Besitzer.

Auf einer Abbruchkante zum Strand hin beugen ein Dutzend Palmen ihre schlanken Stämme fast waagerecht vornüber, als wollten sie sich vor dem Meer verneigen. Anna bleibt im Halbschatten. Als sie ein paar Schritte barfuß über den heißen Sand in das flache türkisfarbene Wasser gehen will, taucht hinter einigen vorgelagerten, pilzförmigen kleinen Inseln ein offenes Dampfboot mit einem hohen Schornstein auf. Der Schornstein stößt ölige Qualmwolken aus. Das Boot hat ein Ruderboot im Schlepp. Es verlangsamt seine Fahrt. Dann wird neben einer der Inseln ein Anker ausgeworfen. Ein Mann klettert über die Außenwand und lässt sich in das Ruderboot herab. Dann kommt er mit zügigen Schlägen über das flache Brandungswasser immer näher. Auf halber Strecke zum Strand scheint der Ruderer die Frau im Halbschatten der Palmen ausmachen zu können.

Er steht in dem kleinen Boot auf, schwenkt seine Arme so kräftig und heftig über seinem Kopf, bis das Boot zu kentern droht, und ruft dabei so laut, dass man es wohl noch bis Herbertshöhe hören kann: »Anna! Aaaaannaaaa ...! Ich bin es ...«

Dann legt sich Tropenarzt Dr. Werner Jungblut wieder kräftig in die Riemen, bis der Kiel des Ruderbootes über den flachen Grund schrammt. Jungblut springt in das nur knietiefe, glasklare Wasser. Schwärme von kleinen, bunten Fischen huschen über den Meeresgrund davon. Anna läuft ihrem Geliebten mit dem erhobenen Rocksaum in beiden Händen entgegen. Wasser spritzt ihr bis ins Gesicht. Endlich fallen sie sich atemlos in die Arme. Beim zweiten langen Kuss verlieren sie das Gleichgewicht, doch sie lassen nicht voneinander ab, auch nicht, als sie eng umschlungen in das warme Wasser des Pazifik sinken, das an diesem Sonntagmorgen friedlich gegen das Ufer der Blanchebai schwappt.

Am Abend sitzen sie auf der Terrasse von Queen Emmas Strandhütte und beobachten, wie der Sonnenball einen langen Reflex über das dunkelblaue Meer schickt und die Hütten von Kokopo, die Häuser von Herbertshöhe und die Kirche von Vunapope glutrot leuchten lässt, bevor er hinter den drei Vulkanen in der Bucht von Rabaul versinkt.

Später lauschen sie aneinandergelehnt auf die Geräusche der Tropennacht. Fledermäuse flattern umher, Zikaden zirpen, Nachtvögel rufen. Ab und zu springt vor ihnen ein großer Fisch aus dem Wasser, das mit der Flut bis auf ein paar Meter an die auf Stelzen stehende Hütte herangekommen ist. In der Ferne leuchtet der Himmel rot über dem großen Vulkan. Ab und zu ist ein fernes Grummeln wie von einem abziehenden Gewitter zu hören. Die Erde zittert und rumpelt, als wenn eine Eisenbahn über die Schwellen eines Schienenstranges fährt. Anna drückt sich ängstlich an Jungbluts Schulter. Er beruhigt sie.

»Die Eingeborenen sagen: der Tavurvur gibt immer wieder Lebenszeichen von sich, aber er bricht nur einmal im Leben eines Menschen aus, und der letzte feurige Lavaausbruch ist erst ein paar Jahre her. Wir brauchen also keine Angst zu haben.«

Sie schweigen lange Zeit. Dann sagt Jungblut unvermittelt: »Wie ich von Kolber und Kleine gehört habe, hast du ja einiges durchgemacht in deinem Leben?«

Anna möchte jetzt nicht an ihre Kindheit und Jugend erinnert werden, und schon gar nicht an ihre entsetzlichen Erlebnisse mit Heinrich Althoff.

»Erzähl lieber von dir«, flüstert sie schnell, »ich weiß nur, dass du aus Bremen kommst. Bremen soll eine schöne Stadt sein.«

Jungblut entzündet am Strand ein kleines Lagerfeuer. Dann erzählt er von dem kleinen Gemischtwarenladen seiner Eltern gleich hinter dem Marktplatz mit dem Roland und dem mittelalterlichen Rathaus im Schatten der beiden Türme des St.-Petri-Doms. Aus dem Laden sei inzwischen ein stadtbekanntes Kolonialwarengeschäft geworden. Sein ältester Bruder solle das väterliche Geschäft übernehmen. Zum Ausgleich habe er Medizin studieren dürfen. Weil er seit jeher von tropischen Ländern und exotischen Völkern fasziniert gewesen sei, habe er in Göttingen über das Thema »Ursachen und Erforschung der Schlafkrankheit in Schwarzafrika unter besonderer Berücksichtung der diesbezüglichen Seuchenbekämpfung in den deutschen Kolonien Kamerun und Togo« promoviert. Durch diese Arbeit sei er dem berühmten Professor Robert Koch aufgefallen. Der habe ihn in seinen Mitarbeiterstab nach Berlin berufen und dann nach Deutsch-Neuguinea geschickt. Sein Vertrag laufe noch drei Monate.

»Und dann? Gehst du dann zurück nach Deutschland?« Anna drückt seine Hand.

»Ja ..., wahrscheinlich ..., ich weiß noch nicht ...«

Nach einer Weile sagt Jungblut: »Von dir weiß ich viel weniger als du von mir. Das heißt, etwas habe ich ja deinen Reisegefährten entlocken können. Sie haben mir einiges von dem gesagt, was du ihnen auf dem Schiff erzählt hast.«

Und als er unvermittelt nach ihrem Vater fragt, rückt Anna ein Stück von ihm ab.

»Darüber möchte ich nicht sprechen, jedenfalls jetzt nicht.«

»Es interessiert mich aber sehr. Warum suchst du ihn, warum willst du einen Mann kennenlernen, der sich nie um seine Tochter gekümmert hat?«

Anna stöhnt.

»Vielleicht möchte ich nur wissen, warum er mich im Stich gelassen hat, ob es irgendwelche Gründe gibt, die ich verstehen könnte … Ich bilde mir ein, das würde mir helfen!«

»Wie kommst du eigentlich darauf, dass er ausgerechnet in der deutschen Südsee sein könnte?«

»Eine Tante hat mir verraten, was ihr unter dem Siegel der Verschwiegenheit anvertraut worden ist: Meine Mutter hat von meinem Vater in zwei Jahrzehnten zwei kurze Briefe bekommen, den ersten aus Deutsch-Südwestafrika und den letzten aus Neuguinea. Offenbar hat er beruflich in den Kolonien zu tun.«

»Eine seltsame Geschichte.« Werner Jungblut schichtet im Sand Feuerholz auf und zündet es an.

»Weißt du denn überhaupt, wie er aussieht?«

Anna zögert und greift dann doch in ihre kleine Handtasche.

»Hier! Das ist er.«

Jungblut rückt mit dem kleinen Bild in der Hand dicht an das Lagerfeuer. Im Schein der Flammen betrachtet er die alte Fotografie mit der kleinen Anna und dem Mann, der ihr Vater sein soll.

»Irgendwie kommt mir das Gesicht bekannt vor«, sagt er schließlich, »mir fällt beim besten Willen aber nicht ein, wann und wo ich diesen Mann schon einmal gesehen habe – oder vielleicht auch nur jemanden, der ihm ähnlich sieht. Immerhin dürfte er inzwischen rund zwanzig Jahre älter sein als auf dem Bild hier.«

»Das ist mir auch immer wieder so gegangen«, sagt Anna. Früher habe sie bei jedem zweiten oder dritten Mann, der altersmäßig in Frage gekommen sei, gewisse Ähnlichkeiten mit dem Mann auf dem Bild festgestellt.

»Aber jetzt möchte ich wirklich nicht mehr über diese Sache sprechen. Dazu ist dieser Abend mit dir zu schön.«

Lange sitzen sie still neben dem knisternden, knackenden Feuer, dessen Flammen kleiner und kleiner werden, bis nur noch die Glut sanftroten Widerschein verbreitet.

Jungblut steht auf und zieht Anna hoch. Er führt sie zum

Strand. Sie drängt sich beim Gehen an ihn. Sein Mund findet ihre Lippen. Sie spürt den lockenden Kitzel an ihrem Gaumen. Ihr Körper vibriert. Sie fühlt eine warme Zärtlichkeit in sich aufsteigen und dann Lust und eine Leidenschaft, die sie zuvor nicht gekannt hat. Verlangen durchströmt ihren Körper. Sie fühlt Jungbluts Erregung, als er sie auf den warmen Sand drückt. Seine Hände öffnen ihr Hemd und schieben ihren Rock nach oben. Als er versucht, in sie einzudringen, öffnen sich ihre Schenkel wie von selbst.

Nach dem zweiten Mal liegen sie atemlos nebeneinander, bis sich ihre Körper allmählich beruhigen.

»Schnell, guck mal«, sagt er, und zeigt in den nächtlichen Tropenhimmel.

»Was ist da?«

»Sternschnuppen!«, sagt er. »Zwei, drei, vier. Ein ganzer Schwarm von Sternschnuppen.«

Anna richtet sich auf.

»Wie ein himmlisches Feuerwerk«, sagt sie staunend. »Wir dürfen uns etwas wünschen!«

»Die Wünsche gehen aber nur in Erfüllung, wenn man nicht darüber spricht.«

Sie schweigen gemeinsam. Und jeder hofft, dass der andere sich dasselbe wünscht wie er selbst.

Als Anna gegen vier Uhr früh erwacht, schimmert am Horizont bereits eine pastellfarbene Morgenröte. Werner Jungblut liegt noch auf dem Rücken und schnarcht. Sie hält ihm einen Moment lang die Nase zu. Er schüttelt sich und schnaubt, dreht sich auf die Seite und schläft nun ruhig weiter.

So werde ich das auch machen, wenn wir verheiratet sind, denkt Anna, bevor sie wieder in einen traumlosen Schlaf fällt.

30

Gegen Ende des fünften Tages kündigt sich Besuch im Südseeparadies von Ralum an. Am späten Nachmittag meldet einer der Aufpasser, man habe einen Mann aufgehalten. Einen Reiter. Wie er aussehe? Wie alt der Mann etwa sei?, fragt Werner Jungblut den Eingeborenen, der eine Mischung aus Deutsch, Englisch und Tolai spricht. »Unserdeutsch« heißt dieses Sprachgemenge, wie es in Neupommern und Neuguinea bei den Einheimischen verbreitet ist. Nach der Beschreibung kann es Gottt sei Dank nicht Heinrich Althoff sein. Der Mann habe seinen Namen aufgeschrieben, sagt der Wächter und zieht einen Zettel aus seiner Hosentasche. Jungblut liest und sagt erleichtert: »Lass ihn durch. Es ist ein Freund.«

Sebastian Kleine macht als Reiter keine sehr glückliche Figur. Sein Rücken schmerzt, sein Gesicht ist staubbedeckt, in seinen geröteten Augen scheuert Sand. Windschief und vornübergebeugt hockt er auf einem Muli, einer Kreuzung zwischen Pferd und Esel, das sonst in der godeffroyschen Faktorei allerlei Dienste verrichtet. Von Herbertshöhe aus war er fast zwei Stunden unterwegs. Nun trottet das kleine, zähe Tier mit dem jungen Naturforscher im Sattel über den verwilderten Pfad auf die von Palmen umstandene Strandhütte zu, vor der Werner Jungblut mit einem breiten Grinsen wartet.

»Willkommen im Paradies«, sagt er zu dem Reiter von der traurigen Gestalt.

Sebastian Kleine rutscht aus dem Sattel auf den Boden.

Mit schmerzverzerrtem Gesicht beugt er seinen Oberkörper weit nach vorn, berührt mit den Handflächen seine Schuhe, richtet sich auf, streckt die Hände über den Kopf, dehnt sich nach links und nach rechts.

»Verdammte Schmerzen«, flucht er und fasst sich stöhnend an die untere Rückenpartie, »damit hatte ich eigentlich schon lange keine Probleme mehr.«

Erst jetzt schüttelt er die ausgestreckte Hand von Werner Jungblut. Er lässt seinen Blick von der Hütte über den Palmenstrand und über die Bucht wandern.

»Traumhaft schön hier«, sagt er, »ich hoffe, Sie beide sind gesund und glücklich.«

»Das kann man so sagen«, sagt Werner Jungblut. Er geht zur Hütte voran.

»Was führt Sie zu uns?«

»Ich soll nur mal nachsehen, ob alles in Ordnung ist«, sagt Kleine ausweichend, und als Jungblut ihn fragend ansieht, fügt er hinzu: »Ich soll die allerbesten Grüße von Theobald Kolber und von Queen Emma ausrichten, die beiden sind ja wohl Ihre Schutzheiligen geworden. Wo ist Anna?«

»Sie macht gerade einen Strandspaziergang und sucht Muscheln.«

Sebastian Kleine hätte Anna kaum wiedererkannt. Er hat sie als hübsche, aber blasse, ein wenig schüchterne junge Frau in strenger Schwesterntracht kennengelernt.

Aber nun taucht am Strand ein junges Mädchen in luftiger Bluse und bis zu den Knien hochgezurrtem Rock aus dem Schatten eines hohen Ufergehölzes auf. Das Mädchen hüpft in großen Sprüngen barfuß über den heißen Sand. Die schlanken Beine und das Gesicht sind braunrot gebrannt, die dunkelblonden Haare von der Sonne und vom Meerwasser hellblond gebleicht. Anna hat die Haare zu einem Pferdeschwanz gebunden, der wie bei einem Fohlen mit jedem Schritt hin und her wedelt. Sie lacht, als sie Sebastian Kleine erkennt. »Das ist aber eine Überraschung. Willkommen in unserem Paradies, Herr Naturforscher.«

Zwei Stunden später, als der Sonnenball wie immer mit erstaunlicher Geschwindigkeit im Meer versinkt, sitzen die drei jungen Leute nebeneinander auf dem Stamm einer vom Sturm und von der Brandung gefällten Palme. Anna und Werner Jungblut haben Sebastian Kleine in ihrem Strandparadies herumgeführt, als wären sie schon immer hier. Die Männer haben sich sofort verstanden, wie alte Freunde. Er könne in einem zweiten Schlafraum der Hütte übernachten, hat Werner Jungblut angeboten, und Kleine hat das Angebot angenommen. Allerdings erwarte er noch Besuch. Damenbesuch. Und die Dame würde vielleicht auch über Nacht bleiben wollen, jedenfalls hoffe er das sehr, sagt Kleine und grinst.

Gleich nach dem Sonnenuntergang erkennen die drei von ihrem Platz aus gegen den noch helleren Himmel die schlanke Silhouette einer jungen Frau, die mit wiegenden Schritten auf sie zukommt. Es sieht aus, als laufe sie über das Wasser, das im Widerschein des Himmels silbrig glitzert. Sie geht am Strand entlang, ein Tuch um ihre Hüfte geschlungen, und balanciert auf ihrem Kopf einen Korb, den sie mit einer Hand festhält. Kleine steht auf und ruft »Satulia – hier sind wir!« Er läuft ihr entgegen. Sie setzt ihren Korb in den Sand und breitet die Arme aus. Er drückt sie lange an sich. Dann kommen die beiden Hand in Hand zu Anna Scharnhorst und Werner Jungblut herauf.

»Darf ich vorstellen«, sagt Sebastian Kleine, »das ist Satulia, meine Freundin aus Samoa. Wir haben uns beim Fest von Queen Emma in Gunantambu kennengelernt.«

Anna Scharnhorst erinnert sich an die zierliche Südseeschönheit.

»Schön, euch zusammen wiederzusehen.«

»Ich freue mich ebenfalls.« Satulia spricht ein erstaunlich gutes Deutsch, dem ihre samtweiche Stimme jegliche Härte nimmt. Deutsch habe sie in der Missionsschule von Vunapope gelernt und im Büro von Queen Emma.

Alle vier setzen sich um die Feuerstelle herum, die Werner Jungblut am Strand für das Abendessen vorbereitet hat. Er holt noch einen vierten Fisch aus einem sackartigen Netz, das er im Brandungswasser mit einem kleinen Pflock befestigt hat. Wie die drei anderen zuvor würzt er ihn mit Salz und Pfeffer, legt verschiedene Kräuter darauf und wickelt ihn in ein Palmblatt, so wie er es bei den Eingeborenen gesehen hat. An den Rand der Feuerstelle legt er kartoffelähnliche Taroknollen. Schließlich entzündet er die Holzkohle mit einigen trockenen Scheiten. Vom leichten Seewind angefacht, breitet sich die Glut langsam aus.

»In einer Stunde können wir essen«, sagt Jungblut zufrieden.

Anna hat eine Flasche Wein aus einem kühlen Erdloch an der Strandhütte geholt. Sie schenkt vier Wassergläser halbvoll. Die beiden Paare prosten sich zu.

Die beiden Frauen gehen so selbstverständlich miteinander um, als würden sie sich schon lange kennen. Sie plaudern über ihre Heimat und über ihre Familien, wobei Anna nur ihre Mutter erwähnt und von ihrer Ausbildung zur Hebamme und Missionsschwester spricht. Satulia erzählt von ihrer Heimat Samoa, das sie im Alter von zwölf Jahren verlassen habe, um zu ihrer Tante Emma Eliza Coe nach Deutsch-Neuguinea zu gehen, wie einige Dutzend andere Mitglieder ihres großen Familienclans auch.

Auf Annas Frage erzählt Satulia, dass sie eine Cousine von Queen Emma sei, eine von insgesamt vierzehn Cousinen. Sie arbeite jetzt als Hausdame in der Residenz der Familienchefin in Gunantambu.

»Dann sind wir ja bald Kolleginnen.« Anna erzählt, dass sie demnächst die Stelle als Hausdame im Hotel Fürst Bismarck antreten werde. »Ich hoffe, wir werden nicht nur Kolleginnen, sondern auch Freundinnen.«

»Das sind wir doch schon«, sagt Satulia.

Nach dem köstlichen Essen, einer zweiten Flasche Wein und nachdem sie fast drei Stunden lang miteinander geredet und gelacht haben, steht Sebastian Kleine auf, ein wenig schwankend. Mit schwerer Zunge fragt er nach dem Geburtsdatum von Werner Jungblut.

»15. August 1865.«

»Hab' ich mir gedacht«, sagt Kleine, »ich seh' zwar jünger aus, bin aber doch der Ältere von uns beiden. Und deshalb biete ich dir das ›Du‹ an. Du kannst Sebastian zu mir sagen.« Kleine hebt sein Glas.

»Werner, mein Name«, sagt Jungblut mit einer linkischen Verbeugung.

Die beiden Männer überkreuzen ihre Arme, als wollten sie sich einhaken, und trinken jeder einen kräftigen Schluck.

»Müssen wir uns auch küssen?« Kleine prustet in sein Weinglas.

»Ja, küssen, küssen!«, ruft Satulia und klatscht in die Hände.

»Aber nur auf die Backe«, sagt Jungblut.

Die beiden Männer schmatzen sich gegenseitig auf die Wangen.

31

»Das habt ihr sehr schön gemacht.« Anna streichelt ihren Geliebten.

Satulia steht auf, küsst den sitzenden Sebastian Kleine auf die Stirn und sagt: »Auf dieses Ereignis sollten wir noch etwas Besonderes trinken, eine Spezialität meiner Heimat Samoa.«

»Vorher muss ich aber noch etwas mit dir besprechen, mein Freund.« Sebastian Kleine zieht Werner Jungblut hoch und dirigiert ihn von der Feuerstelle am Strand zum höher gelegenen Haus an der Abbruchkante des Ufers hin. Auf der Terrasse brennt eine Petroleumlampe, die das fliegende Ungeziefer aus dem Hausinneren locken soll. Moskitos, Motten und Nachtschmetterlinge umschwärmen das Licht. Die Flamme zischt und knackt jedesmal, wenn ein Insekt verbrennt. Manchmal klingt es wie ein kleines Gewitter. Sebastian Kleine dreht die Flamme höher.

»Wir müssen etwas Berufliches bereden«, sagt er nach einer Weile, »leider wird es nicht so erfreulich wie das, was unsere Damen besprochen haben.«

Als Jungblut ihn im Schein der flackernden Lampe fragend ansieht, holt Kleine einen postkartengroßen, flachen Brustbeutel aus seinem Hemd und zieht mit spitzen Fingern zwei Briefumschläge hervor.

»Post für dich. Zwei ziemlich bedeutende Herren haben dir etwas Wichtiges mitzuteilen.«

»Was ist das?«

Jungblut ist nüchtern geworden. Er kniet sich hin und hält die Umschläge ins Licht, einer ist weiß, der andere grau. Auf beiden Briefen steht »Herrn Dr. Werner Jungblut – nur persönlich zu übergeben!« Persönlich ist jeweils unterstrichen und mit einem Ausrufezeichen markiert. Der Absender des grauen Briefes ist »Dr. Malte von Wunsiedel, Ärztlicher Direktor des Hospitals Herbertshöhe«. Auf dem zweiten ist mit eleganten, fließenden Buchstaben aufgedruckt: »Dr. Albert Hahl, Gouverneur von Deutsch-Neuguinea«.

Werner Jungblut setzt sich auf den Bretterboden der Terrasse.

»Was hat das zu bedeuten?«

»Lies den Brief von Doktor von Wunsiedel zuerst, ich glaube, der erklärt den Sachverhalt einigermaßen zutreffend«, erklärt Sebastian Kleine.

Inzwischen sind die beiden Frauen auf die ernsten Gesichter und gedämpften Stimmen der Männer aufmerksam geworden.

Jungblut reißt die beiden Umschläge nacheinander auf und liest im flackernden Lichtschein halblaut den Wortlaut der beiden Briefe vor.

Chefarzt Wunsiedel schreibt:

»Sehr geehrter Kollege Jungblut,

mit Bedauern möchte ich Sie bitten, Ihren, wie ich weiß, hochverdienten kurzen Erholungsurlaub zu unterbrechen. Die Gründe möchte ich kurz darlegen:

Mich hat über Bischof Couppè aus Vunapope eine Nachricht erreicht, die Seine Exzellenz als Leiter der größten Mission in Deutsch-Neuguinea und mich als Arzt gleichermaßen beunruhigt. In dem Missionsdorf St. Paul der Brüder vom Heiligsten Herzen Jesu, das sich in den Baininger-Bergen, oberhalb des Küstenortes Vunamarita im westlichen Teil Neupommerns, befindet, ist allem Anschein nach eine hochinfektiöse, möglicherweise lebensbedrohliche Krankheit aufgetreten. Das Krankheitsbild ist nach den vorliegenden laienhaften Schilderungen diffus. Die Be-

troffenen werden von üblen Geschwüren befallen, leiden unter Diarrhö und Fieberattacken. Pater Matthäus Rascher, der Leiter von St. Paul, befürchtet eine epidemische Ausbreitung. Wir halten es für angebracht, seine Befürchtungen ernst zu nehmen und entsprechende Gegenmaßnahmen zu ergreifen.

Nach der Abreise der übrigen Mitglieder der Forscher-Delegation für Tropenmedizin des hochverehrten Herrn Professor Robert Koch sind Sie der einzige verbliebene Spezialist für Tropenkrankheiten in Neupommern. Ich möchte Sie daher aufs Eindringlichste bitten, sich unverzüglich nach St. Paul zu begeben. Seine Exzellenz Bischof Couppè hat zugesagt, Ihnen am kommenden Donnerstag das Dampfboot Gabriel *der Missionsgesellschaft der Brüder vom Heiligsten Herzen Jesu nach ihrem gegenwärtigen Aufenthaltsort bei Ralum zu schicken, wo es voraussichtlich am späteren Vormittag eintreffen wird. Das Boot soll Sie unverzüglich zum Küstenort Vunamarita bringen, wo eine Trägerkolonne zu Ihrer Verführung stehen wird, um Sie nach St. Paul zu geleiten.*

Bitte informieren Sie Gouverneur Hahl und mich unverzüglich über den Verlauf und über das Ergebnis Ihrer so bedeutungsvollen Arbeit in St. Paul.

Ich wünsche Ihnen Erfolg und eine gesunde Rückkehr von ihrer schwierigen Mission.

Seien Sie versichert, dass ich Ihren hochverehrten Herrn Professor Robert Koch von Ihrer Einsatzbereitschaft lobend unterrichten werde.

Gott schütze Sie!

Ihr

Dr. Malte von Wunsiedel

Postskriptum: Herrn Sebastian Kleine vom Haus Godeffroy & Sohn bin ich dankbar, dass er sich bereiterklärt hat, Ihnen diese Nachricht zu übermitteln.

»Gott schütze Sie ... Das klingt aber sehr dramatisch«, sagt Anna Scharnhorst in das Schweigen hinein.

»Na ja, ungefährlich ist es jedenfalls nicht.« Sebastian Kleine reicht Jungblut auch den zweiten Brief.

»Abgesehen von dieser mysteriösen Krankheit werden dich in der Gegend von St. Paul auch noch ein paar Menschenfresser erwarten, jedenfalls hat mir Theobald Kolber erzählt, dass zwischen der Küste und den Bergen verfeindete Eingeborene vom Stamm der Tolai und der Baininger leben. Und die führen immer wieder mal Krieg gegeneinander und fressen einander dann auf. Sogar zwei australische Missionare sollen die Kannibalen getötet und verspeist haben – wahrscheinlich schmecken Ihnen auch weiße Medizinmänner.«

»Willst du wohl aufhören!« Anna Scharnhorst stampft wütend mit dem Fuß auf. »Ich mag das nicht hören!«

»Mach dir keine Sorgen. Dieser Auftrag ist nicht gefährlicher als ähnliche Aufgaben, die ich gesund und munter überstanden habe.« Es gehöre zum Beruf eines Tropenmediziners, sich in Gefahr zu begeben, sonst hätte er ja gleich in Bremen bleiben können.

»Was hat dir denn der Gouverneur geschrieben?«, fragt Anna.

Jungblut öffnet den zweiten Umschlag und überfliegt den kurzen Inhalt. »Er bedankt sich für meine Bereitschaft, nach St. Paul zu gehen. Das sei zum Wohle der akut gefährdeten Menschen dort und vielleicht sogar zum Wohle der ganzen Kolonie. Wenn er nach meiner Rückkehr etwas für mich tun könne, solle ich ihm das sagen. Gerne erwarte er mich zu einem persönlichen Gespräch. Gezeichnet mit vorzüglicher Hochachtung, Albert Hahl, Gouverneur.«

Satulia sagt, alles werde gut werden und, wie sie vorhin schon gesagt habe: Sie habe das Nationalgetränk ihrer Heimat mitgebracht, das böse und traurige Gedanken verscheuche.

»Ich glaube, so etwas können wir jetzt wirklich gut gebrauchen«, sagt Sebastian Kleine. »Wir sollten jetzt noch den Abend und die Nacht genießen. Geschickt spaltet Satulia mit einer Machete zwei Kokosnüsse in jeweils gleich große Hälften. In die vier Schalen gießt sie aus einer Flasche in ihrem Korb eine bräunlich-grünliche Flüssigkeit.

»Das ist Kawa«, sagt Satulia. Sie stoßen mit den gefüllten Kokosnussschalen an.

Es schmeckt bitter und scharf, aber tatsächlich stellt sich bald bei allen ein wohliges Gefühl ein.

Arm in Arm gehen die beiden Frauen unter dem Sternenhimmel am Strand spazieren, auf die Vulkane auf Rabaul zu.

Die beiden Männer reden über den bevorstehenden Einsatz in St. Paul.

»Vermutlich ist es nicht so schlimm in St. Paul«, sagt Werner Jungblut zu Sebastian Kleine. »Nach meinen Erfahrungen wird vieles übertrieben. Jedes kleine Unglück ist immer gleich eine Katastrophe, und aus jedem Schnupfen während der Monsunzeit machen die Leute gleich eine Lungenentzündung, und jede Lungenentzündung wird dann zur Epidemie. Unter den Europäern hier sind erstaunlich viele Hypochonder.«

Kleine hört schweigend zu. Erst als sein neuer Freund still und in sich gekehrt dasitzt, beginnt er zu reden. Er hört sich dabei selber zu, und zu seinem eigenen Erstaunen spricht er auch über Dinge, von denen er eigentlich schweigen wollte. Er erzählt Jungblut von der geheimnisvollen Diamantenmine, die er zusammen mit Theobald Kolber erforschen soll.

»Kaum haben wir uns näher kennengelernt, da trennen sich unsere Wege auch schon wieder«, sagt er, »während du morgen mit dem Boot nach Osten fährst, marschiere ich in den nächsten Tagen in die andere Richtung nach Südwesten.« Und dann erzählt er Werner Jungblut sogar, welche Bedeutung die Diamantenmine für das Haus Godeffroy & Sohn haben könnte, und welche merkwürdige Rolle der Polizeikommandant Schmeile in dieser Angelegenheit spielt …

Und als sich Sebastian Kleine bei seinem langen Monolog zu seinem stillen Zuhörer Werner Jungblut umdreht, da sieht er, dass der seine Augen fest geschlossen hat und dass sein Kinn auf seine Brust gesackt ist.

»Schläfst du?«, fragt Kleine.

»Nein, ich denke nach und höre jedes Wort – das ist ja eine unglaubliche Geschichte, diese Sache mit der Diamantenmine.« Jungblut spricht mit gedehnter Stimme.

»Ich habe schon zu viel geplaudert«, sagt Kleine nun ebenfalls ganz langsam. »Versprich mir, dass du niemandem davon erzählst.«

Werner Jungblut sinkt langsam zur Seite, mit einem behaglichen Grinsen im Gesicht. Der Trunk aus Samoa hat auch bei den anderen eine entspannende Wirkung. Anna Scharnhorst, Werner Jungblut und Sebastian Kleine schlafen bald tief und fest. Nur Satulia bleibt wach. Sie behütet das Feuer und die drei Schlafenden.

Nach einiger Zeit, später weiß sie nicht, ob es Minuten oder Stunden gewesen sind, wird Anna Scharnhorst wach. Der Himmel ist sternenklar. Die Uferlinie mit den Mangrovenbüschen und den Palmen hebt sich dunkel vom glänzenden Meer ab. Es ist still. Auch die Fledermäuse und die Nachtvögel schlafen jetzt. Doch dann sind ganz in der Nähe seltsame Geräusche zu hören, ein Rascheln und Scharren, als ob Tiere miteinander kämpfen. Dann vernimmt sie undeutliche Laute. Menschliche Laute. Eine helle und eine dunklere Stimme. Eine Frau und einen Mann. Anna hört ein unterdrücktes Kichern. Und leises Lachen. Und ein zweistimmiges Stöhnen. Dann ist es eine Zeit lang ruhig.

Als Anna gerade wieder einschlafen will, ertönen hintereinander kleine Schreie. Und dann ein langes, gedämpftes Stöhnen. Dann ist es still – bis eine Frauenstimme etwas in einer fremden Sprache flüstert, zwei-, dreimal, immer dieselben Worte. Eine leise Männerstimme antwortet etwas auf Deutsch, und ein kleiner Wind trägt die Worte deutlich hörbar herüber. »Ich liebe dich auch …«

Anna Scharnhorst richtet sich vorsichtig auf. Werner Jungblut hat seinen Kopf seitlich in ihren Schoß gebettet. Sein Mund ist gespitzt wie zu einem Pfiff. Er sieht aus wie ein schlafendes Baby, denkt sie und streichelt liebevoll sein Gesicht, auf dem allerdings in den letzten Tagen ein dunkler Stoppelbart gewachsen ist. Jungbluts Atem geht tief und gleichmäßig.

Aber wo sind Sebastian Kleine und Satulia? Dort, wo sie vorhin gesessen und Kawa getrunken haben, stehen ihre beiden leeren Kokosnussschalen im Sand.

»Sebastian …! Satulia …!« Anna ruft leise die beiden Namen. Ein Kichern antwortet darauf.

Dann verstummen die Stimmen, die offenbar aus einem Mangrovengebüsch kommen, das in etwa zehn Metern Entfernung bis dicht an das Wasser wächst. Die Flut hat ihren höchsten Stand in dieser Nacht erreicht.

»Was hast du gesagt?«

Werner Jungblut hebt seinen Kopf aus Annas Schoß und richtet sich schläfrig auf.

»Ich habe nach Sebastian und Satulia gerufen.« Die beiden seien verschwunden, sagt Anna. Sie habe sich Sorgen gemacht, aber es wäre offenbar alles in Ordnung.

»Wo sind sie denn?«

»Da drüben. Hinter dem Mangrovenbusch.«

»Und? Was machen sie da?«

»Das sage ich nicht.« Anna lacht und steckt ihren Geliebten mit ihrem Lachen an.

»Ich finde, wir sollten das jetzt auch machen«, sagt Werner Jungblut.

»Wahrscheinlich ist das auch die letzte Gelegenheit für eine längere Zeit.«

Werner Jungblut steht auf, zieht Anna hoch und führt sie zur Strandhütte, die noch immer vom Schein der Petroleumlampe auf der Terrasse beleuchtet wird.

»Hier ist es nicht so sandig. Und wir haben es bequemer als die beiden da unten am Strand.« Er lässt sich rückwärts auf die mit trockenem Gras gefüllte Schlafmatte sinken und zieht Anna zu sich.

32

Die beiden Paare verschlafen den Sonnenaufgang. Aber dann baden sie im Meer, das mit 26 Grad nur wenig kühlt, aber dennoch erfrischend ist. Sie packen noch ihre Sachen zusammen, als gegen halb zehn, früher als erwartet, am östlichen Horizont ein kleines Schiff auftaucht und in schneller Fahrt näherkommt. Aus einem hohen Schornstein qualmen dicke Dampfwolken in den glasigen Himmel.

»Da kommt dein Dampfer! Das ist die *Gabriel*, das Dampfboot der Missionare aus Vunapope.«

Sebastian Kleine reicht seinem Freund sein Fernglas. Die beiden Frauen stehen neben ihren Männern barfuß im Sand. Alle sind wehmutig, wie bei der Vertreibung aus einem Paradies. Satulia schmiegt sich an Sebastian Kleine. Werner Jungblut umarmt Anna und küsst beim Abschied ihre feuchten Augen.

Die beiden Männer rudern dem Dampfboot entgegen. Nach einer halben Stunde kommt Sebastian Kleine alleine zum Ufer zurück, während die zwölf Meter lange *Gabriel* mit ihrer starken Dampfmaschine volle Fahrt aufnimmt, eine lange weiße Gischtspur durch das blaue Wasser der Blanchebai zieht und immer kleiner und kleiner wird, bis sie am Horizont, an der verschwommenen Trennlinie zwischen Himmel und Wasser, verschwindet.

Anna lässt das Fernglas sinken. Sie wendet sich ab und faltet die Hände. Nach langer Zeit betet sie zum ersten Mal wieder.

»Der Schiffsführer der *Gabriel* hatte eine gute Nachricht von Theobald Kolber für uns«, sagt Sebastian Kleine. »Kolber schickt uns in ein paar Stunden das kleinste Dampfboot der godeffroyschen Faktorei. Das erspart uns den mühsamen Rückweg zu Lande aus unserem Paradies von Ralum. Wir können Satulia am Anleger von Gunantambu absetzen, bevor Anna und ich weiter nach Herbertshöhe fahren.« Und an Anna Scharnhorst gewandt sagt er: »Queen Emma lässt dir ausrichten: Wenn du willst, kannst du morgen schon mit deiner neuen Arbeit im Hotel Fürst

Bismarck anfangen. Ich finde, das ist eine gute Idee, das wird dich auf andere Gedanken bringen.« Denn er selber werde mit Theobald Kolber zu einer Expedition ins Landesinnere aufbrechen müssen.

Tagebuch Sebastian Kleine, Sonntag, 26. Juni 1898
Rückblickend fühle ich mit schmerzender Wehmut, dass dieser letzte Abend und die letzte Nacht in der Strandhütte von Queen Emma mit Satulia, meinem Freund Werner Jungblut und meiner Freundin Anna Scharnhorst zu den schönsten Erinnerungen meines Lebens gehören werden. Diese Stunden werde ich niemals vergessen, auch weil ich mich in dieser Nacht in Satulia verliebt habe und sie sich offenbar in mich. Während ich dies schreibe, liegt vor mir ein Talisman, den sie mir gegeben hat, bevor wir voneinander Abschied nehmen mussten. Es handelt sich um eine kleine, in allen Farben des Regenbogens leuchtende Paradiesvogelfeder, die an ein Halsband aus Perlmuttmuscheln gebunden ist, einen Glücksbringer in der Art, wie er von verliebten Menschen auf Samoa getragen wird, hat Satulia mir erklärt. Dieser Talisman soll mich auf allen meinen Wegen beschützen.

Nachdem wir vier uns also voneinander getrennt hatten und für jeden von uns ein neues Kapitel des Lebens begonnen hatte, verbrachte ich in unserer Faktorei in Herbertshöhe den restlichen Tag mit den Vorbereitungen der Expedition zur Diamantenmine. Diese Tätigkeit hat mich von meinen Gedanken an Satulia abgelenkt. Bei der Ablenkung geholfen hat auch, dass ich von Theobald Kolber ausführlicher über sein Gespräch mit dem Polizeikommandanten Gustav Schmeile in Kenntnis gesetzt wurde, der sich ja zu unserer großen Überraschung als jener Klaas van Oranje entpuppt hat, von dem uns Johan Cesar Godeffroy bei unserer Abreise in Hamburg berichtet hatte.

Diesen Tagebucheintrag, das sollte ich hier erwähnen, schreibe ich bereits am Abend des vierten Tages unserer Expedition, zu der uns Polizeikommandant Gustav Schmeile führen will. Wir haben unser Nachtlager in einer Landschaft errichtet, die ich mir bei all meiner Fantasie als kleiner Junge nicht hätte träumen lassen: Vor uns stürzt die brodelnde Gischt eines Wasserfalls mit rauschendem Getöse eine fünfzig Meter tiefe Urwaldschlucht herab. Dahinter bilden steingraue Felshügel einen Halbkreis, hinter dem wiederum höhere Berge in einem blauen Dunst liegen. Den unteren, breiteren Ausläufer dieser Schlucht haben wir nach einem strapaziösen Aufstieg kurz vor Sonnenuntergang erreicht. Nun schäumt der weiße Wasserfall vor einer samtgrünen Dunkelheit und ist allerdings mehr zu hören als zu sehen.

Wir haben unser recht geräumiges Zelt am oberen Ende einer schmalen Lichtung etwa hundert Meter unterhalb des Wasserfalles aufgeschlagen. Wir – das heißt Theobald Kolber, Stanislaus Gornik und ich. Zu meiner freudigen Überraschung nämlich hat Kolber kurzfristig beschlossen, meinen polnischen Forscherkollegen und Freund zu dieser Expedition mitzunehmen.

Stani wollte auf der Suche nach den legendären Paradiesvögeln im Urwald von Neupommern ohnehin in diese Gegend vordringen, und so hat Kolber ihn in das Ziel unserer Expedition eingeweiht. Und dabei stellte sich heraus, dass Stani genau der richtige Begleiter ist. Er interessiert sich neben seinen übrigen Tätigkeiten auch für Mineralien. Lektüre zu diesem Thema befindet sich in seiner kleinen Handbibliothek, unter anderem ein »Allgemeines Bestimmungsbuch für Edelsteine und Mineralien, unter besonderer Berücksichtigung ihrer Vorkommnisse in den kolonialen Schutzgebieten des deutschen Reiches«. Des Weiteren verfügt er auch über einen kleinen Fundus von Chemikalien, darunter auch ein oder zwei Fläschchen mit Perchlorsäure, mit der sich in einem ersten einfachen Versuch die Echtheit von Diamanten bestimmen lasse. Das Vorgehen, sagt er, habe er von einem Onkel, einem Juwelier aus Krakau, gelernt.

Kolber war begeistert. »Das ist ja ganz ausgezeichnet. Dann sind Sie ja genau unser Mann, welch ein glücklicher Zufall, dass ich das noch rechtzeitig erfahre.«

Wenn es recht sei, meinte Gornik, dann werde er einen Eingeborenen als Dolmetscher mitbringen, einen Tolai-Mann aus

Vunapope, der ihn schon häufiger begleitet habe. Das sei ihm sehr recht, sagte Kolber und klopfte Gornik anerkennend auf die Schulter.

Gustav Schmeile war dagegen weniger angetan von Stanislaus Gorniks Anwesenheit. Sein Gesicht verfinsterte sich, als Theobald Kolber ihm unseren polnischen Freund mit wichtiger Miene als »Diamantenspezialisten des Hauses Godeffroy & Sohn« vorgestellt hat.

»Das ist ein Verstoß gegen unsere Absprache. Wir hatten ausgemacht, dass nur Sie und Ihr Assistent Herr Sebastian Kleine an unserer Expedition teilnehmen.« Erst als Kolber mit einem Abbruch des ganzen Unternehmens drohte, akzeptierte Schmeile die Mitwirkung unseres sogenannten Diamantenexperten, würdigte Sebastian Gornik aber fortan kaum eines Blickes.

Gustav Schmeile lagert jetzt mit einem australischen Begleiter am gegenüberliegenden Ende des länglichen Platzes, an dem wir unsere Zeltstatt errichtet haben. Schmeile hat uns den Australier als James Shepard vorgestellt. Dieser Shepard ist ein schweigsamer Kerl, dessen sommersprossiges Schnauzbartgesicht von einer Knollennase dominiert wird, auf der unpassenderweise eine randlose Gelehrtenbrille sitzt. Wie wir alle trägt Shepard Khakikleidung und Tropenhelm, man benötigt aber einige Vorstellungskraft, wollte man ihn sich in Frack und Zylinder an der Börse von Sydney vorstellen – falls es dort eine Börse überhaupt gibt und falls dort eine Kleiderordnung wie bei uns in Hamburg Sitte sein sollte.

Mit vertraulichem Getue hat Schmeile erklärt, Mister Shepard sei ein ebenso einflussreicher wie wohlhabender Mann. Jahrelang sei er Repräsentant des südafrikanischen Diamantenkonzerns de Beers in Australien gewesen und fungiere nun in unserer Angelegenheit als Vertreter einer australischen Investorengruppe, die sich die Grundstücks- und Schürfrechte an der Diamantenmine gesichert habe, bei der wir morgen endlich eintreffen würden. Mister Shepard, so fuhr Schmeile fort, sei eigens zum Zwecke der Teilnahme an dieser Expedition mit einem Postdampfer aus Syd-

ney angereist und werde Neupommern und Deutsch-Neuguinea auf dem gleichen Wege auch so bald wie möglich wieder verlassen.

Gegenüber Schmeile empfinde ich eine herzliche Abneigung. Der Mann ist ein Aufschneider, der seine echten oder vorgeblichen Taten und seine wirklichen oder eingebildeten Lebenserfahrungen lauthals und meist ungefragt zum Besten gibt. Mir gegenüber tritt er mit aufdringlicher Freundlichkeit auf, wie ein Vorgesetzter, der einen Untergebenen durch Jovialität gefügig zu machen versucht. Überdies hat er eine unangenehme Art, einem beim Reden zu nahe zu treten, so dass man seinem schlechten Atem nicht ausweichen kann. Und er redet leise, als plaudere er dauernd vertrauliche Dinge aus.

Mein väterlicher Freund Theobald Kolber ist jetzt auf der gegenüberliegenden Seite unseres Zeltes in einen sonoren Tiefschlaf gefallen. Und auch Stanislaus Gornik schnarcht vernehmlich vor sich hin.

Im Gegensatz zu den beiden habe ich trotz der Anstrengungen des langen Marsches bisher noch keine Nachtruhe finden können. Doch nun will ich meine heutigen Aufzeichnungen beenden, denn immer mehr Moskitos greifen das feinmaschige Schutznetz vor unserem Zelteingang an, in dem ich bereits etliche Löcher flicken musste. Natürlich werden diese Plagegeister auch von der Petroleumlampe angelockt, in deren Lichtkreis ich die obigen Zeilen zu Papier gebracht habe. Mir fallen nun endlich die Augen zu, trotz der inneren Anspannung und der wachsenden Neugier, mit der ich den Ereignissen des morgigen Tages entgegensehe.

»Der Gute findet hier sein Paradies,
der Schlechte genießt schon hier die Hölle.«

Heinrich Heine

DRITTER TEIL

33

Werner Jungblut, Kaufmannssohn aus Bremen, Studium der Allgemeinmedizin, Weiterbildung zum Tropenarzt bei Professor Robert Koch in Berlin, Promotion über Ursachen und Bekämpfung der Schlafkrankheit in Schwarzafrika, frisch verliebt in Fräulein Anna Scharnhorst, steht ganz vorne am Bug des Missionsdampfers *Gabriel* und hält sein Gesicht in den kühlenden Fahrtwind. Er ist jetzt 32 Jahre alt, sieht aber noch immer aus wie ein Student mittleren Semesters, mit dem glatt rasierten, fast faltenfreien Gesicht und den langen braunen Haaren, die ungezähmt um seinen Kopf herumflattern.

Mit geschlossenen Augen denkt Jungblut an seine geliebte Anna. Er atmet die Seeluft tief ein und schließt wieder seine Augen, als könne er seine Gedanken so besser unter Kontrolle bringen. Ob Anna mit ihm nach Deutschland gehen würde? Ob sie eines Tages als Arztehepaar in seiner Heimatstadt Bremen ein gutbürgerliches Leben führen könnten?

»Wenn Sie mal kurz die Augen öffnen würden, Herr Doktor, Ihnen entgeht sonst ein unvergesslicher Anblick!«

Der Schiffsführer der *Gabriel* hat sich breitbeinig neben Jungblut gestellt, während sein Helfer am Ruder steht. Bruder Johannes, den alle Käpt'n Hannes nennen, ist ein bulliger Mann, dem man nicht ansieht, dass er sich als Laienbruder der Herz-Jesu-Missionare einem strengen, christlichen Leben verschrieben hat. Einen Kerl wie ihn vermutet man weniger in Gotteshäusern als vielmehr in Hafenspelunken und schlimmeren Sündenpfuhlen dieser Welt. Aus seinem von einem rotblonden Vollbart zugewucherten Gesicht stechen zwei wasserblaue Augen hervor. Das Linke schielt stark nach rechts. Seine ebenfalls rötlich behaarten Unterarme sind nach Seemannsart tätowiert. Allerdings nicht mit Ankern und Segelschiffen und halbnackten Bräuten, sondern links mit Jesus am Kreuz und rechts mit der Jungfrau Maria im Rosenkranz.

Käpt'n Hannes zeigt nach backbord.

Die *Gabriel* fährt im Abstand von einer Seemeile an der Küstenlinie der Blanchebai entlang und passiert die Bucht von Rabaul mit der kleinen Insel Matupi, auf der das Hamburger Handelshaus Hernsheim & Co. seine Niederlassung hat, eine befreundete Konkurrenz von Godeffroy & Sohn. Dann tauchen drei unterschiedlich große Vulkankegel am Ufer auf.

»Der kleinere Berg da vorne – das ist die ›Südtochter‹, und weiter hinten, das ist die ›Nordtochter‹.« Der Schiffsführer gefällt sich als Fremdenführer. Er zeigt von hier nach da und weiter nach dort. Sein Jesus-am-Kreuz-Arm weist auf Korallenriffe und Fischschwärme, die unter dem Kiel vorüberziehen. Mit der Maria-im-Rosenkranz-Hand zeigt er auf kleine Küstendörfer und unbewohnte Inseln am Horizont. Dann übernimmt er wieder selber die große Ruderpinne. Seinem Bootsmann Hinrich ruft er gegen den Fahrtwind zu, er solle mehr Holz und Kohle nachlegen und Volldampf geben. Schließlich wolle man in spätestens sechs Stunden in Vunamarita sein, damit der junge Herr Doktor nach einem drei- bis vierstündigen Fußmarsch noch möglichst vor Einbruch der Dunkelheit das Missionsdorf von Pater Matthäus Rascher erreichen könne.

Was wird ihn in St. Paul erwarten? Werner Jungblut blickt auf die handgezeichnete See- und Landkarte von Neupommern, die Käpt'n Hannes aus einer wasserfesten Zinkkiste geholt hat. Vunamarita liegt an der Küste der nördlichen Gazelle-Halbinsel, westlich der großen Bucht, die Weberhafen genannt wird. Zwanzig bis 25 Kilometer landeinwärts steht mit roter Tinte »St. Paul«, ringsherum sind die Baininger-Berge einskizziert. In diesem von der zivilisierten Welt abgeschiedenen Christendorf der katholischen Brüder vom Heiligsten Herzen Jesu leben Missionare, Laienbrüder und Missionsschwestern in einer wilden Umgebung, in der kriegerische Kannibalenstämme ihr Unwesen treiben sollen. Hier soll eine noch unbekannte tropische Krankheit ausgebrochen sein? Eine Epidemie wie Pest oder Cholera, Schwarzwasserfieber oder die Schlafkrankheit? Lauert dort tatsächlich eine Seuchengefahr für Land und Leute, für Weiße und Schwarze? Die dramatisch klingenden Briefe von Chefarzt Wunsiedel und Gouverneur Hahl lassen das Schlimmste befürchten.

Das Missionsboot *Gabriel* dampft mit einer erstaunlichen Geschwindigkeit von zehn Knoten immer an der bewaldeten Küste der Gazelle-Halbinsel entlang. Es hat die Bucht von Rabaul bald hinter sich gelassen, passiert das Cap Stephens, die Urar-Insel, den Weberhafen und das Fischerdorf Rawanda. Fünf Stunden und vierzig Minuten nach der Abfahrt von Ralum kommt das Eiland Massava in Sicht. Bald darauf leuchtet im Widerschein der schon flacher stehenden Sonne ein weißes Kirchlein am Ufer auf. Durch das Fernglas ist ein blitzendes kleines Metallkreuz auf dem kurzen Turm zu erkennen. Ringsherum stehen Wellblechhäuschen und grasbedeckte Eingeborenenhütten.

»Vunamarita … Wir sind da!«

Käpt'n Hannes zieht eine verbeulte Taschenuhr aus seiner Hose. »Sechs Stunden und 25 Minuten! Das ist ein neuer Rekord für mich und meinen Erzengel Gabriel.« Er blickt geradezu liebevoll auf das Boot und auf die Dampfmaschine in der Bootsmitte.

Es ist Viertel nach vier Uhr nachmittags, als Dr. Werner Jungblut an diesem Sonntag in Vunamarita an Land geht. Am Ufer warten fünf kräftige Träger auf ihn und sein Gepäck. Drei Stunden lang marschieren die Männer zügig über einen erst unlängst in Wald und Busch geschlagenen Pfad, der sich stetig ein wenig bergauf windet. Nachdem sie am Ufer des Toriu-Flusses ein neues Sägewerk passiert haben, steigen vor ihnen, auf einer höher gelegenen Ebene, helle Rauchwölkchen in den samtblauen Himmel, in den sich von Westen her eine bedrohliche Wolkenwand schiebt. Ein paar trockene Blitze zucken bereits daraus hervor, aber es sind keine Donnerschläge zu hören. Noch steht der Abendstern leuchtend über St. Paul. Auf dem Platz vor der neuen Holzkirche lodert ein kleines Feuer. Aus dem Gegenlicht des Feuers kommt ihnen ein großer Mann entgegen, dessen gewaltiger Bart breit und lang wie eine Serviette vor seiner Brust baumelt.

»Gott sei's gedankt! Gelobt sei Jesus Christus! Geheiligt werde Maria …!«, ruft Pater Matthäus Rascher. »Willkommen in meinem kleinen St. Paul!«

Seine bayrischen Vokale klingen in dieser abgelegenen Weltgegend so vertraut wie die kehligen Laute eines Kannibalen im katholischen Sankt Emmeran.

Der Mann Gottes eilt Tropenarzt Jungblut und seinen Trägern mit wehenden Rockschößen und ausgebreiteten Armen entgegen.

»Geliebt sei überall das heiligste Herz Jesu!«

Von weitem schon ruft er die Grußformel seines Ordens. Beim Näherkommen sieht er Werner Jungblut enttäuscht an. Wo denn der ihm angekündigte medizinische Fachmann für tropische Krankheiten sei, der Herr Doktor Werner Jungblut?

»Der steht vor Ihnen«, sagt Jungblut. »Wann und wo kann ich die Kranken sehen? Ihren Berichten an den Bischof und an Chefarzt Wunsiedel zufolge besteht Gefahr im Verzuge. Sie deuteten an, dass eine Seuchengefahr drohe?«

Nicht direkt, wehrt Pater Rascher ab. Es gebe ein halbes Dutzend Menschen beider Hautfarben und beiderlei Geschlechtes mit rätselhaften, besorgniserregenden Symptomen in St. Paul und Umgebung. Zwei von ihnen seien offenbar bereits dem Tode geweiht, den anderen gehe es von Tag zu Tag schlechter.

»Es muss durch eine genaue Untersuchung und präzise Diagnose verhinderte werden, dass eine Epidemie ausbrechen kann.«

Auch weil in nicht einmal zwei Wochen die feierliche Einweihung der neue Kirche des Christendorfes in Anwesenheit von zahlreichen anreisenden Würdenträgern stattfinden werde. Und da müsse er als Gastgeber natürlich jegliches Gesundheitsrisiko, jegliche Ansteckungsgefahr für die erwarteten Honoratioren ausschließen.

»Das klingt aber schon nicht mehr ganz so dramatisch wie in Ihren Hiobsbotschaften an den Bischof und an den Gouverneur.«

»Glauben Sie mir, ich bin tatsächlich ernsthaft besorgt, Herr Doktor Jungblut!«

Pater Rascher betont das »ernsthaft« und das »Herr Doktor«, und meint dann in versöhnlicher Tonlage, man solle nun aber erst einmal eine Stärkung zu sich nehmen. Das Abendessen sei bereitet. Sein Hausjunge habe dafür mit seinem Schrotgewehr ein paar prächtige Wildtauben erlegt. Nach dem Essen werde er dann die entsprechenden Informationen und Weisungen für das weitere Vorgehen geben.

»Weisungen?«

Jungblut sieht den Pater erst erstaunt und dann herausfordernd an. Er sei es gewohnt, selbstständig und in eigener Verantwortung zu arbeiten, sagt er mit kühler Schärfe, denn er hat wenig Lust, sich nach den Strapazen der Anreise zum Diener dieses Herrn machen zu lassen.

Ob Hochwürden eine abgeschlossene medizinische Fachausbildung für tropische Krankheiten habe?, fragt er spitz. In diesem Falle könne er ja gleich wieder umkehren.

Rascher zuckt bei dieser Schroffheit zusammen.

»Ich bitte um Verzeihung. Selbstverständlich respektiere ich Ihre fachliche Kompetenz uneingeschränkt, Herr Doktor Jungblut.«

»Dann wäre das ja geklärt!« Jungblut sieht den Geistlichen noch einmal mit blitzenden Augen an.

Jedenfalls bestehe er darauf, vor dem Verzehr von gebratenen Tauben erst einmal einen der Kranken zu sehen. Er wolle sich auf der Stelle einen ersten Eindruck verschaffen, alles andere verstoße gegen seinen Auftrag und seine ärztliche Ethik!

»Möglichst noch vor dem Gewitter«, fügt er hinzu, als die ersten scharfen Windböen über den Dorfplatz fegen und große Staubwirbel vor sich hertreiben.

»Wie weit ist es bis zum nächsten Patienten?«

»Keine hundert Meter. Die Wellblechhütte dort drüben mit dem kleinen Roten Kreuz über der Tür, das ist unser Hilfslazarett. Dort liegt Bruder Gundolf in seinem Leid.«

Das sei einer der tatkräftigen Laienbrüder, die ihren Weg zu Gott und zum Orden vom Heiligsten Herzen Jesu gefunden hätten. Als gelernter Techniker habe Bruder Gundolf große Verdienste beim Aufbau des modernen Dampfsägewerks unten am Fluss.

»Gut, dann gehen Sie voran, Pater, ich will noch schnell meine Instrumententasche aus meiner Ausrüstungskiste holen.«

Die ersten dicken Regentropfen prasseln auf das Kirchendach und auf die Wellblechbütten von St. Paul. Es klingt wie ein Trommelwirbel zu Beginn eines Militärmarsches. Fehlen nur noch die Pauken und Trompeten, denkt Jungblut, während er gegen den peitschenden Wind anrennt zu der Hütte mit dem roten Kreuz.

Pater Rascher steht im Türrahmen und hält eine flackernde Regimentslampe in den dunklen kleinen Raum. Auf einem aus grobem Bambusrohr gebauten Bett liegt unter einem leichten Tuch ein Bündel Mensch. Ein Mann um die vierzig, mit dünnem schwarzem Haar und einem totenkopfähnlichen, hohlwangigen Gesicht. Neben dem Bett sitzt eine ältere weiße Frau in einem langen dunklen Kleid. Sie hat die Waden des Kranken mit kühlenden Umschlägen umwickelt.«

»Das machen Sie gut, Schwester. Schwester …?«

»Agneta …«

»Aber Sie sollten jeden direkten Hautkontakt mit diesem Kranken vermeiden, Schwester Agneta. Es besteht vermutlich erhebliche Ansteckungsgefahr!«

Dr. Werner Jungblut bindet seinen hochgeschlossenen Arztkittel zu, legt einen Mundschutz an und zieht sich Schutzhandschuhe über, bevor er sich dem Mann nähert.

»Bitte leuchten Sie mir, Pater.«

Rascher hält die Lampe mit ausgestrecktem Arm über das Krankenlager.

Jungblut hebt das Betttuch an. Bis auf eine Art Turnhose ist der Mann nackt. Geschwüre verschiedener Größen und Farbschattierungen bedecken die knochige Gestalt von den Füßen bis zur Stirn. Einige gelbliche, nässende Hautflächen sind handtellergroß. Pusteln und eitrige Blasen bedecken das Gesicht. Auf der linken Brustseite findet Jungblut kaum eine trockene Stelle, an der er das Stethoskop ansetzen kann. Das Herz schlägt gleichmäßig, wenn auch verlangsamt. Auch der Puls scheint normal. Das Fieber ist allerdings gefährlich hoch. 39,8 Grad zeigt das Thermometer, nachdem er es aus dem halboffen stehenden Mund gezogen hat, an dem sich weißlicher Schaum gebildet hat. Solch ein Krankheitsbild hat Tropenarzt Jungblut in Deutsch-Neuguinea noch nicht gesehen.

Der Mann wimmert leise vor Schmerzen. Er ist ohne Bewusstsein.

»Sehen die anderen Kranken auch so aus?«

Pater Rascher nickt. »Vielleicht nicht ganz so schlimm. Bruder Gundolf hat es als Ersten erwischt, bei ihm sind die Erscheinungen am weitesten fortgeschritten.«

»Seit wann befindet er sich in diesem komaähnlichen Zustand?«

»Seit heute Nachmittag. Wir haben Bruder Gundolf ein starkes Schmerz- und Schlafmittel aus unserer Lazarettapotheke gegeben.«

»Was für ein Mittel?«

»Morphium.«

»Morphium …? In welcher Dosierung?«

»So, wie es auf der Schachtel steht.«

Er könne den Kranken in diesem Zustand weder richtig untersuchen noch behandeln, sagt Jungblut mit unterdrücktem Zorn, und schon gar keine Medikamente verabreichen.

»Ich muss mit dem Mann doch reden können, wenn ich nach dem Beginn, dem Verlauf und der genauen Auswirkung seiner Krankheit forschen soll.«

»Seine Schmerzensschreie waren im ganzen Dorf zu hören. Die Menschen reagierten verstört und beunruhigt. Wir sind froh, dass wir sein Leid ein wenig lindern konnten.«

»Das entspricht sicherlich christlicher Nächstenliebe, aber Sie wussten, dass ein Arzt auf dem Weg ist, da war das aus medizinischer Sicht, offen gesagt, ziemlich kurzsichtig. So werde ich meine Arbeit leider verschieben müssen, bis der Kranke wieder bei Sinnen ist. Und das kann je nach Dosierung bis morgen Mittag dauern.«

Als Jungblut sich aufrichtet, glaubt er hinter Pater Rascher eine dunkle Gestalt im offenen Türrahmen zu sehen, die für den Bruchteil einer Sekunde von einem Gewitterblitz angeleuchtet wird.

Das Gesicht kommt ihm irgendwie bekannt vor.

»Wer war das?«, fragt er.

»Wie bitte?«

»Der Mann, der eben in der Tür stand und uns zugehört hat?«

»Ein Mann? Ich habe keinen Mann gesehen.«

Pater Rascher blickt Jungblut an, als habe der sich bereits bei Bruder Gundolf angesteckt und leide ebenfalls unter Halluzinationen.

Der Gewittersturm hat St. Paul erreicht. Auf den ersten Blitz folgt eine Serie von Einschlägen in der Nähe des Dorfes. In den nächsten Stunden krachen in der Umgebung mehrere Blitze in einige der höchsten Eukalyptusbäume. Meterdicke Stämme werden gespalten und brechen kreischend auseinander.

Die ganze Nacht über heult und pfeift und rüttelt der Sturm in den Bäumen und an den Hütten. Äste und Wellblechteile fliegen durch die Gegend wie Papierfetzen. Grasdächer werden abgedeckt. Das kleine Holzkreuz auf der Turmspitze der neuen Kirche reißt ab und bleibt hochkantig in einem aufgeweichten Tarofeld stecken. Die Eingeborenen verkriechen sich ängstlich in die dunkelsten Ecken ihrer Hütten. Pater Rascher, drei Missionare und fünf Missionsschwestern, die in St. Paul bei den Vorbereitungen zur großen Kircheneinweihung helfen, versammeln sich schutzsuchend im Gotteshaus. Sie bitten Gott den Allmächtigen um Gnade und singen mit ängstlichen Stimmen gegen das Sturmgetöse an.

Auch eine Gruppe von christlichen Eingeborenen drängt sich vor dem Altar aneinander. Ein dunkelhäutiger Vorbeter spricht ein Gebet in »Unserdeutsch«, einer seltsam klingenden Variante der deutschen Sprache. Er ruft gegen das Sturmgetöse an:

»I bezeugen, O mein Gott,
Du has geschaffen mi,
fi erkennen du und fi beten zu du.
I bezeugen in diese Moment
mein Schwäche und dein Mach,
mein Armut und dein Reichtum.
Is ni ein anders Gott, nur Du,
de Helfer in Gefahr, de Selbstbestehender,
Amen …«

34

Gegen Morgen legt sich der Sturm über St. Paul. Werner Jungblut hat erst kurz vor Tagesanbruch ein wenig Schlaf auf seiner harten Pritsche gefunden. Er wacht in einer Art Gefängniszelle mit Tisch und Stuhl auf, in die ihn Pater Rascher einquartiert hat. Durch eine kleine Fensteröffnung ist ein purpurfarbenes Stück Morgenhimmel zu sehen, in das der Schattenriss eines Palmwedels ragt.

Am Morgen nach dem Unwetter sind alle christlichen Eingeborenen von St. Paul mit Aufräumarbeiten beschäftigt, mehr als hundert Männer, Frauen und Kinder. Die meisten der 26 Hütten sind beschädigt. Das Dach der Schule ist zur Hälfte abgedeckt. Überall ist etwas zu tun.

Fasziniert beobachtet Jungblut, wie ein junger Bursche mit katzenartiger Behändigkeit zum Wellblechdach der Kirche hochklettert. Von da aus erklimmt er den quadratischen Turmaufbau. An einem Seil zieht er das vom Sturm abgebrochene Kreuz hinter sich her und befestigt es mit dröhnenden Hammerschlägen wieder an der Spitze des hölzernen Gotteshauses.

»Das ist To Maria. So hieß er jedenfalls früher. Ich habe ihn auf den Namen Paulus getauft. Er war einer meiner ersten Täuflinge in St. Paul.«

Pater Matthäus Rascher hat sich neben Werner Jungblut gestellt. Und mit väterlichem Stolz drückt er seinen Lieblingsschüler an sich, nachdem der von einem Vorsprung des Daches auf die nasse Erde zurückgesprungen ist.

To Maria lächelt nicht. Er hat das rundliche Gesicht der Bainninger-Leute mit der platten Nase und den buschigen rötlichbraunen Haaren. Unter seinem zerrissenen Hemd spannen sich sehnige Muskeln. Er dürfte Anfang zwanzig sein. Seine Augen blicken den Arzt offen und abwägend an, anders als die meisten Eingeborenen, die zu Boden oder zur Seite schauen, wenn sie mit Weißen reden. Er entzieht sich der körperlichen Nähe von Pater Rascher und fragt, was er nun machen solle? Deutsch habe er in der Missionsschule in Vunapope gelernt und von Pater Rascher, erklärt der junge Mann auf die Frage von Werner Jungblut.

»Paulus hatte in unserem Dampfsägewerk unten am Fluss gearbeitet, und ich habe ihn befreit, als er unglücklicherweise unter einen schweren Stamm geraten ist. Glücklicherweise ist er mit ein paar Quetschungen davongekommen«, sagt Rascher.

Paulus habe sich dankbar gezeigt und sich taufen lassen. Danach habe er Paulus zu seinem Hausburschen gemacht. Ein sehr intelligenter, gelehriger junger Mann sei er. Und ein guter

Schütze. Er vertraue ihm sogar seine Schrotflinte zum Taubenschießen an. Rascher streicht dem jungen Mann über das krause Haar. Als streichele er ein Haustier, denkt Jungblut.

»Aber in letzter Zeit hat mir unser Paulus einigen Kummer bereitet.« Zum Glück habe er ja seinen Fehler eingesehen und Besserung gelobt. Wie ein Lehrer einem ungezogenen Schüler, so verabreicht Pater Rascher dem jungen Baininger-Mann zur Bekräftigung seiner Worte eine Kopfnuss, einen kleinen, scharfen Schlag mit dem gekrümmten Fingergelenk.

To Maria zuckt nicht einmal zusammen. Weil ihm diese Vorführung offensichtlich unangenehm ist, wendet er sich ab und will davongehen. Rascher hält ihn zurück.

»Du solltest Herrn Doktor Jungblut zeigen, wie schön du schon auf unserem neuen Harmonium spielen kannst.« Und zu Jungblut gewandt, sagt Rascher: »Paulus wird bei der offiziellen Kircheneinweihung vor allen Ehrengästen ein von mir selbst komponiertes kleines Werk zu Gehör bringen.«

Das neue, blank polierte Harmonium war mit der *Emily Godeffroy* von Hamburg nach Herbertshöhe gekommen und mit dem Dampfer *Gabriel* weiter nach Vunamarita transportiert worden. Kräftige Eingeborene haben das kostbare Instrument dann bis nach St. Paul geschleppt. Nun steht es in der Kirche unter einer Plane auf einem kleinen Sockel, dem schlichten Altar gegenüber. Rascher zieht die Plane weg und drückt seinen Hausburschen auf einen Holzschemel. Auf sein Handzeichen hin tritt To Maria mit nackten Füßen auf die Pedale. Seine weit gespreizten Finger springen ungelenk über die Tastatur. Das Instrument gibt ein gewaltiges Stöhnen von sich, dunkle und tiefe Töne, schnelle und langsame Passagen wechseln sich ab. Mit einigem christlichen Wohlwollen ist aus dem Gebraus eine choralartige Melodie herauszuhören. Zuhörer Jungblut fühlt sich unwohl bei dieser Dressurvorführung.

»Sehr schön hast du das gemacht, mein Junge!«

Pater Rascher klatscht in die Hände. To Maria läuft wie erlöst aus dem Gotteshaus. Bis zur offiziellen Eröffnung der Kirche in zwei Wochen, so erklärt der Seelsorger, werde Paulus noch regelmäßig üben müssen.

Obwohl Jungblut sagt, er müsse sich nun aber endlich um die Kranken und um seine medizinische Aufgabe kümmern, führt Rascher ihn mit Besitzerstolz durch die neue Kirche. Zweihundert Menschen hätten auf den Bänken Platz. Der gestampfte Lehmboden werde noch mit Dielenbrettern bedeckt, und vor die Fensteröffnungen kämen noch Klappläden, erklärt der Leiter des Missionsdorfes.

Der Altar werde zur Heiligen Messe mit einem weißen Tuch und mit Blumen geschmückt. Hinter dem Altar hängt ein auf einen Leistenrahmen gespanntes Bettlaken, auf das einige Eingeborene mit kräftigen Farben und groben Pinselstrichen »Jesus auf dem Berg Golgatha« gemalt haben. Der ans Kreuz genagelte Gottessohn trägt die Kraushaarfrisur der Baininger, und auch seine breite Nase und die wulstigen Lippen erinnern an einen Eingeborenen aus den Bergen.

Besonders stolz ist Pater Rascher auf eine Einrichtung, die Werner Jungblut noch in keiner Missionskirche gesehen hat: Eine abnehmbare Leiter führt steil in den quadratischen Turmraum hinauf. Oben sind Fußboden und Wände mit besonders dicken und harten Brettern verschalt. Durch schmale Schießscharten kann man die äußere Umgebung der Kirche und das innere Kirchenschiff überblicken. Schade, dass hier keine großen Fenster sind, denkt Jungblut, denn im Nordwesten sieht man noch einen schmalen Ausschnitt vom Meer und auf der gegenüberliegenden Seite die hohen Gipfel der Baininger-Berge. In einer Ecke des quadratischen Raumes, der etwa vier mal vier Meter misst, sind Schlafmatten übereinandergestapelt. In einem abgetrennten kleinen Verschlag lagern Zwieback, Trockenobst und Dosen mit Büchsenfleisch. Das Trinkwasser in den vier Blechkanistern werde regelmäßig erneuert, erklärt Pater Rascher. Hinter den Lebensmitteln sind zwei Mauser-Gewehre und drei Revolver versteckt, in Ölpapier gewickelt und eingefettet, damit sie in der feuchtheißen Luft nicht rosten.

»Was soll das bedeuten?«, fragt Jungblut.

»Das ist ein Schutzraum«, erklärt der Gründer von St. Paul. Ob er nicht von dem Zwischenfall in einem Dorf der australischen Wesley-Mission auf der anderen Seite der Berge gehört habe? Dort seien zwei Missionare von aufständischen Eingeborenen überfallen und massakriert worden. Die Weslyaner seien völlig schutzlos gewesen. Hier in St. Paul wolle man wenigstens ein wenig gewappnet sein. Für alle Fälle, denn man solle sich nicht in falscher Sicherheit wiegen. Pater Rascher reicht Jungblut einen der Revolver.

»Hier, nehmen Sie. Man weiß nie, wofür so ein Instrument mal nützlich sein kann. Können Sie damit umgehen?«

Jungblut zögert erst, dann nickt er und steckt die Schusswaffe ein.

»Die Kanaker sind von ihrer Natur her verschlagen und unberechenbar.«

Obwohl, so versichert Pater Matthäus Rascher, im Umkreis seiner großen Gemeinde gebe es keinerlei Anzeichen für irgendwelche Unruhen. Schließlich behandele und erziehe er seine Eingeborenen zwar mit der gebührenden Strenge, aber auch mit großer Gerechtigkeit. Bei ihm würden sie Reinlichkeit und Arbeit, christlichen Glauben und Gottesfurcht lernen. Den Erfolg seiner Methoden habe der Herr Doktor Jungblut ja vorhin miterleben können: »Mein Hausbursche Paulus ist der Sohn eines kannibalischen Stammeshäuptlings. Trotz seiner Jugend ist er ein gefürchteter Kämpfer gewesen.« Pater Rascher lächelt selbstzufrieden, bevor er hinzufügt: »Und nun kann er schon sehr schön Harmonium spielen.«

35

Schreit da ein Mensch?

Zuerst glaubt Werner Jungblut, ein paar große Vögel kämpften kreischend um eine Beute. Dann denkt er, ein Tier winsele vor Schmerz, ein gequälter Hund vielleicht, aber je näher er mit seinen Trägern auf seinem Rückweg von einem Krankenbesuch nach St. Paul kommt, desto deutlicher ist es: Kein Zweifel, da schreit ein Mensch! Und dann sind auch Schläge zu hören, kurze, klatschende Schläge. Peitschenschläge!

Jungblut beschleunigt seine Schritte. Schließlich rennt er den letzten Hügel nach St. Paul hinunter, einen breiten Pfad entlang, der auf den Dorfplatz mündet. Und was er da sieht, will er zunächst nicht glauben: Pater Matthäus Rascher prügelt mit einem dünnen Stock auf einen Mann ein, der sich vor ihm am Boden krümmt.

Immer wieder, immer zorniger, wie besessen, schlägt der Gottesmann mit weit ausholenden Bewegungen zu. Der nackte Oberkörper seines Opfers ist schon mit blutroten Striemen übersät. Und als er den Arm endlich sinken lässt, da brüllt er noch außer Atem. »Du Schwein!« – »Du niederträchtiges Schwein!« – »Du gottverdammter Ehebrecher.«

Der Pater tritt einen Schritt zurück und ruft mit ausholenden Armbewegungen mehr zu den Zuschauern hin, die verängstigt zusammenstehen:

»Wie oft habe ich dir gesagt, du sollst es nicht mit anderen Frauen treiben wie die Wilden im Busch ...! Habe ich dich nicht zum Christen gemacht ...? Habe ich dich nicht die Zehn Gebote Gottes gelehrt ...? Hast du nicht gelernt: Du sollst nicht ehebrechen ...! Und habe ich dir nicht gesagt: Wenn ich dich noch einmal, auch nur ein einziges Mal, mit einer verheiraten Frau aus unserem Dorf erwische, dann werde ich dich mit dem Prügelstock bestrafen, bis mir der Arm abfällt ...!«

Wieder hebt Pater Rascher in grenzenlosem Zorn die Hand mit dem Stock. Doch Jungblut hat ihn bereits erreicht. Ohne nachzudenken, fällt er dem Gottesmann von der Seite in den Arm, dreht sein Ellenbogengelenk nach hinten, bis es knirscht, und windet ihm den Stock aus der Hand.

Jetzt schreit Rascher vor Schmerz auf. Er geht halb in die Knie und starrt den Angreifer wütend aus rot unterlaufenen Augen an. Es dauert einige Sekunden, bis er seinen Gegner erkennt.

»Doktor Jungblut ... Was erlauben Sie sich!«

»Ich beschütze diesen Mann – und ich bewahre Sie vor sich selbst!«

Jungblut bemüht sich mit ruhiger Stimme zu sprechen. In hohem Bogen wirft er den Stock weg, in Richtung einer Gruppe von Eingeborenen, die die Szene erst staunend, dann kichernd und schließlich lachend verfolgt haben.

»Haben Sie den Verstand verloren, meine Autorität so zu untergraben?«

»Das haben Sie bereits selber getan!«

Einen Moment lang scheint es, als wolle Pater Rascher sich auf den kleineren und schmächtigeren Kontrahenten stürzen. Er ballt seine Faust zum Angriff, doch dann öffnet er die Hand wieder, beugt sich hinunter und klopft seine dreckverschmierte Hose ab, als sei das gerade sein größtes Problem. Dann geht er mit großen Schritten davon.

»Danke, Doktor ...«

Der verprügelte Eingeborene hat sich am Boden aufgerichtet. Mit schmerzverzerrtem Gesicht und leicht schwankend kommt er auf die Beine.

Erst jetzt erkennt Jungblut den jungen Mann: To Maria, auf den Namen Paulus getauft, der Lieblingsschüler und Hausbursche von Pater Rascher. Der Harmoniumspieler!

»Komm mit«, sagt Jungblut und schiebt ihn vor sich her zum kleinen Lazarett. Eine Missionsschwester kommt mit schreckgeweiteten Augen dazu. Jungblut bittet sie, einen Eimer mit Wasser zu holen und den von blutigen Striemen überzogenen Rücken vorsichtig abzuwaschen.

»Das wird jetzt wehtun«, sagt er dann.

To Maria stöhnt, beißt aber die Zähne zusammen, als Jungblut die Wunden mit einem jodhaltigen Desinfektionsmittel betupft.

»Was ist passiert? Warum hat der Pater dich geschlagen?«

To Maria schweigt und wendet den Kopf zur Seite.

»Er hat bei seiner christlichen Hochzeit mit einer jungen Frau aus unserem Dorf eheliche Treue gelobt, aber wir haben ihn immer wieder in den Hütten mit anderen Frauen erwischt«, sagt die Missionsschwester. »Pater Rascher hat ihn oft verwarnt, und nun ist ihm der Geduldsfaden gerissen, und er hat den Ehebrecher für seine Sünden bestraft.«

Ob sie die Prügelstrafe für richtig halte? Ob ein Mann Gottes seine Schützlinge schlagen dürfe? Jungblut sieht von dem blutigen Rücken To Marias zu Schwester Agneta hinüber.

Die Missionsschwester geht grußlos hinaus, als laufe sie vor der Frage davon.

Er solle erst mal kein Hemd überziehen, damit sein wunder Rücken an der Luft besser heilen könne, sagt Tropenarzt Jungblut zu seinem Patienten.

To Maria sitzt auf dem Bett im Lazarett und blickt zur Tür hinaus, an der sich ein paar Neugierige drängen.

»Warum haben Sie mir geholfen?«

»Weil ich Arzt bin.«

»Und weil Sie ein guter Mensch sind.«

»Ich bin kein guter Mensch, aber ich bin gegen die Prügelstrafe. Du hast offenbar eine Strafe verdient, aber ich finde, niemals sollte ein Stärkerer einen Schwächeren mit einer Peitsche oder einem Stock züchtigen.«

»Warum habe ich eine Strafe verdient? Weil ich nach den Gebräuchen meines Volkes leben will? Weil ich den Regeln der fremden deutschen Männer nicht gehorche, die wir nicht gerufen haben, die ungefragt in unser Land gekommen sind, für die wir arbeiten müssen und die uns zwingen wollen, nach ihrem Glauben zu leben und ihre Sprache zu sprechen …?«

Jungblut schweigt. Erstaunt hört er dem jungen Eingeborenen zu, der sorgfältig nach passenden deutschen Worten sucht. Offenbar ist er ein ungewöhnlich intelligenter Bursche, der seine Gedanken und Gefühle klar ausdrücken kann.

»Die Weißen haben keine Achtung vor uns und unserem Leben. Sie kommen nicht als Freunde, wie sie gesagt haben, sie wollen unsere Herren sein. Sie nehmen uns unser Land weg und graben sogar unsere heiligen Plätze um, auf denen wir unsere Ahnen und unsere Geister verehren, nur um dort Baumwolle und Kokospalmen zu pflanzen.«

Warum er denn zu den Deutschen gekommen sei und die Missionsschule in Vunapope besucht habe?

»Weil ich neugierig bin, weil ich erfahren wollte, ob die Weißen klüger sind und besser leben als wir.«

»Und was hast du erfahren?«

»Manches ist gut, manches ist schlecht.«

Er habe kein Christ werden wollen, sagt To Maria, er wolle keine christlichen Gebote und Gesetze befolgen müssen, die er nicht verstehe. Er habe sich nur taufen lassen, weil Pater Rascher gut zu ihm gewesen sei und weil der sich so sehr gewünscht habe, dass er den christlichen Glauben annehme.

»Aber euer Gott und seine Gesetze sind für uns nicht zu verstehen. Sie sind für euch gemacht, nicht für uns. Oder könntet ihr in eurer Heimat nach unseren Regeln leben? Ich will leben, wie mein Volk immer gelebt hat, nach unseren eigenen Sitten und Gebräuchen, nicht nach euren.«

»Und dazu gehört auch, dass jeder Mann mehrere Frauen haben kann?«

»Das war immer so, und nun kommen die Missionare und verbieten das.« Dabei, so sagt To Maria, dabei hätten auch die meisten deutschen Männer mehrere Frauen, eine zu Hause in Deutschland und eine oder sogar zwei hier im Land der Baininger und der Tolai. Sogar der große deutsche Häuptling in Herbertshöhe habe mit einer Tolai-Frau ein Kind gemacht.

Jungblut hat davon bereits vorher gehört und sich darüber gewundert, aber Gouverneur Dr. Albert Hahl gilt als Mann, der zu seiner Beziehung mit einer Eingeborenen steht. Manchmal nimmt er seine Tolai-Frau sogar mit zu gesellschaftlichen Anlässen, sehr zum Unwillen mancher Beamter und zur Empörung der Geistlichkeit.

»Wie viele Frauen hast du?«

»Manchmal zwei, manchmal vier.«

»Aber du bist nur mit einer verheiratet?«

»Nach den Regeln der Christen nur einmal.«

Jungblut denkt nach und zögert, aber dann stellt er dem klugen Angehörigen des Baininger-Stammes doch eine Frage, die ihn ebenso beschäftigt wie die meisten Leute in der deutschen Südsee-Kolonie.

»Stimmt es, dass die Baininger und andere Völker auf den Inseln noch immer ihre getöteten Feinde aufessen?«

To Maria wendet den Kopf zur Seite. Das Thema ist ihm sichtlich unangenehm.

»Nicht alle, aber einige machen das noch.«

»Ihr habt doch genug anderes Fleisch, Schweine, Ziegen, Wildtiere? Warum werden Menschen gegessen?«

»Das war immer so. Das will ich nicht erklären, das geht Menschen aus einer anderen Welt nichts an …«

To Maria verzieht das Gesicht vor Schmerzen, als er beim Aufstehen seinen verletzten Rücken anspannt.

»Ich muss jetzt gehen«, sagt er und reicht Jungblut die Hand. Der zögert einen Moment, schlägt dann aber doch ein.

Jungblut überlegt: Was soll er nach diesem Vorfall tun? Kann er nach dem Streit und nach der Prügelei überhaupt noch mit dem Leiter des Christendorfes zusammenarbeiten? Soll er abreisen? Nein, das kommt nicht in Frage. Er hat einen Auftrag zu erfüllen. Er ist Arzt, er hat einen Eid geleistet, er muss den erkrankten Menschen helfen, unter welchen Umständen auch immer.

36

Nach dem Zwischenfall mit Pater Rascher und To Maria sehen seine dunkelhäutigen Begleiter ihn anders an, respektvoller als zuvor. Jedenfalls hat Jungblut diesen Eindruck, als er mit zwei Trägern und einem Dolmetscher zu dem Händler Joseph Weininger aus Nürnberg aufbricht, der von denselben Krankheitssymptomen wie Bruder Gundolf von der Herz-Jesu-Missionaren befallen sein soll. Seine Wohnhütte liegt zwischen St. Paul und Vunamarita, nur eine knappe Stunde Fußmarsch entfernt. Weininger, so hat ihm eine Missionsschwester erzählt, sei ein rauer, kräftiger Bursche und ein gefürchteter Quartalssäufer und Schürzenjäger, der im Suff hinter jedem Rock her sei – auch hinter jedem Lendenschurz. Weininger habe sich auf den Handel mit Ethnographica spezialisiert. Er kaufe allerlei exotischen Tand von den Eingeborenen, Tanzmasken, Gebrauchsgegenstände, Kriegsgerät wie Lanzen, Streitäxte und Keulen. Seine Spezialität seien Skelette und Totenköpfe. Die handele Weininger auf seinen gefährlichen Streifzügen ins Landesinnere den wilden Steinzeitmenschen gegen bunte Tücher und Glasperlen ab und verscherbele sie teuer gegen deutsche Mark und britische Pfund an herumreisende Aufkäufer, die diese Schädel wiederum an europäische Museen, Jahrmärkte und an wissenschaftliche Institute weitergeben würden – gegen noch mehr Geld. Ein makaberes, aber einträgliches Geschäft für alle Beteiligten.

Weiningers Wohnhütte ist nicht schwer zu finden. Sie liegt oberhalb von Vunamarita auf einem gerodeten Stück Urwald mit freiem Blick über das Meer. Von hier aus hat man eine fantastische Aussicht bis nach Neu-Mecklenburg, der großen Insel mit dem hohen, langgezogenen Bergrücken, die Neupommern vorgelagert ist.

Doch Werner Jungblut hat keinen Sinn für die landschaftlichen Schönheiten, als er gegen die Brettertür der rostigen Wellblechhütte klopft. In einem tiefen Erdloch neben der Tür liegen Dutzende von leeren Bier- und Schnapsflaschen. Dreimal ruft

Jungblut Weiningers Namen, jedes Mal lauter. Statt einer Antwort ertönt endlich ein beängstigendes Stöhnen, aus dem schließlich ein Gekrächztes »Wer ist da, verdammt noch mal?« wird.

»Doktor Werner Jungblut«, sagt Jungblut, als er den halbdunklen Raum betritt. Weininger hat sich auf seinem Lager aufgerichtet, das unter seinen Hustenanfällen erbebt. Die Bettpfosten stehen in vier verbeulten Konservendosen, die mit Wasser gefüllt sind, eine bewährte Falle für die aggressiven Ameisen. Obwohl ein leichter Wind durch die Fensteröffnung und durch einen breiten Spalt zwischen Wänden und Decke weht, stinkt es in dem einzigen Raum der Hütte erbärmlich nach Essensresten, nach Schnaps und Urin.

»Was wollen Sie denn noch von mir, ich gehe sowieso bald drauf«, sagt Weininger, nachdem er seine Stimme freigehustet hat.

»Ich will Ihnen helfen, ich will herausfinden, woran Sie erkrankt sind.«

»Mir ist nicht mehr zu helfen. Ich werde bald krepieren und möchte dabei möglichst ungestört bleiben, wenn's recht ist.«

Erstaunlicherweise fügt Weininger sich dennoch, als Jungblut geduldig auf ihn einredet und mit seiner Untersuchung beginnt. Entzündete Schleimhäute, Hautflecken, Eiterpickel, Geschwüre – alle Krankheitsmerkmale gleichen denen von Bruder Gundolf in St. Paul. Weininger grinst spöttisch, als Jungblut sagt, möglicherweise handele es sich um eine besonders gefährliche Form des Schwarzwasserfiebers oder um eine von Insekten übertragene unbekannte Infektionskrankheit.

»So ein Unsinn, da sind Sie aber wirklich auf dem Holzweg, junger Mann.«

Weininger spuckt und hustet wieder lange. »Schwarzwasserfieber …, Insekten … Dass ich nicht lache. – Die Insekten, von denen ich mir das geholt habe, die waren schwarz, hatten dicke Titten und fette Ärsche …«

Jungblut zieht seinen Mundschutz fester und beugt sich vor, als habe er nicht richtig gehört.

»Sie sind ja noch ein junger Mann, Doktor. Ich weiß nicht, ob

Sie in Ihrer Praxis so was schon mal gesehen haben?« Weininger streift mit einem Ruck seine fleckige Unterhose über die Knie.

Jungblut zuckt zusammen.

Weiningers Geschlechtsteil ist dunkelrot aufgequollen und die Harnröhre eitert unübersehbar. In beiden Leistenbeugen haben sich hühnereigroße Knoten gebildet.

»Tja, da staunen Sie, was?«

Weiniger guckt an sich herunter. »Das Ding ist beim besten Willen zu nichts mehr zu gebrauchen, nicht mal mehr zum Pinkeln. Das tut nämlich höllisch weh.«

Und als sei das völlig selbstverständlich, sagt er zwischen zwei Hustenanfällen:

»Diese verdammte Syphilis ...! Die habe ich mir vor zwei, drei Jahren bei den Hottentottenweibern in einem Puff in Katutura aufgesackt, das ist ein Vorort von Windhuk, falls Sie sich in Deutsch-Südwest nicht auskennen, Herr Doktor.«

Syphilis ...! Tropenarzt Jungblut ist schockiert. Die Erkenntnis trifft ihn urplötzlich. Er ärgert sich über sich selbst. Dass er darauf nicht schon früher von allein gekommen ist! Die Symptome sind eindeutig, schon bei der ersten Untersuchung von Bruder Gundolf in St. Paul hätte er zu dieser Diagnose kommen müssen. Stattdessen hatte er eine neuartige Epidemie nicht ausgeschlossen, alle denkbaren Tropenkrankheiten in Erwägung gezogen – nur auf Syphilis ist er nicht gekommen. Wahrscheinlich weil diese Geschlechtskrankheit bisher in Neupommern und im ganzen Bismarckarchipel noch nicht aufgetreten war. Und in einem christlichen Missionsdorf wie St. Paul hätte er diese Lustseuche am allerwenigsten vermutet.

Aber es gibt bald nicht mehr den geringsten Zweifel. Nach zwei weiteren Tagen und einigen detektivischen Ermittlungen ist der bisherige Verlauf und die Verbreitung dieser Krankheit rekonstruiert: Der Händler Weininger hat die Krankheitserreger aus Deutsch-Südwestafrika eingeschleppt und bei seinem ungezügelten Geschlechtsleben offenbar mehrere eingeborene Frauen angesteckt.

Aber wie hat sich Missionsbruder Gundolf infiziert?

Ganz einfach, sagt Weininger bei ihrer nächsten Begegnung, er und der fromme Bruder hätten ihre fleischlichen Gelüste bei derselben Frau befriedigt, bei einer gewissen Rananda, einer willigen und üppigen Eingeborenen, die in der Schneiderwerkstatt von St. Paul arbeitet. Weiß der Himmel, wer sich inzwischen noch alles angesteckt habe? Jedenfalls werde er hoffentlich bald abkratzen. Er habe nichts anderes verdient, sagt Weininger und saugt mit seinen wunden Lippen die letzten Tropfen aus einer Brandyflasche.

Der junge Herr Doktor – »Wie war doch gleich der Name? Ach ja, ausgerechnet Jungblut!« – der junge Herr Doktor Jungblut möge ihn jedenfalls mit seinen Behandlungsversuchen verschonen.

»Ich habe das Endstadium erreicht. Ich werde sterben.«

Wenn ihm der Herr Doktor – »Verdammt, jetzt habe ich wieder den Namen vergessen!« – einen Gefallen tun wolle, dann möge er dafür sorgen, dass es damit schneller und schmerzloser vorangeht. Andernfalls werde er sich eine Kugel in den Kopf jagen, solange er dazu noch in der Lage sei.

Werner Jungblut verabschiedet sich. Erst draußen vor der Tür zieht er die Untersuchungshandschuhe aus und legt seinen Mundschutz ab. Er ist erleichtert, als er endlich das elende Krächzen und Husten aus der Hütte oberhalb von Vunamarita nicht mehr hören muss.

Drei Tage später verbreitet sich in St. Paul die Kunde, der erst 38 Jahre alte Joseph Weininger habe seinem Leben mit einer doppelläufigen Jagdflinte ein Ende gesetzt. Jungblut hält das für eine gute Nachricht. Er ertappt sich sogar bei dem zynischen Gedanken, dass damit zu einem früheren Zeitpunkt ein gefährlicher Ansteckungsherd ausgelöscht worden wäre.

Jungblut marschiert mit zwei Trägern und einem Dolmetscher zu einer Eingeborenensiedlung, die zwölf Kilometer entfernt von St. Paul an den Ausläufern der Baininger-Berge liegt. Vier Stunden hat es durch den immer lichter werdenden Dschungel gedauert. Er findet die Schneiderin Rananda in der dritten von fünf Hütten, die nebeneinander unter hohen Eukalyptusbäumen stehen.

Rananda ist eine freundliche Frau Mitte zwanzig, mit schweren Brüsten, ausladender Hüfte und einem runden Gesicht, das von Pickeln und Pusteln übersät ist. Offenbar lebt sie allein. Ihre Hütte ist sauber und aufgeräumt. Sie kleidet sich mit einer bunten Schürze, die ihr wohl einer ihrer Männer geschenkt hat. Auch die doppelt geschlungene, bunt glitzernde Glasperlenkette, die an ihrem Hals baumelt, scheint eine Liebesgabe zu sein, ebenfalls die Töpfe, einige Messer, allerlei Küchengeschirr und ein Beil, das in der Kochecke der Hütte liegt.

Jungbluts Dolmetscher übersetzt, was Rananda erzählt: Sie sei vor gut einem Jahr nach St. Paul gekommen und habe dort in der Nähwerkstatt unter Anleitung einer strengen Missionsschwester gearbeitet. Die weißen Herren seien stets nett und freundlich zu ihr gewesen. Und ohne Scham, kichernd und lachend erzählt sie, dass sie mit mehreren dieser freundlichen weißen Männer Geschlechtsverkehr gehabt habe, meist am Abend in der dann verlassenen Nähwerkstatt, zu der sie einen Schlüssel gehabt habe. Besonders lieb sei ein Missionar aus St. Paul zu ihr gewesen, den habe sie meistens hier in ihrer eigenen Hütte empfangen, weil niemand von ihren Treffen erfahren sollte. Dabei zeigt sie auf eine Matte aus Palmstroh neben der Kochecke.

Ja, sie fühle sich seit einiger Zeit schwach und krank, sagt sie. Ihre Haut schmerze und jucke an vielen Stellen furchtbar. Sie könne sich nicht erklären, was das sei, denn so etwas habe sie noch nie bei anderen Frauen in ihrem Dorf gesehen.

Jungblut sagt, er sei Arzt, Medizinmann, und sei gekommen, um ihr zu helfen. Er bittet sie, ihre Schürze auszuziehen, damit er sie untersuchen könne. Rananda lacht und sagt, das habe der Missionar auch immer gewollt. Sie erschrickt und will davonlaufen, als Jungblut seinen Kittel, seine Schutzhandschuhe und den Mundschutz anlegt.

Erst als er ihr ein rot-weiß kariertes Küchentuch und einen Suppenlöffel aus seinem Gepäck als Geschenk gibt, zieht sie ihre Schürze aus. Jungblut sieht sofort, dass ihr Bauch stark vorgewölbt ist. Er schätzt, dass sie im fünften oder sechsten Monat ist. Ja, sie erwarte ein Kind, sagt Rananda stolz. Von wem? Das könne sie nicht sagen, von einem der weißen Herren, aber auch drei Männer aus dem nächsten Dorf kämen als Väter in Frage. Ob das wichtig sei?

Sie dürfe auf gar keinen Fall mehr Geschlechtsverkehr haben, lässt Jungblut übersetzen. Nein, nein, erklärt sie, das mache jetzt sowieso große Schmerzen. Er gibt der Frau eine antiseptische Salbe und kommt sich dabei vor wie ein Feuerwehrmann, der einen Brand mit einem Wasserglas bekämpfen will, aber mehr kann er im Moment nicht für sie tun, denn wirksamere Medikamente gegen Syphilis hat er nicht.

Als er sich verabschiedet, will Rananda ihm einen Kuss geben, wie sie es von den weißen Herren gelernt hat. Jungblut kann gerade noch ausweichen. Rananda lacht.

Auf dem Rückweg nach St. Paul machen sie Rast am Rande eines Dorfes, das menschenleer wirkt. Nur Schweine und Hunde laufen herum. Jungbluts Dolmetscher geht von Hütte zu Hütte. Die Frauen seien da, sagt er, aber alle Männer hätten sich am Waldrand versammelt. Er solle doch mal nachsehen, was da los sei, sagt Jungblut. Nach knapp einer Stunde kommt der Kundschafter endlich zurück, völlig verstört. Schnell sagt er, man solle schnell nach St. Paul zurück. Es sei gefährlich hier. Erst auf Jungbluts Drängen beginnt er zu erzählen, wobei er seine Schritte beschleunigt, als sei er auf der Flucht.

Der Mann erzählt, was er auf der Versammlung der Dorfleute heimlich belauschen konnte: Die Männer des Waldes würden einen Kriegsrat abhalten, nicht nur hier, sondern in allen Baininger-Dörfern rings um St. Paul herum. To Maria habe die Leute zum Krieg gegen die Weißen aufgerufen. Nachdem der Sohn eines wichtigen Häuptlings neulich in St. Paul geprügelt und gedemütigt worden sei, habe er die Deutschen zu Feinden des Baininger-Volkes erklärt. Sie würden seinem Volk das Land wegnehmen und es zur Arbeit zwingen. Die Deutschen hätten sich als Freunde ausgegeben und viele Versprechungen gemacht. Aber kaum eine hätten sie gehalten. Zwar wurden einige Sklaven an der Küste von Missionaren und Kaufleuten freigekauft, aber nur, um dann auf Plantagen und Farmen und in den Christendörfern zur Arbeit gezwungen zu werden.

Werner Jungblut muss an sein Gespräch mit To Maria denken. Was er jetzt hört, kommt ihm bekannt vor.

Die Gespräche in den Dörfer gehen offenbar seit einigen Tagen und Nächten hin und her, so erzählt sein Dolmetscher und Kundschafter. Die Anhänger von To Maria wollten einen Aufstand entfachen und die fremden Eindringlinge töten oder aus ihrem Land vertreiben ... Die anderen hätten Angst vor den Gewehren, den vielen Soldaten und den gewaltigen Kriegskanus, deren Feuerkanonen kilometerweit ins Land schießen könnten. Noch sei nicht entschieden, welche Gruppe sich durchsetzen werde, die Männer des Krieges oder diejenigen, die zum Frieden mahnen.

Er selber, so endet der Kundschafter seinen Bericht, habe jedenfalls große Angst. Man müsse sich so schnell wie möglich in Sicherheit bringen.

37

Die Eingeborenen gehen so eilig voran, dass Jungblut ihnen kaum folgen kann. Atemlos erreichen sie das Sägewerk am Touri-Fluss kurz vor St. Paul, dann sind endlich auch die Kirche und die Hütten des Christendorfes zu sehen.

Die Tür der Kirche ist von innen verriegelt. Jungblut entdeckt ein größeres Astloch in der Bretterwand und blickt hindurch. Er sieht einen Mann vor dem Altar knien. Den Oberkörper hat er so weit vornübergebeugt, dass seine Stirn den Lehmboden berührt.

Die Hände sind auf dem Rücken verschränkt. Pater Matthäus Rascher betet mit halblauter Stimme. Seine Worte sind für Jungblut nicht zu verstehen.

Endlich wird die Kirchentür geöffnet. Eine Weile stehen sich der junge Arzt und der ältere Geistliche regungslos gegenüber.

»Gut, dass Sie gekommen sind, ich wollte sowieso mit Ihnen sprechen.«

Pater Rascher ist sichtlich verlegen und sagt, er habe seinen Herrgott um Vergebung gebeten für das, was er seinem Schützling To Maria angetan habe.

»Der Herr hat mir aufgetragen, mich bei To Maria zu entschuldigen, denn ich bin in meinem Zorn zu weit gegangen. Ich hätte ihn nicht auf diese Weise vor anderen Menschen seines Stammes züchtigen und erniedrigen dürfen. Ich weiß nicht, was in mich gefahren ist.«

Jungblut fällt auf, dass Rascher »To Maria« sagt und nicht mehr »Paulus« wie bisher.

»Eine Entschuldigung wäre eine gute Geste«, sagt er. Er glaube, dass der stolze Häuptlingssohn davon beeindruckt sein werde – jedenfalls mehr als von den Stockschlägen.

Leider, sagt Pater Rascher, leider könne er To Maria nirgendwo finden. Schon in den letzten Tagen habe er überall nach ihm gesucht, im Dorf und in der ganzen Umgebung. Und als falle ihm erst jetzt wieder ein, mit wem er spricht, fragt er: »Aber was führt Sie zu mir, Doktor Jungblut, warum wollten Sie mich sprechen? Gibt es neue Erkenntnisse über die Krankheit von Bruder Gundolf?«

»Allerdings …«

Rascher beugt sich angespannt vor und spielt mit den Zipfeln seines langen Bartes, die bis in seinen Schoß herabhängen.

»Zunächst habe ich eine gute Nachricht«, sagt Jungblut. »Ganz offenkundig haben wir es nicht mit einer gefährlichen Epidemie zu tun, wie Sie es befürchtet haben, sondern …«

»Sondern?«

»… sondern mit einer Krankheit, die zwar hoch infektiös ist, deren Ausbreitung jedoch im Wesentlichen bei bestimmten Gelegenheiten, genauer gesagt, bei bestimmten körperlichen Betätigungen stattfindet ...«

»Sie sprechen in Rätseln, Doktor. Offen heraus: Um welche Krankheit handelt es sich denn?«

Jungblut ärgert sich über seine Verlegenheit.

»Um Lues. Es handelt sich um Lues«, sagt er schließlich.

»Lues?«

»Das ist eine hauptsächlich in Afrika und gewissen Teilen Europas verbreitete und gefürchtete Lustseuche, die in erster Linie durch Geschlechtsverkehr übertragen wird. Vielleicht haben Sie den bekannteren Begriff dafür schon einmal gehört – Syphilis!«

»Aber Gott bewahre, Doktor Jungblut. Sie wollen damit doch nicht etwa sagen, dass unser Bruder Gundolf an Syphilis erkrankt ist?«

Der Missionar starrt Jungblut ungläubig an.

Genau das versuche er ihm gerade zu erklären, sagt Jungblut.

»Wird ... wird Bruder Gundolf sterben?«

»Wenn Sie eine ehrliche Antwort wollen: Es sieht nicht gut aus für ihn. Die Krankheit hat bereits ein sehr kritisches Stadium erreicht.«

Angst und Abscheu, Entsetzen und Empörung spiegeln sich in Raschers Gesicht.

Diese gefürchtete Geißel Gottes, diese biblische Strafe für Unzucht und Unmoral, hat ausgerechnet sein St. Paul heimgesucht, die von ihm gegründete und geführte Missionsgemeinde, in der er für Zucht und Ordnung, für Anstand und Moral gekämpft hat? Man wird nun mit Fingern auf diesen Sündenpfuhl zeigen.

Rascher denkt an die bevorstehende Einweihung der neuen Kirche – unter diesen Umständen werden die hohen Herrschaften wohl kaum erscheinen.

»Womit haben wir das nur verdient? Oh Gott, warum strafst du uns so?«

Jungblut sagt, man müsse nun entscheiden, was zu tun sei. Jedenfalls brauche er so schnell wie möglich Medikamente aus dem Hospital in Herbertshöhe – falls die dort überhaupt vorrätig seien? Vielleicht müssten die quecksilberhaltigen Arzneien extra aus Sydney beschafft werden.

Ob es denn wirklich nötig sei, die Hiobsbotschaft von der Syphilis in St. Paul in alle Welt hinauszuposaunen?

»Das wird sich wohl kaum vermeiden lassen.«

»Ich möchte nachdenken und um Gottes Hilfe und Fürsorge beten.« Pater Rascher stützt seinen Kopf in beide Hände.

Man habe nicht viel Zeit, sagt Jungblut barsch. Sonst werde er eben alleine die Verantwortung übernehmen und alle erforderliche Maßnahmen treffen, mit oder ohne Raschers Zustimmung, mit oder ohne Gottes Segen! Spätestens morgen müsse unwiderruflich entschieden und gehandelt werden.

Trotz seiner Erschöpfung findet der junge Arzt an diesen Abend keinen Schlaf. Immer wieder geht ihm durch den Kopf, was er erlebt hat. Er steht wieder von seinem harten Strohlager auf, in das sich auch eine Mäusefamilie eingenistet hat. Obwohl er lange nicht geraucht hat, steckt er sich eine bereits ziemlich trockene Zigarre an, die er in der Schublade des Nachttisches gefunden hat. Mit der glimmenden Zigarre spaziert er über den Kirchplatz von St. Paul. Der Mond ist noch nicht hinter den Bergen aufgegangen. Das ferne Meer glänzt im matten Widerschein des helleren Himmels. Die Silhouette der Kirche und der nahen Hütten heben sich scharf gegen diesen Hintergrund ab. Der von Sternen bedeckte Tropenhimmel sieht aus, als seien Diamanten auf blauem Samt ausgeschüttet worden.

Werner Jungblut denkt an seinen Freund Sebastian Kleine, der auf der Suche nach einer Diamantenmine unterwegs ist. Und immer wieder wandern seine Gedanken zu Anna Scharnhorst, zu der Frau, die er liebt wie noch keine zuvor in seinem Leben. Ob sie sich schon im Hotel Fürst Bismarck eingelebt hat? Wie sie wohl mit der ungewohnten Arbeit als Hausdame zurechtkommt? Ob sie in diesem Moment gerade an ihn denkt?

Nach einer Weile wandert Jungblut zu seiner Hütte zurück. Er hat jegliches Zeitgefühl verloren. Jetzt ist er müde. Die Zigarre ist längst erloschen.

Als er nur noch ein paar Meter von seiner Hütte entfernt ist, hört er ein Geräusch. Und dann ein unterdrücktes Fluchen.

»Ist da jemand?« Jungblut bleibt stehen. Er sucht nach einem Knüppel, findet keinen und hebt einen schweren Stein vom Boden auf.

»Wer ist da?«

Dicht vor der halboffenen Tür springt ihm eine Gestalt entgegen. Ein Mann. Ein Weißer, gut fünfzig Jahre alt, mit Halbglatze. Für einen kurzen Moment fällt Mondschein auf sein Gesicht. Jungblut sieht eine Narbe über einer Augenbraue.

Der flüchtende Mann stößt Jungblut zu Boden und rennt humpelnd, aber dennoch erstaunlich schnell zum nahen Waldrand. Bis Jungblut sich aufrappelt und den ersten Schrecken überwunden hat, ist die Gestalt bereits im Dickicht des Dschungels untergetaucht.

Was wollte der Kerl?

In seiner Hütte ist der wacklige Schemel umgekippt. Er liegt zwischen dem Strohbett und dem kleinen Schreibtisch am Boden. Offenbar ist der Eindringling darübergestolpert. Wo hat er dieses verzerrte Gesicht nur schon einmal gesehen, die Halbglatze mit dem schmalen Haarkranz und diese Narbe über der rechten Augenbraue? Als würde er ein Fotoalbum durchblättern, so lässt Jungblut in Gedanken die Männer vorüberziehen, die ihm seit seiner Ankunft in St. Paul begegnet sind. Er findet keine Übereinstimmung. Werner Jungblut strapaziert sein Erinnerungsvermögen. Das Krankenhaus …, Annas Zimmer …

Plötzlich erinnert er sich an den Mann, an dieses diabolisch verzerrte Gesicht – dasselbe Gesicht, das eben im Zwielicht des Mondes aufgetaucht ist. Heinrich Althoff! Aber wie kommt der hierher? Was macht der protestantische Missionar in St. Paul bei den erzkatholischen Brüdern vom Heiligsten Herzen Jesu?

Schließlich bleibt für Jungblut nur eine plausible Erklärung: Althoff ist seinetwegen hier. Dieser Psychopath will sich an ihm rächen …

38

Seine Nachforschungen führen zu keinem Ergebnis. Zwei Tage lang fragen Jungblut und sein Dolmetscher Männer und Frauen, Weiße und Schwarze, sogar Kinder, ob sie in St. Paul einen fremden weißen Mann gesehen haben? Einen Mann um die fünfzig, mittelgroß, Halbglatze, mit einer Narbe über der rechten Augenbraue?

Er wäre nicht der Erste, bei dem sich Albtraum und Realität vermengen, meint Bruder Joachim Reuter, der gerade mit einem Schreibblock in der Hand auf der Kirchentreppe sitzt und an einem Text für das monatliche Mitteilungsblatt der Gemeinde arbeitet. Er selber hätte mal in einer schlaflosen Nacht das Trompeten eines Elefanten gehört und dann sogar im Gegenlicht des Mondscheins ganz deutlich einen großen grauen Bullen mitten auf dem Kirchplatz stehen sehen – dabei kämen die nächsten frei herumlaufenden Elefanten seines Wissens erst wieder in Indien vor.

Jungblut fragt, ob er ihn auf den Arm nehmen will?

Nein, nein, keineswegs. Er meine das durchaus ernst. »Jeder von uns bekommt hier früher oder später mal einen sogenannten Tropenkoller.«

Auch Pater Matthäus Rascher mag Jungbluts Geschichte nicht glauben, als der ihn in seiner Wellblechhütte besucht, an die in stolzer Übertreibung »Pfarrhaus« gepinselt ist.

»Sie sollten aufpassen, Doktor, möglicherweise steht Ihnen auch eine Malariaattacke bevor und Sie haben bereits einen Vorboten des Fieberwahns erlebt. Dagegen sind bekanntlich auch Ärzte nicht gefeit.«

Rascher sieht schlecht aus, blass und knochig, seine Augen sind rot unterlaufen. Vor Jahren hat er sich eine erste Malariainfektion geholt. Seither kommen die Attacken in unregelmäßigen Abständen wieder. Er leidet an Blutarmut, seine Körpertemperatur ist zu niedrig, Nierensteine lösen stärker werdende Schmerzanfälle aus. »Sie sollten sich dringend für ein halbes Jahr zur Erholung und zur Behandlung nach Europa begeben«, hatte Jungblut ihm nach einer ersten Untersuchung geraten.

Dafür sei keine Zeit. Die Kircheneinweihung stehe doch bevor, danach müsse das Haus für die befreiten Sklaven dringend ausgebaut werden, und auch die Missionsschule sei immer noch nicht vollständig fertig. Das alles gehe nicht ohne ihn. Gott werde ihm die nötige Kraft geben, sagt der Geistliche.

Jungblut weiß nicht, ob er den Mann bedauern oder bewundern soll. Er hatte den Missionar mit der Peitsche in der Hand als herrisch, fanatisch und menschenverachtend erlebt. Nun tut derselbe Mann ihm leid. Offenbar ist er in seiner Haut, in seiner Aufgabe und in seinem Glauben gefangen.

In Raschers Arbeitszimmer und in einem kleinen Lagerraum nebenan stapeln sich meterhoch Sammelstücke, die er von seinen Expeditionen ins Landesinnere mitgebracht hat: Masken, Waffen, Kultgegenstände, Musikinstrumente und Kleidungsstücke verschiedener Stämme. Er räumt eine Ecke frei, damit ein Stuhl für Jungblut Platz findet. Dann setzten sich die beiden Männer nebeneinander. Gemeinsam formulieren sie einen Brief, mit dem die Außenwelt über das Auftreten der Syphilis im Gebiet von St. Paul informiert werden soll. Immer wieder streiten sie dabei um Worte. Rascher achtet darauf, dass nichts dramatisiert wird.

Schließlich lautet der Kernsatz: *»Die Syphilis gilt als äußerst ansteckende Geschlechtskrankheit, allerdings können die Erreger nur durch direkten körperlichen Kontakt übertragen werden.«* Das bedeute: Ehrengäste und Besucher des bevorstehenden Einweihungsfestes der neuen Gemeindekirche von St. Paul seien keinesfalls gefährdet. Sie könnten ohne Bedenken anreisen. Zwei gleichlautende Briefe werden an Bischof Louis Couppè, Vunapope, und an Gouverneur Dr. Albert Hahl, Herbertshöhe, adressiert.

Ob die Überbringer der Nachricht auch einen privaten Brief mitnehmen könnten?, fragt Jungblut. Selbstverständlich, meint Rascher.

Bevor er einen braunen Umschlag mit der Anschrift »Fräulein Anna Scharnhorst, derzeit im Hotel Fürst Bismarck, Herbertshöhe« verschließt, überfliegt Werner Jungblut noch einmal, was er geschrieben hat:

Meine geliebte Anna,
wie sehr ich Dich doch vermisse ... Während ich diese Zeilen in meiner kargen Arzthütte hier in St. Paul an Dich richte, denke ich wieder an die Tage mit Dir in unserem Paradies am Palmenstrand von Ralum. Es scheint so lange her, denn in der Zwischenzeit ist hier viel geschehen – und doch fühle ich mich Dir immer noch nahe. Wie so oft stehst Du in diesem Moment vor mir, ich sehe Dein Gesicht und Deine leuchtenden Augen und ich höre Dein Lachen, das nach der schweren Zeit, die Du erlebt hast, so fröhlich geworden ist. Ich atme den Geruch Deiner Haut und ich spüre Deine Zärtlichkeit ...

Er überlegt, ob ihm diese Einleitung nicht zu schwärmerisch geraten ist, doch er glaubt, Anna werde sich über seine romantische Liebeserklärung freuen. Im Brief hat er ansonsten seine Erlebnisse und seine ärztlichen Erkundungen und Diagnosen eher kühl und knapp zusammengefasst. Sie solle sich keine Sorgen machen. Er wisse als Tropenarzt sehr wohl, welche Vorsichtsmaßnahmen er mit dieser Art von ansteckenden Erkrankungen einzuhalten habe. Er sei zwar erschöpft, aber es gehe ihm gut. Der Brief endet:

Ich freue mich auf unsere gemeinsame Zukunft. Ich liebe Dich!

Den nächtlichen Zwischenfall mit Althoff erwähnt er mit keinem Wort. Anna soll sich keine Sorgen machen.

Entschlossen klebt Jungblut den Umschlag zu und gibt ihn zu

den beiden offiziellen Briefen, die für den Transport durch den Dschungel in eine Blechdose gesteckt werden. Die Boten werden damit wohl zwei bis drei Tage lang über Berge, Täler und Flüsse bis nach Herbertshöhe unterwegs sein, meint Pater Rascher.

Ob er nach getaner Arbeit nicht noch Lust auf ein Fläschchen bayrischen Bieres habe? Er hätte Original Andechser Klosterbräu in einem kleinen unterirdischen Lebensmitteldepot eingelagert.

Überrascht von dieser Einladung, sagt Jungblut zu. Während sie nebeneinandersitzen und reden und durch die Fensteröffnung gemeinsam beobachten, wie die schnell sinkende Sonne lange Schatten wirft, da wundert sich Jungblut über Pater Matthäus Rascher: »Gottes Wille und Werk erscheint auch mir nicht immer einleuchtend«, sagt der etwa brummend. Oder: »Ob es recht und gut ist, was wir in diesem fremden Land tun – in manch dunkler Nacht stelle ich mir diese Frage.« Seine bayrisch gefärbte Stimme klingt auch dabei gemütlich. Die lustigen Schweinsäuglein in dem gewaltigen Schädel und ein kicherndes Kinderlachen passen nicht zu dem Mann, der mit seinem gewaltiger Bart an den Berggeist Rübezahl denken lässt.

»Ich möchte Ihnen etwas zeigen«, sagt er und tritt an ein roh gezimmertes Holzregal, auf dem Bibeln, Gebet- und Gesangbücher stehen. Neben vergilbten Zeitungen und dem Mitteilungsblättchen der Herz-Jesu-Missionare liegt ein Stapel von eng beschriebenem Papier. Rascher dreht eine Tintenfeder in seiner Hand.

»Damit schreibe ich meine Berichte über die Gründung von St. Paul nieder, über meine Erkundungen und Erlebnisse im Inneren von Neupommern.« Leider trockne bei der Hitze die Tinte immer sehr schnell ein. »Das Manuskript hier soll veröffentlicht werden. Würden Sie das bitte lesen? Ihre Meinung interessiert mich, weil ich sie für einen kritischen Menschen halte.«

Als Jungblut alleine in seiner Hütte ist, blättert er flüchtig in Raschers Aufzeichnungen, dann liest er hier und da ein paar Absätze, und schließlich ist er fasziniert und berührt von diesen

»Mitteilungen eines Missionars aus der Deutschen Südsee«. Der Gründer von St. Paul beschreibt, wie er und seine Begleiter in das unwegsame Land des unheimlichen Waldes gekommen sind. Wie sie sich mit Äxten, Beilen und Messern ihren Weg zu den Steinzeitmenschen gebahnt haben, wie er auf dem nassen Boden geschlafen und in stinkenden, von Ameisen und Ratten bevölkerten Hütten genächtigt hat und wie mühevoll es ist, die schwer verständliche Sprache der Eingeborenen zu erlernen und in fremder Zunge zu predigen,

»Beim Vaterunser hielten mich alleine die Worte ›Reich‹ und ›Versuchung‹ monatelang auf, denn an abstrakten Begriffen sind die melanesischen Sprachen alle sehr arm, so gibt es etwa für Tod und Leben keine Begriffe …« Rascher beschreibt, wie seine Bekehrungsversuche immer wieder scheitern. *»Es fällt so unendlich schwer, bis in ihren harten Köpfen und noch härteren Herzen das Wort Gottes aufgehen kann … Man lacht mich aus, wenn ich von Jesu Vermehrung der Fische am See Genezareth erzähle. Eine junge Frau, die ich schon glaubte, für Jesus Christus gewonnen zu haben, lief wieder zurück in den Urwald, weil sie glaubte, ich erzähle ihnen unwahre Sachen, als ich von der unbefleckten Empfängnis der Jungfrau Maria berichtete …«*

Damit er seiner Missionsgesellschaft wenigstens ein paar bescheidene Erfolge melden könne, habe er Todkranke und Sterbende, manchmal sogar bereits Verstorbene durch eine Nottaufe für Gottes Himmelreich gewonnen: *»Ich nahm schnell die Bananenblätter von dem Toten weg, und da er noch warm war, taufte ich ihn bedingungsweise …«*

Jungblut hat keine Schwierigkeit, Raschers Aufzeichnungen zu lesen. Der Kirchenmann reiht steile, ausdrucksvolle Buchstaben säuberlich aneinander. Mal liebevoll, mal voller Verzweiflung, manchmal auch mit Abscheu schildert er seine Erlebnisse mit *»meinen Pfarrkinder, die dem noch steinzeitlich lebenden Volk der Baininger angehören«*. Rascher schreibt:

»Meine lieben Menschenfresser sind ein eigentümlich Völklein. Man hat sie Kannibalen, Piraten und Sklavenhändler genannt,

und das nicht zu Unrecht, denn ihre ganze bekannte Vergangenheit ist eine Kette von Untaten ... Bis in die jüngste Zeit ist es eine Seltenheit, dass die Männer eines natürlichen Todes sterben, denn noch immer führen sie Kriege und Raubzüge, erschlagen einander und fressen einander auf ... Ich habe ihnen eindringlich ans Herz gelegt, dies zu unterlassen, da Gott und das weltliche Gericht es untersagten. Versprochen hat es mir ein jeder, allein die Kannibalennatur ist doch zu stark und die Versuchung und das verkostete Menschenfleisch zu ›schmackhaft‹ ... Erst kürzlich kam es zu einem schauderhaften Fall von Kannibalismus. Zwei Eingeborene aus Naviu, beide noch Heiden, töteten zwei Bain-inger, um sie keine vier Minuten von der Mission entfernt zu verzehren ... Tags darauf erfuhr der Bischof, der gerade bei mir zu Besuch war, die schaurige Tat von meinen beiden Ministranten. Hätten wir sofort die Hütten durchsucht, wären wir sicher noch auf die Reste der kannibalischen Mahlzeit gestoßen ... Und auch danach habe ich noch einige eiskalte, herzlose Kannibalen überrascht, wie sie einen gerade erschlagenen Feind in Bananenblätter legten, rösteten und verspeisten.«

Zwischen der vorletzten und letzten Seite des Manuskriptes entdeckt Werner Jungblut ein Blatt Papier, das nicht zu den übrigen Seiten passt: eine Art Schmierzettel aus braunem Packpapier, in flüchtiger Handschrift, mit dickem Kohlestift beschrieben. Was auf diesem Zettel steht, ist offenbar als Warnung für Pater Rascher gedacht. Jungblut liest: *»Der aus St. Paul verschwundene To Maria treibt sich seit mehrere Tagen in den Nachbardörfern herum und hetzt besonders die kriegerischen Stämme gegen die Weißen auf. Überall erweckt er wieder die Liebe zu dem früheren, freien und ungebundenen Leben und sogar die Lust an Raub und Mord ... Er wies die Waldleute darauf hin, dass sie zu Wegearbeiten gezwungen worden seien, ihre Verstecke im Urwald eingebüßt hätten und nicht mehr frei leben könnten. Die Deutschen hätten keinerlei Respekt vor den heiligen Stätten der Waldmenschen und würden sogar deren Kultplätze schänden, die den Ahnen und den Dämonen des Waldes gewidmet sind.«*

Bei seinen aufrührerischen Versammlungen, so heißt es schließlich, verkünde To Maria überall, Pater Rascher trage die Hauptschuld daran, dass immer mehr Fremde in das Land kämen, um das Volk der Baininger zu erniedrigen und zur Arbeit für die weißen Herren zu zwingen.

39

»Haben Ihnen meine Aufzeichnungen gefallen?«

Pater Rascher sieht Tropenarzt Jungblut am folgenden Tag erwartungsvoll an.

»Es ist wirklich sehr interessant, ich habe die halbe Nacht lang gelesen.« Jungblut verschweigt, dass ihn nicht nur der Bericht, sondern auch die Furcht vor einem zweiten nächtlichen Besuch des unheimlichen Heinrich Althoff wach gehalten hat.

»Sie meinen also, dieser Text könnte so in Druck gegeben werden?«

»Ich bin kein Fachmann, aber ich glaube schon. Wenn ich jedoch noch eine Anregung geben darf: Mich würde als Leser Ihres Buches, aber übrigens auch persönlich sehr interessieren, ob Sie eigentlich alles gutheißen, was wir hier in der deutschen Südsee so treiben, wir Ärzte und Missionare, Kaufleute, Beamte und Soldaten?«

Rascher blickt erstaunt auf.

»Meinen Sie, ob ich es für es richtig halte, dass wir Deutsche und Europäer uns um die zurückgebliebenen Völker in Asien und Afrika kümmern, dass wir den primitiven Eingeborenen unsere Kultur und unseren Glauben bringen? Oder was meinen Sie?«

»Ja, so in etwa. Ich frage mich, haben wir das Recht, uns in das Leben dieser Menschen hier einzumischen, ihr Leben und ihr Land nach unseren Vorstellungen umzukrempeln, nur weil wir uns moralisch und geistig überlegen fühlen und die stärkeren Waffen haben?

»Das ist eine ziemlich komplexe Frage!«

»Ich wäre dennoch an Ihrer Antwort interessiert, Pater Rascher.«

»Nun, ich glaube grundsätzlich, dass wir hier Gutes tun. Als Arzt erlösen Sie doch in der Kolonie viele kranke Menschen von ihren Lei den.«

»Aber offenbar bringen wir ihnen auch manche Krankheiten, die sie vorher gar nicht kannten – die Syphilis zum Beispiel.«

»... und wir lehren sie die moderne Landwirtschaft, damit sie besser leben können.«

»Auch ohne uns haben sie alles, was sie zum Leben brauchen, und sind damit offenbar ganz zufrieden.«

»Wir bringen ihnen Produkte unserer Wirtschaft und kaufen ihnen die Erzeugnisse ihres Landes ab, das ist zum Nutzen unserer Wirtschaft und unseres Volkes. Es ist gut für unser Vaterland, wenn sie so wollen ...«

»Unser Vaterland ...« Jungblut zieht das Wort in die Länge. »Kennen Sie dieses Zitat, Pater Rascher? ›Ich möchte etwas darum geben, wenn ich wüsste, für wen eigentlich die Taten getan werden, von denen man öffentlich sagt, sie seien für das Vaterland getan worden‹ ...«

»Nein. Wer hat das gesagt?«

»Lichtenberg.«

»Ist das ein Kommunist ...?«

»Wohl kaum. Georg Christoph Lichtenberg ist bereits seit hundert Jahren tot. Er war ein großer, aber leider nicht sehr anerkannter Denker seiner Zeit.«

»Es klingt trotzdem ziemlich kommunistisch, was Sie da zitieren. Offen gesagt, Doktor Jungblut, habe ich schon mal gedacht, ob Sie nicht gelegentlich auch diesem gefährlichen Gedankengut anhängen, das sich in Europa ausbreitet wie ein Geschwür.«

»Manchmal überkommt mich dieser Verdacht selber auch.« Jungblut lächelt.

»Immerhin habe ich nicht nur Goethe und Schiller, sondern auch einige durchaus bemerkenswerte Werke der Herren Marx und Engels gelesen, zum Beispiel diese interessante Erkenntnis: ›Das Sein bestimmt das Bewusstsein‹.«

»Und das finden Sie originell? Das klingt doch ebenso banal wie ›Keiner kann aus seiner Haut‹, wie der Volksmund sagt.«

»Das ist es in gewisser Weise schon, allerdings meint Marx die äußeren Lebensumstände der Menschen und der Volksmund meint wohl mehr die inneren Befindlichkeiten. Friedrich Engels hat übrigens ganz in der Nähe vom Geschäft meines Vaters in der Bremer Innenstadt gearbeitet, er war Handlungsgehilfe in einem Ladengeschäft in der Martinistraße.«

»Und diese Nachbarschaft hat auf Sie abgefärbt?« Rascher lacht sein kicherndes Lachen.

»Diese Herren Revolutionäre wollen also die Könige und Zaren, Politiker und Unternehmer von ihren Thronen stürzen. Und den Heiligen Vater in Rom sowieso. Wo soll das nur hinführen …«

Pater Rascher umklammert das Kruzifix auf seinem Arbeitstisch, als wolle er sich daran festhalten, während Jungblut sagt: »… aber ich kann Sie beruhigen. Ich bin vermutlich zu bürgerlich aufgewachsen und erzogen worden, das hat mein Sein und Bewusstsein nachhaltig geprägt. Zum Kommunisten tauge ich nicht. Die sind mir zu radikal in ihren Ansichten und mit ihren Bestrebungen. Als junger Mann und als Student habe ich mich für die Sozialdemokratische Partei entschieden und mich in deren Jugendbewegung engagiert.«

»Die Sozialdemokraten … Die sind auch nicht viel besser als die Kommunisten. Wenn ich nur höre, wie die über die Kolonialpolitik der Reichsregierung herziehen. Wie soll sich unser Vaterland denn ohne Kolonien in der Welt behaupten, wie sollte die deutsche Wirtschaft ohne Rohstoffe aus unseren afrikanischen und asiatischen Schutzgebieten gegenüber der Konkurrenz aus England, Frankreich, Holland, Spanien oder Portugal bestehen können?«

Rascher steht auf und zieht ein paar Hefte mit dem Titel »Kolonie und Heimat« heraus. Im zweiten Exemplar findet er, was er gesucht hat.

»Hier, hören Sie mal, Herr Doktor Jungblut, was Kaiser Wilhelm dazu gesagt hat: ›Die Kolonialpolitik ist nur ein Zweig der Weltpolitik …, die Zeit ist vorüber, da das deutsche Spießertum vergessen durfte, was draußen in der Welt vorgeht!‹«

»Ja, ja, ich kenne die Ansichten unseres großen Kaisers. Aber wenn Sie gestatten: Ich halte sie für grundlegend falsch. Mir hat sich zu unserem Gesprächsthema ein anders Zitat eingeprägt. Es lautet: ›Im Grunde genommen ist das Wesen aller Kolonialpolitik die Ausbeutung einer fremden Bevölkerung in höchster Potenz. Und das treibende Motiv ist immer nur Gold, Gold und wieder nur Gold …‹«

»Das stammt sicher wieder von Ihren kommunistischen Gesinnungsfreunden …«

»Das hat der Sozialdemokrat August Bebel im Deutschen Reichstag gesagt. Gott sei Dank – wenn ich diese Formel in Ihrer Gegenwart benutzen darf – konnte der Sozialdemokrat das noch tun, weil unser hoch zu verehrender Reichskanzler Bismarck mit seinen Sozialistengesetzen nicht so recht reüssiert hat und wir deshalb zum Glück immer noch Meinungsfreiheit in Deutschland haben.«

Rascher klappt sein »Kolonie und Heimat«-Heft wieder zu. Das Titelbild zeigt Seine Majestät Wilhelm II. in Paradeuniform, mit Orden und mit langem Säbel.

»Es steht mir nicht zu, den Kaiser zu interpretieren, aber was er sagen wollte, ist wohl dies: Wir Deutsche befinden uns heutzutage in einem globalen Wettbewerb, nicht nur wirtschaftlich, auf allen Gebieten, auch auf geistigem und kulturellem Feld, Herr Doktor Jungblut, das sollte selbst ein Mann mit Ihrer Meinung wissen, schließlich sind Sie bereits in der Welt herumgekommen.«

»Und unsere deutschen Missionsgesellschaften beider christlicher Fraktionen befinden sich im edlen Wettstreit mit der ausländischen Konkurrenz um die heidnischen Seelen in Afrika und Asien, aber eines sollten Sie dabei nicht vergessen, Pater Rascher: Damit leisten Sie der deutschen Interessenpolitik und der Wirtschaft nützliche Dienste, wie man auch hier in St. Paul sehr schön beobachten kann ...«

Jungblut blickt Rascher herausfordernd an.

»Wie meinen Sie das?«

»Nun ja, Sie bekehren ja nicht nur Eingeborene zum Christentum, Sie bringen ihnen Lesen und Schreiben bei und allerlei nützliche Handwerksarbeiten und sonstige Fähigkeiten, und bereiten sie damit auf ihre Funktion als billige Arbeitskräfte auf den Pflanzungen, Farmen und in den Faktoreien vor. Sie lassen an der Küste Schiffsanleger bauen und Pfade und Wege durch den Urwald schlagen, auf denen dann die Händler und Unternehmer ins Landesinnere ziehen, um ihre Geschäfte zu betreiben. Ja, Sie machen sogar selber Geschäfte, verehrter Pater Rascher, mit dem schönen Sägewerk etwa, für das Sie prächtige Eukalyptusbäume fällen lassen, um das wertvolle Holz zu verarbeiten und zu gutem Preis verkaufen zu können.«

»Damit finanzieren wir unsere eigentliche Arbeit, die wir in Gottes Auftrag verrichten, den Bau der Kirche, der Schule und des Lazaretts, die ganze Errichtung eines sauberen, vorbildlichen christlichen Dorfes wie St. Paul, in dem wir unseren wilden Schützlingen Kultur und Moral beibringen ...«

Rascher schiebt seine Nickelbrille auf die Nasenspitze. Seine kleinen Augen funkeln böse.

»Wollen Sie Gott nicht auch noch abschaffen, Sie und dieser Engels, der Herr Marx und der Herr Bebel? Gehört dieser Engländer, dieser Mister Charles Darwin, nicht auch zu den international agierenden Kommunisten? Der Mann behauptet doch wahrhaftig, nicht Gott sei der Schöpfer der Welt und aller Lebewesen auf Erden, sondern alles sei irgendwie von selbst entstanden und habe sich immer weiter so vor sich hin entwickelt, von der Mücke zum Elefanten, vom Affen bis zum Menschen.«

»Da liegen Sie wieder ziemlich falsch, Pater Rascher. Darwin ist kein politischer Revolutionär, er ist Wissenschaftler und Forscher. Er hat die Evolutionstheorie begründet, die Sie halbwegs richtig beschrieben haben.«

»Ja, ja, ich weiß – der Mensch stammt vom Affen ab … Sogar recht bedeutende deutsche Forscher gehen jetzt dieser unglaublichen These nach, wie dieser Berliner Professor, der auch hier in Neupommern Eingeborenen-Schädel für entsprechende Forschungen zusammentragen lässt, dieser Professor …«

»Virchow heißt er. Sie meinen Professor Rudolf Virchow aus Berlin. Er will die Formen und Maße von hiesigen primitiven Eingeborenen mit den Schädeln von hoch entwickelten Primaten vergleichen, um möglicherweise eine Zwischenstufe bei der Entwicklung des Menschen zu finden.«

»Ich halte das für Humbug!« Rascher schnäuzt sich die Nase.

»Ich auch«, sagt Jungblut und steht auf.

»Dann sind wir uns ja endlich einmal einig.«

»Es war aber doch trotz oder gerade wegen der Meinungsunterschiede ein recht interessantes Gespräch. Wir sollten es bei Gelegenheit fortsetzen«, sagt Jungblut versöhnlich.

»Wenn ich Sie doch noch etwas Persönliches fragen darf.« Rascher putzt seine Brille mit dem Rand des gerade benutzten Taschentuches. »Wenn Sie so denken, was machen Sie denn eigentlich hier in der Südsee, immerhin sind wir in einer Kolonie des Kaiserreiches?«

»Das habe ich mich auch manchmal gefragt. Meine Antwort darauf ist: Mich hat eine Mischung aus noch jugendlicher Abenteuerlust und einem Forscherdrang getrieben und natürlich die Gelegenheit, für den großen Professor Robert Koch wissenschaftliche Feldforschung zu betreiben. Aber, das will ich Ihnen auch anvertrauen: Ich habe für mich beschlossen, dies nur noch zeitlich begrenzt zu tun.«

»Und was haben Sie dann vor?«

»Wenn mein konkreter Auftrag beendet ist, über spezielle Ausprägungen der Malaria zu forschen, dann werde ich nach Deutschland zurückkehren.«

»Und da werden Sie in einem Institut weiterforschen. In Berlin vermutlich?«

»Da wir uns heute trotz unserer Differenzen doch ein wenig

nähergekommen sind, will ich Ihnen etwas Privates verraten. Sind Sie eigentlich ihrem Beichtgeheimnis auch verpflichtet, wenn ich Ihnen als Protestant etwas anvertraue?«

»Ich gewöhne mich allmählich an Ihren hintergründigen Humor – also, wenn Ihnen daran gelegen ist, Doktor Jungblut: Mein Ehrenwort!«

»Ich habe eine Frau kennengelernt. Ich liebe sie und möchte sie heiraten. Ich möchte mit ihr eine Familie gründen und eine Arztpraxis in meiner Heimatstadt eröffnen.«

»Nach dem, was Sie vorhin an revolutionären Ansichten verkündet haben, scheint mir das eine ausgesprochen bürgerliche Lebensplanung zu sein, fast schon ein wenig spießbürgerlich, wenn Sie mir auch mal eine spitze Bemerkung gestatten.«

»Wahrscheinlich werde ich älter und vernünftiger, wie mein Vater übrigens sagen würde.«

»Ich betrachte das als freundschaftlichen Vertrauensbeweis, dass Sie mir trotz unserer heftigen Auseinandersetzung neulich von Ihren Pläne und Absichten erzählen.«

Pater Rascher rückt seine Brille zurecht, erhebt sich zu voller Größe und macht eine vage Handbewegung. Einen Moment lang glaubt Jungblut, er wolle ihn segnen, aber dann streckt er ihm die Hand entgegen.

»Ich wünsche Ihnen Glück, und Ihnen und Ihrer künftigen Gemahlin Gottes Segen auf allen Ihren Wegen.«

»Danke. Ich werd's ausrichten.«

Jungblut schüttelt Raschers Hand und wendet sich zur Tür. Er sei nun ziemlich müde und hoffe, nach mehreren unruhigen Nächten endlich einmal wieder ausreichend schlafen zu können. Vorher werde er noch einmal bei Bruder Gundolf vorbeischauen.

Rascher folgt Jungblut ein paar Schritte, berührt seinen Arm und sagt, er möge bitte noch einen Moment bleiben. Jungblut sieht ihn fragend an.

»Weil ich Ihre kritische Art zu schätzen gelernt habe, möchte ich Sie noch ein paar Minuten um Ihre Aufmerksamkeit und um Ihren Rat bitten.«

Rascher räumt eilig seinen Schreibtisch frei, holt eine lange Rolle aus dickerem Papier aus einem abschließbaren Eckschrank, entrollt sie auf seiner Arbeitsplatte und beschwert die vier Ecken mit Büchern.

»Wie gefällt Ihnen das hier?«

Jungblut betrachtet eine große, mit farbigen Ölstiften gemalte Zeichnung, sehr bunt, ungelenk, kindlich naiv. Das Bild soll wohl eine Panoramaansicht von St. Paul sein: ein idyllisches Dorf, von Bergen und Urwald umgeben, mit neuen Wellblechhütten und älteren Grasdach-Rundbauten, im Mittelpunkt die Kirche mit quadratischem Turm und Holzkreuz, am linken Rand das Sägewerk am Fluss mit dicken Baumstämmen und einem haushohen Haufen Sägespäne. Ein paar Vögel, Hunde und lustige Schweinchen fliegen und laufen in dem Bild herum. Auf dem von Palmen umstandenen Dorfplatz ist eine Menschenmenge versammelt, dunkelhäutige Eingeborene, Männer, Frauen und Kinder. Alle sind sonntäglich europäisch gekleidet. Sie bilden gemeinsam mit hellhäutigen Missionaren und Missionsschwestern einen Kreis. Über allem steht groß und gelb die Sonne und schickt vor einem gestrichelten blauen Himmel ein Bündel von Strahlen auf das Dorf hinunter.

»Sehr schön«, sagt Jungblut. »Offenbar ist das eine Kinderzeichnung?«

»Ja, das haben die Kinder aus dem Katechumenen-Unterricht gemalt. Es sollte an einer Seitenwand der Kirche aufgehängt werden und eigentlich die Gäste der Einweihungsfeier erfreuen.«

»Eine sehr schöne Idee, aber warum sagen Sie ›eigentlich‹? Soll es denn nicht gezeigt werden?«

»Auf gar keinen Fall!«

Jungblut sieht Pater Rascher fragend an.

»Wenn Sie mal nähertreten und das Bild genauer betrachten wollen – was fällt Ihnen dann auf?«

»Nichts Besonderes.«

»Sehen Sie sich mal die Sonne an.«

»Da haben die Kinder mit dünnem Gelbstift den lieben Gott

reingezeichnet, mit einem großen Bart, wie sich das gehört, wie bei einer Ikone. Sehr hübsch.«

»Sehr hübsch? Haben Sie schon mal einen lieben Gott mit Brille gesehen? Mit einer kleinen runden Nickelbrille, genau wie die auf meiner Nase?«

»Tatsächlich.« Jungblut lacht. »Sie sind eben für Ihre Schäfchen der liebe Gott von St. Paul. Das ist doch ein schönes Kompliment.«

»Sehen Sie … Sie lachen! Und genauso würden mich die hohen Herrschaften auslachen, und denken würden sie, Pater Rascher sei größenwahnsinnig geworden, er lässt sich schon als Sonnengott malen.«

»Also, ich finde das nicht so schlimm, das kann man doch mit Humor betrachten.«

»Es ist aber noch nicht der einzige Grund, warum das Bild bei der Kirchenfeier nicht ausgestellt werden kann. Schauen Sie doch einmal auf die Menschengruppe auf dem Dorfplatz.«

In der Mitte des Kreises ist mit dünnerem Stift und im Vergleich zum übrigen Bild sehr detailgenau ein Missionar in einer Soutane dargestellt, der mit einer Peitsche auf einen am Boden hockenden braunen Menschen einschlägt. Auch dieser Peitschenmann hat einen langen Bart, einen fast kahlen Schädel und eine kleine Nickelbrille auf der Nase.

»Um Himmels willen«, sagt Jungblut, »das ist mir auf den ersten Blick gar nicht aufgefallen …! Sieht aus, als ob diese Szene nachträglich eingefügt worden ist.«

»Den Eindruck habe ich allerdings auch«, sagt Rascher, »und ich glaube auch zu wissen, von wem.«

»Von wem denn?«

»To Maria … Eine Art Abschiedsgruß für mich, bevor er aus St. Paul verschwunden ist. Ich glaube, ich hatte neulich nicht erwähnt, dass er nicht nur Harmonium spielen kann – er ist auch ein recht begabter Kunsthandwerker und Zeichner …«

Rascher rollt die Zeichnung zusammen und stellt sie in den Eckschrank zurück. Er stutzt, beugt sich vor und tastet mit der

Hand im Inneren des Schrankes herum. Als er sich wieder zu Jungblut umdreht, ist sein Gesicht blass.

»Ist etwas passiert ...?«

»Allerdings. Ich fürchte ja.«

Rascher sagt, sein Schrotgewehr sei verschwunden, jedenfalls stehe es nicht mehr an seinem üblichen Platz, hier in diesem Schrank in der Halterung. Er deutet auf den massiven Eckschrank, der mit einem schweren Eisenriegel und einem Schloss gesichert ist.

Am Tag zuvor habe sich die Waffe, mit der To Maria ein- oder zweimal die Woche für ihn auf Taubenjagd gehen durfte, noch hier befunden. Ganz sicher! Der Schlüssel, so stellt er fest, liegt noch am gewohnten Platz. Im Bücherregal, in der obersten Reihe, gleich hinter dem Alten Testament.

Pater Rascher denkt angestrengt nach, bevor er auf Jungbluts Frage antwortet.

»Ja«, sagt er dann, »es kann sein, es ist sogar wahrscheinlich, dass To Maria das Versteck des Schlüssels gekannt hat!«

40

Irgendetwas braut sich zusammen. Werner Jungblut hat ein ungutes Gefühl, als er von Raschers Pfarrhaus zu seiner Hütte zurückgeht. Sein Weg führt über einen Trampelpfad, der durch einige mit Bambuspfählen eingezäunte Gemüsegärten und an einem langgestreckten Taro-Feld vorüberführt. Von einer Anhöhe aus ist das Meer zu sehen. Wie ein gehämmertes Silbertablett glänzt es im fahlen Mondlicht. Am Horizont erscheint eine Wolkenwand. Ein böiger Wind kommt auf. Es sieht nach einem Wetterwechsel aus.

Um einen sandigen kleinen Platz herum gruppieren sich die Grasdachhütten der christlichen Eingeborenen. Ein Holzkohlenfeuer glimmt. Vor der Feuerstelle liegen zwei voll gefressene

Hunde, die nur müde den Kopf heben, als Jungblut ihnen leise zuruft: »Nur ruhig. Gaaanz ruhig!« Weit und breit ist kein Mensch zu sehen. Aus einer der Hütten dringt sägendes Schnarchen. Ein Baby weint.

Bis zum angrenzenden Dschungel sind es nur noch vierzig, fünfzig Meter. Aus dieser Richtung kommt jetzt der klagende Ruf eines Nachtkäuzchens, jedenfalls klingen Nachtkäuzchen in Deutschland so. Hier hat Jungblut solche Laute noch nie gehört. Die müden Hunde spitzen ihre Ohren, als zwei, drei Mal auf den Ruf geantwortet wird.

Jungblut erreicht die Wellblechhütten, in denen die Missionare und die Missionsschwestern wohnen. In zwei Hütten brennen noch Petroleumfunzeln. Bruder Joachim Reuter hat seinen Kopf so tief über ein Schreibheft gebeugt, dass seine Nasenspitze beinahe das Papier berührt. Zwei Hütten weiter liest die dienstälteste Missionsschwester Agnes hinter einem Moskitonetz in einem Büchlein mit schwarzem Einband und bewegt dazu ihre Lippen.

Tropenarzt Jungblut lässt sich von einer plötzlichen Eingebung leiten. Er will noch einmal nach seinem Syphilis-Patienten sehen. Es sind nur ein paar Schritte. Seit seinem ersten Besuch liegt Bruder Gundolf entweder im unruhigen Schlaf oder in einem durch Morphin-Pulver verursachten Delirium. Ein Gespräch mit dem Kranken ist immer noch nicht möglich gewesen.

Das Innere von Gundolfs Hütte ist in bläuliches Halbdunkel getaucht. Ein Streifen Mondlicht fällt durch ein kleines Fenster auf den Boden. Jemand hat einen Eimer mit frischem Wasser auf einen Stuhl gestellt und Tücher bereitgelegt, die wohl einmal weiß gewesen sein mögen.

Bruder Gundolf schläft. Sein Puls fühlt sich normal an, aber er hat wieder höheres Fieber. Schweißperlen rinnen ihm über das Gesicht, das von dunklen Hautflecken, Geschwulsten und Pickeln bedeckt ist. Er stöhnt und ächzt und murmelt Unverständliches vor sich hin. Unter geschlossenen Lidern bewegen sich seine Augäpfel. Jungblut tritt hinter das Kopfende des Bambusbettes, taucht einen der Lappen ins Wasser und wischt über das Gesicht des Kranken.

»Danke …, dass … du …«

Die Worte kommen leise und einzeln. Aber dann schluckt und räuspert sich Bruder Gundolf und seine Stimme wird deutlicher.

»Danke, dass du, dass du noch einmal gekommen bist, Heinrich.«

Heinrich …?

Jungblut glaubt, nicht richtig gehört zu haben. Er drückt den Lappen auf Augen und Stirn des Kranken.

»Wasser … Bitte die Wasserflasche.«

Jungblut setzt dem Kranken eine bereitliegende Feldflasche an die Lippen.

Gundolf trinkt hastig. »Diese verdammte Syphilis frisst mich auf … Bei den Hottenweibern war ich vorsichtig, aber hier bei dieser … dieser … Wie heißt sie noch …«

»Rananda«, sagt Jungblut absichtlich mit undeutlicher Stimme.

»Ausgerechnet hier habe ich mir diese verdammte Syphilis geholt. Aber ich habe es nicht besser verdient. Gott hat mich für meine Sünden gestraft …«

Er tastet nach Jungbluts Hand.

»Weißt du noch, Heinrich, damals in Okahandja …, wie du mit deinem Ochsenkarren durch die Wüste gezogen bist … ›Heiliger Vater der Hottentotten‹ haben sie dich genannt. Und dabei bist du doch Lutheraner …«

Bruder Gundolf versucht zu lachen.

»Ich werde sterben, Heinrich …, bald …, hoffentlich bald …, das Herz …, es will nicht mehr …, ich habe keine Angst …, doch, ich habe Angst …«

Sein Atem wird flacher. Bevor er etwas sagt, hält er die Luft an, als müsse er Kraft für den nächsten Satz sammeln.

»Danke, dass du dich bis zuletzt um mich kümmerst …, wer hätte gedacht, dass wir uns hier am Ende der Welt und am Ende des Lebens noch einmal sehen …

»Ich bin so müde …«

Sein Atem rasselt. Er bäumt sich auf, stöhnt lang und laut und greift sich ans Herz. Die Ziffern von Jungbluts Taschenuhr zeigen zwölf Minuten nach zehn Uhr abends.

Bruder Gundolf ist tot.

Werner Jungblut legt ein Tuch über Althoffs Gesicht und drückt seine Augen zu. Dann geht er in die Nacht hinaus.

In seiner Hütte wäscht er sich die Hände mit einem scharfen Desinfektionsmittel. Er versucht zu schlafen. Aber er findet keine Ruhe und setzt sich auf einen Klappstuhl vor seiner Hütte.

Heinrich Althoff, der »Heilige Vater der Hottentotten«, wie Bruder Gundolf gesagt hatte, muss also noch hier sein. Irgendwo ganz in der Nähe. Vielleicht beobachtet er ihn gerade jetzt aus dem Schutz der Dunkelheit. Vorgestern Nacht ist er schon einmal hier gewesen – dieser trunksüchtige, bewaffnete Missionar, der ihm offenbar Rache geschworen hat. Wegen Anna!

Werner Jungblut sucht den Revolver, den Pater Rascher ihm gegeben hat.

In einem Oleanderbusch sägt eine Zikade. Das schrille Geräusch geht ihm auf die angespannten Nerven. Gegen Mitternacht hört das Sägen endlich auf. Aber nun rufen die Nachtkäuzchen wieder. Ein Hund fängt an zu bellen. Und noch einer. Und ein dritter. Und schließlich bellen und jaulen alle Hunde von St. Paul durcheinander, als wären Scharen von Dieben und Einbrechern über das Christendorf hergefallen.

In das Gebell mischen sich schrille Laute, die aus dem Urwald kommen. Es trillert und pfeift und zwitschert, als seien alle Vögel des Waldes erwacht, als habe ein Dirigent ihnen den Einsatz zu einem nächtlichen Konzert gegeben.

Die christlichen Eingeborenen stehen wie versteinert vor ihren Hütten. Dann laufen immer mehr Leute über den Platz vor der Kirche in das Gotteshaus. Jungblut erkennt den Dolmetscher, mit dem er in den Baininger-Bergen gewesen ist.

»Sie sind da!«, ruft der ihm zu.

»Wer ist da?

»To Maria und seine Krieger!«

Jungblut hört nur das verstörende Vogelgezwitscher. Doch dann setzen die vielstimmigen Trommeln ein, erst die kleinen, hell und blechern klingenden kurzen Bambustrommeln und dann die großen, dumpf dröhnenden Holztrommeln. Plötzlich brechen sie ab. Und in die bedrückende Stille klingen die lang gezogenen, gequälten Tönen der Muschelhörner. Dann kommt ein rhythmisches »Tack, Tack, Tack« dazu, das sich wie das Klopfen eines großen Spechtes anhört. Schließlich übertönen tiefe, röhrende Laute das unheimliche Nachtkonzert, wie Brunftschreie von Hirschen. Schließlich folgen durchdringende Schreie. Menschliche Schreie.

Angst breitet sich im ganzen Dorf aus. Panische Angst. Viele Frauen und Männer rennen aus dem Dorf in den dunklen Urwald. Nur weg von hier! Andere drängen sich vor dem Eingang der Kirche.

Männer, Frauen und Kinder suchen Schutz in dem kleinen Haus Gottes und warten zitternd auf die Heilige Messe. Bruder Markus hämmert eine aufbrausende Melodie in die Tastatur des Harmoniums, um den bedrohlichen Lärm zu übertönen, der von draußen in die Kirche dringt. Jemand läutet die Turmglocke. Es klingt wie vor einem Sturm an der deutschen Nordseeküste, denkt Jungblut. Pater Rascher schreit seine Fürbitte gegen das Glockengeläut an:

»Steh uns bei, o Herr, in unserer Not. Hilf uns, dass wir nicht zittern noch zagen. Gib uns Kraft und Mut, lass uns zusammenstehen gegen jene, die nicht unseres Glaubens sind, denn Dein ist das Reich und die Kraft und die Herrlichkeit …«

Als die Glocke verstummt, spricht Bruder Bley mit dröhnendem Bariton die Litanei vom Heiligsten Herzen Jesu:

»Herz Jesu, Rettung aller, die auf dich vertrauen
Herz Jesu, Hoffnung aller, die in dir sterben
Herz Jesu, Wonne aller Heiligen
Lamm Gottes, du nimmst hinweg die Sünden der Welt –
verschone uns, o Herr

Lamm Gottes, du nimmst hinweg die Sünden der Welt –
erhöre uns, o Herr
Lamm Gottes, du nimmst hinweg die Sünden der Welt –
erbarme dich unser …
Verzeihe allen, die deine Barmherzigkeit anflehen, im Namen
deines Sohnes Jesus Christus, der mit dir lebt und herrscht
von Ewigkeit zu Ewigkeit. Amen …«

Offenbar werden die Gebete erhört. Draußen wird es ruhiger.

41

Bei Tagesanbruch zieht ein wolkiges Grau über den vorher klaren Nachthimmel. Ein einzelner Strahl dringt durch die Wolkenschicht. Nacheinander verstummen die Kriegstrommeln, die Muschelhörner und die menschlichen Vogelstimmen. Die Gefahr scheint vorüber, aber eine Anspannung bleibt. Offenbar haben sich die Eingeborenen-Krieger zurückgezogen. In St. Paul tauchen die Hunde und Katzen aus ihren Unterschlupfen auf und streunen auf der Suche nach Nahrung von einer Hütte zur anderen. Arbeiter gehen zum Sägewerk am nahen Fluss. In der Schneiderwerkstatt treten fleißige Frauen wieder auf die Pedale der Nähmaschinen. Schulkinder trotten zum Unterricht.

Nach der langen Hitzeperiode beginnt es endlich zu regnen. Erste Blitze zucken lautlos aus den Wolken.

Pater Rascher hat das Fenster seiner Arbeitsstube geöffnet, in der Hoffnung, die regenfrische Luft könne seine Kopfschmerzen vertreiben. Er versucht, die Arbeit an seinem Wörterbuch fortzusetzen, das er »Deutsch – Baningisch und Baningisch – Deutsch« nennt. Zuletzt ist er bei dem Buchstaben »K« angekommen. »K« wie Kartoffel, die er unschwer mit »Taro« übersetzt. Dann fällt ihm ein, dass er einer vermögenden Dame aus seiner Verwandtschaft noch einen Brief schuldig ist, die seine Arbeit mit einer Geldspende unterstützt hat. Rascher schildert seiner »hochverehrten, großherzigen, lieben Tante« seine Vorfreude auf die feierliche Einweihung der Kirche von St. Paul. Der Bischof, der Gouverneur und alles, was Rang und Namen habe in Neupommern, würden ihn und sein Christendorf mit seiner Gegenwart beehren. Das erfülle ihn mit Stolz und Dankbarkeit. Er schildert die letzten Vorbereitungen für das große Ereignis und beschreibt auch seine von wechselhaften Stimmungen geprägte innere Verfassung:

»Freud und Leid, Krankheit und schlimme Tage und wieder Freude und leichte Wochen wechseln einander ab. Es muss so sein, denn gäbe es keine Schwierigkeiten, keine eiskalten, herzlosen, unbeständigen Kanaker und keine Krankheiten und kein Fieber, so hätte ein Missionar den Himmel auf Erden, und das darf nicht sein, denn das wäre eine verkehrte Welt.« Sein Brief endet: *»Ich kann Gott nicht genug danken, dass er mich als Arbeiter in seinen Weinberg genommen und mich hier in der Baininger-Wildnis als Vorposten des Evangeliums aufgestellt hat ...«*

Mit kratzender Tintenfeder hat er seine letzten Gedanken auf ein Blatt holziges Schreibpapier gebracht, auf dem sich später Spritzer seines Blutes finden, ebenso wie auf dem kleinen, bronzenen Kruzifix, das wie immer vor ihm auf dem Schreibtisch steht.

Vermutlich hat er in seinem Rücken noch ein Geräusch gehört. Jedenfalls war sein Gesicht dem offenen Fenster zugewandt – das konnte man später nach den Aussagen von To Maria rekonstruieren. Aber niemand kann mit Gewissheit sagen, ob Pater Rascher in der Sekunde des Todes noch seinen Mörder erkannt hat.

Mit dem doppelläufigen Schrotgewehr unter dem Arm ist To Maria wie selbstverständlich vom Rand des Urwaldes über den Kirchplatz bis zum Pfarrhaus spaziert. Die wenigen Leute, die ihn auf seinem kurzen Weg sehen, denken, er habe sich mit Pater Rascher ausgesöhnt und sei wie jeden Samstag mit dessen Gewehr zur Taubenjagd gewesen, um einen schmackhaften Braten zu schießen.

To Maria betritt die schmale Veranda vor dem Arbeitszimmer. Er stellt sich auf einen Hocker und richtet den Doppellauf der Schrotflinte durch das geöffnete Fenster auf den Rücken von Pater Rascher, der vornübergebeugt an seinem Schreibtisch sitzt.

Um vier Minuten nach acht Uhr zerreißt an diesem Samstagmorgen ein erster Schuss die noch immer angespannte Stille von St. Paul.

Aus zwei, drei Metern Entfernung trifft die Schrotladung in Raschers Oberkörper, durchschlägt seine Kleidung, seine Haut und seine Eingeweide und zerreißt sein Herz. Blut spritzt. Blut besudelt die Schreibtischplatte und das Kruzifix. Mit letzter Kraft erhebt sich der sterbende Pater Rascher noch einmal. Er wankt mit einem klaffenden Loch im Brustkorb noch zwei, drei Schritte in Richtung Tür. Dann bricht er endgültig zusammen.

In seiner Hütte hört Werner Jungblut den Schuss im Halbschlaf. Er glaubt zunächst, irgendwo sei ein großes Brett auf den Erdboden geklatscht. Nach der durchwachten Nacht liegt er angezogen auf seiner Pritsche. Das Getrappel von nackten Füßen nähert sich. Und halblaute Stimmen, Pfiffe und Rufe. Plötzlich ahnt er, was passiert, bevor er es mit eigenen Augen gesehen hat …

Der erste Schuss ist das verabredete Signal zum Angriff der aufständischen Eingeborenen gewesen. Aus allen Himmelsrichtungen stürmen mehr als dreihundert bewaffnete, grell bemalte, halbnackte Gestalten. Manche tragen menschliche Fingerknochen als Kriegsschmuck im rot gefärbten Kraushaar. Lanzen und Speere schwirren durch die Luft.

Jungblut rafft eine paar Sachen zusammen, steckt den Revolver in den Hosengurt und rennt, immer wieder Deckung suchend, von einer Hütte zur anderen in Richtung Kirche. Offenbar wird er nicht gesehen. Die Meute bleibt hinter ihm zurück. Doch plötzlich taucht an der letzten Hütte vor dem Kirchplatz ein Speerwerfer auf. Der Eingeborene bleibt stehen und hebt seinen Arm, bereit zum Wurf. Sekundenlang stehen sie sich Auge in

Auge gegenüber. Jungblut versucht, seinen Revolver zu ziehen, aber er hat keine Übung. Die Waffe poltert zu Boden. Als er sich bückt, sieht er aus dem Augenwinkel den Speer auf sich zufliegen. Er wirft sich zur Seite. Der Speer streift im Fallen seinen linken Oberschenkel.

Die Spitze hinterlässt eine klaffende Wunde. Jungblut greift noch nach seinem Revolver und legt auf seinen Gegner an. Doch der verschwindet schreiend hinter der Hütte. Offenbar will er Verstärkung herbeirufen. So schnell er kann, humpelt Jungblut zwanzig, dreißig Meter über den Kirchplatz. Die Seitentür der Kirche ist nicht verschlossen. Er schafft es noch, die Leiter zum Turm hinaufzuklettern. Mit letzter Kraft zieht er die Sprossenleiter hoch und schließt die kleine Klappe im Boden. Er hat das von Pater Rascher angelegte Versteck erreicht. Durch die Sehschlitze in der Bretterwand beobachtet er, was unten im Dorf geschieht.

Eine Handvoll christlicher Eingeborener hat sich offenbar vor Beginn des Überfalls mit den Aufrührern zusammengetan. Nun weisen sie als Kundschafter den Mördern den Weg zu ihren Opfern. Schüsse fallen. Äxte und Beile zerschlagen Knochen und Köpfe. Speere und Lanzen dringen in Körper und Eingeweide ein. Todesschreie gellen durch den Samstagmorgen. Gurgelnde Laute ersticken.

Der Trappistenbruder Alois Bley stirbt am Eingang der Knabenschule, während er die Tür instand setzt. Ein Schuss trifft ihn in die Stirn, ein zweiter in die Seite. Als er schon sterbend am Boden liegt, spalten die Täter mit mehreren Axthieben seinen Schädel. – Bruder Schellekens rührt vor dem Haupteingang der Kirche Zement an, als er hinterrücks aufgespießt und mit einem Beil erschlagen wird. – Ein paar Meter weiter misst Bruder Plaschert dicke Bretter aus. Er hat noch Metermaß und Bleistift in der Hand, als ihn die tödlichen Hiebe treffen. – Schwester Agatha wechselt gerade im Schwesternhaus die Verbände von eingeborenen Patientinnen. Sie wird von Lanzen durchbohrt. – Schwester Angela richtet in der provisorischen kleinen Kapelle des Schwesternhauses den Altar her und legt Hostien in den Tabernakel, als sie erstochen wird. – Schwester Agnes näht auf der Veranda der Schwesternhütte Knöpfe an eine Bluse – sie wird von Speeren getroffen und mit einem Beil zerstückelt. – Im Pfarrhaus hat sich Schwester Anna Katharina in einem Raum eingeschlossen. Sie kriecht unter einen Tisch und sucht Schutz hinter einer Leinenkiste. Doch die Mörder brechen die Tür auf, entdecken sie in ihrem Versteck und schießen ihr zweimal in den Kopf.

Innerhalb von wenigen Minuten zieht sich eine blutige Spur kreuz und quer durch das Christendorf in den Baininger-Bergen.

Zehn Menschen sterben bei dem Gemetzel, das als das schlimmste Massaker der deutschen Kolonialzeit in die Geschichte eingeht. Ein elfter Toter kommt noch dazu: In seiner Station oberhalb von St. Paul hat Pater Rütten nach der Morgenandacht auf seiner überdachten Veranda ein wenig gelesen. Die Mörder schießen ihm durch den Leinenbezug seines Klappstuhls eine Schrotladung in den Rücken. Als man Rütten findet, liegt seine Lektüre noch aufgeschlagen neben ihm. »Die Märtyrer der römischen Katakomben« steht in goldglänzenden Lettern auf dem Umschlag des Buches.

Die christlichen Eingeborenen von St. Paul flüchten in panischer Angst in den Urwald – weg, nichts als weg von diesem Ort des Grauens! Erschöpft erreichen die meisten von ihnen noch vor Einbruch der Dunkelheit den Küstenort Vunamarita und finden Schutz in der Missionsstation, die von bewaffneten Pflanzern und Händlern bewacht wird. Fünf dunkelhäutige Jungen aus St. Paul, im Alter von drei bis zehn Jahren, sind nicht mit dem Leben davongekommen. »Außer Zweifel steht durch die Aussagen von Zeugen, dass diese Knaben erschlagen und verspeist wurden«, heißt es später in einem Bericht der Brüder vom Heiligsten Herzen Jesu. »Das Kannibalenfest wurde direkt nach der Ermordung der Missionare und Missionsschwestern unter Gesang und Tanz beim Schwesternhaus begangen und dann beim Sägewerk vollendet, wo die Kannibalengesellschaft sich durch ein Bad im Wasser vom Blute und Staube reinigte …«

In seinem Versteck im Kirchturm von St. Paul bindet Dr. Werner Jungblut seinen stark blutenden Oberschenkel mit einem Stück Tau ab, einem Rest des Glockenseiles, das er in einer Kiste gefunden hat. Er versucht sich aufzurichten. Dabei wird ihm schwindlig. Er stolpert und fällt. Er spürt einen heftigen Aufprall. Sein Kopf knallt gegen einen am Boden liegenden harten Gegenstand. Blitze zucken, bevor ihm schwarz vor Augen wird.

Als er wieder zu sich kommt, ist es totenstill. Kein Geräusch kommt aus dem Kirchenschiff unter ihm. Keine menschliche Stimme ist zu vernehmen, weder drinnen noch draußen. Das Einzige, was er hört, ist das Kläffen und Jaulen halbwilder Hunde, die unten im Dorf wie hungrige Hyänen verbissen um Beute kämpfen – dabei gibt es genug für alle zu fressen.

Jungblut liegt auf dem Bretterboden in einer noch nicht getrockneten Blutlache. Offenbar hat die tiefe Fleischwunde an seinem Oberschenkel stark geblutet. Schmerzen pochen in seinem Kopf. Über seinem rechten, geschwollenen Auge fühlt er eine verkrustete Beule, groß wie ein Hühnerei.

Es dauert eine Weile, bis er weiß, wo er ist und wie er in dieses von Pater Rascher angelegte Versteck im Turm der Kirche von St. Paul gekommen ist. Nach angestrengtem Nachdenken erinnert er sich auch, dass er gestolpert und gestürzt sein muss. Vermutlich ist sein Kopf gegen einen scharfkantigen Pfosten geknallt. Seitdem ist er ohnmächtig gewesen. Es müssen viele Stunden gewesen sein, denn draußen dämmert es bereits.

Seine Glieder sind steif geworden. Die Speerspitze, die seinen Oberschenkel aufgeschlitzt hat, muss mit einem Pflanzengift getränkt gewesen sein, das die Umgebung der Wunde für einige Zeit lähmt, das aber nicht tödlich ist, wenn es nicht gerade lebenswichtige Organe trifft. Jungblut spürt seinen Oberschenkel und sein ganzes linkes Bein nicht mehr. Die etwa zwanzig Zentimeter lange Wunde ist an den Rändern verkrustet wie ein im Backofen aufgeplatzter Laib Brot. Aber er scheint erstaunlicherweise keine Blutvergiftung zu haben. Er lockert die Blutabsperrung und massiert die Stelle. Schließlich spürt er ein Kribbeln. Die Lähmung lässt allmählich nach. Das Gefühl kehrt zurück, aber mit dem Gefühl kommt auch der Schmerz.

Endlich schafft er es, sich aufzurichten. Vorsichtig hangelt er sich an der Bretterwand entlang und humpelt von einem Sehschlitz zum anderen. Anders als vor Einbruch der Dunkelheit hört er jetzt in allen Richtungen Stimmen. Plünderer sind unterwegs. Aus dem Pfarrhaus und aus den umliegenden Hütten der Missionare kommen schwer bepackte Eingeborene. Sie schleppen Kochgeschirr, Kleidung, Stoffe, Stühle, Kommoden, Waschschüsseln, Flaschen, Konservendosen, Tabak – alles, was sie gebrauchen können.

Jungblut hat Hunger und Durst, vor allem quälenden Durst. Das Versteck mit den Lebensmitteln, das Pater Rascher ihm gezeigt hatte, ist leer geräumt. Er braucht dringend etwas zu trinken. Wenn er überleben will, muss er sein sicheres Versteck verlassen, in der Nacht, wenn die Mörder und Plünderer schlafen. Ob er das schafft? Mit seiner Verletzung …?

Ein Knacken und Knistern kommt langsam näher. Es dauert eine Weile, bis er diese Geräusche deuten kann: Jemand klettert auf dem schrägen Blechdach der Kirche herum. Und dann, nur ein, zwei Meter von dem Sehschlitz entfernt, neben den er sich gegen die Turmwand drückt, hört Werner Jungblut ein Flüstern.

»Ich weiß, wo Sie sind, Doktor Jungblut«, sagt eine Stimme, die sich ihm eingeprägt hat.

»Ich bin's. To Maria …!«

42

»Good morning, Gentlemen ...!«

»Guten Morgen, die Herren ...!«

Sebastian Kleine glaubt, nicht recht gehört zu haben. Wird er in einem Hotel geweckt? Im Fürst Bismarck in Herbertshöhe?

Doch über ihm knattert das schmutziggrüne Zeltdach im zugigen Wind, und das Rauschen des nahen Wasserfalles ist nicht zu überhören. Obwohl es ohrenbetäubend laut ist, hat es in der Nacht auf gleichmäßige, beruhigende Weise die anderen Geräusche des Urwaldes übertönt. Kleine schnuppert wohlig an seinem Talisman, an der kleinen Paradiesvogelfeder, die an einer Kette an seinem Hals baumelt. Die Feder verströmt den betörenden Duft von Satulias Haut.

Draußen geht Paduli, der Fährtensucher, am reißenden Fluss entlang zu den beiden Zelten der weißen Männer. Und wie man es ihm beigebracht hat, ruft er mit ungelenker Zunge: »Good morning!« und: »Guten Morgen!« Das macht er so oft und so unnachgiebig, bis aus den Zelten Stöhnen und Räuspern und Fluchen ertönt. Die Herren sind endlich wach geworden.

Es ist Viertel nach fünf. Die Sonne streift die Spitzen der umliegenden Berge, während das Tal noch im Schatten der Nacht liegt. Das kühle Wasser des Bergflusses macht die müden Männer endgültig munter, und der mit diesem Wasser gebrühte Ceylontee schmeckt vorzüglich. Der Tolai-Mann Paduli erweist sich als brauchbarer Koch. Jedenfalls reicht sein Können für »ham and eggs«. Er brutzelt über einem kleinen Feuer Rühreier und Schinken in einer zur Pfanne umfunktionierten großen Blechbüchse, bis ein betörender Geruch die fünf hungrigen weißen Männer zu einem kräftigen Frühstück lockt. Sie sitzen auf Klappstühlen in einem kleinen Kreis beisammen.

Gustav Schmeile ist als Erster fertig.

»Lassen Sie sich nicht stören, meine Herren«, sagt er und erhebt sich, »ich will die Gelegenheit jedoch nutzen und Sie, wie gestern schon angekündigt, über den nunmehr entscheidenden letzten Verlauf unserer kleinen Expedition unterrichten.«

Schmeile erhebt sich, knöpft seine Hemdjacke zu und setzt seinen Tropenhelm auf, bevor er wie ein Befehlshaber beim Morgenappell vor der Schlacht mit angedeutetem Stechschritt auf und ab stolziert. Sechs Schritte auf, sechs Schritte ab. Dabei hebt er sein Kinn, drückt die Brust raus und legt die Hände herrisch auf den Rücken. Fehlt nur noch, dass er einen Degen schwingt und: »Alle mir nach« brüllt, denkt Sebastian Kleine.

»Wir befinden uns nunmehr dicht vor unserem Ziel. Sehr dicht – Sie haben es nämlich bereits unübersehbar vor Augen …«

Wie ein Zauberer, der ein Kaninchen aus dem Hut holt, deutet Schmeile zur Verblüffung von Theobald Kolber, Sebastian Kleine und Stanislaus Gornik mit hervorschnellendem Arm und mit dem Tropenhelm in der Hand auf den schmalen Wasserfall, der am Ende der Lichtung vor einer kirchturmhohen Felswand senkrecht in die Tiefe rauscht.

Schmeile genießt die Überraschung auf den Gesichtern seiner Zuhörer.

»An diesem Wasserfall oder vielmehr dahinter liegt unser Ziel«, fährt er fort, »es führt nämlich von unserer Seite aus ein schmaler felsiger Steg hinter dem Wasserfall entlang bis zum Eingang einer großen Höhle.«

Wiederum macht Schmeile eine bedeutungsschwere Pause.

»Keine Angst, diesen Eingang werden wir beinahe trockenen Fußes erreichen können. Und hinter dieser Felsöffnung von der Größe eines Scheunentors befindet sich eine etwa zehn Meter hohe Höhle von den Ausmaßen eines preußischen Exerzierplatzes. Der Boden ist durchweg sandig, manchmal trocken, stellenweise auch nass und von faustgroßen Steinen bedeckt. Wie Sie sehen werden, meine Herren, wird diese riesige Höhle von einem breiten Bach durchquert, der aus dem Inneren des Felsgesteins strömt und wohl schon eine längere Strecke zurückgelegt hat. Nach unseren bisherigen Nachforschungen entspringt er in den alten Vulkanbergen, die sich ein bis zwei Kilometer südwestlich befinden und deren Gipfel man von hier aus sehen kann.«

»Und das ist der Fundort der Diamanten?« Theobald Kolber zündet sich eine Pfeife an, wie immer, wenn er eine Überraschung oder eine Verlegenheit überspielen will.

»Richtig, in dieser Höhle befindet sich unsere Diamantenmine«, bestätigt Schmeile. »Genauer gesagt, diese Höhle *ist* unsere Diamantenmine!« Mitsamt zahlreichen mehr oder weniger großen Nebenhöhlen, die zu einem noch unerforschten unterirdischen System gehörten, das man sich wie ein verzweigtes Wohngebäude vorstellen müsse. Oder wie ein Schloss mit Seitenflügeln und verborgenen Ein- und Ausgängen.

Sebastian Kleine hört gebannt zu. Eine Diamantenhöhle im Urwald ...! Das klingt in seinen Ohren wie eine Variation von Robert Louis Stevensons abenteuerlicher *Schatzinsel*, die er als Junge mehrmals verschlungen hat.

»Ist es dort nicht stockdunkel? Wie entdeckt man denn in der Dunkelheit kleine, gläserne Steinchen im Sand?«, fragt Stanislaus Gornik sachlich.

»Ein gutes Stichwort«, sagt Schmeile. »Wie durch ein Wunder ist unser Höhlensystem an vielen, ja an den wichtigsten Stellen geradezu taghell erleuchtet.«

Und nachdem er die fragenden Blicke seiner Zuhörer abgewartet hat, erklärt er: »Es gibt in der meterdicken Felsdecke zahlreiche Öffnungen, die wie Oberlichter in einem Wintergarten das Tageslicht einfangen.«

»Und wann sind die ersten Diamanten entdeckt worden? Und wer ist der glückliche Finder gewesen?«, fragt Kolber in das vom Hintergrundrauschen des Wasserfalls erfüllte Schweigen.

»Es ist immer noch zu früh, darüber zu reden. Das bleibt bis auf weiteres das Geschäftsgeheimnis der australischen Investorengruppe.« Dabei nickt er Mister Shepard vertraulich zu, der während seines ganzen Vortrages angelegentlich in einem bebilderten Journal für Jagdwaffen geblättert hat.

»Zwei Dinge«, so fährt Schmeile fort, »kann ich jedoch schon sagen. Erstens: Es handelt sich, wie die Herrschaften bei der bevorstehenden Diamantensuche selber sehen werde, um ein sehr verheißungsvolles Vorkommen, erst recht, wenn es nach dem neuesten Stand der Technik ausgebeutet wird. Davon werden Sie sicher einen guten Eindruck bekommen. Schließlich ist es ja der Sinn dieser Expedition, den geschätzten Vertreter des Hauses Godeffroy & Sohn« – Schmeile deutet eine Verbeugung in Richtung Kolber an – »davon zu überzeugen, dass es sich bei diesem unterirdischen Fundort höchstwahrscheinlich um das größte Projekt dieser Art im gesamten pazifischen Raum handelt.«

»Zweitens: Die australischen Investoren haben den Häuptlingen der benachbarten Dörfer und Stämme ohne großes Aufsehen im Laufe der letzten beiden Jahren das gesamte Urwald- und Buschgebiet um den Wasserfall herum abhandeln können. Insgesamt rund achthundert Hektar Land. Darüber gibt es Kaufverträge, inzwischen sogar urkundlich beglaubigte Dokumente.«

»Beglaubigt von wem?«

»Von den zuständigen Behörden, also von der Kolonialverwaltung Deutsch-Neuguineas.«

Kolber unterdrückt eine Nachfrage, obwohl er zu wissen glaubt, dass Gouverneur Dr. Albrecht Hahl in derartige Transaktionen nicht eingeweiht ist, sonst hätte dieser ihn ja wohl davon in Kenntnis gesetzt. Oder vielleicht doch nicht …?

Gornik jedenfalls zeigt sich von Schmeiles Vortrag beeindruckt. Als sie im Zelt ihre Rucksäcke für den Marsch in die Diamantenhöhle zusammenpacken, sagt er, er könne sich gut vorstellen, dass aus den erkalteten Vulkanbergen durch ein unterirdisches Flusssystem Mineralien ausgewaschen und herbeigeschwemmt würden, möglicherweise auch Diamanten. Gornik packt Vergrößerungsgläser, zwei braune Fläschchen mit der Aufschrift *Perchlorsäure*, diverse Behälter mit Vanadinsäure und Reagenzgläser sowie einen Bunsenbrenner und eine Feingoldwaage ein. Dieses Gepäck überlässt er nicht den Trägern. Er schnallt es sich in einem Rucksack selber auf den Rücken.

Kaum eine Stunde nach Schmeiles Morgenansprache brechen

die Männer zum Wasserfall auf. Nach einem kurzen Fußmarsch erreichen sie die steil aufragende, von Büschen, Gräsern und Moosen begrünte Felswand. Tatsächlich: Wie von Schmeile angekündigt, führt ein meterbreiter, begehbarer, felsiger Pfad zum Wasserfall und weiter unter dem Wasserfall hindurch zum Eingang einer Höhle. Wie eine Schwallbrause stürzt das Wasser in einem leichten Bogen vor der Felswand in die Tiefe.

Sebastian Kleine wird von einem geradezu andächtigen Gefühl ergriffen, als er die ersten Schritte in die Diamantenhöhle macht – beinahe so wie damals, als er nach der Konfirmation in der kleinen St.-Petri-Kirche von Osten zum ersten Mal das unvergleichlich große Innengewölbe von St. Michaelis in Hamburg betreten hat.

Nur diesmal ist alles noch viel ungewöhnlicher. Gewaltig dehnt sich die Höhle in Breite und Länge aus, mit Ecken und Nischen und Ausläufern nach allen Seiten. Zehn bis zwanzig Meter ist sie hoch. Kleine Büsche, Gräser und Moose begrünen die felsigen, nass glänzenden Wände. Und tatsächlich fällt Tageslicht durch große Löcher in der Felsdecke. Strahlenbündel fallen auf den sandigen, steinigen Boden, über den sich ein flaches Flussbett mit kristallklarem Wasser schlängelt. Sebastian Kleine fühlt sich an einen verwunschenen Schauplatz aus Grimms Märchenwelt versetzt. Auch der sonst so nüchterne Theobald Kolber blickt sich voller Verwunderung um.

Die Gruppe geht gegen den Lauf des Flusses an, bis sich nach zweihundert Metern eine zweite, etwa gleich große Höhle vor ihnen auftut.

»Meine Herren«, sagt Schmeile, der stolz wie ein Museumsführer voranschreitet, »wir haben nunmehr unser Ziel erreicht. Wie Sie sehen, wird hier bereits tüchtig gearbeitet.«

An drei verschiedenen Stellen stehen neben dem Flussbett kleine Arbeitstrupps zusammen. Drei verwegen aussehende, bärtige weiße Männer leiten mit gebieterischen Stimmen und Gesten jeweils zwei oder drei Eingeborene an.

»Das sind unsere Spezialisten«, erklärt Schmeile, »erfahrene

Diamantensucher und Diamantenwäscher, zwei kommen aus Australien und einer aus Südafrika. Sie sind erst vorgestern eingetroffen und haben gestern diese drei Rüttelsieb-Anlagen aufgebaut.«

Es handele sich um die effektivsten Diamantensuchmaschinen ihrer Art nördlich von Australien, was allerdings nicht schwer sei, denn es seien ja auch die einzigen. Schmeile gestattet sich ein ironisches Lächeln.

Er führt die anderen zu einer dieser Einrichtungen, die äußerst simpel konstruiert sind: Zwischen vier in den Sandboden gehauene Holzpfosten hängen übereinander auf drei verschiedenen Ebenen je etwa einen Quadratmeter große Kästen, die hin- und hergezogen und gerüttelt werden. Dieses Rütteln und Schütteln übernehmen zwei Eingeborene, die einander gegenüberstehen. Der Boden der Kästen besteht aus Drahtgeflecht. Der oberste hat die gröbsten Maschen, der unterste die feinsten. Auf dem Sieb in der untersten Etage sammeln sich nur noch Steinchen vom Format größerer Stecknadelknöpfe. Diese Steinchen betrachten die Diamanten-Experten im hellen Licht direkt unter einer Öffnung in der Felsdecke durch starke Lupen und schließlich mit einem mehrlinsigen Augenvorsatz, der wie ein Vergrößerungsobjektiv wirkt.

Die Arbeit dieser Ausleser sei äußerst anstrengend, erklärt Schmeile mit wichtiger Miene. Jeweils nach zwei oder drei Stunden müssten sie pausieren, weil ihre Augen überanstrengt seien. Wie zur Bekräftigung spült sich einer dieser Fachleute mit in den Nacken gelegtem Kopf seine Augen mit frischem Wasser aus.

»Mit diesem System wollen wir Ihnen heute und morgen demonstrieren, wie ertragreich diese Mine ist. Dazu muss man wissen, dass etwa in den Diamantenfeldern der Namibwüste in Deutsch-Südwestfrika oft viele Zentner, ja sogar Tonnen von Sand und Gestein gesiebt und untersucht werden müssen, bevor auch nur ein einziges Karat dieses härtesten Edelsteins der Erde gewonnen werden kann.« Schmeile blickt sich beifallheischend um.

Nach Aufbau der drei Rüttelanlagen gestern hätten die australischen und südafrikanischen Fachleute und ihre eingeborenen Helfer sich nur vier Stunden lang eingearbeitet, solange es die Lichtverhältnisse erlaubt hätten. Und in dieser kurzen Zeit habe man bereits drei recht ansehnliche und einige kleinere Diamanten aus dem Sand herausgefiltert. »Ein vielversprechender Anfang.« Am ertragreichsten sei offenbar ein sandiger Bereich, der sich etwa ein bis drei Meter neben dem flachen Wasserlauf hinzieht.

»Darf ich die gefundenen Steine mal sehen? Ich möchte sie untersuchen«, sagt Stanislaus Gornik.

»Wenn Sie meinen, dass das nötig ist.« Schmeile sieht Kolber gekränkt an.

»Selbstverständlich muss das sein«, sagt Kolber scharf. »Wir wollen ja schließlich keine unterirdische Kiesgrube, sondern eine Diamantenmine kaufen.«

Auf zwei Holzböcken und quer gelegten Brettern baut Gornik ein kleines Untersuchungslabor auf. Schälchen, Glaskolben, Reagenzgläser, Säurebehälter. Dann schraubt er ein kleines Messing-Mikroskop zusammen. »John, bring doch mal die drei guten Steine von gestern«, ruft Schmeile. Die Felswände werfen ein schepperndes Echo zurück.

Einer der beiden Australier, ein grobschlächtiger Kerl mit braunen Zahnstümpfen zwischen aufgeplatzten Lippen, schiebt seine Speziallupe vom linken Auge nach oben auf die Stirn. Er zieht einen Brustbeutel aus seinem karierten Hemd. Dann platziert er mit schmutzigem Daumen und Zeigefinger nacheinander drei kleine Steinchen auf einem schwarzen Tuch, das er auf Gorniks Brettertisch ausgebreitet hat. Helles Oberlicht fällt auf dieses Stillleben. Die Männer treten neugierig näher.

Die Steine gleichen denen, die Johan Cesar Godeffroy Theobald Kolber bereits an Bord der *Emily Godeffroy* gezeigt hat: etwa zwei bis drei Millimeter im Durchmesser, mit unregelmäßigen Ecken, Kanten und Rundungen, hellgrau, milchig matt, mit ein paar winzigen blitzenden Stellen.

Gornik legt den größten Stein mit einer Pinzette auf die Glasschale des Mikroskops, blickt durch das Okular, stellt die Schärfe nach und dreht und wendet den glasigen Stein. Dann schabt und ritzt er mit einem dünnen Metallstift, an dessen Spitze ein winziger, scharf geschliffener Diamant sitzt, an allen Seiten des Untersuchungs-Steines herum, bevor er ihn erneut unter das Mikroskop legt.

Sein Gesicht bleibt ausdruckslos, als Kolber und Kleine ihn fragend ansehen. Er legt den Stein in ein Schälchen mit Perchlorsäure und danach in eine Mixtur, die er selber angemischt hat.

»Wir müssen etwa eine Stunde warten«, sagt Gornik.

Schmeile verfolgt die Prozedur mit offensichtlichem Missfallen, sagt aber nichts.

Nach einer Stunde spült Gornik den Stein ab, poliert ihn mit einem Tuch und begutachtet ihn wieder durch das Mikroskop.

»Ja und? Nun mach's mal nicht so spannend«, sagt Kolber.

»Dieser Stein hat nach der Mohs-Skala den Härtegrad 10.«

»Hör auf, in Rätseln zu sprechen.«

»Es ist mit an Sicherheit grenzender Wahrscheinlichkeit ein echter Rohdiamant! Mit kleineren Einschlüssen von gelblicher Grundfarbe. Jedenfalls, soweit ich das mit diesen recht einfachen Mitteln hier feststellen kann.«

Kolber atmet hörbar aus.

»Dass es ein geschliffener Brillant ist, hat auch niemand behauptet«, sagt Schmeile triumphierend.

»Ich wage sogar zu bezweifeln, dass man daraus einen Schmuck-Brillanten schleifen kann. Nach meiner Einschätzung handelt es sich um ein Stück von ordentlicher Industriequalität.«

»Und was heißt das?«, fragt Kolber.

»Das heißt, er ist natürlich nicht so wertvoll wie ein lupenreiner Diamant. Aber wo so ein Stein gefunden wird, da kann es auch noch andere Steine geben, auch welche von besserer Qualität.«

»Ihr Wort in Gottes Ohr«, sagt Schmeile ein wenig verkniffen. »Dann wollen wir mal hoffen, dass wir heute oder morgen noch

Diamanten finden, die Ihren hohen Anforderungen genügen.« Den beiden Australiern und dem Südafrikaner ruft er mit Befehlshaberstimme zu: »An die Arbeit, Männer, die Herrschaften wünschen noch mehr Beweise dafür, dass sie sich hier in der bedeutendsten Diamantenmine zwischen Sydney und Sibirien befinden.«

43

An diesem und am folgenden Tag rütteln und schütteln die Diamantensucher mehr als eine Tonne Flusssand durch die Siebe. Schmeile schreitet wieder in Feldherrenpose herum. Kolber, Kleine und Gornik erkunden indessen Abzweigungen und Verästelungen des gewaltigen Höhlensystems.

»Unglaublich«, sagt Kolber, »ich bin jetzt schon ein halbes Leben lang in der Südsee, aber so etwas habe ich noch nie gesehen.« Wo immer sie auch in der Höhle sind – die Pfiffe und Stimmen der Diamantensucher sind nicht zu überhören. Sie werden von den Wänden zurückgeworfen und pflanzen sich scheinbar endlos fort.

Denn jedes Mal, wenn in den unteren, feinmaschigen Sieben der Rüttelanlagen Steine gefunden werden, pfeifen die Ausleser gellend auf den Fingern. Dann sammelt der Mann mit den braunen Stummelzählen diese Steine ein, begutachtet sie mit seiner Augenlupe und sortiert sie nach Größe und Qualität.

Gegen Mittag des zweiten Tages werden Kolber, Kleine und Gornik Zeugen eines Zwischenfalls. Der jüngste und kleinste der eingeborenen Helfer, Podoro, dem Aussehen und der rotbraunen Körperbemalung nach ein Tolai-Mann, tanzt plötzlich jubelnd und lachend umher. Er hatte Sand geschaufelt und etwas vom Boden aufgenommen. Nun reckt er seine Faust in die Luft und freut sich unbändig. Der Australier mit den Stummelzähnen stürzt sich auf ihn. Der Eingeborene läuft davon. Der Verfolger zieht einen britischen Armeerevolver und feuert zwei Warnschüsse ab, deren Knall und Widerhall die Trommelfelle schmerzen lässt.

Wie versteinert bleibt Podoro stehen. Mit vorgehaltener Schusswaffe zwingt ihn der Australier, seine Faust zu öffnen, und nimmt ihm etwas ab. Dann schlägt er ihm mit der freien Hand ins Gesicht, bedroht ihn mit dem Revolver und jagt ihn zum Ausgang der Höhle hinaus. Danach unterhält sich der Australier flüsternd mit Schmeile und steckt ihm etwas zu. Schmeile flucht.

»So etwas darf nicht passieren. Nie wieder, hörst du!«

Was denn geschehen sei?, fragt Kolber.

»Der Kerl hat im Sand einen Diamanten gefunden und wollte ihn stehlen.« Schmeiles Gesicht läuft rot an vor Zorn.

Am nächsten Tag müssen die gefundenen Steine erneut die Testverfahren von Stanislaus Gornik bestehen. Das Ergebnis kann sich sehen lassen: Selbst mit diesem primitiven Suchverfahren wurden in knapp zwei Arbeitstagen immerhin neun Rohdiamanten verschiedener Größe und Qualität aus dem Flusssand gesiebt, der kleinste wiegt 0,3 Karat, der größte bringt erstaunliche 2,75 Karat auf Gorniks Feingoldwaage. Er ist von bläulicher Farbe und beinahe lupenrein.

Es ist der Stein, den Podoro gefunden hat.

Kolber nimmt Sebastian Kleine und Stanislaus Gornik zur Seite und zieht sie zum Höhlenausgang, wo das Rauschen des Wasserfalls ihre Worte übertönt.

»Hast du eine Ahnung, was das Ding wert ist, dieser große Stein? Ganz grob geschätzt?«, fragt Theobald Kolber.

Gornik zögert. »Schwer zu sagen. Ich bin ja kein richtiger Experte, aber bei einer guten späteren Verarbeitung in einer Schleiferei wird der Marktwert in Europa an den Börsen in Amsterdam oder Antwerpen einige tausend britische Pfund betragen, vielleicht sogar mehr als zehntausend.«

Kolber ist beeindruckt. »Und was ist von der ganzen Geschichte hier zu halten? Vom Fundort zum Beispiel?«

»Also, das kann alles durchaus hinkommen. Wie gesagt: Die erkalteten Vulkane im Hintergrund werden in ihrer aktiven Zeit alle möglichen Minerale, auch Diamanten, aus dem Erdinneren nach oben befördert haben. Und natürlich schwemmt ein unterirdisches Flusssystem verschiedenartige Steinchen kilometerweit bis hierher, auch Diamanten.«

»Und die Ergiebigkeit des Vorkommens? Könnte diese Höhlenmine tatsächlich hunderttausend Pfund Sterling wert sein?«

»Also, da bin ich wirklich überfragt. Aber nach den Funden von nicht einmal zwei Arbeitstagen zu urteilen, steckt hier eine ganze Menge drin – zumal, wenn nicht nur der oberflächliche Schwemmsand, sondern das ganze Höhlen- und Tunnelsystem auf bessere maschinelle und industrielle Weise ausgebeutet wird ...« Gornik zögert. »Mit einer halbwegs seriösen Schätzung müssten sich allerdings Fachleute befassen, Geologen und Kaufleute, die praktische Erfahrungen in großen Minen gesammelt haben. Man müsste Gutachten erstellen lassen.«

Kolber geht wieder in die Höhle. Schmeile und Shepard warten angespannt auf seine Rückkehr.

»Nach dem heutigem Stand würde ich Herrn Cesar Godeffroy den Kauf der Diamantenmine prinzipiell empfehlen«, sagt Godeffroys Mann in der Südsee.

»Das habe ich offen gesagt auch nicht anders erwartet, denn der Ruf eines guten Geschäftsmanns eilt Ihnen ja voraus«, sagt Schmeile mit einem süffisanten Lächeln.

»Wie Sie meinen«, sagt Kolber. »Der Preis ist sicher noch verhandelbar?«

»Keineswegs. Hunderttausend Pfund Sterling – das ist der Festpreis der australischen Investoren und Verkäufer. Über diese Summe liegt bereits ein Angebot vor!« Shepard nickt.

»An Ihrer Stelle würde ich auch nichts anderes behaupten.« Kolber guckt widerwillig.

»Allerdings habe ich eine gute Nachricht für Sie und das Haus Godeffroy«, sagt Schmeile. »Wenn Sie dieselbe Summe bieten wie ein nichtdeutscher Kaufinteressent, dann werden Sie als deutsche

Firma den Zuschlag erhalten. So lautet die Vereinbarung mit den deutschen Behörden – ganz im Interesse unserer Kolonialwirtschaft natürlich.«

Sehr umsichtig, murmelt Kolber. Er werde Johan Cesar Godeffroy einen ersten, vorläufigen Bericht schicken.

»Unsere ersten Eindrücke hier vor Ort sind positiv, aber selbstverständlich erwarten wir für den weiteren Verlauf der Verhandlungen Einsicht in alle Verträge, vor allem in die aktuellen Besitzverhältnisse der unterirdischen Höhle und des Landes ringsherum.«

»Aber gerne«, sagt Schmeile, die seien bei der Kolonialverwaltung in Herbertshöhe hinterlegt. Er habe dort in Vollmacht der australischen Investoren bereits hinterlassen, dass man Herrn Theobald Kolber Einsicht in diese Papiere gewähren möge.

Bei einem reichlichen Abendessen am Lagerfeuer auf der Lichtung vor dem Wasserfall, nach der dritten Flasche Bier und nach einigen Schnäpsen erhebt sich Schmeile schwankend und lächelt schief.

»Hier habe ich noch etwas zur Erinnerung an unser gemeinsames kleines Abenteuer«, sagt er.

Dann drückt er Kolber, Kleine und Gornik nacheinander eine Art Pillendöschen von der Größe eines Fingerhuts in die Hände.

Zur ihrer Überraschung liegt jeweils ein Rohdiamant darin, ein etwas größerer für Kolber, zwei kleinere für Gornik und Kleine.

Kolber zögert erst, das Geschenk anzunehmen, doch dann bedankt er sich »für die nette kleine Geste«.

Sebastian Kleine steckt seinen Diamanten in den Mund, »um zu prüfen, ob der auch wirklich echt und bissfest ist«.

Dabei merkt er, dass der kleine Edelstein haargenau in eine schmale Lücke zwischen zwei Zähnen in seiner unteren Gebissreihe passt. Er drückt ihn mit der Zunge und dann mit dem Zeigefinger so fest, dass er ihn nicht wieder herausbekommt.

»Den kann ich ja bis zum nächsten Zahnarztbesuch als Glücksbringer drinlassen, wenn er nicht wehtut«, sagt er zu Gornik und zu Kolber, die seine Grimassen und seine vergeblichen Bemühungen, den Diamanten wieder herauszulösen, beobachtet haben.

Auch Schmeile lacht.

»Vielleicht werden wir ja nicht nur Geschäftspartner, sondern auch noch Freunde«, sagt er mit betrunkenem Grinsen.

»Wir wollen lieber nichts überstürzen«, antwortet Kolber wieder distanziert.

Am nächsten Morgen trennen sich ihre Wege. Schmeile und Shepard haben noch Vermessungsarbeiten zu erledigen und bleiben bei der Diamantenhöhle.

Kolber, Kleine und Gornik brechen vor Sonnenaufgang auf, in zwei Gruppen. Der Generalbevollmächtigte des Hauses Godeffroy will mit seinen Trägern so schnell wie möglich nach Herbertshöhe zurückmarschieren. Die beiden Forscher Gornik und Kleine haben noch einen Zwischenaufenthalt am Raturu-See geplant. Denn dort, so hat Gornik von Eingeborenen aus dieser Gegend erfahren, werde seit einigen Wochen ein Schwarm von Paradiesvögeln beobachtet, der sich offenbar im nahen Urwald angesiedelt habe.

»Und Paradiesvögel sind auf der Gazelle-Halbinsel beinahe so selten und so kostbar wie Diamanten.«

Kleine ist begeistert. Schon in Deutschland habe er davon geträumt, diese wunderbaren Geschöpfe einmal in der Natur zu erleben.

»Na ja, wenn es irgend geht, wollen wir sie nicht nur bewundern, sondern auch einige Exemplare erlegen und präparieren.« Gornik lacht, als er in Kleines betroffenes Gesicht blickt. Paradiesvögel, das wäre doch eine riesige Attraktion für das Museum Godeffroy in Hamburg. Kustos Dr. Schmalz wäre ihnen dafür auf ewig dankbar, so viel sei gewiss.

Elf Kilometer vor Herbertshöhe erreicht Theobald Kolber mit seinen Trägern eine der letzten Erhebungen vor der flachen Küstenlandschaft, die zum Ufer der Blanchebai hin abfällt. Mittendrin liegen die ausgedehnten Palmenplantagen von Queen

Emma. Auf dem Meer dahinter steigt eine graue Rauchfahne in den Himmel. Darunter ist die Silhouette eines großen Schiffes zu sehen, das die Reede von Herbertshöhe ansteuert. Es muss sich um den Postdampfer *Stettin* handeln, der auf seinem Weg von Singapur nach Sydney einen halben Tag Verspätung eingefahren hat. Am nächsten Morgen soll das Schiff des Norddeutschen Lloyd, wie Kolber weiß, planmäßig nach Australien ablegen.

Gleich nach seiner Ankunft im Faktoreigebäude diktiert er seinem Sekretär Heinrich Pellworm noch eine dringende Nachricht. Vor Erschöpfung verzichtet er auf große Worte und formuliert im Stil einer Depesche eine kaum chiffrierte Mitteilung an den Inhaber des Hauses Godeffroy & Sohn.

»Sind soeben zurück von erfolgreicher Expedition aus dem Landesinneren. – Minenobjekt scheint sehr ertragreich. Binnen zweier Tage Rohdiamanten im Gesamtertrag von acht Karat gefunden. Echtheit von eigenen Leuten durch Analyse vor Ort bestätigt. – Verkäufer des Fundgebietes ist australische Investorengruppe mit deutschem Verbindungsmann. – Werde Verträge über Landbesitz umgehend im Kolonialamt auf Rechtsgültigkeit prüfen. – Bei positivem Ergebnis empfehle ich Abschluss eines Vorvertrages. – Vor endgültiger Kaufentscheidung jedoch Anfertigung eines Gutachtens über Qualität und wirtschaftliche Verwertbarkeit der gefundenen Steine sowie Expertise über die langfristige wirtschaftliche Perspektive bei industrieller Ausbeutung des Vorkommens ratsam. – Näheres auf schnellstmöglichem Wege!
Dein Freund Theobald Kolber, Generalbevollmächtigter«

Im Kontor verschließt und versiegelt Kolber eigenhändig einen Umschlag mit dem Wachsabdruck des Godeffroy-Wappens. Als Empfänger schreibt er den Namen eines befreundeten holländischen Handelsagenten darauf, der in Sydney zuverlässig Aufträge für das Haus Godeffroy erledigt. In einem Begleitschreiben bittet er den Mann, den Inhalt der beiliegenden Eilnachricht per internationaler Funktelegraphie umgehend weiterleiten zu lassen, über die Stationen auf den Inseln Yap und Java, über Madras in Indien, Daressalam in Deutsch-Ostafrika, Alexandria in Ägypten, Rotterdam in Holland und schließlich nach Cuxhaven und Hamburg.

Wenn alles gut geht, so schätzt Kolber, wird seine Nachricht in sieben bis zehn Tagen um die halbe Welt gehen. In der zweiten Augustwoche könnte Johan Cesar Godeffroy im Kontorhaus am Alten Wandrahm seine gute Nachricht über die Diamantenfunde in Händen halten. Er stellt sich vor, wie sein alter Freund und Weggefährte sich darüber freuen wird.

Noch am Abend schickt Kolber den Sekretär Pellworm zum Postamt von Herbertshöhe. Von dort aus wird dann der Postsack mit Briefen und Päckchen von einem Beiboot der *Stettin* abgeholt werden.

Theobald Kolber braucht in dieser Nacht nur wenige Stunden Schlaf. Er fühlt sich trotzdem ausgeruht und erholt, wie ein Mann, der gute Arbeit geleistet hat und sich auf einen Tag Erholung freut. Müdigkeit und körperliche Erschöpfung sind von ihm abgefallen. Vor dem Erwachen hat er von Queen Emma geträumt – obwohl sich seine Träume sonst schnell verflüchtigen, erinnert er sich intensiv daran. Er läuft über die Terrasse seines Hauses und durch den Garten zum nahen Strand hinunter und springt in das noch nachtkühle Meerwasser. Seine Sehnsucht nach Queen Emma lässt nicht nach. Nur mit einer nassen, um seine Knie schlotternden Badehose bekleidet, weckt er den verwunderten Hausdiener und Kutscher und sagt, er werde sich jetzt ein wenig frisch machen und möchte dann gleich nach Gunantambu gefahren werden. Noch vor Tagesanbruch.

Als Kolbers Kutsche über die Küstenstraße aus Herbertshöhe hinausfährt, taucht gerade der Sonnenball aus dem Meer auf. Zur Landseite hin werfen schlanke Palmen in den gepflegten Plantagen von Emma Eliza Coe & Partner lange Schatten. Im Hintergrund leuchtet die weiße Fassade des prächtigen Gutshauses von Gunantambu im warmen Frühlicht. Von der Blanchebai ertönt dreimal hintereinander ein dumpfes, anhaltendes Schiffssignal. Kolber beobachtet, wie die *Stettin* mit ihrer für Godeffroy bestimmten Post in See sticht und Kurs auf ihre erste Station Sydney nimmt.

44

Emily Godeffroy lässt im Speisesalon ihrer Villa an der Elbchaussee das wertvolle chinesische Geschirr auflegen, das einer der Kapitäne von Godeffroy & Sohn günstig in Shanghai erstanden hat. Das blassblaue, halb durchsichtig wirkende Porzellan mit weißlichen Ornamenten, Feuer speienden Drachen und züngelnden Schlangen macht sich gut auf dem rötlichen Mahagoniholz des ovalen Esstisches, der mit schwerem Silberbesteck und aufgefächerten Leinenservietten für 14 Personen gedeckt ist. Vor jedem Platz steht eine Namenskarte mit dem eingeprägten godeffroyschen Wappen: Zwei Löwen halten eine Tafel, auf der ein goldener Falke vor blauem Hintergrund auf einem Handschuh sitzt. Unter dem Wappen stehen mit blauer Tinte die Namen der Gäste.

In Damenbegleitung werden erwartet: Professor Rudolph Virchow, der berühmte Pathologe, Anthropologe und liberale Politiker aus Berlin, der Bremer Ethnologe und Gründer des Königlichen Museums für Völkerkunde in Berlin, Adolf Bastian, Phillip Freiherr von Warstade, Großgrundbesitzer aus dem Großherzogtum Oldenburg, Godeffroys alter Jagdfreund, sowie die hanseatischen Unternehmer und Nachbarn von der Elbchaussee, die Herren Jenisch und Gossler und der Privatbankier Wolfram von Berendonk. Kurzfristig hat Gastgeber Johan Cesar Godeffroy auch einen seiner leitenden Angestellten hinzugebeten: Museumskustos Dr. Hubert Schmalz soll für die Wissenschaftler Virchow und Bastian ein sachkundiger Gesprächspartner sein – und die Berühmtheiten möglichst als Autoren für das *Journal des Museums Godeffroy* gewinnen.

Der Platz neben Schmalz bleibt leer. Seine Frau Hiltrud lässt sich kurzfristig wegen einer fieberhaften Unpässlichkeit entschuldigen, sagt er. In Wahrheit hat sie vor Aufregung über den bevorstehenden Besuch bei den hohen Herrschaften eine Überdosis Baldriantropfen genommen, von der sie apathisch auf die Chaiselongue im Wohnzimmer gesunken und nicht mehr aufgestanden ist.

Die Gäste treffen einer nach dem andern ein. Sie wandeln durch den großen Park, am prächtig blühenden Blumengarten und am godeffroyschen Hirschgehege vorüber, in dem ein Sechzehnender mit zurückgeworfenem Kopf weithin hörbar in den Abendhimmel röhrt.

Zur Begrüßung wird bei schönem Spätsommerwetter auf der Terrasse Champagner gereicht. Die Kleider der Damen aus Seide, Satin und Leinen rascheln bei jeder Bewegung. Manches Korsett ist so eng geschnürt, dass den nicht mehr jugendlichen Trägerinnen das Atmen schwerfällt. Die Haare sind frisch onduliert. Schmuck blitzt an Hälsen und Händen. Die Herren tragen Frack oder modische Dinnerjacketts aus London und blicken scheinbar hochnäsig aus gestärkten Hemdkragen.

Bei klarer Sicht geht der Blick den langen Hang zum Blankeneser Strand hinunter und weiter über den Fluss, bis hinüber ins Alte Land, wo die Obstbauern mit der Ernte der frühen Augustäpfel beschäftigt sind. Frachtschiffe treiben in der auflaufenden Flut mit gerafften Segeln dem Hamburger Hafen entgegen. Dampfer stampfen mit qualmenden Schloten in umgekehrter Richtung gegen die Strömung an. Im Mühlenberger Loch, zwischen der Insel Schweinesand und der Mündung des Flüsschens Lühe, geht das letzte Rennen einer Regatta des Blankeneser Segelclubs zu Ende.

»Wann kommt denn die *Emily Godeffroy* aus Sydney, vielmehr aus Cuxhaven«, fragt Professor Rudolf Virchow, während er versucht, die runden Gläser seiner Nickelbrille mit einem frisch gestärkten Taschentuch zu putzen.

»Die haben Sie bereits verpasst, verehrter Herr Professor«,

sagt Johan Cesar Godeffroy und lässt sich vornübergebeugt Feuer für ein Zigarillo geben, »der Kapitän hat uns schon vor gut einer Stunde durch Flaggensignale gegrüßt, wahrscheinlich macht er gerade an den Landungsbrücken fest.« Nein, er habe noch keine Nachricht, ob der Frachtsegler auch wieder Forschungsmaterial aus Ozeanien für Virchows Schädelsammlung an Bord habe. Er warte übrigens selber dringlich auf eine Depesche von seinem Freund und Generalbevollmächtigten Theobald Kolber aus Deutsch-Neuguinea, die ihm bereits von der neuen Nachrichtenstation in Cuxhaven angekündigt worden sei.

Nachdem zu Tische gebeten worden ist, studiert Kustos Schmalz die Menükarten so aufmerksam, als handele es sich dabei um eine wissenschaftliche Abhandlung. Fünf Gänge sind vorgesehen, wobei selbst Feinschmecker die Qual der Wahl überkommt: Schildkrötensuppe oder Austern aus der Normandie; Gänseleber oder Rebhuhnpastete; Truthahngelatine oder Lachssalat; gebratener Fasan oder Roastbeef; Pudding nach Kaiserinart oder Früchte in Champagner.

Schmalz entscheidet sich für eine gewagte Kombination von Austern und Fasanenbraten. Auf der rechten Seite der Menükarte sind zu jedem Gang die Getränke aufgeführt: Champagner Cristal Roederer, Montilla Sherry, Weißwein Oppenheimer Krötenbrunn, Rotwein Château Lafite, Cognac Remy Martin.

Johan Cesar Godeffroy klopft gegen sein Glas. Er begrüßt seine Gäste einzeln mit Namen und hebt jedes Mal ruckartig sein Glas. Auf angenehm knappe Weise wünscht er guten Appetit und gute Gespräche. Und fügt dann doch noch nachdenklich hinzu: »Ich freue mich von Herzen, dass ein so erlauchter Kreis meiner guten Freunde zusammengefunden hat. Lassen Sie uns diesen Abend miteinander genießen – wer weiß, ob wir noch viele solche Gelegenheiten haben werden …?«

Die Herren klopfen zustimmend auf die Tischplatte. Godeffroy gegenüber, am anderen Kopfende des Tisches, versinkt Professor Rudolph Virchow in einem hohen Lehnstuhl. Der große Mann wirkt zerbrechlich. Er ist dünn und weißhaarig geworden.

Mit hoher Stirn und lichtem Haar, mit der kleinen Brille auf der markanten Nase und dem gepflegten weißen Bart entspricht Virchow äußerlich dem Klischee vom alten Professor. Eine zunehmende Schwerhörigkeit erspart ihm die Teilnahme an Gesprächen, die ihn ohnehin nicht interessieren. Die Konversationsthemen passen sich den Speisefolgen an, zu den Vorspeisen wird nur leicht geplaudert, erst beim Hauptgang wendet man sich schwereren Themen zu.

Godeffroy erzählt, ein Galopper seines Bruders Gustav hätte auf der Horner Pferderennbahn immerhin einen zweiten Preis gewonnen. Er selbst werde sich nicht wieder für die Vorstandswahlen des Ruderclubs an der Alster aufstellen lassen. Der alte Jagdfreund des Gastgebers, der beleibte Philipp Freiherr von Warstade, der sich von seinen anglophilen Freunden »Phil« rufen lässt, erzählt, er habe aus seiner Kutsche heraus oberhalb von Teufelsbrück zwei junge Herren beobachtet, die mit krückstockähnlichen Schlägern kleine runde Bälle über eine große Wiese an einen Fahnenstock geschlagen hätten. Offenbar mache das schottisch-britische Golfspiel nun auch schon in Hamburg Furore. Zum Thema Sport trägt auch Kustos Schmalz etwas bei: In Altona sei unlängst ein Fußballverein ins Leben gerufen worden, der sich Altona 93 nenne.

Fußball? Das sei doch ein kompletter Unfug, meint Bankier Berendonk, warum denn ein vernünftiger Mensch nach einem Ball trete, wenn man ihn doch viel besser mit Händen greifen und werfen könne?

Die Damen ereifern sich indessen über das Schicksal einer gewissen Emily Ruete, einer geborenen orientalischen Prinzessin, deren tragische Lebensgeschichte ausführlich in der populären Zeitschrift *Gartenlaube* ausgebreitet worden ist: Die 16. Tochter des Sultans von Oman und Sansibar hatte sich von dem Hamburger Kaufmann Ruete aus dem Harem entführen und nach Hamburg bringen lassen. Nach der Hochzeit und der Geburt von zwei Kindern ist der Gatte tragischerweise unter eine Pferdebahn gekommen und seinen Verletzungen erlegen. Nun, so schreibt die *Gartenlaube* mitleiderregend, müsse sich die von ihrer Sultansfamilie verstoßene Witwe mit dem deutschen Namen beinahe mittellos durchs Leben schlagen.

»Wir sollten uns um sie kümmern. Vielleicht könnte man einen Fonds zur Unterstützung für sie und ihre beiden Kinder anlegen«, schlägt Bankiersgattin Elisabeth Berendonk vor. Die anderen Damen sind begeistert von der Idee, die sie den ganzen Abend über weiter beschäftigt.

Die Herren wenden sich politischen Themen zu. Der Friede in Europa stehe nach Bismarcks Demission auf wackligen Füßen, meint Adolf Bastian. Dem von Staatssekretär Tirpitz geplanten Aufbau einer mächtigen deutschen Kriegsflotte würden die Engländer sicher nicht tatenlos mit ansehen. Die Kriegsgefahr werde wachsen. Bismarcks Außenpolitik habe schon ein ausgleichendes, Frieden bewahrendes Gewicht gehabt, sagt Rudolf Virchow, aber innenpolitisch und sozialpolitisch habe der Eiserne Kanzler dem Lande mehr Schaden als Nutzen zugefügt. Seine Sozialistengesetze hätten das Volk gespalten. Er wisse schließlich, wovon er rede, merkt Virchow an. Die anderen erinnern sich sogleich: Als Mitbegründer der liberalen Forschrittspartei hatte der Abgeordnete Virchow den großen Bismarck im Berliner Parlament politisch und persönlich scharf angegriffen. Daraufhin hatte Bismarck einen Sekundanten geschickt und Virchow tatsächlich zum Duell mit Pistolen gefordert, was Virchow gelassen als »unzeitgemäße Form der politischen Diskussion« abgelehnt hatte. Diese Episode hatte das Kaiserreich wochenlang erregt.

Wie man denn an der Börse und in den Geldhäusern die Lage der deutschen Wirtschaft und die Krise in der Finanzwelt einschätze?, fragt Adolf Bastian den Bankier Berendonk. Man möge doch lieber das Thema wechseln. »Ich will mir nicht den Appetit verderben lassen«, seufzt der abgrundtief und spießt ein weiteres Stück Fasanenbraten auf seine Silbergabel.

Mit zunehmendem Sättigungsgrad und steigendem Getränkekonsum röten sich die Gesichter an der Tafel. Die Zungen werden schwerer, die Stimmung lockerer und die Witze schlüpfriger.

Der sonst eher spröde wirkende Adolf Bastian gibt eine Anekdote zum Besten: Generalfeldmarschall Friedrich von Wrangel habe bekanntlich Probleme mit der deutschen Sprache gehabt. »Kaiser Wilhelm sagt eines Tages zu dem alten Haudegen: ›Nun, lieber Wrangel, bei unserem Alter werden wir beide wohl bald dran glauben müssen. Sie wahrscheinlich noch vor mir …‹ – Darauf legt Wrangel die Hand aufs Herz und erwidert: ›Majestät wissen, ich sterbe nicht nur für Ihnen, sondern auch vor Sie …‹« In das Gelächter hinein erzählt der Freiherr von Warstade eine angeblich wahre Geschichte aus Adelskreisen. »Kaiser Wilhelm kommt auf einer Landreise auch in den kleinen Ort Schlitz. Die stolze Landgräfin hat den Ort festlich schmücken lassen, die ganze Bevölkerung ist auf den Beinen. Als der Kaiser endlich erscheint, begrüßt die adlige Gastgeberin ihn mit den Worten: »Willkommen in meinem kleinen Schlitz, Majestät …«

Der Herren klatschen sich auf die Schenkel. Am lautesten lacht der Freiherr aus dem Oldenburgischen selbst.

Die Damen erröten und gucken empört. Die spitznasige Gattin des dicklichen Freiherrn versucht, das Gespräch wieder in seriöse Bahnen zu lenken.

»Was halten die Herren Wissenschaftler denn von der aufsehenerregenden Theorie ihres englischen Kollegen Charles Darwin?«, fragt sie und neigt ihr flaches Dekolleté den Kapazitäten Virchow und Bastian zu. »Das ist ja wohl unglaublich, dass die Menschen nicht mehr Geschöpfe Gottes, sondern die Nachkommen von Fischen, Kriechtieren und vom Affen sein sollen …«

Die beiden Herren zeigen wenig Lust, sich zwischen zwei Gängen auf dieses heikle Thema einzulassen.

Früher, so versucht Dr. Schmalz zu vermitteln, habe der Herr Professor Virchow Darwins Theorie als »kluge Hypothese« bewertet. Heute scheine er da eher skeptisch zu sein.

»Ich habe immer gesagt«, sagt der berühmte Mann selber und wischt sich die Mundwinkel mit der Serviette ab, »ich habe gesagt: Erst wenn es gelingt, das fehlendes Beweisstück im entscheidenden Teil der Evolutionskette zu finden, also ein Lebewesen auf der Entwicklungsstufe zwischen Menschenaffen und Menschen – oder den Schädel eines solchen Lebewesens, das früher einmal existiert hat –, erst dann kann die Wissenschaft Darwins Hypothese als plausibel betrachten.«

»Und Ihre berühmten Schädelforschungen? Was wollen Sie damit beweisen, Herr Professor?« Die Freifrau bleibt hartnäckig.

Beweisen? Er untersuche nach wissenschaftlichen Kriterien, wie verschiedenartig die Schädel unterschiedlicher Völker und Rassen seien und ob beziehungsweise welche Rückschlüsse das auf gewisse Entwicklungen der jeweiligen Zivilisation zulasse. Aber wenn die Dame gestatte, möchte er jetzt doch lieber seine Nachspeise essen.

Virchow lässt sich demonstrativ vom livrierten Hauskellner drei große Löffel Pudding Kaiserinart auf den chinesischen Desertteller geben.

Wie im Hause Godeffroy üblich, ziehen sich die Herren nach Tisch mit Rotwein, Cognac und dicken Zigarren in den Rauchsalon zurück, während es sich die Damen nebenan bei Likör und Feingebäck gemütlich machen.

Es ist schon elf Uhr, als durch die geöffnete Terrassentür Hufgeklapper zu hören ist. Ein Pferd schnauft kräftig. Stiefelschritte kommen über den Parkettfußboden in der Eingangsdiele des Hauses. Ein Diener führt einen späten Besucher herein. Der Mann ist verschwitzt, seine Reiterkleidung verstaubt. Der Herr habe darauf bestanden, Herrn Godeffroy persönlich etwas zu übergeben, wie der Diener empört erklärt.

»Das ist in Ordnung«, sagt Godeffroy und geht dem reitenden Boten sogar ein paar Schritte entgegen. Der öffnet seine lederne Umhängetasche und holt einen braunen, mit allerlei Beschriftungen versehenen und mit dem Wachsabdruck des Godeffroy-Wappens versiegelten Umschlag heraus.

»Das scheint die Nachricht von Theobald Kolber aus Herbertshöhe zu sein, auf die ich gewartet habe!«

Johan Cesar Godeffroy ist sichtlich aufgeregt. Er schlitzt den Umschlag hastig mit einem unbenutzten Silbermesser auf, überfliegt die ersten Zeilen und sagt, man möge ihn bitte für ein paar Minuten entschuldigen. Nach fünf Minuten lässt er Privatbankier Berendonk, seinen Berater in vielen wirtschaftlichen Angelegenheiten, ins Herrenzimmer rufen.

»Ist das nicht eine wunderbare Nachricht, mein lieber Berendonk«, sagt er.

»Nach all den schlechten Meldungen aus dem Osnabrücker Stahlwerk und von unserer Werft, über dramatisch gefallene Aktienkurse und in den Keller gegangene Koprapreise – endlich eine erfreuliche Nachricht von Theobald Kolber. Wenn wir diese Diamantenmine in Neupommern kaufen können – das würde die Lage unserer Hauses endlich zum Besseren wenden …«

Godeffroy reicht seinem Bankier die Depesche von Theobald Kolber. Der liest sie zweimal und sieht Godeffroy trotz seines nicht unerheblichen Weinkonsums mit nüchternem Blick an.

»Ich freue mich ja, dass du dich so freust, Johan Cesar – aber bei aller Freundschaft: Das hier bedeutet doch noch nicht viel. Es heißt doch nur, dass Kolber weitermachen kann und weiterarbeiten muss, denn bevor alles ordentlich geprüft ist und Verträge unterschrieben sind – das kann noch eine ganze Weile dauern. Und es kann sich auch alles noch als Luftblase herausstellen, wenn ich so offen meine Meinung sagen darf …«

»Schon wahr, Berendonk, aber diese Nachricht ist doch immerhin etwas. Damit kann man doch eine bessere Stimmung für das Haus Godeffroy machen. So etwas brauchen wir in unserer schwierigen Lage dringend. Darauf habe ich gewartet und das sollten wir nutzen.«

Berendonk geht im Zimmer auf und ab und stolpert dabei über einen der Perserteppiche, die sich auf dem Parkettboden wie Salamischeiben auf einem zu dick belegten Brötchen überlappen.

»Wenn du meinst, Johan Cesar«, sagt er dann gedehnt, »dann sollten wir mit Kolbers Nachricht ein paar Wolken hin- und herschieben und gutes Wetter für das Haus Godeffroy machen!«

»Genau! Genau das meine ich doch«, sagt Godeffroy.

»Gut, das lässt sich arrangieren. Dann gehen wir jetzt zu deinen Gästen zurück, und du verkündest vertraulich die frohe Botschaft von der Entdeckung der Diamanten in Deutsch-Neuguinea – und ich werde dafür sorgen, dass die wichtigen Leute bei den Banken und in der Börse auch sehr bald davon Wind bekommen …«

Nach einer Viertelstunde gehen die beiden Männer wieder in den Salon.

»Meine Damen und Herren«, ruft Johan Cesar Godeffroy, »ich bitte Sie, mit einem Glas Champagner auf diese gute Nachricht hier mit mir anzustoßen.« Der Salondiener steht mit zwei geöffneten Flaschen bereit.

»Bitte stoßen Sie mit mir auf eine großartige unternehmerische Perspektive an, die sich dem Haus Godeffroy & Sohn eröffnet.«

Als alle ihre Gläser wieder abgesetzt haben, rückt Godeffroy seine Lesebrille zurecht, hält sich das beschriebene Papier dicht vor Augen und sagt: »Hiermit verpflichte ich alle Anwesenden freundschaftlich zur Verschwiegenheit, aber ich möchte Ihnen doch mitteilen, was mir mein Generalbevollmächtigter, Theobald Kolber, soeben übermittelt hat …«

In das gespannte Schweigen hinein liest er nur vier kurze Sätze vor: *»Soeben von erfolgreicher Expedition aus dem Landesinneren zurück. – Minenobjekt erscheint sehr ertragreich. – Binnen zweier Tage Rohdiamanten im Gesamtertrag von acht Karat gefunden. – Echtheit wurde bereits von eigenen Leuten durch Analyse bestätigt …«*

Nach der ersten Verblüffung klatschen erst die Damen und dann die Herren.

»Was bedeutet das denn, Johan Cesar?«, fragt Philipp Freiherr von Warstade, der bereits eine Flasche Château Lafite geleert hat, mit schwerer Zunge.

»Das bedeutet, mein lieber Phil, das Haus Godeffroy wird seinen Geschäftsbereich möglicherweise um ein besonders hochkarätiges und besonders gewinnträchtiges Gebiet erweitern – vorausgesetzt, die kommenden Nachprüfungen und Verhandlungen fallen so positiv aus wie diese Nachricht hier!«

Johan Cesar Godeffroy strahlt. So haben ihn seine Freunde lange nicht mehr gesehen.

»Wenn ich das richtig verstanden habe, bekommst du künftig dein Geschmeide aus einer eigenen Diamantenproduktion, gnädigste Emily.«

»Phil« von Warstade stemmt sich aus seinem schweren Ledersessel hoch, schwankt auf Emily Godeffroy zu und setzt mit gespitztem Mund zu einem Kuss auf die von einem Brillantring geschmückte linke Hand der Gastgeberin an. Doch als er seinen Oberkörper plötzlich nach vorn kippt, entsteht ein zu großer Druck auf seinen mit Schildkrötensuppe, Gänseleberpastete, Fasanenbraten und Pudding Kaiserinart gefüllten Leib, so dass sich ein vernehmlicher Rülpser entlädt.

Seine Gattin wird daraufhin so rot wie das Roastbeef, das sie als Hauptgang gewählt hatte. Die anderen Damen sind angemessen schockiert. Und die Herren brechen erst in unterdrücktes und dann in brüllendes Gelächter aus.

Bevor sie sich gegen Mitternacht in ihr Schlafgemach zurückzieht, sagt Emily Godeffroy zu ihrem Mann, man müsse sich künftig überlegen, ob man diesen Trunkenbold vom Lande noch einladen könne, dessen Umgangsformen befänden sich auf ebenso niedrigem Niveau wie sein Adelstitel.

Bankier Wolfram von Berendonk hält sein Versprechen. Wann und wo immer er einflussreiche Leute trifft, und er trifft nur einflussreiche Leute, lässt er unter dem Siegel der Verschwiegenheit durchblicken, das Haus Godeffroy & Sohn werde groß in das internationale Geschäft mit Rohdiamanten einsteigen. In den folgenden Tagen kriecht die Nachricht von der Entdeckung und vom Erwerb einer Diamantenmine in Deutsch-Neuguinea auch durch die dicksten Türen in Banken und Kontorhäusern der Freien und Hansestadt Hamburg.

Als Johan Cesar Godeffroy drei Tage nach dem geselligen Abend in seiner Elbchaussee-Villa bei einem Empfang in der Börse erscheint, wird er immer wieder von Aktienhändlern und Bankiers in eine der diskreten Nischen des großen Saales gezogen: Alle wollen wissen, ob es denn tatsächlich stimme, was man so höre …?

Godeffroy dementiert mit so vielsagender Miene, dass sich die Gerüchte schließlich zu einer druckreifen Nachricht verdichten. Der angesehene *Hamburgische Correspondent* druckt fünf Tage nach seinem Gespräch mit Berendonk einen Artikel über die anhaltende Krise in Industrie, Schifffahrt und Handel – aber es gebe auch endlich wieder einmal eine gute Neuigkeit aus der hanseatischen Wirtschaft zu vermelden: Wie man aus wohlinformierten Kreisen der Finanzwelt höre, habe der Großunternehmer Johan Cesar Godeffroy eine äußerst ertragreiche Diamantenmine im Landesinneren der zu Deutsch-Neuguinea gehörigen Insel Neupommern erworben. Bei schwierigen Geheimverhandlungen seien internationale Konkurrenten, insbesondere aus Australien und Südafrika, aus dem Felde geschlagen worden. Das bekanntlich in der Eisenindustrie, im Schiffbau und im Handel mit der Südsee engagierte Haus Godeffroy & Sohn wolle seinen Geschäftsbereich erweitern und in den lukrativen und wachsenden Markt des internationalen Diamantenhandels eintreten.

Nur ein paar Tage später signalisieren deutsche und auch englische Banken: angesichts der jüngsten Entwicklungen sei man bereit, weitere Millionenkredite für das Haus Godeffroy & Sohn zu gewähren.

45

Der Urwald dampft und flimmert. Kein Windhauch ist zu spüren. Hemden und Hosen kleben an den schweißnassen Körpern. Als die größte Mittagshitze vorbei ist, marschieren Sebastian Kleine und Stanislaus Gornik mit acht Trägern zum Raturu-See. Gornik vergleicht die Angaben auf einer von Hand gezeichneten Karte mit der Richtung, die seine Kompassnadel anzeigt. Er schlägt eine Abkürzung vor. Wenn sie einem Pfad nach Nord-

nordwesten folgen, müssten sie nach etwa zehn Kilometern auf das langgestreckte Ufer des schmalen Sees treffen.

Auf der Abkürzung stoßen sie jedoch immer wieder auf Hindernisse. Mal endet ihr Pfad mitten im unwegsamen Dickicht, mal stehen sie vor einem reißenden Bachlauf, der in ihrer Kartenskizze nicht verzeichnet ist. Dann wieder müssen sie steil abfallende, felsige Schluchten umgehen. Erst nach vier Stunden taucht zum ersten Mal der Kegel des erloschenen Varzin-Vulkans in der Ferne auf. Nach zwei weiteren Stunden erreichen sie ein Eingeborenendorf und kurz darauf das Seeufer.

Im Abendlicht wimmelt die Luft von wolkenartigen Moskitoschwärmen. Kleine und Gornik schlagen ihr Lager auf einer etwas erhöht liegenden Lichtung auf.

Tagebuch Sebastian Kleine, Freitag, 1. Juli 1898
Nach unserer erfolgreichen Expedition zur Diamantenhöhle freuten Stanislaus und ich uns auf die Paradiesvögel, die am Raturu-See gesehen worden waren. Dort angekommen, schlugen wir unser Lager auf, und ich verarztete die Blasen an meinen Füßen und Kratzer und Schrammen im Gesicht mit einer Wundsalbe.

Zwei Tage lang streiften wir dann durch den Urwald, starrten durch unsere Ferngläser und lauschten auf ungewöhnliche Vogelstimmen. Wir wurden immer wieder enttäuscht. Außer ein paar nicht mehr sehr ansehnlichen Federn konnten wir nirgends Spuren dieser wunderbaren Geschöpfe entdecken. Von Dorfbewohnern erfuhren wir schließlich, dass vor uns Bogenschützen des Talum-Stammes Jagd auf die kostbaren Tiere gemacht hätten. Die Paradiesvögel seien deshalb wohl wieder tief in die Wälder geflüchtet, an jene unbekannten, von Menschen nie gesehenen Orte, an denen sich diese gefiederten Götterboten mit den Geistern und den Ahnen der Menschen angeblich vereinen.

Als wir die Suche schon aufgeben wollten, kam es doch noch zu einer unvergesslichen Begegnung, allerdings gänzlich anderer Art.

Auf einer hellen Lichtung des auch tagsüber sonst beinahe nachtdunklen Urwaldes lauerten uns einige bedrohlich aussehende Gestalten auf: fünf Männer mit stark behaartem Körper, breiten Gesichtern, platten Nasen und wulstigen Lippen. Ihre Augen waren unter buschigen Brauen kaum zu sehen. Mit ihrer nach hinten fliehenden Stirn, dem vorspringenden Kiefer und ihrem starken Gebiss glichen sie großen Menschenaffen. Sie schienen zugleich scheu und neugierig zu sein. Sie verständigten sich mit grunzenden und pfeifenden Lauten. Bewaffnet waren sie mit langen Spießen und mit Pfeil und Bogen. In einer Art Lendenschurz steckten primitive Steinäxte. Und an breiten Hüftgurten, unter denen ihre bloßen Geschlechtsteile sichtbar baumelten – ich traute zunächst meinen Augen nicht –, hingen noch behaarte Totenschädel, die ich auf den ersten Blick für Kokosnüsse gehalten hatte.

Mir war unheimlich zumute. Ich entsicherte mein Gewehr.

Gornik war fasziniert. Solche Eingeborene habe er noch nie gesehen. Es handele sich wahrscheinlich um eine unerforschte Spezies von Waldmenschen, von deren Existenz ein britischer Forscher berichtet habe. »Das sind Ureinwohner des Waldes, steinzeitlich lebende Kannibalen, die sich nur äußerst selten Fremden gegenüber zeigen«, erklärte er mir. Obwohl oder gerade weil es ja in Neuguinea keine Affen gebe, handele es sich möglicherweise sogar um eben jene Affenmenschen, von deren Existenz Forscher in Europa immer wieder redeten.

»Vielleicht haben wir gerade lebende Beweise für die Evolutionstheorie von Mister Charles Darwin vor uns«, sagte Gornik gebannt. Er wurde immer aufgeregter. Er flüsterte nur noch, um unsere Gegenüber nicht zu verschrecken.

Er sagte etwas in den Tolai-Sprache zu unseren Trägern. Als die daraufhin ihre Gewehre auf die Waldmenschen richteten, glaubte ich einen Moment lang, er wolle sie erschießen lassen – als Beutestücke für die anthropologische Wissenschaft.

Aber als Kikili, unser Dolmetscher und Anführer unserer sechs Tolai-Träger, diesen menschlichen Wesen mit hörbar freundlichen

Tonlauten etwas zurief, legten sie Bogen und Pfeile, Speere und Steinäxte mitten auf den Boden der Lichtung nieder, dann gingen sie einige Schritte rückwärts, ohne uns aus den Augen zu lassen. Sie bildeten einen Halbkreis und starrten uns erwartungsvoll an.

Kikili versuchte, sich mit den Waldmenschen zu verständigen. Offenbar wollten sie als Beweis ihrer Freundschaft ihre Waffen gegen unsere Waffen tauschen. Zwei ihrer Männer gestikulierten mit Armen und Händen, als würden sie Gewehre halten und auf irgendetwas zielen. Vielleicht hatten sie weiße Gewehrschützen gesehen und die Wirkung der Schusswaffen beobachtet.

Natürlich konnten wir uns auf so einen Handel nicht einlassen. Jagdspeere und Pfeil und Bögen gegen Mausergewehre – das wäre ein miserables Geschäft, sagte Gornik. Und womöglich würden sie anschließend damit auf uns schießen. Ihre Totenschädel hingegen, die seien wirklich etwas wert, vielleicht sogar unbezahlbar viel wert …! Solche Totenköpfe von Affenmenschen, Steinzeitmenschen oder Waldmenschen wären für die Wissenschaft in Deutschland und Europa äußerst interessant, etwa für Professor Rudolf Virchow, den führenden Spezialisten auf dem Gebiet der internationalen Schädelforschung, einen Freund unseres Arbeitgebers Johan Cesar Godeffroy.

Durch Kikili ließen wir also ein Tauschgeschäft vorschlagen: Kochtöpfe, Pfannen, Messer und große, in allen Regenbogenfarben schillernde Glasmurmeln gegen ihre Totenköpfe. Diese Gegenstände legten unsere Träger ein paar Meter vor uns hin. Danach ging Kikili unbewaffnet Schritt für Schritt auf unsere seltsamen Geschäftspartner zu und zeigte aus der Nähe unmissverständlich auf ihre Totenköpfe.

Als Antwort ertönten schnalzende, zischende, pfeifende Laute. Das klang bedrohlich. Aber immerhin: Jeder der Eingeborenen legte schließlich jeweils einen seiner Totenschädel nieder. Dann machte der Anführer wieder eine Geste zu einem Gewehr.

Gornik nahm ein Gewehr, schüttelte mit dem Kopf und legte es hinter sich zurück. Das schienen sie zu verstehen. Sie machten

Anstalten, auch ihre Totenköpfe wieder aufzuheben. Der Handel schien geplatzt.

Da drehte Gornik sich um, nahm die Patrone aus einem alten Gewehr eines unserer Träger und ließ es dann von Kikili vor die Totenköpfe legen. Immerhin hätten sie uns mit dem ungeladenen Gewehr nicht angreifen können.

Wieder erklangen Schnalz- und Zischlaute. Doch diesmal hörte es sich besser an. Einer der Urwaldbewohner nahm die ungeladene Waffe und fuchtelte damit herum. Offenbar hatte er ein wenig Ahnung, denn er richtete den Lauf in den Wald und drückte den Abzug durch. Es klickte nur, knallte aber nicht. Er versuchte es mit immer böserem Gesicht ein paarmal, bevor er das Gewehr wütend zu Boden warf und sich abwandte.

Gornik hatte einen neuen Einfall. Er schob sichtbar eine Patrone in das Gewehr, legte an und schoss einen dünnen Ast vom Baum. Erschrocken liefen vier der fünf Eingeborenen in den Urwald und kamen erst nach einiger Zeit wieder zum Vorschein. Der fünfte ließ sich von Kikili zeigen, wie das Gewehr geladen wird. Dann feuerte er damit in den Wald. Als es knallte, schloss er seine Augen.

Nun waren alle zufrieden. Der Handel wurde abgeschlossen. Die Eingeborenen bekamen ein altes Schießgewehr, eine Schachtel Munition und obendrein noch einen Spiegel und ein paar bunte Glassteinchen. Wir erhielten dafür fünf stinkende Totenschädel, die möglicherweise wichtige Erkenntnisse für die anthropologische Forschung bergen.

Wir verpackten die Totenköpfe und brachen schnell wieder auf. Als wir in immer weiterer Ferne mehrere Schüsse knallen hörten, beschleunigten wir unser Marschtempo, falls die Eingeborenen hinter unseren Trick kommen würden. Wir hatten ihnen nämlich nur Platzpatronen gegeben …

Nach diesem erfolgreich bestandenen Abenteuer im Walde hatten wir bei unserer Rückkehr zum Raturu-See noch ein weiteres seltsames Erlebnis.

Vor einem Dorf beobachteten wir auf einem verwilderten Feld einen jungen Tolai-Mann bei einer ungewöhnlichen Tätigkeit. Er steckte farbige Glasmurmeln, ähnlich denen, die wir zum Tauschhandel mit den Eingeborenen bei uns führten, in frisch gegrabene Erdlöcher. Als er uns sah, wollte er weglaufen. Doch unser Dolmetscher Kikili rief ihm in der Tolai-Sprache etwas zu und beruhigte ihn. Der Mann kam zu uns. Er schien mir irgendwie bekannt. Vielmehr war es wohl sein verschmitzter, ständig leicht grinsender Gesichtsausdruck, der mir auffiel, denn ansonsten ist es für uns schwer, die Tolai-Leute mit ihren kreideartigen Körperbemalungen und den rot gefärbten hohen Wuschelhaare voneinander zu unterscheiden.

Wir fragten ihn, warum er Glassteinchen in die Erde lege? Der Mann ließ mit sichtlichem Stolz erklären: Er lege gerade eine Art Pflanzung für Glasmurmeln an, damit sie im Boden so wachsen, sich vermehren und groß werden wie Tarokartoffeln oder Kokospalmen. Aber wir sollten niemandem davon erzählen, das sei nämlich sein Geheimnis. Er wolle die Steine dann nach der Ernte gegen Muschelgeld, Waffen und Nahrungsmittel eintauschen, wie wir Weißen das ja auch täten.

Wir bemühten uns, nicht zu lachen, und wünschten ihm noch eine reichhaltige Glasmurmel-Ernte.

Bei unserem Rückmarsch nach Herbertshöhe ging mir dieser Mann jedoch nicht aus dem Kopf. Auch Stanislaus meinte, er sei uns schon einmal über den Weg gelaufen. Wir grübelten gemeinsam darüber nach. Lange vergeblich. Aber schließlich, während wir neben einer Baumwollpflanzung etwa sechs Kilometer vor Herbertshöhe eine letzte Marschpause einlegten, fiel es uns beinahe gleichzeitig ein: der Glasmurmel-Pflanzer vom Dorf am Raturu-See war derselbe Mann, den Schmeiles Leute wegen Diebstahls aus der Diamantenhöhle gejagt hatten. Podoro war sein Name.

Mich beschäftigt seither ein Verdacht , den ich nicht genau beschreiben kann. Er läuft auf eine Frage hinaus: Gibt es einen Zusammenhang zwischen dem Tolai-Mann mit den bunten Murmeln und den Diamanten in der Höhle hinter dem Wasserfall?

46

Neupommern leuchtet. Ein paar Schönwetterwölkchen werfen flüchtige Schatten auf das blaue Wasser der Blanchebai. Weiße Schaumkronen tanzen gegen den Palmenstrand. Nach Tagen und Nächten voll schweißtreibender Schwüle, in der sich nur die Moskitos wohlgefühlt haben, treibt der Ausläufer eines fernen Taifuns frische Seeluft über die Küste und kühlt die Gesichter und die Gemüter der Menschen.

Queen Emma freut sich. Es ist genau das richtige Wetter für das bevorstehende Ereignis. Dieser 3. Juli verspricht ein paradiesischer Tag werden. Und er hält dieses Versprechen. Jedenfalls bis zum Sonnenuntergang, bis um 18:27 Uhr, wie sich Theobald Kolber später genau erinnern wird – denn genau in dieser Minute hat er die Zeiger seiner vom Vater geerbten, inzwischen ungenau gehenden Taschenuhr nachgestellt.

Am frühen Nachmittag knattern vor dem »Hotel Fürst Bismarck« die Flaggen des Deutschen Reiches und der deutschen Kolonie Neuguinea im Wind. Sie werden von einer neuen Fahne überragt, die am höchsten Mast weht: Auf grünem Grund, in einem von weißen Linien umrandeten Rechteck prangt ein gelbweißer Ball mit sichtbaren Nähten. Die roten Buchstaben darunter sind auf dem flatternden Tuch nur schwer zu lesen, und so bleiben neu eintreffende Gäste immer wieder mit weit nach hinten geneigten Köpfen stehen, bis sie die Aufschrift entziffert haben: »Queen Emma's Lawn and Tennis Club«. Und klein darunter steht: »gegründet zu Herbertshöhe anno 1898«.

»Willkommen im Club«, ruft die ganz in Weiß gekleidete Präsidentin des neuen Tennis- und Gesellschaftsclubs den Gästen zu, die zur Eröffnungsfeier geladen sind. Und dabei hält sie mit einer Hand ihren Federhut fest und drückt mit der anderen den bauschigen Rock nach unten, der immer wieder so vom Winde verweht wird, dass zur Freude vieler Herren braune Beine und straffe Schenkel zu bestaunen sind. Vorausgesetzt, ihr Kampf mit den Windböen gestattet es, nimmt Queen Emma auch Handküsse entgegen, wobei sie die besonders feucht auf die Haut geschmatzten nachher diskret mit einem parfümierten Tuch abwischt.

Hoteldirektor Hellwig und Anna Scharnhorst, die Hausdame des Hotels Fürst Bismarck, stehen neben der Clubpräsidentin unter einem Baldachin. Annas Freundin Satulia ist von Gunantambu herübergekommen und dirigiert nun die hübschen Samoanerinnen aus dem Familienclan von Queen Emma, die als Servierdamen Saft oder Sekt zur Begrüßung reichen.

Ehepaare und Liebespaare und immer noch verliebte Ehepaare spazieren unter weißen Sonnenschirmen vom Eingang zum hinteren Ende des ausgedehnten Hotelparks. Ein Gärtner hat dort mit seinen Helfern monatelang den Boden eines 20 Meter langen und acht Meter breiten Spielfeldes ausgehoben, planiert, eingesät, gewässert und immer wieder gemäht, bis die Rasenfläche so kurz und strapazierfähig wie ein grasgrüner Teppich erscheint. Mit weißem Kreidestaub sind gerade erst die Linien des Spielfeldes markiert worden. Über die Mitte des Feldes spannt sich ein maschendrahtähnliches Netz. Ringsherum sind Stühle und Bänke für die Zuschauer aufgestellt.

Ein von Queen Emma engagierter Experte aus Melbourne erklärt wie ein Marktschreier die Regeln des neuartigen Spieles und die ungewöhnliche Zählweise. Er erläutert Fachbegriffe wie »Forehand«, »Backhand«, »Slice« oder »Return«, mit denen die verschiedenen Schlagvarianten bezeichnet werden. Und Queen Emma erklärt gerne, dass Tennis in London, Paris und Melbourne bereits zu einem gesellschaftlichen Ereignis der feinen Leute geworden ist.

Gegen vier Uhr nachmittags haben sich mehr als zweihundert erwartungsvolle Gäste eingefunden. Zur Eröffnung des ersten und einzigen Tennisclubs zwischen Sydney und Singapur ist alles gekommen, was Rang und Namen hat in Neupommern und in ganz Deutsch-Neuguinea. Gouverneur Dr. Albert Hahl führt seine neue Gemahlin zu einem öffentlichen Ereignis aus, eine schüchterne, aber recht stattliche Tolai-Frau aus dem Dorf

Rhangi, auf deren schwarzbrauner Haut eine weiße Bluse mit durchbrochener Spitze besonders gut zur Geltung kommt. Man sieht ihr kaum an, dass sie bereits im sechsten Monat schwanger ist.

Wohlhabende Plantagenbesitzer flanieren ebenso wie Handelsagenten großer Firmen, Farmer und Pflanzer, wie Kolonialbeamte und Offiziere der Polizeischutztruppe mit und ohne Damenbegleitung durch den festlich geschmückten Park. Die Offiziere des kleinen Kreuzers *SMS Möwe* sind vollzählig erschienen.

Rechtzeitig vor Beginn des Eröffnungsspieles erscheint auch noch der streng um sich blickende Bischof Couppè. Seine Begleiter, drei schwarz gekleideten Patres des Herz-Jesu-Ordens aus Vunapope, wirken inmitten der hell gekleideten Gästeschar wie Pinguine, die sich an den Äquator verirrt haben. Hinter dem Rücken der frommen Männer wird getuschelt und gelästert. Die Nachricht von Tropenarzt Jungblut aus dem Missionsdorf St. Paul hat sich herumgesprochen. Anna Scharnhorst hört ein paarmal Worte wie »Syphilis«, »Geschlechtskrankheit«, »Skandal«. Eine wegen ihrer scharfen Zunge gefürchtete Kaufmannswitwe zischt ihrer Nachbarin zu: »Die Herren Missionare wettern gegen Sittenlosigkeit und Unzucht – und treiben es selber am tollsten mit den Kanakerweibern.« – »Ja, ja, der Geist ist willig und das Fleisch ist schwach«, sagt die andere, »aber der liebe Gott sieht alles und straft die Sünder!«

Einiges Aufsehen erregt an der Stirnseite des Spielfeldes ein eher nachlässig gekleidetes Künstlerehepaar, bei dem es sich, wie Queen Emma sich erklären lässt, um einen in Deutschland bereits sehr beachteten, aber auch umstrittenen Maler handelt, um einen gewissen Emil Nolde. Ein ziemlich wortkarger Mann. Seine resolute Frau Ada erzählt dagegen gern, ihr Emil sei, angeregt durch die berühmt gewordenen Arbeiten seines französischen Kollegen Paul Gaugin, auf der Suche nach exotischen Motiven in die Südsee gekommen. Er habe bereits ein Dutzend

Landschafts- und Strandbilder in Öl vollendet. Und morgen solle ihm in einem nahen Eingeborenendorf ein leibhaftiger Kannibalenhäuptling Modell stehen. Ob das nicht gefährlich sei?

Keine Sorge, sagt Theobald Kolber, man müsse nur sicherstellen, dass der Herr Menschenfresser bereits vorher ausreichend gespeist habe. Die Zuhörer lachen. Doch Ada meint, sie werde ihren Mann sicherheitshalber lieber mit einem geladenen Revolver zu dieser Porträt-Sitzung begleiten.

Auch ein neuer Geograf und Landvermesser ist der Einladung gefolgt: Dr. Ulrich Mann aus Schleswig-Holstein, dessen Frau mit einem weiträumigen Dekolleté interessierte Männerblicke auf sich zieht. Kapitän Lühning vom Kreuzer *SMS Möwe* stellt seine Schiffsoffiziere in ihren weißen Ausgehuniformen der Gastgeberin namentlich vor. Die Herren Brackhahn, Prahl, Witt, Otten und Schulte-Ladbeck fallen dadurch auf, dass sie den milchkaffeefarbenen Samoanerinnen weit mehr Beachtung schenken als den beiden Herren, die sich auf das erste Tennismatch in der Geschichte von Deutsch-Neuguinea vorbereiten.

Queen Emma habe es für richtig gehalten, diesen offenbar recht vornehmen Tennissport auch in der deutschen Südsee einzuführen, sagt Gouverneur Hahl in seiner Begrüßungsrede. Er lobt die Präsidentin des ersten Tennisclubs als große Förderin und den strahlenden Mittelpunkt des gesellschaftlichen Lebens in der deutschen Südsee. Die Anwesenden huldigen der Gastgeberin mit Applaus und Bravorufen. Der Herr Bischof sieht sich gar zu einer segnenden Handbewegung veranlasst. Die Marineoffiziere bringen ein dreifach kräftiges »Hurra! Hurra! Hurra!« zu Gehör. Die schon für spätere Verlustierungen bereitstehende Tanzkapelle fügt einen kreischenden Tusch hinzu.

Auf dem Tenniscourt machen zwei Herren in dreiviertellangen Hosen und kurzärmeligen Hemden Kniebeugen. Sie drehen ihre Rümpfe, strecken die Arme und machen einige Schlagübungen mit seltsamen Geräten, die wie Käscher zum Fischfang oder wie Schmetterlingsnetze aussehen. Mit solchen Tennisschlägern ausgerüstet, werden gegeneinander antreten: Mister Henderson, der englische Wirtschaftsberater von Queen Emmas Handels- und Plantagenkonzern, und Herr Elbertzhagen, der Prokurist der godeffroyschen Faktorei in Herbertshöhe. Wobei Henderson den Nachteil des Alters durch Erfahrungen auszugleichen gedenkt, die er beim Besuch eines großen Tennisturniers im Londoner Vorort Wimbledon und bei einigen Übungsspielen in Melbourne erworben hat. Elbertzhagen wird mehr Einsatz und Laufbereitschaft zeigen müssen.

Henderson hat den ersten Aufschlag. Der mit Stoff ummantelte Kautschukball fliegt mit einer für die meisten Zuschauer überraschenden Geschwindigkeit über das Netz. Elbertzhagen trifft den Ball mit seinem Schläger nicht genau und befördert ihn ins Aus. Nach drei weiteren Punkten ruft der australische Schiedsrichter, der auf einem etwas erhöhten Stuhl am Netz Platz genommen hat: »Advantage Mister Henderson!«

Henderson gewinnt das erste Spiel und den ersten Satz ohne allzu große Gegenwehr. Elbertzhagen hätte wohl zum Bedauern der überwiegend deutschen Zuschauer auch im zweiten Satz keine Chance gegen den erfahreneren Gegner gehabt, wenn er nicht unerwartet Unterstützung bekommen hätte. Und zwar aus der Ecke des Parks, in der die beiden sprechenden Papageien immer unruhiger in ihrem pavillonartigen Käfig herumflattern. Schließlich krächzt der Rotgefiederte wieder einmal: »Deutschland, Deutschland«. Und der Grüne antwortet wie immer: »Über alles! Über alles!«

Alle lachen. Nur Mister Henderson nicht. Der Engländer beschwert sich beim Schiedsrichter über die offenkundig parteiischen Vögel: Entweder das Federvieh werde zum Schweigen gebracht, oder er werde das Spiel abbrechen. Ein Eklat droht. Hoteldirektor Hellweg rettet die Situation. Eigenhändig hängt er zwei Tischtücher vor den Käfig, so dass den Papageien die Sicht versperrt wird. Danach herrscht Ruhe im Käfig. Mister Henderson findet seine Fassung und seine Form wieder und gewinnt das Match nach einer Stunde und zehn Minuten in zwei Sätzen mit 6:2 und 6:4. Der unterlegene Deutsche gratuliert.

Elbertzhagen wird sogar stürmisch gefeiert, als ihn eine von Queen Emmas hübschen Nichten bei der Siegerehrung auf die Wange küsst, bevor sie ihm einen Silberteller als zweiten Preis in die Hand drückt. Die Gastgeberin und Clubpräsidentin überreicht dem verschwitzten Engländer Henderson einen versilberten Pokal mit der Gravur »Dem Sieger des Eröffnungsturniers 1898 – Queen Emma's Lawn and Tennis Club«. Der Applaus der überwiegend deutschen Zeugen dieses Ereignisses lässt zu wünschen übrig. Mit der Siegerehrung ist der sportliche Teil der Tennisclub-Eröffnung beendet. Es ist jetzt kurz nach vier Uhr an diesem Nachmittag.

Die Damen und Herren begeben sich an die gedeckten Gartentische, auf denen Kaffee dampft und Kuchen duftet. Die Damen halten ihre Tassen mit abgespreizten kleinen Fingern. Die Herren schaufeln den Kuchen mit versilberten Gabeln von den Tellern.

Queen Emma lässt sich vom Bischof Coupeè in ein Gespräch verwickeln. Er fragt sie mit kauenden Backen, ob sie es sich überlegt habe.

»Was soll ich mir überlegt haben?«

»Wollen Sie den Herz-Jesu-Brüdern in Vunapope nicht doch ihre Hausbar aus Gunantambu übereignen, schließlich handelt es sich bekanntlich um einen geweihten Altar aus einer italienischen Kirche ...«

Die Geschäftsfrau sagt, als Gegenleistung erwarte sie von der Kirche ein kleines Grundstück in Ralum, das von einer ihrer Plantagen abgehe und den direkten Zugang zur Küstenstraße versperre. Das sei leider Gottes unmöglich, sagt der Vertreter des Heiligen Vaters.

»Genau an dieser Stelle soll eine kleine Marienkapelle errichtet werden.«

»Dann kommen wir leider nicht ins Geschäft«, sagt Queen Emma mit ihrem schönsten Lächeln und wendet sich anderen Gästen zu.

Mehr als eine Stunde lang ist im tropischen Park zwischen Hotel und Tennisplatz fröhlich gedämpftes Gemurmel zu vernehmen. Bis an einem Tisch schallendes Gelächter ausbricht. Neugierig geht Gouverneur Albert Hahl hinüber und fragt, was denn so lustig sei? Er würde gerne mitlachen. Worauf der sonst nicht durch besonderen Humor aufgefallene Chefarzt Dr. Wunsiedel noch einmal eine Geschichte von der Nachbarinsel Neu-Mecklenburg zum Besten gibt.

Also: »Dort hat auf der Veranda eines Baumwollpflanzers der sprachbegabte und ansonsten putzmuntere Papagei plötzlich leblos in seinem geöffneten Käfig gelegen. Mit umgedrehtem Hals. Da niemand anderes als Täter in Frage zu kommen schien, hat der Farmer seinem neuen Hausboy eine ordentliche Tracht Prügel verpasst. Tage später lag der größte Hahn abgemurkst im Hühnerstall – obwohl der Boy nachweislich nicht da war. Beim dritten Mordfall konnte die Farmersfrau den wahren Täter durch das Küchenfenster beobachten: Als der neue Hahn nämlich am Morgen besonders laut krähte, hat sich der in Haus und Hof gelegentlich frei herumlaufende Gibbonaffe – ein lebendes Souvenir aus Java übrigens – auf den gefiederten Krachmacher gestürzt und ihn so lange gewürgt, bis endlich Ruhe eingetreten war …«

Wie auf Kommando fangen nach dieser Geschichte die beiden Hotel-Papageien wieder an zu zetern und zu krächzen. Theobald Kolber, der zu der Runde hinzugekommen ist, sagt: »Machen Sie jetzt keine Dummheiten, meine Herren …«

Die Zuhörer prusten vor Lachen, am lautesten der Gouverneur.

Kolber überlegt, ob der Augenblick richtig sei, aber nachdem sich alle noch gut unterhalten und amüsiert haben, zieht er Dr. Albert Hahl entschlossen zur Seite. »Kann ich Sie für ein paar Minuten unter vier Augen sprechen, in einer gewissen Angelegenheit, die leider keinen Aufschub duldet …«

Beide verschränken die Hände auf ihren Rücken und entfernen sich beinahe im Gleichschritt von den anderen Gästen. Sie spazieren durch den Park und um den neuen Tennisplatz herum.

Queen Emma beobachtet den Gouverneur von Deutsch-Neuguina und den Generalbevollmächtigten des Hauses Godeffroy aus den Augenwinkeln, während sie sich mit ihren Tischnachbarn unterhält.

Hahl trägt seinen leichten Tropenhelm. Kolber zieht die Krempe seines Strohhutes zum Schutz gegen die Sonne in die Stirn. Ihren Gesichtern ist von weitem anzusehen, dass sie eine ernste Angelegenheit zu besprechen haben. Queen Emma kann sich denken, worum es geht. Sie greift in die Tasche ihres weiten Rockes. Ihre Fingerspitzen fühlen den matten, kantigen Rohdiamanten, den Theobald Kolber ihr am Morgen im Schlafzimmer in den nackten Bauchnabel gelegt hat.

47

»Vermutlich wollen Sie mit mir über diese äußerst unangenehme Geschichte reden, über diese Geschlechtskrankheiten in St. Paul«, sagt Gouverneur Hahl zu Theobald Kolber. »Syphilis in Deutsch-Neuguinea! Und ausgerechnet in einem Missionsdorf! Aber unter uns gesagt: Ich hatte noch Schlimmeres befürchtet – einen noch gefährlicheren, bisher gänzlich unbekannten Krankheitserreger, der in unserer Kolonie eine Epidemie auslösen könnte.« Der junge Tropenarzt Doktor Jungblut habe in St. Paul offenbar gute und schnelle Arbeit geleistet.

Nein, um diese Sache gehe es ihm jetzt nicht. Kolber unterbricht den Redefluss des Gouverneurs.

»Gut, dann kann ich mir denken, was Sie beschäftigt. Bringen wir es also hinter uns«, sagt Hahl. »Fragen Sie schon nach der Diamantenmine!«

»Bei aller persönlichen Wertschätzung, Herr Gouverneur«, sagt Kolber angriffslustig, »ich verstehe, offen gesagt, nicht, wieso ausgerechnet Sie als der Vertreter der wirtschaftlichen Interessen Deutschlands in der Kolonie einer ausländischen Investorengruppe den Kauf eines so wertvollen Stück Landes genehmigen konnten?«

Und während Hahl noch über eine scharfe Antwort nachsinnt, fügt Kolber hinzu: »... und es ist mir auch unbegreiflich, warum die wichtigsten Vertreter der großen deutschen Firmen in Neuguinea darüber nicht vorher, also rechtzeitig, informiert wurden ...«

»Sie meinen zum Beispiel den Generalbevollmächtigten des Hauses Godeffroy & Sohn?«

»Zum Beispiel«, sagt Kolber.

Den Kaufvertrag habe er genehmigt, weil diese Zustimmung des betreffenden Landerwerbs rings um den erwähnten Wasserfall ohnehin bloße Formsache gewesen sei. Denn die Australier hätten ihm von den Stammeshäuptlingen und Dorfoberen unterzeichnete Kaufverträge vorgelegt.

»Mit drei Kreuzen unterzeichnet, nehme ich an ...«

»Wie es nun einmal bei den analphabetischen Stammesvertretern in allen unseren Kolonien üblich ist.«

»Haben Sie denn gewusst, dass es sich bei dem fraglichen Landgebiet um ein Diamantenvorkommen handelt?«

»Erst später habe ich von den Diamanten gehört. Mir wurde erst gesagt, man wolle dort auf lange Sicht Holzwirtschaft betreiben, es gäbe dort einige Eukalyptuswälder.« Im Kolonialamt sei deshalb mit den Käufern ausgehandelt worden, dass bei der Ausfuhr von Holz jeweils ein Drittel des aktuellen Marktpreises an den deutschen Zoll zu entrichten sei, also wesentlich mehr als üblich.

»Mit anderen Worten, das deutsche Kolonialamt und der deutsche Gouverneur sind bei der Genehmigung dieses Landkaufes von ausländischen Geschäftemachern hintergangen worden?«

Hahl sieht Kolber missmutig an.

»Das wäre eine äußerst diffizile juristische Frage.« Man müsse davon ausgehen, dass die Diamanten als sogenannte Zufallsfunde erst nach dem genehmigten Kaufvertrag entdeckt worden seien. Deshalb werde man den Käufern wohl kaum arglistige Täuschung nachweisen können.

Gouverneur Hahl nimmt seinen Tropenhelm ab und wischt sich über die schweißnassen Haare. »Worauf wollen Sie eigentlich hinaus, verehrter Herr Kolber? Wenn ich Ihr Interesse richtig verstehe, wollen Sie diesen Investoren aus Australien möglicherweise das Land und das Diamantenvorkommen abkaufen?«

Kolber schweigt vielsagend.

»... damit stünde dann doch aber alles zum Besten: Das Haus Godeffroy & Sohn, ein angesehenes hanseatisches Unternehmen, wird also in Deutsch-Neuguinea eine hoffentlich höchst ertragreiche Diamantenmine ausbeuten können ...«

»Ja, aber zu einem enormen Kaufpreis. Wären wir rechtzeitig informiert worden, hätten wir dasselbe Land vermutlich für einen Bruchteil erwerben können.«

»Zugegeben, meine Vorgehensweise in dieser Sache erscheint mir rückblickend ein wenig unglücklich. Aus heutiger Sicht hätte ich im deutschen Interesse kritischer sein müssen – aber weder Sie noch ich konnten ahnen, dass sich dort eine unterirdische Diamantenmine befindet. Oder wollen Sie behaupten, Sie wären auch am Abbau von Eukalyptusbäumen mitten im unwegsamen Urwald interessiert gewesen? Das heißt, die Australier haben durch die Entdeckung der Diamanten die Vorarbeit für die enorme Wertsteigerung dieses Landstriches geleistet ...«

Kolber schüttelt den Kopf. »Wir kennen und schätzen uns schon lange, Herr Gouverneur, deshalb darf ich offen sagen: Ich hätte nicht gedacht, dass Ihnen so etwas durchgeht ...«

Hahl macht ein betroffenes Gesicht.

»Ich frage mich auch«, fährt Kolber fort, »welche Rolle wohl eigentlich mein spezieller Freund bei diesem Geschäft spielt, Polizeikommandant Schmeile? Darf er sich überhaupt nebenbei als Geschäftsmann und Makler betätigen?«

»Nun ja, sein Dienstvertrag enthält eine Genehmigung für Nebentätigkeiten geschäftlicher Art – solange dadurch nicht seine Arbeit als Polizeikommandant über Gebühr beeinträchtigt wird.«

»Über Gebühr ... Ziemlich hohe Gebühren wird er nun kassieren. Ein paar zehntausend britische Pfund werden für den Herrn wohl abfallen.«

»Sie sind der Geschäftsmann. Sie werden besser wissen als ich, welche Courtagen in so einem Fall üblich sind. Jedenfalls, ich wiederhole mich gern: Ich bin erfreut und erleichtert, dass das von mir hochgeschätzte Haus Godeffroy und sein Generalbevollmächtigter diese Diamantenmine in deutsche Hände bringen wollen.« Hahl setzt seinen Tropenhelm auf und wendet sich zum Gehen.

»Ich schlage vor, wir treffen uns morgen im Kolonialamt, um die Angelegenheit im Detail zu besprechen. Vielleicht können wir da gemeinsam etwas machen, was die Preisverhandlungen angeht. Jetzt sollten wir uns aber wieder den anderen Gästen zuwenden, sonst verärgern wir noch unsere charmante Gastgeberin – und das wäre doch sicherlich nicht in Ihrem Sinne, lieber Herr Kolber.«

Gouverneur Hahl lächelt vertraulich.

Die beiden Männer gehen Seite an Seite durch den Park zurück. Vor ihren Augen verschwindet die Sonne hinter dem Hotel Fürst Bismarck, taucht dann zur rechten Seite wieder auf und versinkt in wenigen Minuten im Meer.

Im Hotelpark werden Fackeln entzündet. Hinter einem Oleanderbusch taucht plötzlich ein Mann mit ordengeschmückter Uniformbrust auf. Seine Glatze glänzt im Fackelschein. Ein breites Grinsen hat sich in seinem Gesicht festgesetzt, als er auf die beiden Spaziergänger zukommt.

»Wenn man vom Teufel spricht …«

Theobald Kolber verlangsamt seinen Schritt.

»Was machen Sie denn hier? Man hat Sie noch nicht zurückerwartet«, sagt Gouverneur Hahl.

Kommandant Gustav Schmeile nimmt eine stramme Haltung an, knallt die Hacken zusammen und legt die Hand militärisch zackig zum Gruß an die Stirn.

»Melde gehorsamst, Herr Gouverneur: Habe meine australischen Partner sicher an Bord ihres Dampfers gebracht. Bin selber soeben erst in Herbertshöhe eingetroffen, habe mich frisch eingekleidet und gedenke nun, mich ein wenig zu amüsieren.«

»Danke, rühren Herr Hauptmann«, sagt Hahl nur mäßig amüsiert über Schmeiles Auftritt. »Erstatten Sie mir morgen in meinem Büro ausführlich Bericht über ihre jüngsten Aktivitäten.«

Damit lässt er den verblüfften Schmeile stehen und schiebt Kolber in Richtung des inzwischen festlich erleuchteten Hotels Fürst Bismarck.

Queen Emma kommt den beiden Männern eilig entgegen. »Was habt ihr denn so lange zu bereden gehabt?«, fragt sie, offenbar schon ein wenig beschwipst. »Die Leute warten schon auf uns. Du musst mit der Gastgeberin des heutigen Tages den Eröffnungswalzer tanzen.« Sie nimmt Theobald Kolber energisch am Arm.

»Auch das noch«, murmelt Theobald Kolber, »mir bleibt heute aber auch nichts erspart.«

An der Rückseite des Hotels ist auf dem Rasen mit Brettern eine quadratische Tanzfläche ausgelegt und mit Lampions und Girlanden geschmückt. Im bunten Lichtschein warten tanzlustige Paare auf ihren Auftritt. Im halbdunklen Park singt der Frauenchor aus Samoa. Sanfte Melodien plätschern herüber. Auf einem Podest bereitet sich eine Sechs-Mann-Kapelle auf ihren Einsatz vor. »Monsun Sextett« steht auf der Pauke des Schlagzeugers. Auf den Notenständern liegt aufgeschlagen das Blatt mit dem Eröffnungswalzer »An der schönen blauen Donau«. Als zur Einstimmung der Instrumente die ersten Takte ertönen, sagt Tennisclubmeister Henderson mit britischem Humor, so ein Donauwalzer passe ja bestens in die Landschaft, und weist dabei auf die große Bucht der Blanchebai, an deren westlichem Ende sich die Schattenrisse der Vulkane von Rabaul abzeichnen.

Vor dem Beginn des Tanzvergnügens steht Anna Scharnhorst mit ihrer Freundin Satulia auf der drei Stufen hohen Veranda des Hotels. Anna erzählt stolz von ihrer Arbeit im Hotel: Sie habe neue Dienstspläne für das Personal aufgestellt und Queen Emma sei angetan von ihrem Vorschlag, die Gästezimmer nach großen deutschen Städten wie Berlin, Hamburg oder München zu benennen. Es würden bereits entsprechende Schilder angefertigt. Satulia unterbricht ihren Redefluss.

»Hast du inzwischen Nachricht von deinem Freund aus St. Paul?«

Nein, sagt Anna, sie mache sich Sorgen, sie sei deswegen gestern in Vunapope bei den Herz-Jesu-Brüdern gewesen, aber auch dort habe man keine Nachrichten von Dr. Jungblut erhalten, obwohl man dringend darauf warte. Vermutlich werde der Missionsdampfer morgen ankommen. Man sei auch bei den Missionaren schon besorgt. Das muss man nicht, sagt Satulia, sie habe auch nichts von ihrem Freund Sebastian Kleine gehört.

»Es ist normal, dass sich die Männer lange Zeit nicht melden können, wenn sie im Landesinneren unterwegs sind.« Expeditionen dauerten nun einmal lange, und telephonische Sprechgeräte gebe es in ganz Neupommern bisher ja nur auf den Besitztümern von Queen Emma, in Gunantambu und im Hotel Fürst Bismarck.

Die beiden hübschen Frauen lehnen die Aufforderung zum Tanz von zwei deutschen Marineoffizieren ab. Satulia wird von einem Pagen zu Queen Emma gerufen.

Anna bleibt an ihrem Platz. Von der Veranda hat sie einen guten Überblick über das Geschehen an den Tischen und auf der Tanzfläche. Sie ertappt sich dabei, dass sie wieder einmal alle Herren eines bestimmten Alters genauer beobachtet: Männer zwischen vierzig und Mitte fünfzig, Männer, die ihr Vater sein könnten. Verstohlen betrachtet sie deshalb das alte, kleine Lichtbild in ihrer Tasche: Der Mann, der sie da als kleines Mädchen lachend in die Luft wirft, ist ein unauffälliger, durchschnittlicher Typ: mittelgroß, mittelblond, leicht gewelltes Haar, keine besonderen Kennzeichen. Die Nase ein wenig fleischig, aber nicht dick, auffallend regelmäßige Zähne, aber das könnte sich im Laufe der Jahre geändert haben. Auch die Haare dürften nicht mehr so üppig sein. Hätte sie die Auswahl, Theobald Kolber oder Gouverneur Hahl wären ihre Wunschkandidaten.

Theobald Kolber führt Queen Emma gerade zur Mitte der noch leeren Tanzfläche, vielmehr: Sie führt ihn. Jedenfalls hat Kolber alle Mühe, Schritt zu halten. Der Kapellmeister hebt den Taktstock. Die Instrumente setzen ungleichmäßig ein. Es erklingt eine schräge Melodie, die bei keinem Wiener Musiklehrer als »Donauwalzer« durchgehen würde.

Ähnlich unkoordiniert gestalten sich Theobald Kolbers Tanzversuche. Es wird auch nicht viel besser, als die geschmeidige Queen Emma die Führung übernimmt und ihn im Dreivierteltakt herumschwenkt. Schließlich macht sie sich selbstständig und schwebt lächelnd um ihren tapsigen norddeutschen Partner herum, wie ein eleganter Torero um einen schwerfälligen Stier. Am Ende fängt Theobald Kolber seine herumwirbelnde Partnerin wieder ein, und es gelingen unter dem Beifall der Zuschauer noch einige gemeinsame Drehungen. Mutig wirft Queen Emma dabei Kopf und Oberkörper weit nach hinten. Die Fliehkraft lässt ihre Brüste im tiefen Ausschnitt sichtbar mittanzen. Die Herren sind begeistert. Die Damen gucken neidisch. Ein kräftiger Applaus belohnt diesen Auftakt des allgemeinen Tanzvergnügens.

Schwitzend und schwindelig lässt sich Kolber in einen Bambusrohr-Sessel fallen, während Queen Emma sich mit einem Fächer Kühlung zuwedelt und nach Champagner verlangt.

»Nicht, dass ich's vergesse, mir ist da beim Tanzen etwas eingefallen«, sagt Theobald Kolber, während er sich den Schweiß von der Stirn und aus den Augen wischt, »dein Henderson, unser neuer Tennischampion, hat doch bei einer Bank in Sydney gearbeitet …«

»Interessant, woran du denkst, wenn du mit mir tanzt«, sagt Queen Emma.

»… und eben habe ich gehört, dass er für eine Woche nach Sydney reist. Würdest du mir einen Gefallen tun und ihn bitten, sich dort unten in seinen Bankenkreisen nach einem gewissen James Shepard umzuhören. Was der für einen Ruf hat, welche Geschäfte der gemacht hat und so weiter …«

»Einverstanden! Aber nur, wenn du mir versprichst, dass wir heute nicht mehr über Geschäftliches reden.«

»Versprochen«, sagt Kolber. Er steht auf und sagt, er müsse sich mal kurz verabschieden und sei gleich wieder zurück. Als er außer Sichtweite ist, erscheint Gustav Schmeile am Tisch von Queen Emma.

»Die Gelegenheit erscheint günstig. Darf ich um einen Tanz bitten?« Schmeile zelebriert eine tiefe Verbeugung.

»Kommen Sie bei Ihren Strafexpeditionen auch immer so plötzlich aus dem Hinterhalt, Herr Polizeikommandant?« Queen Emma sagt, sie wolle nicht unhöflich erscheinen, aber sie müsse sich erst ein wenig erholen und sei dann schon für den nächsten Tanz vergeben. Schmeile nimmt mit finsterem Gesicht diesen Korb entgegen.

Die Leute amüsieren sich prächtig. Sogar ein jüngerer Missionar aus der Begleitung von Bischof Couppè lässt sich von einer älteren Dame zu einem schwungvollen Tänzchen verleiten. Nach einer kurzen Pause spielt die Kapelle den ersten Tango. Die Schiffsoffiziere der *SMS Möwe* entführen Queen Emmas hübsche Nichten und Cousinen auf den Bretterboden. Beim Engtanz drücken sie ihre Knie zwischen die Schenkel der anschmiegsamen Frauen aus Samoa.

Kolber holt seine Taschenuhr aus der Westentasche. Sie ist wieder einmal stehen geblieben. Er zieht das Uhrwerk auf und fragt den jungen Elbertzhagen, wie spät es genau sei. Queen Emma und Theobald Kolber beobachten dabei, wie am Nachbartisch Gouverneur Hahl von einem Hotelpagen angesprochen wird. Soweit sie verstehen können, soll Hahl sofort zur Hotelrezeption kommen, er werde dringend erwartet.

Als Kolber die Zeiger seiner Uhr auf exakt 18:27 Uhr gestellt hat, kommt Gouverneur Hahl gerade zurück, erst langsam und zögerlich, als überlege er angestrengt. Dann drängt er sich zwischen den Tanzenden hindurch und erklimmt das Podium, auf dem die Kapelle gerade zu einem neumodischen Ragtime aufspielt. Hahl redet auf den Kapellmeister ein. Die rasante Musik bricht scheppernd in sich zusammen. Die Posaune gibt einen letzten wehklagenden Laut von sich.

Die Protestrufe besonders eifriger Tänzer bringt der Gouverneur mit einer ausholenden Bewegung seiner Arme zum Schweigen.

»Verehrte Gäste ... Ich bedaure, Ihnen mitteilen zu müssen, dass dies ..., dass dies der letzte Tanz gewesen ist ...!«

Verstörtes Gemurmel breiten sich wie ein Flächenbrand unter den fröhlich gestimmten Menschen aus. Gouverneur Hahl räuspert sich ein paarmal, bevor er mit kratzender Stimme sagt: »Ich habe Ihnen mitzuteilen ..., dass mich soeben eine Nachricht ereilt hat, die ich Ihnen in meiner Eigenschaft als Gouverneur dieser Kolonie leider unverzüglich und in aller Offenheit überbringen muss!«

Hahl hält einen Moment inne. Dann sagt er: »Das Missionsdorf St. Paul ist von aufständischen Kannibalenstämmen überfallen worden. Wie ich erfahren habe, sollen alle Missionare und Missionsschwestern umgebracht worden sein ... Es gibt angeblich keine überlebenden Weißen.«

Es ist, als wäre mitten in einer Theateraufführung das Programm gewechselt worden: Eine heitere Operette verwandelt sich mit einem Schlag in eine Tragödie. Aus überschäumender Lebensfreude wird Entsetzen. Eben noch fröhliche, vergnügte Gesichter erstarren im Schock. Dann bricht Tumult los. Männer rufen wild durcheinander. Frauen weinen. Stühle und Tische kippen um. Menschen rennen ziellos durcheinander.

Anna Scharnhorst klammert sich an der Holzbalustrade der Hotelveranda fest. Sie beginnt zu zittern, als nahe eine Malariaattacke. »Oh nein! Nein, bitte nicht ...!«, flüstert sie. Ihre Knie geben nach. »Werner! Mein Gott, Werner...«

Sie sinkt in sich zusammen, fällt auf die Knie und starrt mit angstgeweiteten Augen in die Dunkelheit des Tropenhimmels, als würde sie dort etwas Furchtbares sehen, etwas, das ihr Verstand nicht fassen kann.

48

Gouverneur Albert Hahl strafft sich. Seine Stimme gewinnt an Sicherheit.

»Meine Damen und Herren, ich erkläre hiermit bis auf weiteres den unbefristeten Notstand für den gesamten Bereich der Insel Neupommern. Ich möchte Sie dringend bitten, trotz dieser alarmierenden Nachrichten aus St. Paul Ruhe und Vernunft zu bewahren. Es gibt keinen Anlass zur Panik und zu unbedachten Reaktionen. Wir werden umgehend die erforderlichen Maßnahmen zu unser aller Sicherheit ergreifen und dafür sorgen, dass die ruchlosen Mörder ergriffen und verurteilt werden. Der Aufstand der Eingeborenen in den Baininger-Bergen wird mit der gebotenen Härte niedergeschlagen.«

Angesichts dieser Lage, so verkündet der Gouverneur weiter, bitte er folgende Personen zu einer sofortigen Besprechung der Lage in das Sitzungszimmer des Hotels Fürst Bismarck: den kaiserlichen Richter Dr. von Knyphausen, seine Exzellenz Bischof Couppè, Polizeikommandant Gustav Schmeile sowie dessen Stellvertreter Oberleutnant Haas, Chefarzt Dr. von Wunsiedel und Kapitän Lühning vom Marinekreuzer *SMS Möwe* sowie Herrn Theobald Kolber und Frau Emma Eliza Coe.

Eine Stunde später fasst der Gouverneur die Beschlüsse dieses Gremiums in knappen Worten zusammen:

Gustav Schmeile wird umgehend ein Strafexpeditionskorps von mindestens einhundert Eingeborenen-Polizeisoldaten unter Führung von einem Dutzend deutscher Offiziere und Unteroffiziere zusammenstellen. Spätestens in zwei Tagen soll die schwer bewaffnete Truppe auf dem Landweg nach St. Paul ausrücken. Auf dem Weg dorthin müssen deutsche Farmen, Pflanzungen und Missionsstationen vor weiteren Überfällen gesichert werden.

Gegen alle Dörfer der Baininger, in denen Aufständische und deren Angehörige vermutet werden, soll mit unnachsichtiger Härte vorgegangen werden. Jede Gegenwehr wird mit Waffengewalt zerschlagen. Alle Widerstandsnester, Hütten und Dörfer werden in Brand gesetzt. An der Küste werden die Kriegskanus der Eingeborenen zerstört. Die Mörder von St. Paul sollen zur Strecke gebracht werden, tot oder lebendig. Gefangene werden in Ketten gelegt und nach Herbertshöhe gebracht, wo sie von einem Kriegsgericht abgeurteilt werden. Todesurteile werden unverzüglich vollstreckt!

Wegen einer Reparatur an ihrer Maschine wird die *SMS Möwe* erst in zwei, drei Tagen aus der Blanchebai auslaufen können und dann mit ihren Bordkanonen die küstennahen Dörfer im Bereich von Rawanda und Vunamarita unter Feuer nehmen.

Zeitlich koordiniert werden schließlich zwei Kommandos unter Leitung von Polizeikommandant Schmeile nach St. Paul marschieren und dazu eine cirka 40 Mann starke Invasionstruppe, bestehend aus kampferprobten Marinesoldaten der *SMS Möwe.* Der Angriff geschieht von zwei Seiten her, von Land und von See. Vielleicht gebe es ja doch noch überlebende Weiße und christliche Eingeborene, denen die Flucht aus St. Paul gelungen sei. Die sollten aufgespürt und gerettet werden.

Schmeile sagt im Hinausgehen, so laut, dass es auch alle hören können: »Diesen gottverdammten Kanakern müssen wir ein für alle Mal zeigen, wer hier die Herren sind. Gefangene werden nicht gemacht! Das können Sie meinetwegen ruhig ins Protokoll aufnehmen, Herr Gouverneur!«

Die Krisensitzung endet gegen ein Uhr in der Nacht zum Montag.

»Es tut mir leid«, sagt Gouverneur Hahl zu Queen Emma, als er sich verabschiedet.

»Was tut dir leid?«

»Dass dein schönes Fest überschattet worden ist. Es war bis zum bitteren Ende ein unvergesslicher Tag, den du uns allen bereitet hast …«

Vor dem Hoteleingang warten die Kutschen der Sitzungsteilnehmer. Die dunkelhäutige Tolai-Frau von Gouverneur Hahl läuft ihrem Mann entgegen. Ihr ist anzusehen, dass sie geweint hat. Hahl nimmt sie in den Arm.

»Er ist ein guter Mann«, sagt Queen Emma zu Kolber.

Sterne blinken. Die Milchstraße scheint zum Greifen nah. Aber wohl niemand in Neupommern hat noch einen Sinn für romantische Gedanken.

Nach allem, was geschehen ist, beschließen Queen Emma und Kolber, diese Nacht nicht miteinander zu verbringen. Die Stimmung ist nicht mehr danach. Sie küssen sich zum Abschied. Sie lässt sich nach Gunantambu kutschieren. Er weist seinen Kutscher an, ihn noch zum Faktoreigebäude zu bringen. Er müsse noch etwas erledigen und werde dann den kurzen Weg zu seinem Wohnhaus zu Fuß gehen.

Kolber schließt die Eingangstür auf und geht über den dunklen Flur in sein Kontor. Bevor er die Petroleumlampe anzündet, blickt er durch das Fenster nach draußen. Er stutzt. Ein Lichtschein fällt aus der halboffenen Tür des Lagerschuppens, in dem die Forscher des Godeffroy-Museums ihre Ausrüstungen und ihre Funde untergebracht haben. Um diese Zeit? Es könnten Einbrecher sein.

Kolber überlegt, ob er Hilfe holen soll. Doch dann nimmt er sein Mausergewehr aus dem Waffenschrank und steckt noch eine Pistole ein. Er schließt die Tür hinter sich ab und geht vorsichtig auf den Lichtschein zu. An der Tür hört er merkwürdige Töne, sägende, pfeifende Geräusche. Er hält den Atem an, schiebt den Gewehrlauf durch die Türöffnung und macht einen schnellen Schritt nach vorn in den Schuppen hinein.

Was er sieht, lässt ihn trotz der Anspannung lächeln: Sebastian Kleine und Stanislaus Gornik liegen nebeneinander auf einem Haufen von Jutesäcken. Um sie herum steht ihre Expeditionsausrüstung, Rucksäcke und Kisten, alles noch nicht ausgepackt. Die beiden jungen Naturforscher sind offenbar vor Erschöpfung eingeschlafen. Sie schnarchen um die Wette.

Kolber sichert sein Gewehr, bevor er Kleine mit dem Lauf anstupst.

»Lass mich in Ruhe, verdammt noch mal, Gornik.« Kleine blinzelt in das Petroleumlicht.

Stanislaus Gornik wird wach und flucht kräftig auf Polnisch. Kolber lacht.

»Beinahe hätte ich euch im Schlaf erschossen«, sagt er. »Ich dachte schon, uns hätte wieder mal Diebesgesindel einen Besuch abgestattet.«

Tagebuch Sebastian Kleine, Dienstag, 5. Juli 1898

Nach unserem Gewaltmarsch sind wir vor Erschöpfung auf einem Bündel Säcke im Lageschuppen eingeschlafen. Wir hatten noch keine zwei Stunden geschlafen, als Kolber uns weckte. Zu diesem Zeitpunkt ahnten wir noch nichts von dem Massaker in St. Paul.

Wir erzählten ihm also munter, was wir auf unserem Rückmarsch von der Diamantenhöhle erlebt hatten; dass wir keine Paradiesvögel, dafür aber höchst interessante Schädel von steinzeitlichen Eingeborenen mitgebracht hätten, die für die Wissenschaft und für das Godeffroy-Museum von großem Gewinn sein könnten.

Kolber hatte bereits wiederholt die Nase gerümpft und das Gesicht verzogen.

»Es stinkt ja bestialisch«, sagte er und ging zu dem Jutesack, in dem wir die Schädel transportiert hatten. Kolber warf einen Blick hinein und wandte sich angewidert ab.

»Wenn's der Wissenschaft dient«, knurrte er.

Wir sollten diese Fundstücke aber gefälligst in mehrere Schichten Ölpapier einwickeln, sonst würde der Gestank erst die Faktorei und später das Frachtschiff verpesten.

Den Mann mit den Glasmurmeln vom Raturu-See erwähnten wir nur beiläufig, denn Theobald Kolber unterbrach unsere Ausführungen. Ohne Übergang berichtete er von dem Blutbad in St. Paul. Stanislaus Gornik und ich waren entsetzt und fassungslos. Natürlich musste ich sofort an meinen Freund Werner Jungblut denken, der zur Zeit des furchtbaren Geschehens in St. Paul oder in der Umgebung gewesen sein muss. Kolber hatte nichts von seinem Schicksal gehört.

Zwei christliche Eingeborene von der an der Küste gelegenen Missionsstation Vunamarita, so erzählte Theobald Kolber, hätten unter Lebensgefahr und nach einem tagelangen Marsch über Berge und durch Urwälder die Hiobsbotschaft nach Herbertshöhe gebracht. Sie hätten ihm erzählt, dass es offenbar vor dem Massaker eine heftige Auseinandersetzung zwischen Pater Rascher und einem Eingeborenen gegeben habe, in die auch ein junger deutscher Arzt verwickelt gewesen sein soll. Dieser Streit sei wohl der berühmte Funke gewesen, der ein Pulverfass zur Explosion gebracht habe. Denn entgegen der offiziellen Version der Brüder vom Heiligsten Herzen Jesu hat es wohl schon länger erhebliche Konflikte zwischen den Missionaren von St. Paul und den Eingeborenen aus den Baininger-Bergen gegeben.

Kolber berichtete auch, Anna Scharnhorst habe einen Zusammenbruch erlitten, nachdem der Gouverneur gesagt hatte, es werde wohl keine überlebenden Weißen in St. Paul geben. Sie fürchte um ihren Freund Werner Jungblut. Meine Freundin Satulia kümmere sich im Hotel Fürst Bismarck um Anna und habe ihr etwas Hoffnung gemacht.

Bevor wir uns trennten, nahm mir Kolber noch ein Versprechen ab: Ich solle am nächsten Vormittag zum Hotel Fürst Bismarck fahren und mich um Anna Scharnhorst kümmern.

Trotz meiner Erschöpfung konnte ich natürlich in dieser Nacht kein Auge mehr schließen. Noch vor Tagesanbruch habe ich mich auf den kurzen Weg zum Hotel gemacht. Gegen sechs Uhr früh kam ich dort an. Der Haupteingang war noch verschlossen, und so ging ich um das große Haus herum und spazierte in den Park, in dem am Tag zuvor das große Fest zur Eröffnung des Tennisclubs stattgefunden hatte. Der Rasen schimmerte im ersten Tageslicht vor Feuchtigkeit, und von den Büschen und Bäumen tropfte Morgentau.

Anna Scharnhorst findet in dieser Nacht keine Ruhe, obwohl Satulia ihr ein Schlafmittel gegeben hat. Sie wirft sich auf ihrem Bett hin und her, steht auf und wandert in ihrem Zimmer im Dachgeschoss des Hotels Fürst Bismarck herum, das sie mit einigen persönlichen Gegenständen eingerichtet hat. Sie denkt an ihre erste Begegnung mit Tropenarzt Jungblut im Hospital von Herbertshöhe, an ihre gemeinsamen Tage in Queen Emmas Palmenhütte am paradiesischen Strand von Ralum. Doch immer wieder drängen sich schreckliche Bilder dazwischen. Bilder von erstochenen, erschlagenen, erschossenen Menschen. Szenen vom Blutbad in St. Paul. Und immer wieder hört sie die Worte des Gouverneurs: »Es gibt angeblich keine weißen Überlebenden mehr«. Anna spricht diesen Satz vor sich hin, langsam, mehrmals, jedes Wort einzeln. Und schließlich bleibt sie bei einem Wort hängen, ein Wort an das sie sich klammert und dass ihr schließlich Hoffnung gibt: das Wort »angeblich«.

Es gibt also noch keine Gewissheit – Werner könnte noch leben. Als Christin hat sie gelernt, an Wunder zu glauben. Und je länger sie sich an diesen Gedanken klammert, desto mehr wandelt er sich von einer Hoffnung zur Möglichkeit und schließlich zur festen Überzeugung: Werner lebt! Er hat das Massaker überlebt. Er ist wie durch ein Wunder mit dem Leben davongekommen und hat sich vor den Mördern in Sicherheit gebracht …

Mit diesem Gedanken fällt Anna gegen Morgen doch noch in einen unruhigen Halbschlaf.

49

Als es vor ihrem Zimmer hell wird, steht Anna Scharnhorst schweißgebadet auf. Sie blickt aus dem Fenster auf den Park hinunter. Der gestern so prächtig dekorierte Schauplatz des fröhlichen Festes sieht jetzt so trostlos aus wie ein abgetakelter Weihnachtsbaum nach den Feiertagen. Abgerissene Girlanden und

Lampions liegen auf der Tanzfläche. Tische und Stühle sind umgekippt. Schmutziges Geschirr steht herum. Offenbar haben nicht nur die Gäste, sondern auch alle Bediensteten in der Nacht zuvor fluchtartig das Hotel verlassen.

Zu Annas Erstaunen wandert bereits ein früher Spaziergänger durch den morgennassen Park. Ein Mann. Ein junger Mann. Ein junger Mann, den sie kennt. Einen hoffnungsvollen Moment lang glaubt sie, es sei Werner Jungblut.

Dann dreht sich der Spaziergänger um und kommt auf das Hotel zu. Jetzt erkennt Anna ihn. Der Mann hat blonde, ein wenig ins rötliche gehende Haare. Sie beugt sich zum Fenster hinaus und ruft seinen Namen. »Sebaastiaaan!«

Sebastian Kleine winkt zu ihr hoch.

Anna zieht sich rasch an und läuft die Treppe hinunter und den langen Flur entlang. Am Hoteleingang fallen sich die beiden Reisegefährten von der *Emily Godeffroy* in die Arme. Wie Bruder und Schwester, wie Geschwister, die sich lange nicht gesehen haben und die es gewohnt sind, Freud und Leid zu teilen. Er spürt, wie ein Zittern und Beben durch ihren Körper läuft.

»Es gibt Menschen, die im Leben Glück haben, und andere, die das Unglück anziehen«, flüstert Anna Scharnhorst an Kleines Schulter. »Ich bin so ein Unglücksmensch, von Kindheit an. Mein Vater ist nach meiner Geburt davongelaufen, und meine Mutter hat mir dafür zeitlebens die Schuld gegeben. Ich habe das behinderte Kind meiner Schwägerin mit auf die Welt gebracht. Als ich in die Südsee zu einem für mich ausgewählten Mann gereist bin, da ist daraus eine furchtbare Enttäuschung geworden. Und nun …, nun soll der Mann, den ich liebe, auf furchtbare Weise umgekommen sein …«

Sebastian Kleine wischt sich verstohlen über die Augen. Er streichelt Annas Haar. Allmählich beruhigt sie sich in seinen Armen.

»… aber ich fühle, dass Werner noch lebt. Ich spüre es … Ich bin sicher … Ich bin ganz sicher.«

Leise sagt eine weibliche Stimme hinter ihnen: »Wenn das so

ist, dann muss man nach ihm suchen. Vielleicht hat er sich versteckt, vielleicht ist er verwundet … Wenn er noch lebt, wird er Hilfe brauchen!«

Erstaunt lösen sich Anna Scharnhorst und Sebastian Kleine voneinander. Hinter ihnen steht Satulia. Die kleine Samoanerin breitet ihre Arme aus und zieht ihre Freundin und ihren Geliebten an sich. Kopf an Kopf, Körper an Körper stehen die drei eine Weile beieinander. Dann nimmt Sebastian Kleine Satulia in den Arm.

»Du hast recht«, sagt er. »Ich gehe nach St. Paul und suche unseren Freund Werner Jungblut!«

Tagebuch Sebastian Kleine, Montag, 15. August 1898
Es war ein spontaner Entschluss. Offen gesagt, war ich selber erschrocken, als ich meine Worte hörte. Ich bin kein Held und wollte womöglich gerade deshalb vor Anna und Satulia als tatkräftiger Mann erscheinen. Wenn ich Werner Jungblut finden wollte, tot oder noch lebend, dann musste ich so schnell wie möglich aufbrechen. Um keinen Preis der Welt würde ich mich Schmeiles Strafexpedition anschließen können und so tun, als ahnte ich noch nichts von seinen Machenschaften in der Diamantenhöhle.

Als ich nach meiner Rückkehr vom Hotel in die godeffroysche Faktorei auf das Meer blickte, hatte ich eine Idee, denn ich sah den kleinen Missionsdampfer Gabriel, *der wohl von einer der Inseln zurückkehrte und nun Kurs auf die Reede des benachbarten Missionsortes Vunapope nahm.*

Ich weihte Theobald Kolber in meinen Plan ein. Mit seiner Kutsche fuhr ich zu Bischof Couppè. Dem erklärte ich, es gebe neue Gerüchte, nach denen der von ihm nach St. Paul geschickte Tropenarzt Dr. Werner Jungblut und einige Ordensbrüder oder Missionsschwestern das Massaker von St. Paul überlebt hätten. Man müsse also Überlebende suchen und in Sicherheit bringen. Ich bat darum, mit zwei, drei bewaffneten Eingeborenen mit dem Missionsdampfer Gabriel *so schnell wie möglich nach Vuna-*

marita gebracht zu werden. Von dort aus wolle sich unser kleiner Suchtrupp nach St. Paul durchschlagen. Der Bischof zögerte: Man könne keine bewaffneten Männer auf einem Missionsdampfer transportieren. Doch zum Glück war der Schiffsführer der Gabriel, den ich ja nach unserem Aufenthalt am Strand von Ralum kennengelernt hatte, ganz anderer Ansicht.

»Aber gewiss, das machen wir«, sagte der vierschrötige Käpt'n Hannes mit dröhnender Baritonstimme. Er nehme die Verantwortung auf seine Kappe. Schließlich sei die Gabriel ja auch sein Dampfer, die Herz-Jesu-Brüder hätten ihn nur gechartert. Nun werde er das Schiff in einer Notsituation wieder für ein paar Tage im eigenen Auftrag fahren und während dieser Zeit selbstverständlich die Fahne der Herz-Jesu-Brüder einholen.

An mich gewandt sagte er, er würde es begrüßen, wenn sich die Firma Godeffroy im Schadensfall erkenntlich zeigen würde: »Ich habe Doktor Jungblut nach Vunamarita und zu den Bainingern gebracht, und nun werde ich diesen jungen Mann auch wieder abholen, tot oder lebendig …«

Theobald Kolber war mit einer eventuellen Schadensregelung für den Schiffseigner einverstanden. Als ich mich verabschiedete, drückte er mich an sich und sagte: »Pass gut auf dich auf, mein Junge!«

»Mein Junge« hat er gesagt – das hat mich sehr gefreut.

Noch am späten Vormittag dieses Tages sind wir an Bord des Dampfers Gabriel gegangen. Wir, das waren Takubar, Rebar und Towurbu, drei von Kolber ausgesuchte, zuverlässige Tolai-Männer, die in der Schutztruppe ausgebildet worden waren, unser Käpt'n Hannes, sein Bootsmann Hinrich und ich. Nachdem wir Fahrt aufgenommen hatten, hob Hinrich den Deckel einer großen, im Heck fest montierten Truhenbank. Darin lagen Gewehre, Revolver und stapelweise Schachteln mit Munition unter allerlei Ausrüstungsgegenständen.

»Das wird reichen«, sagte er, »damit können wir uns ganz gut gegen eine Horde von Kannibalen verteidigen.«

Zum ersten Mal überkam mich ein mulmiges Gefühl.

Das Meer war ruhig. Unser kleiner Dampfer lief mit Volldampf durch eine sanfte Dünung und immer in Sichtweite der Küste nach Vunamarita. Unser drei Tolai-Leute hockten sich schweigsam unter ein Sonnensegel.

Käpt'n Hannes stand breitbeinig am Ruder. Bootsmann Hinrich reinigte die Schusswaffen und ölte sie ein. Eine große Müdigkeit überfiel mich. Jetzt spürte ich die Strapazen der letzten Tage und der vergangenen schlaflosen Nächte.

»Ich hau' mich mal ein bisschen aufs Ohr«, sagte ich zu Käpt'n Hannes und machte es mir im Stauraum unter Deck auf einem Haufen alten Segelzeugs bequem, das wie eine Matratze einladend am Boden lag.

Das Rasseln der Ankerkette weckte mich scheinbar kurze Zeit später wieder auf.

»Vunamarita backbords in Sicht, Sir«, rief der Bootsmann zu mir herunter. Ich hatte mehr als fünf Stunden lang im Tiefschlaf gelegen.

Die letzten Strahlen der untergehenden Sonne fielen auf die Hütten und auf die Kirche von Vunamarita. Am Ufer und am Strand waren keine Menschen zu sehen, weder Schwarze noch Weiße. Über Nacht blieben wir an Bord. Bei Sonnenaufgang kletterten Käpt'n Hannes, die drei Tolai-Leute und ich mit Rucksäcken und Waffen bepackt in das Beiboot. Bootsmann Hinrich ließen wir als Wache zurück.

In Vunamarita sahen wir nur wenige Frauen und Kinder. Anders als sonst kamen sie nicht angelaufen und baten um Geschenke. Sie beobachten uns aus dem Halbschatten ihrer Hütten mit ausdruckslosen Gesichtern, als wir zügig nach St. Paul aufbrachen.

Und dieser seltsame Eindruck setzte sich während unseres Marsches nach St. Paul fort. Die Dörfer und die einzelnen Hütten waren verwaist, bis auf meist alte Frauen und kleine Kinder. Der Teil des Baininger-Gebietes zwischen der Küste und den hohen Bergen, auf die wir zuliefen, war ein Land ohne Männer geworden. Jedenfalls hatten sie sich unsichtbar gemacht.

»Die sind wohl alle auf dem Kriegspfad wie die Indianer im Wilden Westen. Wir sollten auf alles gefasst sein«, meinte mein Begleiter. Er schien äußerlich ruhig zu sein, doch seine Anspannung erkannte ich daran, dass er sein Gewehr ständig sicherte und entsicherte. Klick …, klick …, klick machte es immer wieder, während wir uns Schritt für Schritt St. Paul näherten, dem Tatort des Massakers.

Dieses metallische Klicken habe ich noch immer im Ohr.

»Ich wünsche dir,
dass du tanzt, als würde niemand zuschauen,
dass du singst, als würde niemand zuhören,
dass du lebst, als wäre dies das Paradies.«

Irischer Trinkspruch

VIERTER TEIL

50

Am dritten Tag nach dem Massaker von St. Paul geht es Tropenarzt Dr. Werner Jungblut besser. Das Gift an der Spitze des Speeres hat offensichtlich keine tödliche Wirkung. Auch die Gefahr einer Blutvergiftung scheint überstanden. Die lange, tiefe Wunde am Oberschenkel verkrustet allmählich. Er kann wieder auf beiden Beinen stehen und sich vorsichtig in seinem Versteck im Turm der Kirche bewegen. Und er ist mit Medikamenten und Lebensmitteln gut versorgt.

»Ich bin's. To Maria …!« –

Das hatte ihm der Anführer des Eingeborenenaufstandes durch die schießschartenartige Öffnung im Turm der Kirche von St. Paul zugeflüstert, einen halben Tag nachdem To Maria mit dem Mord an seinem christlichen Ziehvater das Signal für das große Blutbad gegeben hatte.

»Was willst du?«, hatte Jungblut nach dem ersten Schrecken gefragt.

»Ich will Ihnen helfen!«

»Wenn du in die Kirche eindringst, werde ich dich erschießen!«

To Marias Stimme war lauter und ungeduldiger geworden.

»Was brauchen Sie da drinnen? Lebensmittel und Medikamente?«

Zwei Stunden später brachte To Maria im Schutze der Nacht Schmerzmittel, Salben und Verbandszeug, Wasserbehälter und Konservendosen, die aus dem geplünderten Lazarett und aus den leer geräumten Vorratsschränken der ermordeten Missionare stammten.

Er habe alles vor die Kirchentür gestellt, rief er wieder durch eine der schmalen Öffnungen im Kirchturm. Doktor Jungblut könne sich den Proviant hereinholen, sobald er wieder verschwunden sei. Ob er sich das zutraue mit seinem verletzten Bein?

»Warum machst du das?«, hatte Jungblut gefragt.

»Weil Sie mir auch geholfen haben«, hat der Mann auf dem Dach geantwortet.

Sein Leben, das weiß Jungblut nun, verdankt er diesem Mörder, dem Mann, der Pater Matthäus Rascher so gnadenlos von hinten erschossen hat.

Was ist das für ein Mensch, dieser Eingeborene, aus dem sie einen mustergültigen Christen machen wollten? Warum hat sich Paulus wieder in To Maria und nun in Rekimek zurückverwandelt, denn das sei sein wahrer Name. Rekimek – so hätten ihn Mutter und Vater nach seiner Geburt in einem abgelegenen Dorf oben in den Baininger-Bergen genannt, und das bedeute »Der Krieger aus dem Wald«.

»Sie haben mir geholfen, als Pater Rascher mich geprügelt hat, und jetzt helfe ich Ihnen. Wir sind jetzt unentschieden …«

Bevor sich die Schritte wieder über das Blechdach der Kirche entfernten, hat To Maria ihm noch eine rostige Pistole und drei Patronen durch die Schießscharte zugesteckt. Nun hat Jungblut für alle Fälle sogar zwei Schusswaffen.

Es könne sein, dass er sich verteidigen müsse, hatte ihm To Maria gesagt – es seien noch immer gefährliche Leute unterwegs. Er selber werde St. Paul jetzt verlassen. Er könne ihn nicht mehr schützen. Deshalb solle Doktor Jungblut am besten so lange in seinem Versteck in der Kirche bleiben, bis die Deutschen kämen, denn ganz bestimmt werde der Gouverneur eine große Strafexpedition nach St. Paul schicken.

»Jetzt sind wir unentschieden, Doktor.«

Jungblut wird diese Worte nicht vergessen. Danach verschwindet der Anführer des Massakers von St. Paul aus seinem Blickfeld – der junge Mann, der schon so schön Harmonium spielen konnte. Wenig später huscht ein schneller Schatten über den nachtdunklen Kirchplatz und verschwindet im Dschungel.

Zwei Tage, zwei Nächte und 19 Stunden ist das her, wie Jungbluts Taschenuhr am Nachmittag des 16. August anzeigt. Eine stickige Hitze brütet im Turmdach der Kirche und nimmt ihm die Luft zum Atmen. Der Wasservorrat wird morgen zu Ende sein. Unter ihm im Dorf liegen die Leichen der Missionare und Missionsschwestern. Er kann sie nicht sehen, aber riechen. Ein süßlicher Verwesungsgeruch steigt aus dem totenstillen Ort in den Kirchturm herauf. Endlich sinkt die glühende Sonne. Bald wird es dunkel sein. Heute wird die Strafexpedition nicht mehr kommen. Jungblut schiebt die Patronen in das Magazin der Luger Parabellum, die ihm To Maria dagelassen hat.

Wie an den Abenden zuvor taucht draußen ein Rudel halbwilder Hunde auf und stöbert nach Essbarem. Raben kreisen über dem Kirchplatz. Plünderer scheinen nicht mehr zu kommen. Es ist nichts mehr zu holen in St. Paul. Doch von seinem Versteck aus erblickt Jungblut sechs, sieben kriegerisch bemalte Eingeborene, die geduckt hinter einem dichten Gehölz zwischen dem Sägewerk und dem Kirchplatz in Deckung gehen. Sie sind mit Speeren und Lanzen bewaffnet. Offenbar lauern die Jäger auf eine Beute.

Ein paar Minuten später sieht Jungblut zwei weiße Männer. Beide haben Gewehre umgehängt. Einer trägt einen Tropenhelm. Der andere hat sich ein Tuch als Sonnenschutz um den Kopf gebunden. Einer ist kräftig und groß, der andere schmal und einen halben Kopf kleiner. Die beiden kommen alleine den sandigen Hauptweg herauf, der von Vunamarita nach St. Paul führt. Wahrscheinlich haben sie an der Küste keine Träger mehr gefunden, die sie in das Kannibalengebiet von St. Paul begleiten wollten. Sie laufen direkt auf den Hinterhalt zu. Noch fünfzig Meter, dann werden sie das Gebüsch am Wegrand erreicht haben, hinter dem sich die eingeborenen Krieger ducken.

Jungblut überlegt, ob er mit seiner Pistole einen Warnschuss abfeuern soll. Doch er hat eine bessere Idee. Er löst das Glockenseil, das an einem dicken Dachsparren festgemacht ist, und zieht mit aller Kraft daran. Zweimal, dreimal, immer wieder. Hoch über seinem Kopf in der Kirchturmspitze ertönen die Glocken. Die Öffnung der größten misst einen Meter im Durchmesser, die kleinste ist nur halb so groß. Das Geläut, so hatte ihm Pater Rascher erzählt, sei das Geschenk einer Glockengießerei aus dem Siegerland.

Jetzt retten die weit über das Land klingenden Kirchturmglocken von St. Paul zwei Menschenleben. Jedenfalls sieht Jungblut, wie die kriegerischen Kannibalen mit wurfbereiten Speeren in den Händen erst wie angewurzelt zur Kirche hinüberstarren, bevor sie mit riesigen Schritten und weiten Sprüngen aus ihrem Hinterhalt in den Dschungel flüchten. Die beiden Neuankömmlinge haben offenbar nichts davon bemerkt. Sie bleiben stehen und reden miteinander. Einer zeigt mit ausgestrecktem Arm zur Kirche. Der andere deutet plötzlich auf einen Haufen von Sägespänen von der Größe und Form einer Rundhütte.

Käpt'n Johannes Andresen und Sebastian Kleine stehen zwischen dem Dampfsägewerk und den ersten Wellblechhütten von St. Paul.

»Was ist denn das? Weit und breit ist kein Mensch zu sehen und plötzlich läuten die Kirchenglocken?«

Käpt'n Hannes zieht das an allen vier Ecken geknotete Tuch vom Kopf und wischt sich damit durch das schweißnasse Gesicht. Ungläubig schüttelt er seinen mächtigen norddeutschen Seemannsschädel.

Sebastian Kleine greift nach dem Fernglas in seiner Tasche. Sein Blick fällt dabei auf den Haufen mit Sägespänen. Da bewegt sich etwas. Eine Ratte? Eine Schlange?

Aber was ist das? Kleines Verstand glaubt nicht, was seine Augen sehen: Eine Faust taucht aus den Sägespänen auf. Eine blutige, menschliche Faust. Die Finger der Faust öffnen und schließen sich. Durch die kleine Bewegung rutschen Sägespäne wie eine kleine Lawine nach. Die Hand wird verschüttet.

»Da …! Da war … Da war eben eine blutige Hand.«

Kleines Stimme klingt schrill, beinahe hysterisch.

Käpt'n Hannes sieht ihn an, als habe er den Verstand verloren. Dann klopft er Kleine beruhigend auf die Schulter: »Gaaanz ruhig, so etwas kann passieren, dass man auch noch mit Tropenhelm einen Sonnenstich bekommt und Dinge sieht, die es gar nicht gibt.«

Aber dann sieht er es selbst: Die Hand taucht zum zweiten Mal auf. Eine Männerhand. Die behaarte, dreckige, blutverschmierte Hand eines weißen Mannes. Ein Arm mit zerrissenem Ärmel und eine Schulter schieben sich hinterher. Und dann ein blutverkrusteter Kopf mit spärlichen Haaren voller Sägespäne. Es sieht aus, als ob sich ein urzeitliches Zwitterwesen, halb Mensch, halb Riesenschildkröte, ins Freie buddelt.

Käpt'n Hannes und Sebastian Kleine lösen sich aus ihrer Erstarrung. Sie legen ihre Gewehre ab und ziehen einen offenbar schwer verletzten Mann vorsichtig aus den Sägespänen. Der stöhnt und hustet und spuckt Blut und Holzstückchen. In seinem Rücken entdecken sie unter einem dreckigen Hemd eine tiefe, klaffende Wunde – und zwei weitere in der Hüfte und in der Seite, in Höhe der Nieren. Vermutlich ist er von Speeren oder Lanzen getroffen worden. Für Pfeile sind die Verletzungen zu groß.

Merkwürdig, der Mann trägt noch eine Umhängetasche aus grünem Zeltstoff. Der Inhalt der Tasche ist schwer. Es fühlt sich an, als ob dicke Bücher darin sind.

Käpt'n Hannes schüttet ihm Wasser aus seiner Feldflasche ins Gesicht und gibt ihm dann zu trinken. Der Mann saugt gierig am Flaschenhals. Er versucht zu sprechen, aber es kommt nur ein Krächzen aus seinem Mund. Mühsam öffnet er die Augen. Sein Blick zweifelt, ob er noch am Leben ist oder schon in einer anderen Welt.

Auch in Sebastian Kleines Gesicht spiegelt sich ungläubiges Staunen. Der rötliche Haarkranz, die Narbe an der Stirn, die auffallende Zahnlücke – vor ihm liegt Heinrich Althoff, der Missionar aus Malaguna, der Anna Scharnhorst bis ins Hospital von

Herbertshöhe verfolgt und dort mit einer Pistole um sich geschossen hat. Was hat dieser protestantisch-lutherische Gottesmann im erzkatholischen St. Paul zu suchen?

»Der macht es nicht mehr lange«, sagt Käpt'n Johannes Andresen sachlich. »Komm, fass mal mit an.«

Die Kirchturmglocken beginnen wieder zu läuten.

Sie legen den Schwerverletzten auf ein breites Brett aus dem Sägewerk und binden ihn darauf fest. Dabei umklammert er mit einer Hand die Zeltstofftasche. Sie schleppen ihn vorsichtig an ausgeplünderten Wellblechhütten vorbei und weiter über den menschenleeren Dorfplatz. Die Glocken von St. Paul verstummen. Als sie die große Holzpforte der Kirche erreichen, wird von innen ein schwerer Riegel zur Seite geschoben. Quietschend öffnet sich die Tür des Gotteshauses. Zusammengekrümmt und humpelnd kommt ihnen eine Gestalt ein paar Schritte entgegen.

Zum zweiten Mal traut Sebastian Kleine seinen Augen nicht. Er weiß nicht, ob er lachen oder weinen soll. Und als er den tot geglaubten Freund in seine Arme schließt, sagt er unter Tränen. »Werner ...!? Was machst du hier ...?«

»Es war wohl die dümmste aller Fragen, die man in dieser Situation stellen kann, und nachher war mir das sehr peinlich«, schreibt Sebastian Kleine später in sein Tagebuch, *»Werner Jungblut und Käpt'n Johannes Andresen haben schon in der ersten Wiedersehensfreude darüber gelacht.« Ich habe dann Wasser geholt, und wir drei stärkten uns gierig mit den mitgebrachten Lebensmitteln.*

Werner hat Althoff gewaschen und seine Wunden mit Jodsalbe desinfiziert. Schließlich gab er ihm eine schmerzstillende Spritze. Althoff schien in eine Art Wachkoma zu fallen. Mal öffnete er seine Augen, dann sank er wieder in einen unruhigen Halbschlaf.

»Hast du Anna noch in Herbertshöhe getroffen?«, fragt Jungblut seinen Freund Sebastian Kleine.

»Ja. Sie hat um dich geweint –, aber sie hat die Hoffnung nie aufgegeben, dass du noch lebst. Sie hat mich gebeten, nach dir zu suchen. Ohne sie wären Käpt'n Hannes und ich nicht hier.«

Vor Einbruch der Dunkelheit richten sich die Männer in der Kirche ein.

»Bis die Polizeisoldaten der Schutztruppe eintreffen, müssen wir mit Überfällen der Eingeborenen rechnen«, sagt Jungblut. »In St. Paul streunen noch immer Kannibalen herum.« Er erzählt den beiden, dass sie beinahe in einen Hinterhalt geraten wären.

Sie verriegeln und verbarrikadieren die große Tür. Die Fenster liegen hoch und sind zu klein – dadurch könnte kein Mensch eindringen. Immerhin haben sie zur Verteidigung ein kleines Waffenarsenal: zwei Gewehre und drei Pistolen. Jeweils einer von ihnen soll von dem Raum oben im Kirchturm aus die Umgebung im Auge behalten. Johannes Andresen will als Erster die Wache übernehmen. Er legt ein Fernglas und ein Mausergewehr in einer der schmalen Schießscharten bereit.

»Wir können Althoff nicht auf dem nackten Boden liegen lassen«, sagt Jungblut.

In einem Abstellraum hinter dem Altar finden sie Matten aus Palmstroh und lange Sitzkissen. Die sollten wohl auf die harten Kirchenbänke gelegt werden, für die Ehrengäste während der Einweihungsfeier und des Eröffnungs-Gottesdienstes. Aus diesen Unterlagen bauen sie auf dem zwei Stufen hohen Podest direkt vor dem Altar ein Krankenlager. Vorsichtig heben sie den schwer verletzten Heinrich Althoff darauf.

Auf dem festgestampften Sandboden der Kirche macht Käpt'n Hannes ein Feuer und kocht in einer Zinkschüssel Tarokartoffeln, die er im Kirchgarten neben dem kleinen Friedhof hinter der Kirche ausgebuddelt hat. Und aus seinem Rucksack zaubert er Dosen mit irischem Corned Beef aus dem Lebensmittelvorrat des Dampfers *Gabriel* hervor. Beim Essen erzählt Werner Jungblut den beiden anderen von dem Massaker in St. Paul.

Käpt'n Hannes zündet eine dicke Altarkerze an, die er ebenfalls im Abstellraum entdeckt hat.

Auf seinem Lager grunzt und stöhnt Heinrich Althoff. Immer

wieder tastet seine rechte Hand nach der Tasche, die neben ihm auf dem Boden steht.

Käpt'n Hannes rollt ein Sitzkissen zusammen und schiebt es ihm unter den Kopf. Althoff trinkt aus der Feldflasche und kaut mühsam eine Tarokartoffel.

Dabei starrt Althoff mit weit geöffneten Pupillen an die dunkle Decke der Kirche. Er versucht vergeblich, den Kopf zu der Seite zu drehen, wo die drei Männer am verglimmenden Feuer auf zwei Kirchenbänken sitzen.

»Sind Sie der Arzt?«, fragt er, als Jungblut vor ihm eine weitere schmerzstillende Spritze aufzieht, die auch in der von To Maria herbeigeschafften Medizinkiste gewesen ist.

»Ja, ich bin Tropenarzt«, sagt Jungblut und fragt, was ihm zugestoßen sei.

»Der Arzt, der meinen Freund Gundolf behandelt hat?«

»Haben Sie mich bei ihm beobachtet?«

»Ja.«

»Waren Sie nachts auch in meiner Hütte hier in St. Paul?«

»Ja.«

»Was wollten Sie da?« Althoff schweigt.

»Werde ich sterben, Doktor?«

Jungblut antwortet nicht. Stattdessen fragt er Althoff, was ihm passiert sei?

Langsam, erst stockend, dann immer sicherer beginnt der Missionar zu erzählen. Es stellt sich heraus: Beim ersten Angriff der Eingeborenen auf St. Paul wollte er in den Dschungel flüchten und ist direkt in einen Hagel von Speeren und Pfeilen gerannt. Er wurde getroffen und ist gestürzt.

»Die Kannibalen haben mich für tot gehalten. Aber ich habe mich noch in das Sägewerk schleppen können.«

Wie er denn in den Haufen Sägespäne gekommen sei?, fragt Sebastian Kleine.

»Sägespäne ...?« sagt Althoff gedehnt, offenbar kann er sich nicht daran erinnern. Sein Kopf sinkt kraftlos auf die Seite.

»Die Blutungen aus seinen Wunden sind einigermaßen gestillt, aber er wird auch innere Verletzungen haben«, sagt Jungblut, nachdem er Althoff noch einmal untersucht hat. »Vielleicht hält er noch ein paar Stunden durch, möglicherweise überlebt er auch noch die Nacht.«

Nach einer Stunde räuspert Heinrich Althoff sich und öffnet die Augen. Er trinkt wieder und kaut eine Tarokartoffel. Wie durch ein Wunder scheint es dem tödlich verletzten Mann besserzugehen. Mit der Hilfe von Jungblut und Käpt'n Hannes richtet er sich sogar halb auf. So könne er die Schmerzen besser ertragen, sagt er und drückt seine Unterarme gegen den Bauch.

Ein seltsamer Anblick, denkt Sebastian Kleine, wie der sterbende Mann da sitzt: den gekrümmten Rücken gegen den Altar gelehnt, vor dem ein weißes Tuch mit goldenem Kreuz und schwarzem Palmenzweig herunterhängt. Verschmierte Blutflecken zeichnen sich nun auf dem Altartuch ab. Vom Altar flackert Kerzenschein über Althoffs Gesicht.

Er hat seine Augen geschlossen und stöhnt und schnarcht ab und zu asthmatisch. Noch immer hält er den Schulterriemen seiner Umhängetasche in der schlaffen Hand. Sebastian Kleine und Werner Jungblut hocken nebeneinander. Immer wieder fallen ihnen auch die Augen zu. Über ihren Köpfen knarren die Dielenbretter des Versteckraumes im Kirchturm. Käpt'n Hannes hat dort oben seine nächtliche Wache angetreten. Von draußen ist der Ruf eines Nachtvogels zu hören. Er bleibt ohne Antwort. War es wirklich nur ein Vogel?

Durch eines der offenen Kirchenfenster flattern Fledermäuse ein und aus. Das flackernde Kerzenlicht wirft Schatten übergroß gegen die Wände.

51

»Ich wollte Sie erschießen ...!

Hat er diesen Satz geträumt? Oder spricht da jemand? Es dauert einen Moment, bis Werner Jungblut weiß, wo sein Traum aufgehört hat und wo die Wirklichkeit beginnt.

Die Kerze auf dem Altar brennt noch. Er hat sich auf einer Palmstrohmatte zusammengekrümmt. Die Unebenheiten des hartgestampften Sandbodens in der Kirche von St. Paul drücken gegen seinen Körper. Die Wunde an seinem Oberschenkel schmerzt wohl deswegen wieder, obwohl sie erstaunlich schnell heilt. Neben ihm rührt sich Sebastian Kleine im Halbschlaf. Durch die hoch gelegenen kleinen Kirchenfenster ist das violette Dunkelblau des frühen Morgenhimmels zu sehen. Es muss zwischen fünf und sechs Uhr sein.

Jungblut richtet sich auf. Alle Muskeln und Knochen tun ihm weh. Da ist die Stimme wieder.

»Ja, ich wollte Sie erschießen, Doktor Jungblut ...!«

Jungblut traut seinen Augen nicht: Drei Meter vor ihm sitzt Heinrich Althoff nun ganz aufgerichtet am Altar und führt aus eigener Kraft die Trinkwasserflasche an den Mund, die Käpt'n Hannes ihm dagelassen hatte. Althoff schluckt zwei-, dreimal und stellt die Flasche wieder neben sein Lager.

Der Mann, der eigentlich schon tot sein müsste, macht einen erstaunlich lebendigen Eindruck. Er rülpst und räuspert sich, dann sagt er:

»Ich habe nachts mit der Pistole in der Hand in der offenen Tür Ihrer Hütte gestanden. Sie haben am Tisch gesessen und mir den Rücken zugewandt. Ich hätte nur noch abdrücken müssen ...«

Jungblut steht auf, macht zwei, drei Kniebeugen gegen seine Verspannung, aber auch, um seine Überraschung über die unerwartete Wiederbelebung des Mannes zu überspielen. Dann setzt er sich neben ihn auf die Stufen des Altar-Podests.

»Warum wollten Sie mich erschießen, Althoff?«

»Weil Sie mir Anna weggenommen haben. Sie war für mich bestimmt. Ich habe sie nach Neuguinea kommen lassen.«

Jungblut überlegt, ob er eine heftige Antwort geben soll, aber dann geht er nicht darauf ein.

»Und warum haben Sie nicht geschossen?«

»Weil ich noch nicht genug Schnaps intus hatte ..., aber auch, weil Sie sich so um meinen katholischen Freund gekümmert haben, um Bruder Gundolf. Wir haben uns aus Deutsch-Südwest gekannt.«

»Wie fühlen Sie sich heute?«, fragt Jungblut, um das Thema zu wechseln.

»So gut wie seit Tagen nicht mehr.« Althoffs Grinsen verrutscht zu einer schmerzhaften Grimasse.

Nach einer Pause deutet er auf Sebastian Kleine.

»Und Ihr Freund da, ist das nicht der Naturforscher von Godeffroy & Sohn? Der hat meine Anna zusammen mit einem Polen aus Malaguna entführt. – Und jetzt habt ihr mir also das Leben gerettet, für eine Weile jedenfalls ... Ich fühle, dass ich bald sterben muss.«

Jetzt wird auch Sebastian Kleine wach. Er reibt sich die Augen und sieht erstaunt, wie vertraut Althoff und Jungblut miteinander reden.

Oben, in der Luke zum Turmraum, erscheint das vollbärtige Gesicht von Käpt'n Hannes. Seine Stimme dröhnt herunter. »Es scheint ja allen da unten gutzugehen. Falls ihr Feuer machen wollt: In meinem Rücksack ist Tee! Ich bleibe lieber die ganze Nacht über hier oben in Stellung. Die Kanaker haben die unangenehme Angewohnheit, immer dann anzugreifen, wenn man nicht damit rechnet.«

»Wer war das?«, fragt Althoff und deutet nach oben.

»Kapitän Johannes Andresen, der Schiffsführer vom Missionsdampfer *Gabriel*. Er gehört zu den Brüdern vom Heiligsten Herzen Jesu.«

Althoff nickt. »Gute Leute, aber leider erzkatholisch.« Er versucht ein Lächeln.

Sie essen Zwieback mit Konservenfleisch und trinken bitteren Tee. Auch Althoff nippt an dem heißen Getränk.

Der Mann sieht erbärmlich aus. Das spärliche Haar ist verfilzt und immer noch voller Sägespäne. Seine Augen liegen in dunklen Höhlen, seine Wangen sind eingefallen, die Lippen schmal wie verzitterte Linien. Das wächserne Stoppelbartgesicht gleicht einem Totenkopf, einem sprechenden Totenkopf. Der Mann, den sie zuletzt im Hospital von Herbertshöhe als wütenden, um sich schießenden, trunksüchtigen Besessenen erlebt haben, wirkt mitleiderregend. Jedenfalls versucht er, Haltung zu bewahren, dieser sterbende Mann Gottes. Jungblut gibt ihm noch einen Becher mit Tee.

»Danke Doktor«, sagt Althoff.

Warum nur lässt er diese alte Tasche aus Zeltstoff nicht aus den Augen und aus den Händen?

»Habt ihr etwas zu schreiben?« Althoff wechselt zum vertraulichen »Du«. Und als sie ihn fragend ansehen, sagt er: »Ich möchte mein Testament machen. Oder eine Lebensbeichte ablegen, wie ihr wollt – aber es dürfte euch so oder so interessieren, was ich zu sagen habe.«

Natürlich könne er nicht mehr selber schreiben, also wäre es gut, wenn jemand Protokoll führen würde während seiner Aussage. Es könne etwas länger dauern. »Ich hoffe, dass ich diese Sache noch zu Ende bringen kann und noch Kraft haben werde, das Testament zu unterschreiben. Denn vielleicht wird man es schon bald als Beweismaterial brauchen …«

Jungblut, Kleine und Käpt'n Hannes lassen ihre Trinkbecher sinken.

Heinrich Althoff sieht Sebastian Kleine an und redet, jeden Satz betonend, weiter.

»Was ich zu sagen habe, wird besonders dich interessieren. Es kann die Firma Godeffroy & Sohn vor einer Blamage und vor großen Verlusten bewahren … Insbesondere der Generalbevollmächtigte Kolber dürfte mir noch nach meinem Ableben dankbar sein …«

In der Abstellkammer hinter dem Altar findet Sebastian Kleine Bleistifte und ein halbes Dutzend von Kindern bemalte Zeichenblätter, die noch auf der Rückseite zu beschreiben sind. Auf diesen Blättern fasst er die Geschichte von Heinrich Althoff, dem Bergmannssohn, der es zum Missionar der Rheinischen Missionsgesellschaft in Südwestafrika und in Deutsch-Neuguinea gebracht hatte, zusammen. Der Erzähler verstrickt sich in Einzelheiten, bringt Sätze und Gedanken nicht zu Ende und hält immer wieder erschöpft inne. Nicht selten verirrt er sich auf den verschlungenen Pfaden seiner Erinnerungen, dann muss er durch vorsichtige Fragen und passende Stichworte wieder auf den richtigen Weg geführt werden.

Manchmal scheint Heinrich Althoff zu weinen. Dann presst er die Lippen aufeinander, seine Schultern zucken, sein Oberkörper bebt, aber es kommen keine Tränen.

52

Der Missionar Heinrich Althoff und der Polizeikommandant Gustav Schmeile, so beginnt die Aufzeichnung, haben sich vor fünf Jahren und sieben Monaten unter dramatischen Umständen kennengelernt:

Althoff liegt nach einem Unfall, bei dem sein Pferd plötzlich gescheut hatte, mit gebrochenem Bein eingeklemmt unter seinem umgestürzten Missionarskarren, am Fuß einer gewaltigen Wanderdüne am Rande des Diamantensperrgebietes von Deutsch-Südwestafrika.

Von der nahen Atlantikküste treibt ein Sturm nadelscharfen Sand über die Namibwüste. Aus eigener Kraft kann Althoff sich nicht befreien. Bald wird er ersticken. Da kämpft sich ein Ochsenwagen mit zwei kräftigen Zugtieren über den vom Winde zugewehten Pfad, der zum nahen Küstenort Lüderitzbucht führt. Auf dem Kutschbock sitzen zwei Sicherheitsleute der Namib-

Diamantengesellschaft. Hinter ihnen hocken fünf in Ketten gelegte Hottentotten, die Diamanten gestohlen haben sollen.

Die beiden Sicherheitsleute befreien Althoff aus seiner verzweifelten Lage und bringen ihn ins Hospital nach Lüderitzbucht. Althoff freundet sich mit dem Älteren seiner beiden Retter an. Der nennt seinen Namen: Gustav Schmeile.

Der Missionar, ein früherer Bergwerks-Zimmermann, und der Sicherheitsbeauftragte Schmeile, ein, wie er selber erklärt, aus der preußischen Armee entlassener Offizier, kommen schnell dahinter, dass sie gleiche Neigungen haben, die Althoff so zusammenfasst: »Hottentottenweiber und Schnaps«. Und nach anfänglicher Zurückhaltung sprechen sie über ein weiteres gemeinsames Interesse …

Der Wandermissionar Althoff lässt sich bei seinen Reisen zu den weit verstreut liegenden Eingeborenensiedlungen am Rande der Namibwüste von Hereros, Namas und Ovambos im Tausch gegen Glasperlen und bunte Stoffe gerne unscheinbar aussehende, grauweiße Steinchen geben. Diamanten! Die finden die Eingeborenen nach heftigen Stürmen direkt auf der Oberfläche des Wüstensandes. Auch nachdem die deutsche Kolonialbehörde den gesamten Südteil der Namibwüste, ein Gebiet von der Größe Norddeutschlands, zum Diamantensperrbezirk erklärt hat, darf sich der Gottesmann noch eine Zeit lang frei darin bewegen.

Eines Tages, nach etlichen Gläsern Bier und Schnaps, bittet Schmeile in einer Bretterbuden-Kaschemme von Lüderitzbucht seinen neuen Freund Althoff, ihm doch mal seine Diamanten zu zeigen. Und als der das tatsächlich tut, beschlagnahmt er die insgesamt 24 Steine von unterschiedlicher Karatstärke – in seiner Eigenschaft als Sicherheitsbeauftragter der Diamantengesellschaft, wie er erklärt. Doch immerhin: Weil man nun ja befreundet sei, werde er von einer Verhaftung und einer Strafanzeige absehen. Großzügig gibt Schmeile dem Missionar die eine Hälfte der Rohdiamanten zurück – die anderen zwölf steckt er in die eigene Tasche.

Althoff findet bald heraus, dass sein Lebensretter und Trinkkumpan gern »fifty-fifty« macht. Wenn er Diamantendiebe erwischt, egal ob Weiße oder Schwarze, liefert Schmeile jeweils nur die Hälfte der konfiszierten Beute bei der Diamantengesellschaft ab. Der Rest dient der Aufstockung seines spärlichen Lohnes, wie er erklärt.

Nach zwei Jahren hat Schmeile auf diese Weise eine Schnapsflasche voller Rohdiamanten zusammen. Die versteckt er in einem Zwischenlager, in einer nassen Tropfsteinhöhle an der Atlantikküste in der Nähe der Siedlung Bundfeldschuh. Eines Tages, so erzählt er seinem Freund Althoff, werde er seinen Schatz im Wert von mehreren zehntausend Mark aus dem Sperrgebiet und aus ganz Deutsch-Südwest herausschmuggeln.

Der kriminelle Sicherheitsbeauftragte wird jedoch vorher von einem ehrlichen Kollegen auf frischer Tat ertappt. Schmeile schlägt ein Geschäft vor: Sein Arbeitgeber verzichtet auf eine Strafanzeige – und er liefert dafür einen Tabaksbeutel mit konfiszierten Rohdiamanten ab. Von der versteckten Flasche voller Rohdiamanten sagt er nichts.

Bevor er die Namibwüste und Südwestafrika verlassen muss, bittet Schmeile Heinrich Althoff um einen Gefallen. Der Wanderprediger soll die Diamanten bei Gelegenheit aus der Tropfsteinhöhle holen und um die halbe Welt nach Deutsch-Neuguinea schmuggeln, denn er wolle nun in der deutschen Südseekolonie sein Glück versuchen. Als Althoff zögert, erinnert ihn der Diamantendieb daran, dass er ihm das Leben zu verdanken hat. Und außerdem verspricht er großzügigen Lohn: ein Drittel des Flascheninhaltes.

Vor drei Jahren ist der Missionar Althoff mit den geschmuggelten Diamanten dann in Deutsch-Neuguinea angekommen. Nach der Übergabe erhält er tatsächlich den versprochenen Anteil an der Beute.

An dieser Stelle seiner Aussage muss Heinrich Althoff eine längere Pause einlegen. Er fühlt sich zu schwach. Werner Jungblut untersucht ihn erneut. Althoffs Puls ist kaum noch zu fühlen. Kleine macht zur Aufmunterung wieder starken Tee. Er drängt auf den Fortgang der Aussage, damit er endlich auch zu dem von Polizeikommandant Gustav Schmeile geplanten Großbetrug zu sprechen kommt.

Und tatsächlich erzählt Althoff schließlich weiter: Schmeile habe ihn bei mehreren Treffen in Malaguna und in Herbertshöhe in seinen großen Coup eingeweiht. Einmal habe Schmeile einen australischen Geschäftspartner mitgebracht. An den Namen erinnere er sich nicht. Als Sebastian Kleine fragt, ob dieser Mann möglicherweise »Shepard« heiße, sagt Althoff: Ja, das sei gut möglich.

Nach einem guten Essen mit gebratenem Fisch hätten sie australischen Wein getrunken, weil Althoffs Schnaps- und Biervorräte ausgegangen wären. Da habe Schmeile mit schwerer Zunge so in etwa gesagt: Er, Althoff, glaube als frommer Mann und Missionar doch sicher an Wunder – und in der Bibel sei doch zu lesen, wie Jesus aus Wasser Wein und aus ein paar kümmerlichen Fischen einen ganzen Fischschwarm gemacht habe …

Schmeile habe gelacht und sich auf die Schenkel gehauen. Solche Tricks kenne er auch. Er könne sogar aus einer Handvoll Rohdiamanten eine ganze Diamantenmine machen …!

Am diesem Abend, so fährt Heinrich Althoff bei seiner Beichte in der Kirche von St. Paul fort, habe Schmeile ihn dann mit Hinweis auf ihre Freundschaft und ihre gemeinsame Vergangenheit in seinen Plan eingeweiht: Australische Goldsucher hätten im unwegsamen Inneren der Gazelle-Halbinsel ihre Claims abgesteckt und von mehreren Eingeborenen-Häuptlingen ein großes, zusammenhängendes Stück Land in einer vulkanreichen Gegend gegen allerlei billige Tauschwaren eingehandelt. Monate später erfährt Schmeile: Die Australier haben kein Gold gefunden. Ein gewisser Mister Shepard wolle deshalb das Land wieder billig verkaufen.

Da hat Schmeile eine Idee: Er erinnert sich an einen Fall in Südafrika, von dem er als Sicherheitsexperte der Namib-Diamantengesellschaft erfahren hatte. Den Tätern war bei Spekulationsgeschäften mit einer angeblichen Diamantenmine eine sagenhafte Beute von umgerechnet über eine Million Mark in die Hände gefallen. Die Sache sei nie in der Öffentlichkeit bekannt geworden.

Genau nach diesem Plan geht Schmeile nun vor. Er tut sich mit dem Australier James Shepard zusammen. Sie lassen in der europäischen Kolonialwirtschaft eine vertrauliche Nachricht verbreiten. Auf der Insel Neupommern in Deutsch-Neuguinea sei in der Nähe erloschener Vulkane ein Diamantenvorkommen von noch unvorstellbarem Ausmaß entdeckt worden. Und – diese Mine stünde zum Verkauf.

Australische und englische Banken sollen Kaufinteressenten finden. Eines dieser Geldinstitute ist die angesehene London-Liverpooler Barings Bank. Mehrere internationale Wirtschaftskonzerne zeigen daraufhin Interesse, vor allem das Hamburger Handelshaus Johan Cesar Godeffroy & Sohn.

Und dann, so erzählt Althoff, hätten Gustav Schmeile und James Shepard vom Ufer der Blanchebai aus beobachtet, dass Godeffroys Generalbevollmächtigter Theobald Kolber und ein junger Mitarbeiter mit dem Frachtsegler *Emily Godeffroy* in Herbertshöhe angekommen sind – wie zwei Fallensteller, die auf ihre Beute gewartet hätten.

»Der junge Mitarbeiter bin ich gewesen«, sagt Sebastian Kleine.

Althoff versucht ein Lächeln. »Ich weiß.«

Und dann hätten die beiden Betrüger ihre Opfer ja in die vorbereitete Falle gelockt: in die Höhle hinter dem Wasserfall. Dort seien bereits die Köder ausgelegt worden: Schmeiles Rohdiamanten aus der Namibwüste! Man habe diese Diamanten nach einem sorgfältig ausgetüftelten System an unterschiedlichen Stellen im Flusssand der Höhle verbuddelt. Fast unsichtbare Markierungen stellten sicher, dass die wertvollen Steine vor den Augen der Kaufinteressenten wiedergefunden werden konnten.

Sebastian Kleine schlägt die Hände vor sein übermüdetes Gesicht.

»Mein Gott, wie konnten wir nur darauf hereinfallen?«

Sebastian Kleine berichtet an dieser Stelle seinem Freund Werner Jungblut ausführlich, was er und Theobald Kolber in der unterirdischen Höhle hinter dem Wasserfall erlebt hatten. Er erzählt auch von dem Tolai-Mann Podoro, den Schmeile und seine Leute wegen angeblichen Diebstahls aus der Höhle gejagt hatten und den er dann zusammen mit Stanislaus Gornik später in dem Dorf am See wiedergesehen hatte.

»Dieser Podoro hat also Glasmurmeln gepflanzt und auf reiche Ernte gehofft – genauso wie er es offenbar in der unterirdischen Höhle bei Schmeile und seinen Leuten beobachtet hat …!«

Heinrich Althoff fährt fort:

»Wie Sie wissen, hat Schmeiles Plan tatsächlich funktioniert. Bisher jedenfalls. Ihr Herr Kolber war von seinem Besuch in der angeblichen Diamantenmine überaus angetan und hat eine Kaufempfehlung an Johan Cesar Godeffroy nach Hamburg geschickt.«

Diese Depesche habe Schmeile übrigens in seiner Funktion als Polizeichef noch auf dem Postamt von Herbertshöhe heimlich öffnen und lesen lassen, bevor der Umschlag an Bord des Postdampfers nach Sydney gebracht worden sei. Nun müssten Gustav Schmeile und sein Komplize eigentlich nur noch warten, bis die geforderte Summe von 100000 Pfund Sterling auf ihre Konten in Australien und in der Schweiz eingezahlt werden würde …

Fünf eng beschriebene Seiten umfasst das Dokument, das der frühere Criminaldetektiv Sebastian Kleine in der Manier eines Polizeiprotokolls abfasst. Heinrich Althoff hat es noch mit zitternder Hand unterzeichnet. Die beiden Zuhörer, Tropenarzt Dr. Werner Jungblut und der Naturforscher Sebastian Kleine, bezeugen mit ihren Unterschriften die Richtigkeit des Inhalts. Erst zum Schluss hat Protokollant Kleine eine Überschrift auf die erste Seite gesetzt, die ist ziemlich lang geraten und lautet: »Zusammenfassung der Aussage des Missionars Heinrich Herbert Karl Althoff, geboren am 11. September 1847 in Wuppertal-Barmen, vom 17. August 1898 in St. Paul/Neupommern über die Hintergründe des von Polizeikommandant Gustav Schmeile organisierten Großbetrugs bezüglich eines Diamantenvorkommens in Deutsch-Neuguinea«.

Nach seiner langen Beichte scheint Heinrich Althoff zusehends an Kraft und Lebenswillen zu verlieren. Er presst die Lippen zusammen und blickt aus seinen dunklen Augenhöhlen gegen die hölzerne Decke des Kirchenschiffes. Die anderen Männer sitzen reglos beieinander, als wären sie aus Stein gemeißelte Figuren. Ein anhaltendes Schweigen füllt die Kirche von St. Paul.

»Warum haben Sie uns das eigentlich alles erzählt?«, fragt Sebastian Kleine schließlich, während er die eng beschriebenen Seiten zusammenfaltet und in seine kleine Ledertasche steckt, in der er auch immer sein Tagebuch mit sich führt.

»Weil ich ..., weil ich mein Gewissen erleichtern will, bevor ich vor den Herrn trete ...«, sagt Althoff schwach.

Oder ob er sich an Gustav Schmeile rächen wolle?

Althoff antwortet nicht. Seine Hand umklammert wieder den Gurt seiner Zellstofftasche.

»Mein letzter Wille ist es, dass diese Tasche mit meiner alten Luther-Bibel mit mir ins Grab gegeben wird.«

»Wollen Sie sich an Polizeikommandant Schmeile rächen?«, wiederholt Sebastian Kleine seine Frage. Althoff starrt die beiden jungen Männer an.

»Er heißt nicht Schmeile!«, sagt Althoff so plötzlich und so laut, als habe er diesen Satz lange gewaltsam unterdrückt.

Kleine und Jungblut sehen sich an. Was hat er da gesagt? Haben sie sich verhört?

Althoff atmet schwer. Sein Gesicht verzieht sich vor Schmerz und Anstrengung. Seine Stimme ist kaum noch zu hören.

»Schmeile ist nicht ... sein richtiger Name!«

Er ringt nach Luft und presst die Silben und Worte mühsam heraus. Er schafft es noch einige Minuten lang, qualvoll und immer wieder innehaltend zu reden.

So viel können sich seine gebannt lauschenden Zuhörer nachher zusammenreimen: Der Kommandant der Schutzpolizei von Deutsch-Neuguinea hat in Südwestafrika als junger Soldat seine Identität gewechselt. Nach den Kämpfen gegen die Hottentotten am Waterberg soll er die Papiere eines gefallenen Kameraden mit höherem Dienstgrad an sich genommen haben. Mit dessen Dokumenten habe er den Posten bei der Diamantengesellschaft bekommen.

Aber was hatte der Mann, der sich seither Gustav Schmeile genannt hat, zu verbergen? Warum wollte er seinen eigentlichen Namen und seine Vergangenheit loswerden? Althoff schließt seine Augen.

»Wie heißt Schmeile richtig?« Kleine wiederholt diese Fragen immer wieder, langsam, laut, überdeutlich.

»Wie lautet … Schmeiles … eigentlicher Name …? Wie … heißt er … wirklich …?«

Jungblut tätschelt Althoffs Wangen, um ihn bei Bewusstsein zu halten.

»Ich glaube, er hält nicht mehr lange durch.«

Jungblut legt sein Ohr dicht an Kleines Mund. Faulig riechender Atem kommt ihm entgegen.

»Wie heißt Schmeile wirklich?«

Althoffs Atem geht nur noch stoßweise, setzt manchmal aus und kommt rasselnd und immer schwächer wieder. Aber er bringt kein Wort mehr heraus.

Der sterbende Mann bewegt seinen Kopf hin und her. Oder schüttelt er den Kopf?

Will er den Namen nicht nennen? Oder kennt er ihn nicht?

»Er stirbt«, sagt Tropenarzt Jungblut.

Althoffs Hände krampfen sich zusammen. Sein Mund bleibt halboffen stehen. Seine Augen sind starr gegen die Decke der Kirche von St. Paul gerichtet.

Dr. Jungblut spürt keinen Atem und keinen Herzschlag mehr.

Draußen ist es hell geworden. Ein Sonnenstrahl fällt von Osten durch eines der Kirchenfenster, wandert über den Boden, streift die übermüdeten Gesichter, beleuchtet wie ein Scheinwerferkegel den Altar. Oben knarren die Fußbodenbretter des Turmraumes. Kapitän Johannes Andresen geht von einer Seite zur anderen, um in alle Richtungen Ausschau zu halten. Auch gegen Ende der Nacht scheint alles ruhig zu bleiben. Käpt'n

Hannes kommt schließlich mit seinem Gewehr über der Schulter rückwärts die steile Leiter herunter. Er geht zum Altar und bläst die fast heruntergebrannte Altarkerze aus.

»Ist er tot?«, fragt er, während Sebastian Kleine Althoffs leblosen Körper auf den Rücken dreht.

Jungblut nickt.

Noch an diesem Morgen hüllen sie den Toten in Matten aus Palmstroh und begraben ihn in der weichen Erde des Gemüsegartens, gleich hinter der Kirche von St. Paul. Ganz nach seinem Wunsch geben sie seine schwere Zeltstofftasche mit seiner Bibel in das Grab. Kapitän Johannes Andresen legt seine Hände und seine Unterarme aneinander, so dass die tätowierten Jesus- und Mariafiguren zu sehen sind. Nach einem stillen Gedenken spricht der Ordensbruder der katholischen Gemeinschaft vom Heiligsten Herzen Jesu mit gesenktem Kinn ein Totengebet für den protestantischen Missionar in seinen rotblonden Seemannsbart.

»Heilige Maria, Mutter Gottes,
bitte für uns Sünder,
jetzt und in der Stunde unseres Todes …
Gott, führe ihn in Deinen Frieden und vergib ihm seine Sünden …
Herr, erbarme Dich.
Christus, erbarme Dich.
Herr, erbarme Dich.
Das ewige Licht leuchte ihm.
Herr, Dein ist das Reich und die Kraft und die Herrlichkeit.
In Ewigkeit …
Amen!«

Andresen schnäuzt sich zwei-, dreimal. Dann schultert er sein altes Mausergewehr, steckt eine Remington-Pistole in den Hosenbund und sagt, er bekomme in der Kirche keine Luft mehr, er werde jetzt die Umgebung erkunden und nachsehen, ob die Kannibalen noch in der Nähe seien und wo die Soldaten von der

Strafexpedition eigentlich blieben. Er wolle allein sein. Warnungen schlägt er in den Wind.

Tropenarzt Dr. Werner Jungblut schaufelt schweigend Erde in das enge Grabloch. Und der Naturforscher Sebastian Kleine rammt ein mit Seilresten zusammengebundenes, namenloses Holzkreuz in den Boden.

53

Am Nachmittag des 18. August 1898 sind aus Richtung des Sägewerkes wieder die dumpfen Trommeln der Aufständischen zu hören und die langgezogenen Signallaute der Muschelhörner. Aus dem nahen Urwald kommen vereinzelte Kriegsrufe.

Offenbar bereiten die Eingeborenen einen neuen Angriff vor.

Oder wollen sie nur Angst und Schrecken verbreiten?

Wo steckt Käpt'n Hannes? Ist er den Kriegern in die Hände geraten, ist ihm der Rückweg zur Kirche abgeschnitten worden? Am späteren Nachmittag entfernen sich die Geräusche und die Rufe wieder. Jungblut und Kleine suchen vergeblich die nähere Umgebung nach dem Kapitän des Missionsdampfers *Gabriel* ab. Vor Sonnenuntergang verbarrikadieren sie sich erneut in der Kirche von St. Paul. Sie haben nur noch einen Rest Trinkwasser, fünf Stück Zwieback und eine halbleere Konservendose mit Corned Beef.

Im Kirchturm hält nun Werner Jungblut Wache, während Sebastian Kleine in sein Tagebuch schreibt, das nur noch wenige leere Seiten hat.

Als die Sonne hinter der weit im Westen liegenden Insel Neu-Mecklenburg versinkt, presst Werner Jungblut sein Fernglas an die Augen, schwenkt es hin und her, als könne er seinen Augen oder der Optik nicht trauen:

»Ich glaube, sie kommen!«, ruft er schließlich aufgeregt.

»Wer?«, fragt Sebastian Kleine.

»Schmeile und seine Truppe ...! Sie kommen aus Richtung Herbertshöhe.«

Jungblut reicht dem Freund das Fernglas.

Kleine geht damit reihum von einer der Schießscharten im Kirchturm zur anderen. Und dann sieht er es auch: Weit hinter dem Toriu-Fluss, an den Ausläufern der Baininger Berge, wachsen dicke, dunkle Qualmwolken aus dem Urwald wie Pilze nach einem warmen Regen. Auf der gegenüberliegenden Seite auch. Hüben und drüben sind Schüsse zu hören, erst vereinzelt, dann ganze Salven. Die Schüsse kommen näher. Als seien zwei Jagdgesellschaften auf einer Treibjagd unterwegs.

»Da! Da hinten! Da brennen sie Hütten oder ganze Dörfer nieder!« Jungblut zeigt nach Westen.

»Theobald Kolber hat erklärt, dass so etwas zu den üblichen Vergeltungsmaßnahmen gehört, wenn Schmeile mit einer Strafexpedition unterwegs ist.« Kleine setzt das Fernglas ab.

»Die sind schätzungsweise noch fünf Kilometer von uns entfernt.«

Von der Küste her, da, wo Vunamarita liegt, ist bald darauf ein rollender Donner zu hören. Erst glauben sie, das sei der Vorbote eines Tropengewitters, noch weit draußen auf dem Meer, wo sich unter dem Abendhimmel ein schmaler schwarzer Wolkenstreifen quer über den Horizont zieht.

»Das kann der Kreuzer *Möwe* sein«, sagt Kleine. »Der nimmt wahrscheinlich mit seinen Kanonen das Ufer unter Beschuss, um die Feuerkraft seiner Kanonen zu demonstrieren und die aufständischen Eingeborenen einzuschüchtern.«

Ja, genauso sei der Einsatz geplant worden, sagt Kleine.

»Sie wollen von zwei Seiten nach St. Paul vorrücken, die Marinesoldaten von der Küste bei Vunamarita aus und Schmeile und seine Strafexpedition aus Richtung Herbertshöhe. Heute werden sie es auf keinen Fall mehr bis zu uns schaffen. Wenn sie auf Widerstand stoßen, kann es auch noch bis morgen Abend oder länger dauern, bis sie sich nach St. Paul durchschlagen!«

Wie immer in den Tropen bricht die Dunkelheit in wenigen

Minuten herein. Über dem Meer steht eine schmale Mondsichel. Die ersten Sterne leuchten am noch klaren Himmel. Das Gewitter scheint sich Zeit zu lassen.

Jungblut und Kleine bereiten sich auf eine weitere Nacht in der Kirche vor.

Da hören sie an der Tür plötzlich Geräusche. Und halblaute Worte. Jemand versucht von außen vergeblich den Riegel der schweren Kirchentür zu öffnen. Dann ruft eine Stimme auf Deutsch:

»Aufmachen …! Aufmachen, verdammt noch mal!«

Erst glauben sie, Käpt'n Hannes sei endlich zurückgekehrt.

»Öffnen Sie sofort die Tür. Ich bin es …!«

»Wer ist da?«, ruft Sebastian Kleine, während er von innen den schweren Riegel der doppelflügeligen Kirchentür mit der rechten Hand zur Seite schiebt. In seiner Linken weht die Flamme einer Altarkerze im Luftzug. Der Kerzenschein fällt auf ein von Dreck und Russ beflecktes Gesicht mit einem versengten Bart. Der Widerschein der Kerze flackert in den Augen. Und der harte, kalte Blick verrät, dass die Augen Furchtbares gesehen haben.

Das Gesicht kommt Sebastian Kleine bekannt vor, aber erst bei genauerem Hinsehen erkennt er den Mann – Gustav Schmeile!

Tagebuch Sebastian Kleine, Freitag, 19. August 1898
Ausgerechnet Gustav Schmeile! Wie hatte er es durch das Gebiet der aufständischen Eingeborenen geschafft?

Er befand sich nur in Begleitung von zwei schwer bewaffneten Eingeborenen-Soldaten seiner Polizeischutztruppe. Einer von ihnen trug eine schwarz-weiß-rote Reichskriegsflagge mit Balkenkreuz und schwarzem Adler. Ein kleiner Fahnenmast steckte in seinen Rucksack und das Flaggentuch hing schlaff über seinem Kopf.

Schmeile grinste breit, als er unsere verblüfften Gesichter sah.

»Tja, meine Herren, mit mir haben Sie wohl nicht gerechnet!«, sagte er und schlug mir vertraulich auf die Schulter.

»Wir beide kommen ganz schön herum. Wir haben uns ja erst neulich in der Diamantenhöhle hinter dem Wasserfall gesehen, und nun stehen wir hier mitten im Schauplatz dieses furchtbaren Massakers.«

Als wir uns gesetzt und von Schmeiles Wasser getrunken hatten und noch auf ihrem mitgebrachten Trockenfleisch herumkauten, da berichtete er mit dem Stolz eines Pfadfinder-Führers, wie er sich mit seinen beiden Begleitern auf Schleichwegen durch die Reihen der feindlichen Kanaker nach St. Paul durchgeschlagen habe. Die mehr als hundert Polizeisoldaten des Strafexpeditionscorps würden wohl noch eine Weile aufgehalten werden, aber er habe unser Leben retten wollen, nachdem er vom Kapitän des Dampfers Gabriel *von unserer Lage erfahren habe.*

Kapitän Andresen selber sei etwa drei Kilometer von St. Paul entfernt in einen Hinterhalt der Kanaker geraten und vor seinen Verfolgern geflüchtet. Dabei habe er sich sein Fußgelenk verdreht oder gebrochen. Sie hätten ihn noch rechtzeitig gefunden. Der Kapitän, so fuhr Schmeile fort, habe ihm berichtet, was in den letzten Tagen in der Kirche von St. Paul vorgefallen sei. Auch das Ableben seines Freundes, des Missionars Heinrich Althoff, habe er ihm geschildert …

Beim Namen Althoff sah er Jungblut und mich durchdringend an, als erwarte er Antwort auf eine Frage, die er noch nicht gestellt hatte. Vermutlich wollte er wissen, was der über ihre gemeinsame Vergangenheit in Deutsch-Südwestafrika und von den gestohlenen Rohdiamanten und dem geplanten Betrug mit dem Diamantenvorkommen erzählt hatte. Aber wir beide verloren kein Wort darüber.

Deshalb fuhr Schmeile mit seiner Geschichte fort: Kaum hätten sie den verletzten Andresen auf eine Trage gehoben, da sei auch schon das Strafexpeditionscorps in einen Hinterhalt geraten. Etwa hundert Eingeborenen-Krieger deckten die über einen schmalen Dschungelpfad marschierenden Polizeisoldaten mit einem Hagel von Speeren und Pfeilen ein. Drei seiner Männer wurden tödlich getroffen, vier weitere schwer verletzt. Er habe seinen Leuten befohlen, sich zurückzuziehen und sich während der Nacht zu verbarrikadieren. Nachdem seine Kundschafter einen Weg gefunden hätten, habe er selber sich noch vor Sonnenuntergang mit seinen beiden besten Leuten nach St. Paul aufgemacht.

Stolz erzählte Schmeile auch noch, wie er und seine Leute zuvor nach einem kurzen Gefecht vier der Mörder von St. Paul gefangen genommen hätten. Der Anführer, ein gewisser To Maria, habe sich darunter befunden.

Ich sah meinem Freund Jungblut an, wie ihn diese Nachricht bewegte, denn er hatte To Maria ja sein Leben zu verdanken. Jungblut fragte nur, ob die Gefangenen verletzt worden seien. Vor der Festnahme nicht, erklärte Schmeile mit verständnislosem Blick. Die Feiglinge seien ja mit erhobenen Händen aus ihrem Versteck gekommen. Aber nachher hätten seine Männer die Kanaker selbstverständlich kräftig verprügelt. Dabei könne es schon einige Knochenbrüche gegeben haben. To Maria habe man sich natürlich ganz besonders vorgenommen.

Die Mörder seien jetzt schwer bewacht nach Herbertshöhe unterwegs. Dort würden sie in das Gefängnis der Polizeikaserne gesperrt und dann nach einem kurzen Prozess zum Tode verurteilt und hingerichtet werden. Und das selbstverständlich unter seiner höchstpersönlichen Leitung.

Werner Jungblut und ich bedachten unseren Befreier mit zwiespältigen Gefühlen. Einerseits waren wir froh, dass wir nun vor Überfällen der Eingeborenen einigermaßen sicher waren, andererseits wussten wir erst einmal nicht, wie wir uns nach dem Geständnis von Heinrich Althoff dem raffinierten Gauner und Betrüger gegenüber verhalten sollten.

Als Schmeile nach draußen gegangen war, stimmten wir beide uns ab. Wir beschlossen, ihm erst einmal nichts von Althoffs Beichte zu erzählen.

Als Schmeile zurückkam, fragte er, ob wir seinen Freund unter dem schlichten Holzkreuz begraben hätten, das er hinter der Kirche gesehen habe? Er schien danach eine Art Gedenkminute ein-

zulegen. Jedenfalls legte er die Hände aneinander und bewegte seine Lippen lautlos.

Während Werner Jungblut in dem erlöschenden Feuer herumstocherte und ein paar Holzstücke nachlegte, begann Gustav Schmeile zu erzählen: Althoff habe ihm einmal einen großen Gefallen getan und zum Dank dafür habe er dem Missionar eine wertvolle Luther-Bibel mit einem prächtigen Einband aus dem 17. Jahrhundert geschenkt.

Er kam ein paarmal auf diese Bibel zu sprechen, und als wir nicht darauf eingingen, fragte er schließlich direkt: »Hat er diese Bibel auch bei seinem Tod bei sich gehabt? Kann es sein, dass mein Freund mir dieses wertvolle Erinnerungsstück vermacht hat?«

Ich konnte leider nicht verhindern, dass Werner daraufhin erzählte, wir hätten die Bibel auf Heinrich Althoffs letzten Wunsch hin mit in sein Grab gegeben.

Schmeile wollte wissen, ob sein Freund vor seinem Ableben irgendeine persönliche Nachricht für ihn hinterlassen habe. Das haben wir wohl ein wenig zu zögerlich verneint. Jedenfalls haben wir offenbar Schmeiles Misstrauen erregt.

In der folgenden Nacht wurde ich von einigen leisen Geräuschen geweckt. Im Zwielicht des Mondes, das durch die schmalen Fensteröffnungen schien, beobachtete ich etwas Merkwürdiges. Schmeile hatte sich den rostigen Spaten bereitgelegt, mit dem wir Althoffs Grab geschaufelt hatten. Damit schlich er nach draußen. Ich weckte Werner Jungblut. Wir kletterten leise die Leiter zum Kirchturm hinauf, in dem der wachhabende Polizeisoldat mit seinem Gewehr im Arm am Boden lag und vernehmlich schnarchte. Durch die schmale Öffnung, die zum Garten auf der Rückseite der Kirche hinausging, sahen wir Gustav Schmeile. Er stand direkt unter uns mit der Schaufel in beiden Händen regungslos im Mondlicht an Heinrich Althoffs Grab.

Dann begann er vorsichtig zu graben. Nach kurzer Zeit hatte er genug Erde ausgehoben. Er kniete sich hin und suchte mit bloßen Händen und weit vorgebeugtem Oberkörper im Grab herum. Bald hatte er gefunden, was er suchte: die Zeltstofftasche ... Er holte die Bibel heraus, befühlte sie und schlug im Mondschein ein paar Seiten auf, als wolle er darin lesen.

Während Schmeile das Grabloch wieder zuschaufelte, kletterten wir nach unten zu unseren Schlafplätzen in der Kirche. Was sollten wir tun?

Wir flüsterten miteinander und beschlossen, den Kommandanten der Polizeischutztruppe bei passender Gelegenheit zur Rede zu stellen ...

An dieser Stelle ist Sebastian Kleines Tagebuch vollgeschrieben. In Herbertshöhe will er ein neues beginnen.

196 Seiten hat er mit seiner peniblen Schrift gefüllt. In kleineren Buchstaben steht am Ende: Sebastian Kleine, Osten/Oste, Zur Mühle 1. Kleine wickelt das in grünes Leder gebundene Buch in eine Schicht Ölpapier, damit es gegen Feuchtigkeit und andere Witterungseinflüsse geschützt ist. Dann legt er das Protokoll mit Heinrich Althoffs Aussage hinein. Schließlich schiebt er sein Tagebuch in das Tabernakel aus geschmiedetem Messing. Den Schlüssel zu dem sakralen kleinen Schrein legt er in einen Hohlraum des Altars zurück, in dem er ihn auch gefunden hat.

54

Das Gewitter ist während der Nacht auf dem Meer geblieben. In das ferne Grollen mischt sich am frühen Morgen wieder Kanonendonner von der Küste. Dann folgt ein heftiger werdendes Gewehrfeuer aus dem Landesinneren. Schmeiles Truppe scheint in einen Stellungskampf verwickelt zu sein. Genau das bestätigen zwei Kundschafter der Schutzpolizeitruppe, die am frühen Nachmittag vor der Kirche auftauchen.

Schmeiles Stellvertreter, ein gewisser Oberleutnant Kannegießer, habe sich mit dem größten Teil des Strafexpeditionscorps vor einer drei- oder vierfachen feindlichen Übermacht auf einen Hügel zurückgezogen. Er plane für morgen einen Durchbruch nach St. Paul. Und noch etwas berichten die beiden Männer: Sie hätten einen Gefangenen gemacht und gefesselt in einen Schuppen des Sägewerks gesperrt. Dieser gefangene Baininger-Krieger habe um sein Leben gezittert und im Verhör etwas von einem Treffen des berüchtigten Iniet-Geheimbundes erzählt, das am Abend des kommenden Tages auf einem Kultplatz stattfinden soll, der nur etwa einen Kilometer entfernt an einem Nebenfluss des Toriu liegt. Dabei sollen die Dämonen und die Geister der Vorfahren beschworen und um Hilfe beim Kampf gegen die Deutschen gebeten werden.

Sebastian Kleine hört gespannt zu. Iniet – ist das nicht einer dieser geheimnisumwitterten Eingeborenenkulte, von denen Stanislaus Gornik erzählt hat und deren Rituale er erforschen will?

Auch Gustav Schmeile ist fasziniert von dem, was seine Kundschafter erzählen. Aber aus anderen Gründen.

»Wenn unsere Truppe sich an diesem Kultplatz rechtzeitig in einen Hinterhalt legen kann, dann könnte man diese Menschenfresser so unter Feuer nehmen, dass ihnen ihre Mordgelüste ein für alle Mal vergehen.«

Schmeile fasst einen seiner tollkühnen Entschlüsse.

»Wenn wir heute noch diesen Kultplatz finden und die Gegebenheiten dort näher erkunden, dann könnten wir morgen mit unserer Truppe einen Überraschungsangriff starten. Das wäre dann die Entscheidungsschlacht bei diesem Kleinkrieg mit den Kannibalen, die sonst mit ihrer verfluchten Partisanentaktik nur schwer zu besiegen sind!«

Schmeile, der Stratege, redet sich in Rage und Begeisterung. Er werde noch am Nachmittag zur Erforschung des nahe gelegenen Kultplatzes aufbrechen.

Zu seinem eigenen Erstaunen hört Sebastian Kleine sich fragen, ob er mitkommen könne?

»Mutig, mutig, junger Mann!«, sagt Schmeile gönnerhaft. Er

habe nichts dagegen. Und mit zynischem Lächeln fügt er hinzu: »Vielleicht können Sie ja als Kriegsberichterstatter das entscheidende Gefecht gegen die Kannibalen aus dem sicheren Hintergrund für das Godeffroy-Journal beobachten.«

Von der hochmütigen Bemerkung gegenüber seinem Freund provoziert, lässt sich Werner Jungblut zu einer Äußerung verleiten , die er sogleich bedauert.

»Sagen Sie, haben Sie gestern Nacht eigentlich noch Blumen auf das Grab ihres Freundes Althoff gepflanzt?«

Schmeile sieht ihn wütend an.

»Wie kommen Sie denn darauf? Was soll der Unsinn?«

»... oder hatten Sie in dem Grab etwas zu suchen?«

»Das geht Sie einen Dreck an, junger Mann«, sagt Schmeile, »aber da Sie es offenbar nicht lassen können, Ihre Nase in fremde Angelegenheiten zu stecken; ich habe mir geholt, was mir gehört, nämlich die schöne alte Bibel, die ich schließlich meinem Freund auch geschenkt hatte. Sein Wunsch in allen Ehren – aber ich möchte nicht, dass dieses gute Stück, diese Heilige Schrift in derselben Erde vermodert, in der die heidnischen Kannibalen ein Blutbad angerichtet haben.«

Schmeile läuft mit strammen Schritten durch das Kirchenschiff und knallt die große Tür hinter sich zu.

Erst nach zwei Stunden kommt er zurück.

»Sind Sie marschbereit?«, fragt er Kleine, als wäre nichts gewesen. »Wir sollten noch bei gutem Licht am Kultplatz der Menschenfresser ankommen.«

Jungblut sagt, er würde auch gern mitkommen.

»Mit Ihrem Bein? Sie humpeln doch noch wie ein Kriegsversehrter. Was ist, wenn wir schnell laufen müssen? Die Verantwortung kann ich nicht übernehmen. Sie bleiben hier.« Versöhnlicher sagt Schmeile: »Ich lasse einen meiner Leute zu Ihrem Schutz zurück!«

Um 16:15 Uhr brechen Gustav Schmeile und Sebastian Kleine auf. Sie folgen dem Fährtensucher und Kundschafter aus Schmeiles Truppe, der am Ende des Dorfes, hinter dem Dampfsägewerk, die Führung übernimmt. Er folgt zunächst einem ausgetretenen Pfad und biegt dann in den Dschungel ab, bleibt immer wieder mal stehen, um auf verdächtige Geräusche zu lauschen. Sie kommen gut voran und erreichen bereits nach einer halben Stunde einen Nebenfluss des Toriu, der in den nahen Bergen entspringt und dessen reißende Strömung durch ein schmales Tal weiter in die Küstenebene schießt, die ab und zu durch größere Lücken im dichten Grün des Urwaldes zu sehen ist. Die Gewitterfront kommt vom Meer aus langsam näher. Die dunklen Wolken stehen jetzt in der Gegend von Vunamarita.

Schmeiles Fährtensucher führt sie zu einer kleinen Hängebrücke. Auf der anderen Seite des Flusses liegt ein nur von Gras und Schilf bewachsener Platz. Der Polizeisoldat deutet nach drüben: Das sei der »Maravot«, der geheime Platz der Totengeister. Sie seien am Ziel.

»Das sieht ja aus wie ein verwilderter Kinderspielplatz in meinem Heimatdorf«, sagt Sebastian Kleine enttäuscht. Der Platz und die Lichtung sind beinahe rechteckig, hundert Meter lang und 50 Meter breit. Beim Näherkommen sieht er eine Bambushütte in einem Eukalyptusbaum. Mitten auf dem Platz steht eine Schilfdachhütte. Das sei »das Haus des Geheimnisses«. Darin werden die Puppen der Geister aufbewahrt, erklärt der Fährtensucher. Diese Puppen würden bei der großen Zeremonie zum Leben erweckt. Hier werde also das große Tamtam stattfinden, die Beschwörung der Dämonen und der Ahnen, an dem weder Frauen noch Fremde teilnehmen dürfen.

»Gehen wir«, sagt Schmeile entschlossen.

Nein, nein, das ist gefährlich, bedeutet ihnen der Fährtensucher mit angstvollem Gesicht und abwehrenden Gesten.

»Maravot! Maravot …!«, sagt er wie zur Beschwörung.

Nur Angehörige des Iniet dürften diesen Platz betreten. Alle anderen würden … Er macht eine schneidende Handbewegung an seinem Hals.

»Gehen wir!«, wiederholt Schmeile, diesmal im barschen Befehlston.

Der Mann weigert sich. Es sieht so aus, als ob er davonlaufen wolle. Schmeile beschimpft ihn.

»Gut, dann bleib wenigstens hier. Du bewachst die Brücke, falls wir uns plötzlich zurückziehen müssen.«

Er gibt ihm eine Signalpfeife. Damit soll er sie warnen, falls Gefahr drohe.

»Wollen Sie auch hier bleiben?«

Sebastian Kleine ist nicht wohl, aber er will nicht als Feigling dastehen.

»Mich interessiert, was in dieser Hütte ist. Aus wissenschaftlichen Gründen«, sagt er schnell. »Ich komme mit.«

Die kleine Hängebrücke hat kein Geländer, nur ein schlaffes Halteseil an der rechten Seite. Der Boden besteht aus rauen Brettern. Durch die Lücken kann man das rauschende, strudelnde Wasser sehen, das zwischen scharfkantigen Felsblöcken zu Tale rauscht. Die Brücke schwankt und wackelt, als sich Kleine und Schmeile nacheinander von einem Ufer zum anderen hangeln. Schmeile geht vorweg. Auf seinem Rücken schaukelt sein Gewehr hin und her.

Sie schleichen durch dichtes Gestrüpp aus Schlingpflanzen und Unterholz weiter. Alles bleibt ruhig. Auf dem Platz ist kein Mensch zu sehen. Doch plötzlich flattern über ihren Köpfen zwei Vögel auf. Sie scheinen in der Luft zu stehen wie Libellen. Ihr Gefieder schillert metallisch und farbenprächtig. Die Schwanzfedern bewegen sich langsam in der Luft wie Ruderblätter im Wasser. Dann verschwinden sie gurrend wie Tauben im Wald. Sebastian Kleine traut seinen Augen nicht.

»Waren das Paradiesvögel?«, fragt er aufgeregt.

»Kann sein.« Schmeile nickt uninteressiert. Seine Augen beobachten die Kulthütte.

»Los!«, flüstert er und rennt in gebückter Haltung erstaunlich flink über die Lichtung. Kleine kann kaum folgen.

Schmeile verschwindet in der schmalen, etwas versetzten Eingangsöffnung der Kulthütte. Durch eine kreisrunde Öffnung in der Dachmitte fällt Licht. Es stinkt nach verbranntem Fleisch.

An einem Holzgestänge baumeln fünf verrußte Totenköpfe, die über einem erloschenen Holzfeuer geräuchert worden sind.

»Diese Herrschaften hier haben offenbar den letzten Stammeskrieg verloren«, sagt Schmeile und stößt mit seinem Gewehrlauf den ersten Totenschädel an, so dass die knochigen Köpfe wie Billardkugeln klackend gegeneinanderschlagen.

An den runden Wänden der Hütte lehnen mannsgroße Masken aus Holzgestellen und Leder, verzerrte, rot bemalte Riesengesichter mit Öffnungen für Augen, Nase und Mund. Davor sind kegelförmige Gebilde aus Palmblättern übereinandergestapelt, die wie übergroße Baströcke aussehen. Daneben stehen Dutzende von Speeren, Lanzen und Äxten und Bögen mit Köcher und Pfeilen.

»Das sieht aus wie ein Waffenlager«, sagt Schmeile.

»Oder wie eine Theaterwerkstatt«, sagt Kleine. »Warum die Hütte wohl nicht bewacht wird?«

»Wird sie doch. Von den verborgenen Ahnen, Geistern und Dämonen. Hier traut sich außer uns niemand auch nur in die Nähe.«

Tief heruntergebeugt, beinahe schnüffelnd wie ein Suchhund, geht Schmeile langsam in der Hütte herum, sucht Meter für Meter ab, stochert mit einem Stock mal hier und mal da.

»Hier«, sagt er, »hier ist es.« Offenbar hat er sich vorbereitet. Er holt einen kleinen Spaten mit kurzem Stiel hervor und beginnt zu graben. Er stößt sofort auf Widerstand. In wenigen Minuten gräbt er ein Dutzend kleine Figuren aus der weichen Erde. Sebastian Kleine staunt.

Die Figuren sind aus Tuffstein. Menschenfiguren. Einige sehen aus wie Embryos. Andere haben ängstlich verzerrte Gesichter oder grinsen diabolisch, wieder andere lächeln. Auch Tierfiguren findet Schmeile. Schweinekörper mit Hundeköpfen. Katzenartige Figuren mit Kuheutern. Und Schlangen.

»Schauen Sie besser weg«, sagt Schmeile. »Wenn Fremde wie wir diese Figuren zu lange ansehen, werden sie erblinden. Habe ich mir jedenfalls sagen lassen.«

Sebastian Kleines Forscherdrang erwacht. »Solche Iniet-Figuren gibt es meines Wissens noch in keinem europäischen Museum. Ich werde zwei oder drei mitnehmen.« Er öffnet seinen Rucksack.

»Vorsicht! Das könnte Tod und Verderben bringen«, Schmeiles Stimme klingt jetzt tatsächlich unsicher.

»Dies sind die Geister, die bei der Zeremonie zum Leben erweckt werden sollen, und dies ist ein heiliger Ort für die Kanaker und Kannibalen!«

»Und wir schänden diese heilige Stätte gerade.«

»Haben Sie Angst?« Schmeile ist ein paar Schritte zurückgetreten. Er setzt sich auf einem dreibeinigen Schemel in den Hütteneingang, stellt sein Gewehr zwischen die Knie. Dann löst er eine Feldflasche von seinem Gurt, schüttet eine wasserklare Flüssigkeit in die Verschlusskappe und hält sie Kleine hin.

Der kippt den scharfen Schnaps auf einen Schluck hinunter und schüttelt sich. Es tut tatsächlich gut. Schmeile schluckt zweimal hintereinander und stöhnt wohlig.

»Das wirkt bei der Hitze besonders gut«, sagt er, legt seinen Tropenhelm ab und wischt sich mit einem Tuch über die Glatze, bevor er mit einem Fernglas vor Augen den Urwald rings um den Kultplatz absucht.

»Sie und Ihr polnischer Freund wollen als Forscher des Museums Godeffroy doch die Sitten und Gebräuche des Iniet-Geheimbundes erkunden. Da sind wir hier nun also genau richtig. Wenn wir uns im Urwald verstecken, können wir nachher eine Zeremonie beobachten, die vermutlich noch nie ein weißer Mann gesehen hat. Bis dahin sollten wir uns ein wenig unterhalten …«

Sebastian Kleine versucht sich den Anschein von Selbstsicherheit zu geben.

»An welches Gesprächsthema haben Sie gedacht?«

Schmeile wechselt das Thema. Seine Stimme klingt rau.

»Mich würde zum Beispiel sehr interessieren, welchen Eindruck Sie persönlich und als Mitarbeiter des Generalbevollmächtigten Kolber und des Hauses Godeffroy bei Ihrem Besuch in unserer Diamantenhöhle gewonnen haben?«

»Was meinen Sie damit?«

»Na ja, mich interessiert schon, ob Sie von den Funden der Rohdiamanten auch so beeindruckt gewesen sind wie Kolber …? Wird das Haus Godeffroy in das Diamantengeschäft einsteigen?«

Schmeile will ihn also aushorchen wie einen dummen Schuljungen, denkt Kleine.

»Selbst wenn ich das wüsste, würde ich Ihnen das wohl kaum sagen.«

»Warum denn so abweisend, wir plaudern doch nur ein wenig an diesem ganz besonderen Ort über ein Thema, das uns beide betrifft.«

Kleine spürt Zorn in sich aufsteigen. »Wenn das so ist, warum sprechen wir dann nicht lieber über Ihre Zeit in Deutsch-Südwestafrika, verehrter Herr Polizeikommandant Schmeile – oder soll ich in diesem Fall lieber Mijnher Klaas van Oranje sagen? – Oder wie heißen Sie eigentlich mit richtigem Namen?«

Schmeile sieht ihn mit zusammengekniffenen Augen an.

»In der Namibwüste ging es ja auch um Diamanten … Und Ihre Erlebnisse dort interessieren mich so sehr wie die Pläne des Hauses Godeffroy & Co. Sie interessieren!«

Kleine bereut sogleich, was er gesagt hat, aber er beißt sich zu spät auf die Lippen.

»Was hat Althoff Ihnen vor seinem Tod erzählt?«

Schmeile starrt in den undurchdringlichen Dschungel, aus dem jetzt zwitschernde Laute zu hören sind. Es klingt wie der Lockruf von Amseln und Finken an einem Frühlingsmorgen in Norddeutschland.

»Hab ich's mir doch gedacht, dass dieser Trunkenbold mich eines Tages in den Dreck ziehen wird …«

Kleine schweigt, erschrocken über den Verlauf des Gespräches zu diesem ungeeigneten Zeitpunkt an diesem unheimlichen Ort.

»Wir sollten uns jetzt lieber mit anderen Dingen beschäftigen«, sagt er ausweichend.

»Sie haben doch Andeutungen gemacht, und Sie werden mir jetzt sagen, was Althoff über mich erzählt hat!«

Schmeile kippt noch einen Schnaps aus seiner Feldflasche hinunter.

»Erzählen Sie schon, mein Freund, oder ich werde sie zum Reden bringen!«

Nur mühsam beherrscht Kleine seine aufsteigende Wut gegen diesen selbstgefälligen und selbstgewissen Mann.

»Er hat erzählt, wie Sie ihm im Sandsturm das Leben gerettet haben.«

»Nein, ich meine, was hat er über mich und die Diamanten gesagt?«

»Dass Sie als Sicherheitsbeauftragter sehr erfolgreich gewesen sind und zahlreiche Diamantendiebe dingfest machen konnten.«

»Und weiter?«

»Nun ja …, er hat auch erwähnt, dass Sie Ihr Einkommen aufgebessert haben, hin und wieder, mit einigen Diamanten aus der Diebesbeute …«

Kleine ärgert sich über sich selbst. Warum stottert er nur so herum? Gleichzeitig wird er sich der Gefahr bewusst, in die er sich begibt.

»Sie erlauben, dass ich die Geschichte weitererzähle?«, fragt Schmeile wütend. »Ich wette, dann hat dieser Trunkenbold Althoff behauptet, dass ich die Hälfte der konfiszierten Beute in die eigene Tasche gesteckt habe und dass er die Diamanten für mich nach Neupommern transportiert hat, nicht wahr …?«

Sebastian Kleine geht nicht darauf ein. Er blickt an Schmeile vorbei.

»… und dass ich einen großen Betrug mit der Diamantenmine hinter dem Wasserfall geplant habe. Das hat er doch sicher auch noch zusammenfantasiert, der alte Narr!«

Kleine weicht Schmeiles Blick immer noch aus.

»Ihr Schweigen bestätigt mir nur, dass es so war, junger Mann. Sie und Ihr Freund Jungblut – Sie glauben diese Hirngespinste, das sehe ich Ihnen an!«

Sebastian Kleine kneift die Lippen zusammen.

Schmeile zieht provozierend gelassen seine Remington-Pistole aus dem Gurthalfter, legt sie von einer Hand in die andere und wieder zurück und entsichert sie schließlich. Dann baut er sich breitbeinig im Eingang der Hütte auf, als wolle er den Fluchtweg versperren. Den Pistolenlauf richtet er auf Kleines rechtes Bein. Seine Stimme ändert sich. Kalt sagt er:

»Sie glauben doch nicht im Ernst, mein Junge, dass ich mir den Plan meines Lebens von Ihnen zerstören lasse … Nein, Sie werden mir nicht in die Quere kommen! Es ist ziemlich dumm von Ihnen, wie sie sich verhalten. Es ist sogar lebensgefährlich!«

Sebastian Kleine überlegt fieberhaft, wie er sich wehren kann. Er blickt verstohlen zu einem primitiven Beil, das in Reichweite seines rechten Arms an der Wand lehnt.

55

Die Gewitterfront ist über das Meer herangezogen und hat die Baininger-Berge erreicht. Die dünneren Ausläufer schieben sich vor die Nachmittagssonne. In der Ferne donnert es. Vom nahen Wald her ertönen wieder Vogelstimmen.

Schmeile nimmt noch einen Schluck aus der Schnapsflasche. Kleine erhebt sich langsam, mit vorgebeugtem Kopf.

»Sitzen geblieben!«, schreit Schmeile und fuchtelt mit der Pistole.

Kleine drückt seine Füße vom Boden ab und stürzt sich nach vorn.

Mit aller Kraft rammt er seinen Kopf in Schmeiles Bauch, wie er das früher als kleiner Junge bei Raufereien mit größeren Gegnern gemacht hat. Schmeile krümmt sich vor Schmerz.

Kleine greift nach der Pistole seines Gegners. Er erwischt den Lauf und dreht ihn zur Seite. In diesem Moment drückt Schmeile ab.

Sebastian Kleine spürt in der Innenfläche seiner Hand, wie die Kugel durch den Lauf schießt. Das Projektil durchschlägt hinter ihm die Schilfwand der Hütte. Schmeile lässt die Waffe fallen, stolpert, fängt sich wieder, greift nach der am Boden liegenden Pistole, ergreift den Lauf, holt mit dem Arm weit aus und schlägt zu wie mit einem Hammer. Der Schlag trifft die linke Hand, die Kleine schützend vor sein Gesicht hält. Knochen splittern. Blut spritzt. Von der Wucht der eigenen Bewegung stolpert Schmeile zu Boden.

Plötzlich hat Kleine das primitive Eingeborenenbeil in seiner Rechten. Einen Sekundenbruchteil lang will er dem vor ihm liegenden Mann damit den Schädel spalten, doch dann dreht er den Stiel in seiner Hand und schlägt mit der stumpfen Rückseite zu. Der Schlag streift Schmeiles Schläfe und wuchtet gegen das Schultergelenk.

Schmeile schreit. Kleine richtet sich wieder auf.

Er wischt sich mit der blutenden linken Hand durch das Gesicht und über die Augen. Durch einen roten Schleier sieht er plötzlich draußen vor der Kulthütte drei Gestalten, Erscheinungen wie aus einer anderen Welt: Ihre nackten Oberkörper sind mit blauen Ornamenten bemalt. In den bärtigen Gesichtern blähen sich breite Nasenflügel. Die Lippen sind mit roter Farbe zu dicken Mäulern geschminkt. In ihren helmartig aufgeplusterten Haaren stecken Knochen, menschliche Knochen, die Knochen ihrer erlegten Feinde. Sie heben Pfeile und Bögen.

Hinter den Bogenschützen tauchen ein halbes Dutzend weiterer Männer auf. Sie tragen Masken. Masken, wie sie Kleine in der Sammlung von Stanislaus Gornik im Lager der Faktorei in Herbertshöhe gesehen hat: die vorderen Hälften stammen von Totenschädeln. Sie sind blutrot bemalt, mit Nüssen und Schneckengehäusen verziert – Totengesichter, wie von Geschwüren oder Pestbeulen befallen.

Die steinzeitlichen Krieger spannen ihre Bögen. Blitzartig schwirren drei Pfeile von den Sehnen. Die ersten beiden zischen über den am Boden liegenden Schmeile hinweg in das Innere der

Hütte. Kleine will sich zur Seite werfen, aber der dritte Pfeil trifft ihn. Die giftgetränkte Spitze mit dem knöchernen Widerhaken schlitzt den Stoff seiner Tropenjacke auf, durchschlägt seine Bauchdecke und bleibt in seinen Eingeweiden stecken. Sebastian Kleine sinkt langsam zur Seite.

Schmeile findet seine Pistole wieder. Er drückt sich flach auf den Boden, benutzt Kleines Körper als Deckung und feuert im Liegen drei Schüsse auf die Angreifer ab. Die Bogenschützen und die Maskenmänner flüchten mit großen Sprüngen über die Lichtung. Sie werden vom grünen Dunkel des Dschungels verschluckt.

»Diese verdammte Mörderbande! Diese Menschenfresser! Die werden wiederkommen!« Schmeile schwenkt seinen Pistolenlauf in Richtung Urwald hin und her.

Kleine spürt, wie ihm die Sinne schwinden. Alles wird schwarz. Aber er kommt wieder zu Bewusstsein, als ob ein Licht angezündet und wieder ausgeblasen wird.

Er merkt noch, dass Schmeile ihm mit einem Strick die Füße fesselt und die Hände auf den Rücken bindet.

Aber er kann sich nicht wehren. Seine Muskeln und Gelenke sind wie gelähmt.

»Sie haben sich um Sachen gekümmert, die Sie nichts angehen, junger Mann.«

Und mit diabolischem Grinsen fügt Schmeile hinzu: »Sie wollten doch die Sitten und Gebräuche dieses Kannibalen-Geheimbundes erforschen – jetzt werden Sie gewisse Rituale am eigenen Leibe erleben können …«

Sebastian Kleine merkt noch, wie Schmeile ihn mit den Füßen voran wegschleift und ihn vor dem Eingang der Kulthütte auf der Lichtung am reißenden Nebenfluss des Toriu ablegt. Wie einen Sack. Wie einen Köder.

Er krümmt sich am Boden. Sein Kopf liegt seitlich auf seinem rechten Oberarm. Aus dieser Perspektive sieht er, wie sich Schmeiles Schnürschuhe vor dem dunklen Gewitterhimmel in Richtung Dschungel entfernen. Dann ist es still.

Über sich sieht Sebastian Kleine die Gipfel der hohen Urwaldbäume, und am Himmel zieht die schwarze Wolkenwand des Gewitters heran. Blitze zucken daraus hervor. Aber es donnert noch nicht.

Die Handfesseln sitzen locker. Die Lähmung scheint nachzulassen. Kleine schafft es noch , erst die blutende linke Hand herauszuziehen und dann die andere. Auch die Fußfesseln lösen sich. Doch als er aufzustehen versucht, fällt er wieder kraftlos zur Seite. Das Pfeilgift wirkt stärker als zuvor, wie in Schüben fällt es über seinen Körper her.

Sebastian Kleine schließt die Augen. In seiner Erinnerung tauchen Bilder und Szenen auf, blitzartig, als ob ein Buch eilig durchblättert wird. Am deutlichsten sieht er Momentaufnahmen aus seiner Kindheit und Jugend: wie er als Baby im Arm seiner Mutter liegt, während sie seinen Zwillingsbruder Wilhelm hält und der Vater im Sonntagsstaat mit strengem Gesicht danebensteht; wie in seiner Kinderhand ein flauschiger, grünorangebunter Eisvogel sitzt, der aus dem Nest gefallen ist, und wie die Beinchen zucken, bevor das Vogelkind stirbt. – Er sieht die blühenden Zweige des Kirschbaums vor dem dunkelgrauen Strohdach seines Elternhauses, prallrote Äpfel in der Herbstsonne und Eiszapfen vor einem kalten, blauen Winterhimmel. – Er schmeckt das Blut in seinem Mund, nachdem sein Bruder ihm bei einer Prügelei einen Milchzahn ausgeschlagen hatte. – Er riecht Bierdunst und den Zigarrenrauch und hört das Lachen und Fluchen der Männer, mit denen sein Vater im alten Wirtshaus nach dem Kirchgang am Sonntagvormittag Karten spielt. – Er spürt wieder seine Angst, als der alte Fischer einen riesigen Stör aus der Oste in seinen Kahn zieht und der Fisch mit Kopf und Schwanz wie ein Drachentier gegen die Bootswand schlägt. – Und er hört noch einmal die Stimme des Pastors, der in der St.-Petri-Kirche seinen Namen aufruft und vor der Gemeinde seinen Konfirmationsspruch verkündet: »Sebastian Kleine! Der Herr ist mit dir und wird dich behüten, wo du auch sein wirst …«

Doch der Herr ist nicht da. Niemand behütet ihn.

Er umklammert das Amulett mit der kleinen Paradiesfeder, das ihm Satulia geschenkt hat. Es duftet nach Orangen, nach Zimt und nach Kokosmilch, wie ihre Haut, als sie sich am Strand von Ralum geliebt haben. Satulia wird um ihn weinen. Dieser Gedanke tröstet ihn.

Sebastian Kleine möchte sterben, bevor sie ihn finden.

Sein rechter Arm wird taub. Seine angewinkelten Beine zucken ohne Gefühl. Er hat keine starken Schmerzen, aber er spürt, wie sich die lähmende Wirkung des Giftpfeils von seinem Bauch aus bis in alle Glieder ausbreitet. Durch das Rauschen in seinem Kopf dringen Rufe und Schreie. Schon glaubt er, die zwitschernden Vogellaute zu hören, mit denen sich die Fährtensucher der Eingeborenen, die Bogenschützen und Speerwerfer untereinander verständigen, wenn sie sich vorsichtig einer Beute nähern.

Doch auf der Lichtung vor ihm sind die Paradiesvögel gelandet. Ihre Federn leuchten im scharfen Sonnenschein wie die Farben des Regenbogens. Als wollten sie ihm einen letzten Wunsch erfüllen, führen sie ihren Balztanz auf – aber dann verschwinden sie plötzlich wieder im grünen Dunkel des Dschungels, aus dem sie gekommen sind.

Denn aus dem Unterholz schleichen die Jäger hervor, die Handlanger des Todes. Doch der junge Naturforscher Sebastian Kleine rührt sich nicht mehr. Seine Augen sind erstarrt. Aber auf seinem Gesicht liegt ein Lächeln, wie eine Erinnerung an den Tanz der Paradiesvögel, den er zuletzt doch noch gesehen hat.

Am anderen Ufer des reißenden Flusses stellt Werner Jungblut die Schärfe seines Fernglases nach und lässt den kreisrunden Blickpunkt über die Lichtung schweifen.

In der Kirche von St. Paul hatte ihn die Unruhe gepackt. Oder war es eine Vorahnung? Er ist in Begleitung des bewaffneten zweiten Fährtensuchers trotz der Schmerzen in seinem verletzten Oberschenkel hinter Schmeile und seinem Freund Sebastian Kleine hergehumpelt. Als der erste Pistolenschuss fiel, hatten die beiden gerade die kleine Hängebrücke am reißenden Nebenfluss des Toriu erreicht.

Jungblut hat auch die drei Bogenschützen gesehen. Und weitere Schüsse gehört. Und dann hat er beobachtet, wie Schmeile etwas aus der Hütte geschleppt hat, bevor er in den gegenüberliegenden Urwald gerannt ist. Ein Bündel. Ein menschliches Bündel!

Was ist passiert? Wo ist sein Freund Sebastian Kleine?

Jungblut will gerade die Hängebrücke betreten und nachsehen, was geschehen ist, als drüben zwei, drei Dutzend kriegerisch bemalte Eingeborene, mit Lanzen und Speeren, Pfeil und Bogen bewaffnet, auf der Lichtung erscheinen. Langsam, Schritt für Schritt, als wenn sie sich einem scheuen Tier nähern, schleichen sie auf die Rundhütte in der Mitte des Platzes zu. Sie verharren einen Moment mit erhobenen Waffen. Dann bricht Geschrei und Triumphgeheul aus. Die Krieger schwenken ihre Waffen und tanzen im Kreis herum. Dann heben sie etwas über ihre Köpfe. Einen Sack? Einen Körper? Einen leblosen Körper! Dutzende von Arme und Hände recken sich empor.

Es sieht aus, als ob ein riesiger Käfer seine Beute wegschleppt.

Werner Jungblut begreift, dass die Eingeborenen mit schrillem Singsang und wiegenden Schritten einen toten weißen Mann wegtragen. Und es braucht noch länger, bis ihm klar wird, wer dieser Tote ist, den die Kannibalen in den Dschungel verschleppen – sein Freund Sebastian Kleine …

Der letzte Sonnenstrahl ist erloschen. Die dunkle Wolkendecke hat sich geschlossen. Aus dem Grummeln wird ein Donnern. Die ersten Blitze fahren in den Urwald. Ein böiger Gewittersturm erfasst die Wipfel der hohen Bäume. Schwere Regentropfen prasseln auf die Blätter und auf den Boden.

Ohne nachzudenken, humpelt Jungblut auf die wacklige Hängebrücke. Verzweifelt will er seinem Freund Sebastian Kleine zu Hilfe kommen. Irgendwie.

Die Bodenbretter sind vom Regen nass und rutschig. Der Sturmwind schaukelt die ganze Hängebrücke immer wilder hin und her. Jungblut hangelt sich mit beiden Händen am Halteseil entlang. Unter ihm tost das Wasser. Der Regen fällt jetzt so dicht wie ein Vorhang. Er kann kaum noch ein paar Meter weit sehen. Kurz bevor er endlich das andere Ufer erreicht, rutscht er aus. Ein stechender Schmerz schießt durch sein verletztes Bein. Seine Hände lösen sich vom Halteseil. Er droht abzustürzen. Seine Beine und sein Unterkörper hängen schon im Wasser. Verzweifelt klammert sich Jungblut an den glitschigen Bodenbrettern fest. Es gelingt ihm nicht, sich wieder hochzuziehen. Da kommt ihm durch den Regenschleier ein Mann entgegen. Aus den Augenwinkeln erkennt er Gustav Schmeile.

»Hilfe …! Helfen Sie mir!«

Jungblut reckt verzweifelt eine Hand nach oben. Dann spürt er einen scharfen Schmerz. Ein Fußtritt fegt seine andere Hand von der Hängebrücke. Er verliert den letzten Halt und stürzt in die Flut hinab. Sein Kopf kracht kurz darauf gegen einen scharfkantigen Felsen, dann wird alles schwarz.

Von der Hängebrücke aus sieht Schmeile, wie sich das Wasser am Felsen rot färbt. Jungbluts Kopf verschwindet im reißenden, gurgelnden Strom.

Schwer atmend hält Gustav Schmeile sein Gesicht in den tropischen Gewitterregen.

Auch nach längerem Abwarten taucht der Zeuge seines Verbrechens nicht wieder auf.

56

»Störe ich …?«

»Allerdings!«

»Wann ist es Ihnen denn genehm, Herr Gouverneur?«

»Heute überhaupt nicht. Ich versuche nämlich gerade, diesen Paragrafenreitern im Berliner Reichskolonialamt klarzumachen, dass wir dringend eine Aufrüstung der Schutzpolizeitruppe brauchen, wenn wir die Sicherheit unserer Bevölkerung in Deutsch-Neuguinea gewährleisten wollen.«

»Bitte um Verzeihung, wenn ich bei so einer wichtigen Angelegenheit störe, aber ich war gerade eben im Katasteramt und bei dem Beamten für Grundstücksfragen. Und weil Ihre Tür offen steht, dachte ich, ich sag' mal kurz guten Tag.«

»Guten Tag!«

Gouverneur Albert Hahl blickt Theobald Kolber erst missmutig, dann aber doch freundlicher an, bevor er sich wieder seiner Arbeit zuwendet.

Er sitzt kerzengerade an seinem aufgeräumten Schreibtisch im ersten Stock der Kolonialverwaltung von Herbertshöhe, hat sein Jackett über einen Stuhl geworfen und die Hemdsärmel aufgekrempelt. Langsam, Wort für Wort, beschreibt er mit einem Bleistiftstummel das vor ihm liegende Papier. Zwischendurch zwirbelt er die Enden seines imposanten Schnauzbarts. Ab und zu blickt er durch das Fenster über den dunkelgrauen Lavastrand vor dem Gebäude der Kolonialverwaltung, über die Blanchebai und auf die Vulkane an der im sonnigen Dunst liegenden Bucht von Rabaul. Der größte, der Tavurvur, rumort seit Tagen wieder vor sich hin und bläst eine dünne Qualmwolke in den Himmel.

Kolber tritt so nahe an den Schreibtisch heran, dass er die Überschrift auf dem Papier lesen kann. Sie lautet: »Antrag über die unverzügliche Aufstellung eines zweiten Polizei-Expeditionskorps für die Kolonie Deutsch-Neuguinea«. Interessiert beugt sich Kolber weiter nach vorn. Der Gouverneur lässt ihn gewähren.

Dr. Albert Hahl, der oberste Repräsentant der kaiserlichen Regierung in Deutsch-Neuguinea, begründet seine an das Reichskolonialamt in Berlin gerichtete Forderung mit dem Massaker von St. Paul und den daraufhin im gesamten Gebiet der nordöstlichen Gazelle-Halbinsel ausgebrochenen Unruhen unter den Eingeborenen, die bereits Züge eines organisierten Aufstandes angenommen hätten. Hahl will eine zweite Söldnertruppe von 125 Eingeborenen rekrutieren. Offenbar listet er gerade die Kosten für Sold und Bewaffnung der Polizei-Soldaten mit Seitengewehren, Karabinern mit aufsetzbaren Bajonetten sowie für Verpflegung und Unterbringung auf.

»Wenn Sie schon bei der Entstehung von Dokumenten der höchsten Geheimhaltungsstufe in der Kolonie herumspionieren, dann bleiben Sie doch lieber hier und warten, bis ich fertig bin. Ich brauche für diesen Briefentwurf noch eine gute Viertelstunde.«

Hahl erhebt sich jetzt halb, reicht Kolber gequält lächelnd die Hand und zeigt auf die zerschlissene braune Ledercouch an der gegenüberliegenden Wand, die mit einer kolorierten Großaufnahme von Kaiser Wilhelm II. und einer schwarz-weiß-roten Reichsfahne dekoriert ist.

»Wie ich vorhin gelesen habe, ist Seine Majestät gerade dabei, das Heilige Land zu erobern. Seine Reise nach Palästina und Jerusalem scheint ein großer Erfolg zu sein. Jedenfalls wenn man den hymnischen Berichten in unseren deutschen Gazetten glauben darf.« Der Gouverneur deutet auf eine Zeitung, die auf dem Kanapee liegt.

»In Konstantinopel ist der Kaiser von den Türken bejubelt worden. Und nun bauen wir auch noch die Bagdad-Bahn in Persien. Und in China haben wir ja erst im März des Jahres für 99 Jahre das Pachtgebiet Tsingtau übernommen.« Kolber zieht an seiner Pfeife und pafft eine blaue Wolke in den Raum.

»So ganz freiwillig haben die Chinesen den Vertrag wohl nicht abgeschlossen. Da haben ein paar unserer größeren Kanonenboote vor der Küste ihre Wirkung nicht verfehlt.« Der Gouverneur tritt an die gegenüberliegende Wand mit einer einfachen Weltkarte, wie sie auch in deutschen Volksschulen hängt, und deutet auf das neue Pachtgebiet an der Ostküste Chinas.

»Das Deutsche Reich ist dabei, ein Weltreich zu werden, jedenfalls wollen der Kaiser und die Regierung in der Welt immer mehr Einfluss gewinnen«, sagt Kolber. »Hoffentlich übernehmen wir uns nicht dabei.«

»Die Befürchtung habe ich auch. Aber, da Sie mich nun schon einmal aufgesucht haben, lassen Sie uns nun doch lieber zum Naheliegenden kommen: Was kann ich für Sie tun, Herr Generalbevollmächtigter?«

»Ich komme wegen einer für das große Weltgeschehen vergleichsweise unbedeutenden Angelegenheit, die aber dennoch für mich und das Haus Godeffroy & Sohn durchaus von weitreichender Bedeutung sein könnte.«

Der Gouverneur lächelt vertraulich.

»Es geht natürlich um die Grundstückskäufe von Polizeikommandant Schmeile und seinem australischen Geschäftspartner James Shepard im alten Vulkangebiet hinter dem Varzinberg ... Um diese geheimnisvolle Diamantenmine, wenn ich das richtig vermute.«

Kolber nickt und wedelt mit einem Konvolut von Schriftstücken.

»Ihre Zustimmung vorausgesetzt, habe ich mir von Ihren Mitarbeitern ein paar beglaubigte Abschriften der Kaufverträge machen lassen.«

»Meine Zustimmung haben Sie nachträglich.«

»Also dann will ich zur Sache kommen, Gouverneur Hahl: Diese Kaufverträge hier, sechs insgesamt, tragen alle die Unterschriften von Gustav Schmeile und von Mister James Shepard als Käufer von Ländereien jeweils in der Größe zwischen fünfhundert und tausend Hektar. Dazu gibt es einen Plan, auf dem sich all diese Grundstücke wie bei einem Bilderpuzzle zu einer einzigen großen Fläche rings um den ziemlich genau in der Mitte eingezeichneten Wasserfall und damit rings um die unterirdische Diamantenmine zusammenfügen.«

Kolber sieht den Gouverneur fragend an, aber der schweigt, als gebe es dazu nichts zu sagen. Kolber fährt fort: »Als Verkäufer haben sechs verschiedene Häuptlinge der Tolai und der Talum mit jeweils drei Kreuzen und mit den Stempelabdrücken ihrer rechten Zeigefinger gezeichnet. Beamte des Katasteramtes und Sie als Gouverneur haben Ihre Unterschriften daruntergesetzt und diese Kaufverträge damit als rechtmäßig deklariert ...«

»Wie es bei uns in Neuguinea und in allen anderen Kolonien

des Deutschen Reiches Sitte und Recht ist. Was ist also Ihre Frage, verehrter Herr Kolber?«

»Und es stört Sie nicht, dass Gustav Schmeile zugleich als Polizeikommandant und als Geschäftsmann auftritt?«

»Es stört mich schon. Aber, wie bereits gesagt, nach Schmeiles Dienstvertrag, der vor meiner Zeit ausgefertigt und vom Kolonialamt genehmigt worden ist, hat er keinen Beamtenstatus. Und ihm wird das Recht zu geschäftlichen Nebentätigkeiten eingeräumt, sofern es seine Haupttätigkeit als Kommandant der Polizeischutztruppe nicht beeinträchtigt.«

»Ich wollte nur noch einmal sichergehen. Zusammengefasst bedeutet dies: Das Haus Godeffroy & Sohn kann aufgrund dieser gültigen Verträge hier« – Kolber hebt die Papiere erneut hoch – »mit den Herren Schmeile und Shepard Verhandlungen mit dem Ziel führen, ihnen ihre mit diesen Verträgen verbrieften Rechte und Besitzungen abzukaufen!«

»Nach meiner Kenntnis steht dem nichts im Wege. Und wenn Sie mich weiter fragen würden, dann rate ich Ihnen, lieber Herr Kolber, ein Geschäft dieses Umfangs und dieser wirtschaftlichen und auch politischen Bedeutung über Notare in Deutschland und mit Zustimmung des Reichskolonialamtes abzuschließen.«

»Die beiden Herren bevorzugen allerdings Singapur als Ort des Vertragsabschlusses und möglichen Gerichtsstand.«

»Die Entscheidung darüber liegt ganz allein in Ihren und Herrn Godeffroys Händen. Ich bin kein Kaufmann und kein Notar, sondern nur ein schlecht bezahlter Kolonialbeamter Seiner Majestät.«

»Haben Sie herzlichen Dank für dieses aufschlussreiche Gespräch, Herr Gouverneur, das Sie trotz Ihrer angespannten Zeit …«

»Schon gut, schon gut, Kolber. Übrigens wollte ich Ihnen ohnehin etwas zu lesen geben.«

Der Gouverneur von Deutsch-Neuguinea schiebt dem Generalbevollmächtigten des Handelshauses Godeffroy & Sohn drei mit einer runden Frauenhandschrift eng gefüllte Seiten zu, die offenbar aus einem linierten Schulheft herausgerissen worden sind. Obenauf liegt ein Zettel, der mit roter Tinte beschrieben ist.

»Machen Sie es sich für die Lektüre nur ein wenig bequem.«

Kolber legt seine Jacke neben sich auf das Sofa, wirft seinen Tropenhelm obendrauf und streicht sich die nass geschwitzten Haare aus der Stirn, bevor er zu lesen beginnt.

Auf dem offenbar mit der Handschrift von Hahl beschriebenen Zettel steht: *»Ereignisse nach dem Blutbad von St. Paul, aufgeschrieben von Fräulein Franziska Hollerbach, Missionsschwester vom Heiligsten Herzen Jesu, Missionsstation Vunamarita«*.

Kolber beugt sich über die Aufzeichnungen der Missionsschwester, die zusammen mit einem Pater am Tatort des Massakers von St. Paul gewesen ist. Nach Schilderungen des schwierigen Anmarsches und des verlassenen Ortes schreibt Schwester Franziska: *»Ich will die Lage der schon stark verwesten Leichen beschreiben. Schwester Agneta war noch ganz deutlich zu erkennen. Sie lag im Haus von Hochwürden Rascher unter einem Tisch, unter den sie geflüchtet sein muss, mit dem Kopf auf einer Leinenkiste, das Gesicht nicht verzerrt, im Gegenteil freundlich lächelnd. – Schwester Sophia wurde wohl mit einem Beilhieb in den Nacken niedergeschlagen, sie scheint nicht gleich tot gewesen zu sein, denn die Kerle hatten noch schrecklich auf sie eingetreten. – Der Trappistenbruder Aloysius hat einen Schuss abbekommen, und da er noch eine Strecke lief, hat man auch ihn mit dem Beile vollends getötet … – Die Brüder Schellekens und Plaschart wurden ebenfalls erschlagen. Den Umständen nach hatten sie wohl an der neuen Kirche gearbeitet und hielten noch die Maurerkelle, einen Maßstock und einen Bleistift in den Händen. – Schwester Agatha verband vor dem Schwesternhaus gerade Wunden, als sie von zwei Beilhieben in den Kopf getroffen wurde. Neben ihr stand noch der Kasten mit dem Verbandszeug. – Schwester Angela hatte noch das Staubtuch in Händen, mit dem sie in der Kirche Kerzenleuchter und das Tabernakel gereinigt hatte.*

So waren alle ganz offensichtlich in voller Tätigkeit und fast zur gleichen Zeit überfallen worden, das Ganze ist wohl das Werk von kaum mehr als fünf Minuten gewesen.

Die Häuser sind ganz und gar geplündert und ausgeraubt.«

Kolber stützt den Kopf in die Hände und reibt sich die Augen. Als er aufsieht, bemerkt er, dass Gouverneur Hahl ihn beobachtet.

»Ungeheuerlich, nicht wahr?«

Kolber liest weiter, wie der ermordete Pater Rütten in seinem etwas außerhalb von St. Paul gelegenem Haus aufgefunden worden ist:

»Auf der kleinen Veranda stand sein blutiger Ruhestuhl. Er hatte darin wohl sorglos ein Mittagsschläfchen gehalten und ist dann von den Wilden überfallen worden. Am Boden war eine große Blutlache und auf einem Tische lag noch aufgeschlagen das Buch »Die Märtyrer von Rom«, worin er noch vor seiner Mittagsruhe gelesen haben muss ... Die Leiche des Missionars war nirgends zu sehen. Man suchte überall und sah endlich frisch gegrabene Erde. Darin fand man Hochwürden nur einen Fuß tief begraben. Sein Kopf war bis oberhalb des Mundes abgehauen ...«

Theobald Kolber hatte Pater Rütten zwei-, dreimal gesehen, zuletzt bei einer Diskussionsveranstaltung in Vunapope, wo der katholische Missionar über die Schwierigkeiten bei der Christianisierung der Kannibalen des Baininger-Stammes gesprochen hatte. Ein kleiner, schüchterner Mann war Rütten gewesen, etwa vierzig Jahre alt.

Missionsschwester Franziska schildert auch die Beerdigung der Mordopfer:

»Särge waren natürlich nicht zur Hand. Die Leichen wurden mit Kokosblättern umhüllt und in Reih und Glied in einer langen Gruft begraben. Vor und hinter dem traurigen Zuge schritten schwarze Soldaten mit geladenen Gewehren. Pater Kleintitschen ging voraus, in einer Hand eine Waffe und in der anderen das Gebetbuch. Vorsicht war geboten, denn immer noch konnten die Mordbuben in der Nähe sein. Ein junger Arzt und noch ein junger Weißer waren mit im Gefolge, auch beide bewaffnet ...«

Kolber hält inne. Er steht auf, wedelt mit den linierten Blättern und sagt aufgeregt. »Gouverneur Hahl! Die Schwester schreibt hier, dass ein junger Arzt und noch ein Weißer bei der Beerdigung dabei gewesen sind – ob es sich dabei um Dr. Jungblut und um meinen Sebastian Kleine gehandelt hat?«

»Vor allem deswegen habe ich Ihnen diesen Bericht zu lesen gegeben. Ich hoffe sehr, dass die beiden gemeint sind, aber ich weiß es nicht, denn wir konnten die Schwester noch nicht befragen, sie ist in Vunamarita geblieben und hat ihren Bericht unseren heimkehrenden Polizeisoldaten mitgegeben.«

Kolber braucht frische Luft. Er geht zum zweiten Fenster des Gouverneursbüros, von dem man über die Straße in Richtung Urwald sehen kann. Links liegt das große, eingezäunte Gelände der Polizeischutztruppe mit der langgestreckten Polizeikaserne mittendrin.

Hinter seinem Rücken schiebt Gouverneur Hahl seinen Schreibtischstuhl über den Fußboden zurück.

»Wenn Sie wollen, können Sie da drüben im Polizeigefängnis die Mörder von St. Paul besuchen, jedenfalls vier von ihnen. Es könnten noch einige mehr werden, das Strafexpeditionskorps ist ja noch immer in der Gegend von St. Paul unterwegs.«

»Was passiert mit den Gefangenen?«

»Wir werden wohl kurzen Prozess mit ihnen machen und sie nach Kriegsrecht zum Tode verurteilen. Schmeile hat schon ausrichten lassen, dass er höchstpersönlich die Exekution kommandieren will.«

57

»Ich habe Gouverneur Hahl und seine nette Tolai-Frau zu einem kleinen Beisammensein eingeladen. Ich denke, du freust dich darüber.« Queen Emma lächelt Theobald Kolber an, der ein unwilliges Gesicht macht.

»Ich habe mich eigentlich darauf gefreut, endlich mal wieder einen ganzen Abend und eine ganze Nacht allein mit dir zu haben.«

Queen Emma schmiegt sich an ihn, küsst ihn mit frisch geschminkten Lippen auf die Nase und lacht.

»Warum lachst du?«

»Weil du jetzt eine dicke rote Nase hast, wie ein Clown.«

Kolber zieht sie an sich und reibt seine Nase im tiefen, wohlriechenden Ausschnitt ihres kleinen Abendkleides.

Beide kichern noch immer, als Queen Emmas Hausdiener an die Tür des kleinen Salons klopft.

»Madame, der Herr Gouverneur und seine Gattin!«

Queen Emma wischt Lippenstiftspuren von ihrer Haut und von Kolbers Nase, bevor sie sich bei Kolber einhakt und ihn in die große Empfangsdiele zieht.

Gouverneur Albert Hahl küsst die Hand der Hausherrin. Seine dunkelhäutige Frau macht einen Knicks.

»Das ist Rhangi«, sagt Hahl.

»Ach, sieh an«, sagt Theobald Kolber, »ich wusste nicht, dass Rhangi Ihr Name ist, ich dachte, Sie kommen aus dem Dorf, das so heißt.«

»Eigentlich heiße ich anders, aber mein Mann nennt mich Rhangi, nach meinem Heimatdorf und weil mein Vater der Häuptling dieses Dorfes ist«, sagt die Tolai-Frau in makellosem Deutsch.

»Wir haben uns in Rhangi kennengelernt«, sagt Gouverneur Hahl. »Sie hat mir damals als Dolmetscherin geholfen, als ich mit ihrem Vater über die Wegerechte für deutsche Siedler verhandelt habe.« Sechzehn Monate sei das her. Es sei Liebe auf den ersten Blick gewesen.

Auf der Terrasse sind vier thronartige Rattansessel um einen mit üppigen Orchideen dekorierten Tisch gruppiert, über den ein zeltartiges Moskitonetz gespannt ist. Dahinter erstreckt sich der Park von Gunantambu bis zur Blanchebai. Am Ende führen breite Stufen zum Strand. Das Meer schimmert im Hintergrund.

Die beiden Kreuzer *SMS Möwe* und *SMS Cormoran* sind von ihren Einsätzen an der Küste des Baininger-Landes zurückgekehrt und haben in der Bucht Anker geworfen.

Queen Emmas neuer Koch, ein Inder aus Singapur, hat Speisen seiner Heimat zubereitet. Er kündigt in strammer Haltung die Menüfolge an: Mulligatawny Soup, Riesengarnelen im Tonofen geschmort und Tandoori Chicken. Als Dessert seien Mangos in Sherry vorgesehen.

»Wunderbar, worauf warten wir noch?« Kolber schnalzt mit der Zunge.

Beim Essen erzählt er dem Gouverneur, was man im Ort und in den Handelsfaktoreien an der Küste über die Strafexpedition nach St. Paul rede: Kommandant Schmeile hinterlasse überall im wahrsten Sinne des Wortes verbrannte Erde. Seine Truppe würde Hütten und Felder, ja ganze Dörfer in Brand stecken. Nicht nur verdächtige Männer, auch Alte, Frauen und Kinder seien im Land der Baininger erschossen worden.

Ja, solche Gerüchte seien auch zu ihm durchgedrungen, sagt Hahl ausweichend. Bei derartigen Strafexpeditionen gehe es nun einmal nicht zimperlich zu. Ihr Zweck sei ja schließlich Vergeltung und Abschreckung.

Aber durch derart brutale Strafaktionen werde doch nur neuer Hass und noch mehr Widerstand gesät, sagt Kolber.

Von der Küstenstraße klingen schrille Flötenklänge und blecherne Trommelwirbel herüber.

»Da kommt wohl wie aufs Stichwort unser Schutzpolizeikommandant mit seiner Truppe«, sagt Gouverneur Hahl, nachdem er sich erhoben hat.

Jedenfalls werde da Schmeiles Lieblingsmarsch »Alte Kameraden« gespielt. Als die Musik mit einem Paukenschlag abbricht, werden nacheinander drei Gewehrsalven abgefeuert. Vom Meer her antwortet Kanonendonner von den beiden deutschen Kriegsschiffen. Dann nähert sich Pferdegetrappel. Ein Pferd bleibt stehen und schnauft ein paarmal. Schließlich kommen harte Stiefelschritte den Kiesweg entlang.

Gustav Schmeile taucht aus dem Zwielicht auf. Der Kommandant der Schutzpolizeitruppe legt die Hand an seine Mütze und ruft aus vollem Hals: »Melde gehorsamst, Herr Gouverneur, Strafexpeditionskorps der Polizeischutztruppe Deutsch-Neuguinea von erfolgreichem Einsatz gegen feindliche Aufständische zurückgekehrt!«

Hinter Schmeile erscheint seine Truppe im Halbdunkel des Parks, angeführt von einem forschen weißen Leutnant, der eine Art Paradeschritt versucht. Die schwarzen Polizeisoldaten aber marschieren nicht mehr. Sie schlurfen nur noch heran. Sie sehen müde und buchstäblich abgekämpft aus. Die Uniformen sind verdreckt, angesengt und zerrissen. Die Seitengewehre mit den Bajonetten baumeln an den mageren Körpern herab. Zwei Mann mit kleinen Trommeln am Gurt und zwei mit Querpfeifen kommen zuletzt. Auf ein Zeichen des Leutnants geben sie noch einmal lustlos die »Alten Kameraden« zum Besten.

»Haben das Gebiet von St. Paul von den Aufständischen gesäubert! Siebenunddreißig Mörder und Plünderer im Kampf und auf der Flucht erschossen und vier Gefangene gemacht, dabei handelt es sich um die Rädelsführer des Verbrechens von St. Paul. Außerdem wurden zur Vergeltung und zur Abschreckung acht Dörfer in Brand gesetzt und dem Erdboden gleichgemacht sowie mehrere Waffenlager entdeckt und zerstört. Die Polizeischutztruppe selbst hat drei Tote und elf Verletzte zu beklagen …«

»Danke, Kommandant, ich bedanke mich für die Meldung und die Nachrichten.« Gouverneur Hahl ist aufgestanden und hat sich während Schmeiles Rede auf die Terrasse gestellt, die anderen Abendgäste sind ihm nach und nach gefolgt.

»Selbstverständlich werde ich die Truppe morgen in der Kaserne offiziell begrüßen und ihr für ihren Einsatz danken …« Hahl macht eine Pause, bevor er leiser hinzufügt: »Sie sollten Ihren Leuten jetzt die wohlverdiente Verpflegung und eine erholsame Nachtruhe in ihren Unterkünften in der Kaserne gönnen. Soviel ich weiß, ist dort alles für ihre Rückkehr vorbereitet.«

Der Leutnant ruft: »Keeeehrt Maaarsch!«

Schmeile bleibt jedoch wie angewurzelt stehen. Er scheint auf etwas zu warten. Queen Emma lässt sich verleiten, zum Missfallen von Kolber sagt sie:

»Wenn Sie mögen, sollten Sie sich ein wenig erfrischen und uns noch Gesellschaft leisten, Herr Kommandant. Wir sind gespannt auf Ihren weiteren Bericht.« Der Hausdiener werde ihn zum Gästebad geleiten.

Schmeile lässt sich nicht zweimal bitten. In der Eingangshalle trifft er auf Satulia. Er bleibt einen Moment stehen, als wolle er Sebastian Kleines Freundin etwas sagen, aber dann wendet er sich wortlos ab.

Eine halbe Stunde später erscheint Schmeile mit nass gekämmtem Haar am Esstisch unter dem Moskitozelt. Der Hausdiener hat ihm eine saubere graue Hose und ein frisches Khakihemd gegeben. Beides ist ihm zu groß. Die beiden Paare sehen schweigend zu, wie der Rächer von St. Paul zwei Teller Tandoori Chicken herunterschlingt und dazu drei Flaschen Bier in sich hineinschüttet. Danach rülpst er hinter vorgehaltener Hand.

»Ich darf annehmen, es hat Ihnen gemundet, Herr Kommandant«, sagt Gouverneur Hahl. »Wenn Sie uns nun von Ihrem Einsatz berichten wollen.«

Eine Stunde lang erzählt Schmeile von seinen Heldentaten. Wie er seine Truppe gegen eine feindliche Übermacht der Kannibalen in den Kampf geführt hat. Mit einer Kriegslist habe er den Feind in einen Hinterhalt gelockt, eingeschlossen und vernichtend geschlagen. Durch partisanenartige Überfälle hätten die Aufständischen ihm und dem Strafexpeditionskorps jedoch das Leben weiterhin schwergemacht. Seine Soldaten seien in ihrem Zorn kaum zu zügeln gewesen, leider hätten sie in einem Dorf auch auf flüchtende Frauen und Kinder geschossen. Ob es Opfer gegeben habe, könne er nicht mit Gewissheit sagen.

Bei ihrem Vormarsch auf St. Paul wären sie unterwegs auf den Kapitän des Missionsdampfers *Gabriel*, Johannes Andresen, getroffen. Der habe berichtet, dass der junge Tropenarzt Dr. Jungblut das Massaker in St. Paul verwundet überlebt hat. Er wäre von seinem nachgerückten Freund, dem Godeffroy-Forscher Sebastian Kleine, gefunden und versorgt worden.

Bedauerlicherweise sei Käpt'n Andresen am Tag darauf durch ein tragisches Unglück ums Leben gekommen: Bei einem Scharmützel mit den Rebellen habe er sich zu weit von den Soldaten des Expeditionskorps entfernt. Eine Kugel der eigenen Leute hätte ihn versehentlich tödlich getroffen.

»Und warum sind Tropenarzt Jungblut und mein Mitarbeiter Kleine nicht mit Ihrer Truppe zurückgekehrt?«, fragt Theobald Kolber nach einem Schweigen, das wie eine Gedenkminute anmutet. Es ist, als ahne er etwas Furchtbares. »Wo sind die beiden?«

Schmeile antwortet nicht sofort.

»Sind sie noch in St. Paul oder in Vunamarita? Warum sind sie nicht mitgekommen?«

Schmeile dreht eine leere Bierflasche in seinen Händen und blickt ausdruckslos zu Boden. Gouverneur Hahl schaltet sich ein.

»Nun reden Sie schon, Herr Kommandant. Was ist mit den beiden geschehen?«

»Nun, wir haben Herrn Doktor Jungblut und Herrn Kleine wohlbehalten in der Kirche von St. Paul angetroffen. Dort hatten sie sich tagelang vor Räubern und Mördern verbarrikadiert. Sie waren in guter Verfassung, abgesehen von einer Beinverletzung, die Herr Jungblut durch einen feindlichen Speer erlitten hatte …« Ein dritter Mann sei hingegen seinen schweren Hieb- und Stichwunden erlegen, die ihm beim Überfall auf St. Paul zugefügt worden seien. Diesen Toten, den Missionar Heinrich Althoff, hätten die beiden Männer am Tag zuvor zu Grabe getragen.

Schmeile lässt sich ein weiteres Bier geben. Die vier Zuhörer sehen ihn angespannt an.

»Sie wollten uns von Tropenarzt Jungblut und von meinem Mitarbeiter Kleine berichten.« Theobald Kolber kann seine Ungeduld nicht verbergen.

Schmeile krümmt sich zusammen, als habe er Magenschmerzen.

»Was ich jetzt zu berichten habe, fällt mir nicht leicht«, sagt er endlich gedehnt. »Aber Sie haben ein Recht darauf, zu erfahren, was geschehen ist ...«

Leider müsse er Folgendes mitteilen: Herr Sebastian Kleine sei entgegen seiner, Schmeiles, ausdrücklichen Warnung leichtsinnigerweise zu einem Kultplatz des gefährlichen Iniet-Geheimbundes in der Nähe von St. Paul vorgedrungen. Offenbar habe der übereifrige junge Forscher dort für das Museum Godeffroy aus einer heiligen Stätte der kriegerischen Kannibalen einige Gegenstände beschaffen wollen, wie Masken und kleine Kultfiguren von Ahnen, Geistern und Dämonen ...

»Alleine? Da ist er ganz alleine hingegangen?«, fragt Kolber.

»Er hatte wohl einen Eingeborenen als Kundschafter bei sich, aber dieser Mann ist rechtzeitig in den Urwald geflohen.«

»Rechtzeitig ...?«

»Herr Kleine ist offenbar auf dem Maravot, dem Kultplatz des Iniet-Geheimbundes, überrascht worden ...«

»Überrascht worden? Von wem?« Kolber starrt Schmeile an, der weicht seinem Blick aus.

»Nun, das können wir nur vermuten.«

»Und was vermuten Sie, Herr Kommandant?« Auch Gouverneur Hahl wird jetzt unruhig.

»Wir nehmen an, dass Herr Kleine von den aufgebrachten Iniet-Leuten überrascht worden ist. Vermutlich haben sie ihn noch auf dem Kultplatz getötet und davongeschleppt. Vielleicht war er aber auch noch am Leben. Wir vermuten ...« Schmeile stockt wieder.

»Herrgott noch einmal, nun rücken Sie schon endlich mit der Sprache heraus!«, ruft Kolber.

»Nun, diese Vermutung möchte ich in Gegenwart der Damen nicht gerne aussprechen – aber ..., aber es handelt sich bei diesen Eingeborenen unserer Kenntnis nach um Kannibalen ...«

»Nein ...! Um Gottes willen!« Queen Emma verbirgt ihr Gesicht in beiden Händen.

Theobald Kolber fasst sich an die Kehle. Gouverneur Hahl schluckt ein paarmal. Seine Frau Rhangi beginnt zu weinen.

»Ich bedaure wirklich ganz außerordentlich«, sagt Schmeile tonlos.

Wo denn Tropenarzt Dr. Jungblut sei, fragt Gouverneur Hahl.

»Das ist leider der zweite Teil der Tragödie«, sagt Schmeile halblaut.

Doktor Jungblut sei, wie er bereits erwähnt habe, bei dem Überfall auf St. Paul verletzt worden. Ein Pfeil habe einen Oberschenkel getroffen. Die Wunde sei zwar gut verheilt, aber richtig laufen habe er noch nicht wieder können. Dennoch sei er an jenem Abend seinem Freund Sebastian Kleine humpelnd gefolgt, wohl aus Sorge um ihn. Womöglich habe er sogar noch aus der Ferne beobachtet, was am anderen Ufer des Flusses mit seinem Freund geschehen sei. Jedenfalls sei Dr. Jungblut nach Aussage eines christlichen Eingeborenen ganz in der Nähe des Iniet-Kultplatzes bei einem orkanartigen Tropengewitter von einer primitiven Hängebrücke aus in einen reißenden Nebenfluss des Toriu gestürzt.

»Am Tag darauf haben wir das Flussufer mehrmals abgesucht, aber von Doktor Jungblut keine Spur gefunden. Wir müssen annehmen, dass er ertrunken ist.«

Der Kommandant der Schutzpolizeitruppe stemmt sich nach dieser Erklärung ächzend aus seinem Sessel hoch.

»Mein Beileid …, bedaure aufrichtig, dass ich Ihnen diese traurigen Nachrichten nicht ersparen konnte.«

Schmeile steht eine Weile auf wackligen Füßen, dann legt er seine Hand unsicher an die Schläfe und stolpert die Treppenstufen der Terrasse hinunter. Er wankt mit knirschenden Schritten über den Kiesweg und verschwindet im mondlosen Dunkel der Tropennacht.

58

Die beiden jungen Frauen gehen Hand in Hand, Arm in Arm, Schulter an Schulter am Strand von Gunantambu entlang auf die große Bucht mit den drei Vulkanen zu. Von Queen Emma über den Bericht des Schutzpolizeikommandanten informiert, haben sie gemeinsam geweint und gemeinsam gelitten. Sie fühlen den Schmerz der anderen, als wäre es der eigene. Jetzt haben Anna Scharnhorst und Satulia keine Tränen mehr.

Die körperliche Nähe, das gemeinsame Gehen und das gemeinsame Schweigen haben ihnen gutgetan. Beinahe drei Stunden lang sind sie schon barfuß Schritt für Schritt durch den grauen Lavasand an der Küste entlanggelaufen, doch je näher sie ihrem Ziel kommen, desto schwerer fällt es ihnen, das letzte Stück des Weges zurückzulegen. Die Vulkane sind näher gekommen. Der Strand erscheint ihnen bereits vertraut. Hinter einigen waagerecht zum Meer hin wachsenden Palmen und hinter einem großen Oleandergebüsch taucht endlich Queen Emmas Strandhaus an der Küste von Ralum auf. Erst zwei, drei Wochen ist es her, dass sie hier glücklich gewesen sind. Nun wirkt der blaue Himmel kühl, das Meer bedrohlich, der menschenleere Palmenstrand bedrückend. Das Paradies ist für sie trotz der Hitze ein kalter Ort geworden.

Dass ihre geliebten Männer umgekommen sind, ist kaum zu verkraften, aber dass die beiden Toten auch noch spurlos verschwunden sein sollen – der eine verschleppt, der andere ertrunken –, hat den Schmerz unerträglich gesteigert. Nun wird es keine Beerdigung und keine letzte Ruhestätte geben. Auch deshalb wollen die beiden jungen Frauen auf ihre Weise Abschied von ihren Männern nehmen, an dem Ort, an dem sie noch vor wenigen Wochen wie im Paradies zusammen gewesen sind.

Queen Emma hat ihnen die Schlüssel für das Strandhaus gegeben. Mit einem Spaten graben die Freundinnen zwischen dem Haus und Strand ein Loch unter eine Kokospalme.

Satulia legt eine Feder, ähnlich der bunten Paradiesvogelfeder, die sie Sebastian Kleine als Talisman mit auf den Weg nach St. Paul gegeben hatte, in eine Schachtel. Und Anna Scharnhorst legt ein Abschiedsgedicht dazu, das sie von Hand abgeschrieben hat. Der Text stammt aus einem irischen Gedichtband, den ein Gast im Hotel Fürst Bismarck zurückgelassen hatte:

May the road rise to meet you,
May the wind be ever at your back.
May the sun shine warm upon your face
and the rain fall softly on your fields.
And until we meet again,
May God hold you in the hollow of his hand.

Nachdem sie das Erdloch wieder zugeschüttet haben, nageln Satulia und Anna eine kleine Messingtafel an den Stamm einer Palme. Der Schmied von Herbertshöhe hat ein paar Worte in das weiche Metall geritzt: »Zur Erinnerung an Dr. Werner Jungblut und Sebastian Kleine, gestorben am 19. August 1898 in Neupommern. In Liebe, Anna und Satulia«.

Anna versucht ein Vaterunser zu sprechen, aber ihre Stimme versagt.

Schweigend gehen die beiden Frauen zurück, wie sie gekommen sind. Als sie die ersten Gebäude von Herbertshöhe erreichen, versinkt die Sonne nach einem windstillen Tag im spiegelglatten Wasser der Blanchebai.

Stanislaus Gornik sieht in der Ferne zwei Frauen am Strand, aber er kann nicht erkennen, wer sie sind. Der polnische Naturforscher blickt aus dem Fenster im Kontor der Handelsfaktorei von Godeffroy & Sohn und rutscht unruhig im Besuchersessel vor Theobald Kolbers Schreibtisch hin und her. Er ist am Nachmittag von einer Expedition zurückgekehrt und hat wohl als einer der Letzten erfahren, was mit seinem Freund Sebastian Kleine in St. Paul geschehen ist. Er fühlt sich nun wie zu seiner Schulzeit, wenn er dem strengen Lehrer etwas beichten musste.

»Was gibt es denn so Dringendes zu sprechen, Stanislaus?«, fragt Theobald Kolber und blickt den erschöpften jungen Mann aufmunternd an.

»Mir liegt etwas auf dem Herzen«, sagt Gornik kleinlaut, »ich hätte Sie noch vor meiner Abreise darüber informieren müssen, was ich mit Sebastian Kleine am Raturu-See erlebt habe. Aber Sebastian Kleine und ich wollten Sie damals nicht damit belästigen, in dem allgemeinen Durcheinander nach dem Massaker von St. Paul – und außerdem haben wir auch nicht richtig eingeschätzt, wie wichtig das wohl war, was wir gesehen haben …«

»Sie sprechen in Rätseln«, sagt Kolber ungehalten. »Was ist passiert?«

Stanislaus Gornik erzählt, wie Kleine und er nach dem Aufenthalt in der unterirdischen Höhle hinter dem Wasserfall vergeblich nach Paradiesvögeln gesucht hätten, wie sie den Eingeborenen die Totenschädel abgehandelt haben und wie sie schließlich dem seltsamen Mann begegnet sind, der bunte Glasmurmeln in die Erde gepflanzt habe.

»Und was soll das alles bedeuten?« Kolber klopft ungeduldig seine Pfeife in den schweren Aschenbecher auf seiner Schreibtischplatte aus.

»Sie können sich doch sicher an den Mann erinnern, den Schmeile aus der Diamantenhöhle gejagt hat, weil der einen Rohdiamanten gestohlen hat?«

Kolber brummt zustimmend.

»Ja, und?«

»Das war derselbe Mann, der dann die Glasmurmeln gepflanzt hat. Podoro heißt er übrigens.«

»Ich verstehe immer noch nicht, was Sie mir damit …«

»Dass man Glasmurmeln oder Rohdiamanten wie Saatkörner oder Pflanzkartoffeln in die Erde legt, damit sie sich vermehren – das hat sich dieser Podoro wohl bei Gustav Schmeile und seinen Leuten abgeguckt …«

»Wie bitte …?« Kolber springt aus seinem Schreibtischstuhl

hoch. »Das darf doch wohl nicht wahr sein … Verdammt noch mal! Wollen Sie damit sagen, dass Schmeile und dieser Australier uns mit so einem billigen Trick reingelegt haben, dass der Kerl echte Rohdiamanten als Köder ausgelegt hat, um ein großes Diamantenvorkommen vorzutäuschen?«

Gornik nickt wortlos.

»Und das sagen Sie mir erst jetzt, nach über einer Woche …, das ist doch nicht zu fassen!«

»Ich bedaure aufrichtig …«

»Mit Verlaub, Gornik, Sie sind wohl nicht ganz bei Sinnen! Ich schicke eine Depesche mit einer Erfolgsmeldung über unserer Expedition zur Diamantenmine an Godeffroy nach Hamburg – und Sie haben gewusst oder zumindest geahnt, dass daran was faul ist …?«

»Kleine und ich, wir haben damals die Bedeutung wohl unterschätzt …«

»Unglaublich …! Wir blamieren uns ja bis auf die Knochen, wenn das stimmt, was Sie vermuten!«

Kolber schreit so laut, dass sein Sekretär Heinrich Pellworm ängstlich die Tür zum Vorzimmer schließt.

»Machen Sie, dass Sie mir aus den Augen kommen, bevor ich mich vergesse und Ihnen den Aschenbecher an den Kopf schmeiße!«

Bei Kolbers Wutausbruch bleibt Gornik ruhig.

»Wie Sie meinen«, sagt er und geht quer durch den Raum zur Tür. »Obwohl ich noch nicht am Ende bin mit dem, was ich zu sagen habe …«

»Raaauuus!«, brüllt Kolber mit rotem Kopf. »Nun ist es aber endgültig genug!«

Mit Gorniks Reaktion hat Kolber nicht gerechnet. Der polnische Forscher sieht seinen tobenden Vorgesetzten mit dem Blick eines Malakologen an, der eine zwar seltene, aber nicht ganz unbekannte Schneckenspezies betrachtet. Dann sagt er:

»Ich werde zurückkommen, wenn Sie sich beruhigt haben, Herr Kolber, also etwa in einer Viertelstunde, denn ich muss

Ihnen noch etwas sagen, was Ihnen noch viel weniger gefallen wird.« Gornik erhebt sich und geht zur Tür.

Eine Viertelstunde später lässt Kolber seinen polnischen Mitarbeiter von Sekretär Heinrich Pellworm zurückrufen.

»Was haben Sie mir denn noch zu sagen?«, fragt er durch den dicken Tabaksqualm hindurch, in den er sich inzwischen eingenebelt hat. Vor ihm steht eine geöffnete, schon halb leere Flasche Whisky. »Ein Whisky gefällig?«

Gornik nickt. Er nimmt einen großen Schluck aus dem Glas, das Kolber ihm zugeschoben hat.

»Also – wie lautet die nächste Hiobsbotschaft?«

Gornik sagt entschlossen: »Wenn ich richtig gehört habe, waren Sebastian Kleine, Tropenarzt Jungblut und Kapitän Andresen vom Missionsdampfer *Gabriel* tagelang gemeinsam in der Kirche von St. Paul und das Christendorf war immer noch von aufständischen Kriegern umzingelt.«

»Ja, und der verrückte Missionar Althoff war auch noch dabei«, sagt Kolber.

»Genau. Und Althoff ist mit Kommandant Schmeile früher im Diamantengebiet von Deutsch-Südwestafrika gewesen, wenn ich mich nicht täusche.«

»Das stimmt, soviel ich weiß«, sagt Kolber.

»Die Männer, davon gehe ich aus, werden sich in der Kirche über alle möglichen Sachen unterhalten haben – also vermutlich auch über den Schutzpolizeikommandanten Gustav Schmeile. Der ist doch immer ein Gesprächsthema gewesen. Warum soll da nicht auch die Sprache auf Schmeiles Vergangenheit gekommen sein? Und es würde mich nicht wundern, wenn Sebastian Kleine den anderen von unserem Verdacht erzählt hätte, dass mit der Diamantenmine etwas nicht stimmt ...«

»Schon möglich.«

»Dann ist doch wohl auch sehr gut denkbar, dass sie Kommandant Schmeile zur Rede gestellt haben, nachdem dieser als Befreier in St. Paul aufgetaucht ist.«

»Ja und ...?«

»Und jetzt sind alle tot ... Drei Männer, die von dem geplanten Betrug mit der Diamantenmine etwas geahnt haben! Ein etwas seltsamer Zufall, finden Sie nicht?«

Der Satz hallt nach.

Kolber starrt Gornik an, als habe der Pole den Verstand verloren. Aber dann wirkt er fassungslos. Und schließlich entsetzt. Theobald Kolber verschüttet viel Tabak, als er versucht, seine Pfeife neu zu stopfen, und erst beim dritten Versuch gelingt es ihm, ein Streichholz anzuzünden, so sehr zittern seine Hände.

»Um Himmels willen, Gornik! Was wollen Sie damit sagen ...?!«

59

Sekretär Pellworm erscheint im Türrahmen und sagt, ein Mister Henderson von der Firma Emma Eliza Coe & Partner wolle den Herrn Generalbevollmächtigten in einer dringenden Angelegenheit sprechen. Ob der Besucher warten solle?

»Wir sind gerade fertig«, sagt Stanislaus Gornik und verabschiedet sich schnell.

Kolber versucht, seine Fassung zurückzugewinnen.

Dennis Henderson drängt in den Kontorraum, kaum dass Gornik diesen verlassen hat. Mit Anzug, Weste und Krawatte sieht er wie immer so korrekt aus wie ein Geschäftsmann aus der Londoner City, der sich in die Tropen verirrt hat.

»Glückwunsch nachträglich zu Ihrem Sieg beim Tennisspiel neulich gegen meinen jungen Herrn Elberzhagen.« Kolber streckt dem Engländer betont leutselig die Hand entgegen.

»Danke. Ich bin gestern mit dem Postdampfer aus Sydney zurückgekehrt«, sagt Henderson in gepflegtem Deutsch.

»Das habe ich bereits vernommen. Queen Emma hat mir von Ihrer Ankunft in Herbertshöhe berichtet«, antwortet Kolber ebenso förmlich. »Wie wär's mit einem Whisky?«

»Gerne, mit Eis.«

Er könne zurzeit leider nicht mit Eis dienen, bedauert Kolber, die Vorräte seien aufgebraucht.

Queen Emma habe ihn bekanntlich gebeten, so beginnt Henderson, sich bei seinem Australien-Aufenthalt für den Herrn Generalbevollmächtigten ein wenig nach dem geschäftlichen Leumund eines gewissen James Shepard umzuhören. Das habe er getan und ein kleines Dossier zusammengestellt. Er zieht einen roten Umschlag aus einer Aktenmappe.

»Wollen Sie selber lesen, oder soll ich Ihnen die Ergebnisse meiner Erkundungen vortragen?«

»Bei Ihrem schönen Bariton, Mister Henderson«, sagt Kolber und lehnt sich in seinem Schreibtischsessel zurück, »höre ich gerne zu.«

Henderson klemmt ein Monokel ins rechte Auge und kneift das linke ein wenig zusammen. »Soll ich chronologisch vorgehen oder mit dem Wichtigsten beginnen?«

»Ganz wie Sie belieben.«

Henderson liest vor:

»James Archibald Shepard wurde am 11. April 1847 in Cooktown in Queensland geboren. Sein Großvater war Zimmermann, wurde in Liverpool wegen Totschlags zu langjähriger Gefängnisstrafe verurteilt und dann zusammen mit anderen Sträflingen nach Australien abgeschoben. Shepards Vater Malcolm, ursprünglich Maurer von Beruf, war ein glückloser, dem Alkohol verfallener Goldgräber in der Nähe von Cooktown, das übrigens nach unserem großen englischen Entdecker James Cook benannt ist. Nach ihm ist Shepard vermutlich auch James getauft . Seine Mutter Liza ernährte ihren arbeitsscheuen Mann und die vier Kinder, von denen James Archibald das Zweitälteste war, als Animierdame in einem übel beleumundeten Lokal …«

»Mister Henderson!«

»Ja, Mister Kolber?«

»Vielleicht doch lieber das Wichtigste zuerst …«

»Wie Sie meinen.«

Henderson blättert vier Seiten vor und rückt wieder sein Monokel zurecht.

»Also …, der, wie schon gesagt, aus ärmlichen Verhältnissen stammende Kaufmann und frühere Mitinhaber einer Wirtschaftsberatungsfirma Shepard ist wegen diverser Wirtschaftsvergehen bisher dreimal vorbestraft. Zuletzt musste er eine zweijährige Gefängnisstrafe verbüßen. Gegenwärtig wird er von Polizei und Staatsanwalt und von der Finanzbehörde in Sydney wegen Betruges in vier Fällen sowie wegen Steuerhinterziehung gesucht. Unter anderem wird ihm vorgeworfen, mit gestohlenen Wertpapieren, gefälschten Diamanten und wertlosen Immobilienbeteiligungen gehandelt zu haben. Außerdem werden ihm Betrügereien bei Warentermingeschäften sowie Manipulation von Glückspiel in einem privaten Spielcasino zur Last gelegt. Die Australien Stock Exchange hat Shepard bereits vor gut drei Jahren Hausverbot erteilt. Seine Konten wurden beschlagnahmt und seine Villa mit Blick auf die Harbour Bridge von Sydney ist mitsamt Mobiliar vor einem Jahr gepfändet worden. Den australischen Behörden ist Mister Shepards derzeitiger Aufenthaltsort nicht bekannt …«

»Danke, Mister Henderson. Mir reicht's! Mir reicht's gründlich …«

Kolber greift erneut zur Whiskyflasche. »Das klingt allerdings nicht sehr vertrauenerweckend für einen Geschäftsmann! Würden sie von so einem Mann auch nur einen Sack Kokosnüsse kaufen?«

»Mir ist zu Ohren gekommen, dass Ihnen einige Herrschaften, darunter dieser Gauner Shepard, etwas anderes verkaufen wollen als Kokosnüsse. Es geht angeblich um Diamanten?« Henderson lächelt süffisant. Kolber weicht aus.

»Woher, wenn Sie die Frage erlauben, beziehen Sie Ihre Informationen über Mister Shepard?«

»Von Kollegen meiner früheren Bank, die wiederum gute Behördenkontakte pflegen und die bei Bedarf auch schon einmal eine Auskunftei beschäftigen. Über derartige Unternehmungen mit australischer Beteiligung in Neuguinea hört man natürlich auch in Sydney so einiges ...«

»Sagen Sie, Mister Henderson, ist Ihnen in diesem Zusammenhang auch der Name Gustav Schmeile begegnet?«

»Sie meinen Kommandant Schmeile?«

Kolber nickt in sein Whiskyglas.

»Nein.«

»Nun gut. Danke. Aufrichtigen Dank, Mister Henderson. Sind Ihnen Unkosten entstanden?«

»Aber keinesfalls. Es war mir ein Vergnügen. Ich hoffe, ich konnte Ihnen damit helfen. Und, wer weiß, vielleicht können Sie mir bei Gelegenheit auch mal einen Gefallen tun, Mister Kolber?«

»Aber sehr gerne. Lassen Sie mich das jederzeit wissen.«

Kolber hat sehr konzentriert geredet und sich um Fassung bemüht. Aber als er sich nun erhebt und seine Hand über die Schreibtischplatte streckt, schwanken der Boden und die Wände vor seinen Augen. Er muss zweimal nachfassen, bis er Hendersons Hand endlich erwischt. Er drückt sie nicht nur, er scheint sich daran festzuhalten.

»Ist Ihnen nicht gut?«

»Danke, ich habe ein bisschen zu viel Whisky getrunken und allen Grund zu einem regelrechten Besäufnis, Mister Henderson. Denn nach allem, was ich soeben von Ihnen und vorhin von einem Mitarbeiter erfahren habe, habe ich mich gegenüber meinem Freund und Chef Johan Cesar Godeffroy so blamiert wie noch nie in meinem Leben.«

»Ich bedaure. Kann ich Ihnen noch irgendwie helfen in dieser Sache?«

»Haben Sie von der neu eröffneten Blanchebai-Bar gehört, wo angeblich die bessere Gesellschaft von Neupommern verkehrt? Hätten Sie Lust, mich dahin zu begleiten?«

»Danke, Alkohol in größeren Mengen bekommt mir nicht.« Henderson verabschiedet sich eilig.

»Na, dann eben nicht«, murmelt Kolber. Er ruft nach Pellworm und sagt, der Pferdebursche möge ihm sein Reitpferd bringen. Ob er nicht lieber die Kutsche holen lassen soll, fragt Pellworm, als er sieht, dass Kolber erst beim zweiten Versuch mit seinem linken Fuß in den Steigbügel trifft und sich nur mühsam am Sattel hochgezogen hat.

»Herr Kolber, Herr Kolber!«, murmelt Pellworm und blickt Ross und Reiter mit besorgter Miene hinterher, »wenn das man gutgeht.«

Die Blanchebai-Bar unten am Anleger von Herbertshöhe ist am frühen Abend nur halb voll. Das Etablissement ist in einem früheren Lagerhaus untergebracht und mit Bambusmöbeln und Palmen im Südseestil eingerichtet. Die mit Tischen und Sesseln möblierte Terrasse geht zur Blanchebai hinaus. Windlichter und Lampions mit chinesischen Schriftzeichen geben mildes Licht. Ein Pianist bedient ein Klavier, das dringend gestimmt werden müsste. Nur ein halbes Dutzend von zwanzig Tischen sind besetzt, als Kolber durch die halbhohe Schwingtür eintritt.

»Schön ruhig hier«, sagt er, als ein weiß gekleideter deutscher Kellner auf ihn zukommt.

Man erwarte noch einige Offiziere von der *SMS Cormoran*, die seien mit Kollegen von der Schutzpolizeitruppe verabredet. Man freue sich, dass der Herr Generalbevollmächtigte drei Monate nach der Eröffnung auch mal den Weg in die Blanchebai-Bar gefunden habe.

»Whisky mit Eis, und Sodawasser extra. Haben Sie Ballantine's?«, sagt Kolber wortkarg.

»Selbstverständlich.«

»Bringen Sie eine Flasche. Und kein Gerede! Ich will mich in Ruhe betrinken – oder kann man das hier nicht?«

Kolber setzt sich an einen Tisch in einer Ecke, von der aus das Lokal und die Terrasse überblickt werden. Er pustet das Tischlicht aus. So ist er nur schemenhaft zu sehen.

Seine Gedanken drehen sich im Kreis: Wie konnte er nur so dumm sein, auf den Trick mit den ausgelegten Rohdiamanten in der unterirdischen Höhle hereinzufallen? Wie soll er seinem

Freund Johan Cesar Godeffroy klarmachen, dass das große Geschäft mit der Diamantenmine eine Art Sinnestäuschung war, eine Fata Morgana, dass diese Hoffnung auf Rettung für das bedrohlich ins Schlingern geratene Haus Godeffroy & Sohn mit einem Knall geplatzt ist? Auf welchem Wege kann er ihn so schnell wie möglich warnen, damit Godeffroy in Hamburg keine Gespräche oder gar Verhandlungen führt? Und wie soll er Schmeile zur Rede stellen und zur Rechenschaft ziehen? Ist es wirklich möglich, was Gornik glaubt, dass der Kommandant der Schutzpolizeitruppe von Deutsch-Neuguinea nicht nur ein Wirtschaftsbetrüger, sondern auch ein kaltblütiger Mörder ist, der nacheinander drei Männer aus dem Wege geschafft hat, weil die hinter sein Geheimnis gekommen sind?

Nach dem insgesamt fünften Whisky an diesem Tag für Kolber ist das Lokal gut besucht. Offiziere des deutschen Kriegsschiffes *Cormoran* haben zwei Tische zusammengeschoben, und als ihre Kameraden von der Schutzpolizeitruppe eintreffen, bauen sie noch zwei weitere an. Die Stimmen werden lauter. Ein Berliner führt das große Wort. In der Reichshauptstadt werde die Pferdebahn abgeschafft und durch eine elektrifizierte Straßenbahn ersetzt, erzählt er. Und zwischen Berlin-Mitte und Potsdam habe das erste Automobilrennen in Deutschland stattgefunden, bei dem Fahrzeuge mit Elektro-, Gas und Benzinmotoren über die Landstraßen gerast seien. Mit Geschwindigkeiten von bis zu 30 Kilometern in der Stunde!

Einige Zuhörer bezweifeln lautstark, dass so etwas möglich sei.

Anhaltendes Gelächter deutet bald darauf hin, dass in der Männerrunde deftige Witze zum Besten gegeben werden. Der Pianist spielt lauter als zuvor. Ein Pärchen klammert sich auf der kleinen Tanzfläche aneinander.

Kolbers Kopf sitzt schwer zwischen seinen Schultern. Ab und zu sinkt ihm das Kinn auf die Brust. Zu seiner Überraschung steht plötzlich Stanislaus Gornik neben seinem Tisch.

»Sekretär Pellworm hat mir gesagt, dass Sie hier sind, und da habe ich mir gedacht …«

»Und nun wollen Sie sich ein bisschen um den besoffenen alten Sack kümmern, den Sie nicht rechtzeitig vor einer Katastrophe gewarnt haben, nicht wahr, junger Freund?«

Einen Moment scheint es, als wolle Kolber aufstehen und Gornik beschimpfen oder sich auf ihn stürzen, doch dann versucht er zu lächeln, aber das Lächeln verrutscht zum Grinsen eines betrunkenen Mannes, der mühsam um Haltung ringt.

»Wissen Sie, was Sie mal können, Gornik ... Sie können mir mal auf mein Pferd helfen, das hoffentlich noch draußen angebunden ist.«

Mit schlackernden Armbewegungen winkt Kolber nach dem Kellner, zahlt und gibt ein großzügiges Trinkgeld. Schwerfällig erhebt er sich und legt seine Hand auf Gorniks Schulter. Es soll kumpelhaft oder väterlich aussehen. Tatsächlich muss Kolber sich stützen, als er, von neugierigen Blicken verfolgt, zur Ausgangstür geht. Der Geschäftsführer nähert sich in devoter Haltung. »Dürfen wir Sie mit unserer Kutsche nach Hause fahren, Herr Kolber? Das ist unser Kundendienst für gute Gäste.«

Gornik meint, das sei eine gute Idee. Aber Kolber schüttelt den Kopf.

»Ein kleiner Ausritt an der frischen Luft wird mir guttun.«

Gornik hilft Kolber beim Aufsitzen. Er muss den beleibten Mann in den Sattel hochschieben. Gerade als er das gutmütig schnaubende Pferd losbinden will, prescht ein später Reiter auf den sandigen Platz vor der Blanchebai-Bar und schwingt sich elastisch aus dem Sattel. Kolber hält die Zügel fest und schenkt dem Mann keine Beachtung, aber Stanislaus Gornik erkennt ihn sofort. Später macht er sich Vorwürfe, dass er laut und deutlich spricht, damit Kolber ihn auch versteht:

»Da ist ja Kommandant Schmeile!«

Schmeile hört seinen Namen und kommt mit energischen Schritten näher. Er klatscht Kolbers Pferd vertraulich auf den Hals und sagt:

»Ach, das ist ja eine Freude! Der Herr Generalbevollmächtigte Kolber – und sein junger Diamantenexperte, wenn ich nicht irre.«

Kolber wendet sich um. Er starrt Schmeile mit gesenktem Kopf von oben herab an wie ein Stier kurz vor dem Angriff. Er holt tief Luft und dann brüllt er mit einer Lautstärke, dass seine Worte noch auf der Terrasse der Blanchebai-Bar zu hören sind, in der der Pianist gerade eine Pause eingelegt hat:

»Schmeile, Sie gottverdammter Gauner! Gehen Sie mir aus den Augen oder ich vergesse mich!«

»Was haben Sie gesagt?« Schmeile tritt einen halben Schritt zurück und blickt fassungslos zu Kolber hinauf.

»Sie gottverdammter Gauner!, habe ich gesagt …! Wo ist denn der andere Betrüger, mit dem sie ihre dreckigen Geschäfte machen?«

»Achten Sie auf Ihre Worte, Kolber …! Ich warne Sie!« Schmeiles Stimme klingt drohend, aber auch schrill und ängstlich. Es sieht so aus, als ob er seine Pistole aus dem Halfter ziehen will.

»Gauner und Betrüger habe ich Sie und Ihren australischen Komplizen genannt!«

Kolber ist wütend, aber plötzlich auch erstaunlich nüchtern. Das Geschrei hat die meisten Gäste aus der Blanchebai-Bar nach draußen gelockt. Einer der Offiziere der *Cormoran* versucht, die Kontrahenten zu beschwichtigen.

»Meine Herren, so beruhigen Sie sich doch.«

»Ich fordere Genugtuung«, ruft Schmeile, so dass alle es hören können.

»Hier haben sie Ihre Genugtuung«, brüllt Kolber, nun außer sich vor Zorn. Plötzlich hat er seine Reitpeitsche in der Hand, holt schnell aus und schlägt noch schneller zu. Das Ende des scharfen Lederriemens trifft Schmeile ins Gesicht. Der schreit vor Schmerz und Wut auf. Ein blutiger Striemen überzieht seine linke Gesichtshälfte von der Schläfe bis zum Hals.

Plötzlich zieht Schmeile seine Pistole. Er legt auf Kolber an. Gornik geht dazwischen. Mit der Handkante schlägt er Schmeile die Waffe aus der Hand.

Schmeile wankt zwei, drei Schritte zurück, dann richtet er sich auf und brüllt.

»Sie elender Feigling, Kolber. Sie wagen es, mich zu schlagen …? Ich fordere Satisfikation!«

Dann dreht er sich zu den Zuschauern um.

»Die Herren Offiziere sind Zeugen. Sie haben mich in meiner Ehre verletzt. Ich fordere Sie zum Duell auf Pistolen!«

»Es wird mir ein Vergnügen sein, Sie Hochstapler! Sie dreckiger Geschäftemacher, Schmeile!«

»Mein Sekundant wird Sie morgen aufsuchen!«

»Ich erwarte ihn!«

Kolber knallt mit der Peitsche. Beim ersten Antritt seines Pferdes droht er nach hinten zu stürzen. Er hat Mühe, sich beim strammen Galopp im Sattel zu halten. Eine große Staubwolke bleibt hinter ihm zurück.

60

Queen Emma ist schockiert und empört, als sie in Kolbers Kontor hört, was in der Nacht passiert ist.

»Du bist verrückt, dich auf so etwas einzulassen«, sagt sie, während Theobald Kolber am nächsten Vormittag versucht, mit neuartigen Aspirin-Schmerztabletten, die er aus Hamburg mitgebracht hat, und mit einer Mischung aus Kaffee und Zitronensaft einen klaren Kopf zu bekommen.

»Ich bin nicht verrückt, aber ich war gestern Abend so betrunken wie schon lange nicht mehr«, sagt er. »Doch auch nüchtern betrachtet, finde ich es in Ordnung, die Sache zwischen Schmeile und mir auf diese Weise zu klären.«

Er erzählt Queen Emma, was er von Stanislaus Gornik und von ihrem Berater Dennis Henderson über Schmeile und dessen australischen Komplizen erfahren hat.

»Schmeile hat mich hereingelegt, und ich habe mich seinetwegen bei Johan Cesar Godeffroy bis auf die Knochen blamiert. Wenn sein ganzer Plan Erfolg gehabt hätte, wäre das Haus

Godeffroy& Sohn in der internationalen Geschäftswelt lächerlich gemacht worden. Es wäre das Ende gewesen. Und dieser Verbrecher in der Uniform eines Polizeikommandanten hat wahrscheinlich auch Sebastian Kleine und noch zwei oder drei andere Männer auf dem Gewissen. Also werde ich ihn umbringen – und zwar, wie sich das für einen Gentleman gehört, nach vorgeschriebenen Regeln. Im Duell!«

Kolber blickt entschlossen. Seine Stimme klingt kalt.

»Was der Kerl nicht weiß: Ich bin übrigens ein ziemlich guter Pistolenschütze.«

»Und wenn er dich trotzdem erschießt?«

»Dann habe ich mir jedenfalls eine Menge Unannehmlichkeiten und Peinlichkeiten erspart.« Kolber lächelt gequält.

»Und an mich denkst du dabei nicht? Du machst mich vielleicht zur Witwe, bevor wir überhaupt geheiratet haben …«

Queen Emma rennt aus dem Haus.

Theobald Kolber hört noch, wie sie weint und sich die Nase putzt. Bevor Queen Emma ihre wartende Kutsche erreicht, dreht sie sich um und ruft in Kolbers Kontorfenster: »Du verrückter Kerl! Du bist ein Narr, Kolber – ich liebe dich doch!«

Gegen Mittag trifft tatsächlich Schmeiles Sekundant in der Faktorei ein. Ein junger Leutnant namens Alwin von der Stein, ein Kompanieführer der Schutzpolizeitruppe, dem sichtlich unwohl in seiner Rolle ist. Er präsentiert auf Kolbers Schreibtisch einen mit abgeschabtem rotem Samt ausgeschlagenen Holzkoffer, darin liegen zwei altertümlich anmutende Duellpistolen mit Munition und Zubehör.

»Vorderlader mit achteckigem Lauf, Nussbaumgriff und Silbereinlagen, gefertigt von dem berühmten Wiesbadener Büchsenmacher Friedrich Jäger«, erklärt der junge Offizier. Es sei ein sehr gepflegtes, funktionsfähiges Erbstück eines älteren Kameraden.

Austragungsort des Duells solle ein Platz oberhalb von Herbertshöhe am Rande des Urwalds sein. »Deadman's Paradise« werde dieser Ort genannt, weil hier vor sechs Jahren zwei Männer bei einem Pistolenduell ihr Leben verloren hätten, ein Amerikaner und ein Australier. Und am Tag darauf sei an dieser Stätte übrigens ein Schwarm von Paradiesvögeln gesehen worden, was in dieser Gegend an ein Wunder grenzte.

»Wir werden ›Deadman's Paradise‹ natürlich gegen neugierige Gaffer absperren, denn es ist unvermeidlich, dass sich die Angelegenheit überall herumsprechen wird«, erklärt Schmeiles Abgesandter weiter.

Nach den Regeln müsse jeder der beiden Kontrahenten einen Sekundanten mitbringen. Kolber erklärt, sein Mann werde sein Mitarbeiter Stanislaus Gornik sein.

Als Schiedsrichter schlage Kommandant Schmeile den ehemaligen Amtsrichter Alfons Oldenberg vor, der jetzt als beratender Justitiar für verschiedene Handelsgesellschaften tätig sei. Kolber kennt den alten Mann. Er ist einverstanden. Selbstverständlich werde auch ein Arzt dabei sein, sagt Schmeiles Sekundant. Man versuche noch, Chefarzt Dr. von Wunsiedel vom Hospital in Herbertshöhe für diese Aufgabe zu gewinnen.

Kommandant Schmeile schlage eine Distanz von dreißig Metern vor. Es solle nur ein Schusswechsel stattfinden.

Kolber besteht »bei Bedarf auf zwei Durchgängen«. Und auf eine Entfernung von nur zwanzig Metern, »damit die Angelegenheit mit diesen alten Duellpistolen einigermaßen zuverlässig entschieden wird«.

Die Waffen seien natürlich nicht so zielgenau wie moderne Handfeuerwaffen, erklärt der junge Leutnant fachkundig, aber mit ihren Geschossen vom Kaliber 12 mm würden sie doch ziemlich große und folgenschwere Wunden verursachen. Und, so fügt er schließlich hinzu, ganz gleich, wie das Duell ausgehe, ob einer der Herren dabei getötet oder verletzt würde oder beide unverletzt blieben – in jedem Fall sei nachher traditionsgemäß die Ehre beider Kontrahenten wiederhergestellt.

»Ich habe von diesen Spielregeln gehört, junger Mann«, sagt Kolber sarkastisch.

Heinrich Pellworm verfasst ein kurzes Protokoll in zwei

gleichlautenden Ausführungen über die vereinbarten Regeln. Kolber unterschreibt sofort. Schmeiles Unterschrift wird am Nachmittag von einem Boten überbracht.

Stanislaus Gornik sagt, es sei ihm eine Ehre, dass Kolber ihn zum Sekundanten ernannt habe. Gornik trifft sich noch einmal mit Leutnant von der Stein, um sich über Aufgaben, Rechte und Pflichten eines Sekundanten aufklären zu lassen.

Die Nachricht von dem bevorstehenden Pistolenduell zwischen Schutzpolizeikommandant Schmeile und dem Generalbevollmächtigten Kolber verbreitet sich an diesem Tag bis in jedes Büro, jede Faktorei und bis in die umliegenden Plantagen, Farmhäuser und Missionsstationen. Gerüchte nehmen ihren Lauf: Es gehe dabei in Wirklichkeit um Queen Emma, die habe beiden Herren den Kopf verdreht und sie um den Verstand gebracht. Es heißt auch, Schmeile und Kolber seien sich wegen der Strafexpedition nach St. Paul in die Haare geraten. Oder sie hätten sich wegen einer finanziellen Angelegenheit verfeindet. Wie man hört, sollen sogar Gold oder Diamanten im Spiel sein – aber niemand scheint Genaueres zu wissen.

Ob so ein Pistolenduell auf Leben und Tod nicht inzwischen verboten sei, fragen die Frauen ihre Männer. Und die antworten darauf, solche Auseinandersetzungen seien zwar offiziell seit ein paar Jahren verboten, gehörten aber unter deutschen Ehrenmännern noch immer zu gesellschaftlich akzeptierten Gepflogenheiten, selbst der große Otto von Bismarck habe schon zweimal politische Gegner zum Pistolenduell herausgefordert. Einer von ihnen sei der berühmte Professor Rudolf Virchow gewesen. Anna Scharnhorst erzählt ihrer Freundin Satulia von einem Buch, das sie auf der langen Schiffsreise in die Südsee gelesen habe. Darin werde erzählt, dass ein betrogener Ehemann den Geliebten seiner Frau bei einem Duell erschossen habe. Und dieser Roman mit dem Titel »Effi Briest« sei nach einer wahren Begebenheit geschrieben worden.

Am Tag vor dem Duell wollen Freunde und Geschäftspartner Kolber noch von dem Vorhaben abbringen, doch der lässt sich von niemandem sprechen. Er erledigt alle im Kontor anstehenden Aufgaben, zeichnet Aufträge und Rechnungen ab, prüft und kontrolliert auf dem Platz der Faktorei frisch angelieferte Kopra und Baumwolle und diktiert Geschäftsbriefe wie an jedem Arbeitstag.

Eine gute Stunde braucht er schließlich, um ein paar Sätze für Johan Cesar Godeffroy zu formulieren, bevor er sie Heinrich Pellworm als eilige Depesche für den nächsten Postdampfer diktiert.

»Lieber Johan Cesar, leider muss ich Dir gestehen, dass ich versagt habe. Ich bin auf zwei Betrüger hereingefallen. Die angebliche Diamantenmine existiert in Wahrheit nicht, ihre Existenz ist uns auf raffinierte Weise vorgegaukelt worden. (Näheres dazu in einer weiteren Nachricht.) Heute möchte ich Dich in aller Eile vorab dringend davor warnen, Geschäfte in Hinblick auf eine Beteiligung oder den Erwerb dieser Diamantenmine anzubahnen. Es ist unverzeihlich, dass ich Dich mit meiner vorzeitigen Erfolgsnachricht in eine unhaltbare Lage gebracht habe. Für dieses Versagen übernehme ich die alleinige Verantwortung und biete hiermit meinen Rücktritt als Generalbevollmächtigter des Hauses Godeffroy & Sohn an.

Mit vorzüglicher Hochachtung!
Dein ergebener Theobald Kolber«

Den jungen Prokuristen Elbertzhagen und seinen altgedienten Sekretär Pellworm schickt Kolber am späten Nachmittag nach Hause, obwohl die beiden unter dem Vorwand dringender Arbeiten länger in seiner Nähe bleiben wollen. Kolber möchte allein sein. »Bis morgen«, sagt er kurz angebunden.

Am Abend macht Theobald Kolber sein Testament. Er sitzt alleine in seinem Kontorraum und beschreibt in kleinen, gut leserlichen Buchstaben drei Blatt Papier. »Mein Letzter Wille«, lautet die Überschrift, und der erste Satz beginnt mit den Worten: *»Für den Fall, dass mir etwas zustoßen sollte, bestimme ich …«*

Nachdem er festgelegt hat, dass seine von ihm getrennt lebende Ehefrau eine angemessene, aber keine üppige monatliche Unterstützung erhält, kommt er zum wesentlichen Teil: *»Von den Zinserträgen meines in Aktien und festverzinslichen Bankpapieren angelegten Vermögens soll eine Stiftung zur Erinnerung an meinen verstorbenen jungen Mitarbeiter und Freund Sebastian Kleine ins Leben gerufen werden. Mit den finanziellen Mitteln dieser nach dem in Deutsch-Neuguinea ums Leben gekommenen jungen Naturforscher des Hauses Godeffroy & Sohn benannten Gesellschaft soll die Ausbildung von begabten, aus bedürftigen Familien stammenden angehenden Naturwissenschaftlern gefördert werden. Ich bitte die Herren Johan Cesar Godeffroy und Dr. Hubert Schmalz herzlich, den Vorsitz der Sebastian-Kleine-Stiftung zu übernehmen. Die beiden Herren sollen einmal im Jahr über die Vergabe dieser Fördermittel entscheiden.«*

Kolber beschreibt noch detailliert, wie er sich die Organisation vorstellt.

Gegen sieben Uhr setzt er Ort, Datum und Unterschrift unter das Papier. Er legt es in einen versiegelten Umschlag, den er an »Frau Emma Eliza Coe« adressiert.

»Im Falle meines Todes zu öffnen«, schreibt er schließlich darauf.

Nach getaner Arbeit gönnt Theobald Kolber sich doch noch eine sentimentale Anwandlung. Er setzt sich in seinem Garten oberhalb der Abbruchkante zum Strand in das hohe Gras, das wieder einmal gemäht werden müsste, und beobachtet andächtig, wie die Sonne im Meer versinkt. Als das Wasser die Farbe des Himmels annimmt und am Horizont der Übergang von einem zum anderen nahtlos erscheint, schließt Theobald Kolber minutenlang die Augen – bis er leise Schritte und eine vertraute Stimme hört und einen vertrauten Duft einatmet und zwei Arme spürt, die sich von hinten zärtlich um seinen Hals legen. Die Stimme flüstert: »Ich möchte noch einmal mit dir schlafen, damit ich mich daran erinnern kann, falls es das letzte Mal sein sollte …«

Als Kolber eine Stunde später aus einem erschöpften, kurzen Tiefschlaf erwacht, ist der Platz neben ihm leer. Queen Emma hat ihn allein auf einer zerwühlten Decke zurückgelassen. Vorm Einschlafen hat er noch die Abfahrt ihrer Kutsche wahrgenommen. Aber er könnte nicht sagen, wann das gewesen ist.

Noch fällt kein Sonnenstrahl gegen die Vulkankegel von Rabaul, die sich im Osten gegen den heller werdenden Morgenhimmel abheben. Kolber stürzt sich in das nachtkühle Wasser des Meeres. Dann geht er durch den Palmengarten zurück ins Haus, um sich für das bevorstehende Ereignis bereitzumachen.

Er fühlt sich seltsam leicht für einen Mann in seiner Situation.

61

»Deadman's Paradise«, zwei Kilometer südwestlich von Herbertshöhe. Viertel vor acht.

Alle Beteiligten sind zur vereinbarten Zeit auf dem Schauplatz des Duells erschienen: Kolber und Schmeile mit ihren Sekundanten und der Schiedsrichter Oldenburg. Zuletzt ist Dr. von Wunsiedel mit einem Erste-Hilfe-Koffer eingetroffen. Nur widerwillig hat er sich zu diesem ungewöhnlichen Einsatz überreden lassen.

Das kleine, flache Tal, das zwischen zwei Hügeln, einem Zuckerrohrfeld auf der nördlichen Seite und dichtem Urwald im Süden liegt, wird noch nicht von der tiefstehenden Sonne beleuchtet. Das hohe Gras ist nass. Morgentau tropft von den fächerartigen Blättern der Sagopalmen an einem sandigen Pfad, der aus dem Dschungel kommt, den Platz überquert und weiter nach Herbertshöhe führt. Polizeisoldaten der Schutztruppe haben den Weg aus Herbertshöhe abgesperrt. Ein Dutzend Neugierige werden aufgehalten und so weit zurückgedrängt, dass sie keine Sicht mehr auf den Schauplatz des Geschehens haben.

Die beiden Kontrahenten haben sich zur Begrüßung nur kurz zugenickt. Schmeile weicht Kolbers Blick aus. Amtsrichter Oldenburg sagt, man wolle die Angelegenheit möglichst zügig hinter sich bringen. Er verkündet noch einmal knapp die vereinbarten Regeln. Zwanzig Meter Abstand. Die Pistolen werden vom Schiedsrichter mit je einer Kugel geladen. Es müsse freihändig stehend geschossen werden. Eine Unterstützung der Schusshand mit der anderen Hand sei nicht erlaubt. Wenn beim ersten Schusswechsel niemand getroffen wird, kommt es nach kurzer Pause zu einem zweiten Durchgang. Wird erneut keiner der beiden Duellenten verletzt oder getötet, ist das Duell ohne Entscheidung beendet.

»Sind die Herren einverstanden?« Beide nicken.

Der Schiedsrichter wirft eine Münze. Schmeile hat Zahl gewählt. Er darf zuerst eine der baugleichen alten Duellpistolen aussuchen. Kolber nimmt die andere. Jeder schießt zweimal zur Probe auf einen etwa zwanzig Meter entfernten dicken Palmenstamm. Kolber trifft einmal, Schmeile zweimal.

Kolber hat den Eindruck, dass bei seiner Pistole Kimme und Korn nicht exakt justiert sind. Der Schuss geht auf zwanzig Meter Entfernung gut einen Meter nach links. Und die alte Schusswaffe wird durch den Rückschlag stark hochgerissen. Kolber gewinnt auch die Seitenwahl. Er entscheidet sich für die Position, bei der er den helleren Morgenhimmel und den aus dem Urwald kommenden Pfad im Rücken hat. Jetzt streift die Sonne die Kuppen der Hügel und die Wipfel des Dschungels.

Die Männer ziehen ihre Jacken aus. Schmeile trägt ein weißes, frisch gebügeltes Hemd. Kolber behält seine silbergraue Weste an, die ein wenig über dem Bauch spannt. Er zieht seine Taschenuhr aus der Westentasche und reicht sie seinem Sekundanten Stanislaus Gornik.

»Damit das gute Erbstück nicht kaputtgeht.« Der kleine Scherz bringt niemanden zum Lachen.

»Wenn Sie auf ihre markierten Positionen gegangen sind, werde ich im Sekundentakt rückwärts von zehn bis eins zählen und dann ›Feuer frei‹ geben! Erst nach diesem Kommando dürfen Sie schießen!«

Der frühere Richter Oldenburg blickt auf seine Uhr. In zwei Minuten ist es acht. Der alte Herr legt Wert auf Pünktlichkeit.

»Meine Herren, bitte nehmen Sie Ihre Positionen ein!«

Oldenburgs Stimme klingt erst belegt und wird dann lauter und lauter, während er zählt: »Zehn …, neun …, acht …, sieben …«

Kolber merkt, dass der Pistolenlauf in seiner Hand leicht zittert. Er versucht sich vorzustellen, dass er auf einem Schießstand auf eine Figur aus Holz anlegt. Er zielt auf die Knie dieses Pappkameraden – weil der Rückschlag den Vorderlader hochreißen wird. Und einen Meter nach rechts – wegen der Linksabweichung bei den Probeschüssen.

»…drei …, zwei …, eins.«

Kolbers Zeigefinger hat den Hebel bis zum Anschlag gedrückt.

»Feeeuuuueeer freeiiii!«

Kolber zieht durch.

Beide Schüsse fallen gleichzeitig. Die Zeugen hören nur einen einzigen Knall.

Etwa einen Meter vor Kolbers Füßen schlägt Schmeiles Kugel ein. Dreck spritzt gegen seine Hosenbeine.

Auch Schmeile steht noch. Kolber könnte nicht sagen, wohin sein Schuss gegangen ist. Stanislaus Gornik, sein Sekundant, legt seine Hände trichterförmig an den Mund und ruft: »Ein Meter zu hoch!«

»Ruhe«, schreit Richter Oldenburg. »Bleiben Sie auf Ihren Positionen, meine Herren. Und laden Sie nach. Wir wiederholen in einer Minute!«

Oldenburg verfolgt den Sekundenzeiger seiner Taschenuhr und beginnt wieder zu zählen: »Zehn …, neun …«

Kolber zielt wieder sorgfältig über Kimme und Korn. Plötzlich glaubt er, links hinter sich ein Geräusch zu hören. Schritte und unverständliche Stimmen kommen vom Rand des Urwaldes.

»… acht …, sieben …«

Kolber hat diesmal eine Stelle leicht rechts vor Schmeiles Füßen im Visier, um die Ungenauigkeit der alten Duellpistole auszugleichen. Dennoch bemerkt er, dass Schmeile seinen Kopf etwas in die Richtung dreht, aus der die Geräusche kommen. Was er nicht sehen kann: Auch die Blicke des Schiedsrichters, des Arztes und der beiden Sekundanten gehen dorthin.

Aus dem Urwald sind vier, fünf Gestalten aufgetaucht. Eingeborene in abgerissener europäischer Tropenkleidung. Kräftige Männer. Sie schleppen etwas mit sich. Eine Trage aus Bambusstangen und Tuch. Auf der Trage liegt ein Mann. Ein Weißer.

Auch Gustav Schmeile hat die Trägerkolonne gesehen, die etwa vierzig Meter von ihm entfernt an der Stelle aufgetaucht ist, an der der Trampelpfad aus dem Dschungel kommt und auf den Duellplatz mündet. Der weiße Mann auf der Trage richtet sich auf. Er braucht offenbar ein paar Sekunden, bis ihm klar wird, was die seltsame Szene vor ihm bedeutet. Dann hebt er seinen rechten Arm und winkt kräftig.

Der alte Richter Oldenburg sieht die Handzeichen entweder nicht oder er lässt sich davon nicht beeindrucken, so, wie er sich früher durch Unruhen im Gerichtssaal nicht aus der Fassung bringen ließ. Oldenburg zählt weiter:

»… sechs …, fünf …, vier …«

Schmeile starrt immer ungläubiger an seinem Kontrahenten Kolber vorbei zu dem winkenden Mann auf der Trage. Er glaubt seinen Augen nicht zu trauen oder von einer Vision heimgesucht zu werden. Fassungslosigkeit spiegelt sich in seinem Gesicht. Offensichtlich hat er nun den Mann auf der Trage erkannt – Jungblut … Tropenarzt Dr. Werner Jungblut, der Zeuge seines Verbrechens an Sebastian Kleine, der Mann, der von Heinrich Althoffs Geständnis weiß. Jungblut hat den Sturz in den reißenden Nebenfluss des Toriu überlebt!

»… drei …, zwei …, eins.«

Einen Moment lang sieht es so aus, als richte Schmeile den Lauf seiner Duellpistole auf den Mann auf der Trage, der jetzt mit beiden Armen wild gestikuliert und etwas Unverständliches ruft. Dagegen ist Oldenburgs schneidende Stimme nicht zu überhören:

»Feuer frei ...!«

Wieder fallen beide Schüsse im Gleichklang. Aber Schmeile hat seine Waffe in letzter Sekunde hochgerissen und weit über den Kopf von Theobald Kolber geschossen.

Kolbers Kugel trifft.

Das großkalibrige Projektil zerfetzt Schmeiles Brust. Blut spritzt. Das weiße Hemd färbt sich dunkelrot. Noch mit der Pistole in der Hand kippt Schmeile nach hinten. Sein Tropenhelm segelt durch die Luft.

Dr. von Wunsiedel rennt mit seinem Erste-Hilfe-Koffer über die Wiese. Er klemmt sich sein Stethoskop an die Ohren – aber er findet keine Stelle mehr, an der er Herztöne abhören könnte. Schmeiles Brust ist nur noch eine große, offene Wunde. Seine starren Pupillen zeigen keine Reaktion. Der Arzt kann keinen Pulsschlag mehr spüren. Gustav Schmeile, Kommandant der Schutzpolizeitruppe von Deutsch-Neuguinea, ist tot. Aber selbst im Tode hat er noch dieses selbstzufriedene, überhebliche Grinsen im Gesicht, das Kolber nicht ausstehen konnte.

Nach einem schnellen Blick auf seinen Gegner wendet er sich ab.

62

Drei Tage später bebt die Erde im nördlichen Neupommern. Der Tavurvur, der größte der drei Vulkane an der Blanchebai-Bucht, spuckt nach zwei Jahren zum ersten Mal wieder Feuer und Asche. Nach Einbruch der Dunkelheit fließt weithin sichtbar ein Lavastrom wie ein Blutgerinnsel aus dem Kegel über den westlichen Abhang, um dann zischend im dunklen Wasser des Meeres zu verschwinden.

Als wäre er der Hohepriester einer Naturreligion, deutet der katholische Bischof Louis Couppè den Vulkanausbruch als Zeichen seines Herrn. »Gott zürnt!«, spricht er in seiner Sonntagspredigt mit Donnerstimme von der Kanzel in der überfüllten Kirche von Vunapope. »Gott zürnt, wenn sich Menschen anmaßen, in seinem Namen ein sogenanntes Gottesurteil herbeizuführen.« Und mit noch deutlicherem Hinweis auf das Geschehen in »Deadman's Paradise« fügt er hinzu: »Gott zürnt, wenn sich zwei Männer aus den besten Kreisen der Gesellschaft nach überholten Regeln auf Leben und Tod duellieren.« Er werde sich weigern, jemandem den letzten kirchlichen Segen zu geben, der sein Leben selber so leichtfertig aufs Spiel gesetzt habe.

Das Problem stellt sich jedoch für ihn nicht, denn der verstorbene Gustav Schmeile ist Protestant gewesen, bevor er aus der Kirche ausgetreten ist. Er wird ohne öffentliches Aufsehen und nur mit bescheidenen militärischen Ehren auf dem kleinen Soldatenfriedhof am Rande des Exzerzierplatzes beigesetzt. Sogar auf die obligaten Salutschüsse hat man auf Anraten des Gouverneurs diesmal verzichtet.

Queen Emma hat zu einem geselligen Abend geladen. Für sie und ihre Gäste ist der nächtliche Vulkanausbruch ein bewundernswertes Naturschauspiel. Angst zeigt kaum jemand. »Ich habe mir von einem Vulkanforscher sagen lassen, dass dies höchstwahrscheinlich ein harmloser Ausbruch bleiben wird. So etwas erleben wir ja in Deutsch-Neuguinea immer wieder einmal«, sagt Gouverneur Hahl.

»Und trotzdem macht einem solch ein Ereignis klar, wie klein und ohnmächtig wir doch alle sind.« Theobald Kolber, der sonst nicht zu gefühlsträchtigen Äußerungen neigt, hebt sein Glas mit einer leichten Verbeugung zum großen Vulkan. Was wohl die Eingeborenen empfinden, die von Erkenntnissen über unterirdische Erdverschiebungen und andere wissenschaftliche Erklärungen von Vulkanausbrüchen verschont geblieben sind? Er jedenfalls sei Gott dem Allmächtigen – oder wem auch immer – dankbar dafür, dass er diesen unvergesslichen Anblick und diesen wunderbaren Abend noch lebend im Kreise seiner Freunde erleben dürfe.

»Ich auch«, sagt Queen Emma. Sie drückt sich an ihn.

Alle lachen ein wenig verlegen. Nur Satulia nicht. Die hübsche

Samoanerin lacht nicht mehr, seit sie vom Tod ihres Geliebten Sebastian Kleine erfahren hat.

Dr. Werner Jungblut ist nach einer dreitägigen Behandlung auf Krücken aus dem Hospital von Herbertshöhe entlassen worden. Die Speerwunde an seinem Oberschenkel ist noch nicht vollständig verheilt. Ein turbanähnlicher Verband verdeckt an seinem Kopf die Verletzungen, die er sich beim Sturz von der Hängebrücke und beim Aufprall gegen mehrere Felsbrocken im Nebenfluss des Toriu zugezogen hat. Er hat den anderen immer wieder vom Aufstand in St. Paul berichtet: wie er sich in den Kirchturm retten konnte, wie Sebastian Kleine und Käpt'n Hannes zu ihm gestoßen sind, was der sterbende Heinrich Althoff vor seinem Tod über Gustav Schmeile und das Geheimnis der Rohdiamanten erzählt hat und wie Schmeile die prächtige Lutherbibel aus Althoffs Grab ausgegraben hat.

Ein Detail seines Berichts aber spart er sich auf, bis Satulia für kurze Zeit ins Haus geht. Da erst erzählt Jungblut, wie Schmeile auf dem Kultplatz des Iniet-Geheimbundes Sebastian Kleine niedergeschlagen und gefesselt hat, damit die aufständischen Eingeborenen ihn auch sicher finden würden.

»Dieser elende Dreckskerl! Er hat Kleine den Kannibalen regelrecht zum Fraß vorgeworfen!«, sagt Kolber.

Alle, die es hören, zucken zusammen.

Gegen Mitternacht steht Werner Jungblut auf, stützt sich auf seine Krücken, humpelt ein paar Meter und stellt sich sichtlich verlegen vor die anderen hin.

»Darf ich einen Moment um Aufmerksamkeit bitten? Ich möchte einem geliebten Menschen eine für mein weiteres Leben sehr wichtige Frage stellen!« Neugierig unterbrechen die anderen ihre Gespräche.

Jungblut hustet, dann sagt er mit nervöser Stimme: »Anna Scharnhorst, möchtest du dich mit mir verloben?«

Anna sieht ihn völlig überrascht an. Sie steht langsam auf. Es dauert ein paar Sekunden, die allen sehr lang vorkommen, dann endlich sagt sie laut und vernehmlich: »Ja!«

Alle erheben sich und klatschen in die Hände.

»Schnell, wir brauchen Champagner«, ruft Queen Emma einem der Hausdiener zu.

»Habe ich das eben richtig verstanden …? Soll das etwa ein Heiratsantrag gewesen sein …?« Kolber lacht breit.

»Ja, natürlich!«, sagt Jungblut.

»Das macht man aber anders. Du musst schon offen aussprechen, was du eigentlich willst, mein lieber Freund. So jedenfalls geht das nicht!«

Jungblut errötet, überlegt eine Weile und sagt dann endlich laut und deutlich:

»Anna Scharnhorst … möchtest du meine Frau werden?!«

Anna stürzt sich in Jungbluts Arme. Mit seinen Krücken hat der Mühe, sich auf den Beinen zu halten.

»Ich habe die Antwort nicht verstanden«, sagt Kolber und grinst immer noch.

»Jaaa!«, ruft Anna. »Ich nehme den Antrag an!«

»Als der älteste Zeuge in dieser Runde erkläre ich euch beide nunmehr für verlobt«, sagt Kolber. »Ihr seid jetzt also Braut und Bräutigam.«

Die Brautleute küssen sich.

Ein Korken knallt. Champagner schäumt in den Gläsern. Alle Gäste stoßen auf Anna und Jungblut an.

»Wie wollen Sie denn eigentlich Ihre zukünftige Frau ernähren, junger Mann?« Kolber spielt die Rolle des Brautvaters weiter. Jungblut geht auf das Geplänkel ein.

»Darüber möchte ich erst mit meiner Braut reden, bevor ich das hier öffentlich ausbreite.«

»Nun erzählen Sie schon, Herr Bräutigam«, sagt Queen Emma, »meine Freundin Anna hat sicher nichts dagegen, dass wir eure Zukunftspläne erfahren.«

Jungblut nimmt seine Krücken und setzt sich wieder.

»Wenn meine Braut einverstanden ist, was ich sehr hoffe, dann möchte ich mit ihr nach Deutschland zurückkehren und mit ihrer Unterstützung in meiner Heimatstadt Bremen eine Arztpraxis für Allgemeinmedizin und Tropenkrankheiten eröffnen. Bremen lebt vom Im- und Export und von der Schifffahrt, die Leute kommen in der Welt herum und bringen nicht selten allerlei Krankheiten mit, für die ein Spezialist mit entsprechenden medizinischen Kenntnissen vonnöten ist …«

»Eine vielversprechende Geschäftsidee«, sagt Kolber. Am Hamburger Hafen, hinter den Landungsbrücken, gebe es bereits eine solche Praxis, und nach allem, was er gehört habe, hätten die Ärzte dort recht gut zu tun.

»Von einem dieser Hamburger Kollegen habe ich übrigens die Idee«, sagt Jungblut.

»Und ich könnte dir in der Praxis helfen, als Sprechstundenhilfe oder Assistentin, schließlich komme ich als Hebamme aus einem medizinischem Beruf.«

»Ich habe mir sehr gewünscht, dass du das sagen würdest.« Jungblut wirft seine Krücken weg, steht auf und umarmt Anna noch einmal.

»Schade. Ihr wollt uns also verlassen«, sagt Queen Emma nach einer Weile. »Dann muss ich mich ja wohl um eine andere Direktorin oder um einen neuen Direktor für das Hotel Fürst Bismarck umsehen.«

Anna Scharnhorst sieht ihre Freundin und Chefin fragend an.

»Nun ja, unsere Anna Scharnhorst hat sich in kurzer Zeit als Hausdame meines Hotels so gut gemacht, da wollte ich sie eigentlich zur Hoteldirektorin ernennen, wenn Direktor Hellweg Ende des Jahres zu einem internationalen Haus nach Singapur wechselt. Du kannst dir noch mal überlegen, welches Angebot dir besser gefällt: Bremen oder Herbertshöhe?«

Anna sagt: »Das Angebot kommt leider zu spät.«

»Und wann wollt ihr abreisen?«, fragt Queen Emma.

»In zwei, drei Monaten vielleicht«, sagt Jungblut. »Die große Bremer Reederei Norddeutscher Lloyd hat einen neuen Liniendienst von Sydney nach Bremerhaven aufgenommen, da richten wir uns nach dem Fahrplan.«

»Und wo wollen die Verlobten in den Stand der Ehe treten?«

»Wenn es meiner Braut recht ist, in Bremen, wo meine Familie und meine Freunde sind?«

»Nun, dann lade ich hiermit alle Anwesenden zu einer großen Abschiedsfeier nach Gunantambu ein. Der genaue Termin richtet sich, wie wir eben gehört haben, nach dem Schiffsfahrplan. Ich würde vorschlagen, dass wir am Abend vor der Abreise feiern.« Queen Emma hebt wieder ihr Glas.

»Auf das Brautpaar!«

Satulia hat traurig zugehört. Theobald Kolber beobachtet die junge Samoanerin verstohlen. Er ahnt, dass sie an Sebastian Kleine denken muss – und an das furchtbare Ende ihres Geliebten. Als der Abend zu Ende geht, sieht Kolber, wie Stanislaus Gornik sich neben die hübsche Samoanerin setzt. Er versucht sie zu streicheln. Beim ersten Mal zieht Satulia ihre Hand zurück. Beim zweiten Mal lässt sie es geschehen.

63

Gouverneur Dr. Albert Hahl sitzt in seiner frisch gebügelten Tropenuniform kerzengerade in dem hohen, ledernen Lehnstuhl an seinem Schreibtisch. Seine Majestät Kaiser Wilhelm II. blickt scheinbar noch herrischer als sonst aus dem abgeblätterten Goldrahmen von der Wand. Daneben hängt eine Karte von Deutsch-Neuguinea. Davor steht eine Standarte mit der deutschen Reichskriegsfahne. Vor dem Gouverneur haben der Kaiserliche Richter Geesthusen und der amtierende Kommandant der Polizeischutztruppe Oberleutnant von Streckwitz, der kommissarische Nachfolger von Gustav Schmeile, in ebenfalls steifer Haltung Platz genommen. Gouverneur Hahl hat sich ein paar Notizen gemacht. Er blickt auf diesen Zettel:

»Meine Herren, wie es meines Amtes ist, frage ich Sie: Gibt es Gründe oder neue Erkenntnisse, die für kommenden Mittwoch anberaumte Hinrichtung der wegen Mordes und Anstiftung zum

Aufruhr nach dem Militärstrafgesetz rechtmäßig zum Tode verurteilen vier Eingeborenen To Maria, Vanuta, Patingo und Tanili nicht zu vollstrecken?«

»Nein, Herr Gouverneur, es gibt keine solchen Gründe!«

Der frühere Amtsrichter Geesthusen blickt über den Kopf des Gouverneurs hinweg auf das Bild des deutschen Kaisers.

Oberleutnant von Streckwitz schüttelt ebenfalls den Kopf.

»Nein, auch uns liegen keine derartigen Erkenntnisse vor.«

»Dann werde ich jetzt in Ihrer Gegenwart, meine Herren, die Vollstreckungsbefehle unterzeichnen, wie es meines Amtes ist.«

Viermal kratzt die scharfe Feder in einem langen Federhalter über die Dokumente.

Beinahe erleichtert lehnt sich Hahl danach zurück.

»Wie halten sich die vier Mordgesellen denn im Gefängnis?«

»Sie sitzen auf Wunsch in einer Zelle. Drei verhalten sich unauffällig, der vierte, der mutmaßliche Anführer der Bande, ein gewisser To Maria, verweigert allerdings seit einigen Tagen die Nahrungsaufnahme.«

»Das ist doch der Mann, der so gut Deutsch spricht, der frühere Hausbursche von Pater Rascher, nicht wahr?« Der Gouverneur beugt sich vor.

»Genau. Der scheint übrigens ein durchaus intelligenter Bursche zu sein, wenn man das bei diesen Kanakern sagen darf«, bemerkt von Streckwitz. »Jedenfalls hat er dem Geistlichen, der die Gefangenen betreut, letztens ausführlich dargelegt, warum sein Volk sich auf Dauer nicht unterdrücken und ausbeuten lassen wird. Und ungefährlich ist er wohl auch nicht gerade: ›Jedem von uns, der stirbt, werden zehn von euch Deutschen in den Tod folgen‹, hat er neulich gesagt.«

»Wann wollen Sie die Exekution durchführen?«, fragt Richter Geesthusen und zieht seine Taschenuhr hervor, als dränge die Zeit.

»Wie gesagt, Herr Richter. Das Einverständnis des Herrn Gouverneur vorausgesetzt, am kommenden Mittwochmorgen.«

»Ich wüsste nicht, was dagegen spräche«, sagt Hahl.

»Was ich Sie noch fragen muss, Herr Gouverneur …« Der Offizier macht eine unsichere Pause.

»Nun heraus damit, fragen Sie nur.«

»Nun ja, sollen die Mörder erschossen, enthauptet oder erhängt werden?«

Gouverneur Hahl und Richter Geesthusen sehen den neuen kommissarischen Leiter der Schutztruppe verblüfft an und werfen sich kopfschüttelnd Blicke zu.

»Wie lange sind Sie jetzt eigentlich schon in Deutsch-Neuguinea, Herr Oberleutnant?«

»Seit drei Monaten und einer Woche.«

»Und vorher?«

»Davor war ich in Potsdam stationiert.« Von Streckwitz ist unter den Blicken der beiden anderen sichtlich unwohl zumute.

»Haben Sie da in Potsdam schon mal jemanden enthauptet oder stranguliert?« Gouverneur Hahl, durch sein Amt auch der militärische Oberbefehlshaber der Kolonie, sieht den jungen Offizier an wie ein Lehrer, der einen Schüler aufs Glatteis führen will.

»Selbstverständlich nicht, Herr Gouverneur.«

»Dann werden Sie das bei uns bitte auch unterlassen. Sie hätten sich trotz Ihrer sicher aufreibenden Einarbeitung bei uns aus gegebenem Anlass informieren können, dass seit nunmehr drei Jahren in Deutsch-Neuguinea nur noch vom Erschießungskommando exekutiert wird!«

Von Streckwitz läuft rot an.

Richter Geesthusen gelingt es nicht, ein Grinsen zu unterdrücken. Um den jungen Offizier zu erlösen, fragt er, ob er den Gouverneur bei dieser Gelegenheit über eine aktuelle richterliche Entscheidung in Kenntnis setzen dürfe? Hahl nickt ihm zu.

Geesthusen erklärt: Drei Monate nach dem Pistolenduell zwischen Gustav Schmeile und Theobald Kolber habe man das Ermittlungsverfahren gegen den Generalbevollmächtigten des Hauses Godeffroy & Sohn wegen vorsätzlicher Tötung eingestellt. Begründung: Die Verabredung und Durchführung eines Duells auf Leben und Tod sei zwar seit einigen Jahren gesetzlich verboten, würde aber bei den sogenannten höheren Ständen noch immer in Fällen von Ehrenrührung oder Beleidigung gesellschaftlich akzeptiert. Der Angeschuldigte Theobald Kolber sei nach Beweislage in Gegenwart von Zeugen von dem verstorbenen Kommandanten Schmeile zum Duell herausgefordert worden und hätte sich nach den bestehenden Konventionen nicht ohne Verlust seiner Ehre und seines Ansehens verweigern können. Außerdem hätten die Ermittlungen ergeben: Der bei dem in der Untersuchung stehenden Duell ums Leben gekommene Kommandant Schmeile habe seinen Tod letzten Endes durch eigenes Verhalten willentlich herbeigeführt, so dass der Angeschuldigte Kolber allenfalls wegen Beihilfe zum Selbstmord hätte angeklagt werden können. Es sei nach der gegebenen Sachlage davon auszugehen, dass Kolber in einem solchen Gerichtsverfahren nur zu einer Geldstrafe verurteilt worden wäre. Weitere Ermittlungen würden daher gegen Zahlung einer Summe von 3000 Mark für wohltätige Zwecke eingestellt. Geesthusen schließt seinen Vortrag mit der Anmerkung, Herr Theobald Kolber werde diese Entscheidung akzeptieren.

»Sie haben ihn verurteilt und gleichzeitig verschont. So etwas nennt man wohl ein wahrhaft salomonisches Urteil«, sagt Gouverneur Hahl. »Hoffentlich wird es in der Bevölkerung nicht als Begünstigung missverstanden.«

Die Entscheidung, das Verfahren gegen Theobald Kolber einzustellen, erregt die deutschen Bewohner von Neupommern noch einige Wochen lang. Die meisten sind jedoch mit dem milden Urteil einverstanden.

Bald schon wendet sich das allgemeine Interesse in der Kolonie wieder anderen Themen zu. Vor allem dem ungewöhnlichen Wetter. Denn in diesem Jahr fällt der Nordwest-Monsun mit seinen Regenstürmen wesentlich früher über den nördlichen Teil von Deutsch-Neuguinea her als üblich. Die Blanchebai gleicht tagelang einem Kochtopf. Weiße Gischt schäumt darin, so weit das Auge reicht. Ungewöhnlich starke Niederschläge waschen die Felder der Eingeborenen und die Pflanzungen der Weißen aus. In den bergigen Regionen des Baininger-Landes verwandeln sich Bäche in reißende Ströme. Auf dem sturmgepeitschten Pazifik suchen auch große Schiffe schützende Häfen und Buchten auf. Nach vier Tagen verzieht sich der Vorbote des Monsuns so unterwartet, wie er gekommen ist.

Die Regenwolken verdunsten unter einer sengenden Sonne. Jetzt macht die dampfende Hitze das Leben schwer erträglich.

Queen Emma überlegt, ob sie das große Abschiedsfest für das Brautpaar Anna Scharnhorst und Dr. Werner Jungblut verschieben soll. Aber dann bessert sich das Wetter weiter. Ein angenehmer Seewind vertreibt die schwüle Hitze. Menschen und Tiere atmen auf. Die feine Gesellschaft von Neupommern freut sich auf das große Fest im Park von Gunantambu, zu dem Queen Emma für den Abend vor der Rückreise des Brautpaares nach Deutschland geladen hat.

Am Nachmittag dieses Tages läuft der große Dampfer *Prinz Heinrich* des Norddeutschen Lloyd auf seiner Linienfahrt von Australien nach Europa zum ersten Mal in die Blanchebai ein und wirft auf der Reede von Herbertshöhe Anker. Trotz des Sturmes hat das Schiff den Fahrplan nahezu einhalten können.

Mit der Post werden auch ein paar australische Zeitungen ausgeliefert. Mit Genugtuung liest Theobald Kolber eine Meldung in der *Sydney Tribune*: Bei der Einreisekontrolle im Hafen von Sydney sei ein Mann mit gefälschten Papieren festgenommen worden. Nach einer Mitteilung der zuständigen Polizeidienststelle handele es sich um den lang gesuchten Großbetrüger James Shepard.

64

Die ersten Gäste treffen noch vor Sonnenuntergang in Gunantambu ein. Ihnen bietet sich ein unvergesslicher Anblick. Queen Emma hat zwischen dem Herrenhaus und dem Palmenstrand auf einer erhöhten Rasenfläche des Parks ein großes, weißes Festzelt im arabischen Stil mit drei zwiebelförmigen Dächern aufbauen lassen. Die Seite zum Meer hin ist geöffnet. Der Blick geht weit über die Bucht, bis nach Rabaul im Westen und nach Vunapope im Osten. In der Mitte liegt der majestätische Dampfer des Norddeutschen Lloyd vor Anker. Die *Prinz Heinrich* hat über die Toppen geflaggt und wird von bunten Lichtern illuminiert. Das Schiff spiegelt sich im blanken Wasser des Meeres, wie die schmale Sichel des Mondes auch, die schon am Himmel steht, während die Sonne noch nicht untergegangen ist. Am Horizont spuckt der Tavurvur immer noch Feuer, als würden in Abständen von einigen Minuten Salven von Leuchtraketen in den Himmel geschossen. Die Eruptionen werden von bewundernden Ausrufen der Festgäste begleitet.

Vor dieser unwirklich dramatischen Kulisse leuchten der Park und die zweistöckige Kolonialstil-Villa von Gunantambu im milden Schein von Fackeln und Laternen. Wie an dem Abend nach ihrer Ankunft in Deutsch-Neuguinea und Neupommern, als Anna Scharnhorst zum ersten Mal in Gunantambu gewesen ist. Aber eines ist anders: Diesmal ist die frühere Missionsschwester selbst der strahlende Mittelpunkt des festlichen Geschehens.

»Du wirst ja von Tag zu Tag hübscher«, hat Werner Jungblut gesagt, als er sie mit der Kutsche abgeholt hat. Anna hat sich von Queen Emmas Schneiderin ein weißes Tüllkleid mit schwingendem Rock und schlichter enger Bluse nähen lassen. Sie trägt wieder eine einfache Perlenkette. Ihr hochgestecktes Haar wird von einer handgroßen Perlmuttbrosche gehalten, ein Geschenk von Queen Emma.

Die Herrin von Gunantambu hat zu einer »Weißen Nacht« geladen. Die Damen tragen in der lauwarmen Tropennacht zumeist weiße Seidenkleider, oft bodenlang und mit tiefen Dekolletés. An Queen Emmas hautenger Robe glitzern Hunderte von Perlen. Die Herren erscheinen in leichten weißen Anzügen mit weißen Westen oder – wie Mister Henderson und Gouverneur Hahl – sogar im weißen Frack. Werner Jungblut hat sich einen weißen Smoking geliehen.

Auch die Dekoration ist ganz in Weiß gehalten: Die Tische sind zur Tanzfläche und zum Meer hin ausgerichtet und mit weißem Leinen und weißem Porzellan gedeckt. Weiße Orchideengebinde verströmen einen schweren süßherben Duft. Überall leuchten weiße Lampions und auf den Tischen flackern weiße Kerzenleuchter. Als Hauptgänge werden Fisch, Hummer und Langusten aufgetafelt, zum Nachtisch gibt es Vanilleeis mit Papaya und Mangos. Dazu wird Champagner und Chardonnay aus Australien ausgeschenkt. Sogar die Hintergrundmusik der Samoa-Kapelle scheint eine helle Klangfarbe zu haben.

Nach dem Essen klopft Gouverneur Hahl an sein Glas und schreitet zur Mitte der Tanzfläche.

»Liebe Freunde, verehrte Damen und Herren. Unserer unvergleichlichen Gastgeberin Queen Emma haben wir es an diesem wunderschön gestalteten Abend zu verdanken, dass wir zusammengekommen sind, um ein Ereignis zu begehen, das mich zugleich fröhlich und traurig stimmt. Fräulein Anna Scharnhorst und Herr Doktor Werner Jungblut haben sich bekanntlich verlobt – aber leider werden sie uns sehr bald verlassen, sogar noch in dieser Nacht, wie ich soeben erfahren habe, mit diesem wunderschönen deutschen Schiff, das dort draußen in der Blanchebai liegt ...«

Diese beiden jungen Menschen, fährt der Gouverneur nach einer kleinen Gedenkpause fort, seien kaum ein Jahr lang in Neupommern und in Deutsch-Neuguinea gewesen, aber dennoch hätten sie beide in der jungen Geschichte der Kolonie und mehr noch in den Herzen vieler Menschen unvergängliche Eindrücke hinterlassen. Hahl erinnert an die Forschungsarbeiten, die Tropenarzt Jungblut als Mitarbeiter des berühmten Forschers Professor Robert Koch geleistet habe, und ganz besonders an seinen mutigen Einsatz zur Bekämpfung einer drohenden Epidemie in St. Paul. Wie durch ein Wunder habe er dort das furchtbare Massaker und die nachfolgenden dramatischen Ereignisse überlebt.

Der Gouverneur wendet sein Notizblatt.

Fräulein Anna Scharnhorst sei im Dienst der Rheinischen Mission nach Neupommern gekommen, um hier in der schwierigen Missionsarbeit – die Rolle von Missionar Heinrich Althoff erwähnt der Redner nicht – aufopferungsvolle Arbeit zu leisten. Durch eine dramatische Fügung habe ihr Lebensweg jedoch eine andere Richtung genommen. Fräulein Scharnhorst hätte, so habe er sich sagen lassen, hätte eine aussichtsreiche Karriere im Dienste der größten Unternehmerin und Arbeitgeberin von Deutsch-Neuguinea – Hahl verbeugt sich leicht in Richtung von Queen Emma – aufgegeben, um dem Ruf des Herzens zu folgen und an der Seite ihres Verlobten nach Deutschland zurückzukehren …

Eines Tages werde man sich gewiss wiedersehen, in Deutschland oder anderswo auf der Welt. Oder bei guter Führung – Hahl gestattet sich ein knappes Lachen – oder bei guter Führung vielleicht sogar im Paradies.

»Und wenn ich bei dieser Gelegenheit einen Wunsch an unseren Schöpfer äußern darf«, so beendet der Gouverneur seine kleine Ansprache, »dann möge er das himmlische Paradies bitte genauso gestalten wie dieses Paradies auf Erden hier, das wir in unserer deutschen Südsee an diesem Abend dank unserer großzügigen Gastgeberin erleben dürfen …«

In den Beifall mischt sich eine besonders starke Detonation aus Richtung des Tavurvur. Es klingt wie ein Salutschuss.

»Das hat unser Herr Gouverneur aber sehr schön gesagt.« Theobald Kolber zieht Queen Emma an sich. Dann sagt er: »Übrigens, was ich schon sehr gerne wissen möchte: Wenn ich dich fragen würde, ob du mich heiraten würdest, was würdest du dann sagen?«

»Dann würde ich sagen, dass ich auf so eine hypothetische

Frage nicht antworten würde. Entweder du fragst richtig oder gar nicht.«

»Gut, dann werde ich es mir richtig überlegen.«

»Das würde ich an deiner Stelle auch sehr gründlich tun.«

Queen Emma hebt ihren Rock ein wenig an und geht auf hohen Absätzen quer über die Tanzfläche zu dem Tischchen, auf dem etwas mit einem Tuch verdeckt ist.

»Meine sehr verehrten Damen und Herren, darf ich nun um Ihre werte Aufmerksamkeit bitten«, sagt sie mit der erhobenen Stimme eines Zauberkünstlers, »hiermit präsentiere ich Ihnen ein neues Wunderwerk der Technik.«

Mit einem Schwung zieht sie das Tuch weg.

»Dies ist das erste Grammophon in Deutsch-Neuguinea. Mister Henderson hat es in London beschaffen lassen. Er wird es auch gleich fachmännisch bedienen.«

Henderson springt auf und tritt neben Queen Emma.

»Es handelt sich um das neueste Modell aus Amerika, wie Sie sehen, mit Handkurbel und perlmuttschimmerndem Schalltrichter. Die Töne sind nicht mehr auf Walzen, sondern auf neuartige Schellack-Musikplatten eingeprägt. Aber überzeugen Sie sich selbst von dem unvergleichlichen Klang dieses Geräts.«

Er steckt eine Kurbel an den Apparat und zieht das Laufwerk auf. Dann holt er eine tellergroße schwarze Scheibe aus einer knisternden Verpackung aus Seidenpapier, legt sie auf den drehenden Teller des Grammophons und setzt mit der Präzision eines Feinmechanikers einen Tragarm mit spitzer Nadel auf den äußeren Rand der Schellackplatte.

Es rauscht und klirrt und kratzt. Die Musiker der Samoa-Kapelle halten sich entsetzt die Ohren zu.

»Meine Damen und Herren!«, ruft Mister Henderson, »Sie hören sogleich einen original Wiener Walzer, komponiert von Johann Strauß junior, gespielt vom Wiener Hoforchester. Darf ich unser Brautpaar auf die Tanzfläche bitten …«

Anna ziert sich, doch Jungblut zieht sie mit beiden Händen entschlossen aus ihrem Sitz. »Oh Gott, Werner, flüstert Anna ihrem Verlobten ins Ohr, »ich habe jahrelang nicht mehr getanzt.«

»Keine Angst. Ich werde dich führen. Ich war ganz gut im Tanzunterricht.«

Aus dem Schalltrichter des Grammophons tönt ein blecherner, unüberhörbarer Fanfarenklang. Dann vereinen sich Holzbläser, unterstützt von Pauke und Posaunen, zu einem aufbrausenden Crescendo.

Anna vertraut sich den Armen und Körperbewegungen ihres Bräutigams an. Und tatsächlich, nach einem etwas holprigen Auftakt werden ihre Schritte und Drehungen immer leichter, geschmeidiger, harmonischer. Begleitet vom Raunen der Zuhörer kommt aus dem Grammophon ein kraftvolles Forte und dann der unverkennbare Dreivierteltakt eines Walzers. Eine sehnsuchtsvolle Anfangsmelodie wechselt zu einem kräftigen Rhythmus. Geigen erklingen. Soli von Flöten und Klarinetten tanzen auf dem Klangteppich eines großen Orchesters.

Das Paar des Abends dreht sich umeinander, gleitet und schwingt dabei in einem großen Kreis über die Tanzfläche.

Im Rausch der Musik und der schwindligen Drehung fließt ein prickelndes Glücksgefühl durch Annas Körper. Sie fühlt sich eins mit dem Mann, der sie in den Armen hält. Sie legt ihren Kopf in den Nacken und blickt in den Sternenhimmel dieser Tropennacht. Die Wipfel der Palmen huschen vorüber. Sterne ziehen leuchtende Bahnen wie Sternschnuppen. Wenn sie den Kopf im Schwung der Walzerdrehung zur Seite legt, sieht sie wie von einem Karussell aus die Blanchebai vorüberrasen. Das große weiße, in der Bucht ankernde Schiff, mit dem sie morgen abreisen werden, scheint über das Wasser zu fliegen. Die grünen Hügel des Urwaldes und die Kegel der Vulkane verschwimmen.

Anna schließt ihre Augen.

Doch nun ändern sich die Bilder. Wie in einem Kaleidoskop, bunt und verzerrt, tauchen blitzartig Erinnerungen aus ihrem Leben auf: Die Mutter, die sich über ihr Bettchen beugt – ein Mann, der sie auf den Armen hält. – Ihr Spielplatz und der alte

Marktplatz von Kalkar. – Blühende Apfelbäume am Niederrhein. – Unheimliche Kopfweiden im Nebel. – Streng blickende Diakonissen während ihrer Ausbildung zur Hebamme. – Anna hört die Schreie ihrer Schwägerin bei der Entbindung. – Sie hat das behinderte Baby vor Augen. – Sie sieht den Pfarrer, der ihr von den deutschen Kolonien vorschwärmt. Und das Lichtbild von Missionar Althoff, den sie heiraten wollte. – Anna spürt die Stiche der Malariamücken auf ihrer nackten Haut. Sie erwacht im Krankenbett und sieht über sich das Gesicht des Tropenarztes Dr. Werner Jungblut …

Anna Scharnhorst öffnet die Augen. Ihr Verlobter lächelt ihr zu. Sein rechter Arm umfasst ihre Taille. Er führt sie sicher und schwungvoll über die Dielenbretter.

Wie aus einem Mund sagen beide:

»Dieser Tanz soll nie aufhören …«

Die Walzermelodie verklingt. Die Nadel am Schwenkarm des Grammophons springt aus den Rillen der Schellackplatte.

Die Zuschauer erheben sich und klatschen.

Nach dem Eröffnungstanz strömen die anderen Paare auf die Tanzdielen, voran Queen Emma mit Theobald Kolber. Henderson dreht wieder die Kurbel des Grammophons. Die nächste Melodie ertönt, der »Kaiserwalzer«. Danach spielt die Samoa-Kapelle Melodien aus der Südsee. Stanislaus Gornik fordert Satulia auf. Die Freundin des toten Sebastian Kleine lässt sich bitten, aber sie achtet auf schicklichen Abstand, als sich die anderen Paare zu den langsameren Melodien aneinanderdrängen.

»So muss es sein, mein junger Freund«, sagt Theobald Kolber zu Werner Jungblut und wischt sich den Schweiß aus dem Gesicht, »die Frauen schweben beim Tanzen wie auf Wolken und uns Männern wird bloß schwindelig.«

Anna Scharnhorst und Werner Jungblut werden in der ersten Stunde des neuen Tages von vier Matrosen in einem Beiboot der *Prinz Heinrich* zum Liniendampfer in die Blanchebai hinausgerudert. Die Teilnehmer der Abschiedsfeier winken ihnen vom Ufer aus nach. Vorn, in der ersten Reihe, schwenken Queen

Emma und Theobald Kolber ihre Arme am heftigsten und am längsten. Das Brautpaar steht in dem kippeligen Boot unter einem hellen Sternenhimmel. Anna kann sich nicht entscheiden, ob sie lachen oder weinen soll. Und so macht sie beides zur selben Zeit.

65

Nach einer kurzen Nacht werden Anna Scharnhorst und Werner Jungblut an Bord des Lloyd-Dampfers von Schüssen geweckt, die von der Küste über das Meer hallen.

»Hör doch! Da wird zu unserer Abfahrt Salut geschossen.«

Anna lächelt und streckt und räkelt sich wohlig auf dem breiten Mahagonibett in der komfortablen Schiffskabine, an deren Tür eine aus Messing gehämmerte »18« angebracht ist. Das Brautpaar hat eine geräumige Kabine in der Zweiten Klasse bezogen. Mit Doppelbett und eigenem Duschraum.

Eine zweite Salve ist zu hören. Eine dritte ... Und noch eine ...

Werner Jungblut steht eilig auf, wäscht sich und zieht sich an.

»Viermal Salut. Ist das nicht einmal zu viel, sonst wird doch immer nur dreimal geschossen?«, sagt Anna.

»Es waren ja auch vier Männer«, sagt Jungblut.

»Vier Männer ...?«

»Ja, vier Eingeborene. Die Mörder von St. Paul sind vermutlich gerade hingerichtet worden. Von einem Erschießungskommando.«

»Wie entsetzlich!« Anna springt mit wehendem Nachthemd hoch und schließt das Bullauge, das während der Nacht geöffnet war, als wolle sie weitere Geräusche aussperren.

»War auch der Mann dabei, der dir in der Kirche von St. Paul das Leben gerettet hat?«

»To Maria. Ja, er war ja der Anführer des Massakers und des ganzen Aufstandes. Er hat Pater Rascher eigenhändig erschossen. Dafür musste er sterben.«

»Aber du hast ihm dein Leben zu verdanken.«

»Aber er hat viele unschuldige Menschenleben auf dem Gewissen ...«

»War er eigentlich ein Kannibale?«

»Wohl kaum. Die Missionare haben ihn ja früh aus seinem Dorf geholt und ihn dann christlich erzogen und getauft. Aber viele seiner Stammesbrüder sind immer noch Kannibalen.«

»Kannibalen sind doch auch Menschen?«

»Da hast du Recht.«

»Und sie wollen so leben, wie sie immer gelebt haben, und wir wollen ihnen unsere Lebensart und Kultur aufzwingen, sogar mit Gewalt.«

»Ich denke, du warst früher Missionsschwester. Und nun sagst du so etwas?«

»Ich habe Zeit gehabt, darüber nachzudenken, ob es eigentlich richtig ist, was wir alles in Gottes Namen tun.«

»Und? Zu welchem Ergebnis bist du gekommen.«

»Zu keinem. Ich habe Zweifel ...«

»Anna?«

»Ja.«

»Ich weiß, was ich jetzt sage, ist sicher unpassend.«

»Was denn?«

»Ich habe furchtbaren Hunger. Lass uns frühstücken gehen, bevor die Anker gelichtet werden.«

»Ich kann nichts essen. Oder höchstens ein Brötchen mit Kaffee.«

Vor dem Frühstück gehen die beiden noch einmal über das Schiff. Der Liniendampfer *Prinz Heinrich* gehört zur sogenannten Prinzen-Klasse, wie die Bremer Reederei Norddeutscher Lloyd ihre schönsten und schnellsten Überseeschiffe nennt. Ein mächtiger schwarzer Schornstein in der Mitte und zwei Segelmasten vorne und hinten überragen den Schiffskörper. Die achtzig Luxuskabinen der ersten und weitere 80 der komfortablen zweiten Klasse sind ausgebucht. Im billigen Zwischendeck, in dem Platz für rund eintausend Passagiere und Auswanderer ist, sind auf der Rückreise von Australien nach Europa noch mehr als die Hälfte der primitiven Schlafplätze frei.

Von ihrem Frühstücksplatz im Speisesalon aus können sie durch eine große Scheibe nach hinten blicken. Die Sonne streift die Berge und die Kegel der Vulkane in der Bucht von Rabaul. Wie bei Annas Ankunft, so sind auch jetzt die eingeborenen Fischer mit ihren Auslegerbooten in der Bucht unterwegs. Einige Boote kommen näher. Frauen rufen etwas herauf. Sie winken mit Ketten aus Muscheln und Korallen und zeigen große Panzer von Seeschildkröten, die sie noch verkaufen wollen.

Um acht Uhr sollen die Anker der *Prinz Heinrich* gelichtet werden. Um zehn Minuten vor acht Uhr erscheint ein stattlicher Mann in einer weißen Schiffsuniform an ihrem Tisch.

»Gestatten? Mein Name ist Schmölder, Alexander Schmölder. Ich bin der Kapitän«, sagt er und deutet eine knappe Verbeugung an. »Sehr erfreut, Sie kennenzulernen. Ich hoffe, wir werden eine angenehme Heimreise haben. Allerdings hat Ihnen der Herr hinter mir noch eine wichtige Mitteilung zu machen, die, so fürchte ich, unsere Abreise ein wenig verzögern wird.«

Zu Jungbluts Erstaunen taucht hinter dem Kapitän ein uniformierter junger Mann auf – der neue Adjutant von Gouverneur Hahl.

»Der Gouverneur sendet seine verbindlichsten Grüße. Er lässt Fräulein Scharnhorst herzlich bitten, noch einmal für kurze Zeit an Land zurückzukehren, es geht um die Klärung einer dringenden persönlichen Angelegenheit. Ein Boot wartet außenbords. Selbstverständlich kann der Herr Verlobte Sie begleiten, Fräulein Scharnhorst.«

»Eine dringende persönliche Angelegenheit? Welcher Art, wenn ich fragen darf«, sagt Jungblut.

»Darüber zu reden, bin ich nicht befugt.«

»Dann bedauern wir sehr.«

»Der Herr Gouverneur und auch Herr Theobald Kolber lassen ausrichten, es wäre im allergrößten Interesse von Fräulein Scharnhorst ...«

»Lass uns gehen, Werner, bitte«, sagt Anna, »es wird sich ja aufklären.«

Jungblut wendet sich an den Kapitän.

»Sie sagten, unser Landgang wird zu einer verspäteten Abreise der *Prinz Heinrich* führen?«

»So ist es, leider.«

»Wie viel Zeit haben wir bis zur Rückkehr an Bord?«

»Zwei Stunden maximal. Ich werde vor unserer Abfahrt für Sie dreimal Signal geben lassen. Unsere Schiffssirene wird an der ganzen Küste zu hören sein.«

Zu Jungbluts und Annas Überraschung hat der Missionsdampfer *Gabriel* mit seinem neuen Schiffsführer an der Außenwand des Linienschiffes festgemacht. Sie klettern ein Fallreep hinunter.

Nach zehn Minuten Fahrt erreichen sie den ins flache Meer hinaus gebauten Bootsanleger von Herbertshöhe. An Land wartet bereits eine einspännige Kutsche. Nach weiteren fünfzehn Minuten hält der Kutscher vor einem Haus etwas oberhalb der Küstenstraße von Kokopo nach Vunapope. Es erinnert an ein schlichtes deutsches Siedlungshäuschen mit ein paar Kolonialstilelementen: einstöckig, rechtwinklig, Satteldach, zwei Fenster zur Straße. Die Eingangstür liegt ein paar Stufen hoch. In dem von einem Staketenzaun umgebenen Vorgarten stapeln sich Möbelstücke, Hausrat und Kisten. Ungewöhnlich ist die übergroße deutsche Reichsfahne, die in der Meeresbrise gegen einen hohen Mast schlägt. Der Kutscher zieht die Bremse an. Das Pferd schnauft erleichtert.

»Wo sind wir?«, fragt Anna. »Was ist das für ein Haus?«

»Das ist …, das war das frühere Haus des verstorbenen Kommandanten der Schutzpolizeitruppe von Deutsch-Neuguinea Gustav Schmeile«, erklärt der Kutscher mit wichtiger Miene.

66

Anna und Jungblut gehen unsicher auf den Eingang zu. Aus dem Hausinneren kommen ihnen zwei Männer entgegen: Gouverneur Hahl und Theobald Kolber. Beiden sind die Spuren des gestrigen Abschiedsfests noch anzusehen. Theobald Kolber drückt die beiden jungen Leute an sich.

»Das hätten wir gestern Nacht nicht gedacht, dass wir uns so bald schon wiedersehen«, sagt er und wirkt dabei etwas verlegen. Einen Moment lang hat Jungblut den Eindruck, als wolle Kolber Anna kondolieren.

»Danke, dass Sie gekommen sind«, sagt Gouverneur Hahl und bittet mit einer Handbewegung ins Haus. »Wir möchten Ihnen etwas zeigen, Fräulein Scharnhorst.«

In dem leergeräumten Wohnraum steht nur noch ein Schreibtisch, darauf liegen verstreute Schachteln, Umschläge und Papiere. An den kahlen Wänden sind größere, von Staub gerahmte leere Flächen zu sehen, an denen Bilder gehangen haben. In der Ecke hinten links ist eine Holzluke über einem tief liegenden kleinen Halbkeller hochgeklappt, in dem Getränke und Nahrungsmittel kühl gehalten wurden. Ein größeres Fenster geht über die Straße aufs Meer hinaus. Am Horizont schwimmt die *Prinz Heinrich* im Morgendunst.

»Darf ich vorstellen«, sagt der Gouverneur und deutet auf einen Mann und eine Frau, die gerade das Wohnzimmer betreten, »dies sind die Eheleute Bargstedt. Amtmann Bargstedt ist erst kürzlich eingetroffen, er wird der neue Leiter unseres Grundstücksamtes. Die Kolonialverwaltung hat ihm das frei gewordene Haus des verstorbenen Kommandanten Schmeile zur Verfügung gestellt.«

Der kleine Beamte ist auch körperlich klein, vielleicht 1,65 groß. Neben seiner walkürenhaften blonden Frau wirkt er mit schütterem Haar und einer runden Hornbrille geradezu zierlich. Frau Bargstedt führt in dieser Ehe offensichtlich das Wort.

»Wie Sie sehen, haben wir das Haus beinahe vollständig leerräumen lassen«, sagt sie. Dabei habe man eine Entdeckung gemacht, über die man selbstverständlich die Kolonialbehörde informiert habe, zumal man über die bedeutende Position des vorherigen Hausbewohners ins Bild gesetzt worden sei.

Gouverneur Hahl macht ein paar Schritte zu der geöffneten Kellerluke. Die anderen folgen ihm.

»Dieser kleine Vorratsraum für Lebensmittel hat unter seinem Holzboden noch eine Art Geheimfach. Darin haben die Bargstedts eine Zinkkiste mit zahlreichen Dokumenten gefunden.«

Der Gouverneur wendet sich um und deutet auf den Schreibtisch, auf dem eine Kiste, etwa doppelt so groß wie ein Schuhkarton, steht.

»In diesem Behältnis haben wir interessante Funde gemacht. Es handelt sich dabei um persönliche Dinge von Herrn Gustav Schmeile, etwa diese schöne alte Luther-Bibel hier.«

Werner Jungblut nimmt das abgegriffene schwarze Buch mit den goldenen Lettern zur Hand. Er wundert sich, dass der vorgewölbte rundliche Buchrücken aufgerissen ist.

Gouverneur Hahl nimmt einen länglichen Stoffbeutel vom Tisch und schüttet ihn vorsichtig aus. Sand und milchig-gläserne Steinchen fallen auf ein weißes Blatt Papier.

»Das stammt wohl beides aus der Namibwüste: Sand und 38 Rohdiamanten, die in dem Buchrücken versteckt waren.«

Hahl sieht seine Zuhörer an, wie ein Magier, der nach einem gelungenen Trick Beifall erwartet.

»Diese Bibel«, so sagt er weiter, »diese schöne alte Bibel gehörte dem in St. Paul verstorbenen Missionar Heinrich Althoff. Sebastian Kleine und Doktor Jungblut hatten sie nach meinen Informationen mit in Althoffs Grab gegeben. Und später haben sie Kommandant Schmeile dabei beobachtet, wie der die Heilige Schrift mitten in der Nacht wieder ausgegraben und an sich genommen hat. – Jetzt wissen wir also, warum …!«

Während der Gouverneur spricht, füllt gespannte Stille den

Raum. Von weither sind Möwenschreie durch das halboffene Fenster zu hören.

Jungblut räuspert sich, bevor er sagt: »Im Tabernakel der Kirche von St. Paul müssten vier oder fünf eng beschriebene Seiten gelegen haben, das Protokoll, das Sebastian Kleine nach den Aussagen von Heinrich Althoff angefertigt hat und durch das Schmeile schwer belastet wird.«

»Meinen Sie diese Papiere hier?«

Hahl nimmt einige eng beschriebene große Blätter vom Tisch und liest laut vor: »Zusammenfassung der Aussage des Missionars Heinrich Althoff, geboren am 11. September 1847 in Wuppertal-Barmen, vom 17. August 1898 in St. Paul/Neupommern über die Hintergründe des von Polizeikommandant Oberleutnant Gustav Schmeile organisierten Großbetrugs bezüglich eines Diamantenvorkommens in Deutsch-Neuguinea«.

»Ja, das ist das von Sebastian Kleine geschriebene Protokoll. Wir haben es als Zeugen unterzeichnet.«

»Es lag tatsächlich im Tabernakel der Kirche. Wir werden es zu den Akten über den Fall Schmeile nehmen.« Gouverneur Hahl steckt die Papiere in eine Aktenmappe.

»Am selben Ort wurde übrigens auch das Tagebuch des verstorbenen Sebastian Kleine gefunden. Ich habe es inzwischen Herrn Kolber übergeben. Er wird es Herrn Johan Cesar Godeffroy zukommen lassen, dem es von seinem Verfasser gewidmet worden ist.«

Während der Gouverneur redet, beobachtet Theobald Kolber die neben ihm stehende Anna Scharnhorst aus den Augenwinkeln. Er fragt sich, ob die junge Frau allmählich ahnt, um was für eine »persönliche Angelegenheit« es hier für sie geht.

Anna umklammert ihre kleine Handtasche so angestrengt, dass die Fingerknöchel weiß hervortreten.

Gouverneur Hahl nimmt einen weiteren Papierstapel von der Tischplatte. »Und dann sind hier auch noch diese Dokumente …« Er wendet sich Anna zu.

»... die werde ich ebenfalls zu der recht umfangreichen Akte Schmeile nehmen müssen – obwohl ein ganz anderer Name darauf steht.« Hahl hebt ein Blatt so dicht an seine Augen, dass er blinzeln muss. »Diese und etliche andere amtliche Urkunden tragen den Namen Gustav Wilhelm Fischer ...«

Als Anna den Namen Fischer hört, atmet sie tief ein. Es klingt wie ein Seufzer. Dann beginnt sie zu zittern, als werde sie von einer Malariaattacke befallen. Die Männer schauen sie besorgt an. Annas Oberkörper sinkt nach vorn. Sie stützt sich mit beiden Händen auf der Tischkante ab. Ihr Blick fällt auf Urkunden, Umschläge und Briefe mit dem Namen Fischer. Dann dreht sich alles vor ihren Augen. Die Dokumente, der Tisch, der Raum, die Männer verschwimmen in einem Strudel. Flüchtige Erinnerungsfetzen und Traumbilder tauchen daraus auf: wie ihre Mutter ihr eine Fotografie gibt, auf der sie mit ihrem verschwundenen Vater zu sehen ist ..., wie sie heimlich Briefe ihres Vaters sucht ..., wie bewaffnete Kannibalen sich um einen hellhäutigen, blonden Häuptling scharen, der ihr zuruft: »Ich bin Gustav Wilhelm Fischer!«

Theobald Kolber legt seinen kräftigen Arm schützend um ihre Schulter. Anna hört die energische Stimme ihres Verlobten.

»Was hat das um Himmels willen alles zu bedeuten? Was geht uns dieser Fischer an?«

Werner Jungblut blickt zornig zwischen Gouverneur Hahl und Theobald Kolber hin und her. Kolber macht eine beschwichtigende Geste. Doch Jungblut lässt sich nicht bremsen.

»Meine Verlobte und ich wurden gebeten, zur Klärung einer dringenden persönlichen Angelegenheit hier zu erscheinen. Worum handelt es sich dabei eigentlich? Was hat das alles mit Schmeile zu tun? – Und mit diesem Fischer? Kommen Sie bitte endlich zur Sache! Der Kapitän der *Prinz Heinrich* wartet schließlich auf unsere Rückkehr!«

»Was das bedeutet ...?« Gouverneur Hahl macht eine Pause, als überlege er, wie er am besten ausdrücken kann, was offenbar nur schwer zu erklären ist.

»Wir haben in der Zinkkiste auch Dokumente gefunden, die zweifelsfrei belegen, dass unser verstorbener Polizeikommandant in Wahrheit nicht Gustav Schmeile hieß ..., sondern mit rechtmäßigem Geburtsnamen Gustav Wilhelm Fischer! – Sagt Ihnen dieser Name vielleicht etwas, Fräulein Scharnhorst?«

Anna lässt ihre kleine Handtasche zu Boden fallen und schlägt ihre Hände vor Gesicht. Sie will etwas sagen, aber ihre Stimme versagt. Sie schluckt ein paarmal, bevor sie mit einer kleinen Kopfbewegung bestätigend nickt.

»In diesen Papieren aus der Zinkkiste haben wir auch die Sterbeurkunde eines gewissen Gustav Schmeile gefunden, der als Soldat der Schutztruppe von Deutsch-Südwestafrika bei der Schlacht gegen die Hottentotten am Waterberg ums Leben gekommen ist. Mit Hilfe der Personalpapiere dieses Mannes hat Gustav Wilhelm Fischer seine Identität gewechselt.« Die Vogelstimmen aus dem verwilderten Garten klingen schrill in den nun lautlosen Raum.

»Das ist ..., das ist ja unglaublich ...«, sagt Werner Jungblut endlich. »Von diesem Fischer hat uns Missionar Althoff vor seinem Tod in St. Paul nichts erzählt ...«

»Vielleicht hat er es nicht gewusst«, sagt der Gouverneur.

»Aber was hat das denn alles mit meiner Verlobten zu tun?« Werner Jungblut greift nach Annas Hand.

Mit ausdrucksloser Miene nimmt Theobald Kolber einen fleckigen braunen Umschlag, kaum größer als eine Postkarte, vom Schreibtisch.

»Anna, würden Sie sich bitte das Bild in dieser Hülle ansehen?«

Mit zitternden Fingern zieht Anna ein kleines vergilbtes Lichtbild hervor. Sie wirft einen ängstlichen Blick darauf. Dann legt sie es wieder auf die Schreibtischplatte zurück, als habe sie sich die Finger verbrannt.

Die drei Männer sehen sie schweigend an, während sich das Ehepaar Bargstedt im Hintergrund vernehmlich über die Möblierung seines künftigen Wohnzimmers streitet.

Schließlich öffnet Anna ihre Handtasche, zieht aus einem Nebenfach eine zweite Fotografie heraus und reicht sie Theobald Kolber. Der legt Annas Bild wie eine Spielkarte neben das Bild aus Schmeiles Umschlag.

Beide Aufnahmen haben das gleiche Format, denselben kupferbraunen Grundton und den gleichen Büttenrand. Auf beiden ist unter rechts ein Stempel eingeprägt: Atelier für Lichtbildkunst Kalkar/Niederrhein.

Beide Bilder zeigen dasselbe Motiv: ein junger Mann, Ende zwanzig, mit rundlichem Gesicht, fleischiger Nase und bereits lichter werdendem dunklem Haar hält ein hübsches Mädchen auf seinem Arm. Das Kind lacht und zerzaust gerade den sorgfältig gezogenen Mittelscheitel, der eine beginnende Glatze kaschieren soll.

Es sind ganz offensichtlich zwei Abzüge ein und derselben Negativ-Glasplatte.

Wie ein Kartenspieler dreht Kolber wieder beide Bilder gleichzeitig um.

Auf der Rückseite von Annas Foto steht in runder, weiblicher Handschrift: »Anna und ihr Papa«.

Auf dem Bild aus Schmeiles Umschlag ist mit verblasster Tinte zu lesen: »Meine Tochter Anna im Alter von 2 Jahren mit mir in Kalkar«.

Niemand sagt etwas.

Gouverneur Hahl sammelt schweigend die Papiere auf dem Schreibtisch ein. Theobald Kolber stopft wortlos seine Pfeife. Ein böiger Seewind schlägt die geöffneten Fensterflügel gegen die Außenwand des Hauses. Vom Meer zieht eine große Wolke heran und wirft einen flirrenden Schatten auf das Wasser der Blanchebai und über das Land an der Küste von Neupommern.

»Hat er gewusst, dass ich seine Tochter bin?«, fragt Anna endlich mit wieder fester Stimme.

»Ich glaube nicht. Aus diesen Unterlagen und Aufzeichnungen geht jedenfalls nichts Derartiges hervor«, antwortet Gouverneur Hahl.

»Haben Sie denn selber an seinem Verhalten irgendetwas in dieser Hinsicht bemerkt, etwas, das Ihnen jetzt in neuem Licht erscheint?«

Anna schüttelt den Kopf. Sie habe den Mann ja nur drei- oder viermal gesehen, und meistens sei er betrunken gewesen.

Geredet habe sie überhaupt nicht mit ihm. Sie legt ihre Hand vor ihre Augen. Dann sagt sie kaum hörbar: »Mein Leben lang habe ich mir gewünscht, meinen Vater kennenzulernen – jetzt wünschte ich, ich hätte nie erfahren, wer er ist ...«

Werner Jungblut atmet tief ein und aus. Dann nimmt er Anna in seine Arme, bevor er sie aus dem Haus führt.

Draußen laufen die beiden Hand in Hand durch einen heftigen tropischen Regenschauer, der jetzt über die Küste von Neupommern niedergeht. Auf dem kurzen Weg vom Haus zur wartenden Kutsche werden sie bis auf die Haut durchnässt.

Schwere Tropfen trommeln auf die Wellblechdächer, spritzen gegen die harten Blätter der Kokospalmen und zerplatzen auf der steinigen Straße, über die ihre Kutsche zurück nach Herbertshöhe rollt. Als sie den Anleger erreichen, bricht hinter der großen Regenwolke wieder die Sonne hervor.

Von der Blanchebai dröhnt die Sirene des Überseedampfers *Prinz Heinrich* zu ihnen herüber. Dreimal hintereinander.

»Das einzige Paradies ist das verlorene Paradies.«

Marcel Proust

EPILOG

Fünf Monate nach dem Mord auf dem Kultplatz des Iniet-Geheimbundes wurde am 18. Januar 1899 in Hamburg der Totenschädel von Sebastian Kleine entdeckt. Johan Cesar Godeffroy schickte seinem Generalbevollmächtigten Theobald Kolber in dieser Angelegenheit einige Zeit später eine Depesche nach Herbertshöhe/Deutsch-Neuguinea: »... vor allem interessiert mich auch noch, eines zu erfahren: Auf welche Weise konnte dieses gewisse Objekt aus dem Inneren Neupommerns eigentlich nach Hamburg auf den Tisch des Museums Godeffroy gelangen?«

Am Ende der Regenzeit brachen Kolber und Queen Emma mit einem Dutzend bewaffneter Begleiter in die Baininger-Berge auf. Sie besuchten den alten Kannibalenhäuptling Talili, dem Queen Emma früher ein großes Stück Land abgekauft hatte. Seither hatte sie ein vertrauensvolles Verhältnis zu dem Mann, der so alt war, dass sich von den Lebenden niemand mehr an seine Geburt erinnern konnte. Talili sah inzwischen so dürr und klapprig aus wie sein eigenes Skelett. Mit finsteren Augenhöhlen im knochigen, haarlosen Schädel und der blutroten Gesichtsbemalung glich er einer Schreckensfigur aus einer Geisterbahn. Als der Alte von einem Missionar gefragt worden war, ob er noch immer das Fleisch seiner besiegten Feinde zu essen pflege, da hatte er sinngemäß geantwortet: Nein, die weißen Männer hätten ihm durch ihr Gerede den Appetit daran verdorben. Seinen Leuten allerdings habe er das traditionelle Ritual nicht verboten.

Kolber gegenüber rechtfertigte Talili zunächst das Blutbad von St. Paul – obwohl er und seine Leute daran nicht beteiligt gewesen seien. Denn: Die weißen Männer dort hätten sich als Freunde in das Land der Baininger eingeschlichen und sich dann wie Feinde und Eroberer aufgeführt. Der Häuptling sprach mit einer tiefen, brummenden Stimme, die so gar nicht zu seiner klapperdürren Gestalt passen wollte.

Als Kolber wie nebenbei den Vorfall mit dem jungen weißen Mann auf dem Iniet-Kultplatz zur Sprache brachte, verstummte Talili. Erst nachdem Queen Emma ihm eine längere Kette mit Tambu, dem Schnecken- und Muschelgeld, übergeben hatte, brachte ihn das zum Reden.

Der Alte erklärte: Zwei weiße Männer, ein älterer und ein junger, hätten an jenem Tag den Heiligen Platz und die Heilige Hütte des Iniet am Nebenfluss des Toriu geschändet. Die dort wohnenden Geister der Ahnen seien erschreckt, beleidigt und erzürnt worden. Und deshalb hätten die beiden Weißen den Tod verdient. Leider sei der Ältere entkommen. Den Jüngeren habe man sterbend am Boden liegend gefunden und als Beute mitgenommen.

Kolber zögerte, aber dann fragt er doch, ob der junge weiße Mann gegessen worden sei? Talili sagte, darüber werde er mit einem Fremden nicht sprechen. Was mit dem Schädel geschehen sei, wollte Kolber wissen. Den habe man von Haut und Haaren befreit, geräuchert und zusammen mit acht Köpfen von Kriegern eines feindlichen Küstenstammes an einen australischen Händler verkauft. Später, so berichtete Talili, habe er dann gehört, dass dieser Australier alle neun Köpfe in dem Ort Herbertshöhe an eine deutsche Gesellschaft weiterverkauft hat.

»Um Himmels willen«, sagte Kolber nachher zu Queen Emma, »dieser Händler, das war wahrscheinlich McLean, ein abenteuerlicher Bursche, der ab und zu allerlei exotische Gegenstände, auch Schädel und Skelette, für das Godeffroy-Museum in unsere Faktorei liefert!« Kleines Totenkopf sei also zusammen mit den von Talili erwähnten Eingeborenenschädeln nach Hamburg verfrachtet worden.

Kolber schickte einen Bericht über seine Nachforschungen an Johan Cesar Godeffroy nach Hamburg.

*

Der 27. Februar 1899 war in mehrfacher Hinsicht für »Deutschlands König der Südsee« der unangenehmste Tag dieses an sich milden Winters. Eisschollen trieben auf der Elbe und auf den Flüssen in ganz Norddeutschland. Ein scharfer Westwind jagte Schneeschauer waagerecht vor sich her. Johan Cesar Godeffroy begab sich bei diesem Wetter auf eine der weitesten Reisen seines Lebens: Vom Hamburger Hauptbahnhof fuhr er nach Harburg und dann mit der Unterelbischen Eisenbahn weiter über Buxtehude, Stade und Himmelpforten zum Bahnhof der Ortschaft Basbeck-Osten.

Sein Leben lang hatte Godeffroy Reisestrapazen aller Art gemieden, wegen seiner stets fragilen Gesundheit und wegen seiner Augenprobleme, aber auch, weil er sich am Firmensitz in Hamburg für unabkömmlich hielt. Der »Südseekönig« ist selber nie in der Südsee gewesen. Nur bis nach Berlin ist er ein paarmal gekommen.

Die Fahrt an die Unterelbe dauerte beinahe genauso lange, denn der Bummelzug mit der gemächlich schnaufenden Tenderlokomotive kam auf kaum mehr als 30 Stundenkilometer und war durch die vielen Zwischenaufenthalte in den Dörfern fast drei Stunden lang unterwegs. Während der Fahrt ließ sich Godeffroy von seinem Begleiter Dr. Schmalz aus dem Tagebuch von Sebastian Kleine vorlesen, um sich auf das bevorstehende Ereignis einzustimmen.

Gerädert und verfroren kletterten Godeffroy und Schmalz schließlich aus ihrem Zweite-Klasse-Abteil, denn eine Erste Klasse gab es in dieser Provinzbahn nicht. Dr. Schmalz hatte ein verziertes Bronzegefäß von der Größe eines Marmeladenglases in seinem Reisegepäck verstaut – eine Urne, in der sich ein kleines Häufchen Asche befand.

Die beiden Herren wurden von einer Kutsche zum drei Kilometer entfernten Anleger der Prahmfähre gefahren, die von Basbeck aus den Fluss Oste zum Ort Osten hin überquert. Der Eisgang erschwerte die Überfahrt erheblich. In einigen Jahren, so erzählte der Fährmann, solle eine gewaltige Schwebefähre über die Oste gebaut werden, damit der Verkehr gegen die Unbilden des Winterwetters gefeit sei. Godeffroy war froh, dass er auf Anraten seiner Frau Emily nicht nur einen von innen mit Pelz gefütterten Mantel, sondern auch noch eine Fellmütze mit Ohrenschützern angelegt hatte.

Auf dem Kirchplatz von Osten hatten sich einige hundert Trauergäste versammelt. Der kleine, von 700 Menschen bewohnte Ort hatte es wegen der zahlreichen profitablen Ziegeleien in der Umgebung zu erstaunlichem Wohlstand gebracht. Die schöne St.-Petri-Kirche, stattliche Wohnhäuser und immerhin sechzehn Gasthäuser zeugten davon. Heinrich Wilhelm Kleine, der Vater von Sebastian Kleine, war einer der wohlhabendsten und einflussreichsten Männer dieser Gemeinde. Mit seiner zweiten Ehefrau und seinem Sohn Wilhelm wartete er vor der Kirche auf den hohen Besuch aus Hamburg. Der alte Kleine war ähnlich wie Godeffroy gekleidet, nur dass er seinen Pelzmantel, anders als der Hanseat, mit dem Fell nach außen trug. Die Ohrenklappen seiner Fellmütze schienen in den dicken Backenbart gewachsen zu sein, der sich über die Kinn- und Mundpartie hinzog, so dass nur Nase und Augen sichtbar blieben. Diese Augen glänzten feucht, als Godeffroy ihm sein Beileid ausdrückte und darüber sprach, was für ein intelligenter, tüchtiger, begabter und sympathischer Junge sein Sohn Sebastian gewesen sei. Ein großartiger Forscher hätte aus ihm werden können. Dann teilte Godeffroy dem Vater mit: Gemeinsam mit seinem Generalbevollmächtigten Kolber werde er eine »Sebastian-Kleine-Stiftung« ins Leben rufen. Diese Institution werde in jedem Jahr das wissenschaftliche Studium oder auch die praktische Ausbildung eines besonders begabten jungen Naturforschers aus dem norddeutschen Raum finanzieren. Von der Trauergemeinde beobachtet, umarmten sich die beiden Männer.

Der Herr Pastor ließ in seinem Trauergottesdienst die näheren Umstände des Todes »des geliebten und geschätzten Sohnes unserer Gemeinde« unerwähnt. Und draußen auf dem Friedhof blieb auch Dr. Schmalz auf pietätvolle Weise im Ungefähren, als er in seiner Eigenschaft als Vorgesetzter des Verstorbenen das Wort ergriff. Vor einem Berg von Blumengebinden und Kränzen sprach der Museumskustos von »einer Verkettung unglücklicher, tragischer Umstände«, die zu Sebastian Kleines Tod geführt hätten, und von den besonderen Gefahren, in die sich mutige Naturforscher in einer oft feindlich gesinnten Welt nun einmal begeben müssten. Schmalz schloss seine Rede mit jenem Satz, den er so ähnlich gleich nach der Entdeckung von Kleines Totenkopf ausgesprochen hatte: »Und nun ist unser geschätzter junger Kollege, der hochtalentierte Naturforscher Sebastian Kleine, also in seine geliebte Heimatstadt Hamburg zurückgekehrt ...«

Erst als ein leises Murren ertönte, korrigierte er sich: »In seinen geliebten Heimatort Osten an der Oste, wollte ich sagen.«

Bei dem eiskalten Wetter verlief sich die Trauergemeinde schnell.

Die beiden Knechte, die Vater Kleine zur Friedhofsarbeit abgestellt hatte, waren froh, dass es sich um eine Urnenbeisetzung handelte. So brauchten sie nur ein kleines Loch in die steinhart gefrorene Erde zu hacken.

*

Ein halbes Jahr nach der Beisetzung von Sebastian Kleine musste einer der größten deutschen Unternehmer seiner Epoche geschäftlich seine letzte Hoffnung begraben. Vergeblich hatte Johan Cesar Godeffroy bis zuletzt auf ein Wunder gehofft, durch das sein vom Untergang bedrohtes Lebenswerk doch noch gerettet werden könnte.

Beim alten Godeffroy waren körperliches Leiden mit dem geschäftlichen Verfall seiner Firma einhergegangen, beides verschlimmerte und beschleunigte einander wohl noch. Die Symptome waren unverkennbar: Godeffroy litt unter Asthma und Gürtelrose und einem rapiden Nachlassen der Sehkraft. Und wirtschaftlich stand das Fiasko mit der Diamantenmine in

Deutsch-Neuguinea in einer Reihe von schwerwiegenden Rückschlägen und Niederlagen des Konzernherrn, der sein Leben lang Erfolge gewohnt gewesen war.

In der Endphase glich der Niedergang des Hauses Godeffroy auf verblüffende Weise den Insolvenzen und Konkursen großer Unternehmen und Familienkonzerne unserer heutigen Zeit: Durch eine andauernde globale Wirtschaftskrise gerieten die Säulen ins Wanken, auf denen das Lebenswerk des großen hanseatischen Unternehmers aufgebaut war.

Die Preise für seine wichtigste Handelsware, für Importprodukte aus den überseeischen Kolonien, sanken dramatisch. Sein Osnabrücker Stahl- und Eisenwerk stand durch ausländische Konkurrenz, vor allem durch billigere englische Anbieter, unter enormem Preisdruck. Sogar im heimischen Hamburg erhielt Godeffroys Reiherstiegwerft effizientere Konkurrenz durch die Schiffsbauer von Blohm & Voss.

Bei deutschen und englischen Banken häuften sich auf den Konten von Godeffroy & Sohn schließlich mehr als acht Millionen Mark Verbindlichkeiten, eine gewaltige Summe für damalige Verhältnisse. Als Sicherheiten dienten zunächst noch Godeffroys internationale Aktienpakete. Als diese Wertpapiere in der Krise der Weltwirtschaft immer mehr an Wert verloren, musste Godeffroy seinen gesamten Besitz an die Banken verpfänden, auch sein Südsee-Museum, seine Villa und seine Ländereien in Blankenese und Umgebung.

Die Geldinstitute wollten dem Haus Godeffroy & Sohn schließlich nur noch aus der Klemme helfen, wenn die Berliner Reichsregierung eine Bürgschaft für dringend erforderliche neue Millionenkredite übernehmen würde. Doch bei einer Abstimmung im Reichstag lehnte die Mehrheit der Abgeordneten eine staatliche Einmischung in die Privatwirtschaft grundsätzlich ab. Daraufhin ließ die London-Liverpooler Barings Bank als Erste einen Wechsel des in aller Welt berühmten deutschen Unternehmens platzen.

Godeffroy & Sohn war zahlungsunfähig. Konkursverwalter

zerlegten den Konzern in seine Einzelteile und verkauften und versteigerten alles, was noch Geld bringen konnte. Verarmt und halbblind durfte der entthronte »Deutsche Südseekönig« eine Zeit lang zusammen mit seiner Frau Emily gnädigerweise in seiner verkauften Villa an der Elbchaussee wohnen bleiben.

Doch die Geschäfte mit der deutschen Südseekolonie sollten weitergehen. Nach der Godeffroy-Pleite zimmerten Hamburger und Berliners Bankiers und Unternehmer eine Auffanggesellschaft zusammen, auch in der Hoffnung, damit wenigstens einen Teil ihrer Verluste wiedergutmachen zu können: Die »Deutsche Handels- und Plantagengesellschaft der Südseeinseln AG« – von den Engländern wegen des langen Namens »Long handle firm« genannt – übernahm weitgehend die Geschäfte Godeffroys mit den Inseln des Pazifik. Vorsitzender der Gesellschaft wurde der Hamburger Kaufmann Rudolph von Wahlen.

Theobald Kolber behielt in dem neuen deutschen Südsee-Konzern noch ein paar Jahre lang seine alte Position als Generalbevollmächtigter.

*

Der Brief war an »Frau Emma Eliza Coe und Herrn Theobald Kolber, Gunantambu, Deutsch-Neuguinea« adressiert. Als Queen Emma den Umschlag öffnete, fielen eine Karte und eine Fotografie heraus. Mit schön geschwungener Goldschrift stand da auf blütenweißem Büttenpapier: »Mit großer Freude geben wir unsere Vermählung bekannt – Anna Scharnhorst und Dr. Werner Jungblut«. Das postkartengroße Bild zeigte die Frischvermählten glückstrahlend vor der mittelalterlichen Fassade des Bremer Rathauses, sie in einem weißen Traumkleid mit Schleppe, er in schwarzem Frack mit Zylinder. Im Vordergrund war das Denkmal des Roland zu sehen und im Hintergrund der Doppelturm des Bremer St.-Petri-Domes, in dem die kirchliche Trauung stattgefunden hatte, wie Anna Jungblut schrieb. Sie hätten bereits ein schönes Haus mit einer großen Wohnung und mit Räumen für eine Arztpraxis gefunden, direkt an der Weser und ganz in der Nähe der Innenstadt.

Queen Emma musste den Brief dicht an ihre Augen halten und gelegentlich ein Vergrößerungsglas benutzen, um ihn zu entziffern – so sehr hatte sich ihr Augenlicht verschlechtert.

Vier Jahre später stand sie eines Morgens auf der Terrasse vor dem Schlafzimmer in Gunantambu, blickte auf die Blanchebai hinaus und rief ihrem Lebensgefährten Theobald Kolber zu: »Guck doch, da zieht ein gewaltiger Seenebel auf.« Als Kolber auf die Terrasse trat sah er – nichts. Die Bucht lag im klaren Morgensonnenschein. Den Nebel gab es nur auf der Netzhaut von Queen Emma. Jedenfalls stellte das ein Augenarzt fest, den sie aus Sydney kommen ließ. Die Augenkrankheit sei vermutlich Folge und Begleiterscheinung eines Diabetes. Aber es gebe Hoffnung: ein weltberühmter Spezialist könne vermutlich durch eine Operation die Sehkraft größtenteils wiederherstellen. Diese Kapazität sei ein Professor, der in Frankfurt am Main praktiziere.

Nach dieser Diagnose traf Queen Emma zwei Entscheidungen, die sie einige Jahre lang vor sich hergeschoben hatte: Sie heiratete Theobald Kolber. Und: Sie verkaufte, auch auf Anraten ihres Mannes, ihren gesamten Plantagenbesitz auf Neupommern und den Inseln des Bismarckarchipels an die »Deutsche Handels- und Plantagengesellschaft der Südseeinseln AG«. Sie erzielte einen Preis von 2,5 Millionen Mark. Diese für damalige Verhältnisse gewaltige Summe wurde sofort nach Vertragsabschluss auf ihre Bankkonten in Australien und der Schweiz eingezahlt.

Das Ehepaar Kolber reiste nach Deutschland. Die Augenoperation bei dem Frankfurter Spezialisten hatte tatsächlich Erfolg. Queen Emmas Sehkraft wurde zu mehr als achtzig Prozent wiederhergestellt. Nach einer Erholungskur in Baden-Baden fühlte sie sich wie neugeboren. Das Ehepaar Kolber machte eine verspätete Hochzeitsreise mit der Eisenbahn durch Deutschland, quartierte sich in den besten Hotels ein und kam auch nach Bremen.

Am Tag nach ihrer Ankunft in der Hansestadt standen Emma und Theobald Kolber vor einer Villa im englischen Tudor-Stil am Osterdeich oberhalb der Weser. Auf einem Schild neben der schmiedeeisernen Pforte war zu lesen: »Dr. Werner Jungblut, Praxis für allgemeine Medizin und tropische Krankheiten«. Durch ein offenes Fenster im ersten Stockwerk hörten sie Annas vertraute Stimme: »Emma ... Theobald ...! Kommt rein, das Essen ist fertig!«

Die beiden Besucher sahen sich verdutzt an. »Wir haben schon im Hotel gegessen!«, rief Theobald Kolber zurück.

Annas Gesicht erschien im Fensterrahmen. Völlig verblüfft erkannte sie die Frau mit der eleganten Brille und ihren Begleiter. Zwei Kinder, die im Garten gespielt hatten, liefen über den Rasen zum Haus, ein Junge und ein Mädchen, etwa drei und vier Jahre alt. »Wir kommen ja schon, Mama!«, rief der Junge.

Die Eheleute Kolber und Jungblut fielen sich in die Arme. Die Kinder tollten um die beiden Paare herum, die sich viel zu erzählen hatten. Werner Jungblut berichtete von seiner gutgehenden Arztpraxis, und eher nebenbei erwähnt er: Auf Vorschlag von Gouverneur Hahl habe die Namib-Diamantengesellschaft ihnen vor zwei Jahren die Hälfte der in der Bibel gefundenen Rohdiamanten übereignet, als Finderlohn und weil Anna ja doch die Erbin des Gustav Wilhelm Fischer alias Gustav Schmeile sei. Vom Erlös der Steine hätten sie gut die Hälfte ihres Hauses bezahlen können.

Vor dem Abschied arrangierte der stolze Hausherr und Familienvater Werner Jungblut die beiden Gäste und seine Kinder im Salon zu einem Gruppenbild. Der ambitionierte Amateur-Lichtbildner justierte seine neue Plattenkamera auf ein Holzstativ, Ehefrau Anna löste auf sein Kommando mit ausgestrecktem Arm und geschlossenen Augen den Pulverblitz aus.

Das Bild war technisch gelungen und schön gestaltet und wurde noch in den folgenden Generationen gerne herumgereicht. Es zeigt den kleinen Theobald Jungblut mit fröhlichem

Lausbubengrinsen vor dem großen Theobald Kolber. Und die große Queen Emma hält die kleine Emma Jungblut auf dem Arm.

*

In Hamburg hatte Rudolph von Wahlen das Ehepaar Kolber in seine Villa an der Außenalster eingeladen. Der Mitbegründer und Vorsitzende der »Deutschen Südseehandels- und Plantagengesellschaft« organisierte eine kleine Stadtführung für seine Gäste aus der deutschen Südsee. Und die endete wie zufällig in der Börse, die gleich hinter dem Hamburger Rathaus liegt.

Im hohen Saal mit seinen prächtigen, venezianisch anmutenden Rundbögen und Emporen fand gerade die traditionelle Jahresversammlung der Ehrbaren Hamburger Kaufleute statt. Mehr als zweihundert Handelsherren saßen an festlich gedeckten langen Tischen.

Rudolph von Wahlen schleuste Queen Emma durch einen Seiteneingang zur Empore hinauf und bat sie, dort eine Weile im Hintergrund zu bleiben. Er müsse noch eine kleine Rede halten. Unten im Saal beendete er dann seine Ausführungen über die erfolgreichen Südseegeschäfte seiner Gesellschaft und kündigte mit großer Geste einen Überraschungsgast an. Er deutete zur Empore hinauf, wo nun eine elegant gekleidete Dame mit milchkaffeefarbenem Teint und großer Brille hinter der Balustrade hervortrat.

»Meine Herren, darf ich Ihnen Frau Emma Eliza Kolber, geborene Coe, vorstellen«, rief Rudolph von Wahlen. Erstaunen und Ratlosigkeit im Saal. »Den meisten von Ihnen«, so fuhr er fort, »wird unser Gast allerdings unter dem Namen Queen Emma bekannt sein …«

Das Gemurmel steigerte sich zu einem Getöse. Stimmen redeten durcheinander. Stühle scharrten. Die ersten Herren standen auf und klatschten. Schließlich applaudierten alle und blickten zu Queen Emma empor, die in der Hamburger Geschäftswelt bereits zu einer Legende geworden war. So etwas habe es noch nie zuvor in der traditionsreichen Geschichte der Hamburger Börse gegeben, berichtete die Zeitung *Hamburgischer Correspondent* in ihrer nächsten Ausgabe unter der Überschrift »Standing Ovations für eine Dame in der Börse!«

Nach der Feier stellte sich ein Herr mittleren Alters bei Queen Emma vor. Sein Name sei Cesar Godeffroy junior, der Sohn von Johan Cesar Godeffroy VI. Sein Vater lasse sie aufs Herzlichste grüßen. Er würde sich auf seine alten Tage sehr über ihren Besuch im Godeffroy-Haus an der Elbchaussee freuen. Und natürlich möchte er auch seinen alten Freund Theobald Kolber gerne noch einmal sehen.

*

Aber mit dem Sehen war das so eine Sache, denn als die abgedankte »Königin der Südsee« und ihr Ehemann den entthronten Deutschen Südseekönig besuchten, war Johan Cesar Godeffroy beinahe vollständig erblindet. Der letzte verbliebene Hausdiener führte das Ehepaar Kolber durch die bereits leergeräumten großen Salons der Godeffroy-Villa an der Elbchaussee auf die Terrasse hinaus, wo an diesem schönen Spätsommertag eine Kaffeetafel gedeckt worden war.

Johan Cesar Godeffroy und seine weißhaarige Frau Emily saßen nebeneinander auf einer Gartenbank. Er blinzelte hinter vorgehaltener Hand gegen die Sonne an. Sie blickte durch ein Opernglas über einen langen Abhang zum Elbstrom hinunter und las ihm die Namen und die Heimathäfen der großen Schiffe vor, die mit auflaufender Flut zum Hamburger Hafen schwammen.

Der Diener kündete mit lauter Stimme »das Ehepaar Kolber« an. Johan Cesar Godeffroy erhob sich mühsam. Er blickte erst in die falsche Richtung. Und als Theobald Kolber ihm seine Hand entgegenstreckte, griff er daneben. »Entschuldige«, sagte er, »meine Augen.«

Und in die Richtung gewandt, in der er Queen Emma vermutete, sprach Johan Cesar Godeffroy: »Sie haben es besser gemacht als ich, meine liebe verehrte Frau Emma, Sie haben zur rechten Zeit verkauft ...« Erst dann schüttelte er ihre Hand. Und mit belegter Stimme sagte der alte Johan Cesar Godeffroy: »Ich danke Ihnen, dass Sie mir die Ehre Ihres Besuches erweisen. Ich hätte nicht gedacht, dass wir uns in diesem Leben noch einmal persönlich begegnen würden, nachdem wir so viele Jahre lang über die halbe Welt hinweg nur geschäftlich miteinander zu tun gehabt haben.« Er machte eine umfassende Handbewegung zur Villa hin. »Die Umstände, unter denen Sie mich nun vorfinden, sind allerdings nicht die erfreulichsten.«

Kolber musste dabei schlucken, so sehr rührte ihn der Anblick seines krank und zerbrechlich wirkenden Weggefährten.

Drei Stunden lang erzählten sich die beiden Paare aus ihrem Leben. Sie sprachen über gemeinsame Bekannte und Geschäfte, über Siege und Niederlagen, die hinter ihnen lagen, sie redeten von den Inseln im Pazifik und von der neuen Hamburger Speicherstadt, der Godeffroys altes Kontorhaus hatte weichen müssen. Die Sonne versank währenddessen im Abenddunst, der über der Elbe aufgezogen war.

Im Hintergrund hatte der Hausdiener ein paar Möbelpacker in die Villa gelassen, die mit zwei großen, von jeweils vier Pferden gezogenen Planwagen aus Hamburg gekommen waren. Die starken Männer schleppten keuchend und leise fluchend Möbel und Kisten aus dem Haus.

Ihre Zeit in der Villa an der Elbchaussee sei abgelaufen, erklärte Emily Godeffroy ihren Besuchern. Man müsse in den nächsten Tagen in eine Etagenwohnung nach Hamburg ziehen, und da könne man nur wenig von all dem alten Mobiliar unterbringen. Alles, was die Männer jetzt abholten, sei bereits verkauft oder versteigert worden.

Als Emma und Theobald Kolber sich verabschiedeten, wuchteten zwei breitschultrige Möbelpacker gerade ein großes Ölgemälde mit vergoldetem Rahmen von der Wand des Herrensalons und trugen es vorsichtig durch das Foyer. Draußen lehnten sie das schwere Stück gegen eine der beiden mächtigen Eingangssäulen, über denen der alte Wahlspruch des Hauses steht: »Der Ruhe weisem Genuss«.

»Schönes Bild«, sagte einer der Männer und kniete sich hin, um die Details besser betrachten zu können.

Ein Maler hat im Auftrag von Johan Cesar Godeffroy ein farbenprächtiges Südseepanorama auf die Leinwand gebracht: »Blanchebai, vom Meer aus gesehen« steht auf dem Rahmen. Im Vordergrund ankert der Viermaster *Emily Godeffroy.* Über die ganze Breite zieht sich der Palmenstrand, an dem schaumgekrönte Wellen auslaufen. Auf der mit Kokospalmen bewachsenen Ebene vor dem Urwald und den Vulkanen sind die Kirche von Vunapope und die Handelshäuser von Herbertshöhe, das Hotel Fürst Bismarck und Queen Emmas Residenz Gunantambu zu erkennen. Und am rechten Bildrand sitzen drei Paradiesvögel in einem Eukalyptusbaum.

DIE DEUTSCHEN KOLONIEN IN DER SÜDSEE – DAMALS UND HEUTE

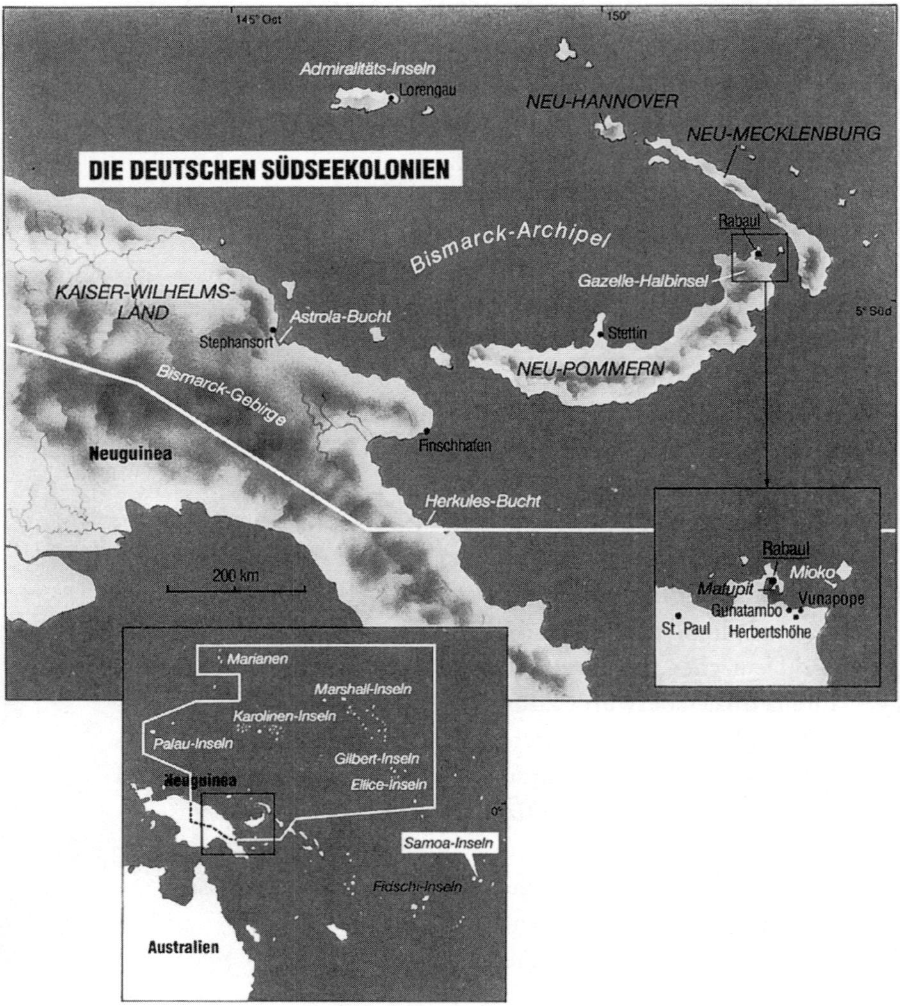

DIE DEUTSCHEN SÜDSEEKOLONIEN
145° Ost
150°
5° Süd
Admiralitäts-Inseln
Lorengau
NEU-HANNOVER
NEU-MECKLENBURG
Rabaul
Bismarck-Archipel
Gazelle-Halbinsel
KAISER-WILHELMS-LAND
Astrola-Bucht
Stephansort
Stettin
NEU-POMMERN
Bismarck-Gebirge
Finschhafen
Neuguinea
Herkules-Bucht
200 km
Rabaul
Mioko
Matupit
Vunapope
Gunatambo
St. Paul
Herbertshöhe
Marianen
Marshall-Inseln
Karolinen-Inseln
Palau-Inseln
Gilbert-Inseln
Neuguinea
Ellice-Inseln
0°
Samoa-Inseln
Fidschi-Inseln
Australien

Gegen Ende des 19. und Anfang des 20. Jahrhunderts herrschte das deutsche Kaiserreich über sechs sogenannte Schutzgebiete in Afrika und Asien. Deutsche Kolonien waren Togo, Kamerun, Deutsch-Südwestafrika (Namibia) und Deutsch-Ostafrika (Tansania), das Pachtgebiet Kiautschau (Tsingtau) an der Nordostküste Chinas sowie Samoa und Deutsch-Neuguinea im Pazifik. Zu Deutsch-Neuguinea gehörten der nordöstliche Teil von Neuguinea, das sogenannte Kaiser-Wilhelms-Land, die Inseln des Bismarckarchipels mit Neupommern und Neu-Mecklenburg, die Marshall-, die Karolinen-, die Marianen-, die Salomonen- und die Palau-Inseln.

Bereits 1856 hatte das Hamburger Unternehmen Godeffroy & Sohn in Apia/Samoa die erste Faktorei gegründet und das Geschäft mit den Inseln der Südsee stetig ausgebaut. 1874 eröffnete Godeffroy auch Handelsstationen im Bismarckarchipel. Godeffroy folgten u.a. die Handelsfirma Hernsheim und die Deutsche Neuguinea-Compagnie. Die bedeutendsten Ausfuhrprodukte waren Palmöl und Kopra. Die wichtigste Geschäftspartnerin der Deutschen, die Unternehmerin und Plantagenbetreiberin Emma Eliza Coe, wurde zur reichsten Frau des Pazifik. Sie ist als »Queen Emma« in die Geschichte eingegangen.

Deutsch-Neuguinea wurde 1885 und die Samoa-Inseln Sawaii und Upolu wurden 1899 offiziell unter den Schutz des deutschen Kaiserreiches gestellt. Die beiden 3000 Kilometer auseinanderliegenden Südsee-Kolonialgebiete sind getrennt verwaltet und von eigenständigen Gouverneuren regiert worden. Das Landgebiet von Deutsch-Neuguinea war zusammengenommen eine Viertelmillion Quadratkilometer groß und wurde von einer halben Millionen Menschen bewohnt, darunter auch zahlreiche, damals noch weitgehend unerforschte Stämme von Kannibalen und sogenannten Steinzeitmenschen.

Regierungssitz von Deutsch-Neuguinea war bis 1910 der Küstenort Herbertshöhe an der Blanchebai von Neupommern, und danach der Ort Rabaul, der 1995 durch einen monatelangen Ausbruch des Tavurvur-Vulkans fast vollständig in Schutt und Asche gelegt worden ist.

Wenige Monate nach Beginn des Ersten Weltkrieges sind die deutschen Südseekolonien von australischen und neuseeländischen Truppen besetzt worden. Deutschland verlor auch seine afrikanischen Kolonien und das chinesische Pachtgebiet.

Das frühere Deutsch-Samoa ist seit 1962 als »Westsamoa« selbstständig. Es wurde einer der kleinsten Mitgliedsstaaten der Vereinten Nationen.

Das ehemalige Deutsch-Neuguinea gehört zu der seit 1975 selbstständigen Republik Papua-Neuguinea und damit – wie seine letzte Schutzmacht Australien – zum Britischen Commonwealth. Die große Insel Neupommern mit der Gazelle-Halbinsel und der Blanchebai ist heute New Britain. Neu-Mecklenburg wurde in New Ireland umbenannt. Der frühere Gouverneurssitz Herbertshöhe heißt wieder Kokopo. Nur der Bismarckarchipel ist noch immer der Bismarckarchipel.

Quellen- und Literaturhinweise

Baining (Neupommern) Land und Leute; Pater Matthäus Rascher, Verlag der Aschendorffschen Buchhandlung Münster, 1909

Governor in New Guinea; Albert Hahl, Australian National University Press, Canberra, 1980

Queen Emma; R. W. Robson; Pacific Publications, Sydney, 1979

New Guinea under the Germans; Stewart Firth, Melbourne University Press, 1983

Expedition ins Paradies; Museum für Völkerkunde, Hamburg, 2003

Das Haus an der Elbchaussee; Gabriele Hoffmann, Piper-Verlag, München, 2000

Amalie Dietrich – Ein Leben; Charitas Bischoff, G. Grote Verlag, Hamm, 1952

Das Museum Godeffroy; Altonaer Museum, marebuchverlag, Hamburg, 2005

Hanseaten; Matthias Wegner, Siedler Verlag, Berlin, 1999

Iniet – Geister in Stein; Gerd Koch, Museum für Völkerkunde, Berlin, 1982

Die frühe Südsee – Lebensläufe aus dem Paradies der Wilden; Helmuth Steenken, Isensee Verlag Oldenburg, 1997

Bilder aus der Deutschen Südsee; Hermann Joseph Hiery, Verlag Schöningh, Paderborn, 2005

Die Deutschen Kolonien; Karlheinz Graudenz und Hanns-Michael Schindler, Weltbildverlag, Augsburg, 1989

Deutsche Kolonien – Traum und Trauma; Horst Gründer und Gisela Graichen, Ullstein Buchverlage, Berlin, 2005

Der Wahn vom Weltreich; Jürgen Petschull mit Fotos von Thomas Höpker, Stern-Buch, Gruner und Jahr Verlag, Hamburg, 1984

Anmerkung und Dank

Dies ist ein Roman – doch wichtige Personen und wesentliche Teile der Handlung sind nicht frei erfunden.

Johan Cesar Godeffroy, der »Deutsche König der Südsee«, und die legendäre »Queen Emma« haben existiert, und ihr Leben ist so verlaufen, wie ich es beschrieben habe. Das gilt ebenso für Dr. Albert Hahl, den langjährigen Gouverneur von Deutsch-Neuguinea.

Als Vorbild für Theobald Kolber haben mir zwei Männer gedient: Theodor Weber und Paul Kolbe. Der Erste war der bedeutendste Handelsagent des Hamburger Handelshauses Godeffroy in der Südsee. Der Zweite, der Kolonialoffizier und Kaufmann Paul Kolbe aus Hildesheim, wurde der dritte Ehemann von Queen Emma, der reichsten Frau auf den Inseln des Pazifik.

Historiker und Geschichtsinteressierte bitte ich um Nachsicht: Aus dramaturgischen Gründen habe ich in meiner Romanhandlung Ereignisse miteinander verknüpft und auf den Zeitraum eines Jahres verdichtet, die in Wirklichkeit während der gesamten deutschen Kolonialherrschaft im deutschen »Schutzgebiet« in der Südsee geschehen sind, gegen Ende des 19. und Anfang des 20. Jahrhunderts, also im Verlauf von mehr als zwei Jahrzehnten.

Der Kriminalfall um den Tod des jungen Forschers Sebastian Kleine und die Verwicklung des Hauses Godeffroy in die Spekulation mit einer Diamantenmine in Deutsch-Neuguinea entstammen dagegen ebenso meiner Fantasie wie die Abenteuer des Tropenarztes Werner Jungblut und die Leidens- und Liebesgeschichte der Missionsschwester Anna Scharnhorst. Allerdings hat es während der deutschen Kolonialzeit ähnliche Ereignisse und Schicksale gegeben, von denen ich bei meinen Recherchen in Deutschland und in den ehemaligen deutschen Kolonien erfahren habe.

Ich möchte schließlich den Menschen danken, die mir bei den Arbeiten für dieses Buch geholfen haben, ohne alle namentlich zu erwähnen. Die Bibliothekare und Bibliothekarinnen des Völkerkundemuseums Hamburg, des Überseemuseums Bremen und der Hamburger Börse haben aus ihren Archiven wahre Schätze für mich geborgen: vergilbte Bücher, Zeitungen und Zeitschriften über die vergessene deutsche Kolonie in der Südsee, Aufsätze und Tagebücher von Zeitzeugen, Beschreibungen und Dokumente über die hanseatische Gesellschaft und Geschäftswelt jener Epoche, in deren Mittelpunkt die Familie Godeffroy gestanden hat.

Am anderen Ende der Welt – auf der früheren Insel Neupommern, dem heute zu Papua-Neuguinea gehörenden New Britain – bin ich mit einer Art Zeitmaschine zurück in die deutsche Kolonialzeit geflogen: zu den ehemaligen Besitzungen von Queen Emma, über die Vulkane der inzwischen zerstörten Stadt Rabaul, zu dem Missionsdorf St. Paul, in dem vor mehr als einem Jahrhundert zehn Missionare und Missionsschwestern umgebracht worden sind.

Meine Zeitmaschine wurde von John, einem australischen Hubschrauberpiloten, gesteuert. Mein Führer in die Vergangenheit war Pater Willi Schümann aus Bottrop, der bei den Brüdern vom Heiligsten Herzen Jesu in Vunapope seinen Gottesdienst leistet. In Kokopo, dem früheren Herbertshöhe, konnte ich noch Überlebende jener Zeit sprechen – farbige Enkel deutscher Kolonialherren wie den Kaufmannssohn Hubert Zander und den Pflanzer Otto Wolff.

Diese Reisen und Recherchen habe ich zusammen mit dem Fotografen und späteren Leiter der berühmten New Yorker

Bildagentur *Magnum*, Thomas Höpker, im Auftrag des *stern* gemacht. Daraus sind eine Serie und ein Sachbuch über die deutsche Kolonialzeit entstanden, dessen Herausgeber Peter Scholl-Latour gewesen ist.

Die Geschichte um die gestohlenen Rohdiamanten in der Namibwüste verdanke ich Volkmar Leuthold aus Wuppertal, dessen Großvater eine ganze Flasche voll solcher Edelsteine in einer Felsenhöhle an der Atlantikküste des damaligen Deutsch-Südwestafrika, des heutigen Namibia, versteckt hatte. Leider haben wir die Millionenbeute trotz eines exakten alten Lageplanes und der intensiven Unterstützung von Chefdetektiv Steve Meyer von der Diamantengesellschaft in Oranjemund nicht mehr finden können.

Und natürlich habe ich Wolf-Rüdiger Osburg zu danken, meinem an Berufsjahren noch jungen Verleger, der sich so intensiv und detailfreudig um jedes seiner Bücher und jeden seiner Autoren kümmert, wie man es den aussterbenden großen Gründerverlegern gerne nachrühmt. Dank auch an meine präzise und umsichtige Lektorin Anne Vonderstein für die tolle Zusammenarbeit, besonders für die hartnäckigen Nachfragen.

Und das Wichtigste zuletzt: Danke Connie! Erstens für alles – und zweitens dafür, dass du mich während der Schreibarbeit so liebevoll ertragen hast. Wir werden das Versäumte nachholen.

Jürgen Petschull, im Sommer 2009

PS. Am Ende wäre mir beinahe etwas Unverzeihliches passiert. Der Mann, den es betroffen hätte, soll deshalb das letzte Wort haben: »Lieber Herr Petschull, ich habe das Ms. gelesen. Es gefällt mir sehr gut, aber dass Sie in der Danksagung Ihren Lieblingsagenten unterschlagen, ist, wie Godeffroy sagen würde, ein Schlag ins Kontor. Herzlich Joachim Jessen.«